HEYNE JUBILÄUMS REIHE

W0220401

In derselben Reihe
erschienen außerdem als Heyne-Taschenbücher:

Thriller · Band 50/6
Klinik · Band 50/19
Horror · Band 50/21
Das endgültige Buch der Sprüche und Graffiti · Band 50/26
Sinnlichkeit · Band 50/31
Noch mehr Witze · Band 50/34
Das Buch der Sprüche und Graffiti · Band 50/39
Lust · Band 50/40
Beschwingt & heiter · Band 50/47
Sex · Band 50/50
Deutsche Erzähler des 19. Jahrhunderts · Band 50/52
Sehnsucht · Band 50/53
Körner, Sprossen, Keime · Band 50/57
Glück muß man haben · Band 50/59
Männerwitze · Band 50/62
Zauber der Leidenschaft · Band 50/65
Super-Sex · Band 50/67
Ärzte · Band 50/68
Immer fröhlich, immer heiter · Band 50/69
Alptraum · Band 50/71
Bürosprüche · Band 50/72
Lateinamerikanische Erzähler · Band 50/73
Louisiana · Band 50/74
Samurai · Band 50/76
Obsession · Band 50/77
Ratgeber Bauen und Wohnen · Band 50/79
Viel Vergnügen · Band 50/80
Ekstase · Band 50/81
Österreichische Erzähler · Band 50/82
Ratgeber Versicherung · Band 50/83
Grauen Pur · Band 50/84
Fröhlich und beschwingt · Band 50/85
Arztpraxis · Band 50/86
Bombenstimmung · Band 50/87
Starke Frauen · Band 50/88
Heiter und so weiter · Band 50/89
Frauenkrimis · Band 50/90
Lachsalven · Band 50/91
Romantische Liebe · Band 50/92
Geheimnisvolles Erbe · Band 50/93
Hinter dem Schleier · Band 50/94
1000 neue Witze zum Totlachen · Band 50/95
Herr Doktor · Band 50/96
Leidenschaftliche Liebe · Band 50/97
Glücklich und zufrieden · Band 50/98
Crime Ladies · Band 50/99
Die große Liebe · Band 50/100
Psycho · Band 50/101
Tatmotiv: Liebe · Band 50/102
Vergnügliches · Band 50/103
Halbgott in Weiß · Band 50/104
Stürme des Herzens · Band 50/105
König Artus · Band 50/106
Lachen ist ansteckend · Band 50/107
Die Patientin · Band 50/108
Shadorun · Band 50/109
Liebesglück · Band 50/110
Verborgene Zuflucht · Band 50/111
Im Reich der Fantasy · Band 50/112
Bitte lächeln · Band 50/113
U-Boot · Band 50/114
Gefühle · Band 50/115
Thriller spezial · Band 50/116
Hoffnung · Band 50/117
Schwestern · Band 50/118
Notfall · Band 50/119
Liebeserwachen · Band 50/120
Star Trek spezial · Band 50/121
Zärtliches Feuer · Band 50/122

HEYNE
JUBILÄUMS
REIHE

Thriller

Drei ungekürzte Romane

WILHELM HEYNE VERLAG
MÜNCHEN

HEYNE JUBILÄUMSBÄNDE
Nr. 50/123

QUELLENHINWEIS

Elmore Leonard FLORIDA FIEBER/Cat Chaser
Copyright © 1982 by Elmore Leonard
Published by Agreement with Renaissance,
Literary Talent Agency, Los Angeles
Copyright © 1991 der deutschen Ausgabe
by Wilhelm Heyne Verlag GmbH & Co. KG, München
Aus dem Amerikanischen von Peter Pfaffinger
(Der Titel erschien bereits in der Allgemeinen Reihe
mit der Band-Nr. 01/8258.)

James W. Hall IM SCHUTZ DES HELLICHTEN TAGES/
Under Cover Of Daylight
Copyright © 1987 by James W. Hall
Copyright © 1989 der deutschen Übersetzung
by Hoffmann und Campe Verlag, Hamburg
Aus dem Amerikanischen von Benjamin Schwarz
(Der Titel erschien bereits in der Allgemeinen Reihe
mit der Band-Nr. 01/8235.)

Kinky Friedman LONE STAR/A Case Of Lone Star
Copyright © 1987 by Kinky Friedman
Die Originalausgabe erschien 1987 bei Wilhelm Morrow and Company, Inc.,
New York
Copyright © 1993 der deutschensprachigen Ausgabe
by Haffmans Verlag AG, Zürich
Aus dem Amerikanischen von Hans Michael Bock
(Der Titel erschien bereits in der Reihe »Haffmans Kriminalromane bei Heyne
mit der Band-Nr. 05/17.)

Umwelthinweis:
Dieses Buch wurde auf chlor- und säurefreiem Papier gedruckt.

Copyright © 1997 dieser Ausgabe
by Wilhelm Heyne Verlag GmbH & Co. KG, München
Printed in Germany 1997
Umschlagillustration: Gruner + Jahr/Fotoservice/photonica/Jonnie Miles
Umschlaggestaltung: Atelier Ingrid Schütz, München
Gesamtherstellung: Elsnerdruck, Berlin

ISBN 3-453-11590-2

Inhalt

ELMORE LEONARD
Florida-Fieber

Für Katy Leonard

1

Morans erster Eindruck von Nolen Tyner: Der Mann sah nach Risiko aus, einer von der Sorte, die im Bett raucht und dabei einschläft. Außer einem Sechserpack Bier und dem Miami Herald unter dem Arm kein Gepäck.

Er erinnerte Moran an einen aus dem Showbiz, der langsam vor die Hunde geht. Langes, gefärbtes Haar. Aber vom Blond über der Stirn, wo die Haut sich nach einem Sonnenbrand schälte, war nicht mehr viel übrig. An den Wurzeln kam schon wieder Schwarz zum Vorschein. Das paßte auch zum schwarzen, adrett gestutzten Schnauzer. Das Khakihemd war auch adrett. Frisch aus der Wäscherei. Ausgewaschen. Die Ärmel einmal umgeschlagen. Ein Zipfel hing heraus. In einer von den Brusttaschen steckte eine Pilotenbrille. Ehemaliger Schnösel zwischen vierzig und Verwesung. Vielleicht schon halb über den Jordan. Verträumte Äuglein sahen auf vom Anmeldeformular zum Wandkalender hinter Morans Pult, waren schon wieder halb geschlossen, blinzelten.

»Haben wir schon Oktober?«

Es war bald November.

Er schrieb wieder eine Zeile mit Daten über sich voll, sah erneut auf, Moran direkt ins Gesicht. Pokerfaceblick.

»Das sind die Apartments im Coconut Palms Resort, richtig?«

»Richtig«, sagte Moran genauso trocken.

Nolen Tyner schaute schläfrig zum Fenster mit Blick auf einen ovalen Swimming-pool und ein paar leere Liegestühle und dahinter den Atlantik. Sein Blick wanderte wieder zu Moran.

»Wie kommt es dann, daß ich keine Palmen sehe?«

»Sind von so Käfern gefressen worden«, entgegnete Moran. »Ich mußte sie fällen lassen.«

»Und trotzdem nennen Sie das hier einfach Coconut Palms, obwohl es keine einzige Palme gibt? Ist das nicht Vorspiegelung falscher Tatsachen?«

»Das neunstöckige Hochhaus da im Süden heißt Nautilus«, sagte Moran. »Aber ein U-Boot ist es nicht. Das gegenüber hat zehn

Stockwerke und heißt Aurora. Wenn Sie meinen, daß es wie ein strahlender Himmelskörper weit draußen in der Stratosphäre aussieht, sagen Sie's mir bitte. Das macht dreißig Dollar die Nacht. Zimmer 5, direkt neben dem Büro.«

Nolen Tyner starrte weiter auf Moran. Er nickte. »Von mir aus. Und was ist, wenn ich mich an den Pool setze und mein Bier trinke, ohne ein Zimmer zu nehmen? Was halten Sie davon?«

»Auch dreißig Dollar«, sagte Moran. »Fürs Ambiente und die Musik.«

»Ich hör' aber keine Musik.«

»Ich hab' noch nichts aufgelegt«, erwiderte Moran. »Aber ich mache Ihnen einen Vorschlag. Sie können mit Ihrem Sechserpack woandershin gehen. Vielleicht finden Sie weiter unten was Passenderes. Vielleicht sogar was Billigeres.«

Nolen Tyner senkte den Blick auf Morans Bart, sein weißes T-Shirt und seine abgeschnittenen Blue jeans. »Gehört Ihnen das Haus, oder arbeiten Sie hier?«

»Beides. Mein Empfangschef würde sich den ganzen Nachmittag mit Ihnen unterhalten, aber er hat heute frei.«

»Ich könnte mir vorstellen«, sagte Nolen Tyner mit einem leisen Lächeln, »daß es einem ganz schön auf den Keks gehen kann, wenn man zu allen freundlich sein muß, die von draußen hereingeschneit kommen, was?«

»Kann es, wenn man es zuläßt«, erwiderte Moran.

Moran betrachtete das Anmeldeformular.

Nolen Tyner, 201, Alhambra Circle, Coral Gables, Florida 33134. Wagen: Porsche, Baujahr '76. Keine Zulassungsnummer.

Die Buchstaben neigten sich elegant nach links, fast Druckschrift. Für seine ordentliche Handschrift verdiente er eine Eins, fürs Lügen eine Sechs. Alhambra Circle Nummer 201 war ein großes Glashaus, das Ponce de Leon Plaza. Der Anwalt seiner ehemaligen Frau hatte dort seine Kanzlei. In den sieben Jahren seiner Ehe hatte Moran nicht weit davon gewohnt.

Wenn Nolen Tyner tatsächlich in Coral Gables wohnte, warum ging er dann nicht in den Bayfront Park, um sich dort ins Freie zu setzen und sein Bier zu trinken? Warum fuhr er eine ganze Stunde nach Pompano und zahlte dreißig Dollar für ein Zimmer? Nur damit er sich draußen hinsetzen konnte? Genau das tat der Typ jetzt. Lag in einem Liegestuhl am Pool, wo die Nachmittagssonne nicht hinkam. Hatte eine Bierdose auf der Brust und führte sie, wenn er trank, fast in Zeitlupentempo an die Lippen. Er trug weiter sein sportliches Safarihemd und, wie Moran jetzt auffiel, nicht gerade sportliche schwarze Socken zu seinen offenen Sandalen. Wenn er sich hier nicht mit einer Frau verabredet hatte – und danach sah es nach etwa einer Stunde und drei Dosen Bier nicht aus – dann versteckte er sich, oder er suchte ein Abenteuer.

Aber wenn er sich versteckte, würde er doch drinnen bleiben. Oder?

Möglich, daß er auf ein Abenteuer aus war. Dann hatte er sicher von seinem »SEKRETÄRINNEN – AUFGEPASST!!!« gehört. Mit diesem Slogan warb Moran zweimal pro Jahr in den großen Städten im Norden. Aber wenn der Typ hergekommen war, um eine arme Tipse aufzureißen, die sich allein zu Tode langweilte, war der Oktober ein denkbar schlechter Monat im Vergleich zu Februar und März. Außerdem hatte er kein Witzchen gemacht oder sonst eine Andeutung fallenlassen, daß er es auf Mädchen abgesehen hatte.

Also war er vielleicht hinter jemand ganz Bestimmtem her. Und wenn das der Fall war, brauchte Moran erst gar nicht auf der Gästeliste nachzusehen. Die Sekretärinnen aus Dayton in Nummer 1 waren es bestimmt nicht. Genausowenig die aus Fort Wayne in 4 und das ältere Paar, das Zimmer 7 genommen hatte, weil es von dort seinen Buick im Auge behalten konnte. Nein, es mußte das Nachmittagspärchen von Nummer 1 sein, der unteren Suite mit Blick auf das Meer.

Außer am Wochenende hatten die zwei in den letzten acht Tagen jeden Nachmittag hier gemeinsam verbracht. Der Typ sah aus wie ein Kubaner. Er trug Ringe und Kettchen und eine Sonnenbrille mit Goldrand, die er immer nach oben in ein Vogelnest von dichtem, wuscheligem Haar schob. Die Frau war sehr elegant und etwa zehn Jahre älter als ihr Freund. Der Typ hatte als *Mario Prado* unterschrieben. Moran hatte dabei fasziniert auf seine Frisur geschaut und ihn gefragt: »Hab' ich Sie nicht mal im Fernsehen gesehen?« »Yeah«, antwortete Mario Prado, er habe Gastauftritte in Tony Marvins Show, und im Sheraton in Palm Beach spiele er Klavier in der Cocktail Bar. Dabei blieb er so cool und gelangweilt, daß Moran befürchtete, er würde auf der Stelle umfallen und zu einer Schleimpfütze zerfließen. Mario mietete Nummer 1 für einen Monat und zahlte fünfzehnhundert in bar im voraus, ohne daß Moran darum gebeten hätte. Wenig später kam die geheimnisvolle Schöne. Mario Prado hatte auf der Straße auf sie gewartet. Die Sonnenbrille hatte er inzwischen über den Augen. Als der graue Mercedes vorfuhr, nahm er eine Champagnerkiste aus dem Kofferraum. Seitdem waren sie jeden Nachmittag zwischen eins und zwei getrennt gekommen und waren gegen fünf oder kurz danach wieder gegangen. Keiner von den beiden hatte je die Nacht hier verbracht.

Vor ein paar Tagen war die Frau einmal pünktlich gekommen, und der Klavierspieler hatte auf sich warten lassen. Moran sah, wie sie aus Nummer 1 kam und sich vor die lange Zementmauer zwischen dem Hotelgelände und dem Strand stellte. Sie hatte ein weißes Sommerkleid und hochhackige Schuhe an. Ihr dunkles, hinten mit einem violetten Tuch zusammengebundenes Haar glänzte in der Sonne. Mit verschränkten Armen schien sie ungeduldig zu warten, auch wenn sie sich kaum bewegte. Moran kam in T-Shirt und abgeschnittenen Jeans heraus, um sie sich mal anzuschauen.

»Wie geht's Ihnen heute so, Mrs. Prado?« wollte er wissen. Er schätzte sie auf Ende Dreißig, also etwa in seinem Alter. Schlank, wie es sich gehörte. Warf sich jetzt ganz in die Positur des gelangweilten Modells, stützte die Hände in die Hüften und musterte Moran durch die violett getönte Sonnenbrille.

»So heiße ich nicht«, sagte sie mit der Andeutung, aber wirklich nur der Spur eines fremden Akzents.

»Unter dem Namen hat aber Ihr Mann unterschrieben«, sagte Moran.

»Mein Mann?« rief die Frau. »Halten Sie den etwa für meinen Mann?«

»Na ja, wie Sie auch heißen mögen«, meinte Moran, »wir sind froh über Ihren Besuch. Soll ich Ihnen vielleicht etwas Musik auflegen? Wir haben Lautsprecher für draußen.«

»Sie sollen Leine ziehen«, erwiderte die Frau und schaute in die andere Richtung aufs Meer. Sie hatte ein hübsches Profil, schmale, gerade Nase. Das Haar war streng zusammengeknotet, damit ihre runden weißen Ohrringe zur Geltung kamen.

»Na ja, angenehmen Aufenthalt noch«, brummte Moran und

verzog sich. Er konnte sich nicht vorstellen, daß es mit ihr viel Spaß machte. Vielleicht brachten sie deshalb so viel Champagner mit, weil sie sonst nicht auftaute. Lula, die halbtags für Moran als Zimmermädchen arbeitete, kam morgens immer mit einer Plastiktüte Abfälle aus Nummer 1 und erstattete ihm Bericht. »Alles Essensreste. Und den Brandy ha'm sie auch schon wieder fast ganz gekillt. Sie sollten sich mal anschaun, wie die das Bett zurichten. Schlimmer wie die Hottentotten, sag' ich Ihnen.« Moran ging nie in belegte Zimmer, um zu sehen, wie die Leute lebten oder was sie mitbrachten. Ihre Privatsphäre ging ihn nichts an. Aber bei Nummer 1 erwog er doch ernsthaft, den Kopf eines Abends hineinzustecken, wenn sie fort waren. Wollte sich nur mal einen Eindruck verschaffen. Auch wenn er nicht daran glaubte, vielleicht erfuhr er etwas über sie. Eigentlich konnte es sich nur um eine rein sexuelle Beziehung handeln. Was erwartete er sich dann von einem Kontrollgang? Wichsflecken? Ihm fielen tausend wichtigere Sachen ein – wenn er nur ein bißchen nachdachte.

Am Tag nach diesem kurzen Intermezzo mit der Frau kam der Klavierspieler zu ihm ins Büro. Sein rosa Hemd stand offen, damit man auch ja die Ketten sehen konnte. »Wie ich höre, haben Sie meine Begleiterin angemacht«, rief er. »Eins lassen Sie sich gesagt sein, und merken Sie sich's ja gut, Mann. Finger weg von ihr. Ist das klar?«

Bis zu diesem Tag hatten der Klavierspieler und die Frau erst zweihundertfünfzig von den fünfzehnhundert Dollar Vorauszahlung aufgebraucht. Diese Beträge hatten wohl den Hotelier in Moran geweckt. Er hatte den Mann schon bei seinem rosa Hemd pakken und in hohem Bogen auf die Straße befördern wollen, überlegte es sich beim Gedanken an das Geld aber anders. Ein bißchen Höflichkeit konnte ja nicht schaden.

»Es tut mir leid, wenn ich bei Mrs. Prado den falschen Eindruck erweckt habe«, erwiderte er. »Ich habe ihr nur guten Tag gesagt.«

»Sie haben sie doch zum Tanzen aufgefordert!«

»Ich tanze nie«, entgegnete Moran und grinste in seinen braunen Bart hinein. »Ich habe sie nur gefragt, ob ich ihr etwas Musik auflegen soll. Ich kann mir gut vorstellen, daß sich jede Menge zudringlicher Typen an eine so attraktive Frau wie Ihre Gattin ranmachen. Da wird sie natürlich immer – na ja – vorsichtiger.« Leicht fielen Moran diese Worte nicht. Aber wenn der Klavierspieler sich damit zufriedengab und ging ...

Das tat er jedoch nicht. Mario Prado spreizte die beringten und lackierten Finger auf dem Pult wie auf einem Klavier, auf dem er Moran etwas vorspielen wollte. »Wenn ich noch mal höre, daß Sie ihr zu nahe gekommen sind, stecken Sie tief in der Scheiße. Kapiert?«

Das Grinsen war nun aus Morans Gesicht verschwunden. »Mario, in diesem Geschäft muß man ein bestimmtes Maß an Dreck einfach in Kauf nehmen. Aber Sie sind gerade zu weit gegangen. Sie können den Rest von Ihrem Geld zurückhaben, wenn Sie wollen. Aber dann packe ich Sie wahrscheinlich am Kragen und schmeiße Sie in den Swimming-pool. Mit Ihren ganzen Scheißketten sinken Sie garantiert gleich bis zum Grund und ersaufen. Es liegt bei Ihnen. Wollen Sie Ihr Geld zurück?«

Der Klavierspieler kniff die schwarzen Augen zusammen, bis er scharfe Falten um die Nasenflügel bekam. Er wollte wohl zeigen, daß er mit eisernen Nerven sein feuriges Südländerblut bezähmte. Moran fragte sich, ob der Kerl das geübt hatte.

»Wart's nur ab, Mann«, drohte er. »Wart's nur ab.«

Das lag ein paar Tage zurück, und Moran wartete noch immer auf die Rache des Kubaners. Im Augenblick waren der Typ und die Frau im Apartment und trieben, was auch immer sie treiben mochten. Die beiden paßten wirklich zueinander.

Mr. Nolen Tyner lag unterdessen mit ausgestreckten Füßen in seinem Liegestuhl auf der schattigen Seite des Pools. Die Bierdose hatte er wieder auf der Brust. Direkt dahinter und genau zwischen dem V seiner sandalenbewehrten Füße lag Nummer 1. Behielt wohl die zwei Spaniolen im Auge.

Moment mal! Oder hatte der Klavierspieler Nolen Tyner als Wachhund für sich und seine Geliebte angeheuert?

Menschenskinder, womöglich läßt er *dich* nicht aus dem Auge, schoß es Moran in den Sinn. Seit Wochen beschäftigte ihn ja eine komische Vorahnung, daß er sehr bald schon in irgend etwas hineingeraten und sein Leben sich damit ändern würde.

Nur daß es noch gar nicht an der Zeit war für einen weiteren Wendepunkt in Morans Leben. Er war achtunddreißig, und der nächste Einschnitt war erst mit zweiundvierzig fällig. Er glaubte an

Siebenjahreszyklen. Sein Leben hatte immer alle sieben Jahre eine neue Richtung eingeschlagen. Nur eine davon hatte er kommen sehen und geplant, die anderen hatten sich einfach ereignet. Allerdings hatte er vorher immer ein ungutes Gefühl gehabt. Wie jetzt auch.

Mit sieben erreichte er das Alter der Vernunft, in dem man für seine Taten selbst verantwortlich wird. Das hatten sie ihm im Katechismusunterricht in der zweiten Klasse so erklärt.

Mit vierzehn nahm ihn eines Sommernachmittags eine achtzehnjährige Armenierin, die an die dreißig Pfund mehr wog als er, zu sich ins Bett. Sie roch komisch, aber er lernte, daß der menschliche Körper das mochte.

Mit achtzehn vergaß er die Vernunft des Siebenjährigen und meldete sich freiwillig bei der Marine. Bevor sie ihn einzogen, sagte er, und weil er es sich selbst aussuchen wollte. Tatsächlich war er auf Action aus. Die bekam er dann auch.

Mit einundzwanzig war er wieder in seinem Zyklus und mit der Marine fertig. Er verließ auch seine Heimatstadt Detroit und suchte auf Baustellen als Betonbauer das große Geld. Das war in Miami, Florida.

Mit achtundzwanzig heiratete er ein Mädchen namens Noel Suton und wurde reich. Er arbeitete für ihren Vater als Wohnungsmakler, trug Anzüge, kaufte ein großes Haus in Coral Gables und wurde Mitglied des Leucadendra Country Club, fühlte sich aber in der High Society dort nie richtig wohl. Ihm wollte einfach nicht in den Kopf, wie diese Leute sich und ihre Tätigkeit so furchtbar wichtig nehmen und trotzdem ständig gelangweilt tun konnten. Nie sprang einer auf und schrie: »Menschenskinder, bin ich froh, daß ich reich bin!« Für Moran stand fest, daß ein solches Leben nichts für ihn war.

Und als er fünfunddreißig war, ließ sich die fünf Jahre jüngere Noel scheiden. »Glaubst du wirklich, du kommst dein ganzes Leben als Schmarotzer durch?« fragte sie ihn. »Da täuschst du dich aber. Du bist schon jetzt auf der Verliererstraße.« Typisch für sie – sie gab die Antwort immer gleich selbst. Moran erklärte ihr, eine solche Gewohnheit verrate Charakterschwäche. Aber nicht nur das, sondern auch ihre Versuche, ihn zu ändern. Und ständig würde sie an ihm herumnörgeln. Weil er nicht die Sachen trug, die sie ihm kaufte, die mit den kleinen Tieren und den Polospielern drauf. Weil er beim gemischten Doppel nicht in seinem Feld blieb, wenn sie nicht reagierte. Weil er sie ›dauernd damit nervte‹, sie würde ihre Kleider auf dem Boden liegenlassen, worauf er nur zwei-, dreimal hingewiesen und es dann aufgegeben hatte. Weil er das Bier aus der Dose trank. Weil er sich die Tätowierung vom Marinecorps nicht wegmachen ließ. Weil er sich einen Bart stehen ließ. Kam ihm mit tausend solchen Lappalien. Er opferte dann endlich den Bart, betrachtete sein jämmerliches Abbild im Spiegel – er sah aus wie frisch operiert – und ließ sich sofort wieder einen wachsen. »Hütet euch vor jeder Unternehmung, die neue Kleider erfordert«, hatte Henry Thoreau gesagt. Morans Überzeugung nach gehörten diese Worte in Stein gemeißelt.

Die Scheidung war nicht die schlechteste Wendung in seinem Zyklus. Moran hatte nie den Namen seiner Frau aussprechen können, ohne zu verkrampfen oder an Weihnachten zu denken. Jetzt konnte er sich das sparen. Was für eine Erleichterung! Genausowohl tat es ihm, in der Gegenwart ihres Daddys nicht mehr hellwach und tatendurstig dreinschauen zu müssen. Oder auf Grundstücken an der Küste zu stehen und sich lauter Hochhäuser voller Eigentumswohnungen zwischen ihm und dem Panorama vorzustellen.

Noel hatte es ihm damals durchaus angetan. Ein zierliches, kleines Persönchen mit kurz geschnittenem, braunem Haar und einem straffen Arsch. Sie schien immer bereitzustehen: der Rücken war dabei durchgebogen, und die vollkommenen Brüste und frechen Arschbacken ragten stolz heraus. Aber jetzt war er sich nicht mehr sicher, ob er aus Liebe oder aus Geilheit geheiratet hatte. Im Scheidungsvertrag wurden Noel das Haus in Coral Gables und ein Anwesen in Key West, das Hochzeitsgeschenk ihres Vaters, zugesprochen. Moran bekam ihr gemeinsames Investitionsobjekt, ein Motel mit zwölf Wohneinheiten, Coconut Palms ohne die Palmen.

Eine zweistöckige alabasterfarbene Anlage ungefähr in der Form eines Hufeisens. Die Einzimmerapartments gingen auf die Straßenseite. Der Flügel mit vier Suiten, je zwei im Erdgeschoß und im ersten Stock, erstreckte sich bis zum Strand. Parallel dazu gab es einen Bungalow mit weißer Stuckdecke, der ebenfalls auf den Strand ging. Dazwischen, in der Mitte des Grundstücks, lag der ovale Swimming-pool.

Moran zog in den Bungalow und fand heraus, daß ihm das Leben als Hotelier gefiel, nachdem er endlich einen Portier und ein Zimmermädchen angestellt hatte. Der Kontakt zu anderen Leuten behagte ihm. Es machte ihm Spaß, den größten Teil des Tages mit kleineren Arbeiten in der Sonne zu verbringen und einmal in der Woche Gelbschwänze und Makrelen zu angeln. Indem er in der Hochsaison die Apartments für fünfzig und die Suiten für fünfundsiebzig Dollar pro Tag vermietete, verdiente er etwa achtzigtausend brutto pro Jahr. Steuern, Gebühren, Instandhaltung und Personalkosten beliefen sich auf fünfunddreißig bis vierzig. Daß er den großen Reibach machte, konnte man nicht gerade behaupten. Aber es war ein angenehmes Leben, und auf die schnelle wollte er nichts daran ändern.

Warum hatte er dann nur das Gefühl, ihm stünde wieder eine Wende bevor?

Für nächste Woche plante er eine Reise, einen Flug nach Santo Domingo in der dominikanischen Republik. Zuletzt war er 1965 mit dem sechsten Bataillon der Marine in diesem Urlaubsland gewesen. Eine Revolution war damals ausgebrochen, und Johnson hatte die Marine und die Air Force zum Schutz der dort lebenden Amerikaner geschickt. Und wo er schon dabei war, hatte er auch gleich die Kommunisten verjagt. »Ich dulde doch kein zweites Kuba in der Karibik«, hatte der Präsident verkündet. In diesem Dreißig-Tage-Krieg diente Korporal George S. Moran an vorderster Front bei der Bravo-Kompagnie im dritten Platoon, schoß auf einen Heckenschützen, wurde selbst verwundet und von den Rebellen gefangengenommen, wurde als Kriegsheld ausgezeichnet und lernte ein dominikanisches Mädchen kennen, das er nie vergessen sollte. Er wollte noch einmal durch die Straßen dort laufen, ohne daß Guerillas dazwischenfunkten und einfach mal sehen, woran er sich noch erinnern konnte. Vielleicht kam es sogar zu einem Besuch bei dem Mädchen, das ihn einmal fast getötet hätte. Vorausgesetzt, sie war noch im Lande.

Möglicherweise verwechselte Moran die Freude auf seinen Urlaub mit Vorahnungen von irgendeinem besonderen Ereignis.

Aber vielleicht war es auch etwas ganz anderes. Etwas, das aus blauem Himmel einfach auf ihn herabstürzte.

2

Am Nachmittag darauf rannte Moran sich auf der städtischen Tennisanlage die Lunge aus dem Leib, bis er nach zwei hart umkämpften Sätzen knapp gewann. Sein Gegner war ein junger Bursche mit rotem Stirnband und einem brutalen Aufschlag. Immer wenn Moran bei einem knappen Ball »Aus!« schrie, blitzte er ihn bitterböse an. Dabei war Moran sich wirklich nur bei zwei Bällen nicht ganz sicher. Er hetzte den Jungen fast zu Tode mit seinen extrem unterschnittenen, links geschlagenen Rückhandstops. Schließlich warf der Bursche seinen Schläger gegen den Zaun und zog einen auf Briefmarkengröße zusammengefalteten Zehndollarschein aus der Hosentasche. »Gar nicht schlecht, Kid«, munterte Moran ihn auf. »Mach weiter so.« Er hatte schon immer jemanden ›Kid‹ nennen wollen. Heute war es soweit.

Als er ins Coconut Palms zurückkam, lag Nolen Tyner wieder mit einem Sechserpack am Swimming-pool.

Jerry Shea saß am Empfangspult vor einem Stapel Rechnungen und pfiff beim Übertragen der Summen ins Hauptbuch vor sich hin. Moran erkannte die Lieder nie. Heute fragte er ihn einmal nach dem Titel. *»This Year's Crop of Kisses«*, erklärte Jerry. Jerry war ein pensionierter Versicherungsagent von siebenundsechzig Jahren, der seine Golfmütze immer schief trug, seine brüchigen Blutgefäße mit scharfen Sachen auf Vordermann brachte und sich auf einsame Witwen spezialisiert hatte. Sie luden ihn immer zu sich ein. Da durften sie endlich mal wieder für jemanden kochen und ein bißchen Spaß haben. Moran stellte sich verschrumpelte, mottenzerfressene Flanken vor und ansonsten verklumpte Gewebe, die einen ständig störten. Laut Jerry waren sie aber so aktiv, daß man so viele Ständer gar nicht kriegen konnte, um jede zu bedienen. Die Dicken, meinte er, wälzte man am besten in Mehl und suchte dann nach dem nassen Fleck.

Moran setzte sich und zog die Tennisschuhe und -socken aus. »Der Typ da draußen mit dem Bier ...« fing er an.

»Mr. Nolen Tyner«, sagte Jerry. »Arbeitet für Detektei Marshall Sisco, Miami. Ihr Büro ist übrigens in Coral Gables.«

»Das hat er dir gesagt?«

»Man braucht die Leute nur nach ihrem Beruf zu fragen, dann

sagen sie es einem in der Regel«, erwiderte Jerry. »Zumal mir die Adresse ein Begriff war. Bei Ermittlungen in Schadensfällen haben wir gern die Marshall Sisco beauftragt. Keine schlechte Adresse. Nolen hat mir erzählt, daß er seit einem Jahr dabei ist, aber ich glaube, nur auf Aushilfsbasis. Vorher ist er in Kleinkunsttheatern die Küste rauf und runter getingelt. Im Filmgeschäft war er auch. Er war Schauspieler, sagt er.«

»Das ist er noch, glaube ich«, meinte Moran. »Gestern hat er sich um zwei angemeldet und ist um sechs wieder gegangen. Auf seinem Zimmer war er nicht.«

»Na ja, heute hat er es für die ganze Woche gemietet«, sagte Jerry. »Nummer 5. Ich hab' ihn gefragt, ob er Urlaub hat, und er hat gemeint, so kann man es nennen. Das Angenehme mit dem Nützlichen verbinden.«

Moran stellte sich ans Fenster und warf einen Blick auf den im Schatten ruhenden Nolen. Die zwei Sekretärinnen aus Fort Wayne hatten ihre Liegestühle auf dem Zementweg neben der Mauer in die Sonne gestellt, die aber bald hinter der Betonburg nebenan, dem Aurora, verschwinden würde. Morans Blick wanderte von den faltigen rosa Schenkeln auf Nummer 1.

»Was ist mit dem Pärchen?«

Jerry drehte sich mit seinem Stuhl um. »Sie sind da. Zur Abwechslung ist die Frau zuerst gekommen. Als dann der Klavierspieler kam, ist Nolen Tyner aufgestanden und hat ihm irgendwas gesagt. Sie haben sich ein paar Minuten unterhalten. Dann ist der Klavierspieler in Nummer 1 verschwunden und gleich wieder rausgekommen und hat noch ein paar Takte mit Mr. Tyner geredet.«

»Hat es einen Streit gegeben?«

»Das glaube ich nicht. Sie haben viel genickt. Waren beide recht freundlich. Dann ist der Klavierspieler in sein Zimmer zurückgegangen, und Mr. Tyner hat sich wieder seinem Bier zugewandt.«

»Das hier ist nämlich ein friedlicher Ort«, sagte Moran. »Ich will nicht, daß irgendein Ehemann mit dem Gewehr daherkommt.«

»Vielleicht sind sie Freunde«, meinte Jerry. »Oder sie ist reich und hält sich Nolen Tyner als Leibwächter. Dann verbindet er ja wirklich das Angenehme mit dem Nützlichen.«

»Vielleicht«, brummte Moran. »Aber ich geh' dem besser nach.«

Barfuß und in den durchgeschwitzten Tennissachen wollte er sich nicht mit dem Typen unterhalten. So etwas war nicht seine Art. Es erinnerte ihn nur an den Country Club. Da stand man immer in seiner weißen Kluft draußen herum, während Kellner mit Tabletts voller Long Drinks herauskamen.

Auf dem Weg zu seinem Bungalow kam Moran an der Gestalt im Liegestuhl vorbei, winkte den zwei vierzigjährigen Sekretärinnen aus Fort Wayne zu und verschwand. Unter der Dusche trank er ein Bier. Dann zog er eine frische Jeans, ein T-Shirt und saubere Tennisschuhe an, abgetragene, in die er einfach barfuß hineinschlüpfte. Aus dem Kühlschrank holte er sich noch ein Bier. Nach kurzem Zögern nahm er ein zweites. Mit einem in jeder Hand lief er zum Ermittler von der Marshall Sisco, der immer noch im Schatten lag.

»Es muß Ihnen ja hier gefallen, wenn Sie eine ganze Woche bleiben.«

Nolen Tyner schlug die Augen hinter der Pilotenbrille auf. Er war erschrocken und wollte aufspringen, beruhigte sich aber, als Moran ihm ein Bier anbot.

»Ein kaltes für Sie«, sagte Moran. »Die Ihren dürften inzwischen kochen.« Vier leere Dosen standen nebeneinander aufgereiht auf dem Boden, zwei volle waren noch im Pappkarton.

»Das ist sehr nett von Ihnen«, sagte Nolen. Er stellte seine Stuhllehne höher und griff nach der Bierdose, von der noch eiskalte Wassertropfen herabperlten. Sein Ärmel glitt etwas nach oben, und eine bläuliche Tätowierung am Unterarm kam zum Vorschein, ein fünf Zentimeter großer Adler mit ausgebreiteten Flügeln.

Moran streckte seinen linken Unterarm mit den ausgebleichten blauen Insignien der Marine aus.

Sie sahen einander an. »Navy, was?« grinste Nolen und riß die Lasche von seiner Bierdose herunter.

»Und Sie waren bei der Air Force, wie ich sehe?« rief Moran. »Nicht zufällig beim Zweiundachtzigsten?«

»Genau dem.«

»Vielleicht zweite oder dritte Brigade?«

»Dritte. Sie wollen doch sicher auf was hinaus.«

»Stimmt. Ich frage mich, ob Sie vor sechzehn Jahren in Santo Domingo waren. Haben Sie nicht mal zufällig am Ufer des Ozama gesessen?«

»Hoch über dem Fluß am Ostufer, bei den Getreidesilos«, sagte Nolen. Sein Grinsen wurde breiter. »Sie wollen doch nicht sagen, daß Sie auch dort waren?«

Moran zog einen Liegestuhl mit dem Fuß heran und setzte sich rittlings darauf. Ihre Augen waren jetzt auf gleicher Höhe. »Sie waren mit einem Stoßtrupp dort, nicht wahr? Bei den Silos oben, oder was immer das war. Sie hatten eine Panzerfaust, eine Eins-Null-Sechs.«

»Wir hatten eine ganze Ladung da oben.«

»Und an einem bestimmten Tag haben Sie mit Ihrer Eins-Null-Sechs auf einen Freischärler gezielt. Haben über den Fluß auf diesen einen Burschen gefeuert. Er war in einem Haus an der Ecke Isabella Catolica, Luperon.«

Nolen zog die Augenbrauen hoch. »Die von der Marine waren doch nie so nah am Fluß. Oder?«

»Ich hab' mich hinreißen lassen. In der Hitze des Gefechts.«

»Sie haben also Mist gebaut. Haben sich leimen lassen.«

»Der Schlawiner hat eine Runde gefeuert und ist verschwunden«, rief Moran. »Man wußte ja nie, von wo sie als nächstes schießen würden.«

»Ich kann mich an die Heckenschützen gut erinnern«, sagte Nolen. »Genau, und ich weiß noch, daß einer von uns den Kerl erwischt hat. Kleiner Scheißer mit 'ner M-Eins.«

»Es war ein mittelgroßer Scheißer mit einer M-Vierzehn«, erklärte Moran. »Sie haben nämlich mich erwischt. Wir verfolgen den Guerillero, ich lauf' die Treppe rauf, aber er ist weg. Ich schau' zum Fenster raus, und da bläst mir ein Fünfzig-Kaliber-Leuchtspurgeschoß fast die Birne weg.«

Nolen nickte heftig. »Von unserer Aufklärerkanone.«

»Ich weiß, von was sie abgeschossen wurde. Unmittelbar danach hab' ich die Eins-Null-Sechs pfeifen hören. Mit 'nem Baseballhandschuh hätte ich sie glatt fangen können.«

»Umgebracht hat sie Sie aber nicht, oder?«

»Sie hat die Rückwand im dritten Stock und die Treppen rausgerissen. Ich wurde hier, unter der Flakjacke und weiter unten am Bein getroffen. Fünfzehn Eisenteile haben sie mir rausgepult und mir danach einen Orden vermacht. Du warst also bei der Air Force? Und dir hab' ich das Bier gebracht!«

»Du hast eben so was wie Seelenverwandtschaft gespürt«, meinte Nolen. »Ein Veteran wittert den anderen. Weißt du was? Auch wenn ich es nicht war, ich lad' dich mal auf 'nen Drink ein. Dann sind wir quitt.«

»Ich fliege übrigens nächste Woche runter«, sagte Moran.

»Wohin?«

»Nach Santo Domingo.«

»Ach Gott, wozu das denn?«

»Nur in meinen Spuren wandeln und sehen, ob es noch dasselbe ist. Ich will im Embajador wohnen – dort waren wir damals stationiert. Vielleicht besuche ich ein paar Leute. Es scheint ja ruhig zu sein, wo jetzt doch die Hölle in El Salvador los ist.«

»Wenn wir irgendwo noch keinen Scheiß gebaut haben«, meinte Nolen, »Reagen und Haig spüren den Ort garantiert auf.«

»Warst du seitdem wieder mal drüben?«

»Den Fraß dort hab' ich mir nur einmal angetan und mir gleich Trujillos Rache geholt. Getrieben hab' ich's mit einem einzigen Mädchen, und die eine hat mir Tripper angehängt. Wenn ich Urlaub mache, dann lieber in Las Vegas. Da geht's wenigstens hygienisch zu.«

Sie nippten an ihrem Bier. Nolen Tyner sah Moran an. »So was aber auch ...« sagte er.

»Ich will ja nicht sagen, wie klein die Welt ist ...« Moran lehnte sich bequem zurück und schlug die Füße übereinander. Die Schnürsenkel hingen lose herunter.

»Soll ich dir sagen, wie klein sie ist?« fragte Tyner mit einem Blick über den Swimming-pool. »In dem Apartment da hinten hast du ein dominikanisches Pärchen. Den Klavierspieler und seine Mieze. In meinem Briefing steht allerdings, daß er vielleicht Puertorikaner ist.«

»Ich hielt sie für Kubaner«, meinte Moran. »Weil ja praktisch alle Kubaner in Miami sind. Was meinst du eigentlich mit Briefing?«

»Die Daten von den Leuten, die ich überwachen muß. Die Mieze zum Beispiel ist verheiratet mit einem Andres de Boya. Eins von den großen Tieren in Miami. Geld wie Heu.«

»Moment mal!« rief Moran. »Die Frau da drinnen?«

»Ihr Haus an der Biscayne Bay sieht aus wie das polynesische Restaurant in Lauderdale, das Mai Kai, nur daß es größer ist.«

Moran nickte zustimmend. »Da hast du recht. Aber die Frau ist nicht Mrs. de Boya.«

Nolen warf ihm einen mißtrauischen Blick zu. »Woher willst du das wissen?«

»Mrs. De Boya kommt aus derselben Gegend wie ich. Aus Detroit. Genausowenig dominikanisches Blut wie ich. Sie sieht übrigens sehr nett aus. Sie – na ja, sie ist auch sehr nett.«

Nolen schaute auf die Löcher in Morans Schuhen. Das links war größer als das rechts. Er schien nicht so recht schlau aus ihm zu werden. »Vielleicht ist es ein anderer de Boya, ein entfernter Verwandter.«

»Wie viele Andres de Boya gibt es hier?« wollte Moran wissen. »Er war vor ungefähr zwanzig Jahren in Trujillos Regierung, bis Trujillo auf dem Weg zu seiner Freundin erschossen wurde.«

»Siebenundzwanzig Kugeln!« rief Nolen. »Bei einem Arschloch wie dem muß man auf Nummer Sicher gehen.«

Moran blieb geduldig. »De Boya kam nach Miami. Mitsamt schätzungsweise drei Millionen, die er sich ergaunert hatte. Er war als General für ich weiß nicht was zuständig ...«

»Probier's mal mit Chef der Geheimpolizei, dann weißt du's. Die Casos Blancos – die Weißhelme. Wenn so ein armer Teufel von Dominikaner einen Typen mit weißem Helm sieht, dann rennt er in die Berge was das Zeug hält.«

»Ich dachte, er hätte Zuckerrohrfabriken besessen?«

»So ist er reich geworden. Trujillo hat Zuckerrohrfabriken für besonderes Wohlverhalten vergeben. Drei Tage nach der Ermordung des alten Diktators ist de Boya auf seiner Jacht. Ab nach Miami. Und hat alle Dollars dabei, die er gerade zusammenraffen kann.« Nolen starrte wieder auf Morans Schuhe. Dann wanderte sein Blick nachdenklich, wenn auch etwas skeptisch auf sein Gesicht mit dem verwegenen Bart. »Woher kennst du ihn eigentlich?«

»Leucandra Country Club. Ich hab' ein paarmal mit ihm Golf gespielt. Zweimal, genauer gesagt, und immer an den gleichen Löchern. Das hat gereicht.«

»Die Einsätze waren dir zu hoch, was?«

»Nein, der Kerl bescheißt«, rief Moran. »Kannst du dir das vorstellen? Der hat locker vierzig, fünfzig Millionen, und bescheißt bei 'ner Hundertdollar-Runde Golf! Und die ganzen Schleimer, die gegen ihn spielen, wissen es! Ich konnte es erst nicht glauben. Die zahlen nicht nur brav, sondern tun auch noch mords was rum, was für ein toller Spieler er ist: ›Bravo, Mr. de Boya!‹«

»Wirklich?« Nolen zögerte. »Und was hast du getan? Hast du gezahlt?«

»Ich doch nicht. Mein damaliger Schwiegerpapa hat sich so aufgeregt, daß ich schon glaubte, ihn trifft der Schlag. ›Bist du von allen guten Geistern verlassen? Ist dir klar, wer das Ist?‹ ›Klar‹, hab' ich gesagt. ›Ein Bescheißer. Der soll mich am Arsch lecken!‹ ›Hundert Greenbacks! Mein Gott, ich geb' sie dir.‹ Ich wollte ihm erklären, daß es mir gar nicht ums Geld ging, aber mein Schwiegervater war nervös, weil de Boya Geld in seine Projekte steckte. Und ich arbeitete damals für ihn. Drum fürchtete er um seine Aufträge, wenn er mich nicht rumkriegte. Ich hab' ihm aber meine Meinung gesagt. Ich geb' so einem Affen doch kein Geld, wenn er den Ball ins Gestrüpp schlägt, beim Einputten rumfuhrwerkt wie ein Holzhacker und direkt vorm Loch noch drei Schläge braucht. Wer bin ich denn?«

»Du bist Mitglied im Leucadendra?« Nolens skeptischer Tonfall wich verhaltenem Staunen.

»Nicht mehr«, sagte Moran. »De Boya wollte mich rauswerfen lassen. Ihm hat nicht nur meine Art zu spielen nicht gepaßt, er hat auch Gerüchte in die Welt gesetzt, ich hätte es auf seine Frau abgesehen.«

»Und? War was dran?«

»Nein. Ich hab' dir doch gesagt, daß sie sehr nett ist. Mary Delaney hieß sie. Vor der Hochzeit arbeitete sie für de Boyas Anwalt.«

»Da hat sie aber 'ne gute Partie gemacht. Mannomann, für fünfzig Millionen würde ich auch 'nen Spaniolen heiraten.«

»Sei vorsichtig«, warnte Moran.

Nolen grinste. »Da bist du wohl ein bißchen empfindlich. Ich sag' kein Wort mehr.«

»Das mit dem Rauswurf hat nicht geklappt«, fuhr Moran fort. »Aber es hat mir nichts genützt. Als meine Frau sich dann scheiden ließ, weil ich ihr Spiel nie mitgespielt habe, hat ihr Dad alle Hebel in Bewegung gesetzt, und meine Mitgliedschaft war dahin. Das war mir ganz recht, denn ich war sowieso kein besonderer Golffan.«

»Du warst also auch mit dem großen Geld verheiratet?«

Moran zuckte mit den Achseln. »Es hätte klappen können, hat es aber nicht. Was soll's? Zuletzt habe ich de Boya vor ungefähr einem halben, dreiviertel Jahr gesehen. Er kam daher, als wäre nie was gewesen, und wollte mir das Objekt abkaufen, ein Betonsilo hochziehen.«

»Und was hast du gesagt?«

»Ich habe abgelehnt. Jede Woche kommen Makler daher. Sie wollen eine ununterbrochene Mauer von Wohnblocks von Key West bis nach Jackson Ville bauen.«

»Ich frag' lieber nicht, wann du seine Frau zuletzt gesehen hast.« Nolen grinste ihn an. Er wollte ihn aufziehen.

Moran verzog keine Miene. »Wir lassen sie aus dem Spiel, ja?« Dann wechselte er das Thema. »Du hast dich mit dem Klavierspieler unterhalten, habe ich gehört?«

»Dir entgeht nichts hier, auch wenn du nicht da bist, was?« erwiderte Nolen. »Er hat mir eben leid getan. Ich hab' ihm gesagt, daß ich ihn wegen einer Frau beschatte, mit der er nicht zusammen sein dürfte. Bevor ihm der kalte Schweiß ausgebrochen ist, hab' ich ihm versichert, daß ich ihn nicht hinhängen werde, auch wenn ich da ein Risiko auf mich nehme.«

»Du hast ihm zu verstehen gegeben, daß das Risiko seinen Preis hat.«

»Fünfzig pro Tag. Warum nicht?«

»Dabei gibst du ihnen nicht mal saubere Handtücher«, rief Moran. »Was machst du eigentlich, wenn du nicht hier rumsitzt?«

»Ich ruhe mich aus. Ziele habe ich keine mehr. Ich will nur noch in den Tag hineinleben. Nichts übertreiben. Nie mehr als einen Sechserpack Bier täglich oder drei Gläser harte Sachen, wenn ich nicht auf 'ner Party bin.«

»Zurückhaltung habe ich schon immer bewundert«, meinte Moran. »Den Bogen nicht überspannen.«

»Genau«, rief Nolen. »Ich war zwanzig Jahre lang Schauspieler. Na ja, zehn Jahre als Profi. Manchmal in einem Film in New York, meistens aber in den Theatern hier unten. Du gibst dein Bestes, und die Leute sitzen steif da, damit ihnen kein Wind entweicht. Am liebsten würden sie aufstehen und heimgehen, aber du ja genauso. Ich hab' immer entweder den Kumpel des Stars gespielt oder den Bruder der Tussi. Einen Volltrottel eben, der ständig die

Hände ringt und wie ein Blöder die Augen verdreht. ›Aber Scott, meinst du wirklich?‹ Ich durfte nie raffen, was eigentlich los ist. Um die Rolle ein bißchen zu gestalten, hab' ich den Typen als Säufer gespielt, oder hab' 'nen Schwulen angedeutet. Aber die Arschlöcher von Regisseuren lassen sich von dir nichts sagen, wenn du nicht gerade ein Forrest Tucker oder ... ein Doug McClure bist. Verstehst du, was ich meine? Die Art von Typ eben.«

»Ich kann mir schon denken, daß es hart ist«, sagte Moran. »Bei den zig Doug McClures auf den Bühnen ...« Er merkte, daß Nolen die zwei Sekretärinnen aus Fort Wayne betrachtete. Bis zu den Knien lagen sie jetzt im Schatten des Hochhauses.

»Ich wohne in einem Motel in Golden Shores«, sagte Nolen und sah Moran wieder an. »Es ist nicht schlecht. Dreihundert Dollar im Monat und sauber. Die Sache ist die, ich würde ganz gern zu dir überwechseln.«

»Das kann ich mir denken«, sagte Moran.

»Aber selbst deine Preise in der Nachsaison sind nicht nur gepfeffert, sie sind auch unrealistisch. Für einen Urlauber mögen dreißig Dollar ja okay sein ... Was ich dir anbiete, ist eine dauerhafte Monatsmiete.«

»Wie dauerhaft?«

»Was hast du denn schon? Mit den Sekretärinnen und dem Pärchen vermietest du vielleicht vier von zwölf Apartments, stimmt's? Wetten, daß es neun von zwölf Monaten so aussieht? Okay. Aber für einen fairen Preis ist Nummer fünf das ganze Jahr über ausgebucht. Und ich helfe dir sogar bei der Instandhaltung. Den Pool saubermachen, den Rasen mähen ...«

»Wir haben kein Gras.«

»Die Hühner füttern ... Was eben so anfällt. Weißt du doch besser als ich ...«

»Sechshundert«, sagte Moran.

»Mein Gott, George. Für sechshundert bekomme ich ein möbliertes Zweizimmerapartment.«

»Im Indianerreservat vielleicht. Aber am Strand bestimmt nicht.«

»Wie wär's mit dreihundert? Wir als alte Kriegskameraden! Ich unterhalte die Sekretärinnen, bring' sie mal auf Trab und zeig' ihnen, wie man sich richtig hinlegt. Hör zu, ich unterschreib dir einen Vertrag für ein ganzes Jahr.«

Und machst dich mitten in der Nacht davon, dachte Moran. Aber was konnte er dabei verlieren? Er mochte Nolen. Er traute ihm nicht gerade, aber das war ja auch nicht nötig »Okay«, sagte er. »Aber im Bett wird nicht geraucht, versprichst du mir das?«

Am Samstag zog Nolen Tyner mit allem, was er hatte, in Nummer 5 ein. Zwei alte Koffer und mehrere Kartons voller Zeitschriften, Briefe, Hochglanzfotografien von ihm in verschiedenen Kostümen und Posen, ein Haarfön. Eine Batterie von scharfen Sachen, Scotch, Wodka und Rum die meisten Flaschen fast leer. Massenhaft Kleidung, schmutzig aussehende, altmodische Hemden, Hosen und ein Trenchcoat auf einem Kleiderbügel. Eine große Schachtel mit flotten Schuhen, hellbraun und weiß perforierten. Die letzteren hatten es Jerry ganz besonders angetan. Nolen sagte ihm, er könne sie haben, wenn sie ihm paßten. Der Mann lebte aus Pappkartons, die er von Motel zu Motel schleppte.

Jerry zog mit seinen Schuhen davon, und Nolen schenkte Moran und sich zur Feier des Tages einen Scotch ein.

»Du hast recht«, sagte er. »Die Dominikanerin ist tatsächlich nicht de Boyas Frau.«

»Weißt du, wer sie ist?« Moran setzte sich mit seinem Drink an den Resopaltisch.

»De Boyas Schwester. Wohnt in Bal Harbor. Ich hab' wohl gedacht, sie haben sich getrennt und sie ist ausgezogen Heute morgen hab' ich Marshall gefragt, warum er mir den Bären mit der Frau von de Boya aufgebunden hat. ›Das hab' ich nie behauptet‹, sagt er. ›Ich hab' Ihnen nur den Namen des Kunden mitgeteilt und daß sie Anita heißt. Das mit de Boyas Frau muß auf Ihrem Mist gewachsen sein.‹ Marshall ist einer von der Sorte, die nie was Falsches sagen. Seine Informationen passen auf die Rückseite eines Briefumschlags.«

»Seine Schwester?« rief Moran. »Ich wußte gar nicht, daß er eine hat.«

»Anita ist zweiundvierzig. Zum drittenmal geschieden.« Nolen schenkte sich noch etwas Scotch nach. »Wenn sie ausflippt, ruft de Boya bei Marshall an. ›Anita treibt's schon wieder mit einem.‹ Der gute Ruf der Familie geht ihm über alles. ›Finden Sie raus, mit wem sie jetzt vögelt. Ich brauche seinen Namen.‹ So geht das schon seit Jahren. Einmal hat er sie durch ganz Miami verfolgt, aber sie ist ihm ständig entwischt. Marshall wartet in der Collins Avenue in seinem Wagen vor einem Geschäft. Er weiß, daß sie reingegangen ist. Dann schaut er in den Rückspiegel. Da kommt sie doch glatt in ihrem Mercedes angerauscht und rammt seinen Wagen voll von hinten. Sie setzt zurück, scheißt sich gar nichts um ihre eingedrückte Kühlerhaube, gibt Gas und zeigt ihm im Vorbeifahren den Stinkefinger. Wenn das nicht frech ist ... Ein andermal läßt sie sich mit so einem Jai-alai-Star in Dania ein. Sie kommen gleich zur Sache und lassen sich auch von Marshall nicht stören. Und kaum hat er seine Fotos geschossen, springt sie zum Bongospieler von einer Reggaeband rüber, obwohl die gerade am Strand eine Session haben. Die Tussi hat goldene Wasserhähne im Bad, *echtes Gold* sag' ich dir, und dann läßt sie sich von so einem Typen mit Wollmütze und Rastalsocken auf dem Sand bumsen. Die suchen sich erst gar nicht ein Zimmer.«

»Ja, ja, wo die Liebe hinfällt ...«, meinte Moran.

Sonntag abend fielen Moran die Lichter in Nummer 1 auf. Er erkundigte sich gleich bei Jerry. Das Pärchen, erfuhr er. Sie hatten gezahlt und konnten kommen, wann sie wollten, warum nicht? Bei Jerry war Moran stets geduldig. Klar, meinte er. Aber warum plötzlich in der Nacht, wo sie sonst immer am Nachmittag von eins bis fünf dagewesen seien. »Frag mich nicht«, meinte Jerry. »Bei den Kubanern weiß man nie ...« Moran ging weiter zu Nolen. Der erklärte ihm, der Klavierspieler hätte Sonntag und Montag frei. »Na gut« brummte Moran, »vielleicht wollten sie es ja mal in der Nacht probieren, wie normale Menschen auch.« Er wollte sich deswegen keine grauen Haare wachsen lassen.

3

Im Fernsehen lief das Match der Detroit Lions gegen die Chicago Bears. Es ging um den letzten Platz. Moran überlegte, ob er lieber Schlußspieler oder Angreifer wäre ... ob er noch ein Bier trinken und dazu ein Steak braten sollte oder ins Vesuvio's am Federal

Highway gehen sollte. Worauf hatte er denn Lust? Spaghetti Marinara und frisches Weißbrot mit Butter, mein Gott, und eine Flasche Rotwein dazu und den Haussalat ... oder Hühnchen Cacciatore und das Brot in die Soße tunken ... da klingelte das Telefon.

Moran stand auf und lief barfuß zum Apparat. Der PVC-Boden fühlte sich klebrig an. Er hätte längst einen Teppich verlegen sollen. Zum x-ten Mal dachte er an eine Renovierung. Die Möbel waren ihm schon beim Einzug auf den Geist gegangen. Dieses ewige rosa-schwarz-grüne Dschungelmuster auf den Polstern, die geschwungenen Bambuslehnen an Couch und Sesseln ... Draußen hörte er den Wind pfeifen und den übermächtigen Ozean heranbranden. Bei dem Getöse kam er sich mutig vor, weil er keine fünfzig Meter davon entfernt lebte und sich ein Footballmatch in Farbe anschaute. Das Telefon stand hinten auf der Bar, die die Kochnische vom Rest des Wohnzimmers abtrennte. »Coconut Palms ...« sagte er in der Erwartung der Anmeldung einer Sekretärin irgendwo aus dem Norden.

»George«, sagte Jerry, »könntest du ins Büro kommen und mir kurz helfen?« Dann war Schweigen. Er wartete.

Es war Jerrys Stimme, aber sie hörte sich nicht nach Jerry an. Sein Tonfall war sehr ruhig, kalt und nüchtern. Nach sechs Uhr klang Jerry nie so, auch dann nicht, wenn er die Buchführung machte.

»Was ist los?« wollte Moran wissen.

»Zwei Leute sind hier und suchen jemanden. Ich weiß nicht, ob er hier eingetragen ist.«

In seiner Stimme lag eine Unschuld, die ganz und gar nicht zu Jerry paßte. Jerry wußte alles.

»Sekunde«, sagte Moran. »Ich bin gleich da.«

Draußen blies ihm der Wind durch das T-Shirt. Er warf einen Blick zum Himmel. Keine Sterne zu sehen. Morgen würde der Wind den ganzen Tag wehen, und die Sekretärinnen würden über das Wetter jammern. In ihren Apartments war es dunkel. Nur die Außenlampen tauchten die Veranda in mattes Gelb. In Nummer 1 schien Licht durch die zugezogenen Vorhänge. Das überraschte Moran. Es war das zweite Mal hintereinander für das Pärchen. Sie waren die ganze Nacht dagewesen. In der Früh waren sie irgendwann gegangen, und jetzt machten sie es wieder. Aber bestimmt nicht graziler als Alligatoren. Moran konnte sich nicht vorstellen, daß sie einander romantische Worte zuflüsterten. Eher meckerte die Frau wohl aus Unzufriedenheit mit dem Klavierspieler, gab ihm ihre Anweisungen, und der Arme mühte sich redlich ab, um es ihr recht zu machen. Moran lief um den von unten beleuchteten Swimming-pool herum und näherte sich dem Büro. Durch das Fenster sah er Jerry hinter dem Registrierpult stehen, das plötzlich so aussah wie ein schmaler Ladentisch. Jerry schüttelte den Kopf und sagte irgend etwas. Dabei schaute er an zwei Männern vorbei, wich nervös ihren Blicken aus, obwohl sie sich direkt vor ihm an das Pult lehnten. So war Jerry sonst nie.

Die zwei Männer trugen leichte Sakkos und aufgeknöpfte Sporthemden mit weichem Kragen. Der jüngere der beiden war ein dunkelhäutiger südländischer Typ mit dichtem Haar und bis über die Mundwinkel gezogenem Schnurrbart. Der andere hatte eine rosa Hautfarbe und war untersetzt, fast fett. Als die Tür aufging, drehte er sich um und schob eine dunkel gefaßte Brille an seiner knolligen Nase nach oben. Dem Gesicht nach zu urteilen mochte er irischer Abstammung sein.

Polizei, dachte Moran auf den ersten Blick.

Jerry war angespannt, nervös. »George«, rief er. »Haben wir einen Gast namens Prado?« In der Hand hielt er einen Stapel Anmeldekarten. »Mir ist der Name kein Begriff. Aber vielleicht ist er an meinem freien Tag gekommen.«

»Laß mal sehen«, brummte Moran und ging um das Pult herum. Er ging auf Jerrys Spiel ein, ohne zu wissen, was eigentlich los war. Eines stand für ihn jedoch fest: Von der Polizei waren die zwei nicht. Jerry hatte einen guten Draht zur Polizei. Moran nahm die Anmeldekarten in Augenschein. Es waren alte, von der Vorsaison.

Der jüngere, der Latino, musterte Moran unentwegt. Allem Anschein nach ließ er sich nicht beeindrucken. »Stell dich nich so an«, sagte er. »Was soll das denn?«

»Wie war der Name?« erkundigte sich Moran. »Bravo?«

»Prado.« Der jüngere streckte den Arm über das Pult und schnippte ungeduldig mit den Fingern.

»Los, mach schon. Laß sehn, was du da hast!«

»Ich hab' ihm schon gesagt, daß das Privatbesitz ist«, meldete sich Jerry. »Ich darf es ihm nicht zeigen.«

Der untersetzte irisch aussehende Typ legte dem jüngeren die Hand auf den ausgestreckten Arm. Der Arm fiel auf das Pult, und der Untersetzte schob wieder seine Brille nach oben. »So kommen wir nich weiter, George«, sagte er. »Was soll das mit den Karten? Mehr als zwei, drei Apartments hast du doch nich vermietet. Zusammen mit meinem stehn fünf Autos draußen.« Er sah auf die Fenster zur Terrasse und zum beleuchteten Swimming-pool. »In einem Apartment sind die Lichter an. Vielleicht schaun die sich gerade das Footballmatch an. Das würde ich jetz' jedenfalls am liebsten tun. Jetz' weiß ich aber, daß der Typ, den wir suchen, sich überhaupt nich für die Football League oder den Supercup nächsten Januar interessiert. Also macht er da drinnen wahrscheinlich was andres. Wir können runtergehn und anklopfen. Wir können an jeder Tür hier klopfen, aber ich will deine Gäste nich stören. Sie könnten ja schon schlafen. Nur keinen Aufruhr, sonst leidet dein Ruf. So, da steh' ich. Jetz würd' ich nur gern wissen, wo stehst du, George, und warum bist du so störrisch?«

Moran schwieg. Er versuchte sich an die Nummer der Pompano Beach Police zu erinnern.

»Schuldet er dir Miete?«

Moran sagte immer noch nichts.

»Die Frage is' wirklich nich' schwer, George. Da muß man sich doch nich' am Kopf kratzen, oder?«

»Los schon, George, stell dich nich' so an!« schaltete sich der Latino ein. »In welchem Zimmer isser?«

Der Untersetzte drehte sich zum Latino um. »Geh lieber raus, Corky. Das schaff' ich allein.«

Der Latino ließ sich Zeit. Widerwillig setzte er sich in Bewegung, aber dann verschwand er in Richtung Swimming-pool.

Als die Tür ins Schloß fiel, sagte der Untersetzte: »Scheißspaniole. Jemand hat ihnen mal gesagt, sie wärn heißblütig, und jetzt meinen sie, sie müßten ihrem Ruf Ehre machen. Aber macht euch wegen Corky keine Sorgen. Ich leg' ihn an die Leine, wenn's sein muß.«

»Ich kann auch die Cops holen«, meinte Moran.

Mit einem Seufzer wühlte der Untersetzte in der Tasche seiner zerknitterten Jacke und förderte eine Visitenkarte zutage. Er legte sie auf das Pult. »Jiggs Scully. War selber mal Cop. New York City,

Bezirk Manhattan. Wetten, daß ich besser mit den Cops reden kann als du, George.«

Moran nahm die Karte in die Hand. »Unternehmensberater ...«

»Ganz richtig«, sagte Scully. »Unternehmensberater. Siehst du die Adresse? New World Tower, Biscayne Boulevard. Ich berate die Leute bei Geschäftsangelegenheiten, bin so der Vermittler, bringe die Leute zusammen, die einen Deal machen wollen – solche Sachen eben. Wenn du mehr wissen willst, schau einfach bei mir im Büro auf 'nen Kaffee rein. Okay? Aber jetz' muß ich zu Mr. Prado. Und da brauch' ich dich. Ich will auch höflich anklopfen, aber wenn er nich' aufmacht, muß ich die Tür eintreten. Es geht nun mal um 'ne wahnsinnig dringende Sache. Du brauchst mir nur den Schlüssel zu geben, und deiner Tür geschieht garantiert nichts. Was sagst du dazu?«

»Sie können anklopfen«, sagte Moran. »Aber wenn er nicht aufmacht, gehen Sie auch nicht rein. Sie können mit den Cops reden. Dann sehen wir ja, was Sie drauf haben.«

»O Mann«, stöhnte Jiggs Scully und lehnte sich wieder gegen das Pult. »Mir ist das Ding auf deinem Arm aufgefallen. Einmal Marine, immer Marine, was? Gibst keinen Millimeter preis. Also gut, Kumpel. Wenn er nich aufmacht, geh' ich heim und schau mir das Footballmatch an. Wie gefällt dir das?«

Jerry blieb allein im Büro. Er stand am Fenster. Das Telefon war in Griffweite. Auf ein Zeichen von Moran hin würde er es benützen. Im Augenblick war alles ruhig. Die zwei Typen hatten vor Nummer 1 gestanden. Sie hatten geklopft, gewartet, wieder geklopft. Die Tür war aufgegangen, und sie waren eingetreten. Jerry sah auf die Uhr. Zwanzig nach zehn. Sie waren jetzt zwei Minuten drinnen. Jerry machte die Tür zur Terrasse auf. »George?« rief er mit gedämpfter Stimme.

Die Gestalt am Swimming-pool rührte sich nicht. Sie sah unentwegt auf die Suite Nummer 1. Dahinter lag im Dunkel der Ozean. Jerry trat ins Freie, zog die Tür leise hinter sich zu und huschte zu Moran hinüber.

»Hast du was hören können?«

Moran schüttelte den Kopf.

»Bei dem Wind versteht man ja sein eigenes Wort nicht«, meinte

Jerry. »Der Klavierspieler hat doch aufgemacht und ist dann einen Schritt zurückgetreten, findest du nicht auch? Als ob er sie hereingebeten hätte.«

Moran schwieg. Er wünschte, Jerry würde wieder ins Büro gehen.

»Vielleicht sind sie von einem Kreditinstitut und wollen ihm das Auto pfänden«, meinte Jerry, »die gefallen mir ja überhaupt nicht. Typen von der Sorte kommen überall rein und nehmen sich einfach, was sie brauchen. Erst hielt ich das für einen Überfall.«

»Bleib lieber beim Telefon. Hast du die Nummer nachgeschlagen?«

»Sieben – acht – fünf ... sieben – acht – fünf – zwo – neun ... Oder ist es neun – zwo – eins – eins?«

»Ich weiß nicht. Schau lieber noch mal nach.« Die Tür ging auf. »Jerry, sie kommen raus!«

Jerry eilte ins Büro zurück.

Als erster trat der Latino namens Corky in Morans Blickfeld. Ihm folgten der Klavierspieler und die Frau. Der Typ, der wie ein Ire aussah, Jiggs Scully, sperrte ab. Zur Kontrolle drehte er noch einmal am Griff. Im Gänsemarsch liefen sie den Apartmentflügel entlang auf den Durchgang neben dem Büro zu, in dem Moran einen Colaautomaten und eine Eismaschine stehen hatte. Von dort kamen sie direkt zur Straße. Sie waren jetzt keine zwanzig Meter von ihm entfernt.

»Mrs. ...«, sagte Moran. Ihm war nicht klar, wie er sie nennen sollte. »Ist alles in Ordnung?« fragte er.

Jiggs Scully, der sich am Ende der Prozession wie ein Faß vorbeischob, sah zu ihm hinüber. »Alles in bester Butter, George. Schau dir ruhig wieder dein Spiel an.«

»Mr. Prado?« fragte George.

Der Latino, Corky, sagte etwas auf spanisch und brach in Lachen aus. »Mach dir wegen dem Geld keine Sorgen, George«, rief Jiggs Scully. »Wir gehn nur einen heben. Schönen Abend noch.«

Moran folgte ihnen bis zum Durchgang. Er sah, wie sie an einer Reihe schräg geparkter Wagen vorbeiliefen, dem grauen Mercedes der Frau und Nolens verrostetem blauen Porsche. Den Wagen des Klavierspielers sah er nicht. Dann stiegen sie alle vier in einen rotweißen Cadillac und brausten davon.

Im Büro holte Moran sich den Schlüssel zu Nummer 5. »Nolen ist da«, sagte Jerry. »Den ganzen Abend schon.«

»Er wird wohl schlafen«, meinte Moran.

»Aber warum sollte er über sie Bescheid wissen?«

Moran gab keine Antwort. Er war schon auf dem Weg zu Nummer 5. Vor der Tür blieb er stehen und lauschte. Gedämpfte Geräusche drangen nach außen. Er klopfte dreimal laut an. Da niemand sich rührte, sperrte er auf. Drinnen roch es wie in einer Bar.

Im Fernseher lief das Footballmatch. Nolen saß im einzigen bequemen Sessel vor dem Apparat. Seine Augen waren geschlossen, der Kopf lag auf der Schulter. Er schnarchte leise. Moran nahm das leere Glas, das er auf dem Schoß hielt und rüttelte ihn wach.

»Hey, Nolen?«

Er wachte sogleich auf. »Was ist denn los?« Er rieb sich das Gesicht und sah, wie Moran das Glas neben die Scotchflasche und die Schachtel mit Crackers auf den Tisch stellte. Dann kam Moran wieder zurück.

»Zwei Typen haben was vom Klavierspieler gewollt.«

Nolen reagierte nicht.

»Hast du mich gehört?«

»Wie spät ist es?«

»Halb elf ungefähr. Sie sind mit Anita und Prado rausgekommen, haben was von einem Drink gesagt, aber das glaube ich nicht. Sie sind mit ihnen in einen Wagen gestiegen und davongefahren. Ein rotweißer Cadillac.«

»Da hast du's«, sagte Nolen.

»Was soll das heißen? Sie haben sie irgendwohin mitgenommen.«

»Vergiß es«, brummte Nolen. Er hatte sich immer noch nicht in seinem Sessel gerührt.

»Einer von ihnen heißt Jiggs Scully. Der andere ist Kubaner. Ach, ich weiß nicht, ein Latino jedenfalls.«

»Der Typ hat dir seinen Namen genannt?«

»Er hat mir seine Visitenkarte gegeben. Jiggs Scully.«

»Und das glaubst du?«

»Es war seine Karte.«

»Gezahlt haben sie ja«, sagte Nolen. »Vergiß es.«

»Du redest wie dieser Scully«, rief Moran. Er drehte sich um und ging.

Als er sich den Schlüssel zu Nummer 1 holte, wollte Jerry mitkommen, aber Moran trug ihm auf, im Büro zu bleiben, für den Fall, daß ein Anruf kam. Er wollte Jerry nicht dabeihaben. Er befürchtete eine endlose Fragerei, falls er etwas entdeckte. Dann müßte er ihm erklären, daß die Frau Andres de Boyas Schwester war. Und weil Jerry keine Ruhe geben würde, müßte er ein ums andere Mal sagen: »Ich weiß es nicht.« Trotzdem würde Jerry ihm bis zum Geht-nicht-mehr Löcher in den Bauch fragen. Dabei stimmte es. Er wußte nicht, was hier gespielt wurde. Vielleicht waren sie Freunde, und der Typ hatte sich nur einen Witz erlaubt mit seiner Drohung, er werde die Tür eintreten. Die Frau hatte ja nicht geschrien. Sie hätte kreischend loslaufen können, als sie ihn am Swimming-pool erblickt hatte.

Beim Eintreten beschlich ihn ein komisches Gefühl. Der Wind draußen pfiff laut, doch als er zumachte, war plötzlich Stille. Die Zimmer waren leer. Nur die Lichter brannten, und zwar alle.

Es wunderte ihn noch immer, daß die Frau nicht geschrien hatte. Eine wie sie hätte im Notfall garantiert Hilfe verlangt und sich lautstark beschwert, wenn er nicht herbeigesprungen wäre.

Die Suite sah aufgeräumt aus. Im Radio spielte leise Musik. Wenn sie weder Radio noch Lichter ausgeschaltet hatten, bedeutete das vielleicht etwas. Die Kerle hatten ihnen keine Zeit für Sperenzchen gelassen. Vielleicht war ihnen auch nur die Stromrechnung herzlich egal. Sie mußten sie ja nicht bezahlen. Ein Aschenbecher war voller Kippen. Auf dem Schreibtisch lagen ein paar Postkarten vom Coconut Palms. Im Mülleimer war eine leere Champagnerflasche. Von einer Brandyflasche, deren Spiegel laut Lula jeden Tag um mehrere Zentimeter sank, war nichts zu sehen. Lula erzählte ihm auch, sie würden das Bett immer zerwühlen, aber beide Hälften waren noch unberührt. Ein rosa Négligé hing im Schlafzimmer. Moran überlegte, ob er es nicht nehmen sollte. Er war sich ziemlich sicher, daß er die zwei nie wieder sehen würde. Vom Klavierspieler lag allem Anschein nach nichts herum. Bevor er ging, schaltete Moran das Radio und das Licht aus.

In der Nacht kamen sie nicht mehr zurück. Früh am nächsten Morgen bemerkte Moran, daß der graue Mercedes der Frau weg war. Na gut, dachte er, das heißt noch nichts. Sie könnten immer noch gute Freunde sein. Es ist vielleicht spät geworden, und die Frau wollte gleich heimfahren. Das Pärchen blieb ja praktisch nie über Nacht. Vielleicht trieben sie es hier heute nachmittag schon wieder miteinander ... Um die Zeit ungefähr würde er sein Flugzeug nach Santo Domingo besteigen.

Moran wartete bis kurz nach neun Uhr, dann wählte er die Nummer, die auf der Visitenkarte mit dem Aufdruck Jiggs *Scully* und *Unternehmensberater* stand.

Eine Frauenstimme meldete sich: »Dorado Management. Guten Morgen.«

»Ich möchte mit Mr. Scully sprechen«, sagte Moran.

»Mr. Scully?« wiederholte die Frauenstimme, als hätte sie nicht verstanden. »Einen Augenblick bitte.« Etwa zehn Sekunden lang herrschte am anderen Ende der Leitung Schweigen. Dann meldete sich die Frauenstimme wieder: »Es tut mir leid, aber es gibt hier keinen Mr. Scully.«

»Ich habe aber seine Karte. Und Ihre Nummer steht darauf.«

»Ich bedaure, aber hier arbeitet niemand mit diesem Namen«, sagte die Frau und legte auf.

Nolen ließ sich erst um halb elf blicken. Mit einem Bier in der Hand steuerte er auf die Zementmauer zu. Der Wind zerzauste ihm das strähnige Haar. Er schloß die Augen und wandte das Gesicht nach oben zum bewölkten Himmel.

»Ein herrlicher Morgen.«

»Sie sind in der Nacht nicht mehr zurückgekommen«, sagte Moran.

»Das tun sie ja nie.«

»Ich hab' unter der Nummer dieses Scully angerufen. Dort gibt es niemanden mit seinem Namen.«

»Er hat dich angelogen«, meinte Nolen. »Aber wie dem auch sei, die Turteltäubchen kommen zurück oder lassen es bleiben. Was kann ich dir sonst noch sagen, Kumpel?«

Moran hätte ihn am liebsten erwürgt. »Laß den Scheiß mit dem Kumpel und sag mir lieber, was hier gespielt wird. Warum sind Anita und der Klavierspieler überhaupt hierhergekommen? Es gibt doch tausend andere Motels. Warum suchen sie sich ausgerechnet meins aus? Warum?«

Ohne die Augen zu öffnen, trank Nolen von seinem Bier. »Es liegt auf halbem Weg zwischen ihnen – was weiß ich.«

»Aber du hattest den Auftrag, hierherzukommen, oder? Von selber bist du ihnen doch nicht gefolgt.«

»Marshall hat mir eine Ansichtskarte von deinem Haus mit Palmen davor gegeben.«

»Hatte er sie von de Boya?«

»Das nehme ich an.«

»Hat er seiner Schwester gesagt, sie soll sich hier einmieten? Weil es so ein tolles Liebesnest ist? Sag schon.«

»Vielleicht hat sie die Ansichtskarte bei ihrem Bruder gesehen«, stöhnte Nolen gequält. »Sie sagt dem Klavierspieler, sie wollen es hier machen, weil sie nichts Besseres weiß. Wie gefällt dir das?«

»Irgendwas ist faul an der Sache«, sagte Moran. »Und ich steh' mitten drin. Denkt de Boya denn, daß ich seine Schwester kenne? Daß ich sie eingeladen hätte?«

»Ich weiß es nicht«, rief Nolen. »Glaub's mir doch. Ich habe nur den Auftrag, Anita zu überwachen.« Er sog die Meeresluft tief ein. Moran sah er immer noch nicht an. »Und die Augen soll ich offenhalten.«

»Weswegen?«

»Schauen, wer dich so besucht.« Jetzt warf Nolen Moran einen Blick zu. Die Art und Weise, wie er zurückstarrte, behagte ihm ganz und gar nicht. »Marshall hat gesagt – willst du es wörtlich hören? – er hat gesagt, ich soll die Augen offenhalten wegen einer Frau.«

»Weiter.«

»Blondes Haar mit dunklen Strähnen. Sieht gut aus.«

»Ungefähr zweiunddreißig?«

»Genau, so um die dreißig, hat er gesagt.«

Moran starrte ihn unentwegt an. »Für Geld tust du anscheinend alles? Du nimmst wohl jeden Auftrag an, hm?« Er wandte sich ab und lief zu seinem Bungalow.

»George?« rief Nolen. Er wartete, bis Moran sich umdrehte. Dann hielt er seine Bierdose hoch. »Hast du noch kalte?«

Moran sah ihn müde an. »Komm mit«, sagte er und winkte ihn halbherzig zu sich.

Nolen folgte ihm ins Haus.

Jerry Shea sah einen schwarzen Cadillac vor dem Haus einparken. Zuerst glaubte er, Moran hätte eine Flughafenlimousine bestellt. Sogleich sagte er sich aber, daß solche Wagen keine Touristen beförderten. Das war der Riesenschlitten irgendeiner Privatperson. Er hatte undurchsichtige Fenster, fast so schwarz getönt wie der Wagen selbst, und einen Chauffeur mit einem dunklen, zugeknöpften Anzug, der als Uniform gelten konnte.

Jerry Shea entfuhr ein »Donnerwetter!«

Der Chauffeur war kein anderer als der Latino von gestern abend mit dem Namen Corky. Jetzt fuhr er diese Limousine. Mit der Hand auf dem Griff stand er an der Rücksitztür und schickte sich an, sie aufzumachen.

Aus der Beifahrertür stieg unterdessen, mit einem dunkelblauen Anzug bekleidet, der andere, Jiggs Scully, der Moran die falsche Karte gegeben hatte. Er strich sich rasch die Hose glatt und stopfte sich das Hemd unter den Gürtel.

Jerry nahm das Telefon in die Hand, wählte aber nicht.

Der Fahrer, Corky, hielt jetzt die Tür auf.

Ein etwa sechzigjähriger Herr stieg aus. Er trug einen engtaillierten, aber gutsitzenden grauen Zweireiher. Lässig strich er ihn glatt und zog das Jackett nach unten, so daß es noch enger aussah. Der Mann war Hispano-Amerikaner, fiel aber kaum als solcher auf. Er hatte eine eigentümliche Haltung, fast unbeweglich, wie eine Eiche, die man auf einer Höhe von einem Meter fünfundsiebzig abgesägt hat. Irgendwie erinnerte er Jerry an einen zwielichtigen Gewerkschaftsboß, eine Art mittelamerikanischer Jimmy Hoffa. Der hier war freilich ein Lackaffe. Das Wort fiel Jerry ein, weil der Bursche Lackschuhe trug und darüber hinaus aussah, als polierte er sich das Haar mit schwarzer Schuhwichse. Zumindest glänzte es in der Sonne wie poliertes Leder.

Während er zu Coconut Palms hinaufsah, nahm der Mann eine Sonnenbrille aus der Innentasche seines Sakkos. Besonders beeindruckt wirkte er nicht.

Moran war halb angezogen. Er packte seine Sackleinentasche für die Reise. Zwei Hosen, fünf Hemden, zwei leichte Baumwollsweater ... er wußte nicht so recht, wie lange er dort unten bleiben sollte. Vier, fünf Tage vielleicht. Als das Telefon klingelte, sah Nolen auf. Dankbar und ohne einen Mucks zu machen, saß er mit seinem Bier da. »Sie sind zurückgekommen?« hörte er Moran rufen. Und dann: »Menschenskinder, ja, das könnte er sein ... Ist gut, Jerry, ich komm' rüber. Dann sehen wir ja, was er will.« Beim Auflegen sah Moran auf das Fenster an der Seite.

»Was ist denn los?« wollte Nolen wissen. Schweigend sah er zu, wie Moran sein dunkelblaues Sporthemd überzog und zur Tür ging.

»Du bleibst, wo du bist«, befahl Moran ihm. Er riß die Tür auf und blieb abrupt stehen.

Der irische Typ, der wie ein Ex-Cop aussah, dieser Jiggs Scully, stand unmittelbar vor ihm. »Hallo, George, wie geht's?« sagte er. »Dein Team hat ja gestern nacht noch gewonnen.«

Moran trat hinaus und zog die Tür hinter sich zu. Er wollte erst an Scully vorbeigehen, dann blieb er doch stehen.

»Welches war denn mein Team?«

Scully grinste ihn wissend an. »Die Lions. Bist du denn nich aus der Motorenstadt?«

»Und was mache ich?« fragte Moran.

»Das weiß ich nich, George. Sag's du mir. Oder sag's Mr. de Boya. Er will dich sowieso was fragen.«

Moran trat an Scully vorbei. Im Gehen knöpfte er sich das Hemd zu. Andres de Boya stand mit fest hinter dem Rücken verschränkten Händen am anderen Ende des Zementwegs und sah auf den Strand hinaus. Als Moran näher kam, wandte er sich ihm zu und musterte ihn, um sich wieder wegzudrehen, sobald Moran neben ihm stand.

»Wie lang ist die Vorderseite?«

Das brachte Moran für einen Moment aus dem Konzept. Er machte seine Hose auf, stopfte den Hemdzipfel hinein und zog den Reißverschluß wieder zu. »Genausoviel wie das letzte Mal. Waren es vierzig oder zweiundvierzig Meter? Ich hab's vergessen.«

»Sie sprechen über einen Unterschied von zweihunderttausend Dollar«, sagte de Boya zum Meer. Er hatte eine weiche Stimme, aber einen harten Akzent.

»Mit Zahlen gebe ich mich nicht mehr ab«, erwiderte Moran. »Was macht das Golf?«

De Boya blieb still. Er zuckte mit keinem Muskel.

Moran überlegte sich, was passieren würde, wenn er den Kerl mit einem Tritt in den Hintern über die Zementmauer in den Sand beförderte und einfach davonging. Er nahm einen erneuten Anlauf: »Wenn Sie Ihre Schwester suchen, sie ist nicht da … Aber das wissen Sie schon, oder?«

Der Dickschädel wollte einfach kein Lebenszeichen geben.

»Bin ich Luft, oder was?« rief Moran. »Ich sag' Ihnen mal was. Wenn Sie glauben, ich hätte was mit ihr zu tun, dann sind Sie auf dem Holzweg. Ich kenne Ihre Schwester so gut wie nicht. Und mit dem Klavierspieler habe ich gerade mal ein Gespräch geführt, wenn man das so nennen kann.«

»Wieviel wollen Sie?« fragte de Boya völlig unvermittelt.

»Wofür? Für das Motel?«

»Ich gebe Ihnen …« – de Boya zögerte – »eine Million sechshunderttausend.«

»Ist das Ihr Ernst?«

»Wieviel wollen Sie?«

»Die Maklertypen, die mich so jede Woche anrufen, sind bei über zwei Millionen.«

»Ich gebe Ihnen zwei Millionen zweihunderttausend.«

De Boyas Blick ging direkt an ihm vorbei. Moran mußte grinsen. War das sein Ernst? Der Mann starrte weiter auf den Strand. Mit der Sonnenbrille sah er aus wie ein Leuchtturm mit verhülltem Scheinwerfer. Ein strenger Mittelscheitel legte die Kopfhaut bloß.

»Wollen Sie, daß ich hier weggehe, Andres?« fragte Moran. »Sagen Sie schon, was Sie vorhaben.« Er wollte es beiläufig abwickeln und den Typen nicht an sich heranlassen. »Wie dem auch sei, das Coconut steht nicht zum Verkauf.« Und sah auf seinen Strand hinaus, wo die Wogen heranbrandeten.

»Warum?«

Moran wartete. Er wollte sich sicher sein.

»Ich frage, warum.«

Der Mann hatte sich umgedreht und sah ihm jetzt fast ins Gesicht. Seine Frage hatte absolut nichts mit Immobilien oder Geldwerten zu tun. Es schien ihm ausschließlich um eine persönliche Antwort zu gehen.

»Ich lebe hier«, sagte Moran. »Es ist mein Zuhause.«

De Boya starrte an ihm vorbei auf den Bungalow. »Sie leben in dem Ding?«

»Ich lebe in dem Ding«, erwiderte Moran.

»Wieviel machen Sie damit?«

»Viel«, sagte Moran.

»Wieviel? Ein paar tausend?«

»Ich kenne Ihre Schwester nicht«, sagte Moran. »Und Ihre Frau habe ich seit mehr als einem Jahr nicht gesehen. Begreifen Sie doch! Ich habe Ihrer Frau nie Avancen gemacht. Nie.«

De Boya schien ihn anzustarren, hätte aber auch blind hinter seiner Sonnenbrille sein können. Die Wachsfigur eines ehemaligen Generals.

»Lassen Sie sich drei schriftliche Angebote unterbreiten«, sagte er. »Ich gebe Ihnen hunderttausend mehr als der Meistbietende.«

Moran sah ihn sich genau an. Vielleicht mußte man ihm mit einem Hammer auf den Kopf schlagen, um eine Reaktion auszulösen. Er mußte an eine Wurfbude denken. Und wenn man den Kopf mit dem Plastikhaar über dem Einbahnhirn dieses Mannes traf, würde er in tausend Stücke zerplatzen.

»Ist das Ihr Ernst, Andres?« sagte er. »Sie wollen bauen?«

»Natürlich, bauen«, sagte de Boya plötzlich lebhaft. »Was dachten Sie denn?«

Vielleicht war wirklich nicht mehr dahinter. Freilich hatte Moran nach wie vor seine Zweifel.

»Na ja«, sagte er und betrachtete sein Eigentum. »Ein neues Apartment wäre sicher nicht schlecht ... Sie brauchen nur gehörig aufstocken, dann haben Sie Platz für vierzig zusätzliche Wohneinheiten. Wenn Sie sie einzeln verkaufen, machen Sie brutto an die zwölf Millionen. Der Bau kostet, sagen wir mal, achteinhalb Millionen. Dazu kommen noch die Abrißkosten des alten Coconut, dann machen Sie netto eine Million, vielleicht eineinhalb. Dasselbe könnte ich auch machen. Aber das klingt nach enorm viel Streß. Ich meine, was hätte ich davon? Die Hälfte würde schon mal die Regierung kriegen. Okay, ich bin der Eigentümer und habe ein Penthouse mit herrlichem Blick auf den Atlantik, aber immer wenn ich raus will, muß ich mit dem Aufzug fahren.« Moran deutete mit dem Kinn auf den Bungalow. »Ich hab' ja schon einen Blick auf den Ozean. Ich hab' ein Wohnzimmer, einen Farbfernseher ...«

Der ehemalige General der Dominikanischen Republik, Zuckerrohranbauer, Chef der Geheimpolizei oder welche Funktion auch immer ihn so reich gemacht hatte, starrte auf Moran. Vielleicht verstand er ihn, vielleicht auch nicht.

Wie dem auch sei, dachte sich Moran – eigentlich schon auf dem Sprung zum Flug ins Abenteuer – ist das so wichtig?

Laut sagte er: »Andres, ich will Ihnen ja nur begreiflich machen, daß es nirgendwo so schön ist wie daheim und daß der beste Freund immer noch Jesus ist.«

Sein Blick wanderte weiter und fiel auf zwei Gestalten vor dem Bungalow. Nolen und dieser wie ein Ire aussehende Typ, Scully. Bei näherem Hinsehen erkannte er, daß jeder eine Bierdose in der Hand hatte, *sein* Bier. Nolen gestikulierte herum, erzählte ihm eine Story. Scully lachte sich einen Ast.

Na also, dachte Moran. Und wegen denen machst du dir Sorgen?

4

Moran kam zu dem Schluß, daß die Vergangenheit weltweit von Wohnblocks ausradiert wurde.

Wohnblocks standen jetzt auf den Polofeldern westlich vom Hotel, wo Wasserhelikopter die Marineinfanteristen vom Flugzeugträger *U.S.S. Boxer* abgesetzt hatten. Wohnblocks und Bürogebäude schossen überall in Santo Domingo in die Höhe. Auf den frischen Beton waren schon wieder Parteinamen wie PRD und PQD gesprüht. Nur weiter draußen, hatte Moran auf der Fahrt vom Flughafen in die Stadt festgestellt, gab es noch hie und da ein verwittertes YANQUIS GO HOME auf halb abgeblätterter Farbe.

Wo die Marinesoldaten ihre Wassertanks aufgestellt hatten, sonnten sich jetzt die jungen Ehefrauen von Baseballspielern und unterhielten sich über Gott und die Welt, während ihre Männer an ihrer Schlagtechnik feilten oder eine Runde Golf spielten.

In der Nähe des Hotels gab es jetzt keine offenen Flächen mehr. Die Gärten, in denen die ersten Marineinfanteristen sich verschanzt hatten, waren zugebaut. Das Kentucky Fried Chicken-Restaurant an der Ecke Avenida Washington, Socorro Sanchez, war verschwunden. Die Mahagonibäume in der Allee südlich der US-Botschaft dagegen standen noch wie eh und je.

Sie waren diese Allee mit weit aufgerissenen Augen durch die Dunkelheit hinuntermarschiert, den ganzen Weg bis nach Nicolas Penson. Und all das in einem Krieg, in dem die Straßenschilder unversehrt geblieben waren, so daß sie sich mühelos mit einem Texaco-Straßenatlas zurechtfanden. Am Morgen erblickten sie Leute auf den Straßen. Tausende säumten die Washington Street, als sähen sie eine Parade. Es stimmte – sie winkten sogar den Panzern und Zugmaschinen zu. Trotz der *Yanquis Fuera*-Parolen an den Häusern schienen die Leute über ihren Einmarsch froh zu sein.

Am nächsten Tag wurde ein Marineinfanterist auf dem Rückweg zur amerikanischen Botschaft von einem Heckenschützen erschossen. Die Item Company beim Checkpoint Charlie nördlich des Hotels wurde schwer unter Beschuß genommen, und bald machten Guerillas die ganze Umgebung unsicher, die eigentlich ein internationaler Sicherheitsstreifen sein sollte. Für ihre Überfälle benützten sie Panzerfäuste genauso wie kleinere Gewehre und sogar alte wassergekühlte Dreißiger-Geschütze, die einen derart dumpfen Lärm machten, daß man sie zuerst für Fünfzig-Kaliber-Geschütze gehalten hatte. Die Marineinfanteristen marschierten durch die ganze Stadt nach Osten und stellten so eine direkte Verbindung zu den Truppen vom zweiundachtzigsten Regiment der Air Force her, die über die Duarte-Brücke in die Stadt geschwärmt waren. So konnten sie die Rebellen in der Altstadt von den Sympathisanten außerhalb abschneiden. Aber gegen die Heckenschützen half das nicht.

Ein Bataillonsoffizier meinte dazu: »Ein paar sind nun mal freundlich und ein paar eben nicht so freundlich.« Er erklärte ihnen, daß es sich bei den meisten der Heckenschützen um Strolche handelte, Mitglieder von Straßenbanden, die sich die Waffen geschnappt hatten, als die Rebellen sie am ersten Tag ausgegeben hatten. Sie wurden *tigres* genannt, waren aber weder ausgebildet noch organisiert, wie Rebellen es normalerweise waren. Den *tigres* ging es um Abenteuer. Mit echten Waffen spielten sie Krieg. »Darum dürft ihr nur schießen, wenn auf euch Feuer eröffnet wird.« Diese Weisung war bindend.

»Moment mal!« rief einer. »Eine Vorschrift soll das sein? Wozu sind wir denn hier?« Zwei Bataillone der Marine und vier von der Air Force. »Gehen wir doch in die Scheißstadt rein und bringen es hinter uns!«

Eine Antwort darauf kam nie. Bis Ende des ersten Monats wurden neunzehn Soldaten der Besatzungstruppen im Kampf getötet und einhundertelf weitere verwundet.

Heute, sechzehn Jahre danach, unterhielt Moran sich mit seinem Taxifahrer. »Ein Freund von mir war mit den Fallschirmjägern hier«, erzählte er. »Zweiundachtzigstes Regiment. Er ist davon überzeugt, wir hätten nur in die Altstadt einmarschieren brauchen. In fünfzehn Minuten wäre der Spuk mit den Heckenschützen vorbei gewesen.«

»Ja, das glaub' ich auch«, meinte der Fahrer.

»Sie waren hier?«

»Ja, schon immer.«

»Auf welcher Seite?«

»Auf der Ihren.« Der Taxifahrer, ein älterer Schwarzer mit hohen indianischen Wangenknochen, die wie poliert glänzten, pochte auf sein Lenkrad. »Das ist drei Taxis her. Ich hatte schon die Nummer vierundzwanzig, aber nicht dieselbe Auto. Auch eine Chevrolet, aber nicht so neu wie die hier.« Sie fuhren in einem Chevrolet Impala, Baujahr 1976. Moran saß vorne neben dem Fahrer. Durch die geöffneten Fenster kam hin und wieder der Geruch von verbranntem Holz herein. Moran fühlte sich in die Zeit der Besatzung zurückversetzt.

»Waren Sie froh, daß die Marine kam?«

»Ja, natürlich. Ich will Frieden. Ich hab' immer Presseleute aus Vereinigte Staaten gefahren. Wenn wir an Ecke kommen, irgendeine Querstraße, dann ich geh' ganz schnell auf Gas, oder die Burschen schießen auf uns. Einmal haben sie in den Wagen getroffen. Da, wo Sie jetzt sitzen« – er klopfte aufs Armaturenbrett – »sind die Kugeln vorbei und sind an meine Seite wieder zu Fenster raus.«

Der Fahrer hieß Bienvenido. Er war 1904 geboren und den Umgang mit Marinesoldaten gewöhnt. »Wollen Sie sehen, wo Trujillo ermordet wurde?« fragte er.

»Morgen«, sagte Moran.

»Und das alte Viertel, den Independence Park?«

»Morgen.« Moran verstummte für einen Augenblick, dann fragte er: »Kennen Sie eine Frau namens Luci Palma?«

Nach einigem Nachdenken schüttelte der Fahrer den Kopf. »Nie gehört. Luci Palma ...«

Sie fuhren vorbei am Rasen, auf dem die amerikanischen Zivilisten mit ihrem Gepäck auf die Evakuierung gewartet hatten und parkten vor dem Hotel Embajador. »Können Sie mir einen Gefallen tun?« fragte Moran.

»Ja, natürlich.«

Moran zog aus der Brusttasche ein Blatt Papier heraus und faltete es auf. Ich möchte, daß diese Nachricht in der Zeitung erscheint. Ob im *Listin Diario* oder im *El Caribe,* ist mir egal. Was Ihnen lieber ist. Einverstanden? Sagen Sie ihnen, sie sollen es in einen Kasten setzen. Wissen Sie, was ich meine? Umrahmt, damit es auffällt. Okay?«

»Ja, okay.«

»Auf englisch.«

»Ja, auf englisch.«

»So, wie's hier steht, okay? Schauen Sie mal, ob Sie's lesen können.« Er reichte Bienvenido das Blatt mit der handgeschriebenen Nachricht. Sie lautete:

Cat Chaser
sucht das Mädchen, das einmal über Dächer gelaufen ist und ihn umbringen wollte. Rufen Sie bitte im Hotel Embajador an. Zimmer 537.

Moran wartete auf Fragen. Bienvenido starrte auf das Papier und nickte. Seine Lippen bewegten sich dabei.

»Verstehen Sie?«

»Sie wollen, daß eine Mädchen Sie anruft.«

»Ich habe sie damals hier kennengelernt.«

»Ja.«

»›Cat Chaser‹ wird sie verstehen. Wenn sie es liest.«

»Ja.«

»Das war der Codename für mein Platoon. Meine Einheit, verstehen Sie? Als ich hier war, war ich Cat Chaser Four. Aber sie wird wissen, wer das ist. Ich meine, wenn sie hier noch lebt.« Er hielt diese Erklärung noch nicht für ausreichend und fuhr fort: »Dieses Mädchen hat auf mich geschossen. Sie wollte mich umbringen. Nichts Persönliches, es war eben Krieg. Dann haben die Rebellen mich gefangengenommen, und ich habe sie kennengelernt ... Verstehen Sie, was ich sage?«

Bienvenido nickte wieder. »Ja, ich verstehe. Sie wollen diese Mädchen. Aber wenn Sie sie nicht finden, wollen Sie dann eine andere?«

Mary de Boya sah Moran in die Lobby treten. Sie sah ihn den Schlüssel vom Portier entgegennehmen und die Vorhalle zum Aufzug durchqueren. Auf der Stelle spürte sie die Erregung. *Schau hierher*, sagte sie für sich und konzentrierte sich fest. *Los schon, Moran! Schnell! Schau doch hierher!*

Die Aufzugtür schloß sich hinter ihm. Er war weg.

Vielleicht erwartete sie zuviel. In der Cocktail Lounge war es recht dunkel. Selbst wenn er herübergeschaut hätte, er hätte sie nicht erkennen können. Oder ihr Telepathiedraht war verrostet.

Vor ein paar Jahren, im Leucadendra-Club, hatte es geklappt. Sie hatte ihn durch unentwegtes Anstarren dazu gebracht, ihre Blicke zu bemerken und zu erwidern. Er hatte es genauso gekonnt. Im Speisesaal oder im Grillraum war es zum Greifen gewesen. Sie sah auf, ihre Blicke kreuzten sich, und etwas tat sich. Kein Signal, eine Vertrautheit. Sie konnten einander zulächeln, ohne zu lächeln. Ein fast unmerkliches Hochziehen der Augenbrauen genügte, und sie wußten, was los war. Laut konnten sie Bemerkungen weit ab von der Realität machen, die an ihrem Mann, an seiner Frau vorbeizischten, und schon wußten sie Sachen voneinander, die nichts mit ihrer gegenwärtigen Situation zu tun hatten. Sie kamen ja beide aus derselben Stadt. Das war purer Zufall. Aber es kam ihnen gut zupaß, wenn Andres sie mit seinem Geheimpolizeiblick auf die Probe stellte und wissen wollte, worüber sie sich unterhielten. »Detroit.« Auch wenn sie sich eigentlich über nichts Besonderes, nichts Intimes, nichts Weltbewegendes unterhielten, »Detroit« war eine sichere Antwort. »Wir haben gerade festgestellt, daß unsere Väter beide bei Ford Rouge gearbeitet haben, aber George kommt aus dem Nordwestteil, und ich bin flußabwärts in Southgate aufgewachsen.« Es hatte immer harmlos zwischen ihnen ausgesehen.

Doch beide wußten, daß zwischen ihnen etwas war. Sie brauchten nur etwas daraus zu machen:

Mary lächelte bei der Erinnerung daran. Sie merkte, daß er ihr fehlte.

Eigentlich konnte jemand einem gar nicht fehlen, wenn man ihn über Jahre hinweg nur ein-, zweimal pro Woche sah. Aber er hatte sie nie losgelassen, und darum war das, was sie empfand, echt. Man weiß einfach, wann man jemanden vermißt.

Seit seiner Scheidung hatte sie Moran nicht mehr gesehen. Von dem Tag an also, an dem sein Schwiegervater ihm das Clubabzeichen vom Blazer gerissen und ihn davongejagt hatte. In ihrer Fantasie sah Mary es in einer Momentaufnahme. Mit seinem Bart und seinen Turnschuhen stand Moran still da. Er war rausgeworfen worden, weil er sich weigerte, weiße Lackschuhe mit Quasten und den dazu passenden weißen Gürtel zu tragen. Raus. Weil er keine Lust hatte auf Gespräche über Immobilien, Getreidepreise, Steuerschlupflöcher, mehr Immobilien. Raus.

Sie hätte aufspringen und schreiend durch die Lobby laufen sollen. Neunhundert Meilen von der Heimat …

Bei ihm im Zimmer anrufen.

Ein Außenfeldspieler von den Cincinnati Reds kam an ihren Tisch und fragte sie, ob sie Lust auf einen Drink mit ihm hätte. Er sah gut aus, war toll gebaut und mindestens zehn Jahre jünger als sie. Mary lächelte ihn an. »Mit Vergnügen. Setzen Sie sich doch.«

Er brachte ihr Ablenkung. So mußte sie sich nicht gleich entscheiden. Am Ende hatte Moran eine Verabredung mit einem Mädchen …

Sie unterhielten sich über die Baseballmeisterschaft in New York und über Guerrero, den L.A.-Dominikaner, der seiner Mannschaft letzten Sonntag mit einem genialen Schlag einen *Homerun* beschert hatte. Der Baseballspieler kannte sich fast nicht mehr vor Begeisterung. Vor dem Fernseher seien sie alle ausgeflippt, daß ihr Mann das Match praktisch im Alleingang entschieden hatte. Sie flirtete ein bißchen mit dem Baseballspieler, weil sie es ihm sichtlich angetan hatte und weil sie sich dabei wohl fühlte. Die geheimnisvolle Amerikanerin in edel-legerer Seide und allein in Santo Domingo. Der muskulöse Lockenkopf saß ihr gegenüber und schob seine breiten Schultern über den Tisch. Aus Verlegenheit stopfte er eine Erdnuß nach der anderen in sich hinein.

Die vierunddreißigjährige Mary de Boya war höchstwahrscheinlich die bestaussehende Frau, die dem Baseballspieler je über den Weg gelaufen war. Das lange, mit honigfarbenen Strähnen durchwirkte Haar fiel ihr in sanften Wellen über die Schultern und umrahmte ein graziles, mit hauchzarten Sommersprossen übersätes Gesicht und aufregende braune Augen.

Sie fragte den Außenfeldspieler, was er denn empfand, wenn ein steinharter Ball mit hundertfünfzig Stundenkilometern auf ihn zugeschossen kam. Der Außenfeldspieler erklärte ihr, daß die Geschwindigkeit nichts ausmachen durfte. Man konnte dem Werfer doch nichts schenken. Die angeschnittenen Bälle brachten einen da schon eher in Schwierigkeiten. Die kamen nämlich total tückisch und ließen sich kaum berechnen. Der Baseballspieler wollte wissen, ob sie schon einmal hiergewesen war. Ein paarmal schon, erwiderte sie, um sich Polospiele in Casa de Campo anzusehen. Oh, sagte er, ob sie diesmal auch aus diesem Grund da war? Mary zögerte. Nein, sagte sie, sie treffe ihren Liebhaber. Oh, sagte der Baseballspieler.

»Jetzt muß ich mich aber sputen«, sagte Mary und ließ den Baseballspieler halb auf und halb neben seinem Stuhl sitzen. Am Pförtnerpult erkundigte sie sich nach Mr. Morans Zimmernummer.

»Mr. Moran«, sagte der Mann. »Fünfhundertsiebenunddreißig.«

»Wie lange bleibt er?«

Der Mann sah erneut auf. »Bis zum neunundzwanzigsten. Vier Tage.«

Mary hatte sich schon abgewandt, zögerte und drehte sich noch einmal um. »Ich hätte gern ein Zimmer.«

»Ja«, sagte der Portier. »Wir haben ein sehr schönes Zimmer. Oder möchten Sie eine Suite mit Salon?«

»Gut«, sagte Mary, obwohl sie sich gar nicht sicher war, ob sie das wollte. »Ich habe mein Gepäck nicht dabei.« Sie sah den Portier hilfesuchend an. »Es ist in Casa de Campo. Könnten Sie es abholen lassen, wenn ich dort anrufe?«

»Ja, aber es sind siebzig Meilen. Ich weiß nicht, wie schnell das besorgt werden kann.«

»Tun Sie Ihr Bestes«, erwiderte Mary. Beim Ausfüllen der Anmeldekarte gab sie ihren Mädchennamen an. Mary Delaney, und irgendeine Adresse in Miami Beach. Jetzt gab es kein Zurück mehr. Der erste Schritt war getan. Wenn du eine triffst, Moran, dachte sie, dann bringe ich sie um.

Moran hatte ein Zimmer mit Blick nach Süden. Direkt unter sich hatte er den Swimming-pool, dahinter standen am Strand der Karibik postkartenwürdige Häuser im Kolonialstil mit Palmen davor. Die Dämmerung ging langsam in die Nacht über, aus dem Himmel war jede Farbe gewichen. Stimmen waren zu hören, eindeutig spanische Wörter. In der Ferne brummten Mofas wie Rasenmäher. Denselben Geräuschen in der Ferne hatten sie vor sechzehn Jahren in ihren Zelten auf den Polofeldern gelauscht. Geräusche, die die Leute im Leben machten, obwohl sich urplötzlich noch andere dazumengten: explodierende Minen und Granaten – fünfmal machte es irgendwo *Klick*, und das hob sich ab von den Alltagsgeräuschen in Santo Domingo. In den ersten Tagen war es sehr unangenehm für ihn. Er traute den Leuten nicht und kam mit der Umgebung nicht zurecht. Im Licht der Taschenlampe studierte er die Texacokarte und prägte sich die Namen der Hauptstraßen ein. Mit roten Kreisen markierte er die Checkpoints Charlie und Delta, die Botschaft, den Präsidentenpalast, das Hauptquartier der Polizei. Vom Bolivar bis zum Independence Park ging es. Dann aber blockierten ausgebrannte Autos die Kreuzungen, und man mußte in Deckung gehen. Ab hier wurde scharf geschossen. Als er sein Gelände erst einmal kannte und er und seine Leute nicht mehr planlos herumstolperten, machte es ihm Spaß. Für sie alle war es der erste Krieg.

Morgen konnte er die Straßen ablaufen ... und wieder die Stimmen aus dem Feldradio hören ... »Cat Chaser Four, hören Sie? Wo zum Teufel stecken Sie?« ... Und dann schaltete sich die Mädchenstimme dazu: »Ich weiß, wo du bist. Ich seh' dich, Cat Chaser ... Hey Cat Chaser, komm und hol mich doch ... Aber für die *tigres* bist du wohl nicht gut genug. Ihr von der Marine könnt ja nur Pussikätzchen jagen. Hol mich doch, Cat Chaser Four, oder wer du sein magst ... Ich heiße Luci. Over.«

Die sechzehnjährige Luci Palma, die sie mit ihrem M-1-Karabiner aus dem Zweiten Weltkrieg bis an den Rand des Wahnsinns getrieben hatte. Das Mädchen, das über die Dächer gelaufen war ...

Der Zimmerkellner brachte ihm einen Eimer mit drei Flaschen Bier. Eisgekühltes El Presidente. Moran unterschrieb und drückte ihm einen Peso in die Hand. »Waren Sie im Krieg hier?« wollte er wissen.

Der Kellner schien nicht zu verstehen.

»Hace dieciséis años«, sagte Moran.

»O ja, ich war hier.«

»Auf welcher Seite?«

Wieder zögerte der Kellner.

»Que lado? Los generales o los rebeles?«

»Nein, nein, ich kämpfe nicht«, sagte der Kellner. »Ich liebe den Frieden.«

»Mit wem ich auch spreche, keiner was im Krieg, *la guerra.* Ich frag' mich nur, wer dann geschossen hat.«

Das Telefon klingelte.

»Ich war in Samaná«, sagte der Kellner.

»Da waren sie alle«, erwiderte Moran. »Danke.« Er folgte dem Kellner, aber nicht zur Tür, sondern blieb vor dem Nachtkästchen, auf dem das Telefon stand, abrupt stehen. Es klingelte zum vierten Mal. Moran nahm ab.

»Hallo.«

Die Stimme war ihm sogleich wieder vertraut. »Moran? Was machen Sie denn in Santo Domingo?«

»Das gibt's doch nicht!« rief er. »Wie ...« Er setzte sich lächelnd aufs Bett. »Wie kommen Sie denn hierher?«

»Ich habe zuerst gefragt.«

»Wo sind Sie?«

»Etwa acht Meter über Ihnen. Siebenhundertfünfunddreißig.«

»Ich kann's nicht glauben.« Er setzte sich kerzengerade auf und versuchte seine Stimme so natürlich und beiläufig wie möglich klingen zu lassen. »Mary? ... Ist Andres auch da?«

»Er kann doch nicht mehr hierher zurück, George. Er hat Angst, erschossen zu werden.«

»So ein Pech aber auch. Ich meine, daß er nicht mitkommen konnte.« Er hörte sie kichern. »Mit wem sind Sie denn hier?«

»Mit niemandem. Ich bin ganz allein.«

»Das glaube ich nicht.«

»Warum? Erstaunt Sie das?«

»Ist das Ihr Ernst? Ich kann's einfach nicht glauben. Ich weiß nicht, ob ich mir so was je hätte vorstellen können.«

»Sind Sie denn allein?« fragte sie.

»Yeah, ganz allein.«

»Ich meine, Sie haben auch keine Verabredung?«

»Nein, ich bin ganz allein. Menschenskinder bin ich allein. Ich kann's immer noch nicht glauben.« Moran stand auf, weil er in seiner Aufregung Bewegung brauchte. »Ich habe Sie gleich an der Stimme erkannt, wissen Sie? Was machen Sie denn hier?«

»Ich habe Sie in der Lobby gesehen. Vor ein paar Minuten.«

»Ach ja …?«

»Wenn Sie Zeit haben, könnten wir was zusammen trinken.«

»Ob ich Zeit habe? Selbst wenn ich keine hätte … Hören Sie. Ich habe drei Flaschen El Presidente direkt vor mir. Sie sind noch ungeöffnet.«

»Warum kommen Sie nicht rauf, George?« sagte sie. »Und bringen das Bier mit?«

»Jetzt gleich?«

»Ich lasse die Tür offen.«

Sie hielt Wort.

Sie wartete in ihrem Salon auf ihn. Wenn er durch den kleinen Flur hereinkam, sagte sie sich, konnte er nicht anders als auf sie zusteuern. Sie würde die Arme ausbreiten … Nur daß er den eisgekühlten Eimer mit beiden Händen vor sich her trug und nicht wußte, wohin damit, als sie die Arme ausbreitete. So standen sie beide da, starrten einander scheu an, bis es fast weh tat. Schließlich brach sie das Schweigen. »Überleg's dir, Moran. Was willst du jetzt halten? Das Bier oder mich?«

Er stürzte an ihr vorbei in den Salon und stellte den Eimer auf einen Kaffeetisch, auf dem bereits ein anderer mit einer Champagnerflasche stand. Jetzt waren sie soweit. Er hatte sich noch nicht ganz zu ihr umgedreht, da glitt sie schon in seine Arme, als wäre es die natürlichste Sache der Welt. Sie wollten einander festhalten und spüren und sich nur anschauen. In all den Jahren hatten sie ja immer Distanz gewahrt, manchmal nur Zentimeter, aber immer Distanz. Endlich. Es fühlte sich gut an, besser noch, als sie es sich immer ausgemalt hatten, und von diesem Augenblick an war es mehr als nur die Begrüßung zwischen zwei alten Freunden. Ihre Münder fanden zueinander. Ohne Absicht, sondern ganz natürlich. Ihre Münder suchten sich, streiften sich, legten sich weich aufeinander. Die Spannung wich aus ihren Körpern, die langsam zu einem verschmolzen.

Plötzlich und ohne jede Vorwarnung gingen die Lichter aus.

Sie sahen beide auf, lösten sich aber nicht aus der Umarmung. »Wir müssen wohl einen Kurzschluß ausgelöst haben«, sagte Moran ganz ruhig. »Zuviel Starkstrom erzeugt.«

»Das würde ich dir sofort glauben, wenn ich nicht schon mal hier gewesen wäre«, erwiderte Mary. »Strom ist hier sehr knapp. Drum müssen sie täglich bestimmte Stadtteile lahmlegen.«

»Für wie lange?«

»Fünfzehn, zwanzig Minuten, glaube ich. Ist dir in deinem Zimmer keine Kerze aufgefallen?«

»Nein ... Wohin gehst du?«

»Die Kerze suchen. Vorhin habe ich sie gesehen ...«

»Ich kann dich nicht sehen.«

»Sie ist im Schlafzimmer, glaube ich.«

Er folgte ihrer Stimme. In der Dunkelheit tastete er sich langsam und vorsichtig voran. Mit dem Schienbein stieß er gegen den Kaffeetisch, und er hörte die Eiswürfel im Kübel klirren.

»Wo bist du?«

»Im Schlafzimmer ... glaube ich.«

Er bewegte sich in die Richtung ihrer Stimme weiter, tastete sich um den Tisch herum, bis er in eine Türöffnung kam, hinter der es noch finsterer zu sein schien als in der Suite. Ganz vorsichtig ging er weiter. Dieses Zimmer hatte er noch nie gesehen, keinerlei Erinnerung diente ihm als Orientierungshilfe. Wie ein Schlafwandler streckte Moran im Gehen die Arme aus. Er roch ihr Parfum, machte einen vorsichtigen Schritt und spürte ihr Haar über sein Gesicht streifen. Sie war zwischen seinen Armen, und er schloß sie fest um sie. Er spürte, wie ihre Hände über seine Rippen glitten.

»Hast du die Kerze gefunden?« Er flüsterte es fast.

»Nein. Sie muß wohl im Badezimmer sein.«

»Brauchen wir sie denn?« fragte er.

Er spürte ihre Hände, ihren Atem – sie war schlank, nicht ganz so groß, wie er sie in Erinnerung hatte, ihr Bild hatte er ja immer vor sich gehabt. Er spürte die Seide über ihrer bloßen Haut, dieser so straffen und glatten Haut. Ihr Körper war zierlich, doch preßte er sich fest gegen ihn. Ihre Münder strichen übereinander, fanden wieder die richtige Stelle. Sie ließen sich beide dahintreiben, in einer Art Traum und doch im Bewußtsein ihrer selbst. Moran registrierte es, aber er sah sich nicht dabei. Mary schmiegte sich an ihn und führte ihn behutsam. Moran war schon klar, wohin, er spürte den Bettfuß an seinem Bein, und mehr brauchte er nicht zu wissen. Sie waren so aufgeregt, daß sie sich in dieser Finsternis einfach fallen ließen und im Doppelbett landeten. »Du weißt gar nicht, wie lange ich ...« fing sie an. »Ich weiß«, sagte er. Kaum daß sie einander den Mund zum Sprechen freigaben. »Mein Gott, wie ich dich will«, stöhnte sie. »Wie macht man das ab?« fragte er. »Scheiße, ich hab's zerrissen.« – »Macht nichts«, sagte sie, »reiß weiter ...« – und schnallte seinen Gürtel auf. »Kannst du noch eine Sekunde warten?« fragte er. »Nein«, sie. »Mein Gott, ich auch nicht«, er. »Sag nichts«, sie. »Eine Sekunde ...« Er kniete hin, um ihr die Sandalen und das Höschen herunterzustreifen und sich selbst irgendwie aus der Unterhose zu winden. Er zögerte kurz, hielt die Luft an und zog sich das Hemd über den Kopf. Und als er sich wieder zu ihr ins Bett fallen ließ, waren sie beide nackt, und nichts hinderte sie mehr, das lange aufgestaute Verlangen zu entladen. Die Lichter gingen wieder an, während sie sich liebten. Es war ein sanftes Glühen und kam gerade im richtigen Augenblick. »O Mann«, stöhnte Moran und mußte lächeln, weil er Mary lächeln sah. Sie konnten einander jetzt sehen. Es war nicht einfach ein physischer Akt. Sie erkannten sich vielmehr im anderen wieder. Endlich waren sie genau da, wo sie um alles auf der Welt hatten sein wollen. Ein überwältigender Drang riß Moran hoch. Er drückte die Arme steif durch, hob den Kopf bis über den Bettpfosten und entlud sich in einem Stöhnen. Es hörte sich an wie »Gaiiijaaah!« Marys Augen gingen für einen Augenblick auf und schlossen sich sofort wieder. Sie murmelte etwas, bewegte sich kurz, aber blieb im schimmernden Dunkel, während er sich wieder auf sie legte, die richtige Stellung fand und so liegen blieb.

Sie spürte, wie feucht sein Rücken, seine Schultern waren. »O Gott«, entfuhr es ihr, als wollte sie ihr Leben aushauchen. Dann machte sie die Augen auf, um sein stilles Gesicht zu betrachten, seine Wimpern, seine nicht ganz geschlossenen Lider.

»Und …?« fragte sie leise. »Wie ist es dir gegangen?«

»Gar nicht schlecht.«

»Machst du das immer so?« Ihre Worte waren ein leises Murmeln.

»Was?«

»Ich dachte, du hast Schmerzen.«

»Hatte ich auch irgendwie.«

»Du gehst ja wirklich voll aus dir raus.«

»Es war das erste Mal, daß ich mich so gehört habe. Es kam von selber, sozusagen.« Er schlug die Augen auf. »Analysierst du es immer danach?«

»Nein, aber eins geht mir ständig im Kopf rum. Weißt du, wie viele Worte wir miteinander gewechselt haben, einschließlich heute?«

»Worte waren nicht nötig. Das ist ja das Unheimliche daran. Ich hatte immer das Gefühl, wir würden uns von Kindheit an kennen. Zwei Kinder, die zusammen im Sandkasten gespielt haben und sich dann dreißig Jahre aus den Augen verloren haben.«

»So alt bin ich auch wieder nicht.«

»Alt genug«, erwiderte Moran. »Du verstehst schon, was ich meine. Erklärungen sind bei dir nicht nötig.«

»Das stimmt.«

»O Mann, du bist schon was Besonderes.«

»Aber dahinter ist doch noch mehr, oder?« fragte sie.

»Unendlich viel mehr. Ich meine, nicht nur im Bett. Sagst du mir jetzt, was du hier machst?«

»Ich bin mit ein paar Frauen vom Club gekommen. Wegen des Poloturniers. Zumindest ist das ihre Ausrede, damit sie von zu Hause wegkommen und einen draufmachen können. Wollten vielleicht auch ein bißchen Tennis spielen. Sie waren schon gestern in der Stadt, aber ich hab's erst heute geschafft.«

»Stimmt«, sagte Moran. »Ich bin ihnen am Flughafen über den Weg gelaufen. Sie kamen mir irgendwie bekannt vor. Heißt eine von ihnen nicht Philly?«

»Genau. Philly, Marilyn und Liz. Alte Tenniskameradinnen.«

»Du wohnst in diesem Hotel?« rief Moran. »Soviel ich weiß, ist es doch nicht *in*.«

»Ich erkläre dir, wie es gekommen ist. Meine Freundinnen und ich wollten uns in der Stadt treffen. Wir haben eine Einladung zu einer Cocktailparty im Country Club. Da sind lauter Leute von der Botschaft.«

»Weiter?«

»Danach sollte ich mit ihnen nach Casa del Campo zurückfahren. Morgen fängt das Poloturnier an.« Mary wartete. »Aber ich bin nicht geblieben.«

»Warum bist du hierhergekommen?«

»Na ja, du hast Philly gesagt, daß du hier absteigst ...«

»Ja und ...?«

»... und da dachte ich mir, ich schau mal vorbei.«

»Wirklich?« Moran mußte lächeln. »Du bist meinetwegen ins Hotel gekommen?«

»Willst du die Wahrheit hören? Ich bin nur deinetwegen nach Santo Domingo gekommen.«

»Aber vorhin hast du gesagt ...«

»Ich habe gelogen. Ich hatte den Abstecher nicht vor. Aber gestern hat Philly mich angerufen. Sie wollte mich zur Diplomatenparty locken. Und dabei hat sie nebenbei eure Begegnung am Flughafen erwähnt. So, jetzt habe ich dir meine Seele offengelegt, Moran.«

»Sie ist sehr schön«, erwiderte Moran. »Ich bin schon wieder ganz aufgeregt. Aber was ist mit dem Poloturnier?«

»Ich finde Polo langweilig«, sagte Mary. Sie lächelte, und er lächelte. »Ich habe nach meinem Gepäck schicken lassen. Im Augenblick habe ich nichts zum Anziehen.«

»Ach nein?« sagte Moran. Er lächelte noch immer.

5

»Wird dir schon langweilig mit mir?« wollte sie wissen.

»Was? Nur weil ich gesagt habe, wir sollten rausgehen? Der Zimmerdienst ist ja nicht schlecht, aber immer noch Zimmerdienst.«

»Ich muß zugeben, daß du noch viel romantischer bist, als ich gedacht hatte, George.«

»Wenn ich mich so reden höre, meine ich selber manchmal, ich bin siebzehn.«

»Viel älter siehst du auch nicht aus. Nur daß du einen Bart trägst. Ich liebe deinen Bart. Ich liebe deinen Körper.«

Er erzählte ihr den Grund für seinen Besuch. Sie war fasziniert und wollte mit ihm durch die Straßen laufen. Trotzdem blieben sie die nächsten zwei Tage im Hotel. Das brauchten sie einfach: zusammen allein sein, einander ansehen, ohne daß andere sie beobachteten, und die Gewißheit haben, daß sie es richtig getroffen hatten. O Mann, und wie sie es getroffen hatten! Füreinander geschaffen waren sie. Es klang aufregend, wenn sie es sagten. »Du, ich liebe dich, echt«, konnten sie unvermittelt sagen, wenn sie sich liebten und ihnen der Schweiß auf den Körpern perlte, und auch das hörte sich toll an. Sie sonnten sich gemeinsam am Swimmingpool. Von der Karibik her erhob sich eine Brise. Sie streichelte ihn und sagte, er könnte durchaus einer von den Baseballspielern sein. Er erwiderte, sie sehe tausendmal besser aus, als all die jungen Frauen der Baseballspieler. Dann blickte er um sich und meinte, die hier hätten nicht den Hauch einer Chance gegen sie. Er bezog alle möglichen Schönheiten aus der Filmbranche in seine Überlegungen mit ein, aber auch da fiel ihm keine ein, die ihr das Wasser hätte reichen können. Sie redeten die ganze Zeit miteinander, sagten, was ihnen gerade einfiel, und fühlten sich herrlich. Nicht nur beim Plaudern, sondern auch, wenn sie schwiegen.

»Ich habe dich manchmal im Club stehen und in die Ferne starren sehen«, erzählte Mary. »Ich dachte, du würdest dich noch von der Mauer stürzen.«

Sie lagen in ihren Liegestühlen dicht nebeneinander am Swimming-pool und ließen sich von der Nachmittagssonne das Gesicht anstrahlen.

»Ich bin noch mal davongekommen«, erklärte Moran. »Sonst hätte ich es vielleicht getan.«

»Können wir nicht ein paar Sachen klären?«

»Von mir aus gerne.«

»Okay. Warum hast du Noel geheiratet?«

»Es war wohl ihr Po. Dieser unverschämt hohe, straffe Arsch. Er führte fast so eine Art Eigenleben.«

»Wollen wir uns nur nette Sachen sagen?«

»Du kennst sie ja genausogut wie ich. Manchmal stoßen einen später gerade die Sachen ab, die einen ursprünglich angezogen haben. Ich hätte mir diesen Arsch nur richtig anschauen sollen, dann hätte ich gleich gewußt, was für ein zusammengekniffenes Ding das ist.«

Er wandte den Kopf Mary zu und bewunderte ihren schlanken Körper im gelben Bikini, die zarte Linie von der Achsel bis zur Brust, ihren Bauch, der sich sanft zwischen den rundlichen Hüftknochen wölbte. Am liebsten wäre er auf sie gesprungen.

»Du hast mich gefragt, weil du weißt, daß ich dich dann auch was fragen will. Wo du stehst.«

»Wahrscheinlich, ja.«

»Okay. Wo stehst du?«

»Na ja, vor nicht allzu langer Zeit hätte ich Andres fast um die Scheidung gebeten. Ich hatte mir schon alles Wort für Wort zurechtgelegt ...«

Er spürte bereits, wie ihm das gefiel: *großartig!* Aber er wußte, daß sie noch nicht fertig war, und ließ sich zu nichts hinreißen. Nein, ihm gefiel einfach, was sie sagte.

»Aber dann habe ich einen Rückzieher gemacht.«

»Wie das?«

»Na ja, ich ... hatte Mitleid mit ihm.«

Moran sagte nichts dazu.

»Oder ich hatte Mitleid mit mir selbst – ich weiß es nicht. Ich sagte mir, wenn ich gehe, dann muß ich auch etwas anfangen, worauf ich Lust habe. Aber selbst dann, will ich nicht einfach so gehen. Ich will mit ihm reden und ihm meine Gefühle begreiflich machen. Aber wir reden nicht miteinander. Wir sind jetzt sechs Jahre verheiratet ...« – Sie blickte Moran an – »Wenn von der Bucht von Biscayne ein Hurricane kommt, unterhalten wir uns vielleicht mal angeregt übers Wetter. So oft sehen wir uns auch gar nicht. Dreimal in der Woche essen wir zusammen. Die anderen Tage kommt er erst sehr spät nach Hause, oder wir sehen uns im Club.«

»Warum hast du ihn geheiratet? Wegen seinem Geld?«

»Kann schon sein.«

»Das war doch nur ein Spaß.«

»Nein, es war mein Ernst. Aber vielleicht war das der ausschlaggebende Grund: die Sicherheit. Am Anfang hat er mich fasziniert. General Andres de Boya. Irgendwie hat er aufregend auf mich gewirkt.«

»Mannomann«, stöhnte Moran.

»Ja, wirklich.« Mary hatte sich in Fahrt geredet. Sie stützte sich auf die Ellbogen. »Meistens ist er ja sehr steif. Er ist der Herr im Haus und bestimmt, wo's langgeht. Aber dann und wann sieht man auch eine verletzliche Seite, wenn auch nur ganz kurz, und dann ist er ein richtiger Mensch wie jeder andere auch.«

»Ein Mensch wie du und ich«, brummte Moran.

»Das eben nicht. Er war Soldat in der dominikanischen Armee und hat sich bis zum General hochgedient. Und dann hat er mit einem Schlag alles verloren. Nach Miami ist er ohne alles gekommen und hat sich alles hier selbst aufgebaut.«

»Soviel ich gehört habe, ist er mit einem Vermögen geflohen.«

»Da hast du was Falsches gehört. Er hat fünfzehntausend in ein Haus in Florida gesteckt, und das war alles, was er hatte.«

»Bist du auf seiner Seite?«

»George, was willst du jetzt glauben? Das Gerede von den Millionen und seiner privaten Jacht ist doch Stuß. Er ist mit nicht viel mehr als der nackten Haut davongekommen. Aber eins weiß ich. Wenn er wieder mal zu einem schnellen Abgang gezwungen wird, ist er gewappnet.«

»Versteckt er das Geld jetzt unter der Matratze?«

Mary zögerte. »Das klingt jetzt komisch, aber Andres ist es ganz ernst damit. Er glaubt, daß ständig jemand hinter ihm her ist. Deswegen müssen wir ja rund um die Uhr bewaffnete Leibwächter haben. Die lächeln nie.«

»Na ja«, meinte Moran, »das hat wohl damit zu tun, daß er früher der Chef von Trujillos Geheimpolizei war und jetzt auf der vielen Kohle sitzt.«

»Das ist Politik«, wandte Mary ein. »Wir sprechen jetzt aber über den Menschen.«

Moran war mit der Trennung von Mensch und Politiker nicht einverstanden. Immerhin hatte der Mann sehr viel Blut an den Händen. Aber er widersprach ihr nicht.

»Also gut, du wolltest mir erzählen, warum du ihn geheiratet hast.«

»Ich suche gerade nach einem triftigen Grund«, meinte Mary. »Ich war damals achtundzwanzig, und die interessanten Männer waren alle schon vergeben. Er hat mich überredet.«

»Dir fällt hoffentlich noch was Besseres ein.«

»Ich wollte unbedingt heiraten. Ich war selbst nicht so glücklich darüber, aber es war immer mein Traum gewesen, eines Tages zu heiraten.« Sie verstummte kurz, um nachzudenken. »Und so schlecht sieht er ja nicht aus. Außerdem ist er sehr romantisch.«

»Ojeoje.«

»Na ja, er hält sich zumindest dafür. Er gibt sich wie die Romeos in den Kitschromanen, im Ernst.«

»Ich sag' ja nichts«, brummte Moran.

»Andererseits kann er unheimlich kalt und abweisend sein«, fuhr Mary fort. »Dann muß ich mir direkt einen Termin geben lassen, wenn ich was von ihm will. Aber er ist ein Fels, George.«

»Da muß ich dir recht geben.«

»Hundertprozentig zuverlässig. Wenn Andres etwas verspricht, egal was, dann kannst du Gift drauf nehmen.«

»Er will das Coconuts kaufen«, sagte Moran. Von Andres' Schwester und dem Klavierspieler hatte er Mary bereits erzählt, wenn auch nicht sehr ausführlich. »Er ist – jetzt wollte ich schon gestern sagen, aber es war vor drei Tagen – gekommen. Ist ja auch egal, wann. Jedenfalls hat er mir ein Angebot gemacht. ›Wollen Sie mich loswerden, Andres?‹ habe ich ihn gefragt und: ›Sagen Sie schon, was führen Sie im Schilde?‹«

Sie setzte sich kerzengerade auf. »Das hast du gesagt? Und was führst du im Schilde?«

»Hör zu. Neulich habe ich einen beim Tennis geschlagen. Einen ganz jungen Heißsporn. Und zu ihm hab' ich gesagt: ›Nicht schlecht, Kid.‹ Neuerdings sag' ich all das, was ich mir bis jetzt immer verkniffen habe … Um auf deinen Mann zurückzukommen … Wenn man von ihm was wissen will, ich glaube, man könnte auf ihn einschlagen, und er würde keinen Ton von sich geben. Als du ihn geheiratet hast, dachtest du vielleicht, du könntest ihn ändern. Aus ihm einen Teddybär machen. Ich sehe ja überhaupt nichts Aufregendes an ihm, aber vielleicht hast du geglaubt, du könntest einen aufregenden Mann aus ihm machen.«

»Da täuschst du dich«, meinte Mary und streckte sich wieder

auf ihrem Liegestuhl aus. »Ich habe damals in einer Anwaltskanzlei gearbeitet und einen Gewinnbeteiligungsplan nach dem anderen runtergetippt. Seite um Seite voll von Zahlen, Pensionsberechnungen, Treuhandverträgen, und alles mußte bis fünf Uhr fertig sein, weil ich dann raus mußte. Um die Zeit kam immer Andres. Ich habe nämlich für seinen Anwalt gearbeitet. Der hat für ihn auch die Scheidung von seinen ersten zwei Frauen durchgepaukt. Er hat vier erwachsene Kinder, eine Tochter, die irgendwo in Kalifornien verheiratet ist, und drei Söhne, die zusammen eine Firma in Madrid aufgemacht haben. Das sind seine ehelichen Kinder. Seiner Geliebten hatte er den Laufpaß gegeben – glaube ich. Und da habe ich mir eben eingeredet, er ist faszinierend. Ich habe geglaubt, bei dem Unterschied zwischen uns beiden wäre es um so interessanter, vielleicht sogar lustiger. Na ja, ich habe eben einen Menschen hinter dieser kalten, steifen Fassade vermutet und habe mir gesagt, den holst du raus.«

»Und was ist dabei rausgekommen?«

»Nichts. Für mich gibt's da nur eine Erklärung. Das Äußere bei ihm ist nur Mache, damit niemand sieht, was für ein Riesenarschloch er eigentlich ist.«

»Dann laß ihn doch sitzen«, sagte Moran. »Wo ist das Problem?«

»Ich hab's dir doch gesagt. Er soll begreifen, warum ich gehe. Ich will nicht, daß er glaubt, es gäbe einen anderen Grund als den, daß wir von Anfang an nicht zusammengepaßt haben. Wir haben einen Fehler gemacht, und das soll er verstehen.«

»Du magst ihn nicht, einen besseren Grund gibt's doch nicht.«

»Einen guten kann ich dir noch sagen«, rief Mary. »Vor der Hochzeit habe ich einen Vertrag unterschrieben. Ich wollte gar nicht, aber Andres hat darauf bestanden. Darin steht auch eine Klausel zur Scheidung. Falls die Ehe aus irgendeinem Grund scheitern sollte, steht mir eine Abfindung von zwei Millionen zu.«

»Und das wolltest du nicht unterschreiben?« rief Moran.

»Es kam mir wie ein Anreiz vor. Aber ich wollte keinen Handel mit ihm schließen. Ich wollte ihn heiraten. Ich mag naiv gewesen sein, aber aufrichtig war ich auch.«

»Es war ja seine Idee ...« meinte Moran. »Aber wenn dich stört, was er denken könnte – ich will sagen, wenn du ihm deine Aufrichtigkeit beweisen willst, dann nimm das Geld einfach nicht.«

»Ja, schon, nur bin ich gerne reich.«

Moran betrachtete ihr Gesicht, die zarten Wangenknochen, die anmutige Linie ihrer Nase. Ihm war klar, daß er das Gesicht noch sehr, sehr lange anschauen wollte, auch wenn es sich veränderte.

»Da hast du ein Problem«, meinte er.

Sie schwiegen jetzt beide. Sein Blick wanderte vorbei an ihr zu den Büschen am südlichen Rand des Grundstücks. Nach einer Pause sagte er: »Die erste Nacht hier habe ich in einem Loch verbracht. Dort drüben, wo die Hecke ist.«

6

Am Nachmittag des vierten Tages. Im ersten Gang kroch der Chevrolet Impala durch Straßen, die eigentlich Gassen waren. Die etwa hundertjährigen Steingebäude mit ihren Holztoren galten als neu in einer Stadt, in der der Sohn von Christoph Columbus ein fürstliches Leben geführt hatte. Mary starrte auf die schartigen Gemäuer. Sie hätten genausogut in San Juan oder in Caracas sein können. Die gnadenlose Hitze ließ in diesen Gassen alles zum Stillstand kommen. Während Moran mit Bienvenido auf spanisch radebrechte, versuchte sie irgend etwas Interessantes zu finden. Die ältesten Gebäude, die allesamt aus dem frühen sechzehnten Jahrhundert stammten, wirkten vergleichsweise neu. Kunststück. Sie waren renoviert worden, wohingegen alles andere um sie herum verfiel. Der Charme war nicht anders als der von Disney World.

Sie stiegen aus, um zu Fuß weiterzugehen. Moran nickte den Leuten immer wieder zu, die vor ihren Türen standen und den bärtigen Mann und vor allem die blonde Frau anstarrten.

»Stimmt was nicht an uns?« wollte Mary wissen.

Morans Blick wanderte vom obersten Stockwerk eines der Häuser auf den Gehsteig. »Es ist Liebe auf den ersten Blick. Sie sind ganz versessen auf blonde Frauen.« Er schaute wieder nach oben. »Siehst du das Eckfenster da oben? Das darunter sind Einschußlöcher. Ich bin mit meinem Kommando unten vorbeigelaufen ... Dabei hatten wir in der Gegend überhaupt nichts zu suchen.«

»Was ist ein Kommando?« Sie mußte an Befehl denken.

»Der dritte Teil eines Trupps. Zwei Männer mit Sturmgewehr, einer mit Maschinengewehr und der Gruppenführer. Dreizehn Männer bilden einen Trupp und achtundvierzig ein Platoon. Unser Platoon hieß Cat Chaser. Nach dem Tod unseres Sergeants war ich der Cat Chaser Four – für den Fall, daß jemand vorbeischauen und Hallo sagen wollte.«

»Mister ...«

Moran drehte sich um. Direkt vor ihm stand ein Mann mit braunem Gesicht und braunen Augen. Lächelnd hielt er zwei Lose hoch. Dem Mann fehlten sämtliche Zähne. Moran wollte ihn mit einer Handbewegung verscheuchen und ging an ihm vorbei.

Der Mann ließ sich jedoch nicht abwimmeln. »Sie sind der Marinesoldat, he? Hab's im Radio gehört. Sie sind der Marinesoldat, der sein Mädchen sucht. Ja, ja, Sie sind der Marinesoldat!«

»Ich *war* bei der Marine«, erklärte Moran.

Sie blieben stehen. Um sie bildete sich schnell eine Menschentraube. Mary fiel der erwartungsfrohe Gesichtsausdruck des Mannes auf. »Das ist der von der Marine!« Er wurde aufgeregt. »Sie suchen das Mädchen da, die Luci Palma. Schon gefunden?«

Mary sah, wie Moran genauso aufgeregt den Kopf schüttelte. »Kennen Sie sie denn?«

»Nein, das nicht.« Der Mann wandte sich den Herumstehenden zu und redete auf spanisch auf sie ein.

Moran nahm Mary beim Arm. Vorbei an Müßiggängern und Abfallhaufen gingen sie weiter. Kinder liefen ihnen nach. In ihrem Rücken hörten sie den Wortschwall des Losverkäufers. Jeder sollte wissen, was für ein Ereignis er an den Mann zu bringen hatte.

»Was sagt er?«

»Ich habe eine Suchanzeige in der Zeitung aufgegeben«, erzählte Moran. »Anscheinend hat eins von den Privatradios Wind von der Sache bekommen.«

»Du suchst wen?«

»Jemand, den ich als Kriegsgefangener kennengelernt habe. Gehörte zu den Guerillas.«

»Ein Mädchen?«

»Sie war um die sechzehn. Luci Palma.«

»War sie der Grund, warum du gekommen bist?«

»Nein, was wir jetzt machen, das war der Grund. Ich war nur neugierig.«

»Das glaube ich gern.«

»Sie war ein dürres kleines Ding.«

»Jetzt wird sie wohl nicht mehr so aussehen, meinst du nicht auch? Hast du sie seitdem wieder gesehen?«

»Ich bin zum ersten Mal seit damals wieder da«, erklärte Moran. An der nächsten Ecke blieb er erneut stehen. Sein Blick ging in die Richtung des Flusses. »Da unten steht der Getreidesilo, von dem ich dir erzählt habe. Siehst du ihn? Zehn Stockwerke hoch. Die vom Zweiundachtzigsten haben dort mit ihren Kanonen gesessen. Ganz oben.«

Mary starrte auf die Zementzylinder etwa eine Meile vor ihnen am anderen Ufer des Ozama. Sie spürte wieder Morans Hand auf ihrem Arm, und sie überquerten die Kreuzung. Hinter ihnen fuhr Bienvenidos Impala heran. Moran deutete auf ein Haus. »Und das ist das Haus. Das dort an der Ecke. In dem ich den Guerilla verfolgt habe.«

»Das Mädchen?«

»Nein. Einen Burschen in einem gestreiften Hemd. Weiß mit grünen Streifen.« Moran drehte sich erneut um und schaute nachdenklich in die nächste Seitengasse hinein. »Im obersten Stockwerk hatten sie ein Gewehr versteckt. Damit haben sie auf uns geschossen. Dann sind sie rausgekommen, sind in irgendeinem anderen Haus verschwunden, wo sie auch eine Waffe hatten und haben noch ein paar Salven abgegeben. Siehst du, wie eng die Gasse ist. Da muß man geradeaus nach oben schauen, wenn man oben was sehen will. In dem Augenblick fühlt man sich ihnen total ausgeliefert. Und hinter einem von den Fenstern hockt der Typ und zielt schon auf dich ...«

Mit zusammengekniffenen Augen konzentrierte er sich wieder auf das Eckgebäude. Die Sonne blendete ihn. »Aus dem Fenster da im dritten Stock hab' ich den Kopf rausgesteckt ...«

Das Mädchen, Luci, hatte ihn bis hierher gelockt und ihm eine Menge Ärger eingebracht. Aber sie hatte er nicht verfolgt. Sie war ein Mädchen von sechzehn Jahren gewesen, hatte mit ihm gespielt und hin und wieder auf ihn geschossen. Das war ja das Schlimme an der Sache gewesen. Irgendwann hatte er das Ganze als Spiel angesehen. Und vor lauter Aufregung hatte er sich nicht mehr konzentriert. Dafür hatte er sich mehr als einen Rüffel vom Sergeant eingehandelt. Was er sich denn einbilde? Wollte er sich denn abknallen lassen und im Plastiksack heimkehren?

Viel war langweilige Routine, und genausoviel machte Spaß. Das Aufregendste, was er bis dahin erlebt hatte. Hinter einer Tür ging man in Deckung, wenn sie schossen, dann trat man heraus und sah sie die Straße hinunterrennen und im Laufen weiter auf einen feuern. Dabei lachten sie und nannten einen *hijo de puta,* Hurensohn. Es war ihr Lieblingsschimpfwort. Die Amerikaner verstanden schnell und schrien das gleiche zurück. ›Motherfucker‹ blieb freilich der zu jeder Zeit und in jeder Situation gebräuchlichste Gruß. (Speck und Bohnen. Speck und Motherfuckers.) »Hey, Motherfucker! Trau dich doch raus! Hast wohl nichts im Sack?« Kinder, die spielten. Kämpften in der Straße, bis sie eine offene Bar sahen. Menschenskinder, mitten im Schußwechsel ließen sie wegen einem Bier alles stehen und liegen! Oder stellten das Feuer ein, um die Lastwagen mit Säcken von Reis und Milchpulver passieren zu lassen. Da fütterten die amerikanischen Militärbehörden glatt ihre Feinde durch! Was wollten sie eigentlich mit diesem Krieg? Keiner sah noch einen Sinn dahinter. Darum konnte man sich genausogut auf dieses abwegige Spielchen einlassen und sich ein bißchen Spaß gönnen. Jetzt freilich würde es nicht mehr Spaß machen.

Mary ging zum Taxi zurück. Bienvenido stieg aus und hielt ihr die Tür auf. »Danke«, sagte sie. »Ich möchte hier warten.« Sie sah zu Moran hinüber, der auf der anderen Straßenseite stehengeblieben war. »Erinnern Sie sich an General Andres de Boya?« wandte sie sich an den Taxifahrer.

»Oje. Oje, und wie! General de Boya ... auauauau. Der Mann war ein Teufel.«

»Warum?«

»Weil er ermordet hat viele, viele Menschen. Zusammen mit seine *Casos Blancos.* Jeder hat sie gehaßt. Sie haben mehr Menschen umgebracht als die Malaria.«

»O ...« fing Mary an.

»Der Kerl war der Teufel. Wir sind froh, daß er nicht mehr da ist.«

Mary stieg ein. Sie lehnte sich zurück und beobachtete durch die Windschutzscheibe wieder Moran.

Als Luci erst mal ihre Funkfrequenz heraus hatte, schaltete sie sich immer wieder in ihre Sprüche ein. Sie wußten nicht, was für ein Gerät sie benutzte, und am Anfang redeten sie auch nicht mit ihr. Wenn sie die Frequenz wechselten, war sie schon wieder da und machte sich über sie lustig. »Was wollt ihr Marinefritzen hier? Uns umbringen? Aber warum? Wir haben euch nichts getan. Habt ihr Angst vor den Kommunisten? Wir sind keine Kommunisten, aber ihr macht uns dazu, wenn ihr hierbleibt.« Zunächst blieb es bei politischen Parolen. Später wußte sie dann die Namen der Cat Chaser, die auf der Independencia bis hin zur La Carreras auf einem mit einer Fünfzigkaliber-Kanone bestückten Jeep patroullierten. Ein paarmal unterhielt er sich mit ihr, wollte ihren Namen wissen und fragte sie, ob sie mal ein Bier mit ihm trinken würde. Klar, sagte sie. Er solle doch in die Conde Straße kommen. Dort würde sie auf ihn warten. In der Conde Straße lag das Hauptquartier der Rebellen.

An der Ecke Carreras, Padre Billini gerieten sie in einen Hinterhalt, und es kam zu einem Feuergefecht. Die Cat Chaser lieferten ihnen eine wilde Jagd durch das Gebäude. Endlich bekam er sie zu sehen. Mit ihrem Karabiner rannte sie über ein Dach. Er legte seine M-14 an und verfolgte durch das Visier, wie sie sich lachend umdrehte und jemanden herbeiwinkte. Dann sah sie genau in seine Richtung. Sie war überrascht. Ihr Gesicht war ganz deutlich zu erkennen. Als nächstes kam Mündungsfeuer aus einer Maschinenpistole. Ein Bursche tauchte auf dem Dach auf. Er trug eine Baseballmütze und hatte einen Patronengürtel über der Schulter hängen. Der Bursche zielte genau auf ihn. Moran drückte ab. Der Junge faßte sich an die linke Seite und wirbelte herum. Im nächsten Augenblick verschwand er hinter einem Sims. Von Luci war nichts mehr zu sehen. Sie kletterten sofort auf das Dach, aber außer ein paar Blutspuren und mehreren Neunmillimeterhülsen brachte die Suche nichts ein. Am nächsten Tag meldete sich das Mädchen wieder in ihrem Funkgerät. »Ihr Cat Chaser seid viel zu langsam! Hat euch die Jagd auf *Putas* vielleicht müde gemacht?« Über den Burschen, den Moran getroffen hatte, verlor sie kein Wort.

Zum zweiten Mal sah er sie, nachdem ihm der Treffer aus der Eins-Null-Sechs vom Silo aus fast den Garaus gemacht hätte. Mit dem von Schrapnellsplittern zerfetzten linken Bein machte er sich an den Abstieg vom dritten Stock. Es war die Hölle, zumal vom Treppenhaus nicht viel übriggeblieben war. Er hätte oben bleiben sollen. Aber er kletterte über den Schutt und hielt sich für überaus cool, weil er sich durch den Hintereingang verdrücken wollte. Er lief ihnen direkt in die Arme. Eine Bande von jungen Burschen in Sporthemden, jeder mit einer Mauser oder einer alten M-1. Wie sie ihn angrinsten! Dabei waren die Hosenscheißer noch nicht einmal Soldaten!

Sie banden ihm die Augen zu und brachten ihn in ein Haus, das er auch dann nicht wiedergefunden hätte, wenn er es gesehen hätte. Dort gaben sie ihm einen Eimer mit Wasser und ein schmutziges Handtuch, damit er seine blutenden Wunden notdürftig versorgen konnte, und sperrten ihn in ein Zimmer. Mindestens einmal in der Stunde ging die Tür auf, und immer neue Rebellen warfen einen Blick auf ihr Beutestück. Das ging nie ohne Lachen und vermutlich hämische Bemerkungen auf spanisch ab. Er wünschte sie lauthals zum Teufel, aber sie lachten nur um so lauter. Dann trat das Mädchen in die Tür. Er erkannte sie sofort. Vielleicht lag es am Karabiner, den sie über der Schulter hängen hatte. Später sagte er sich allerdings, es müßten ihre Augen gewesen sein. Genauso hatte sie ihn bei ihrer ersten Begegnung angesehen.

Sie war spindeldürr. Brüste hatte sie so gut wie keine, aber wunderschöne Augen und dunkelbraune Haare.

»Hallo, Luci, wie geht's?« begrüßte er sie. Er riskierte es einfach und traf ins Schwarze. Sie lächelte. So wie sie aussah, konnte man garantiert Pferde mit ihr stehlen. Bekleidet war sie mit einem T-Shirt und verwaschenen und geflickten Jeans. Den Karabiner ließ sie vor der Tür stehen. Sie kam ganz herein und machte die Tür hinter sich zu.

»Du bist der Cat Chaser«, sagte sie und lächelte von einem Ohr zum anderen.

»Ich bin einer von ihnen.«

»Und habt ihr in der letzten Zeit viel gefangen?«

»Heute hab' ich mich nicht gerade mit Ruhm bekleckert, kann ich dir sagen.«

Das gefiel ihr. Lächelnd ging sie hinaus, um gleich wieder mit einer Flasche El Presidente zurückzukommen. Während er das Bier trank, machte sie sich an seiner Wunde zu schaffen. Noch tat sie nicht weh, obwohl das Bein fürchterlich zugerichtet war. Sie wollte wissen, wo er lebte. In Detroit sagte er, und sie erzählte ihm, daß sie mal zwei Monate in Florida, in Miami, gewesen war. Miami hatte ihr über alles gefallen, und sie wollte es irgendwann wieder besuchen. Dann fragte sie ihn, was er von den Beatles hielt oder ob ihm die Rolling Stones lieber waren. Jedes Mädchen war in die Beatles verliebt, meinte sie. Sie unterhielten sich über die Supremes, Freddie and the Dreamers, Sam the Sham & the Pharaohs, the Righteous Brothers, Herman's Hermits ... Die Beach Boys und Roger Miller hatte sie nicht so gern. Er auch nicht, erzählte er. Aber von Petula Clark war sie ein Fan. Sie sang ihm aus ›Downtown‹ auf englisch vor und schnippte dazu mit den Fingern. Den Text kannte sie besser als er.

Als man ihn später holte und zu einem Laster brachte, war sie auch da. Er sagte ihr, sie solle auf sich aufpassen. Sie warf ihm einen traurigen und irgendwie sehnsüchtigen Blick zu, und bat ihn, auch auf sich aufzupassen. »Schießen werde ich nicht mehr auf dich«, sagte sie. Wenn das kein komischer Krieg war ...

Wir sind keine schlechten Menschen, sagten sie ihm am Ende. Dir wollen wir ja nichts Böses. Wir haben nur was gegen deine Regierung und den Präsidenten, den Johnson. Am Westrand des Unabhängigkeitsparks übergaben sie ihn einer Marinepatrouille. Die Amerikaner sahen ihn an, als hätte er nicht alle Tassen im Schrank, brachten ihn aber ins Feldlazarett in Haina.

Das war das Ende von Morans Krieg.

Mary hörte ihm geduldig zu. Es machte ihr Spaß, ihn dabei zu beobachten. Außerdem spürte sie, wie er die überquellende Begeisterung im Zaum zu halten versuchte. Er war aufgeregt und sich dessen gleichzeitig bewußt. Sie bekam ein ganz zärtliches Gefühl dabei und hätte ihm am liebsten das Gesicht gestreichelt. Aber vielleicht berührte sie ihn einfach überhaupt gern. Wenn sie ihm beim Schlafen zusah und er ruhig und leise atmete, überkam sie das gleiche Gefühl.

Schließlich kam er zum Taxi zurück und setzte sich neben sie. »Dort bist du also verwundet worden«, stellte sie fest.

Er nickte mehrmals langsam, dann beugte er sich vor, um besser zum Fenster hinaussehen zu können. »Es kommt mir größer vor. Normalerweise hat man einen Ort, an dem man eine Zeitlang verbracht hat, kleiner in Erinnerung. Aber Santo Domingo kommt mir überhaupt größer vor.«

»Wahrscheinlich ist es das auch«, erwiderte Mary. »Es ist gewachsen. Eine Million Menschen leben jetzt hier.«

»So habe ich das nicht gemeint«, sagte Moran. »Ich weiß selbst nicht, wie ich erklären soll, was ich erwartet habe. Es gibt halt nicht nur Schwarz oder Weiß.« Mit einem Achselzucken fügte er hinzu: »Vielleicht liegt es auch an mir. Ich sehe es jetzt anders.«

Mit viel mehr Gefühlen, dachte Mary. Sie überlegte, wie viele Leute sie kannte, die aufrichtige Gefühle hatten, wenn sie etwas ansahen oder darüber sprachen. Ohne zynisch zu werden, irgendeine Rolle zu spielen oder eine Show abzuziehen. Ohne sich aufzublasen oder die Sache herunterzuspielen. Sie hätte gern gewußt, was genau er empfand und ob sie seine Gefühle vielleicht teilen konnte.

»Was ist dann passiert?«

Er zögerte. »Ich wurde ins Feldlazarett gebracht. Nach fünf Tagen haben sie mich ausgemustert und heimgeflogen.«

Auf der mit hohen Palmen gesäumten Avenida Washington fuhren sie zum Hotel zurück. Auf der einen Seite hatten sie einen herrlichen Blick auf die Karibik, auf der anderen bekamen sie die Fassade zu sehen, wie sie Santo Domingo der Welt darbot: von Mauern umgebene Gebäude im Kolonialstil und Strohmärkte im gleißenden Sonnenlicht, die aber schon langsam den im Hintergrund hochragenden modernen Glaskonstruktionen Platz machten. »Das ist übrigens das Viertel, in dem es nie einen Kurzschluß gibt«, meinte Mary. Sie erzählte ihm von einem dominikanischen Ehepaar in ihrem Club, das jeden Monat zwölfhundert Dollar für den Strom berappte. Das müsse er unbedingt seinen Nachbarn in Pompano erzählen, rief Moran. Die führten jahraus, jahrein Statistiken über ihre Stromrechnungen.

Er erkundigte sich bei Bienvenido nach der Radiosendung. Stimmte es denn, was der Losverkäufer gesagt hatte?

»Ja«, sagte Bienvenido. »Sie sind das einzige Thema. Haben Sie nix gehört in Radio?« Er drehte am Knopf herum. Fast alle Sender brachten Rockmusik. Schließlich meldete sich eine Stimme in dramatischem Ton auf spanisch. »Da!« rief Bienvenido. »Hören Sie!«

»Was sagt er denn?« Moran lehnte sich über den Fahrersitz und stützte das Kinn auf den Arm ab.

Bienvenido beugte sich dicht über das Radio. »Er sagt ... daß amerikanischer Marinesoldat, der sich hat verliebt in Luci, wieder da ist.«

»Was? Jetzt aber mal im Ernst!«

»Viele Jahre hat Captain Moròn immer nur an sie gedacht ... Sie hat ihm immer gefehlt ...«

»*Captain?*«

»... sein Herz war zerbrochen, und jetzt ist er zurückgekommen ... weil er ohne sie nicht leben kann.«

»Herrgott«, rief Moran. »Das stimmt doch hinten und vorn nicht. Ich kannte sie so gut wie nicht.« Er drehte sich zu Mary um. »Das ist vollkommen aus der Luft gegriffen.«

»Er sagt weiter ... wenn jemand Luci Palma sieht, soll er ihr sagen, daß Captain Moròn wieder da ist. Er liebt sie immer noch und will sie nach Vereinigte Staaten mitnehmen. Er ist im Hotel Embajador.«

»Ich kann's gar nicht fassen!« rief Moran. »Woher wollen die das alles wissen? Ich hab' meinen Namen ja gar nie genannt!«

»Captain Moròn«, sagte Mary.

»Moròn«, brummte Moran. Er tippte Bienvenido auf die Schulter. »Woher wissen die das alles? Sagen Sie, was haben Sie eigentlich denen von der Zeitung erzählt?«

»Nur das, was Sie mir gesagt haben. Die von der Radiostation haben wahrscheinlich bei der Zeitung und dann beim Hotel angerufen. Fragen Sie die Leute dort. Ich weiß nix.«

»Aber es stimmt doch nicht! Kein bißchen!« Er wandte sich beschwörend an Mary. »Glaubst du das denn?«

Mary lächelte ihn verschmitzt an. »Ich bin ja ungeheuer gespannt auf diese Luci.«

In der Hotellobby warteten ein gutes Dutzend Luci Palmas. Teilweise waren sie mit Verwandten gekommen, der Mutter und vielleicht auch dem Vater. Die anderen standen in ihren Cocktailkleidern herum und unterhielten sich angeregt mit Baseballspielern. Den eigentlichen Grund für ihr Kommen hatten sie bereits vergessen. Niemand kündigte Moran an. Die Szene erinnerte an die Ankunft eines Prominenten, eines Filmstars etwa. Ein Page nickte nur kurz, und mit einem Schlag stürzten sich all die Luci Palmas auf den bärtigen Mann, der in Begleitung einer eleganten Dame, seiner Assistentin oder Sekretärin vielleicht, eintrat. »Captain! Da bin ich!« schrieen sie alle gleichzeitig los. »Ach, ich freu' mich ja so, dich wiederzusehen. Endlich hab' ich dich wieder. Ich hab' dich nie vergessen!«

»Moment mal ...« sagte Moran.

»Kann ich Ihnen behilflich sein, Capitano?« fragte der Page.

Mary drückte sich an der Traube von Mädchen vorbei und eilte zum Anmeldepult, wo eine Gruppe von chinesischen oder taiwanischen Touristen wartete. Sie stießen sich gegenseitig an und starrten auf das Getümmel in der Lobby. »Das ist George Moran, der amerikanische Filmstar«, erklärte Mary. Ein paar von ihnen zückten die Kamera und schossen wie wild Fotos.

Mary bekam Moran in einer ganz ungewohnten Rolle zu sehen, aber es war zweifellos derselbe Moran, auch wenn ihn alle möglichen Mädchen umringten. Mädchen mit seidenem schwarzen Haar oder wolligen Afrolocken, Mädchen in Kleidern oder in hautengen Blue jeans, Mädchen mit flehenden Blicken versuchten sich alle auf englisch oder spanisch verständlich zu machen. Und in der Mitte stand Moran. Die Hände drückte er eng an seinen Körper, damit er keine von ihnen berühren mußte. Mühsam wühlte er sich durch das Rudel bis zum Anmeldepult. Mit hilflosen Blicken suchte er Marys Augen. Sie lächelte ihn an.

»Was soll ich nur machen?« fragte er, als er sie endlich erreicht hatte. Und sah den Portier an, der gelassen, fast gleichgültig, dastand.

»Sagen Sie ihnen doch bitte, daß das Ganze ein Irrtum ist.«

Der Portier zog die Augenbrauen hoch. »Sind Sie denn nicht Captain Moròn?«

»Ich bin kein Captain. Ich war noch nie einer.«

»Ob Sie Offizier sind oder nicht, ist denen egal. Sie sind doch Mr. Jorge Moròn, oder etwa nicht?«

»Die sind ja gar nicht alt genug.«

Das schien den Portier zu überraschen. »Hätten Sie sie denn gerne älter?«

»Von denen ist keine alt genug, um Luci Palma zu sein. Das war ja vor sechzehn Jahren. Und die hier sind alle unter dreißig.«

»Schau sie dir genau an«, schaltete Mary sich ein. »Ich seh' keine über fünfundzwanzig.«

»Bleibt mal stehen und rührt euch nicht weg«, rief Moran den Mädchen zu. »Seid *tranquilo,* ja? Ich möchte jetzt jeder von euch eine Frage stellen. *Una pregunta,* okay?«

»Ich warte in der Bar«, sagte Mary.

»Nein, halt. Hilf mir doch bitte.«

»Du schaffst das schon, George. Stell ruhig deine *pregunta.*«

Während sie sich durch die auf George zustürmenden Mädchen ihren Weg bahnte, hörte sie ihn rufen: »Okay. Ich will euch nach eurem Alter fragen. *Comprende? Quantos años tiene?* ... Du da, du bist die erste. Hi, wie geht's dir so?«

Sie spürte wieder zärtliche Gefühle in sich hochsteigen. Moran war weitaus mehr, als seine natürliche, lockere Art vermuten ließ. Manchmal kam er ihr fast naiv vor, und trotzdem überraschte er sie immer wieder aufs neue.

Sie setzte sich an einen Tisch im hintersten Winkel der Bar, wo sie vor den Ballspielern ihre Ruhe hatte, und bestellte einen Scotch. Im Stuhl saß es sich sehr bequem. Er war recht niedrig, ließ sich auf Rollen hin und her bewegen, und das Kissen war angenehm weich. Sie schob ihn näher an einen anderen heran, legte die Füße hoch und strich die Falten auf ihren beigen Strümpfen glatt. Als die Kellnerin mit ihrem Drink kam, sah sie auf und bedankte sich. Das Mädchen entfernte sich, doch ein Mann trat an ihre Stelle.

»Wenn Sie mir erlauben ...«

»Was denn?« fragte Mary.

»Mich mit Ihnen zu unterhalten, wenn es Ihnen recht ist.« Er legte ein angenehmes, ungezwungenes Wesen an den Tag. »Sie sind die Freundin des Marinesoldaten, nehme ich an.«

Mary nickte. »Ja, wir sind Kumpel.«

Um seine schwarzen Augen bildeten sich freundliche Lachfalten. Mary schätzte ihn auf Anfang Dreißig. Er hatte einen Schnurrbart, den er sich wohl täglich von einem Friseur pflegen ließ, und nach hinten gekämmtes Haar, so daß seine hohe Stirn zum Vorschein kam. Dem Aussehen nach hätte er zur hellhäutigen dominikanischen Aristokratie gehören können. Er trug ein maßgeschneidertes weißes Baumwollhemd, das wie eine leichte Jacke über den Gürtel hing. Die oberen Knöpfe waren offen und entblößten seine Brusthaare.

»Ich hätte gern mal eine Frau als Kumpel«, meinte er. »Ich wußte gar nicht, daß es so was gibt.«

»Warum?«

»Ich weiß nicht. Wahrscheinlich, weil wir eben so sind, als Mann und Frau. Der Unterschied zwischen uns.«

»Woher wissen Sie, daß der Marinesoldat und ich nicht verheiratet sind?«

»So was weiß ich eben.« Er grinste.

Seine Manieren waren ein bißchen mehr als angenehm. Er gab sich sehr locker und zutraulich – der südländische Liebhaber par excellence. Mary nippte an ihrem Drink. Sie hatte dergleichen mehr als einmal erlebt.

»Verzeihen Sie, mein Name ist Rafael Amado.« Er hielt inne, damit Mary sich vorstellen konnte, aber sie tat ihm den Gefallen nicht. »Ihr Freund weiß hoffentlich, daß keins von diesen Mädchen da Luci Palma sein kann.«

»Ja, das weiß er«, erwiderte Mary. »Er will sich nur ein bißchen amüsieren.«

»Ja, das ist gut ... Mein Name ist Rafael, aber die meisten nennen mich Rafi.«

»Ach, wie süß!« rief Mary.

Der Dominikaner lächelte. »Gefällt er Ihnen? Gut. Darf ich mich vielleicht zu Ihnen setzen?« Ohne ihre Erlaubnis abzuwarten, zog er einen Stuhl heran und machte es sich bequem. Dabei achtete er sorgfältig darauf, daß die Bügelfalte seiner schwarzen Hose nichts abbekam. »Vielen Dank. Darf ich Sie zu einem Drink einladen?«

Mary hielt ihr Glas hoch. »Ich habe schon was.«

Er sah auf, schnippte mit den Fingern und rief der Kellnerin etwas auf spanisch zu. Es klang abgehackt, von den angenehmen Manieren war plötzlich nichts mehr zu spüren. Als er sich aber wieder Mary zuwandte, waren sie sofort wieder da. »Darf ich meinen Drink vielleicht mit Ihnen zusammen genießen?«

Sie hoffte, daß Moran bald fertig war. Sie war auf sein Gesicht gespannt, wenn er kam und merkte, daß ein anderer Mann sich um sie bemühte. Vielleicht verriet es ihr etwas über ihn. Doch sogleich verwarf sie den Gedanken wieder. Moran würde keine Forderungen an sie stellen. Mit Eifersüchteleien verschwendete er sicher keine Zeit. Wenn er ein bißchen zögerte, vielleicht ein bißchen verlegen dreinblickte, dann wäre es ihr gerade recht.

»Im Radio hab' ich gehört, daß der Marinesoldat wieder da ist«, meldete sich Rafi wieder. »Ist das möglich? hab' ich mir gesagt. Und dann hab' ich im *Listin Diario* die Anzeige gesehen, Cat Chaser sucht das Mädchen ... und da hab' ich mir gesagt, das muß er sein, es geht nicht anders.«

»Die Anzeige ...« meinte Mary. »Ich habe sie noch gar nicht gelesen.«

»In der Zeitung unter Persönliches. Cat Chaser sucht das Mädchen, das über Häuserdächer gelaufen ist und ihn umbringen wollte. Sie soll hier im Hotel anrufen. Wirklich raffiniert formuliert ...«

»Und diese Luci wollte ihn umbringen?« Mary setzte sich gerade auf und nahm die Füße vom anderen Stuhl.

»Na ja, sie hat alle möglichen Tricks ausprobiert, um ihn zu ködern.«

Mary wollte es ganz genau wissen. »Ihn zu *ködern*?«

»Sie wollte die Soldaten reinlegen. Damit sie dahin gehen, wo kein Amerikaner sein durfte. Aber das ist lange her. Und damals war Krieg.«

»Sie sagten, ›das muß er sein!‹ Was meinten Sie damit?«

Die Kellnerin kam mit Rafis Drink. Er nahm ihn ihr wortlos ab und beugte sich wieder mit ernstem Gesicht vor.

»Ich war mit Luci Palma zusammen Partisan. In derselben Gruppe. Wir waren auch zusammen auf dem Dach.« Er starrte Mary noch eine Weile in die Augen, ehe er sich wieder zurücklehnte. »Hat er es Ihnen nicht gesagt?«

»Was? Ich weiß nicht.«

Rafi legte die Hände auf die Brust. Dabei spreizte er die Finger. Ein Bernstein glänzte matt an seinem kleinen Finger.

»Auf dem Dach«, erklärte Rafi mit ernster Miene. »Ich bin der, auf den er geschossen hat. Und er hätte mich fast abgeknallt.«

7

Strahlendweiße Zähne blitzten ihn an, lauter verschiedene Düfte drangen auf ihn ein, und zwei Luci Palmas nahmen ihn bei den Armen und drückten sich fest gegen ihn. Vor noch gar nicht allzulanger Zeit hätte Moran mehr von ihnen wissen wollen als nur das Alter, hätte vielleicht sogar eine kleine Wahl ausgerufen und sich dann für die Schönheitskönigin entschieden.

Auf dem Weg zur Lounge überlegte er sich, was er Mary erzählen wollte – daß er den Beruf des Hoteliers an den Nagel hängen und ins Filmgeschäft einsteigen wollte, und zwar als Produzent oder zumindest als Regisseur? Marys Haar erblickte er zuerst, dann einen Dominikaner in einem protzigen weißen Hemd. Gleich ließ er sich ein bißchen mehr Zeit mit dem Herantreten. Der Dominikaner bemerkte ihn und erhob sich.

»Na, wie ist's gelaufen?« fragte Mary durchaus liebevoll.

»Irgendwie war es anders.«

»Da du anscheinend fertig bist mit dem Proben ...«

Ihn verblüffte, wie gut sie ihn bereits kannte.

»... kann ich dir ja Rafi vorstellen. Ihren Nachnamen habe ich nicht mitbekommen.«

»Rafi Amado.« Er streckte ihm seine Rechte über den Tisch entgegen. »Es ist mir eine große Ehre.«

Mary sah zu ihm auf. »Ach, wirklich ...? Und das ist Jorge Mo-ròn, Rafi, der berüchtigte Marinesoldat.«

Moran warf ihr einen Seitenblick zu, während er die schmale Hand des Dominikaners ergriff. Der Händedruck war nicht allzu kräftig.

»Was habe ich denn getan?«

»Bei deiner letzten Reise hierher hast du anscheinend jemand von einem Hausdach geschossen. Und das war Rafi.«

Moran starrte ihn jetzt an. Er wußte nicht recht, was er sagen sollte. Der Dominikaner erwiderte den Blick mit ausdrucksloser Miene. Anscheinend war ihm nicht klar, was auf ihn zukam.

»Sie waren das?« rief Moran. Er wirkte auf einmal beeindruckt.

»Ich denke schon«, erwiderte Rafi. »Ein Haus in der Padre Billini, gleich beim Carreras? Auf dem Dach oben? Ich war mit Luci Palma zusammen.«

»Mannomann ...«, brummte Moran. Er strich sich mit der Hand über den Bauch. Noch war ihm nicht klar, wie er sich in dieser Situation verhalten sollte. »Setzen Sie sich doch«, sagte er hastig. »Möchten Sie etwas trinken?«

»Ich hab' schon was, danke.«

Sie setzten sich, und Moran bestellte ein Bier. Es lenkte ihn ab, verschaffte ihm etwas Zeit, sich an den Gedanken zu gewöhnen, daß ihm gegenüber ein Mann saß, den er einmal hatte umbringen wollen.

»Sie hatten eine automatische Pistole, sah aus wie eine Fettspritze.«

Rafi nickte. »Ja, ja. Ich hab' nur die Marke vergessen. Am ersten Tag der Rebellion haben sie uns alle möglichen Waffen gegeben. Ich hab' viele verschiedene benutzt.«

»Sie haben zuerst geschossen«, sagte Moran und hielt sogleich beschwichtigend die Hand hoch. »Ich meine es nicht so, wie es vielleicht klingt, aber Sie haben mehrere Schüsse auf mich abgegeben. Ich stand hinter einem Fenster auf der anderen Straßenseite.«

»Das glaube ich Ihnen«, entgegnete Rafi. »Aber ich bin kein guter Schütze. Ihr Glück.«

»Hören Sie, es tut mir wirklich leid. Waren Sie schlimm verwundet?«

»Nein, nicht so schlimm. Wollen Sie sehen?« Rafi beugte sich vor und entblößte die Brust zur Gänze. Dabei warf er Mary einen koketten Blick zu. Mit der Hand strich er das Haar über der linken Hälfte beiseite, so daß ein weißer vernarbter Fleck von mehreren Zentimetern sichtbar wurde. »Die Kugel ist hier durchgegangen und auf der anderen Seite wieder rausgekommen und nicht steckengeblieben. Da hatte ich Glück, was? Von der linken Brustwarze ist nichts mehr da. Aber das ist egal. Ich brauche sie sowieso nicht.«

Er schmunzelte, und Mary lächelte, als er ihr wieder einen Blick zuwarf. »Sie sind ein guter Verlierer, Rafi«, meinte sie.

»Ich dachte, ich hätte Sie weiter unten erwischt«, rief Moran. »Und mehr an der Seite, auf Gürtelhöhe ungefähr.«

Rafi blickte an sich hinunter. Das Kinn drückte er fast gegen die Brust, und er betastete sich die Flanke, als wollte er den Einwand überprüfen.

»Nein, den Eindruck habe ich nicht. Das sieht alles ganz normal aus.«

»Wir sind dann aufs Dach nachschauen gegangen«, sagte Moran. »Sie waren weg.«

»Gott sei Dank. Luci hat mir geholfen. Ohne sie, ich weiß nicht, wäre ich jetzt vielleicht gar nicht hier. Sie hat mich auch ins Krankenhaus gebracht.«

Das Mädchen brachte Moran eine Flasche Bier. Die Hälfte schenkte sie ihm ein. Mehr ließ die Schaumkrone im Glas nicht zu. Moran bedankte sich, ohne den Blick von Rafi zu wenden. Das Bier ließ er unangerührt stehen.

»Wissen Sie, wo sie ist?«

Marys Blick wanderte leicht neugierig auf Moran. Dort blieb er ruhen. Sie wartete auf seine Reaktion. Unterdessen hörte sie Rafi ausrufen: »Luci? Ich hab' sie seit Ende vom Krieg nicht mehr gesehen. Aber ich hab' auch nix gehört, daß ihr was zugestoßen sein soll.«

Moran nahm das in aller Seelenruhe auf. Mary hatte zumindest erwartet, er würde auf der Stuhlkante hin und her rutschen. »Wissen Sie, daß ich gefangengenommen wurde?«

Das überraschte Rafi. »Ach wirklich?« rief er nach einigem Zögern. »Das wußte ich nicht. Und sie haben Sie freigelassen?«

»Am selben Tag. Später habe ich herausgefunden, daß ein Typ vom Friedenscorps die Freigabe in die Wege geleitet hat.«

»Ah, sehr gut.«

»Und ich hatte Gelegenheit zu einem Gespräch mit ihr. Es war komisch. Ich weiß noch, daß ich mich nach Ihnen erkundigt habe.«

»Nach mir?«

»Sie hat gesagt, Sie seien am Leben und bald wieder gesund. Ihren Namen hat sie mir auch gesagt ...«

»Ja?«

»Aber ich habe ihn vergessen. Sie hat mir ein Bier gebracht.«

Rafi wirkte plötzlich ruhiger. »Ja, ja, sie war immer selbstlos. Und ungeheuer tapfer.« Er nippte an seinem Drink und stellte ihn langsam, fast in Zeitlupentempo, wieder auf den Tisch. Ein nachdenklicher Ausdruck trat in sein Gesicht. »Und Sie sind den ganzen weiten Weg hierhergekommen, um Luci Palma zu finden?«

»Eigentlich nicht. Ich wollte Santo Domingo wieder sehen. Aber diesmal als Tourist.«

»Es ist viel größer geworden«, meinte Rafi. »Und wo leben Sie? In welchem Staat?«

»Florida. Pompano Beach. Das ist ungefähr fünfzig Meilen nördlich von Miami.«

»Pompano? Ist es schön dort?«

»George gehört das Coconut Palms«, schaltete Mary sich ein. »Eine äußerst exklusive Absteige.«

»Ja, wirklich?« Rafi nickte nachdenklich. »Ich glaube, ich hab' davon gehört. So was wie das Fontainebleu in Miami? Großes Ding, was?«

»So groß auch wieder nicht«, meinte Mary, ohne auf Morans Blicke zu achten. »Dafür hat es viel mehr Klasse, verstehen Sie?«

Rafis Miene hellte sich auf. »Was Todschickes, hä?«

»Genau!« rief Mary. »Umwerfend schick.« Sie sah Moran, der nur stumm den Kopf schüttelte, mit unschuldigen Kulleraugen an.

»Vielleicht kann ich Ihnen etwas behilflich sein ...«, meinte Rafi, »... und Luci Palma für Sie finden.«

»Ich kann mir nicht vorstellen, daß sie noch in der Gegend ist«, warf Moran ein.

»Wenn sie noch in Santo Domingo ist, weiß sie garantiert Bescheid«, sagte Rafi. »So gut wie jeder hat die Sache mitgekriegt. Also lebt sie wahrscheinlich woanders. La Romana, Puerto Plata ... Die Dominikaner ziehen nicht so oft um. Ich kann es rausfinden für Sie.«

»Ach, machen Sie sich meinetwegen keine Mühe«, wehrte Moran ab. »Ich wollte ja nur wissen, was aus ihr geworden ist, mehr nicht. Sie war ein sehr nettes Ding. Voller Leben, verstehen Sie, sie sprühte vor Temperament. Hoffentlich ist ihr nichts zugestoßen.«

Rafi blickte auf seine Uhr. »Lassen Sie mich ein paar Leute anrufen. Vielleicht kann ich was für Sie tun.« Er trank sein Glas leer und erhob sich.

»Aber es ist mir wirklich nicht so furchtbar wichtig«, sagte Moran.

»Überlassen Sie es ruhig mir«, meinte Rafi. Er deutete auf sich und sah noch einmal auf die Uhr. »Aber jetzt muß ich noch etwas erledigen. Ich rufe Sie später an.« Er deutete eine Verbeugung vor Mary an. »Hoffentlich sehe ich den Kumpel des Marinesoldaten wieder. Es war mir ein Vergnügen.«

Er ging zur Tür. Moran sprang auf. »Wie wär's mit einem Essen heute abend?« rief er spontan. »Wenn Sie Zeit haben ...«

Mit dem Daumen und dem Zeigefinger bildete Rafi einen Kreis. Er winkte noch einmal und verschwand.

Moran setzte sich wieder.

»Komisch, daß er nicht noch die Hacken zusammengeschlagen hat«, bemerkte Mary.

»Die Dominikaner sind nun mal ein höfliches Völkchen«, erwiderte Moran.

Mary sah ihn erstaunt an. »Was du nicht sagst ...«

»Stimmt's etwa nicht? Du hast ja auch einen zu Hause. Hast du seine Rolex gesehen?«

»Er hätte wohl gern, daß man sie für eine Rolex hält, aber es ist keine.«

»Woher weißt du denn das?«

»Mit Gold kenne ich mich aus, George. Ich habe schließlich welches zu Hause.«

Er nippte schweigend an seinem Bier.

»Wenn sie in Santo Domingo ist, soll's mir recht sein. Aber ich will nicht, daß er im ganzen Land nach ihr jagt.«

»Dann laß es bleiben.«

»Schon, aber was ist, wenn er sich voll reinhängt und sie am Ende in Puerto Plata aufspürt ... Was will ich denn in Puerto Plata? Und auf ein Essen mit ihm bin ich auch nicht unbedingt scharf.«

»Aber du willst nicht undankbar sein.«

»Wenn man einem die linke Brustwarze wegschießt, schuldet man ihm wohl ein Essen. Mindestens. Vor allem, wenn einem eine todschicke Absteige gehört.«

»Es ist mir so rausgerutscht«, entschuldigte sich Mary. »Bist du mir böse?«

»Das Fontainebleu! Mein Gott, stell dir doch mal vor – ich in so einem Kasten!«

»Daß er beeindruckt war, kannst du aber nicht leugnen.«

»Davor habe ich ja gerade Angst. Jetzt bin ich sein neuer Kumpel.«

Mary wartete eine Sekunde.

»So wild bist du anscheind gar nicht darauf, Luci aufzutreiben? Was war damals zwischen euch?«

»Es war nur ein spontaner Entschluß, mehr nicht«, erklärte Moran. »Das alles ist ja schon so lange her. Sechzehn Jahre.« Er sah Mary in die Augen. »Was hast du vor sechzehn Jahren gemacht? ... Wo warst du letzte Woche? ... Und die Woche davor? ... Was sitzen wir denn noch hier herum?«

»Laß mich noch mal sehen«, bat Rafi den Portier auf englisch. »Ich brauche die von der Frau.«

Der Portier schielte an ihm vorbei in die Lobby, ehe er die Anmeldekarte herauszog und sie auf das Pult legte.

Rafi studierte die Karte, nahm sie aber nicht in die Hand. »Was für eine Zahl soll das da bei der Adresse sein? Eine sieben oder eine eins?«

»*Siete*«, sagte der Portier.

»Gut, du kannst sie wegtun. Wenn du eine Mieze willst, brauchst du mir nur sagen die Uhrzeit und die Zimmernummer.«

»Wie soll ich denn das Kauderwelsch verstehen?« brummte der Portier.

»Ich übe mein Amerikanisch«, erwiderte Rafi.

Am uniformierten Türsteher vorbei trat er ins Kasino ein, wo sich einige Spieler um den ersten Roulette-Tisch und ein paar Blackjack-Tische tummelten. Viel war jedoch so früh am Abend nicht los. Rafi nickte einem jungen Amerikaner in einem grauen Dreiteiler zu und deutete auf das Telefon, das auf einem Beistelltisch neben der Tür stand. Der junge Amerikaner, der stellvertretende Geschäftsführer des Hotelkasinos, gab ihm mit einer Geste sein Einverständnis zu erkennen, schien aber zu zögern. Offensichtlich hatte er Zweifel. Rafi nahm den Hörer in die Hand und teilte dem Operator in der Zentrale die Nummer mit, die er brauchte. Dann kehrte er dem Saal den Rücken zu. Vor dem Telefon fühlte er sich wie auf einem Podest.

»Ich bin's noch mal, Rafi.« Er sprach jetzt wieder spanisch. »Mary Delaney. Collins Avenue 700. Miami.«

»Moment«, beschied ihn eine Frauenstimme.

Rafi drehte sich um und ließ die Blicke beiläufig über den Saal schweifen. Mit den Fingern trommelte er auf das polierte Holz des Tischchens. Die Frauenstimme meldete sich wieder: »Rafi?«

»Ja.« Er drehte dem Saal erneut den Rücken zu.

»Das ist die Adresse von einem Juwelier. Und eine Mary Delaney gibt es in Miami Beach nicht.«

»Hat was zu verbergen«, meinte Rafi erfreut. »Kannst du sie auf eine andere Weise auftreiben?«

»Ich habe auch nur Telefonbücher«, protestierte die Frauenstimme. »Wofür hältst du mich eigentlich? Fürs FBI?«

Er sah die Frau direkt vor sich, konnte sich genau vorstellen, wie sie in ihrem Zimmer saß, das wie eine Galerie voller Fotos von lauter wichtigen Leuten an den Wänden aussah. Einige davon waren eingerahmt und mit einem Gruß versehen. ›Für La Perla, in ewiger Liebe‹ oder ›Ganz liebe Grüße‹. Die meisten Bilder, vor allem die farbigen, waren freilich schon vor zwanzig oder dreißig Jahren aus Zeitschriften ausgeschnitten worden. La Perla hatte früher über Partys und Skandale geschrieben und hatte angeblich mit Porfirio Rubirosa, dem größten Liebhaber der Welt, ein Verhältnis gehabt. Jetzt verkaufte sie Erinnerungsstücke aus ihrer Vergangenheit und hielt sich damit irgendwie über Wasser.

»Du mußt sie dir anschauen«, murmelte Rafi. »Wer so aussieht, muß was Besonderes sein. Ich bilde mir ein, ihr Bild schon mal irgendwo gesehen zu haben, kann's aber nicht mit Bestimmtheit sagen. Ich habe nicht so ein phänomenales Gedächtnis wie du.«

»Wie sieht sie aus?«

»Wie Sahne, sag' ich dir. Wenn ich einen Löffel gehabt hätte, hätte ich sie gegessen. Hör zu. Komm um neun ins Meson de la Cava. Dann siehst du sie.«

»Lädst du mich zum Essen ein?«

»Setz dich an die Bar, schau sie dir an, sag mir, wer sie ist.«

»Ich muß mir ein Taxi für fünf Pesos nehmen«, sagte die Frau. »Und dann brauche ich einen Drink.«

»Ich zahl' dir das Taxi. Von mir aus kannst du sogar zwei Drinks haben.«

»Hoffentlich bekomme ich keinen Rausch«, meinte die Frau.

»Dann sag mir doch, was du zum Glück brauchst«, erwiderte Rafi.

»Ich brauche mindestens drei Daiquiris«, rief die Frau. »Und außerdem will ich einen großen Shrimp Cocktail.«

»Wenn sie was Besonderes ist, kannst du auch einen Käsekuchen haben. Neun Uhr.« Rafi sah auf die Uhr. Er legte auf und ging an einen Blackjack-Tisch. Der Geber, ein hellhäutiger Dominikaner im goldenen Jackett des Kasinos, wartete mit ausdrucksloser Miene auf den ersten Spieler. Rafi schwang ein Bein über den Hocker und reichte dem Geber einen Zehnpesoschein. Dafür bekam er zehn rosa Chips. Sie fingen zu spielen an. Rafi fuhr sich mit der Hand ans Kinn und schob es hin und her.

»Das Gesicht tut mir vom vielen Lächeln schon weh.«

»Jetzt ist es jedenfalls nicht mehr süß«, meinte der Geber. »Soll ich dir eine hinknallen?«

»Knall mir eine hin ... So ist es gut.« Er ließ den Geber Karten im Wert von insgesamt fünfzehn Punkte aufdecken. »So, jetzt bist du dran.«

»Ich weiß, wie's geht«, rief der Geber und nahm sich eine Karte. Er kam über einundzwanzig und schob die Chips zu Rafi hinüber.

»Ich lass' es einfach stehen«, sagte Rafi. »Nächste Runde.« Wieder gewann Rafi. »Ist dir der Name von ihrem Mann eingefallen?«

»Was für einer?«

»Der von Luci Palma, wem sonst?«

»Ich kann mich immer noch nicht erinnern«, entgegnete der Geber. »Sie leben in Sousa. Mehr weiß ich auch nicht.«

»Daß sie einen Mann hat, paßt mir nicht«, meinte Rafi. »Hat sie vieleicht eine hübsche Schwester?«

»Ein paar Brüder.«

»Du zahlst, ich lass' stehen«, sagte Rafi. »Mal schauen, wie weit ich komme. Daß sie Brüder hat, wußte ich. Los, knall mir eine hin. Mit einem von den Brüdern hab' ich mich ja schon unterhalten. Er kannte ihren Kumpel, den, auf den der Soldat geschossen hat. Wenn ich keine passende Luci Palma auftreiben kann, brauche ich wohl eine jüngere Schwester.«

»Du spinnst«, rief der Geber und zahlte ihn zum dritten Mal hintereinander aus.

»Woher willst du das wissen? Hab' ich dir was gesagt?«

»Ich will s gar nicht wissen«, sagte der Geber.

»Knall mir eine hin«, rief Rafi. »Kommt der Soldat auch hierher?«

»Ich hab' ihn nicht gesehen.«

»Noch mal ... Was ist mit der Frau?«

»Ich kenne sie nicht.«

»Du hast sie nicht gesehen? Noch mal. Da ist dir was entgangen. Erste Sahne, sag ich dir. Mit Mandeln drauf. Ich seh sie ...«

»Und wünschst dir, du hättest einen Löffel.«

»Ich bräuchte ein Mädchen um die zwanzig. Eine unschuldige Schönheit. Ich meine, sie soll unschuldig aussehen. Im Augenblick hab' ich so was nicht in meinem Stall.«

»Deine Mädchen sehen alle wie Zimmermädchen aus«, meinte der Geber und zahlte Rafi zum vierten Mal hintereinander aus.

»Ich setze einhundert ... siebzig Pesos«, sagte Rafi und schob ihm seine ursprünglichen zehn hinüber. »Wenn ich jetzt gewinne, lande ich auch woanders einen großen Coup. Vielleicht den Jackpot meines Lebens ... Los schon, gib' s mir.«

Der Geber deckte ein As und eine Dame vor ihm auf – Blackjack.

»Siehst du«, rief Rafi, als wäre es eine vollkommen normale Sache.

Er sah zu, wie der Geber seine Karten aufdeckte, ebenfalls ein As und eine Dame. Der Geber zog die Augenbrauen hoch.

»Das Vertrackte ist nur«, meinte Rafi, »daß man wissen muß, was ein Zeichen ist und was nicht. Man kann sich bei Zeichen leicht täuschen, und manchmal liest man das Gegenteil von dem heraus, was sie bedeuten.«

»Trotzdem spinnst du«, sagte der Geber.

Rafi hielt sich merklich zurück. »Ach ja?« meinte er nur und ließ den Geber stehen. Um seine Lippen spielte ein heimliches Lächeln, das nichts sagte, weil es nichts zu sagen hatte. Für den Augenblick zumindest.

In Zukunft mußte er sorgfältiger auf Zeichen achten.

Die Zeitungsannonce des Cat Chaser und der Wind, den das Radio darum gemacht hatte, hatten Rafi sofort hellwach werden lassen. Er wandte sich an bestimmte Leute, die ihn an andere verwiesen, die an der Rebellion teilgenommen hatten, und schon fügten sich die Teilchen zu einer Story zusammen. Und er konnte die

Hauptrolle spielen. Ein Messerstich, der ihm mal beigebracht worden war, eignete sich vorzüglich als Schußwunde. Vor seinem inneren Auge malte er sich das Drehbuch ungefähr so aus:

RAFI: Ich bin derjenige, auf den Sie vor sechzehn Jahren geschossen haben.

MARINESOLDAT: Das tut mir leid. Womit kann ich Sie nur entschädigen?

RAFI: Ach, das ist doch gar nicht nötig.

MARINESOLDAT: Ich bestehe aber darauf.

RAFI (vorausgesetzt, der Soldat hatte sich inzwischen selbständig gemacht): Na gut. Unter Geschäftsmännern kann ich Ihnen da ein äußerst interessantes Investitionsobjekt empfehlen ...

Etwas in der Richtung auf alle Fälle. Sich was einfallen lassen, den Scheck einstecken, verduften. Aber jetzt war diese geheimnisvolle Frau ins Bild getreten. Und das änderte Rafis Drehbuch. Die Frau, die der Marinesoldat Mary nannte, wurde womöglich noch zur Schlüsselfigur. Bislang war es nur ein Gefühl. Aber worauf sonst hätte ein Mann wie Rafi, der von Zeichen und seinem Instinkt lebte, bauen können?

8

Um ins Kellerrestaurant zu kommen, mußten sie auf einer eisernen Wendeltreppe fünfzehn Meter tief steigen. Die ineinander verschachtelten Zimmer und Nischen sahen aus wie Katakomben. Zwischen weiß gedeckten und mit Kerzen gezierten Tischen tanzten dominikanische Pärchen zu Merengueklängen. Die Altstadt und das Restaurant hier waren frei von Cola- oder Texacoschildern, verkündete Rafi. Das war das wahre Santo Domingo.

Er berichtete ihnen, daß er sich wegen Luci Palma umgehört, aber bislang noch nichts in Erfahrung gebracht hatte. Es konnte noch ein bißchen dauern.

Moran versuchte ihm klarzumachen, daß es ihm gar nicht so wichtig war, doch Rafi ließ sich durch nichts davon abbringen. Er sei jetzt selber neugierig. Was wohl aus Luci geworfen sei? Er schloß nicht aus, daß sie Berufsrevolutionärin geworden und außer Landes geflohen war. So wie Caamaño, der '65 die Revolution angeführt hatte. Der hatte das Land verlassen und war bei seiner Rückkehr erschossen worden. So was kam vor.

Sie unterhielten sich über die Zeit damals vor sechzehn Jahren, die allgemeine Lage. Moran erklärte, daß sie es damals, als sie mitten drin steckten, unmöglich verstehen konnten. Die Rebellen hatten ihnen immer wieder gesagt: »Könnt ihr eurer Regierung denn nicht sagen, daß wir keine Kommunisten sind?« Aber wie hätten sie daraus schlau werden sollen? Fast alle waren freundlich zu ihnen, und trotzdem wurden immer wieder Bekannte von ihm erschossen. Später las er über das Ganze in der Zeitung und kam darauf, daß sie auf der falschen Seite gestanden hatten. Wie sie seit achtzig Jahren in Lateinamerika unweigerlich auf der falschen Seite standen. Nicaragua zum Beispiel. Dort hatten sie dem Arschloch von Somoza gegen die Guten geholfen. Aber was war jetzt aus den Sandinisten geworden? Sie sperrten doch genauso eine Zeitung zu, wenn sie sie kritisierte und unterschieden sich in nichts von Somoza. Was wird denn aus den Guten, wenn sie an die Macht kommen?

Mary meinte, sie hätten das Recht auf Fehler wie jeder andere auch. Maßt euch doch kein Urteil an und steckt die Leute nicht in Schubladen. Was wollt ihr machen, wenn ein Penner euch anbettelt? Haltet ihr ihm eine Standpauke und gebt ihm das Geld nur unter der Voraussetzung, daß er euch verspricht, keinen Fusel zu kaufen? Nein. Habt ihr ihm das Geld einmal gegeben – und das war ja eure freie Entscheidung – dann gehört es ihm, basta. Und er kann sich davon kaufen, was er will. Ob er Scheiß baut oder keinen, das bleibt allein ihm überlassen. Es sei denn, ihr kauft ihn. Dann ist es was anderes.

Ein Tischgespräch mit Wein: Eine Flasche Roten zu *Sopa Dominicana,* eine Art Rindschmortopf mit Nudeln; Weißwein zu in scharfer Tomatensoße gedämpftem Seebarsch ... Rafi hing beiden an den Lippen, an denen Morans, weil er so tiefes Verständnis für die Underdogs und vielleicht mit kleinen Abstrichen auch für die Revolutionäre hatte, und an denen Marys wegen ihres Vergleichs und der Aufforderung, man solle nicht zuviel erwarten und dann enttäuscht sein. Interessant. Für Rafi war das die Umkehrung der normalen Rollenverteilung. Hier gebrauchte mal die Frau die Vernunft – zumindest so lange, sagte er sich, bis man ihr ins Höschen griff. Und der Mann stellte immerhin in Frage, was er gelernt hatte. Aber im Prinzip war er immer noch ein typischer sentimentaler Amerikaner, ein Schlappschwanz eben.

Jawohl, es ließ sich gut an.

Rafi entschuldigte sich für einen Moment. Er ging auf die Toilette und von dort in den Teil des Hauses, wo die Bar war. Dort, in einer Art Passage, hielten sich nur wenig Pärchen auf. Am anderen Ende der Bar saß La Perla vor ihrem Daiquiri. Sie hielt den Kognakschwenker fest mit beiden Händen umschlossen und starrte tief hinein – eine alte Frau in einem auffälligen bernsteinfarbenen Kostüm, eine wahrsagende Zigeunerin vielleicht oder eine Zauberkünstlerin, die auf ihren Auftritt wartete.

»Also, was ist?« rief Rafi in gespannter Erwartung.

»Ja, ich hab' ihr Bild.«

»Wußt' ich's doch. Wer ist es?«

»Gar nichts weißt du«, sagte La Perla. »Wir müssen noch ein bißchen verhandeln. Der Shrimp Cocktail reicht jetzt nicht mehr.«

Rafi mußte sich schnell entscheiden, ob er seiner Ungeduld nachgeben oder mit der Alten spielen sollte. Dann müßte er ein paar Freundlichkeiten vom Stapel lassen und die Hand auf ihren knochigen Rücken legen. Er war aber müde und hatte keine Lust, alte Knochen zu begrapschen. »Kauf dir deinen Rum selber«, brummte er und wandte sich ab.

»Sie kommt nach Casa de Campo ...«

Er blieb stehen. »Ja?«

»...zu den Polospielen. Aber ohne ihren Mann.«

»Sie ist also verheiratet. Wußt' ich's doch. Und reich ist sie auch?«

»Ich verhungere noch«, sagte La Perla. »Ich will das Entrecote, den Spargel mit Sauce Hollandaise ...«

Rafi kletterte auf den Hocker neben dem ihren. Ihr Parfum drang ihm ekelerregend in die Nase, als er sich zu ihr herüber beugte. »Warum bestellst du nicht, worauf du Lust hast?«

»Ich warte immer noch auf den großen Shrimp Cocktail.«

»Sollst du haben. Wie heißt ihr Mann?«

»Du wirst es nicht glauben, wenn ich's dir sage.«

»Ich versprech' dir, daß ich's glauben werde.«

»Er ist Dominikaner.«

Pause. Beide schwiegen.

»Aber er kann nicht mit ihr zusammen hierherkommen«, fuhr La Perla fort.

»Warum nicht? Er ist doch Dominikaner.«

»Jemand würde ihn abknallen. Eine ganze Menge von Leuten würde ihn abknallen, wenn sie die Gelegenheit hätten.«

Es war ein Spiel. Rafi versuchte sich an Namen zu erinnern – Exilanten, korrupte Politiker. Er überlegte fieberhaft, als würde jeden Moment ein Summton sein Spiel beenden, und dann hätte er verloren.

»Er ist reich, sagst du? Das muß er auch, mit einer Amerikanerin als Frau, die Polo mag.«

»Du wirst es mir nicht glauben«, sagte die Frau erneut. »Ich brauche unbedingt auch eine Flasche Wein. Eine volle, und zwar Margaux.«

»Wenn du mir seinen Namen sagst, kannst du haben, was du willst, und meine ewige Liebe.«

Die alte Frau klopfte auf die Bar, daß ihre Ringe auf dem lackierten Holz klapperten. »Leg das Geld für das Taxi und für mein Essen hierhin«, sagte sie. »Deine Liebe kannst du behalten. Ich will mir nicht den Appetit verderben.«

Rafi ließ sich nichts anmerken, als er sich wieder zu den zwei Amerikanern gesellte. Das Gespräch ging jetzt über Reagonomics, Steuern und die Autopreise. Innerlich war Rafi freilich weitaus vorsichtiger und wachsamer als vorher. Wenn die Frau ein Filmstar oder eine aus der Jet-set-Gesellschaft gewesen wäre, hätte er sich mit dezentem männlichen Gebaren an sie herangemacht, hätte ihr zu verstehen gegeben, daß er zu haben war, daß das Vergnügen bei ihm mit zur Lebensqualität gehörte und er trotzdem ungeheuer sensibel war. Der Marinesoldat, der jetzt auch noch seinen Salatteller mit einer Scheibe Brot leertunkte, hätte da nichts mehr zu melden gehabt. So einem stellte man sich *mano a mano,* und dann nichts wie ran an die Frau.

Aber diese Frau war eine Berühmtheit von einem ganz anderen

Stern. War mit einem Mann verheiratet, der sich als Geldsack und zugleich als Dreckschwein einen unsterblichen Ruf gemacht hatte, einem Mann, der verantwortlich war für den Tod von Hunderten, wenn nicht gar Tausenden von Landsleuten. (Wie viele waren nicht zu Trujillos Zeiten von den Klippen gestürzt worden? Noch immer kamen die Haie nach Boca Chica.) War mit einem Metzger verheiratet und hatte eine Affäre mit einem Schlappschwanz.

Rafi war jetzt stiller, vorsichtiger, weil er sich schon in seiner zukünftigen Rolle sah. So eine Gelegenheit kam nie wieder. Und er brauchte nur zuzupacken. Was konnte man da tun? Das Naheliegende, natürlich. Aber erst mal abwarten und Tee trinken.

Freilich nicht zu lange. Die Konversation schleppte sich dahin, und die Frau unterdrückte schon in einem fort ihr Gähnen. Lächelte den Marineheini mit Schlafzimmeraugen an, und der Idiot saß bloß da und spielte mit seinem Kaffeelöffel herum. Allmählich empfand Rafi für den Marinesoldaten richtige Verachtung. Er sollte ihm die Frau wegnehmen. Eine Todsünde war das, jawohl, daß diese aufregende Schönheit sich an einen solchen Trottel vergeudete. Einschreiten müßte er ... Sie kaufte ihm garantiert ein Geschenk nach dem anderen ...

Aber andererseits ...

Hier konnte es nur entweder – oder heißen. Sich an die Frau ranmachen, bis sie ihn endlich anschaute und sie dann haben. Oder die Affäre mit dem Marineheini ausnützen und langfristig den großen Nutzen daraus ziehen.

Oder beides. Ging das? Den Schlappschwanz bluten lassen. Ja? Und *dann* die Frau nehmen? Es war eine Schande, daß sie nicht mit dem Marineheini verheiratet war und mit de Boya eine Affäre hatte. Aber auch so taten sich äußerst interessante Perspektiven auf.

Rafi zwang sich zur Geduld. »Ich glaube, ich bringe Sie zum Hotel zurück«, schlug er vor. Kein Widerspruch. »Ich ruf' morgen wieder an, okay? Sobald ich mehr weiß.«

Was sonst noch? Für den Augenblick mußte es reichen. Nur keine Hektik. Oder zumindest die Hektik nicht zeigen.

Sie legten sich gemeinsam in das Bett in Marys Suite und schmiegten sich eng aneinander. Sie wollten nichts mehr als diese Nähe. Bis Mary sagte: »Es geht dem Ende zu. Ich spüre es.«

»Bist du ein ängstlicher Typ?« fragte er.

»Normalerweise nicht«, meinte sie.

Zärtlich versuchte er sie zu beruhigen: »Du weißt, was dem Ende zugeht, und was nicht. Wir haben gar keine andere Wahl und werden wohl kaum voneinander loskommen. Für dich wird es allerdings viel schwerer als für mich. Ich meine, wenn wir uns treffen wollen.«

»Wir müssen«, sagte Mary.

»Wunderbar.«

»Ich habe noch nie so etwas getan«, sagte sie. »Und du?«

»Als ich verheiratet war? Nein.«

»Hast du jemals mit einer verheirateten Frau eine Affäre gehabt?«

»Nein.«

»Dann hast du auch noch nie so etwas getan. Wir sind Anfänger. Ich habe sogar noch nie an so etwas gedacht.« Sie verstummte kurz. »Halt, das ist eine Lüge. Ich mußte dich damals nur ansehen, und schon habe ich nur noch daran gedacht.«

»Ich auch.«

»Ich habe dich angestarrt, und wenn du es gemerkt hast, wollte ich immer am liebsten sagen, komm, gehen wir raus hier, gehen wir irgendwohin, Hauptsache, wir sind zusammen.«

»Ich wäre mit dir gegangen.«

»Wirklich?«

»Ich wollt es ja.«

»Mannomann, das hat ganz schön lange gedauert.« Nach einer Pause fragte sie: »Wo werden wir uns treffen?«

»Du kannst immer ins Coconuts kommen. Andres' Schwester und ihr Freund sind begeistert davon.«

»Wir sind aber nicht wie sie.«

»Es war ein Spaß.«

»Aber so kann es doch nicht bleiben. Nur heimliche Treffen.«

»Nein. Auf keinen Fall.«

»Schön, Moran. Aber ich werde Ärger kriegen. Heimlichtuerei will ich nämlich keine. Ich muß das mit Andres unbedingt regeln. Aber dich will ich dabei raushalten.«

»Er hatte einen Verdacht, noch bevor es Grund dazu gab.«

»Er ist nicht dumm. Aber ich werde ihm klarmachen, warum

ich ihn verlassen muß und daß das mit dir absolut nichts zu tun hat.«

»Und was ist mit deinen Freundinnen in Casa de Campo?« wollte er wissen.

»Ach du mein Gott«, rief sie.

»Hast du vergessen, sie anzurufen?«

»Ich habe nicht einmal an sie gedacht. Als ich von der Party in der Botschaft weggegangen bin, habe ich ihnen nur erklärt, daß ich noch etwas vorhabe. Marilyn, eins von den Mädchen, hat mir einen vielsagenden Blick zugeworfen: Aha, viel Spaß denn auch. Ich bin mir ziemlich sicher, daß sie ahnt, was los ist. Aber du hast recht. Ich muß sie anrufen, sonst denken sie sich noch zuviel.«

»Seid ihr eng miteinander befreundet?«

»Eigentlich nicht. Wir treffen uns öfter und spielen ein paarmal die Woche Tennis.«

»Bei dir zu Hause würden sie aber nicht anrufen, ich meine, wenn du daheim bist?«

»Nein, aber ich sage ihnen trotzdem besser Bescheid, damit sie sich keine Sorgen machen ... Ach du Scheiße! Sie sind heute heimgeflogen.«

»Kriegst du deswegen Probleme?«

»Keine Ahnung. Hoffentlich nicht.«

»Ruf doch eine von ihnen an, wenn du zu Hause bist.«

»Unbedingt, ja. Wie lange bleiben wir noch?«

»Die Entscheidung liegt also bei mir? So besorgt kommst du mir aber gar nicht vor.«

»Bin ich aber. Langsam werde ich nervös. Und das ist erst der Anfang.«

Moran nickte ein, für ein paar Minuten nur wahrscheinlich, er war sich nicht sicher. Er lag auf der Seite. Marys zusammengekrümmten Rücken spürte er am Bauch, seine Knie paßten genau in ihre Kniekehlen. »Mary?« sagte er.

»Was?« Sie war selbst am Einschlafen.

»Rafi ist Linkshänder. Du hast heute abend mal gesagt, du würdest zwischen zwei ›Linksauslegern‹ sitzen, und er hat das nicht verstanden. Erinnerst du dich?«

Sie gab keine Antwort mehr.

Als Moran die Augen aufschlug, war der Balkon in Sonnenlicht getaucht, und die Gardinen bauschten sich im Wind auf. Er hatte sich von Mary abgewandt, aber er spürte, wie sie sich bewegte und aufstand. »Pfui Teufel!« rief sie, »ich habe zuviel Wein getrunken!« Sie verschwand im Badezimmer. Von dort meldete sie sich erneut. »Wann will er denn anrufen?«

»Keine Ahnung, vielleicht überhaupt nicht ... Mary?«

»Was?«

»Der Typ, auf den ich geschossen habe, war Rechtshänder.«

»Und daran erinnerst du dich noch?«

Er hörte, wie die Badezimmertür zuging. Noch blieb er liegen und starrte durch die Balkontür auf den klaren Himmel. Im Badezimmer hörte er Wasser rauschen. Es erinnerte ihn an den Swimming-pool und an die Baseballspieler. Die Tür ging wieder auf, und Marys Stimme drang an sein Ohr. »Jetzt habe ich doch glatt nach dem Zähneputzen das Wasser getrunken.« Sie kam in sein Blickfeld. Im Sonnenlicht war ihr schmaler Körper durch das Nachthemd zu sehen. »Wenn ich schon sterben muß, dann hoffentlich nicht, weil ich Leitungswasser getrunken habe.«

Moran sagte nur: »Ich sehe ihn noch genau, wie er die Waffe hält. Er war Rechtshänder. Wenn einer auf einen schießt, dann braucht man nur die Augen zuzumachen, und schon sieht man ihn, egal wann. So weit war er gar nicht entfernt von mir.«

Sie trat aus dem Lichtstrahl. Die Augenbrauen hatte sie fragend hochgezogen. Ihr Gesicht war klar und lebhaft.

»Er trug eine Baseballmütze, von den Cincinnati Reds«, fuhr Moran fort. »Eine ganz alte. Ich habe ihn deutlich vor Augen.«

Zwanzig Meilen vor Santo Domingo an der Küste lag Boca Chica. Eine steinreiche Familie aus der Gefolgschaft Trujillos hatte hier vor zwanzig Jahren gelebt. Nach seinem Tod war ihr Haus beschlagnahmt und in ein Clubhaus umgewandelt worden. Seitdem trieben sich hier ständig junge Männer herum, tranken Rum, hielten nach Mädchen Ausschau und verkauften Waren auf dem Schwarzmarkt. Das Haus stand in einem alten Teil des Küstenortes. Alles hier war dem Verfall preisgegeben, die Tropenvegetation wucherte über die Trümmer hinweg. Ganz in der Nähe befand sich das Strandcafé. Früher einmal war es eine Tankstelle gewesen.

Jetzt, da überall Pappbecher und Eisverpackungen herumlagen, die nie jemand wegräumte, wirkte es um so verkommener. In der blau gefliesten Herrentoilette war, soweit Rafi sich erinnern konnte, nie heruntergespült worden. Am späten Vormittag ging er gerne vom Clubhaus zum Café, setzte sich an einen der Metalltische auf der Terrasse und trank einen Kaffee oder eine Cola. Von hier aus führte er seine Telefongespräche, und hierher lud er die Mädchen ein, die er auf dem Strand auflas, um mit ihnen Geschäfte zu besprechen. Auf seine Weise benützte er das Café als Büro.

Heute morgen hatte er mit einem Mädchen namens Loret etwas zu besprechen. Sie war siebzehn Jahre alt, hatte ein paar Vorzüge und einige Nachteile. Attraktiv war sie durchaus, auch einigermaßen intelligent – zumindest nicht begriffsstutzig. Aber sie war schrecklich mürrisch. Ihre Stirn war chronisch gerunzelt, fast blickte sie finster drein.

»Lächeln«, befahl Rafi.

Loret, die eine Dose Seven-Up vor sich stehen hatte, entblößte eine Reihe kleiner Zähne. Ihr Lächeln wirkte sehr schüchtern.

»Entspann dich und versuch's noch einmal ... Schon besser. Jetzt den Mund ganz langsam zumachen ... Genau das Gesicht mußt du machen. Sehr schön. Setz dich gerade hin. Nicht so krumm dahocken!«

Da sie sehr schmal gebaut war, schien ihr Busen das T-Shirt vollkommen auszufüllen und sie mit seinem Gewicht fast nach unten zu ziehen.

»Was nimmst du für dein Haar her?«

»Ich töne es, damit es lockerer aussieht.« Sie benützte einen für ihre dunkelbraune Haut viel zu hellen Hennaton.

»Vielleicht richten wir es so her, wie du es vorher hattest.«

»Mir gefällt es aber so«, protestierte Loret. »Ich will nicht wie eine Negerin aussehen.«

Sie blickte noch mürrischer drein, und Rafi forderte sie erneut zum Lächeln auf. »Du willst doch reich sein. Also mußt du lächeln lernen.«

»Was kriege ich dafür?« wollte das Mädchen wissen.

»Die Welt«, sagte Rafi.

Die sollte sie haben. Er wollte in ein Haus im Botschaftsviertel der Stadt einziehen, sich ein paar Diener leisten und einen bewaffneten Wachtposten am Tor, dem er jeden Abend eine Zigarette zustecken würde, wenn er mit seinem Mercedes hinausfuhr.

Seit dem achtzehnten Lebensjahr hatte Rafi von Gaunereien gelebt. Nach der Revolution von '65 hatten sie den *Anduana*-Handel organisiert. Sie waren in die Lagerhäuser und die Docks am Ozama eingebrochen und hatten alles auf dem Schwarzmarkt verscherbelt. Fernsehapparate, Transistorradios, Reifen, japanische Motorräder. Es war ein gutes Training gewesen. Man lernte, sich durchzuschlagen, wenn man absolut nichts hatte. Mit ihm war es immer rauf und runter gegangen. Die Hälfte seines Geldes hatte er für Kleidung ausgegeben, damit er in den Hotellobbies auch einen guten Eindruck machte. Über eine wirklich ergiebige Einkommensquelle hatte er aber noch nie verfügt. Die wenigen Mädchen, die er beschützte, arbeiteten für ihn nach Lust und Laune und betrogen ihn dann auch noch. Er drohte ihnen zwar, er würde sie mit seinem Messer aufschlitzen, doch sie machten nur unschuldige große Augen. Loret schaute allerdings mehr mürrisch als unschuldig drein.

»Schieb die Unterlippe ein bißchen weiter vor.«

»Was kriege ich dafür?«

Je öfter sie das sagte, desto besser gefiel sie ihm. Es verriet ihre Geldgier.

»Schieb die Lippe vor … Ja, das ist ein schöner Schmollmund … der gefällt mir. Och, jetzt siehst du aber traurig aus. Zeig mir noch ein bißchen mehr – ja, du schleppst großen Kummer mit dir rum … Ja, gut so! Langsam glaubst du selber, daß du deprimiert bist. Du kommst dir so verloren auf der Welt vor.«

»Sag mir lieber, was ich kriege«, erwiderte sie.

»Sag mir, was du willst. Halt, noch nicht. Du bist zu deprimiert. Deiner Schwester ist was Schreckliches zugestoßen, und du hast sie sehr geliebt …«

Er verdrehte den Kopf in alle möglichen Richtungen, um das traurige kleine Mädchen genauer zu studieren. Der Busen war ein Pluspunkt. Natürlich mußte sie noch üben. Trotzdem wußte er, daß er in etwa das vor sich hatte, was er brauchte. Am besten, er arbeitete den ganzen Rest des Tages mit Loret. Und morgen konnte er sie irgendwann präsentieren.

Bis dahin war ein Lebenszeichen vielleicht nicht unangebracht.

Vielleicht sagte er dem Marineheini am Telefon, daß er eine heiße Spur hatte, aber mehr wollte er nicht verraten. Später am Abend würde er sich noch mal melden. Genau, er mußte geschäftig wirken, nicht wie einer, der nur herumhing.

Er rief im Hotel an und verlangte Zimmer 537.

Da sich niemand meldete, fragte er die Telefonistin, ob Mr. Moran vielleicht gesagt hatte, wo er zu erreichen war.

»Mr. Moran ist abgereist«, erklärte sie.

»Abgereist? Was wollen Sie damit sagen? Geben Sie mir den Portier.« Da mußte ein Irrtum vorliegen. Aber als er den Portier an der Leitung hatte, bestätigte der ihm: »Ja, Mr. Moran ist abgereist.« Und Mrs. Delaney? »Die auch.«

»Mr. Moran hat doch sicher eine Nachricht hinterlassen ... Für Rafi Amado.«

»Einen Moment bitte«, sagte der Portier. Gleich meldete er sich wieder: »Nein, hier liegt nichts für Sie.«

9

Er unterhielt sich ein paar Minuten mit Jerry, ging bald wieder, und Jerry pfiff ›Zing Went the Strings of My Heart‹. Kaum war er in seinen Bungalow getreten, erschien Nolen in der Tür und grinste ihn an.

»Wieder da? Wann bist du gekommen?«

»Wann ich gekommen bin?« rief Moran und warf seine Reisetasche auf den Tisch. »Du siehst mich gerade ankommen.« Vor genau fünfzig Minuten hatte er sich von Mary am Flughafen verabschiedet. Unter all den vielen Leuten hatten sie eng umschlungen dagestanden und sich geküßt, als würden sie sich lange nicht mehr sehen können. Sie war dann in ein Taxi gestiegen, und Moran hatte sich auf die Suche nach seinem weißen Mercedes Coupé gemacht, das er seit sieben Jahren fuhr.

»Du hast nicht zufällig was Kaltes im Kühlschrank?« wollte Nolen wissen.

»Doch, wenn du was übriggelassen hast«, meinte Moran. »Schau mal nach.« Warum konnte der Typ ihn nicht allein lassen?

Er mußte unbedingt Mary anrufen. Der Zeitpunkt war vielleicht nicht günstig, aber er vermißte sie. Auch konnte er sich nicht vorstellen, daß de Boya selbst ans Telefon ging. Das überließ er sicher einer Bediensteten. An der Stimme würde sie ihn wahrscheinlich ziemlich bald erkennen, und dann würde es heißen: Da ist er schon wieder, für Sie, Missus. Er mußte sich was einfallen lassen, eine neue Identität für sich, für seine Stimme.

Nolen machte zwei Budweiser auf, stellte die Dose für Moran auf die Theke und ließ sich selbst auf einen Hocker gleiten.

»Ich hab' den Swimming-pool saubergemacht.«

»Schön.«

»Hab' aber keine gebrauchten Kondome oder sonstwas gefunden. Auch keine Alligatoren. Die zwei Tussis aus Fort Wayne sind abgereist. Das alte Ehepaar mit dem Buick auch. Keiner mehr da. Aus Findley, Ohio, hatten wir zwei Tussis da, drei Tage lang. Sie arbeiten für Dow, du weißt schon, die Chemiefabrik. Ich hab' sie gefragt, ob sie schon den vom Vertreter und der Mieze aus Findley kennen. Also, so ein Vertreter aus New York ist in Ohio unterwegs und lernt im Holiday Inn eine ganz scharfe Mieze kennen. Ein Drink, und er hat sie rumgekriegt. Tolle Nacht. Aber der Typ ist Kathole. Drum geht er am nächsten Tag gleich zur Beichte. Der Pfarrer brummt ihm zur Buße fünf Vater Unser und Gegrüßet seist du, Maria auf. Er fliegt heim nach New York und lernt am Flughafen schon wieder einen steilen Zahn kennen. Sie fahren zusammen in die Stadt, direkt in ihre Wohnung und springen gleich ins Bett. Toller Fick. Bevor er zu seiner Frau heimfährt, geht er wieder zur Beichte, sagt dem Pfarrer, was er ausgefressen hat, und der Pfarrer gibt ihm einen ganzen Rosenkranz auf. Das versteht der Typ nun überhaupt nicht. ›Ich hab' ja nichts gegen die Buße einzuwenden, Herr Pfarrer‹, sagt er. ›Aber in Findley, Ohio, hab' ich für genau die gleiche Sünde nur fünf Vater Unser und Gegrüßet seist du, Maria beten müssen.‹ Der Pfarrer schaut ihn ganz entgeistert an. Und dann schreit er ihn an: ›Findley, *Ohio?* Was wissen denn die in Findley, Ohio, vom Vögeln?‹ Abgesehen davon«, schloß Nolen, »war hier nichts los.«

»Und was ist mit der alten Sache?« fragte Moran und nahm seine Kleider aus der Tasche. »Mich würde schon ein bißchen mehr interessieren, was nach meiner Abreise alles passiert ist.«

»Das Pärchen?« fragte Nolen. »Die haben sich getrennt.«

»Als wir den Typen, der für die Trennung zuständig war, zuletzt gesehen haben«, meinte Moran, »hast du ihm ein Bier aus meinem Kühlschrank spendiert.«

»Jiggs?« rief Nolen. »Der ist schwer in Ordnung.«

»Richtig, der gute alte Jiggs Scully«, brummte Moran. »Verteilt aus Jux gefälschte Visitenkarten und arbeitet für de Boya.«

»Da muß ich ein paar Sachen richtigstellen«, sagte Nolen.

Moran warf unterdessen seine schmutzigen Sachen in den Wäschekorb. »Dauert es lange?«

»Das ist nicht nett, George ... Dich wird sicher interessieren, daß Jiggs normalerweise gar nicht für de Boya arbeitet. De Boya leiht ihn sich nur manchmal für besonders schwere Fälle aus.«

»Seit wann ist der Klavierspieler, dieser Mario, ein schwerer Fall?«

Nolen schüttelte den Kopf. »Wegen ihm hat de Boya Jiggs nicht angeheuert. Seine Schwester, Anita, war es.«

»Ich verstehe«, sagte Moran. Natürlich verstand er überhaupt nichts mehr.

»Du kennst doch den Song ›Breaking Up Is Hard To Do?‹ Genauso ist es auch bei Anita. Sie wollte ihren Gigolo einfach loswerden. Nur, von selber hat sie's nicht geschafft. Und weil sie sich Ärger mit Mario sparen wollte, hat sie Jiggs angeheuert. Elegant und schmerzlos. Der Klavierspieler meint, ihr Bruder hätte ihn geschickt. Und einen Streit mit dem will er sich nicht einhandeln. Sonst brechen sie ihm noch die Beine. Und so verliebt war er ja auch nicht in sie. ›Hast du den Typen schon mal spielen hören?‹ hab' ich Jiggs gefragt. ›Du brauchst ihm nur die Finger zu brechen.‹ Aber anscheinend hatte ihr Bruder auch selber genug rausgefunden und Corky hergeschickt. Kapierst du's jetzt?«

»Was soll ich kapieren?«

Corky heißt Corky Corcovado. Er ist Dominikaner und arbeitet für de Boya. Aber Jiggs ist einer von denen, die nur kommen, wenn man sie anruft.«

»Aber nicht unter der Nummer, die er mir gegeben hat.«

»Ob du's glaubst oder nicht«, rief Nolen, »es ist seine Nummer. Das Mädchen in der Zentrale gibt es nur nicht zu, wenn sie einen nicht kennt. Wer zu ihm durchkommen will, muß schon Stammkunde sein.«

Moran überlegte einen Augenblick. »Sie hat Dorado Management gesagt.«

»Ja, ja, das klingt nun mal besser. AG Kleinholz wäre treffender gewesen, aber das macht sich am Telefon nicht so gut. Was sollen da die Leute denken?«

Moran wartete, bis Nolen sich einigermaßen beruhigte. Fürs erste ließ er sich jedoch von seiner bühnenreifen Solonummer nicht abbringen.

»Dorado führt alle Arten von Unternehmen oder kontrolliert sie im Hintergrund. Das sind so Restaurants, Schuhläden, Möbelhäuser, Reinigungen, die ihre Schulden nicht mehr abstottern können. Dir ist schon klar, daß wir uns jetzt über die Typen mit den weißen Kragen unterhalten?«

Moran nickte. »Natürlich. Weiter.«

»Gut. Also, die Weißen Kragen von Dorado zahlen die Schulden, und der Laden gehört ihnen. Ich will damit nur sagen, daß so was auf der Tagesordnung steht. In Miami sind solche Sauereien das Normalste von der Welt, aber das weißt du ja selbst. Und es hat auch gar nichts mit unserem Gespräch zu tun. Ich will nur, daß du verstehst, aus welcher Ecke Jiggs Scully kommt. Er ist so eine Art Schuldeneintreiber. Immer in Alarmbereitschaft. Wenn Dorado große Außenstände hat oder wenn sie meinen, daß einer von ihren Drogendealern sie übers Ohr gehauen hat, holen sie Jiggs, und er biegt die Sache hin. De Boya hat absolut nichts damit zu tun. Ich glaube, er hat mit Dorado nur ein paar Geschäfte abgewickelt und dabei Jiggs kennengelernt. Keinen Schimmer, was für Geschäfte. Ich will es auch gar nicht wissen. Vergiß, daß ich überhaupt damit angefangen hab'.«

»Worauf willst du hinaus?« fragte Moran.

»Ich will auf gar nichts hinaus.«

»Kaufst du dir jetzt auch einen Trenchcoat und eine Knarre?«

»Die tragen keine Trenchcoats, George. Ich erzähl' dir das nur zu deiner Information. Du wolltest wissen, wer Scully ist. Jetzt weißt du's.«

»Und du hältst ihn für einen netten Kerl.«

»Ich finde ihn recht witzig«, meinte Nolen. »Er sagt lauter so witzige Sachen.« Nolen grinste. »Zum Beispiel hat er mir gesagt: ›Irgendwie lernen wir in der Schule das Falsche. Schau mich an.

Ich war Ministrant, bin jeden Morgen zur Messe und zur Kommunion gegangen, und was ist aus mir geworden? Erst lande ich bei den Scheißitakern und dann bei den Scheißspaniolen und trag' ihnen die Koffer.‹«

»Sehr witzig«, bemerkte Moran.

»Man muß es eben gehört haben, so wie er es sagt.«

»Von mir aus. Ich jedenfalls wäre nicht traurig, wenn ich den Kerl nie wieder sehen würde. Aber jetzt mußt du mich entschuldigen. Ich möchte mich ein bißchen ausruhen und dann aufräumen.«

»Ach ja richtig! Wie war die Reise?«

»Erzähl' ich dir später.« Er ging mit Nolen zur Tür.

»Ja, gut. Seh' ich dich denn?«

»Weiß ich noch nicht. Vielleicht gehe ich aus.« Er schob ihn fast zur Tür hinaus.

»Aber ich will alles hören, George. Was hast du denn diesmal gemacht? Ärsche gejagt? Fette Beute gemacht?«

»Raus jetzt«, rief Moran und machte die Tür hinter ihm zu. Er hatte sich ihre Telefonnummer auf Anhieb gemerkt, als sie sie ihm gesagt hatte. Er wählte und wartete. Nervös blieb er vor der Theke stehen. Er hatte sich keine Ausrede ausgedacht, für den Fall, daß sie nicht persönlich ranging. Eine Frauenstimme mit fremdem Akzent meldete sich: »Ja, bitte?«

»Mrs. de Boya bitte.«

»Darf ich ihr sagen, wer anruft?«

Scheiße … »Sagen Sie ihr, Mr. Delaney.« Als sie den Hörer aufnahm, sagte er: »Mary?«

»Was bist du denn?« wollte sie wissen. »Ein Verwandter?«

»Hast du welche?«

»Nicht in der Gegend. Sie sind alle in Michigan.«

»Dann bin ich auf Besuch da … Du fehlst mir schon.«

»Du mir auch. Und wie!«

»Kannst du sprechen?«

»Kaum. Er ist da.«

»Wo bist du?«

»Draußen, im Liegestuhl. Ich trinke gerade einen Sherry. Ich bin entsetzlich nervös.«

»Hast du schon mit ihm gesprochen?«

»Bin vorhin erst zur Tür hereingekommen.«

»Ich meine, hast du ihn schon gesehen?«

»Ja, schon. Wir haben ›hallo‹ gesagt. Das war's auch schon.«

»Hast du ihn geküßt?«

»Auf die Backe.«

»Am Telefon bin ich nicht so gut drauf. Du fehlst mir.«

»Du fehlst mir noch mehr. Mein Gott, wie du mir fehlst! Fliegen wir zurück.«

»Morgen?«

»Treffen wir uns irgendwo.«

»Ich hol' dich ab.«

»Nein, laß mich überlegen ... Kennst du den Matheson Hammock Park?«

»Klar, im Süden, an der Bucht.«

»Fahr bis zur Landspitze. Halte dich links, wo es zum Strand geht.«

»Ich weiß, was du meinst.«

»Treffen wir uns morgen um ... wann?«

»Sechs Uhr.«

»Wie wär's mit Mittag?«

»Ich komme.«

»Ich liebe dich, George.« Sie legte auf. Er mußte ein paarmal im Zimmer auf und ab marschieren, bis er sich beruhigt hatte. Durch das Fenster sah er Nolen Tyner allein mit seinem Bier am Swimming-pool sitzen. Der Kleinrollendarsteller und Gelegenheitsdetektiv, der Jiggs Scully für witzig hielt. Ließ sich von dem coolen Typen beeindrucken, weil er für bestimmte Geschäftsleute anderen die Beine brach und Wucherzinsen eintrieb. Moran wandte sich wieder vom Fenster ab.

Für den Augenblick war er vollauf beschäftigt. Nolen Tyner mußte schon selber schauen, wo er blieb.

Von der Terrasse aus konnte sie die Halbinsel mit dem Park und den tropischen Gärten sehen, die sich über eine halbe Meile bis zur Korallenküste im Süden erstreckten. Und dort traf sie ihn morgen. Der über dem Dschungel mit Schlieren aus langsam verblassendem Rot durchzogene Himmel wurde zusehends dunkler, je weiter ihr Blick über das Meer zum Cape Florida am Ende von Key

Biscayne schweifte. Wenn sie aufs Meer schaute, fühlte sie sich sicherer, über jeden Verdacht erhaben, falls jemand sie vom Haus aus beobachten sollte. Nach einem zweistündigen Flug und dem üblichen Streß am Flughafen ruhte sie sich aus. Unschuldig sozusagen. Freilich nicht allzu scharf auf ein Gespräch mit ihrem Mann, obwohl sie ihn fünf Tage nicht gesehen hatte. Wenn schon nicht unschuldig, dann wenigstens ehrlich. Worüber sollten sie auch sprechen? Andres gab Verlautbarungen von sich, erteilte Befehle, grunzte ... atmete beim Lieben durch die Nase, wurde schnell fertig und verließ sofort ihr Schlafzimmer. Vielleicht kam er heute nacht zu ihr.

Im Garten, der sich sanft zur Mole hinab neigte, trat eine Gestalt aus dem Schatten junger Akazien, lief über die offene Fläche zur Anlegestelle, an der de Boyas Jacht vor Anker lag, und ging weiter zum unter Palmen fast versteckten Swimming-pool. Tag und Nacht traten bewaffnete Leibwächter auf dem Grundstück in Aktion. Corky war nur einer von mehreren jungen eifrigen Dominikanern in Andres' Diensten. Es gab mehr Sicherheitsleute als Hausangestellte. Und sie waren hypermodern ausgerüstet. Von Maschinenpistolen bis hin zur Videoüberwachungsanlage an der Vordertür war alles da.

Altagracia, das Dienstmädchen, servierte das Abendessen, flambierte Hühnerbrust mit glasierten Früchten. Im Licht der Kerzen huschte ihr Schatten lautlos über das gewachste Holz. »Wenn ich das nächste Mal runterfliege«, sagte Mary, »dann gibst du mir die Nummer deiner Mutter, und ich rufe sie an. Wäre dir das recht?«

»Ja, Señora«, erwiderte Altagracia. »Aber sie hat kein Telefon.«

»Oh«, sagte Mary. Altagracia deckte den Tisch fertig und ging. »Wir haben noch nichts geplant, aber wenn wir wieder hinfliegen ...« Marys Stimme verlor sich. Sie hob den Blick über die flackernden Kerzen und sah Andres einen Moment beim Essen zu. Wie immer hielt er den Kopf tief bis zur Gabel gesenkt, die er wiederum so gut wie nicht über den Teller hob – der Dosenschneider, der General geworden war. »Es war ein toller Urlaub.«

Sie hörte ihn schmatzen. Am Anfang ihrer Ehe hatte sie ihm mit Vergnügen beim Essen zugesehen. Sogar seine Art, den Wein mit vollem Mund zu schlürfen, hatte ihr gefallen. Sie hatte etwas Lebensbejahendes, Romantisches darin gesehen, eine Zeitlang zumindest.

»Das Wetter war hervorragend. Ein paar Regengüsse am Nachmittag, aber die waren schnell vorbei.« Mary gab sich alle Mühe, sich an das Wetter in Santo Domingo zu erinnern.

»Deine Freundin«, sagte Andres, »die dicke, die das Haar wie ein Mann trägt, die hab' ich gesehen.«

Jetzt kam es. Mary saß wie festgefroren da. Schließlich zwang sie sich zu einem Griff nach dem Salzstreuer. Er beobachtete sie jetzt.

»Du meinst Marilyn? Sie war mit dabei.« Sie wurde tapferer, suchte den offenen Schlagabtausch. »Wann hast du sie gesehen?«

»Gestern, im Club.«

»Dann hat sie dir sicher gesagt, daß ich noch einen Tag länger geblieben bin.«

»Sie hat mir nichts dergleichen gesagt.«

Mary konnte seine Augen im Kerzenschimmer sehen. Die Altersfalten ließen ihn müde erscheinen, weniger steif. Da war sie wieder, die Illusion von Verletzlichkeit, von der sie Moran erzählt hatte. Aber es war das Licht, merkte sie jetzt, das ihn weicher aussehen ließ, und nicht sein Inneres.

»Sie hat was vom Polo erzählt. Aber es hat sich nicht so angehört, als ob sie je ein Spiel gesehen hätte. Sie weiß nicht mal, welche Mannschaften dabei waren.«

»Wahrscheinlich mögen wir vor allem die Atmosphäre«, meinte Mary. »Der Rest ist dann gar nicht mehr so wichtig. Auf die Leute in ihren tollen Polosachen kommt es an.«

»Hast du Bekannte getroffen?«

Das brachte sie aus der Fassung. Eine solche Frage hatte er ihr noch nie gestellt. Es hatte ihn nie interessiert.

»Philly hat uns eine Einladung in den Country Club von Santo Domingo verschafft. Fast nur Leute von der Botschaft. Ich kannte nur wenige.«

»Hast du jemand von hier gesehen?«

»Von außerhalb unserer Clique? Nein. Habe ich dir nicht gesagt, daß ich mit Marilyn, Philly, Liz ...«

»Und den einen – wie heißt er doch gleich? – den, der mal bei uns im Club war, hast du nicht gesehen? Du weißt schon, der aus derselben Stadt kommt wie du.« Er schien sie jetzt anzustarren, gespannt, ob sie den Namen aussprechen würde.

»Wer? George Moran?« Da sie ihn jetzt ausgesprochen hatte, gab es kein Zurück mehr. »Was hätte der schon in Santo Domingo zu tun?«

»Du hast doch gesagt, du warst in Casa de Campo.«

»Ich dachte, du sprichst von der Botschaftsparty.« Sie versuchte, nur beiläufigstes Interesse zu bekunden. »Woher weißt du eigentlich, daß er dort war?«

»Woher ich so was weiß. Es wird mir gesagt. Und wenn ich etwas wirklich wissen will, dann finde ich es auch raus. Er war dort zur selben Zeit wie du, aber du sagst, du hast ihn nicht gesehen.«

Mary holte tief Luft und ließ sie langsam ausströmen, während sie zu ihrem Glas griff. Sie wollte jetzt damit anfangen, mit irgend etwas einen Streit provozieren, aber ohne Moran mit ins Spiel zu ziehen. »Andres ...« fing sie an, aber schon spürte sie Morans Nähe und verlor den Mut.

»Ja?« sagte er.

Sie zögerte. »Willst du wissen, warum ich einen Tag länger geblieben bin?«

»Sag's mir.«

»Ich wollte mal Santo Domingo sehen.«

»Und? Hat es dir gefallen?«

»Mein Chauffeur hat mir alles über den Krieg erzählt ...«

»Ach? Welchen Krieg denn?«

»Den wenige Jahre nach deiner Auswanderung, die Revolution.«

Er schien es nicht besonders eilig zu haben. Bedächtig kaute er weiter und beobachtete sie im Kerzenlicht unentwegt hinter schweren Lidern.

»Ich erinnere mich nur dunkel«, sagte sie. »Im Time-Life-Magazin gab es einen Bericht mit Fotos. Aber du warst damals schon hier und hast es sicher aufmerksam verfolgt.«

»Ich kenne die ganzen Leute.«

»Dann hast du bestimmt auch zu einer der beiden Seiten gehalten.«

»Zu einer Seite gehalten?« rief Andres. Er hielt seine Gabel senkrecht. Die Arme stützte er auf dem Tisch ab. »Kennst du den Unterschied zwischen einem Regierungstreuen und einem fanatischen Aufständischen?«

»Na ja, der Fahrer hat mir ein bißchen was erklärt, aber sein Englisch war nicht so gut.«

»Vielleicht war auch dein Spanisch nicht genug.«

»Du hast recht. Der Fahrer kann nichts dafür.«

»Wenn du Genaueres wissen willst, brauchst du nur deinen Freund zu fragen, diesen George Moran.« Er beobachtete sie weiter im Kerzenlicht. »Er war mit der US-Marine dort unten. Hat er dir das nicht erzählt?«

»Ich kann mich nicht erinnern«, brachte sie heraus. »Bist du dir sicher?«

Andres schien zu lächeln. »Warum sollte ich so etwas behaupten, wenn ich mir nicht sicher wäre? Als ich ihn im Golfclub kennenlernte, hat er es mir schon erzählt. War ziemlich stolz auf sich. Ich habe ihn auf einen Drink eingeladen, weil er damals auf der Seite der Regierungstreuen war. Vielleicht wußte er es nicht, aber es stimmte. Jetzt glaube ich, hat er es mit der Treue nicht mehr so. Er glaubt nur noch an sich selbst.«

Mary regte sich nicht. Sie wartete weiter und sah, wie Andres das Glas hob und ihr spöttisch zuprostete.

»Auf sein Wohl. Möge er bald wieder treu werden.«

In der Dunkelheit malte sie sich den Weg von der Cutler Road zum Matheson Hammock Park aus. Man fuhr durch eine Art dunklen Tunnel aus Mangrovenbäumen. An seinem Ende stand eine Hütte, an der man dem Wärter einen Dollar zahlen mußte. Auf einmal gab es dann keine Bäume mehr. Man stand direkt auf zerstoßenen Korallen und hatte freien Blick auf das Meer. Sie sah schon ihre Wagen nebeneinander auf dieser offenen Stelle stehen. So weit das Auge reichte, waren sie die einzigen Menschen. Rein und raus führte ein und derselbe Weg.

Kurz vor zwei Uhr nachts rief sie bei Moran an. Sie hörte sein verschlafenes Hallo und sagte: »Er weiß Bescheid.«

Erst herrschte Schweigen. Dann fragte er mit hellwacher, wenn auch etwas gedämpfter Stimme: »Was hat er gesagt?«

»Er weiß, daß du unten warst.«

Wieder schwieg er eine Weile. »Andres ist ja genau am Tag meiner Abreise gekommen. Ich packte gerade den Koffer.«

»Wir können uns nicht im Park treffen«, sagte sie. »Das Gelände ist viel zu offen.«

»Aber ich kann es nicht mehr erwarten. Schlafen kann ich auch nicht.«

Sie mußte lächeln. »Ja, das habe ich gemerkt.« Sie fühlte sich ihm wieder ganz nahe. So konnten sie ewig weiterreden und alles sagen, was ihnen gerade in den Sinn kam. »Ich laß mir einen neuen Treffpunkt einfallen und rufe dich morgen vormittag an.«

»Warum kommst du nicht hierher?«

»Lieber nicht. Noch nicht.« Sie senkte die Stimme, fast bis zum Flüsterton. »Ich habe so etwas noch nie getan, George. Auf dem Gebiet bin ich völlig unerfahren.«

»Wie geht's sonst?«

»Sag' ich dir morgen. Schlaf wieder.«

Sie legte auf und ließ sich im Dunkel auf ihr Kissen zurückfallen. Langsam entspannte sie sich, während sie in die Nacht hinaus lauschte. Zu hören war nur Stille. Sie mußte Moran sehen, sein Gesicht mit dem weichen Bart, mußte wieder seine Arme um sich spüren. Er brauchte sie nur zu halten, und schon verschwand alles andere.

Sie rief um halb zwölf an und sagte: »Das Holiday Inn in der Le Jeune Road. Weißt du, wo es ist? Noch auf unserer Seite vom Flagler.«

Er war verblüfft. »Das Holiday Inn?«

»Ich habe schon ein Zimmer unter dem Namen Delaney reserviert. Einverstanden? Bis ein Uhr.«

Er fühlte sich an Nolens Vertreter und dessen Abenteuer im Holiday Inn von Findley, Ohio, erinnert. Aber er sagte sich, daß beides nichts miteinander zu tun hatte. Als er sie dann in den Armen hielt, ihre Haut streichelte, ihr versicherte, wie sehr er sie vermißt hatte und sie den Mund kaum voneinander brachten, war er sich sicher, daß es ganz und gar nicht so war wie in Findley, Ohio. Sie liebten sich, tranken eisgekühlten Wein, alles in der stillen Abgeschiedenheit des Zimmers. Sie berührten einander unablässig. Sahen sich an. Langsam kamen sie auf die Sachen zu sprechen, die ihnen unter den Nägeln brannten.

»Zieh bei mir ein«, sagte er. »Ist doch egal, was er denkt.«

»Warum habe ich es ihm nur nicht vorher gesagt«, stöhnte sie. »Wenn ich jetzt damit anfange, hält er dich für den Grund, weil du ihm nicht aus dem Kopf gehst. Er *weiß*, daß wir zusammen waren.«

»Na schön. Was hast du vor?«

»Noch ein bißchen warten.«

»Wie lange?«

»Ich *weiß* nicht, wie lange.«

Er ließ sie in Ruhe. »Es tut mir leid. Mir ist schon klar, daß du tun mußt, was du für richtig hältst. Ich mache mir nur Sorgen.«

»Mein Gott, ich will dich nicht verlieren«, entgegnete sie. »Aber ich muß den richtigen Zeitpunkt abwarten. Vor einem Monat hat er mir leid getan. Jetzt habe ich Angst vor ihm – ich kann seine Reaktion nicht abschätzen. Aber wenn er es mir schwermachen will ... dann ... dann müssen wir äußerst vorsichtig sein.« Ihr Ton war plötzlich sehr nachdenklich geworden. Noch war sie sich nicht im klaren, wie sie ihren Mann einzuschätzen hatte. »Aber der richtige Zeitpunkt kommt schon noch. Ich weiß nur nicht, wann. Wenn ich ihn kommen spüre, werde ich ihn um die Scheidung bitten. Ich sage ihm einfach, daß ich die Scheidung will. Wenn es ihm um seinen Stolz geht und er einen Prozeß will – von mir aus ... Er wird schon verstehen. Ich muß nur dich aus dem Spiel halten.« Sie lächelte ihn müde an. »Ich will das Ganze nicht zerreden, aber vor allem anderen liegt mir daran, daß du mich verstehst.«

Stille. Er drückte sie fest an sich.

»Wovor hast du Angst?«

»Vor ihm. Er ist unberechenbar.«

»Schläfst du mit ihm?«

»Seit wir wieder da sind, noch nicht. Aber wie ich damit umgehen soll, weiß ich auch noch nicht. Soll ich denn die Tür zusperren? Wir hatten nie einen Streit. Wie denn auch – wir reden ja nie miteinander. Verstehst du, was ich meine? Ich will fair sein.«

»Sei nicht zu fair.«

Sie schmiegte sich fester an ihn. »Ich weiß nicht, was noch passieren wird.«

»Na ja«, meinte er, »wenn du mit einer Abfindung von zwei Millionen Dollar da rauskommst, bist du immer noch die reichste Frau in ganz Coral Gables – trotz der Drogenschieberfrauen. Als Kellnerin wirst du nicht arbeiten müssen.«

»Das hat mich auch beschäftigt«, gestand Mary. »Ich sollte das Geld nicht annehmen. Vorausgesetzt, er bietet es mir überhaupt noch an.«

»Du hast doch einen Vertrag in der Tasche.«

»Das würde Andres wohl kaum stören.«

Moran hob ihr Gesicht an, um ihr in die schwarzen fragenden Augen sehen zu können. »Ich war auch mal reich. Mehr als alles andere war es eine furchtbare Plagerei. Das Bier im Club hat übrigens nie besonders geschmeckt.«

»George!« rief Mary. »Vor zehn Jahren habe ich als Modell hundert Dollar pro Stunde gemacht.« Blitzschnell führte sie ihm die gängigen Mienenspiele vor, verzog die Lippen vom Lächeln bis hin zum Schmollmund, verdrehte die Augen. »Ich habe den ganzen Scheiß der hohen Modeschule von New York mitgemacht – Lippenstift, Parfum, Wimperntusche. Vor den Designerjeans habe ich aufgehört. Zwei Jahre lang habe ich mich nicht mehr anschauen können. Ich wollte Jura studieren und habe schließlich in der Anwaltskanzlei angefangen. Die Betriebsrenten stehen mir bis da, sag ich dir. Was für einen Beruf ich gern hätte, weiß ich nicht. Am besten, ich bin reich und muß mir um nichts Gedanken machen.«

»Wollen wir heiraten?« fragte er.

Sie hob den Kopf, um ihrerseits in seine Augen zu schauen.

»Ich weiß nicht. Sollen wir?«

»Von mir aus schon.«

Sie löste sich von ihm. »Was soll das heißen – von dir aus schon? Ist dir das so gleichgültig? Du bist zu nichts verpflichtet, Moran. Du kannst tun und lassen, was du willst.«

Er zog sie wieder sanft an sich, strich besänftigend mit der Hand über ihren Arm bis zur Brust.

»Denk nicht soviel. Laß es einfach kommen. Wenn es soweit ist, tun wir schon das Richtige.«

In den nächsten Tagen trafen sie sich jeden Nachmittag. Einmal probierten sie es im Castaways on the Beach, aber es zog sie zurück ins Holiday Inn, weil sie sich dort heimischer fühlten. Mary kam immer in ihrer Tenniskleidung. (Nolen Tyner fragte Moran, wohin er jeden Nachmittag verschwand. Moran sagte, Leute besuchen. Dann erhielt Nolen einen neuen Auftrag. Moran fragte sich schon, ob es mit ihm zu tun hatte, aber es ging um das Sorgerecht für ein Kind in West Palm.) Sie buchten das Holiday Inn für eine weitere Woche und brachten Wein und Obst mit. Sie planten, irgendwann miteinander Tennis zu spielen. Über Andres unterhielten sie sich nicht. Sie waren zusammen, und das genügte. Mary meinte, daß das Reichsein vielleicht gar nicht so wichtig war. Moran stimmte ihr zu, jedenfalls solange man sich ein Motelzimmer leisten konnte. Aber es sei eine Schande, daß sie hier zahlten, wo er doch ein ganzes Motel leerstehen hatte. Bis auf einen Typen sei niemand da, und der sei tagsüber unterwegs. Schließlich stimmte Mary zu. Sie wollte ins Coconuts kommen. Morgen.

Um ein Uhr kam sie in ihrer Tennisausstattung. Über dem Arm trug sie einen gelben Badeanzug. Moran stellte sie Jerry vor und zeigte ihr die Anlage. Das dauerte fünf Minuten. Mary zeigte sich begeistert. Sie gingen in Morans Bungalow. Er bat sie, nicht auf die Urwaldmuster auf den Polstern und auf die geschwungenen Bambuslehnen zu achten, er wolle das alles demnächst renovieren. Mary erklärte ihm, das könne er vergessen, die Art von Möbeln sei schon wieder schick. Als nächstes zeigte er ihr das Bad, wo sie sich den Badeanzug anziehen konnte.

Kurz nach zwei Uhr waren sie immer noch in seinem Bungalow, als Jerry anrief. »Ich habe hier einen Herrn und eine junge Dame. Sie wollen dich sprechen.«

Moran war mit einem Handtuch notdürftig bekleidet. »Wie heißen sie denn?«

»Sein Name ist Amado«, erklärte Jerry. »Er ist aus Santo Domingo, sagt er.«

10

Mary sah ihnen von einem Seitenfenster aus zu. Die Daumen im Bund seiner abgeschnittenen Jeans verhakt, stand Moran erst still da, dann deutete er irgendwohin, ganz in der Manier des stolzen Hoteliers. Ja, das ist es – gefällt's euch? Sie konnte es fast von seinen Lippen ablesen.

Die Rothaarige schien von dem, was sie sah, wenn nicht beeindruckt, so doch zumindest angetan. Ein komisches kleines Ding. Attraktiv – ja. Aber die Farben stimmten hinten und vorne nicht.

Rafi, heute im schwarz glänzenden Busineßanzug, musterte mit schief gelegtem Kopf und zusammengekniffenen Augen die Innenanlage mit der alabasterweiß getünchten Fassade gegenüber dem Swimming-pool, als würde daraus noch das richtige Fontainebleu, wenn er die richtige Perspektive fand, der Inbegriff des Schicken.

Schuld daran bist du, sagte sich Mary, lächelte aber unwillkürlich. Rafi nickte eifrig, versuchte beeindruckt auszusehen. Die Rothaarige zog die Unterlippe ein, fuhr sich mit der Zunge darüber, stülpte sie wieder vor. Äußerst seltsam. Sie trug ein mit Riesenmutationen von so etwas ähnlichem wie Gänseblümchen blau und gelb gemustertes Kleid. Um die Brust war es ihr viel zu eng, dafür war es unter den Knien um einiges zu lang ausgefallen. Miß Zuckerrohr.

Ich bin gemein, dachte Mary.

Aber mußte sie denn nett sein? Moran schien es ganz locker zu nehmen. Sie fühlten sich schon wie zu Hause. Und jetzt bat er sie, sich auf den Liegestühlen niederzulassen. Er kam wieder auf den Bungalow zu, als sie endlich saßen. Rafi machte eine strenge Miene und sagte irgend etwas zu dem Mädchen.

Moran trat ein und machte die Tür zu.

»Endlich haben wir unsere Ruhe, und da muß der Kerl den ganzen Weg ausgerechnet hierher kommen!«

Mary löste sich vom Fenster. »Wer ist denn das Mädchen?«

»Loret. Mehr weiß ich auch nicht.« Et ging zum Kühlschrank. »Sie will ein Seven-Up.«

»Wollen sie hierbleiben?«

»Er sagt, daß er mir was mitzuteilen hat. Hört sich nach einer schlechten Nachricht an, so wie er rumtut … Ich wußte doch, daß ich kein Limo dahabe. Warum schaue ich überhaupt nach?«

»Soll ich rauskommen?« fragte Mary.

Moran holte Coladosen und eine Schale mit Eiswürfeln aus dem Kühlschrank und schlug die Tür zu. »Wie du meinst.«

»Bist du nicht ein bißchen überrascht über seinen Besuch?«

»Ich bin ziemlich überrascht. Und dann fragt er: ›Wie geht's Ihrem Kumpel, der Mary?‹ und zwinkert mich an. Ich habe ihm gesagt, dir geht's gut.«

»Du hast ihm aber nicht gesagt, daß ich da bin.«

»Nein.« Moran stand inzwischen an der Bar und mischte für Rafi Rum mit Cola. »Ich habe immer noch so ein komisches Gefühl. Komischer sogar als in Santo Domingo.«

»Meinst du, er weiß, wer ich bin?«

»Es würde mich nicht überraschen.«

»Soll ich nicht doch rauskommen? Ich muß bald nach Hause.«

»Scheiße«, stöhnte Moran. »Ausgerechnet, wenn wir unsere Ruhe hier haben. Vielleicht werde ich ihn wieder los.«

»Nein, das geht nicht«, rief Mary. »Geh lieber davon aus, daß er in Ordnung ist, sei aber auf der Hut. Ich verkrümel mich besser.«

»Hinten herum kommst du auf die Straßenseite.«

»Das ist wohl das beste. Es sei denn, ich soll dir beim Bewirten helfen.« Sie lächelte und ging mit ausgestreckten Armen auf ihn zu. »Unsere Zeit kommt schon noch, George. Mach dir nichts draus.«

Mit gedämpfter Stimme sagte Rafi: »Loret soll es Ihnen erklären, wenn sie kann. Aber sie hat mit dem Reden Mühe« – er deutete auf seine Brust – »weil der Kummer so tief sitzt.«

So bekümmert kam sie Moran gar nicht vor. Gerade beugte sie sich vor und streifte die Sandalen ab. Das Oberteil ihres Kleids öffnete sich und gewährte Moran einen Blick auf ihren vollen Busen. Sie lehnte sich wieder zurück und wackelte mit den Zehen. Sie sahen schmutzig aus.

»Probieren wir es mal«, meinte Rafi. Seine traurigen Augen wanderten auf das Mädchen. »Loret? Sag ihm, wer du bist.«

Das Mädchen sah Rafi an. Auf der Stelle umwölkte sich ihr Gesicht, die Unterlippe kam weiter heraus und das Kinn schien leicht zu beben. Rafi nickte kurz zu Moran hinüber, und das Mädchen wandte sich an Moran. Den Kopf reckte sie stolz in die Höhe.

»Ich bin Schwester von Luci Palma.«

»Na so was«, meinte Moran. Das Mädchen sah der Luci Palma, wie er sie in Erinnerung hatte, ganz und gar nicht ähnlich. »Du bist aber sehr viel jünger.«

»Ja, zwölf Jahre.«

»Na, wie geht's Luci denn jetzt? Wo lebt sie überhaupt?«

»Sie ist tot«, sagte das Mädchen. Sie schien einen Blick auf Rafi zu werfen, stellte das Colaglas auf den Boden und verbarg das Gesicht in den Händen.

Moran hörte ein unterdrücktes Schluchzen. Er sah Rafi an.

»Ist sie tot?«

Rafi nickte. »Ich hab's am Tag Ihrer Abreise rausgefunden. Ich hab' mich mit einem unterhalten, der Loret kannte und hab' sie gleich besucht.«

»Wie ist sie gestorben? Hatte sie eine Krankheit?«

Rafi sah das Mädchen an. »Loret, sag ihm, wie sie gestorben ist.«

Ihr Gesicht kam unter den Händen wieder zum Vorschein. Die Augen schimmerten rot von den Tränen.

»Sie haben sie totgemacht.«

»Sie wurde ermordet«, erklärte Rafi. »Erschossen.«

»Im Krieg?« wollte Moran wissen.

»Loret«, sagte Rafi. »Er fragt, wann sie gestorben ist.«

»Vor vier Jahre«, erwiderte das Mädchen. »Aber ich meine, es war gestern. Sie war so gut zu mir. Ich hab' gelebt bei sie, und sie hat mich geschickt in Schule, und jetzt hab' ich nix mehr. Wo ich wohne, es ist schrecklich. Am Ozama. Ganz schrecklich.«

»Loret«, sagte Rafi. »Erzähl ihm, wie sie ermordet wurde.«

»Ja«, sagte das Mädchen. »Sie sind gekommen in die Nacht und haben sie geschlagen und in eine Auto gesteckt. Und dann sie sind gefahren weg.«

»Sag ihm, wer es war«, drängte Rafi.

»Männer von die Regierung. So was wie Soldaten.«

»Reguläre Soldaten?«

»Böse. Todschwadron.«

»Todesschwadron«, verbesserte Rafi. »Weiter.«

»Sie sind mit sie gefahren auf Land und dann haben sie geschossen zwanzigmal. Sie war wie eine Mutter zu mir ...«

»Jemand hat sie gefunden und es dir gesagt?« half Rafi nach.

»Ja, und dann bin ich gefahren dorthin und hab' gesehen, daß sie war tot. Sie haben sie auch vergewaltigt. Es war, wie wenn ich meine Mama verliere. Und jetzt ich bin allein.«

»Sag ihm warum ...«

»Sie haben sie totgemacht, weil sie war bei die Neue Revolutionäre Partei ...«

»Der NPR«, sprang Rafi ein.

»... und da ist sie hingegangen, weil sie wollte helfen die arme Leute, und dann kommen sie und machen so schlimme Sachen ...« Lorets Kinn zitterte. »Sie war meine Schwester. Ich liebe sie, und sie fehlt mir so, ich weiß nicht mehr, was ich soll tun.«

Moran sah, wie sie wieder das Gesicht in den Händen verbarg und in Schluchzen ausbrach. Er legte ihr die Hand auf die Schulter, wollte sie streicheln, sie trösten, aber er spürte Rafis Blicke auf sich und fragte sich, was er gesagt hätte, wenn Rafi, der jetzt mit gerunzelter Stirn mitleidig den Kopf schüttelte, nicht dabeigewesen wäre.

»Luci fehlt ihr sehr«, erklärte Rafi. »Ihre Mutter ist sehr früh gestorben, und Luci ist an ihre Stelle getreten. Aber Luci« – er gab einen tiefen Seufzer von sich – »Sie wissen ja, wie sie war. Voller Temperament und trotzdem immer freundlich. Als die Revolution gescheitert war, hat sie trotzdem weitergemacht und alles für die neue Partei gegeben ... Sie wollte nach Nicaragua gehen.« Rafi zuckte müde mit den Schultern. »Es ist eine Schande. So ein prächtiges Mädchen, immer so lebhaft ...«

»War sie verheiratet?« fragte Moran.

»Loret ...« sagte Rafi.

»Nein, sie hat nie geheiratet«, sagte das Mädchen.

»Weißt du auch, warum?« fragte Rafi.

Loret zögerte. Dann sah sie Moran ins Gesicht. »Sie wollte nie heiraten, weil sie hat nur geliebt Sie, ich glaube.«

»Was?« rief Moran. »Jetzt mach aber halblang. Ich kannte sie ja kaum!«

»Sie hat mir erzählt«, meinte Loret an Rafi gewandt, der mit einer hastigen Kopfdrehung auf Moran deutete, »sie hat mir erzählt.« Jetzt richtete sie sich an Moran. »Es war ganz tief in ihre Herz. Sie wollte an Sie schreiben, aber sie hatte Angst.«

»Angst? Wovor denn?« rief Moran.

»Ich glaube, sie wollte Sie nicht stören. Sie waren glücklich in die Staaten und hatten alles. Was wollen Sie da mit eine arme Mädchen, die wegen Sie weint.«

Sie brach wieder in Schluchzen aus. Rafi gab ihr ein Taschentuch aus seiner Brusttasche. An Moran gewandt, sagte er: »Die Erinnerung daran wühlt sie sehr auf.«

Moran blieb still. Er hätte gern den Arm um das Mädchen gelegt, sie getröstet, ihr das verschmierte Make-up von den Wangen gewischt. Sie kam ihm vor wie ein kleines Mädchen, das sich mit den Sachen aus dem Kleiderschrank seiner Mutter verkleidet … Nur daß diese gewaltigen Brüste ein ganz eigenes Leben zu führen schienen. Und daß Rafi in seinem Businessanzug daneben saß und ihr immer wieder Stichworte lieferte, damit sie auch nichts vergaß. Jetzt hielt er trotz all der Trauer sein Glas in der linken Hand und nippte ständig daran.

Moran bekam ein sonderbares Gefühl dabei. Einerseits rührte ihn die Aufführung des Mädchens und zugleich wußte er, daß sie zu Rafis Spielchen gehörte. Die zwei gaben sich so ernsthaft und zugleich so auffällig Mühe. Laienbühne im Coconut Palms.

»Wo sind Sie untergekommen?« fragte er Rafi.

»Wir haben noch nichts. Wir kommen direkt vom Flughafen.«

»Na gut, jetzt haben Sie was.«

»Nein, nein. Ich hab' Freunde in Miami. Ich muß sie nur finden. Ich will Ihnen nicht lästig werden.«

»Wie können Sie in einem Motel lästig werden?« rief Moran. »Das ist zwar nicht das Fontainebleu, aber …«

»Nein, das ist es nicht«, sagte Rafi.

Um halb elf am nächsten Morgen rief Moran bei Mary an. »Können wir sprechen?«

»Das große Steingesicht ist mit der Jacht rausgefahren. Er hat Geschäftsfreunde eingeladen.«

»Fährst du nie mit?«

»Nein. Ich glaube, sie haben Mädchen für die Unterhaltung. Hoffentlich verliebt er sich in eine … Wie war's?«

Er erzählte ihr Lorets Story so wie sie sie mit Rafis Hilfestellungen aufgesagt hatte. »Aber sie hat mir richtig leid getan.«

»Weinst du auch in Filmen, George?«

»Hin und wieder verschlägt's mir die Sprache.«

»Wo sind sie jetzt?«

»Na ja, ich habe ihnen gesagt, sie können von mir aus hierbleiben. Rafi will ein paar alte Freunde aufsuchen. Ich weiß immer noch nicht, wovon er eigentlich lebt.«

»Verlangst du Geld von ihm?«

»Das Haus ist sowieso leer.«

»Zum Essen hast du ihn ja schon eingeladen, aber das war für die Schußwunde, oder?«

»Wenn ich ihm eine beigebracht habe. Gestern habe ich ihn wieder eingeladen und dabei rausgefunden, daß Loret nichts Italienisches mag.«

»So eine Schande! Hat Rafi sie dir schon angetragen?«

»Es wird wohl bald soweit sein. Aber soll ich dir was sagen?«

»Er tut dir leid.«

»Irgendwie, ja.«

»Er will dich aufs Kreuz legen, George.«

»Ich weiß ... aber der arme Scheißer gibt sich jede Mühe, und was er vorhat, riecht man eine Meile gegen den Wind.«

»Na schön, viel Spaß noch. Willst du ihnen morgen die Sehenswürdigkeiten zeigen ..., während die scharfe kleine Loret dir die ihren zeigt?«

»Nein. Ich habe vielmehr vor, um eins ins Holiday Inn nach Coral Gables zu fahren. Ich bin ganz scharf auf dich.«

»Gott sei mit dir«, rief Mary. »Bleib so.«

Moran sah sich die Spätnachrichten an. Nolen kam an der Türschwelle ins Stolpern und fiel fast ins Zimmer. »Warte doch, bis ich aufmache!« rief Moran. »Das ist einfacher!«

Nolen machte es sich bequem, und Moran reichte ihm ein Bier. »Wenn du drauf bestehst ...« meinte er. In einem Zug trank er die Dose fast zur Hälfte leer. Dann sagte er: »Die Tussi vom Swimming-pool ist bestimmt nicht aus Fort Wayne oder Findley, Ohio. Soviel kann ich dir jetzt schon sagen. Und ein Euter hat die, daß sie in keinem Meer der Welt untergeht.«

»Sie heißt Loret«, brummte Moran. »Ich wußte gar nicht, daß sie schwimmen kann.«

»Die schwimmt nicht, die legt sich bloß flach. Fernando Lamas ist schon nervös geworden und hat sie gebeten, doch wieder rauszukommen, aber sie hatte keine Lust. Ich glaube, sie hat ihm auf spanisch gesagt, er soll sie am Arsch lecken.«

»Sein Name ist Rafi Amado.«

»Richtig. Er hat mir erzählt, daß du ihn mal fast erschossen hättest. Er hat mir die Stelle gezeigt.«

»Und was hattest du für einen Eindruck?«

»Sieht aus, als hätte er nur eine Brustwarze.«
»Ich meine die Narbe.«
»Sieht nach Messerstich aus.«
»Eben. Und ich habe weiter unten getroffen. Wenn man einen aus dreißig Metern anschießt, merkt man es sich. Man kann's vor- und zurückspielen und sich beliebig oft anschauen.«
»Was will er?«
»Ich kann mir nicht vorstellen, daß er den ganzen weiten Weg gekommen ist, nur um mich mit der scharfen kleinen Loret bekannt zu machen. Hat er dir was von ihr erzählt?«
»Ich hab' nicht richtig hingehört. Ich hab' ständig auf sie geschaut. Sie ist die Schwester von dem Mädchen, das du dort unten gesucht hast. Das Leben hat ihr recht übel mitgespielt, und er hält dich für einen super Typen. Irgendwas in der Richtung. Sonst noch was?«
»Ich bin auf den Rest gespannt.«
»Du traust dem Burschen also nicht?«
»Nicht unbedingt.«
»Da ist noch einer, der dir nicht traut«, meinte Nolen und sah Moran verschmitzt an. »Auch so ein Cat Chaser.«
»Was meinst du damit?«
»Gib mir noch ein Bier, dann sag' ich's.«
»Du hast ja eins.«
»Bis du das nächste auf hast, ist es leer.«
Moran ging um die Theke herum und holte aus der Küche ein weiteres Bier, obwohl er Nolen lieber bei der Gurgel gepackt und erwürgt hätte. So war es jedoch einfacher. Der Mann war ja schon halb über den Jordan und mußte unbedingt etwas loswerden. Mit der Dose Budweiser ging er zum Sofa, auf dem Nolen sich räkelte. Die Füße hatte er hochgelegt. Seine Cowboystiefel hatte er nicht ausgezogen. Nolen reichte Moran seine leere Dose und ließ sich die andere geben.
»Wer traut mir nicht?«
»Na ja, Jiggs Scully hätte gern was gewußt. Ich sag's dir, wie er es zu mir gesagt hat: ›Sag mal, arbeitet dein Kumpel Moran auch im Holiday Inn in Coral Gables?‹« Nolen hob den Blick. Seine Bierdose hielt er gegen sein Kinn gepreßt. »So redet er doch.«
»Sehr gut«, brummte Moran. »Und warum beschattet er mich?«

»Er beschattet nicht dich, sondern de Boyas Frau. Er sieht sie im Holiday Inn verschwinden und sieht dich im Holiday Inn verschwinden. Sie kommt raus. Du kommst raus. Scully möchte gern wissen, ob das Zufall ist. Er weiß nicht, was er de Boya sagen soll.«

Moran starrte Nolen einen Augenblick unverwandt an. Seine Augen hatten noch immer diesen frechen Ausdruck. Dann ging er in die Küche und machte sich einen Scotch mit einem Eiswürfel. An der Bar blieb er stehen und sah von dort aus auf Nolen.

»Scully meint, daß er lieber mit dir als mit de Boya reden möchte. Er hat was gegen de Boya.«

»Wieviel will er?«

»Er will dich nicht erpressen, er will mit dir reden.«

»Worüber?«

»Er ist ein interessanter Typ. Du solltest ihn dir ruhig anhören.«

»Ja, ja, aber wegen was?«

»Da bin ich nicht befugt. Das geht nur dich und ihn was an.«

»Seit wann beschattet er Mrs. de Boya?«

Nolen grinste. »Warum denn so steif? Ich wußte gleich, daß da was im Gange ist. Schon damals, als seine Schwester es mit dem Klavierspieler getrieben hat. Allein, wie du von de Boyas Frau geredet hast ... als ob sie eine Heilige wäre. Und dabei hat der gute alte Cat Chaser die ganze Zeit heimliche Treffs mit ihr. Jiggs meint, man muß schon einen ziemlich dicken Sack haben, wenn man sich mit der Frau von so einem herumtreibt. Wenn einer den Namen de Boya vor Leuten nennt, die ihn auch nur ein bißchen kennen, sagt er, friert es ihnen die Eier ein.«

Moran nippte an seinem Drink.

Nolen machte es sich weiter bequem. Er fühlte sich bestens.

»Und du sagst gar nichts dazu? Na ja, verdenken kann ich's dir nicht. Hast wohl Angst, daß er dir alles hier rausreißt. Aber du solltest dich wirklich mal mit Jiggs unterhalten. Vielleicht merkst du, daß es durchaus in deinem Interesse ist.«

Mehr wollte Nolen nicht verraten.

Als Moran am nächsten Tag hinter dem Holiday Inn einparkte, war von Jiggs Scullys rotweißem Cadillac nichts zu sehen. Und auch sonst saß niemand in den wenigen hier abgestellten Wagen. Direkt neben dem seinen stand Marys Mercedes. Sie waren beide weiß. Nur, seiner war älter, so daß die zwei den Eindruck von damals und heute vermittelten. Er war sich noch nicht im klaren, wieviel er ihr sagen sollte.

Und eine Weile hätte es ihn auch nicht gestört, wenn de Boya selbst hierhergekommen wäre. Sie waren zusammen alles andere zählte nicht. Sie hörten nur schwach die Geräusche von der Straße, aber die kamen wie von ganz weit weg und hatten nichts mit ihnen zu tun. Sie ließen sich Zeit, blieben zusammen, bis die Gegenwart allmählich doch hereinsickerte und die Geräusche von draußen sich zu Bildern von zweifarbigen Cadillacs und schwarzen Limousinen verwandelten. Und damit kam auch die Alarmbereitschaft, das Gefühl, daß gleich etwas geschah.

»Was ist los?« wollte sie wissen. Da er nicht antwortete, meinte sie: »Wir müssen uns ja nicht treffen.«

»Doch, wir müssen«, sagte Moran. »Zurück können wir nicht mehr. Wir könnten zwar sagen, okay, wir sehen uns nicht mehr, aber es würde trotzdem weitergehen.«

»Seit damals, als wir zurückgekommen sind, hat er nicht mehr von dir gesprochen. Ich habe mir schon zurechtgelegt, was ich ihm sagen will. Bald bin ich soweit.« Ihr Ton wurde weicher. »Ich bin keine Drückebergerin, ich habe nur Angst.«

»Das weiß ich«, meinte er.

»Du bist irgendwie abwesend«, sagte sie.

»Nein, nein, ich bin schon bei dir. Ich ruhe mich nur aus.«

»Sag mir doch, was los ist.«

Sie wollte alles über Loret wissen. Er erzählte ihr die Geschichte mit all den Details, die ihm zu schaffen machten: den zwölf Jahren Unterschied zwischen ihr und Luci, daß damals nie von Geschwistern die Rede gewesen war – und das bei den engen Familienbanden der Dominikaner –, daß er nicht an die Existenz einer revolutionären Partei glaubte, zu der Luci gegangen sein sollte, daß die Lage an der politischen Front dort sehr ruhig gewesen war; und nicht zuletzt die Art und Weise, wie Rafi ihr die Worte in den Mund gelegt hatte, damit sie auch ja nichts vergaß.

»Und gefällt es ihnen in Coconut Palms?« fragte Mary.

Er hatte sie in Nummer 1 und 2 mit Blick aufs Meer untergebracht. Er erzählte Mary, daß Jerry ihn für verrückt hielt. Erst ließ er sie kostenlos hier wohnen, und dann mußte er auch noch Lula zum Putzen kommen lassen. Jerry nannte sie ›Boat People‹. Sie seien nicht anders als die Kubaner aus Mariel. Bald würden sie hier alles übernehmen.

»Der großherzige George!« rief Mary. »Na ja, du mußt ja wissen, was du tust ...«

»Nichts weiß ich«, meinte Moran. »Mir ist ein Rätsel, was da gespielt wird. Aber wenn er's zu bunt treibt, kann ich immer noch nein sagen, oder?«

»Keine Ahnung, George. Kannst du's wirklich? Du weißt doch, daß sie was vorhaben und bist immer noch nett zu ihnen.«

Der Nachmittag verging wie immer viel zu schnell. Mary schlüpfte in ihre Tennissachen. Beim Abschied drückten sie sich ein paar Minuten fest aneinander und wären fast wieder ins Bett gesprungen. Dann wartete Moran an der Tür, bis Mary in ihren Wagen stieg und davonfuhr. Von dem rotweißen Cadillac fehlte noch immer jede Spur.

Moran stieg in seinen Wagen und fuhr vor zur Ausfahrt. Er sah Marys Mercedes auf die Hauptstraße abbiegen. Plötzlich erblickte er vor der Veranda ein bekanntes Fahrzeug. Ein älteres Modell, einen blaßblauen Porsche. Nolen Tyners Wagen. Er fuhr aus dem Schatten und machte sich an die Verfolgung von Mary.

Moran fuhr sofort hinterher. Er sah Rauchwolken aus dem Auspuffrohr des Porsche steigen, wenn er beschleunigte. Dann ließ er sich so weit zurückfallen, daß er gerade noch in Sichtweite blieb. Bei Miracle Mile überraschte ihn ein Rotlicht. Er mußte stehenbleiben, während die anderen zwei Wagen weiterfuhren und im Verkehrsgewühl in Richtung Süden untertauchten.

Jetzt konnte er sich Zeit lassen. Er schlug den Weg nach Granada ein und folgte der Straße durch Coral Gables zum Country Club. Von den zwei Wagen war nichts mehr zu sehen. Er kam durch die Straße, in der er sieben Jahre lang gelebt hatte, fuhr durch Gewölbe aus Tropenbäumen und über Straßen, von denen überall Wege zu vielen Landzungen abzweigten. Von hier bis zur Küste erstreckte sich ein dichtes Netz von Kanälen. Dazwischen waren, halb versteckt hinter Steinmauern und Hecken, Häuser zu sehen. Seetrauben wucherten hier, Hibiskus und wahre Dschungel aus Orchideen und Akazien. Er kam zum Arvida Parkway und fuhr in Schrittgeschwindigkeit durch das dunkle Laubwerk. Im

Licht der Spätnachmittagssonne sah er die Biscayne Bay vor sich aufblitzten.

De Boyas Haus stand auf einem Landausläufer, der ein paar hundert Meter weit ins Meer hinein reichte. Die Dachspitze ragte in den Himmel wie ein Rundhügel. Von der Bucht aus war es sofort zu erkennen, aber vom Landesinneren sah man nur eine Ahnung von gebleichtem Holz und Glas. Moran hatte es Klein-Polynesien getauft, den Palast eines Südseediktators. »Oder eines arrivierten Kokaindealers«, meinte Mary. Sie nannte es auch Villa Promenadenmischung oder Potpourri der Moderne. In seiner Gänze konnte das Haus ihrer Beschreibung nach nur vom Pier am Ende des Rasens überblickt werden. Von der Straße aus dagegen bekam man allenfalls eine vage Vorstellung von seinen raffinierten Verschachtelungen. Mehr ließen die Eisenspitzen auf der Zementmauer und die Akazien- und Pinienwäldchen, die das Grundstück von der Umgebung abriegelten, nicht zu.

Steinsäulen markierten die Einfahrt zur Nummer 700. Die Auffahrt führte in einem weiten Bogen durch die Bäume und mündete zwischen zwei weiteren Säulen. Die Hausfassade und eventuell geparkte Autos blieben unsichtbar.

Recht viel blieb Moran jetzt nicht mehr zu tun. Ohne Zweifel war Mary inzwischen zu Hause, und Nolen war vor wenigen Minuten hier vorbeigefahren. Was geschah, wenn er in die Auffahrt einbog? Was sollte er tun, wenn de Boya selbst herauskam?

Moran entschied sich für den Freeway, der aus Miami heraus nach Norden führte. Er dachte wieder an den Nachmittag im Motel und an das liebevolle Leuchten in Marys Augen, als sie ihn den großherzigen George genannt hatte, ihn berührt und ihn verstanden hatte. Schön war das gewesen, aufregend schön. Sein eigenes Bild vom großherzigen George zeigte aber nicht den bärtigen Mann im Motel. Auch nicht den Betonbauer im strahlenden Sonnenschein. Oder den Gruppenführer in den engen Gassen von Santo Domingo. Und auch nicht den frisch verliebten Siebzehnjährigen. Der großherzige George, den er vor seinem inneren Auge sah, war ein Träumer, ein Trottel, der auf alles hereinfiel. Er hatte Rote Welle auf dem Weg nach Pompano Beach. Und die Brücke über die Bucht wurde auch noch hochgezogen. Aber ihm sollte es recht sein. Er wurde wieder geduldig, als er merkte, wie satt er es hatte, sich mit Leuten wie Rafi oder Nolen abzugeben, sich ihr Gerede anzuhören. Die kochten doch alle nur ihr eigenes Süppchen.

Kein blaßblauer Porsche stand vor dem Coconut Palms. Von Jerry war keine Spur zu sehen, und der Pool war vollkommen verlassen. Mit einem schmutzigen Handtuch und einer vollen Mülltüte kam Lula aus Nummer 1. Moran wartete. Bis sie neben ihm stand, schaute er auf den Strand. Er war noch nicht dunkel, aber leer, nachdem die Sonne sich für heute verabschiedet hatte.

»Das Mädchen da drinnen hat wohl nie aufräumen gelernt«, schimpfte Lula. »Ihre Klamotten, alles hübsche Sachen, liegen überall rum.«

»Laß sie liegen. Du bist nicht ihre Zofe.«

»So was von schlampig! Das Geschirr is total verdreckt. Sie ha'm da drinnen gekocht. Stinken tut's nich, aber es is eine furchtbare Sauerei.«

»Sie sind ja bald weg.«

Lula runzelte mißmutig die Stirn. »Ich hab' immer noch das Ding, das die andere dagelassen hat. So 'ne Art Nachthemd. Ganz durchsichtig.«

»Willst du's behalten?«

»Mein Gott, ich bring' nich' mal 'nen Arm rein und kenn' auch sonst keine, die so dürr is. Es hängt im Wäschezimmer.«

»Ich kümmere mich drum.« Moran sah zu Nummer 1 hinüber. »Sind beide da drinnen?«

»Sie schon«, erwiderte Lula. »Stopft Kartoffelchips in sich rein und verteilt überall die Krümel. Ich seh' sie nur immer essen. Keine Ahnung, wo er is'.«

Moran holte sich ein Bier und einen Liegestuhl. Damit setzte er sich an den Swimming-pool und schaute aufs Meer hinaus. Die Füße legte er auf die flache Zementmauer. Das mit Rafi wollte er noch heute regeln. Ihm mal gehörig einheizen und ihm die Wahrheit aus der Nase ziehen …

»Du trinkst ohne mich?« rief Nolen.

Er trat hinter Moran heran. Mit einer Hand fuhr er sich durch das schüttere, vom Wind zerzauste Haar. Mit der anderen hielt er eine Bierdose hoch.

»Mein eigenes. Hab' heute vier Sechserpacks gekauft, zwei für dich, zwei für mich.«

»Hast heute nachmittag wohl eine kleine Überwachungstour gemacht?«

»Nein, war heute mein freier Tag. Hör mal« – er setzte sich auf die Mauer und beugte sich aufgeregt vor – »diese Tussi da, deine kleine Freundin aus Santo Domingo, ist heute auf mich zugekommen – nein, zuerst war sie schwimmen und hat sich wieder so treiben lassen. Also, sie steigt aus dem Pool und setzt sich in ihrem Minitanga vor mich hin, daß ihr die ganzen Euter fast von selber rausfallen. Ich versteh' gar nicht, wie die windigen Schnüre die Dinger überhaupt halten können. Setzt sich hin und fängt mit ihrer Tour an. ›Toller Tag, was?‹ Die ganze Leier eben. ›Magst du Florida?‹ Ja. Sitzt ein, zwei Minuten ganz still da, und dann fragt sie: ›Lust auf eine Party?‹ Was für eine Party, will ich wissen. ›Ach, du weißt schon ...‹, sagt sie und schaut sich um, ob jemand sie vielleicht sieht. ›Du und ich ganz allein, wir machen es zusammen, haben Spaß ...‹ Wir zwei? sag ich. Was sollen wir zusammen machen? Sie schaut mich an, als ob ich vom Mars wär und sagt: ›Was meinst du denn? Eine Nummer für fünfzig Dollar. Okay?‹ ... Was sagst du jetzt? Dein kleines Waisenmädchen ...«

»Und? Habt ihr's gemacht?« fragte Moran.

»Ich hab' ihr gesagt, daß ich es kostenlos will. So was ... Keine achtzehn und schon 'ne Nutte.«

»Wann war das?«

»Vor zwei Stunden. Ehe ich einkaufen gegangen bin. Ich hab' ihr Kartoffelchips besorgt. Sie kann gar nicht genug davon kriegen.«

»Bist du sonst noch wohin gegangen?«

»Nirgendwohin. Ich hab' dir doch gesagt, daß ich heute frei hab'.«

»Ich habe deinen Wagen vorhin nicht gesehen.«

»Natürlich nicht. Ich hab' ihn deinem Kumpel Rafael Amado geliehen. Der Typ ist ein Ganove, wußtest du das? Tut rum, als wäre er irgendwo Protokollchef. Aber allein die Art, wie er einen fragt, ob er den Wagen haben kann, verrät den Ganoven, und wenn er dir zehnmal anbietet, daß er volltankt. Paß bloß auf. Wenn er dir was andrehen will, sag ihm, daß du es schon hast.«

»Wann hast du ihm den Wagen gegeben?«

»So gegen Mittag. Er ist direkt nach dir losgefahren. Und in dieselbe Richtung.«

11

Der Schock des Erkennens traf sie noch bevor er ihren Namen rief. Sie war gerade erst nach Hause gekommen. Bemerkte von der Haustür aus, wie Corky auf den blauen Wagen zustürmte und Rafi lächelnd ausstieg. Da, in diesem Augenblick – sie hatte sein Gesicht noch gar nicht richtig gesehen – war ihr schon klar, daß nur er das sein konnte. Corky drängte ihn dann gegen den Wagen, klemmte ihn fest, und Rafi rief: »Mary, helfen Sie mir!«

Im nächsten Augenblick war das alles nur ein Scherz gewesen. Er strahlte auf einmal, wechselte ein paar Worte auf spanisch mit Corky und kam mit ausgestreckten Armen auf Mary zu. Warum das denn nur? Um sie zu umarmen? Sie schüttelte ihm die Hände, schaffte ein Lächeln und brachte ein überraschtes und sogar etwas freundliches ›Na, so was ...‹ zuwege.

»Mary! Mary! Ich freu mich ja so, Sie wiederzusehen!« Sein Kopf schoß vor, und er küßte sie fast mitten auf den Mund, noch ehe sie zurückweichen konnte.

»Na so was ...« sagte Mary. Sie stammelte noch etwas, das sich nach ›Was für eine Überraschung‹ anhörte.

Altagracia brachte ihnen eisgekühlten Weißwein auf die Terrasse. Rafi hielt sein Glas theatralisch gegen die untergehende Sonne. Fast gelang es ihm, sich über die roten Spiegelungen im Glas zu freuen. Er trug sein maßgefertigtes dominikanisches Hemd, dessen Zipfel über den Gürtel hingen.

»Das ist ja alles so wunderschön!« begeisterte sich Rafi. »Ihr Haus, Ihr – wie soll ich sagen – Ihr Geschmack. Genau so hab' ich's mir vorgestellt.«

»Ich wußte gar nicht, daß Sie meinen Namen kennen«, sagte Mary.

Seine Augen lösten sich vom Ausblick auf den Anlegepier hinter dem Rasen. Lächelnd trug er das gleiche Selbstvertrauen, dieselbe Zwanglosigkeit zur Schau, die sie noch von ihrer ersten Begegnung her in Erinnerung hatte.

»Mary«, sagte er, »eine Frau von Ihrer Schönheit schreit danach, identifiziert zu werden.«

»Lassen Sie das Gequatsche. Was wollen Sie?«

»Ich versteh' nicht ... Wie meinen?«

»Von wem haben Sie meinen Namen?«

»Sie sind überall bekannt. Als Frau eines ehemaligen wichtigen Regierungsmitglieds. Dann kommen Sie nach Casa de Campo ... und sind mit einem Mann befreundet, der das Tagesgespräch in Santo Domingo ist, weil er nach seine große Liebe von damals sucht.« Er zögerte. »Ich versteh nur eins nicht: Er hat doch Sie – warum sucht er eine andere?«

»Wir sind Freunde«, sagte Mary.

»Das hab' ich gemerkt. Sehr gute Freunde.«

»Haben Sie sich schon bei ihm gemeldet?«

»Bei wem? Bei Moran?« Das schien ihn noch mehr zu erheitern. Dann wurde sein Lächeln langsam dünner, bis nur noch eine Spur davon zurückblieb. »Sie haben ihn doch gerade verlassen, Mary. War's nicht im Holiday Inn? Ach, hab' ich es Ihnen nicht gesagt? Ich wohne bei ihm.«

Marys Lächeln war seit geraumer Zeit erstorben. Sie sah das Weitere kommen. Jetzt haben wir den Salat, dachte sie. Ruhig und gefaßt fragte sie: »Wieviel verlangen Sie?«

Das schien Rafi zu verletzen. Er warf die Stirn in tiefe Falten. »*Como?*« rief er. »Wieviel ich verlange?« Er trug zu dick auf. Dann entspannten sich seine Züge ein bißchen. Freilich markierte er immer noch das mißverstandene Sensibelchen. »Glauben Sie wirklich, ich hab' vor, daraus Geld zu machen? Nur weil Sie eine Affäre mit Moran haben? Es ist doch eine wunderschöne Sache. Ich bewundere Sie beide sehr.«

Hinter Rafis Schulter kam von weit draußen in der Bucht ein Motorboot in Sicht, näherte sich allmählich dem Ufer. Mary erkannte *El Jefe,* de Boyas weiße Zwanzigmeterjacht. Sie hob sich strahlend gegen das dunkelnde Meer ab.

»Warum haben Sie das Mädchen mitgebracht?« fragte sie.

»Loret? Er sucht ihre Schwester, aber die ist tot.« Rafi sprach im Tonfall der reinsten Unschuld. »Sie hat ihr Leben für eine gute Sache geopfert, und jetzt ist die arme Loret ganz allein auf die Welt. Ich hab' das Moran erzählt, weil er doch ihre Schwester so gern hatte. Vielleicht will er ihr was für ihre Zukunft, ihre Erziehung geben. Einfach um dem armen Mädchen zu helfen. Es liegt bei ihm.«

»Und Sie meinen, daß ich bei Ihnen anbeiße?«

»Das klingt gut«, strahlte Rafi. »Ich versteh's zwar nicht ganz, aber Sie können tolle Bissen von mir kriegen. Wir müßten nur mehr als Freunde sein. Aber …« – er lächelte sie traurig an und machte eine resignierte Geste dazu – »… was kann ich schon tun? Ich bin ja nicht Ihr Liebhaber und kann Ihnen nur als Freund dienen. Ah, ich hab's. Vielleicht kann ich Ihnen ein lukratives Geschäft in Santo Domingo anbieten, eine Investition. Von Zeit zu Zeit kommen Sie runter und schauen sich zusammen mit mir an, wie es wächst und gedeiht. Was in der Richtung vielleicht?«

»Wieviel?« fragte Mary.

»Das Objekt? Keine Ahnung. Ich zeig' Ihnen die Unterlagen.«

»Möchten Sie sie nicht meinem Mann zeigen?«

»Er hat doch schon genug Objekte, oder? Und Sie haben auch welche. Was wär so schlimm daran? Ihr Mann hat ja so viel zu tun. Wie sagt man bei Ihnen? Zeit ist Geld. Ich darf doch Ihrem Mann nicht die Zeit stehlen!«

»Da kommt er«, sagte Mary mit einem Nicken auf die Bucht. »Sagen Sie's ihm.«

Rafi drehte sich um. Der Bug hielt direkt auf den Steg zu. Ein lautes Rumpeln drang an ihre Ohren.

»Ich fürchte, Sie verstehn mich nicht richtig.«

Deutlich war der Motor zu hören, während der weiße Rumpf heranglitt und der Schiffsjunge mit einem Tau auf den Steg sprang.

»Wirklich«, sagte Mary. »Erzählen Sie lieber ihm von Ihren lukrativen Investitionsobjekten.«

»Ich wäre natürlich überglücklich, die Bekanntschaft Ihres Mannes zu machen …«

»So überzeugt klingen Sie aber nicht.«

»General de Boya? Jeder Dominikaner kennt ihn! Es wäre mir eine große Ehre …«

»Er ist nicht mehr General«, erklärte Mary. »Er ist … ich weiß es auch nicht so genau. Fragen Sie ihn.«

Von Rafis Selbstvertrauen war nicht mehr viel da. Ängstlich sah er de Boya in seinem Businessanzug über den Rasen auf sie zukommen, um wieder einen hastigen Blick auf Mary zu werfen. »Aber ich will ihm wirklich nicht die Zeit stehlen.«

»Wenn es ihm nicht recht ist, schenkt er Ihnen auch keine Zeit«, ermunterte ihn Mary. »Sagen Sie ihm, was Ihnen in den Sinn kommt.«

Sie bemerkte, wie Rafi sich einen Ruck gab, wie er die Schultern spannte und wartete, bis ihr Mann die Stufen zur Terrasse erreicht hatte. Er hatte eine Sonnenbrille auf, die sein Gesicht noch grimmiger erscheinen ließ.

»Andres, darf ich dir einen Landsmann von dir vorstellen, Rafael Amado?« Sie erzählte ihm, daß sie ihn bei ihrer letzten Reise im Country Club von Santo Domingo kennengelernt hatte. »Rafi ist Makler. Ihr müßtet ganz gut miteinander auskommen.«

Rafi trat unter einer tiefen Verbeugung einen Schritt vor und ergriff de Boyas Hand. Sein Blick blieb gesenkt. Ein Bauer, der den König trifft, sagte sie sich. Vor allem überraschte sie aber die Reaktion ihres Mannes. Er nahm überhaupt nicht die steife Haltung an, die er immer Fremden vorbehielt, sondern verhohlenes Mißtrauen, mit dem er in der Regel ihr begegnete. Sie fragte sich, ob er Rafis Identität kannte. Eine knappe Minute unterhielten sie sich auf spanisch. Andres musterte ihn die ganze Zeit, während Rafi zwar ein nachdenkliches, interessiertes Gesicht zu machen versuchte, aber seinem Blick unentwegt auswich. Schließlich beendete Andres das Gespräch mit einer steifen Verneigung, entschuldigte sich kurz bei Mary und schritt steif ins Haus.

Rafi war wie betäubt. »Ich habe General Andres de Boya persönlich gesprochen ...«

»Und er hat Sie nicht abführen und erschießen lassen?« rief Mary. »Sie müssen ihm ja wahnsinnig sympathisch sein.«

Anscheinend nahm Rafi das ernst. Er sah sie mit glasigen Augen an. »Als ich klein war ...« fing er an und stockte. »Vielleicht erzähl' ich es Ihnen lieber nicht. Sonst fassen Sie es noch als Beleidigung auf ...«

»Auch nicht mehr als alles andere, was Sie bisher gesagt haben«, meinte Mary achselzuckend.

Jetzt schien er beleidigt zu sein. »Hab' ich Sie verletzt?«

»Als Sie klein waren – was weiter?«

»Meine Mutter hat mir immer Angst gemacht. Alle Mütter haben das bei uns mit ihren kleinen Kindern gemacht. ›Wenn du nicht brav bist‹, hat sie zu mir gesagt, ›kommt General de Boya dich holen, und dann sehen wir dich nie wieder.‹« Er lächelte sie matt an. »Das war auch schon alles. Ich mußte nur vorhin dran denken, als Sie mich vorgestellt haben.«

»Klingt ja ganz so, als sollte man es beherzigen«, meinte Mary. »Und zwar egal, wie alt man ist.«

An die Palme beim Swimming-pool war eine Tafel genagelt gewesen. Sie hatte noch von Morans Vorgänger gestammt. Eine ganze Palette von Verboten hatte sie geziert: *Laufen und Spielen verboten … Spritzen verboten … Vor dem Baden abduschen … Kein Glas herumliegen lassen …* Moran hatte sich nie um diese Verbote geschert. Und als die Palme abstarb und gefällt werden mußte, verschwand auch die Verbotstafel mit ihr. Eins freilich befolgte er noch immer. Als er nach zwei Dosen Bier zu Scotch überwechselte, schenkte er ihn sich nicht in ein Glas, sondern in einen Pappbecher, ehe er sich damit draußen in den Liegestuhl setzte, um auf Rafi zu warten.

Es war inzwischen dunkel, wenn auch noch früh am Abend. Er hatte Rafi den ganzen Tag noch nicht gesehen. Und wenn er eintraf, sollte es ihre letzte Begegnung für immer sein. Seine Botschaft war schlicht genug: Zieh bloß Leine.

Nie hätte er sich das Heft derart aus der Hand nehmen lassen dürfen! Er nahm sich vor, nie wieder tatenlos zuzusehen, bis ihm der Streß über den Kopf wuchs. Vielleicht hätte er die Verbotstafel irgendwo hängen lassen sollen. Aber das hätte ja auch keinen Sinn gehabt. Selbst wenn es hieß: *Kein Glas liegen lassen* – wer garantierte denn, daß nicht doch jemand sein Glas mit nach draußen nahm und zerbrach? Und am Ende machte derjenige auch noch ihn haftbar! Nein, Regeln waren kalt und seelenlos. Man mußte die Leute persönlich ansprechen, jede Situation so nehmen, wie sie kam. Man durfte sich nur nichts aufschwatzen lassen, wozu man gar keine Lust hatte.

Er wünschte sich, Mary wäre hier und schaute mit ihm aufs Meer. Der Ozean bei Nacht wirkte beruhigend auf ihn. Er spürte die Brise mit ihrem leicht salzigen Geruch und dachte daran, etwas Musik aufzulegen. Vielleicht fing er mit einer Liebesarie von Placido Domingo an. Sie hatte gesagt, er sei romantischer als sie erwartet hätte, und er hatte erwidert, er komme sich vor wie siebzehn. Es stimmte. Beim Gedanken an sie wurde er sentimental. Er fing am besten mit Placido an und hörte sich langsam bis J. Geils durch.

Als Rafi daherkam, trat Moran gerade aus dem Büro. Er winkte ihn herbei – »Hey, ich muß mit Ihnen reden!« – und lief zum Swimming-pool, wo Rafi im grünen Licht der Unterwasserbeleuchtung stand.

»Warum stellen Sie Mary nach?«

»Es tut mir leid, aber ...« setzte Rafi verwirrt an.

»Mir auch. Lad' nie einen zum Essen ein, wenn er dir nicht beweisen kann, daß du ihn erschossen hast.« Rafi glotzte ihn immer noch verständnislos an. Ob das echt war oder gespielt, kümmerte Moran nicht. »Sie waren genausowenig mit Luci auf dem Dach, wie diese Schlampe da ihre Schwester ist. Reden wir nicht lange um den heißen Brei rum. Mir ist scheißegal, ob Sie's zugeben oder nicht, Hauptsache, Sie verpissen sich morgen.«

Rafi setzte eine verletzte Miene auf. »Was haben Sie denn, George? Warum reden Sie so mit mir?«

»Mir können Sie ja mit Ihrer Tour kommen. War ganz interessant zu sehen, wie Sie sich anstellen. Aber wenn Sie meine Freundin verfolgen, hört der Spaß auf! Verschwinden Sie mir bloß mit Ihrer Nutte.«

»Meine Nutte?«

»Ihre *Puta.* Sie wartet dort drüben auf Sie.« Er deutete mit dem Kinn auf Nummer 1, wo das Mädchen in der Tür stand. Daß er es nicht sofort gemerkt hatte: die klassische Pose! Im matten Lampenlicht zeichnete ihr Körper sich deutlich ab, einladend, ohne daß sie sich bewegte.

»George«, sagte Rafi. »Sie haben doch ihre Geschichte gehört ... Ich schwöre Ihnen bei der Ehre meiner Mutter ...«

»Ziehen Sie Ihre Mutter lieber nicht in den Dreck. Es sei denn, Sie wollen sich auf spanisch anhören, was für ein Arschloch Sie sind. *Comprende, pendejo?* Gleich verstehen Sie mich besser: Sie haben das Mädchen mitgeschleppt, damit ich Mitleid mit ihr bekomme und Sie was dabei rausschinden können. Und dann kommt die Leier von der armen kleinen Loret aus dem Slum. Und wenn mich nicht alles täuscht, wollten Sie sie mir andrehen. Und was weiter? Wollten Sie sie Mary vorführen ...? Sie wußten doch schon damals über sie Bescheid. Da müssen Ihnen ja die Augen übergegangen sein! Was haben Sie ihr denn heute erzählt?«

Rafi ließ sich mit der Antwort Zeit. »Ein Teil von das stimmt, was Sie da sagen, George. Ja, ich hab' Mary erkannt. Aber ich hab' nix gesagt, weil ich Sie nicht ... erschrecken wollte. Sonst denken Sie am Ende noch an das Falsche.«

»Kommen Sie mir nicht mit dem Scheiß. Die ganze Zeit haben Sie was vorgehabt. Und dann sind Sie erst mir und dann ihr gefolgt ... Entweder Sie haben ihr gesagt, wieviel Sie wollen, oder Sie haben sich den Preis noch nicht überlegt.«

»George, Sie wollen mir sagen, daß ich was will?«

»Nicht *was*, sondern wieviel. Was Sie wollen, das weiß ich. Menschenskind, so wie Sie sich dabei anstellen, könnten Sie genausogut ein Plakat mit sich rumtragen. Sie sind ein ganz mieser Schleimer, mehr fällt mir zu Ihnen nicht ein.«

Rafi gab sich wieder bedächtig. »Das klingt wirklich sehr häßlich«, seufzte er. »George, Sie enttäuschen mich. Ein Mann wie Sie, und dann führen Sie so eine Absteige.« Er sah mit abschätzigen Blicken um sich. »Sie erzählen mir, daß das was Todschickes ist ... Aber ich war kaum da, da hab' ich schon was kapiert, George. Wenn Sie was Tolles sehen, dann wollen Sie es gleich haben. Sie beschuldigen mich, George ...« – dazu lächelte er geduldig, ja nachsichtig –, »... aber fick ich vielleicht General de Boyas Frau? Das tun immer noch Sie.«

George drosch eine linke Gerade mitten in dieses Grinsen hinein, das unter der Faust vollständig verschwand. Rafi kam ins Taumeln und stürzte über den Beckenrand ins Wasser. Mit dem Rükken schlug er in voller Länge auf dem Wasser auf, ging unter, um sogleich wieder keuchend und heftig mit den Armen um sich schlagend aufzutauchen. Moran sah vom gefliesten Rand aus zu. Keine zwei Meter vor ihm warf Rafi weiter die Arme wild um sich, bekam kaum noch Luft. Scheiße, dachte Moran.

»Bleiben Sie ruhig!« schrie er. »Hey, den Kopf zurücklegen, dann gehen Sie nicht unter!«

Rafi versuchte, etwas auf spanisch zu brüllen, aber er schluckte nur noch mehr Wasser, bekam keine Luft mehr und versank wieder.

»Keine Panik, ja? Ihnen kann nichts passieren.«

Moran erblickte neben sich Loret. Gelassen schaute sie zu.

»Kann er denn nicht schwimmen?«

»Weiß ich nicht«, erwiderte das Mädchen. »Sieht nicht so aus.«

»Scheiße«, rief Moran. Er schlüpfte aus den Turnschuhen, zögerte kurz, nahm den Geldbeutel aus der Tasche, warf ihn auf den Boden und sprang in den Swimming-pool.

Sie schleiften ihn in sein Apartment. Rafi ließ sich sogleich aufs Sofa plumpsen. Das dominikanische Hemd klebte an seinem Leib, es war ganz durchsichtig. »Nicht auf das Sofa!« brüllte Moran. Er packte ihn am Arm und riß ihn hoch. Menschenskinder, der Kerl spielte den sterbenden Schwan. Und jetzt kam das Mädchen auch noch mit einer Decke aus dem Schlafzimmer angerannt. Er wehrte sie ab und stieß Rafi ins Bad. »Los, rein da. Wenn du mir die Möbel kaputtmachst, schmeiß' ich dich wieder ins Wasser!«

In der Tür stand Nolen und gaffte.

»Was ist denn los?«

»Das Arschloch ist in den Swimming-pool gefallen.«

»Ist ihm was passiert?«

»Mir scheißegal«, brummte Moran. Er wollte zur Tür hinaus, blieb aber abrupt stehen. Er drehte sich zu Loret um. »Gib mir den Geldbeutel.«

Nach kurzem Zögern griff sie hinter sich und zog ihn unter dem Hosenbund hervor. »Hab' ihn für Sie aufgehoben.«

»Danke«, sagte Moran. »Und jetzt zieh Leine. Morgen fährst du heim.« Er steckte den Geldbeutel ein und ging.

Nolen sah Moran nach, bis er in seinem Bungalow verschwunden war. Einige Sekunden blieb er träge mit in den Gesäßtaschen vergrabenen Händen stehen.

»Erst schlägt er Rafi, und dann rettet er ihm Leben«, erklärte Loret.

»Komischer Kerl«, meinte Nolen und trat ein. Im Wohnzimmer schaute er sich neugierig um. Zum Schluß warf er einen Blick in die Kochnische. »Was trinkst du denn mit Rafi so?«

»Im Kühlschrank ist Wein.«

»Bin gleich wieder da«, versprach Nolen.

Loret fing auf spanisch an. Nolen unterbrach sie. Sie sollte englisch sprechen oder den Mund halten. Er hörte ihr nur zu, weil er sich etwas Wichtiges erhoffte, aber die ganze Zeit keifte sie nur auf Rafi ein.

»Warum bin ich überhaupt gekommen mit dir? Ich hab' alles so gemacht, wie du mir gesagt hast. Und es hat toll geklingt!«

»Hat eben nicht toll geklungen«, rief Rafi.

»Ich hab's so gut gesagt, daß ich selber geheult hab'. Er hat mich sogar genommen in Arm. Das hast du genau gesehen. Er hat mich gestreichelt. Ich war große Klasse. Aber du? Du sagst irgendwas, und er schmeißt dich in *Piscina!*« Sie sah zu Nolen hinüber. Der saß auf dem Sofa und schenkte sich gerade einen Scotch aus der großen Flasche ein, die er direkt vor sich auf dem Kaffeetisch stehen hatte. »Weißt du, wieviel Geld ich hab' verloren, seit ich zusammen bin mit ihm? Ich sag's dir ...«

Rafi herrschte sie auf spanisch an, sie solle den Mund halten.

»Ist schon gut«, sagte Nolen. »Wieviel?«

»Zweihundert Dollar pro Nacht! Seit ich auf ihn hör', sind das schon *dos mil* – zweitausend Dollar. Vielleicht sogar mehr. Er ist schuld!«

Nolen erhob sich. Die Hände stützte er dazu wie ein alter Mann auf den Schenkeln ab. »Du bist ein scharfes kleines Mädchen«, sagte er zu Loret und führte sie an der Hand zum Schlafzimmer. »Aber du quatschst zuviel. Bleib da drinnen und sei still.« Er stieß sie ins Schlafzimmer und sperrte hinter ihr zu. Sie hämmerte gegen die Tür und schrie etwas auf spanisch. Nolen machte die Tür einen Spaltbreit auf und drohte ihr mit dem Zeigefinger. »Sei still, hab' ich gesagt. Oder muß ich grob werden, obwohl ich gar nicht will?« Er sperrte die Tür wieder zu und ging zum Sofa zurück, um es sich darauf bequem zu machen. »Den Spruch hab' ich zweieinhalb Monate jeden Abend aufgesagt«, erzählte er Rafi. »Sei bloß still, hörst du? Oder muß ich grob ... Ach Gott, wo waren wir stehengeblieben? Ja richtig, wir haben noch gar nicht angefangen.«

Rafi saß still auf einem Holzstuhl. Nach der Tortur wirkte er vollkommen leergepumpt. Das Haar war noch klatschnaß und klebte an seiner Kopfhaut. Er war in einen warmen Morgenrock gehüllt.

»Du hast es nicht richtig angestellt«, erklärte Nolen. »Kommst mit deiner kleinen Assistentin daher wie ein mieser Quacksalber. Schön und gut, aber die Sache hat einen Haken. Ihr Blick verrät schon, daß sie einem am liebsten die Hose runterreißen würde. Und dann hast du dir den Falschen ausgesucht. Nicht, weil er kein

Geld hat. Von Geld will ich gar nicht reden. Und er ist auch deswegen nicht der Falsche, weil er dir gleich die Fresse poliert hat, als du ihm mit deinen Erpressungsversuchen gekommen bist. Das ist überhaupt nichts. Du hast einfach mal eine auf den Deckel gekriegt, verstehst du, aber darüber kommst du schon wieder hinweg. Nein, ich meine was ganz anderes. Du bist an den Falschen geraten, weil der Ansatz von vornherein falsch war. Du hättest dir den Richtigen aussuchen müssen. Verstehst du mich noch?«

Rafi fuhr sich abwechselnd mit der Zunge über die Zähne oder betastete sich vorsichtig mit den Fingern die Lippen.

»Hörst du mir zu?«

Rafi antwortete nicht, aber er schien zu nicken.

»Ich sag' dir das nicht etwa, weil du einen Rat nötig hast«, fuhr Nolen fort. »Du bist auch nicht übler dran als die anderen Zuhälter, aber du bist ja kein richtiger Zuhälter.«

»Ich war noch nie ein Zuhälter«, empörte sich Rafi so würdevoll, wie es sein aufgeschlagener Mund zuließ.

»Ich will sagen, du hast nicht das Zeug zum guten Zuhälter«, erklärte Nolen. »Mit deinem Stil liegst du nicht nur dreißig Jahre hinter der Zeit, du hast dir auch noch die falsche Rolle ausgesucht. Du kommst wie so ein junger Fernando Lamas daher, wo heute doch ein ganz anderer Typ den Reibach macht.«

»Was macht?«

»Sperr deine Ohren auf. Was ist denn seit Kuba los in der Karibik, in Zentralamerika, in El Salvador? Lauter Revolutionen, Mann! Die hat es zwar schon immer gegeben, aber jetzt achtet man mehr drauf, weil wir sie hautnah mitkriegen. Das sind nur noch ein, zwei Stunden Luftweg, und die Leute machen sich vor Angst in die Hosen. Hier in Miami kriegen wir sie sogar mit, weil die ganzen Kubaner, Haitianer, Kolumbianer herkommen. Und schon haben wir hier so ein Gemisch aus Dope und internationaler Politik. Terroristen sind natürlich auch da und basteln Rohrbomben und ballern mit Maschinenpistolen rum. Mann, das haben wir hier jeden Tag. Verstehst du jetzt, was ich dir sagen will? Wenn du heutzutage was Besonderes sein willst, muß die Post abgehen. Ohne ein bißchen Terror läuft da nichts mehr.«

Rafi hatte aufmerksam gelauscht. »Ja? Und wie stell' ich das an?«

»Endlich wachst du auf«, rief Nolen. »Den richtigen Hintergrund, das heiße Blut und den ganzen Scheiß hast du ja schon. Jetzt brauchst du nur noch die richtige Richtung, einen passenden Slogan, und schon gibst du einen passablen Revolutionär ab. *Viva Libertad,* verstehst du. Aber mit Pep.«

Rafi sah ihn zweifelnd an. »Du willst eine Revolution?«

»Nein – du! Du willst einer von den wildgewordenen Revolutionären sein. Du bist ein Topterrorist und siehst dich hier nach einem geeigneten Opfer um. Du bist ein Fanatiker, Mann, und brennst darauf, einen wegzupusten. Aber du willst, daß er es weiß. Er soll glauben, daß es eine ganze Bewegung auf ihn abgesehen hat und nicht bloß ein paar Spinner. Verstehst du mich jetzt? Ein paar richtige Eisenfresser, ganz schweres Kaliber.«

»Und welchen Typen?« fragte Rafi.

»Na endlich«, seufzte Nolen. »Sitzt direkt vor dir, und du siehst ihn nicht. Du hast es nur auf Moran und seine Freundin abgesehen ... Aber was ist mit dem Mann dieser Freundin? Der hat's verdient, und nicht Moran. Moran ist harmlos.«

»Moment«, rief Rafi. »Das mußt du mir erklären.«

»Kommt schon noch. Zuallererst müssen wir uns den richtigen Slogan einfallen lassen – daß dem Kerl die Knie schlottern. Er kapiert nicht, was da gespielt wird, aber er muß glauben, daß es knüppeldick auf ihn zukommt.«

»Einen *Eslogan* ...?«

»Keinen Slogan. Wie sagt ihr ...? Einen *grito de combate.* Einen Schlachtruf.«

»Ja? Zum Beispiel?«

»Wie wär's mit *Muerte a de Boya?* Das klingt doch ganz nett.«

Rafi betastete sich schon seit einiger Zeit nicht mehr die aufgeschlagenen Lippen. Er starrte Nolen interessiert, aber mehr als unsicher an. Noch versuchte er sich einen Reim auf das Ganze zu machen.

»Und ich soll ihn umbringen?«

»Hast du Lust dazu?«

Rafi gab keine Antwort.

»Denk mal darüber nach«, schlug Nolen vor. »Freunde dich mit der Rolle an. Du bist Rafi Amado, der Mann aus Santo Domingo, ein Vollblutrevolutionär, der sich von keinem verscheißern läßt, der auf Rache brennt, alles was eben einen Revolutionär ausmacht. Versteht du mich jetzt? Laß dich inspirieren, und dann unterhalten wir uns weiter.«

12

Jerry las den *Sun Sentinel.* Aufgeregt hielt er ihn hoch, als Moran eintrat.

»Schon vom Unglück in Hillsboro gehört? Da will einer an der frischen Luft seine Morgengymnastik machen, und schau mal, was er direkt vor der Haustür findet.«

33 HAITIANER BEI HILLSBORO ERTRUNKEN –
ZWEIFEL AN DEN AUSSAGEN DER ÜBERLEBENDEN

lautete die Schlagzeile. Darunter prangte auf dem Rest der Seite ein Foto mit vier aufgequollenen nackten Leichen im Morgenlicht. Sie lagen auf dem festgetretenen Sand, wo die Brandung sie nicht mehr erreichen konnte. Über ihnen schwebte ein Hubschrauber der Küstenwache.

»Ich sag' dir mal was«, rief Jerry. »So langsam nimmt das überhand hier. Die Leute stecken ihr ganzes Geld in ihre Alterswohnsitze – und dann wird ihnen so was vorgesetzt.«

»Und was soll an den Aussagen unglaubwürdig sein?«

»Daß über sechzig Leute in der Nußschale den ganzen Weg aus Haiti gekommen sein wollen. Wenn sie nicht aus Kuba kommen, dann aus Haiti, als ob wir nicht genügend Latinos am Hals hätten, nur weil der Wohlfahrtsstaat das Geld auf der Straße liegen hat. Ach ja ... jemand hat für dich angerufen. Weißt du, wie viele Haitianer jetzt in Miami leben?«

»Wer hat angerufen?«

»Zweihunderttausend! Die Hälfte der Bevölkerung. Irgendeine Frau ... Sie hat ihren Namen nicht genannt. Und dazu kommen noch fünfundzwanzigtausend Boat People. Die meisten waren vorher im Knast oder im Irrenhaus von Havanna. Die schicken sie einfach hierher, damit wir uns um sie kümmern ... Da hast du die Nummer.«

Es war die von Mary.

»Wann hat sie angerufen?«

»Vor wenigen Minuten. Bei uns ist das natürlich was andres, wir füttern nur zwei Dominikaner durch. Wohin gehst du denn? Du bist doch gerade erst gekommen.«

»Bin gleich wieder da.«

Moran steckte den Zettel mit der Telefonnummer in die Hosentasche und trat ins Sonnenlicht. Er hatte es eilig, in seinen Bungalow zurückzukommen.

Aus Nummer 5 kam Nolen. Sein Hemd war offen und hing ihm über die Hose.

»George, kann ich mal mit dir sprechen?«

»Ich muß dringend telefonieren.«

»Es dauert nur eine Minute.« Nolen trat auf Moran zu, der am Swimming-pool stehengeblieben war. »Ich hätte da eine Bitte. Könntest du deinen Kumpel aus der dominikanischen Republik nicht noch ein paar Tage hier wohnen lassen? Er hat Angst, dich selber deswegen anzusprechen.«

»Das will ich auch hoffen«, knurrte Moran.

»Es tut ihm leid. Er sieht ein, daß er einen Fehler gemacht hat.«

»Ich habe den Fehler gemacht«, erwiderte Moran. »Ich hätte nie mit ihm reden dürfen.« Er setzte sich wieder in Bewegung.

»George, er kann dir doch nichts anhaben. Laß ihn noch ein paar Tage bleiben.«

Moran blieb stehen. »Warum?«

»Warum nicht? Er ist schon in Ordnung, auch wenn er ein bißchen spinnt. So einen interessanten Fall wollte ich schon immer studieren.«

»Ich weiß, was du studieren willst«, entgegnete Moran.

Nolen zuckte mit den Schultern. »Na gut, wahrscheinlich krieg' ich auch was kostenlos zwischen die Beine. Ich soll ihr Miami und die grrrroßen 'otels zeigen.« Die Haare hingen ihm fettig in das unrasierte Gesicht. Überhaupt, barfuß und mit den Händen in den Taschen sah er aus wie auf den Hund gekommen.

»Mir soll's recht sein«, brummte Moran. »Wenn du sie dorthin mitnimmst, läßt sie sich hier wahrscheinlich nicht mehr blicken. Im Moment habe ich wirklich keine Zeit. Sag ihr aber, sie muß vorher in der Küche aufräumen. Und Rafi richtest du aus, er soll mir lieber aus dem Weg gehen. Nicht daß ich noch sauer wäre, aber ...«

»Mach dir keine Sorgen«, rief Nolen. »Ich pass' schon auf sie auf.« Moran war schon davongeeilt. »Hey, noch was ...« rief er ihm nach.

»Später!« rief Moran zurück. Er verschwand in seinem Haus und sperrte ab.

Moran wartete. Als er ihre Stimme hörte, fragte er sofort: »Was ist passiert?«

»Er ist noch da, aber er fährt gleich mit der Jacht raus.«

»Soll ich später noch mal anrufen?«

»Nicht nötig. Er ist draußen. Ich kann ihn sehen.«

»Was ist los?«

»Heute morgen hat er mir gesagt, daß er mich nicht mehr allein fahren lassen will. Wenn ich weg will, soll Corky mich fahren.«

»Warum?«

»Weil er Bescheid weiß. Oder es sich zumindest einbildet, aber das läuft auf dasselbe hinaus.«

»Was hat er gesagt?«

»Er will, daß ich die Scheißlimousine benutze, aber wenn ich unbedingt mit meinem Wagen fahren will, muß Corky mitkommen.«

»Hat er dir einen Grund genannt?«

»Die vielen Verbrechen. Er sagt, daß von Tag zu Tag mehr Überfälle auf offener Straße verübt werden. Es ist für meine eigene Sicherheit. Ich habe ihm gesagt, daß es in den Einkaufszentren von Leucadendra und Dadeland noch nie Raubüberfälle gegeben hat, aber er läßt nicht mit sich reden. Er ist ein Fels, das habe ich dir schon einmal gesagt.«

»Kann er dich einfach so rumkommandieren?«

»Wenn ich in den Wagen steige, steigt Corky mit ein. Oder ich bleibe zu Hause. Was sollen wir tun?«

»Du haust ab, was sonst?«

Eine Pause entstand. »Ich hatte eine Art Gespräch mit ihm.«

»Ja? Was kam raus dabei?«

»Nicht viel. Ich erzähl's dir ein andermal. Mein Gott, ich halt's kaum noch aus ohne dich.«

»Ich komme so schnell wie möglich.«

»Du kannst doch nicht hierherkommen!«

»Ich habe eine Ausrede. Ich muß etwas zurückbringen.«

»Was denn?«

»In einer Stunde bin ich da. Kannst du mich nicht zum Mittagessen einladen?«

»Mensch, Moran – beeil dich!«

Erneut paßte ihn Nolen ab. Er kam gerade mit einem oben zugebundenen Einkaufsbeutel aus dem Waschraum. Moran trug einen sportlichen Mantel und seine beste Hose. Nolen musterte ihn von oben bis unten.

»Der lässige Look fürs Holiday Inn?«

»Es gibt Tage, da kann man nach Lust und Laune plaudern«, sagte Moran. »Aber nicht heute. Ich hab's eilig.«

»Jiggs möchte mit dir sprechen.«

»Das hast du mir schon gesagt.«

»Sei doch nicht so unhöflich. Was hast du denn schon zu verlieren?«

»Meinen guten Namen, wenn ich mich mit einem Gorilla sehen lasse. Er hat mir nichts zu sagen, was ich wissen müßte.«

»Es ist ja nichts gegen deine Prinzipien.«

»Das will ich auch schwer hoffen.«

»Verraten darf ich dir nichts«, meinte Nolen. »Aber einen Tip kann ich dir geben. Es hat mit Entscheidungsfreiheit und Selbstachtung zu tun. Vielleicht ist dann die Heimlichtuerei im Holiday Inn nicht mehr nötig.«

»Was ich darauf zu sagen habe, hat mit Selbstbeherrschung zu tun«, entgegnete Moran. »Wie ich Ruhe bewahren lerne und den Leuten nicht gleich die Fresse poliere und sie in den Swimmingpool werfe, wenn sie mich nerven. Aber das ist sehr schwer.«

»Ich halte mich ja aus deinen Privatangelegenheiten raus«, sagte Nolen. »Aber ich finde, ich bin dir was schuldig. Wir waren immer Kumpel, auch wenn wir dich mit 'ner Eins-Null-Sechs fast weggepustet hätten. Ich sag's ungern, aber vielleicht hab' sogar ich den Schuß abgegeben.«

»Das ist Schnee von gestern«, sagte Moran. »Hauptsache, du zahlst deine Miete pünktlich. Bis später.«

»Hey, George!« rief Nolen und wartete, bis Moran erneut stehenblieb und sich nach ihm umdrehte. »Du bist ein super Typ. Ich will nicht, daß dir was zustößt.«

»Menschenskinder!« knurrte Moran. »Laß mich in Ruhe!«

»Den Spruch mußte ich nur drei Nächte aufsagen«, rief Nolen ihm nach. »Kein Wunder, daß der Wichser zumachen mußte.«

Ihm gefielen die Bäume hier im Süden von Coral Gables. Sie waren weitaus mehr als nur Zierwerk, sie verliehen den Straßen eine stille, düstere Atmosphäre. Das war das alte Florida. Ganz Florida hätte seiner Meinung nach so aussehen müssen. Aber durfte ein ehemaliger Zementmischer so denken? Oder einer, der mitverantwortlich war für ein halbes Dutzend Luxusapartments mit bombastischen Namen? Vielleicht plagten ihn Schuldgefühle. Oder vielleicht mochte er ganz einfach die üppig wuchernde tropische Vegetation. Was war so schlimm daran? Er beschloß, nicht mit sich zu streiten, gehörte er doch zu den wenigen Freunden, die er hatte. Was er im Augenblick vorhatte, paßte ihm nicht sonderlich in den Kram. Es war wie ein Gang zum Zahnarzt, wenn man eigentlich in seine Assistentin verliebt war. Aber es war und blieb ein Zahnarztbesuch. Er bog vom Arvida Parkway in die Auffahrt mit der Nummer 700 an der Betonsäule ein. Diesmal fuhr er vor bis zum Haus.

Mary wartete schon davor und führte ihn zur sichtlichen Enttäuschung der drei am Ende der Auffahrt postierten Leibwächter ins Haus. Moran erkannte den mit dem Schnurrbart: Corky – der immer versuchte, fies auszusehen.

Von der Verandatreppe aus rief Moran ihm zu. »Passen Sie doch bitte auf mein Auto auf, okay?«

Mary packte ihn beim Arm. »Komm rein.« Sie schloß sogleich die Tür. »Was hast du in der Tasche?«

Moran machte sie auf und förderte ein rosa Negligé zutage. »Gefällt's dir? Anita de Boyas Strampelhemdchen. Sie hat es zurückgelassen.«

»Er wird dir nicht glauben, daß du deswegen gekommen bist«, sagte Mary. »Anita wohnt in Bal Harbor.«

»Soll ich mir den Kopf darüber zerbrechen, was er glaubt?«

»Du hast recht, es ist wirklich egal«, erwiderte Mary. Sie stand innerlich unter Hochspannung.

Sie zeigte ihm das Haus. Der Flur sah eigentlich eher aus wie eine tropische Baumschule. Das erste Wohnzimmer, das so gut wie nicht möbliert war, erinnerte an eine Kunstgalerie. Das zweite – es war mit beige gepolsterten Rattansesseln eingerichtet – wirkte weitaus wohnlicher. Von hier traten sie auf die Terrasse mit dem millionenschweren Blick auf Biscayne Bay und den Atlantik. Ein Blick, der zeigte, wozu das viele Geld in Miami gescheffelt wurde.

Moran war beeindruckt. Er gehörte freilich zu denen, die sich von allem möglichen beeindrucken lassen, ohne es unbedingt besitzen zu wollen. Das war sein Glück, wie er selbst sagte. Er genoß den Blick auf den leeren Anlegesteg, das Akazienwäldchen, den herrlichen Rasen mit dem Swimming-pool in der Mitte, angelegt als tropische Lagune unter Palmen mit terrassenförmig gebauten Blumengärten. Wenn ich das Tag für Tag putzen müßte … dachte er. Laut sagte er: »Es gefällt mir.«

»Mir nicht«, entgegnete Mary. »Ich muß hier raus.«

Sie hatte ihre Sonnenbrille aufgesetzt und lehnte sich neben ihm über die Balustrade. Als sie sich abwandte, folgte er ihr zu halbkreisförmig aufgestellten Stühlen mit knallgelben Sitzkissen. Auf einem niedrigen Tisch in der Mitte waren ein weißes Telefon und die Morgenzeitung mit der Schlagzeile von den ertrunkenen Haitianern.

»Warum gehst du nicht einfach? Komm mit mir«, sagte Moran und setzte sich. Mary blieb stehen. Weißes Sommerkleid, Sonnenbräune, die schlanken Beine leicht gespreizt, die Arme über der Brust verschränkt – ob aus Furcht oder Trotz, war Moran nicht ganz klar.

»Rafi war gestern da«, sagte sie schließlich.

»Ich weiß. Ich hatte gestern eine Unterredung mit ihm. Wenn du deswegen so durcheinander bist, brauchst du dir keine Sorgen machen. Rafi markiert den starken Mann, aber im Grunde ist er eine Memme. Kein Stehvermögen.«

»Was hat er gesagt?«

»Er ist kein Problem für uns. Aber ein anderer. Arbeitet ab und zu für deinen Mann. Ist dir der Name Jiggs Scully ein Begriff?«

»Ich weiß, wer das ist.«

»Er beschattet uns. Er weiß über uns Bescheid und will mit mir sprechen.«

»O Gott …«

»Moment. Nolen Tyner – ich habe dir von ihm erzählt – sagt, daß Jiggs gar nicht die Hand aufhalten will. Er will etwas ganz anderes, aber ich sehe keinerlei Grund für ein Gespräch mit ihm. Du vielleicht?«

»Ich weiß nicht.« Mary hatte die Augen weit aufgerissen. Sie war jetzt ganz bei der Sache. »Wenn er uns zusammen gesehen hat und noch dazu für Andres arbeitet ...«

»Nolen meint, daß er Andres nichts gesagt hat. Weißt du, warum?«

»Nein.«

»Er mag ihn nicht. Ich komm mir wieder vor wie in der Schule. Herr Lehrer, da hat einer ...« Moran unterbrach sich. »Na ja, das ist auch nicht so wichtig. Was Nolen und Jiggs vorhaben, geht uns ja nichts an. Hoffentlich. Ich will nicht, daß wir da mit reingezogen werden. Wir haben schon so genug am Hals.«

»Hineingezogen? In was?«

»Ich weiß nicht. Aber es muß mit deinem Mann zu tun haben. Entweder, sie wollen mich benutzen – das ist jetzt alles pure Spekulation, verstehst du? – oder sie brauchen Informationen von mir, oder sie wollen, daß ich sie von dir besorge.«

»Oh ...«

Es hörte sich an wie ein lautes Luftholen. Sie dachte angestrengt nach. Das sah er ihr deutlich an, auch wenn sie nun mehrere ziellose Schritte machte. Ohne es zu merken, trat sie an die Balustrade, starrte auf den Boden und kam wieder zurück. Als sie sich erneut abwenden wollte, hielt er sie fest.

»Hast du eine Ahnung, was das heißen könnte?«

Mary setzte sich auf den Stuhl neben ihm und lehnte sich nun entspannt zurück.

»Geld. Was denn sonst?«

»Daran habe ich auch schon gedacht«, meinte Moran. »Aber was für eine Art Geld? Wie luchst man es einem Typen wie deinem Mann ab? Man geht ja nicht einfach zur Bank und hebt es ab. Wie kommt man ran? Durch Erpressung? Wissen sie etwas über Andres? Ich habe ja nur ein vages Gefühl, mehr nicht. Aber so etwas Einfaches wie ein Überfall kann es nicht sein. Nolen mag zwar nicht ganz astrein sein, aber er ist kein brutaler Gangster. Ich kann mir nicht vorstellen, daß er den Mut hätte, mit einer Pistole herumzufuchteln. Also muß es etwas sein, das er für ungeheuer raffiniert hält, oder er würde sich nicht drauf einlassen. Wenn sie überhaupt etwas vorhaben.«

»Es ist Geld im Haus«, warf Mary ein.

Moran zögerte einen Moment. »Ja, wirklich?« Er zögerte wieder. Ihr Schweigen machte ihn hellwach. »Du meinst wohl eine Menge Geld?«

»Eine ziemliche Menge«, sagte Mary.

Moran blickte auf die Bucht hinaus. Fünf Meilen weiter draußen lag am Horizont Key Biscayne.

»Muß er das Geld versteckt halten? Ich meine, hat er es auf illegale Weise beschafft?«

»Es stammt aus seinen Geschäften, nehme ich an. Seine Investitionen bringen drei bis vier Millionen brutto pro Jahr, vor der Steuer.«

Moran wartete. Vielleicht wollte sie ihm von selbst mehr sagen. Hauptsache, sie sagte nicht zuviel.

»Weißt du noch, wie wir uns in Santo Domingo über Andres unterhalten haben?« fuhr Mary fort. »Du hattest gehört, er wäre mit einem Vermögen hierhergekommen. Das haben alle geglaubt. Sie hielten ihn für einen Zuckermillionär und weiß Gott was noch alles. Aber das hatte er alles verloren. Er konnte nur das nackte Leben retten.«

»Das weiß ich noch.«

»Und ich bilde mir ein, dir auch gesagt zu haben, daß er es nie wieder so weit kommen lassen will, daß er alles stehen und liegen lassen muß.«

»Du hast gesagt, daß er für das nächste Mal gewappnet ist. Aber ich könnte mir vorstellen, daß er das Geld in einem Safe in einer Schweizer Bank oder auf den Bahamas liegen hat.«

»Das hat er sicher auch«, sagte Mary. »Aber wenn er aus irgendeinem Grund das Land nicht verlassen kann oder sich verstecken muß … Ich weiß nur, daß er einen dicken Batzen Fluchtgeld hier … mitten im Haus liegen hat.«

Er sah sich und sie noch, wie sie nebeneinander am Swimmingpool des Hotels gelegen hatten … vor ihnen die Frauen der Baseballspieler … »Ich fragte dich, wo er es aufhebt, unter der Matratze oder wo?«

Mary starrte ihn an. Sie gab die Antwort nicht sofort, das war auch nicht nötig. Schließlich brach sie das Schweigen: »Rat mal, wieviel.«

»Ich habe so ein Gefühl, daß ich schon viel zuviel weiß«, sagte Moran. »Wir müssen hier raus. Pack deinen Koffer und schreib ihm eine Nachricht.«

»Noch nicht, George. Ich möchte mit ihm reden, wenn ich ihn schon so hart treffen muß. Gestern abend war ich soweit. ›Andres, hör mir mal bitte zu.‹ Wie mit einem Kind, so habe ich geredet. ›Das ist doch keine Ehe. Ich bin nicht glücklich, und ich weiß, daß du es auch nicht bist.‹ Weiter bin ich nicht gekommen. Er hat mir irgendwelche Dokumente zum Unterschreiben gegeben. Anscheinend hatte er mich gar nicht gehört. ›Da. Lies das und unterschreib.‹«

»Was für Dokumente?«

»Geschäftssachen. Ich bin ja Mitinhaberin einer seiner Unternehmungen. Er hat ja auch mit diesem Ehevertrag eine Transaktion aus unserer Beziehung gemacht. Mehr ist da nicht. Ein Geschäft eben. Und ich bin Vorstandsmitglied.«

»Tritt zurück«, forderte Moran sie auf.

»Und jetzt versucht er mich mit dem Ehevertrag unter Druck zu setzen. Er will ihn ändern, damit mir nichts mehr zusteht, wenn ich ihn verlasse. ›Von mir aus‹, habe ich ihm gesagt. ›Mir ist es gleich. Ich will mit dir sprechen. Dir endlich meine Gefühle begreiflich machen.‹«

»Das hat ihn nicht beeindruckt?«

»Ich sag's dir ganz ehrlich, George. Ich habe eine Heidenangst.« Sie biß die Zähne aufeinander. »Aber es macht mich auch richtig wütend, verdammt noch mal!«

»Gut!« rief Moran.

»Ich schreibe es auf, alles, was ich sagen will. Und dann versuche ich es noch einmal. Wenn er mir dann immer noch nicht zuhört, gebe ich ihm einfach den Brief, und dann ist endgültig Schluß.«

»Versprochen?«

»Du hast mein Wort«, sagte Mary.

»Bleib so wütend.«

»Das bin ich wirklich. Ich schulde ihm nichts.«

»Wenn man einem anderen überhaupt etwas schulden kann«, sagte Moran und ließ es dabei bewenden. Er hatte Lust, sich bei einem Long Drink über alles und nichts zu unterhalten und den millionenschweren Ausblick zu genießen, aber er spürte, daß seine Anwesenheit sie immer nervöser machte. »Schreib deinen Brief«, sagte er. Beim Aufstehen legte er die Hand auf Marys Schulter und ließ sie dort ruhen, bis sie die ihre darauf legte. Sie sah durch die runde Sonnenbrille zu ihm auf. Er hätte viel darum gegeben, ihr jetzt das Gesicht streicheln zu dürfen.

Er ging.

Jiggs Scully stand auf der Straße neben seinem rotweißen Cadillac, den er unmittelbar vor der Auffahrt abgestellt hatte. Als Moran in den Arvida abbiegen wollte, mußte er zwangsläufig scharf bremsen oder den Cadillac hinten rammen. Jiggs schlenderte auf ihn zu.

»Na, wie geht's uns, George?« sagte er. »Hast wohl keine Angst, daß er dir die Eier abschneidet? Gehst mitten in die Höhle des Löwen … Plötzlich mutig geworden? Oder hast du die Schnauze voll von der Heimlichtuerei im Holiday Inn?«

Moran sagte nichts. Er fragte sich, ob Jiggs in seinem Leinenanzug geschlafen hatte. Fragte sich, wo Jiggs wohnte und was er dachte, wenn er allein war.

»Ich lad' dich auf 'nen Drink ein, George. Wie wär's mit dem Mutiny am Strand? Du weißt schon, wo es ist? Direkt gegenüber dem Jachthafen.«

»Okay«, sagte Moran.

Die Bar war noch fast voll, obwohl Mittag schon vorbei war. Männer mit schwarzem Haar und Schnurrbärten bevölkerten die Tische. Die meisten trugen Discohemden, einige Anzug. Auch Sonnenbrillen waren zu sehen. Ein paar sprachen in Telefonapparate hinein, die sie sich an den Tisch hatten bringen lassen. Zwischen den Tischen huschten Kellnerinnen in hautengen Trikots herum. Sie gingen freundschaftlich mit den Kunden um, nannten sie beim Vornamen oder den Pseudonymen, die sie benutzten.

»Der reinste Dschungel, mit den Pflanzen und dem ganzen Scheiß«, bemerkte Jiggs. »Wirklich ein Dschungel. Die ganzen smarten Lackaffen treiben sich hier rum. Holen sich ein Telefon und machen 'nen Deal und quatschen über die Ware. Heute geht's nur noch um Waren und wieviel Lappen sie kosten. Zahlen tun sie mit nagelneuen Hundertern. Stell dir mal so 'nen Stapel von tausend Hundertern vor, George. Kannst von fünfzig Zentimetern ausgehen, vielleicht 'n bißchen weniger. Du mußt mal 'ne Million in 'ne Kühltasche geben und so aussehn, wie wenn du zum Baden gehst. Die Typen machen mich fertig. Solche Fatzkes siehst du so schnell nich' mehr.« Er schob die Brille hoch und sah sich um. »So ungefähr jeder fünfte tut so, als wär' er dick im Geschäft und jeder zehnte is' Drogenbulle. Die, die fies aussehn, mit den langen Haaren und den weit ausgestellten Hosen, das sind die Bullen. Dabei sind diese Scheißhosen längst aus der Mode, sie haben's nur nich mitgekriegt. Der Kleine da drüben, der wie 'n Schuhflicker aussieht, der ist die größte Nummer hier im Laden. Sieht hier aus wie die panamerikanischen Spiele, was? Ich nenn's lieber Spaniolen und Spannen. Die da sind die Spaniolen, und wir zwei sind die Spannen.« Jiggs reckte seine fleckigen Wurstfinger in die Höhe und musterte sie. »Die Entfernung zwischen deiner Daumenspitze und dem kleinen Fingernagel, das ist deine Spanne.« Er betrachtete seinen Handrücken, dann drehte er die Hand um und sah auf den Ballen. »Aber ich kann nichts da drinnen sehn, George. Nein, nein, sie is leer. Die Spaniolen, die haben die Ware, und die haben auch die Hunderter, von denen du dauernd hörst. Aber wir sitzen dumm da, und unsre Scheißhände sind total leer. Und warum? Die arbeiten auch nich' mehr als wir. Lassen wir sie ihnen vielleicht, weil wir so gutherzig sind, oder was?«

Eine Kellnerin mit blondem Pferdeschwanz brachte ihnen das Bier und wollte von Moran wissen, welches Sternzeichen er war. »Waage«, sagte er, worauf sie »Hab' ich's mir doch gedacht«, rief. Ob sie es für gut oder für schlecht hielt, sagte sie nicht. Sie sah ihn aber lächelnd an.

»Du hast 'nen guten Draht zu Frauen«, meinte Jiggs. »Das gefällt mir. Du bist ruhig und kümmerst dich um deine eigenen Sachen, solang dir nich' einer 'nen Tritt in den Hintern gibt. Das is' mir schon neulich aufgefallen, als wir den Klavierspieler bei dir rausgeholt haben. Du hast bloß dagestanden.«

»Wenn ich das Bier getrunken habe, geh' ich«, sagte Moran.

Jiggs grinste. Seine Zähne sahen grauenerregend aus.

»Wenn ich mit meinesgleichen rede, komm ich ins Quatschen. Ich red' und red', und die Affen starren mich bloß an. Wenn ich mal was Raffiniertes sage, setzen sie ihr Pokerface auf. Du hörst mir einfach zu. Ein großes Tamtam gibt es bei dir nich. Und schockieren könnte ich dich wahrscheinlich nie. Dafür hast du wohl zuviel erlebt. Sag mir doch mal, was ich deiner Meinung nach vorhab'. Das würde mich brennend interessieren.«

»Wenn's dir um Geld geht, nur damit du de Boya nichts sagst, hast du Pech gehabt.«

»Also wirklich, George. Solche Kinkerlitzchen traust du mir zu? Zu so was würd' ich mich im ganzen Leben nich herablassen. Du enttäuschst mich, George.«

»Ich bitte um Verzeihung«, sagte Moran.

»Daß mir jemand Geld geben soll, an so was hab' ich noch nie gedacht«, fuhr Jiggs fort. »Aber wenn ich 'nen Deal mache, bin ich einigermaßen wählerisch. Schund intressiert mich nich'. Es gibt noch tausend andre Möglichkeiten, George, weißt du?«

»Ich bin nicht auf Arbeitssuche«, erwiderte Moran. »Was ich brauche, habe ich.«

»Okay, dann will ich.dir 'ne kleine Geschichte erzählen.« Scully beugte sich vor und stützte die Ellbogen auf dem Tisch ab. »Vor nich' allzulanger Zeit war ich mit de Boya und noch so einem Herrn, einem Jimmy Capotorto, unterwegs. Du hast vielleicht von ihm gehört. Ihm gehört das Dorado. Ziemlich hohes Tier und macht manchmal Geschäfte mit de Boya. Jimmy Cap schickt hin und wieder Bargeld rüber, steckt es in irgendeine Wohnanlage, und dann ist es sauber. Nichts Großes. Also, wir sind nach Calder gefahren und schauen uns die Pferderennen in der Bar an. Ich mach' die Wetten für sie und hol' ihnen die Drinks, wenn die Kellnerin sich nich blicken läßt. Bin der Laufbursche, wenn du so willst. Vom Gespräch krieg' ich nich' alles mit. De Boya hat zwo Tausender gewonnen. Sie liegen vor ihm auf dem Tisch. Da fragt ihn Jimmy Cap, was er denn so mit Gewinnen und überhaupt mit dem Kleingeld macht. So kommen sie ins Gespräch und unterhalten sich über den Ärger mit dem Geld wie zwei Hausfrauen über ihre ungezogenen Bälger. Jimmy Cap erzählt ihm, daß er in Buffalo ein extra Kellergewölbe hatte, aber hier gibt es ja keine Keller. Und de Boya sagt, daß Keller ja auch nich nötig sind, es gibt ja tausend andere sichere Verstecke. Ach? sagt Jimmy Cap. Wo zum Beispiel? Ach, sagt de Boya, jede Menge. Dann will Jimmy Cap wissen, wozu er überhaupt Geld hortet, wo er doch ein anständiger Geschäftsmann is. Mit Geldschiebereien hat er nichts am Hut, ob er das Finanzamt austricksen will? Nö, sagt de Boya, seine Steuern zahlt er immer. Und den Rest zitier' ich wörtlich: ›Aber man kann ja nie wissen, ob man nicht vielleicht mal schnell verschwinden muß.‹ Jimmy Cap sagt was von Kreditkarten. Mehr krieg' ich nich' mit, weil ich ihnen wieder 'nen Drink holen muß. Als ich wiederkomme, sagt de Boya gerade: ›Wenn ich's Ihnen sag', wissen Sie's ja.‹ ›Aber Sie haben doch mein Wort‹, sagt Jimmy Cap. Das is' was, wenn ein Itaker 'nem Spaniolen sein Wort gibt. Aber das muß ich ihnen lassen, George. Sie brauchen kein Papier vollschreiben und die Unterschrift darunter. Ihr Wort gilt. De Boya sagt ihm dann: ›Legen Sie alles beiseite, was Sie in einem Jahr so verdienen, und zwar so, daß Sie es mitnehmen können, wenn es hart auf hart kommt.‹ ›Ist das Ihre Faustregel?‹ will Jimmy Cap wissen. Da sind wir wieder bei unsrer Spanne, George.« Jiggs blickte wieder auf seine Hand. »Aber wieviel is' da drinnen? Wieviel legt so ein Typ wie de Boya beiseite, für den Fall, daß er mitten in der Nacht die Fliege machen muß und in Mexico als Mr. Morales auftaucht? Bist du noch am Ball, George?«

»Ich weiß nicht«, sagte Moran. »Wieviel macht er denn?«

»Danach hab' ich Jimmy Cap gefragt, einfach so aus Neugierde, wieviel de Boya die Häuser und die Grundstücksspekulationen im Jahr so einbringen. ›Netto?‹ sagt er. ›Zwei Millionen locker.‹«

Jiggs wartete.

»Und was soll ich jetzt sagen?« fragte Moran.

»Wo er es hat.«

»Woher soll ich das wissen?«

»Das hast du schnell rausgefunden. Frag doch seine Frau.«

»Aus welchem Grund sollte sie mir das sagen?«

»Weil sie auf dich steht, George. Weil sie 'nen Dreck von ihrem Mann hält. Weil sie ihn wegen dir sitzen lassen will. Und wenn ich genau weiß, wo er es hat, ist die Sache in zwei Minuten erledigt, und ihr habt eure Ruhe.«

»Warum denn das?«

»Weil de Boya dann tot wäre, George. Und du könntest mit deiner Süßen in den Sonnenuntergang hineinsegeln.«

Moran sah tatsächlich die Sonne an einem roten Himmel untergehen. Den Gedanken verdrängte er aber schnell. Statt dessen fragte er: »Und Nolen? Ist er auch dabei?«

»Dein Geschäftspartner bin ich. Nolen macht es nur ein bißchen reizvoller. Er ist so 'ne Art PR-Mensch für mich. Soll dir den Mund wäßrig machen. Das is der einzige Grund, warum ich ihn angesprochen hab'.«

»Den Gedanken hast du wohl schon eine ganze Weile mit dir rumgetragen, was?« fragte Moran.

»Hab' ihn mit mir rumgetragen und mir andauernd den Kopf gekratzt. Dann kommst du daher, und ich sag' mir, da kannst du was für das glückliche Pärchen tun. Wenn sie mir auch 'nen kleinen Gefallen tun.«

»Du spinnst.«

»Klar, daß du das für abwegig hältst, George. Noch. Aber sag mal, is' das bei dir 'ne Gewissensfrage? Bist du Kathole?«

»So was Ähnliches.«

»Du weißt doch noch, daß man sein Gewissen durchforstet, wenn man zur Beichte geht. Ich zum Beispiel hatte fünfhundert unkeusche Vorstellungen und hatte es auf das Leben von Schwester Maria Kunigunde abgesehen. Untersuch doch dein Gewissen, George. Mach mal, und sag mir, was so schlimm sein soll. Die Schuld liegt ja im Vorsatz. Du hast aber nur einen Vorsatz: mir eine Information zukommen zu lassen. Was danach passiert, geht dein Gewissen nichts an. Das muß schon ich mit mir abmachen, und das krieg' ich wohl auch hin.«

»Du magst zwar aus New York sein«, meinte Moran, »aber auf der Klosterschule dort hast du das nicht gelernt.«

»Nein, die hab' ich nich mehr ganz geschafft«, gab Jiggs zu. »Aber worauf willst du hinaus? Sollen wir philosophisch werden und klären, ob Ehebruch mit 'ner verheirateten Frau auch dann einer is', wenn man sich von ihr einen blasen läßt? Oder willst du dir das Leben nich' lieber leichter machen? Ich kann genug Leute zusammentrommeln, das Haus auf den Kopf stellen, und dann find' ich das Geld auch. Aber das is' die brutale Tour, wo ich doch gar nich verantworten kann, daß Unschuldige mit reingezogen werden, du verstehst schon, was ich meine. Oder aber, wir verständigen uns und wickeln das Ganze friedlich ab. Es liegt bei dir.«

»Warum sagst du mir das alles?«

Jiggs blieb geduldig. Er lehnte sich zurück, schob seine Brille nach oben und beugte sich wieder vor. »George, korrigier mich bitte, aber hab' ich's dir nich' gerade erklärt?«

»Ich meine, woher willst du wissen, daß ich nicht die Cops hole?«

»Womit denn? Einer Story? Also George, glaubst du wirklich, die würden mich verdächtigen? Bei einem Typen wie de Boya läßt man es natürlich politisch aussehen. Man braucht bloß ›Nieder mit den Arschlöchern‹ an seine Wände zu schmieren und die Unterschrift von der PLO oder irgendeiner revolutionären Spaniolenpartei. Das wäre noch das leichteste.«

»Er hat bewaffnete Leibwächter«, warf Moran ein.

»Das Vernünftigste, was man in dieser Stadt machen kann. So was zieht man immer mit ins Kalkül. Aber von seinen Leuten ist nur einer so dämlich, daß er bei ihm bleibt: der gute Corky. Und den übernehme ich.«

Moran nippte gemächlich an seinem Bier. Vielleicht hatte er noch Zeit für ein zweites. Sorgfältig seine Worte abwägend, sagte er: »Dieses Geld da, ist es de Boyas Rücklage für den Notfall?«

»Richtig, falls er sich mal auf die Schnelle verdünnisieren muß.«

»Na gut, wenn er sich also von einem Augenblick auf den nächsten absetzen kann, könntest du ihm doch auch gehörig Angst einjagen. Warum löst du keinen falschen Alarm aus?«

»Ja und?« fragte Jiggs.

»Er packt sein Geld, und du paßt ihn ab. Dann brauchst du das Haus nicht auf den Kopf zu stellen.«

Kurzzeitig verschlug es Jiggs die Sprache.

»Klingt gar nich so schlecht, George«, meinte er dann. »Klingt, als ob du im falschen Geschäft wärst.«

»Vielleicht sollte ich mich als Wahrsager versuchen«, erwiderte Moran. Er nahm das Bierglas in die Hand und betrachtete es nachdenklich. »Ich sehe einen Mann, der in seinem Haus ermordet wird. Daß ihm Geld geraubt wird, sehe ich nicht. Kein Geld in meinem Bild. Aber Moment mal. Ich sehe, daß die Polizei Informationen über einen Verdächtigen gekriegt hat. Ahhaaa, der Typ hat ein Motel und ist eng mit der Frau des Opfers befreundet.« Er sah Jiggs ins Gesicht. »So geht das nämlich.«

»George!« rief Jiggs. »Da zeige ich dir den Weg zur Glückseligkeit, und du bringst mich nur ständig auf neue Gedanken. Ich sag's dir noch mal, du bist im falschen Geschäft.«

13

Zwischen null Uhr fünfundvierzig und ein Uhr sprengte eine Explosion den Anlegesteg vor Arvida Parkway 700 in die Bucht von Biscayne.

Die Wucht der Detonation zerfetzte sämtliche Holzplanken, riß einen Teil der Zementmole heraus, mähte die Stützpfeiler nieder, so daß der Rumpf kaum noch aus dem Wasser ragte, und zerschmetterte eine der Glastüren, die auf die Sonnenterrasse des Hauses gingen. Glücklicherweise lag zu dem Zeitpunkt der Explosion *El Jefe*, Mr. de Boyas 350 000 Dollar teure Jacht, vor Dinner Key, wo de Boya Geschäftsfreunde zu einem Ausflug abgeholt hatte und sie gerade wieder nach Hause brachte. Der Krach war bis ins Stadtzentrum von Miami zu hören.

Die Polizei von Coral Gables meldete den Fall der übergeordneten staatlichen Polizeibehörde, und um ein Uhr dreißig traf ein Trupp Bombenspezialisten am Tatort ein. Die untersuchten eingehend die weit über den Rasen verstreuten Holz- und Metallsplitter und konnten durch eine Chromatographie der Rückstände den Sprengsatz identifizieren: eine Plastikbombe vom Typ C4. »Nicht schon wieder *die* Arschlöcher!« schimpfte einer der Beamten. Um zu sehen, ob das Haus nicht vielleicht als sichere Adresse für den Umschlag von Marihuana und Kokain gegolten hatte, gab er Arvida 700 in den Computer ein – keinerlei Anhaltspunkte. Genausowenig gab der Computer über de Boya her. Das Graffiti an den Säulen vor dem Grundstück fiel ihnen erst am Morgen auf. Sie spielten kurz mit dem Gedanken, das FBI einzuschalten, verwarfen ihn aber sogleich. Ob Rauschgift oder Terrorismus, die Sache lag in ihrem Zuständigkeitsbereich, und das Graffiti konnte mit beidem zu tun haben. Es stand ja doch nur dieselbe wichtigtuerische Parole auf allen vier Säulen:

MUERTE A
DE BOYA

Corky fuhr vor dem Kaufhaus Dadeland-Einkaufszentrum vor. Bereitwillig half ein Bediensteter Mary aus dem Wagen und schlug für sie die Tür zu. »Aber … das geht doch nicht, Mrs. de Boya«, rief

Corky. Sie beugte sich über das dunkel getönte Fenster, hinter dem der Fahrer fast unsichtbar wurde. »Ich soll doch mit Ihnen reingehen, Mrs. de Boya«, protestierte Corky. »Warten Sie bitte, ich muß nur noch parken.«

»Das geht schon in Ordnung«, erwiderte Mary. »Ich komme ungefähr in einer Stunde wieder.«

»Was? Warten Sie doch bitte!« hörte sie Corky rufen.

»Sagen doch Sie's ihm«, wandte sie sich an den Bediensteten. Beim Betreten der Passage zwang sie sich, nicht zu rennen. Innen freilich wich die Vorsicht sofort freudiger Erregung. Die trieb sie zu immer größerer Eile, und als sie am anderen Ende heraushastete, sprintete sie geradezu ins Sonnenlicht. Da stand auch schon der weiße Mercedes. Fast hätte sie lauthals gejubelt.

»Ich bin spät dran«, keuchte sie beim Einsteigen. Moran steuerte den Wagen durch den belebten Parkplatz zur Ausfahrt.

»Fünf Minuten nur. Mann, du siehst toll aus.«

»Ich schwitze am ganzen Körper.«

»Schön. Dann duschen wir uns. Das haben wir noch nie miteinander getan.«

Das schien sie zu überraschen. »Wohin fahren wir?«

»Was Neues. Vielleicht haben wir dort mehr Glück.«

Sie fuhren auf dem Dixie Highway zum University Inn gegenüber dem Universitätscampus, in dem Moran ein Zimmer reserviert hatte. Eine Flasche Wein in einem eisgekühlten Kübel wartete bereits auf sie. Sie ließ sich mit gespreizten Beinen in den nächsten Stuhl fallen und drückte den Rock zwischen ihren Schenkeln auf das Polster. Er schenkte ein.

»Bitteschön.«

Sie nahm das Glas entgegen und trank es in einem Zug halb leer. Erst jetzt ließ ihre Anspannung allmählich nach.

»Du mußt mich lieben, Moran.«

»Schau mich doch an. Ich halt's kaum noch aus.«

»Ich meine, du mußt auch in mich *verliebt* sein.«

»Bin ich doch«, sagte Moran. »Schau mal, wenn es mir nur ums Bumsen ginge, könnte ich es mir tausendmal einfacher besorgen.« Er merkte, daß er das nicht so stehen lassen durfte. »Und wie ich dich liebe. Ich kann dir gar nicht sagen, wie.«

»Ja? Wirklich?«

Ihm wollte nicht in den Kopf, daß eine Frau wie Mary an sich selbst zweifeln konnte. Er stellte sich im fahlen Licht vor sie, zog sie sanft zu sich hoch und schloß sie in die Arme. Sie habe ja keine Ahnung, wie herrlich er sich mit ihr fühlte, flüsterte er ihr ins Ohr. Ein Leben ohne sie konnte er sich gar nicht mehr vorstellen. Sie sagte zum wiederholten Mal: »Ich will dich auf keinen Fall verlieren.« Das war nun nicht mehr möglich, erklärte er. Dann zögerte er. Hielt er etwas zurück? Nein, ihm fehlten nur die Worte. Nicht einmal ein Brecheisen konnte sie jetzt noch auseinanderbringen, fuhr er fort, weil sie unauflöslich miteinander vereint waren. Er glaubte es felsenfest und spürte, daß es ihr auch so ging. Alles war jetzt in Ordnung, und mochten zehn Corkys warten. Sie liebten sich in aller Seelenruhe und blieben danach schweigend nebeneinander liegen, sahen sich nur an. Wozu auch reden? Es war ja schon alles gesagt.

Beim Anziehen sprachen sie wieder miteinander.

Sie erzählte ihm, daß die Polizei gestern den ganzen Tag im Haus herumgestöbert hatte. Unaufhörlich hatte man sie, die Haushälterin und Andres wegen der Explosion befragt, vor allem Andres. Verdächtigt hatten sie ihn anscheinend nicht, sie wollten nur wissen, was für Kontakte Andres hatte, ob ihn revolutionäre oder sonstige regierungsfeindliche Banden jemals bedroht hatten. Sie stand vor dem Spiegel und bürstete sich das Haar. Moran hörte ihr schweigend zu.

Danach erzählte er ihr von seinem Gespräch mit Jiggs Scully in der Mutiny Bar. Sie legte die Bürste beiseite und lauschte gebannt. Moran schloß seinen Bericht mit der nüchternen Feststellung:

»Er weiß, daß Andres mindestens zwei Millionen irgendwo im Haus aufbewahrt. Wir sollen ihm sagen, wo sie sind. Als Gegenleistung will er reingehen, das Geld nehmen und Andres uns zuliebe umbringen.«

»Uns *zuliebe*?« rief sie mit weit aufgerissenen Augen.

»Wir können dann gemeinsam in den Sonnenuntergang segeln und fortan ein glückliches Leben führen.«

Im Zimmer war es still, wie er es lange nicht mehr erlebt hatte. Dazu mußte er schon in seine Kindheit zurückgehen, als er immer hellwach dagelegen hatte, statt sein Mittagsschläfchen zu halten. Mary ging zum nächsten Stuhl, doch sie setzte sich nicht, sondern drehte sich wieder zu Moran um, der mit einem Tennisschuh in der Hand auf der Bettkante saß.

»Ich muß es ihm sagen«, rief Mary.

Er wartete.

»Das verstehst du doch. Ich muß einfach.«

»Mir ist nur eins klar«, sagte Moran. »Jemand will uns benutzen. So ein Typ plaudert aus dem Nähkästchen vor mir, als ob ich seinesgleichen wäre. Aber warum? Soviel er weiß, bin ich ein unbescholtener, gesetzestreuer Bürger. Na gut, zufälligerweise ist da was zwischen uns ...«

»Das klingt aber albern, George. Was zwischen uns ...«

»Etwas ganz Besonderes, das ohnehin bald ans Tageslicht kommt, damit ... reiner Tisch gemacht werden kann. Laß mich bitte ausreden. Die Frage ist nur, wie kommt er überhaupt darauf, daß wir da mitmachen?«

»Das stimmt«, sagte Mary. »Er setzt auf Risiko.«

»Und zwar voll. Aber nehmen wir mal an, wir machen mit. Wir sagen Jiggs, wo das Geld liegt und drücken beide Augen zu. Was kommt dann?«

»Du hast vorhin gesagt, er will Andres umbringen.«

»Sind wir sicher?«

Mary schüttelte den Kopf. »Das verstehe ich nicht.«

»Was ist, wenn die Idee von deinem Mann kommt?«

Sie zögerte. »Du meinst, Andres benutzt Scully?«

»Du gehst zu deinem Mann und sagst ihm, daß sein Leben in Gefahr ist. Was fragt er dich als erstes?«

»Mein Gott, du hast recht.«

»Im Einkaufszentrum hast du es bestimmt nicht gehört. Aber nehmen wir an, du sagst es ihm. Dann ist es amtlich. Andres weiß, daß wir uns heimlich treffen. Was macht er dann?« Er sah, wie Marys Blick sich änderte. »Du kennst ihn besser als ich, aber er ist wohl nicht der Typ, der mit Anstand verliert. Was macht er mit dir, wenn du es ihm sagst?«

Marys Reaktion überraschte ihn. In ihre Augen trat plötzlich ein vollständig ruhiger Ausdruck.

»Du hast recht. So ist er wirklich. Immer nur hinten rum ... der Dreckskerl.« Sie setzte sich nachdenklich auf den Stuhl.

»Aber wir sind uns nicht sicher«, fuhr Moran fort. »Da ist immer noch die Sache mit dem Steg, den sie euch in die Luft gejagt haben. Würde Andres denn so weit gehen?«

Mary schüttelte den Kopf. »Er würde sich nie auf etwas einlassen, das ihn verletzbar aussehen ließe. Andererseits ... muß das denn zu seinen Plänen gehören?«

»Ich weiß nur eins«, erklärte Moran. »Jiggs will dem Ganzen einen politischen Anstrich geben. Er hat was von politischen Gruppen gesagt, die es auf deinen Mann abgesehen haben sollen ... Aber warum sagt er mir das, wenn ich es höchstwahrscheinlich dir erzähle und du damit zu Andres gehst?«

»Er muß sich hundertprozentig sicher sein, daß wir mitmachen«, meinte sie. »Oder das Risiko ist es ihm wert. Er kann es ja immer abstreiten. Das bringt uns wieder auf die alles entscheidende Frage. Soll ich es Andres sagen oder nicht?«

Wie ein Schulmädchen saß Mary nun auf ihrem Stuhl und biß sich auf die Unterlippe. Freilich war sie mehr nachdenklich als ängstlich – ein fantasiebegabtes Mädchen eher, das sich überlegte, wie es seinen Eltern nahebringen sollte, daß es schwanger war.

»Wenn Andres tatsächlich etwas geschähe ...«, sinnierte sie.

»Mary«, erwiderte er. »Wir brauchen keine Hilfe. Wir haben es doch nicht nötig, auf einen Herzinfarkt oder einen Unfall mit der Jacht zu hoffen. Wir brauchen nur einfach weggehen.«

»Ich weiß«, sagte sie und sah ihn aus ihren klaren Augen an. »Ich hoffe auch nichts dergleichen. Aber schön wäre es trotzdem, oder?«

14

Nolen und Rafi hatten die letzten zwei Tage durchgesoffen. Mit beiden war nicht mehr viel Staat zu machen, als Moran früh am Abend heimkam. Nolen dachte gar nicht ans Aufhören. Daß er weitermachen mußte, erkannte Moran auf den ersten Blick. Er war high, und wenn er jetzt davon herunterkam, wurde es für ihn zum Horror-Trip.

Mit Scotch und Rum feierten sie in Nummer 1 eine kleine private Party. Auf dem Kaffeetisch lagen Kartoffelchips, Coladosen, eine

Schüssel geschmolzenes Eis. Im ganzen Raum hing der Gestank von Marihuana. Von Loret war nichts zu sehen. Beide waren sie hoffnungslos überdreht. Nolen hatte sich bis zur Hüfte entblößt. Hohlwangig und mit gekrümmtem Rücken hockte er da und sog gierig an einem Joint. Rafi hatte sich einen Schal wie ein Stirnband um den Kopf gebunden. Die Enden hingen ihm über die Brust. Sein lässiges dominikanisches Hemd war von oben bis unten offen. Nolen nannte ihn Ché.

»Schon Chés Bekanntschaft gemacht? Komm schon, George, und gib Ché Amado die Hand. So 'nen klasse Fanatiker hast du im ganzen Leben noch nich gesehen. Frisch importiert, weil er's den Schleimscheißern des oligarchischen Imperialismus so richtig zeigen will. Aber frag' mich nich', was das heißt.«

»Da staunst du, was?« sagte Rafi. Er saß in sich zusammengesunken, aber mit ausgestreckten Füßen auf einem Plastikstuhl. Seine glänzenden Lackstiefel mit Reißverschluß hatte er nicht ausgezogen. »Hast wohl gedacht, ich wär rübergekommen, weil ich mir was von deinem Geld abbeißen will. Da hab' ich dich ganz schön drangekriegt, was sagst du jetzt?«

»Da hast du mich wirklich drangekriegt«, sagte Moran. »Ich hatte dich nur für einen ordinären Zuhälter gehalten. Wer von euch hat nun das Ding am Anlegesteg geschaukelt?«

»Er war's«, rief Rafi. »Er war der strenge Meister.« Er zwinkerte Moran an. »Was hast du vorhin gesagt?«

»Nix streng«, rief Nolen und warf Moran einen schelmischen Blick zu. »Sprengmeister, nennt man das im Fach. Wir sind jetzt Partner, hab' ich gehört. Stimmt doch, oder? Jemand ganz Bestimmtes hat's mir gesagt, aber ich würd's gern von dir direkt haben … Wohin gehst du?«

Moran holte sich aus der Küche ein Glas und setzte sich damit ans andere Ende des Sofas. Er schenkte sich Scotch ein. Den hatte er vermutlich nötig.

»Du bist total übergeschnappt«, brummte Moran. Er kippte den Scotch hinunter und schenkte sich nach.

Nolen grinste. »Sonst keine Neuigkeiten?«

»Bleib lieber beim Schauspielern.«

»Mach' ich doch die ganze Zeit, Mann. Wo is der Unterschied?«

Ach du liebe Scheiße, dachte Moran. Wie hatte er bei Nolen je ein gutes Gefühl haben können? Und sich von dem dummen Gerede und Gegrinse nur so blenden lassen? Von wegen alte Kriegskameraden! Er hatte rein gar nichts mit Nolen gemeinsam! Nolen war nichts als ein Jammerlappen, der sich alle Mühe gab, eine tragische Gestalt abzugeben. Er hatte die Schnauze gestrichen voll von dem Arschloch. Den Rest ihrer Story wollte er sich aber noch anhören. Sie dazu aufmuntern brauchte er ja nicht. Sie sprudelte ja ganz von selbst aus ihnen heraus – mitsamt der schrecklichen Alkoholfahne.

»Was hast du denn für den Bootssteg hergenommen?« fragte er Nolen.

»Für den Steg?« wiederholte Nolen und versuchte, nicht zu schielen. »Ich wollte es eigentlich mit Ammoniumnitrat, Benzin und 'n bißchen Dynamit versuchen. Den Himmel anzünden. Aber die Typen sollen ja Profis sein. Da hab' ich mir gedacht, nein, hab' ich mir gedacht, da mußt du schon 'nen nichthydroskopischen Plastiksprengsatz hernehmen, kapierst du das? Wir sind da ganz langsam in 'nem Motorboot rangetuckert, ich und mein Maat. Der komische Spaniole – tschulligung, Ché – der mit der Donzi, der in der Nacht immer 'ne Sonnenbrille aufhat, hat gesteuert. War sein Boot. Von Dinner Key aus sind wir stur nach Süden gefahren, bis wir die Lichter von Cape Florida backbord hatten, dann scharf rechts, und wir sind da. Motor abgestellt und rangepaddelt ... Die Zündschnur hab' ich im Null Komma nichts hingemacht ... die kleben neuerdings alle von selbst. Also, ich hab' die Blöcke unter dem Steg festgemacht ... Für die Pfeiler hab' ich lineare Ladung hergenommen, damit sie glatt abrasiert werden. Mit zwölf Pfund hätte ich das ganze Haus in die Luft jagen können. Vor Zeitbomben hab' ich Schiß, drum hab' ich's mit Fernsteuerung gemacht. Wir haben uns bis Matheson Hammock treiben lassen, und dann hab' ich den Hebel runtergedrückt.« Mit verzerrtem Gesicht ahmte er das Geräusch nach. »Und weg is der Steg!«

Moran war beeindruckt. »Das weißt du noch alles von deiner Zeit bei den Fallschirmjägern?«

»Nein, aber ich hab' mal in so 'nem Film mitgespielt und hab' mir da einiges von den Jungs, die für die Knalleffekte zuständig waren, abgeguckt. Eindruck ist die halbe Miete, George.«

»Warum hast du ihn in die Luft gejagt?«

»Damit er sieht, daß jemand es ernst meint.«

»Und wer hat die Parolen geschmiert?«

»Ché. Stimmt doch, Ché?«

»*De nada*«, bemerkte Rafi.

»Nur keine falsche Bescheidenheit«, sagte Nolen. »Du warst es. ›Und was will er schreiben?‹ fragt unser stummer Teilhaber. Mach dir da keine Sorgen, sag' ich, der Mann hat sein Leben lang auf Wänden geschmiert, mal *fuera*, mal *muerte*, was ihn halt gerade am meisten angekotzt hat. Schon mal Arbeitsproben gesehen?«

»Dein stummer Teilhaber ...« sagte Moran. »Sprichst du etwa von Scully?«

Moran sah, wie Nolens verschwommener Blick zu Rafi wanderte und sich wieder auf ihn richtete. Zur Abwechslung versuchte der Betrunkene es mit Diskretion: er schüttelte zweimal den Kopf. Rafi hatte es noch schlimmer erwischt. Ohne es zu merken, aß er das Eis aus seinem Glas. Nolen stemmte sich hoch und nahm Rafi das Glas weg, der weiter die Hand hochhielt, obwohl sie nichts mehr umschloß. Sogleich bekam er aber das Glas neu gefüllt und von Nolen wieder in die Hand geschoben. Nolen torkelte an seinen Platz zurück. Sie waren beide in einer erbärmlichen Verfassung.

Moran begriff nicht, wie die zwei in Scullys Spiel passen sollten, es sei denn, er hatte noch etwas Besonderes mit ihnen vor.

»Wir wollen mit Mr. de Boyas Jugendsünden an die Öffentlichkeit«, verkündete Nolen und zwinkerte Moran bühnenreif zu. »Oder er läßt ein großzügiges Trinkgeld rüberwachsen ... Hab' ich nich recht, Ché?«

»Genau. Zahlen muß er!« grölte Rafi.

»Erzähl George, was der Mann auf dem Kerbholz hat«, forderte Nolen Rafi auf.

»Was er gemacht hat?« rief Rafi. »Er war der Chef von die Cascos Blancos und hat Todesschwadrone ausgeschickt. Er hat alle abkassiert, die ihm nicht gepaßt haben oder die was gegen Trujillo gesagt haben. Er hat sie gebracht zum Foltern nach La Cuarenta in Santo Domingo. Oder zu Kilometro Nueve. Da hat die Armee immer gefoltert. Bei San Isidro war das.«

»Sag George, was de Boya mit den Leuten gemacht hat!« rief Nolen.

»Jaaa, er hat ihnen mit großem Vergnügen die Augen festgenäht, daß sie sie nicht mehr zumachen konnten. Und dann hat er Licht hingehalten. Und mit Baseballschlägern hat er sie geprügelt. Manchmal hat er ihnen auch Säure in Gesicht geschüttet. Kastrieren hat ihm auch Spaß gemacht. Er hat sie an die Brustwarzen gezogen und sie ihnen dann abgeschnitten.«

»Hat er das auch mit dir gemacht?« wollte Moran wissen.

»Nein, nein, nur mit Frauen. Den Männern hat er was anderes weggemacht, mit ... wie heißt das ...? Diese große *tijeras*.«

»Heckenscheren«, half Nolen.

»Genau, Heckenscheren. Hat einem damit das Allerwichtigste abgeschnitten. Mit einem Onkel von mir hat er das gemacht. Und wenn General de Boya damit fertig war, hat er sie umbringen lassen und von die Klippe ins Meer geschmissen und die Haifische gefüttert. Wenn man gefragt hat, was ist geworden aus einem, hat einem keiner was gesagt. Man hat bloß immer gehört, er ist nach Boca Chica gegangen, die *tiburones* besuchen, die Haifische. Oder auch nach Monte Christi. Das war vor zwanzig Jahren. Aber die Haifische kommen immer noch, weil sie glauben, daß General de Boya sie füttert. Er hat die Leute auch gern in Ameisenhaufen gelegt.« Rafi verdrehte die Augen. »Ich denk' nicht gern daran.«

»Spül's runter.« – Nolens Antwort auf fast alles.

Rafi trank einen Schluck. »Ich fühl' mich nicht so gut. Ich leg' mich lieber hin. Ich bin müde.« Er rappelte sich unsicher hoch. Dabei verschüttete er den Rest von seinem Glas.

Moran sah ihm zu. Er wollte aufstehen, brachte jedoch die Energie nicht auf. Das Ganze war einfach deprimierend. »Kotz mir ja nicht auf den Boden, Ché! Hörst du? Geh ins *baño*.«

»Ich weiß auch nich', was das für Leute sind, Partner«, meinte Nolen, wieder zu Moran gewandt. »Die vertragen einfach nichts.«

Moran sah zu, wie Nolen sich wieder einschenkte.

»Was hast du mit ihm vor?«

»Er ist unser Sprayer, Mann. Hast du seine Arbeit nich' gesehen?«

»Aber er kennt Scully doch gar nicht.«

»Jiggs wollte sehen, wie er arbeitet. Drum hab' ich Rafi gesagt, daß wir auf der andern Seite 'nen Kumpel haben, nur will der sich noch nich zu erkennen geben.«

»Das kann ich mir auch schlecht vorstellen«, meinte Moran. »Also, was ist los? Hinter was seid ihr her?«

»Jiggs hat gesagt, daß er's dir erklärt hat.«
»Na komm. Das ist doch eine Nummer zu groß für dich.«
»Ach ja? Dann sag mir doch, wofür ich mich aufgehoben hab'. So eine tolle Rolle hab' ich noch nie vorgesetzt gekriegt. Scheiße, ich muß nich' mal schauspielern.«
»Er gebraucht dich doch nur«, rief Moran.
»Ja, hoffentlich. Endlich werd' ich mal wieder gebraucht.«
»Weißt du, worum er mich gebeten hat?«
»Hab' nich' ich dich zu ihm geschickt?«
»Stell dich nicht so an. Weißt du, was er will?«
»Klar. Er will, daß du deine Holde fragst, wo ihr Mann das Geld versteckt hält. Was ist so schlimm daran? Scheiße noch eins, ruf sie am besten gleich an.«
»O Mann«, stöhnte Moran. Er trank seinen Scotch aus und ließ sich zurückfallen. »Wie will er denn wissen ... Hey, hörst du mir zu?«
»Klar hör ich zu. Was weiter?«
»Woher will Jiggs wissen, daß sie ihrem Mann nichts sagt? Woher will er wissen, daß *ich* ihm nichts sage?«
»Scheiße noch eins«, rief Nolen. »Ich hab' Jiggs gesagt, daß wir Kumpel sind. Klar, hab' ich gesagt, George is Veteran wie ich, wir haben gemeinsam gegen die Dominikaner gekämpft, das verbindet, Mann. Okay, hab' ich gesagt, ich hätt' ihm fast das Lebenslicht mit 'ner Eins-Null-Sechs ausgepustet. Jiggs hat sich gekugelt vor Lachen. Er ist einer, der auch das Spaßige im Leben sieht, wo die andern sich nur immer bierernst einen abarbeiten. Richtig komisch is er, hab' ich dir ja gesagt. Stimmt doch, oder!«
»Ja, ja, komisch ist er«, sagte Moran. »Aber mir will immer noch nicht in den Kopf, woher er das Vertrauen nimmt und mir das Ganze erzählt?«
»Hab' ich's dir nich gerade erklärt? Du willst doch den Mann aus dem Weg haben, oder? Menschenskinder, bin ich vielleicht zu spät gekommen und hab' was verpaßt?«
»Paß mal auf«, sagte Moran. »Hörst du mir noch zu?«
»Ja, ja, ich hör' schon zu.« Nolen packte die Marihuanazigarette und sog gierig daran. Es hörte sich an wie Nordwind.
»Ich mache nicht mit«, erklärte Moran.
»Was denn?« grunzte Nolen, der weder aus- noch einatmen

wollte. »Hast du's dir anders überlegt? Die Sache ist doch todsicher.«

»Ich habe nie mitgemacht.«

Nolen ließ den Rauch mit einem langen Seufzen entweichen. »Jiggs hat gesagt, du hast ihn auf eine Mordsidee gebracht. Den Burschen hetzen und ihm zum Schluß den Garaus machen. Ich hab' dir ja gleich gesagt, der Mann ist gut, sag' ich zu Jiggs – ein gestandener Soldat. Erst war Jiggs gar nich so begeistert. ›Was is, wenn der Mann mit dem Boot abhaut?‹ hat er gesagt. ›Was soll ich mit so 'nem Scheiß?‹ Das hat er ganz wörtlich gesagt. Er wird nämlich seekrank, und dann können wir die ganze Sache vergessen. Aber plötzlich war er Feuer und Flamme. Hey, wenn der Steg weg is, nützt ihm die Jacht nichts mehr. Er muß in den Wagen springen, und da hat er gegen Jiggs keine Chance ... Er mag dich übrigens ...«

Scheiße. Moran fühlte sich benommen, vollkommen außer Form. Und der Scotch half da kein bißchen. »Nolen?« sagte er.

»Was?«

»Ich mache nicht mit. Ich habe Jiggs keinerlei Tip gegeben, hörst du? Merkst du denn nicht, daß er dich benutzt? Ich weiß nicht, wozu, aber wenn er fertig ist, geht es dir an den Kragen. Etwas anderes kann er sich gar nicht leisten.«

»Wir haben einen Pakt geschlossen«, erwiderte Nolen. »Wir gegen den Rest der Welt.«

Moran versuchte es noch einmal. »Du hast mir gesagt, für wen er arbeitet und wie er seinen Lebensunterhalt verdient. Er bricht Leuten die Knochen, wenn sie nicht spuren. Stimmt das vielleicht nicht? Das hast du mir gesagt.«

»Ja, ja, das war mal.«

»Okay. Aber kann man sich auf so einen verlassen? Kann man dem sein Leben anvertrauen?«

»Jiggs sagt, daß wir so sind wie er. Er hat es satt, für die Spaniolen und Itaker das Geld einzutreiben. Er will sich nich mehr alles von Leuten wie de Boya vorschreiben lassen. Schau dir den doch an. Er allein is schon so 'ne dämliche Todesschwadron! Und er is mit deiner Holden verheiratet! Wenn dich das nich reizt, was dann?«

»Nenn sie nicht noch einmal meine Holde, verstanden?«

»Wie soll ich sie dann nennen?«

Das Wort ging ihm einfach auf die Nerven – ›meine Holde‹. Er hatte es noch nie gemocht, aber das war jetzt nicht so wichtig. »Denk doch mal nach«, sagte Moran nur. »Wäre es nicht möglich, daß jemand anderer Jiggs auf die Sache angesetzt hat und er nur sein Spiel mit dir treibt?«

»Genau, das ist es, Mann – ein Spiel!« Nolen hatte nur halb hingehört. »Wir gegen den Rest der Welt. Und wir werden den Scheißkerlen schon einheizen.« Er grinste Moran mühselig an, dann raffte er sich noch einmal auf. »Wir geben der kleinen Loret 'ne Trommel, und dann feuert sie uns an. *Muerte a de Boya.* Auf zur Schlacht! Wie so 'ne Dampflokomotive. M-U-M-U, M-U-E-R-T-E, T-E-T-E ... Was hältst du davon? Wir besorgen ihr ein kurzes rotweißes Röckchen ...«

»Wo steckt Loret?«

»Ach Gott, richtig. Sie hat 'nen Typen im Fontainebleu aufgerissen. Gleich im Foyer. Er hat 'ne Zigarre geraucht, und sie hat ihn angeglotzt. Dann hat sie tschulligung zu mir gesagt und war weg. Seitdem hab' ich sie nich mehr gesehn. Ich weiß ja, daß du's gleich gesagt hast. Aber sag nichts, okay? Ich kann's nich' ab, wenn einer recht hat und es mir ständig reinreibt.«

Moran sagte nur: »Was muß ich denn noch alles machen, daß du endlich kapierst? Dumm wie ein Stück Scheiße bist du!«

Nolen grinste. Die Augen hatte er endgültig nicht mehr unter Kontrolle. Er hielt den schmutzigen Zigarettenstummel hoch. »Willst du ziehen? Guter Stoff.«

»Nein, danke. Da hör' ich schon Reifen quietschen, wenn ich noch gar nicht losgefahren bin. Das Zeug hier reicht mir.« Er hob sein Glas. »Und dich macht es fertig. Ich will ja nicht das Predigen anfangen ...«

»Dann laß es.«

»Aber eins muß ich dir sagen. Du kannst nie und nimmer gewinnen. Wenn du Glück hast, kommst du lebend aus der Sache raus, aber dann kommst du nicht unter fünfzehn, zwanzig Jahren in Raiford davon. Könnte mir was Schöneres vorstellen.«

»Kotz dich nur aus. Aber verdirb mir nich' den Abend.«

Moran starrte ihn wortlos an, dann lehnte er sich wieder zurück. Ihm konnte es ja egal sein ...

Er war müde.

Vor seinem inneren Auge sah er Mary. Sie saß in ihrem Zimmer im University Inn. Die Hände hatte sie zwischen den Beinen auf dem Sitzkissen ruhen. Durch den dünnen Rock zeichneten sich ihre Schenkel ab. Mit ihren wie immer wachen Augen sah sie ihn schweigend an und wartete. Wozu unterhielt er sich da noch mit diesem Knallkopf?

Corky lief über die Auffahrt zum rotweißen Cadillac und fragte Jiggs, der jetzt die Scheinwerfer ausschaltete und ausstieg, was er wollte. »Ich wär' schlimm dran, Corco, wenn ich das dir auf die Nase binden müßte«, erwiderte Jiggs. »Sag Mr. de Boya, daß er mich da findet, wo ihr den Steg hattet, der vor deinen Augen in die Luft gejagt worden is.« Und ließ ihn stehen.

Er stand über den demolierten Rand der Staumauer gebeugt und begutachtete die Stummel, die von den Pfeilern übriggebliebenen waren. Sie waren kaum noch im Wasser sichtbar. De Boya trat auf ihn zu. Jiggs drehte sich bedächtig um. Während die Flut zu seinen Füßen heranbrandete, nahm er ganz die lässige, todesverachtende Pose an.

»Sieht nach 'nem Problem für Sie aus«, sagte er und grinste de Boya verständnisvoll an. »Jimmy Cap hat gemeint, ich soll mir das mal anschaun. Er sieht's nich' gern, wenn seine Freunde von Unbekannten verarscht wer'n. Es ist, wie wenn man's ihm antut, sagt er.«

De Boya sah aufs Wasser hinunter, auf die Überbleibsel seines Stegs.

»Was halten Sie davon?«

Mit vorsichtigen Schritten begab Jiggs sich vom abbröckelnden Zement wieder auf das sichere Gras. »Tja, als ich's im *Herald* gelesen hab', war mein erster Gedanke, aha, wieder 'ne Klopperei zwischen zwei Dealern, wo der eine seinen Schläger an die falsche Adresse geschickt hat. ›Ach, Arvida Parkway 600? Ich dachte, du hättest 700 gesagt. Is ja egal.‹«

De Boyas Reaktion: Fehlanzeige. Wie eine Statue in Kleidern.

»Aber dann hab' ich mich umgehört.«

»Ja? Was haben Sie herausgebracht?«

»Sie wissen ja, daß wir Kontakte in Klein-Havanna haben. Als ich hier angefangen hab', hat es immer Sowah Seda geheißen. Das eine Mädchen da – Vivian heißt sie – hat damals gesagt, ›geh in die

Sowah Seda. Du sollst da wen treffen.‹ Ich frag' sie, was Sowah Seda heißen soll. Sie sagt ›Sowah Seda, Sowah Seda.‹ Da dämmert's mir endlich. ›Ach, South West Street?‹ ›Genau‹, sagte sie. ›Sowah Seda.‹ Also bin ich runtergefahren und hab' mich mit 'nem Typen namens Benigno unterhalten. Hat dort 'ne Kneipe. Ob er vielleicht weiß, was das soll, daß sie einem einfach den Steg in die Luft jagen, hab' ich ihn gefragt. Er schaut um sich, ob vielleicht wer zuhört. Aber die Salsa is so laut, daß ich Benigno fast nich' verstehn kann. Das war die FDR, sagt er. FDR? sag' ich. Ich kenn' nur Franklin D. Roosevelt. Meine Mutter mußte den Namen nur hörn, und gleich hat sie 'nen Knicks gemacht. Menschenskinder, sie hätte alles stehen und liegen lassen, sogar die Kinder, wenn er was mit ihr vorgehabt hätte. Aber dann war's doch was anderes. Benigno sagt, FDR steht für Demokratische Revolutionäre Front.«

»Die geht mich nichts an«, sagte de Boya. »Sie ist in El Salvador.«

»Das sagt auch Benigno, El Salvador. Aber anscheinend stecken die revolutionären Gruppen da unten alle unter einer Decke. Denen is doch scheißegal, ob einer Dominikaner oder Nicaraguaner is', Hauptsache, er gehört zur herrschenden Klasse und is' der Feind. Wie nennen die so was? Oligarchen. Sie sind einer davon, und die arbeiten alle sowieso für Castro. Und der schickt sie rüber, um hier ein bißchen Terror zu verbreiten.«

»Was für eine Absicht könnte dahinterstecken?«

»Ich frag' noch ein bißchen rum«, versprach Scully. »Mal schaun, was ich noch in Erfahrung bringen kann. Diese miesen kleinen Burschen mit dem Riesendachschaden kommen wohl her, weil sie's auf die großen Namen abgesehn haben.«

»Wozu zerstören sie den Steg?«

»Damit Sie auf sie achten. Sie sollen wissen, was auf Sie zukommt. Die wollen mit Ihnen spielen. Is' so 'ne Art Vorspiel bei Terroristen. 'ne Zeitlang lassen Sie sich von den Cops beschützen. Und dann, wenn Sie nich' mehr so aufpassen – Wummm. Dann schlagen sie richtig zu, und sie stehn in der Zeitung.«

Jiggs spürte trotz der Dunkelheit de Boyas prüfende Blicke auf sich. Wahrscheinlich schaute er ihm in die Augen, überlegte, ob er die Wahrheit sagte. »Gut«, sagte de Boya. »Und was tun Sie für mich?«

»Na ja, erwarten Sie sich von den Cops etwa Hilfe?«

»Sie passen auf mein Haus auf, sagen sie. Sie fahren ständig daran vorbei.«

»Haben Sie schon neue Leute eingestellt?«

»Noch nicht.« De Boya wandte sich abrupt um. »Wir gehen rein.«

»Ich weiß, daß Sie Corky mögen, aber die anderen können Sie ruhig rauswerfen«, sagte Jiggs und folgte de Boya. »Ich schick' Ihnen 'ne Handvoll neue. Ganze Kerle. Kubaner, die mal fürs CIA gearbeitet haben, als das CIA noch 'nen Haß auf Castro geschoben hat. Jetzt sind sie Freischaffende. Jimmy Cap sagt, ich soll auf Sie aufpassen, und das hab' ich auch vor.«

»Nett von ihm«, sagte de Boya.

Über die Terrasse gingen sie ins Haus, durchquerten das Zimmer, das mit seinen vielen Pflanzen und jungen Bäumen wie ein wild wuchernder Dschungel aussah und traten in de Boyas Arbeitszimmer. Jiggs war beeindruckt von der Eichenvertäfelung, dem Gewehrschrank, den eingerahmten Fotos von Männern in Militäruniform an den Wänden. Ein großes zeigte Trujillo in weißer, mit Auszeichnungen übersäter Uniform. Auf den meisten anderen war de Boya zu sehen, teils allein, teils mit anderen. Auf einem trug er eine SS-Uniform, auf einem anderen hielt er lässig eine Thompson-Maschinenpistole in der Hand. Jiggs fand Worte der Bewunderung für die Aufnahmen und nickte feierlich, während de Boya sich hinter den riesigen Eichenarbeitstisch setzte. Darauf standen ein Kassettenrecorder und ein Tablett mit einer Brandyflasche und Gläsern.

Schließlich setzte sich auch Jiggs. »Was ich Sie fragen wollte ...« meinte er. »Wenn ich einen von den Verantwortlichen erwische, General, was geschieht mit ihm?«

»Da habe ich meine Methoden«, erwiderte de Boya.

»So seh' ich das auch«, pflichtete Jiggs bei. »Wenn man sie verhaften läßt, laufen sie nach vierundzwanzig Stunden schon wieder frei rum. Wie ich gehört hab', waren Sie drauf spezialisiert, Leute zum Reden zu bringen, obwohl sie keine Lust dazu hatten. In der guten alten Zeit zumindest.«

»Ach ja? Es erstaunt mich, daß Sie so etwas gehört haben.«

»Wollen Sie mich verarschen?« rief Jiggs. »General, in bestimmten Gegenden, wo die Leute die hohe Kunst der Befragung zu schätzen wissen, sind Sie 'ne lebende Legende. In New York, als ich bei den Cops angefangen hab', war's ja ganz anders. Da hätten wir andere Methoden gut gebrauchen können. So ein Typ mußte einem ja nich mal seinen Namen sagen, wenn sein Anwalt nich dabei war.« Er schüttelte den Kopf und verzog den Mund zu einem schwachen Grinsen. »Wo Sie herkommen, war's wohl nich' ganz so, könnte ich mir vorstellen.«

»Um sich Informationen zu verschaffen, meinen Sie?«

»Genau, beim Verhör eines Verdächtigen.«

»Das Geheimnis«, erklärte de Boya, »liegt darin, daß man beim Verhör keine einzige Frage stellt.«

Jiggs sah ihn weiter freundlich an. »Sie meinen, man fragt rein gar nichts?«

»Nein, nie. Man zieht ihn aus. Das muß man immer machen: ihn ganz nackt ausziehen. Manchmal reicht schon das. Oder man sorgt für unangenehme Reize und erhöht die Dosis allmählich.« De Boya verriet ihm sein Erfolgsrezept. »Der Verdächtige will etwas sagen, aber man stellt immer noch keine Frage. Er fängt zu flehen an, sagt irgend etwas, stellt die Fragen selbst und gibt gleich die Antwort. Er will ja alles für uns tun, wenn die unangenehmen Reize nur aufhören.«

»Unangenehme Reize«, rief Jiggs bewundernd. »Nicht schlecht, General.«

»Aber die Information ist nicht der Hauptgrund für das Verhör«, fuhr de Boya fort.

»Was denn?«

»Was will man denn schon wissen?« meinte de Boya. »Wo jemand wohnt? Wo Waffen versteckt sind? Was sie gegen einen selbst oder gegen die Regierung gesagt haben? Nein, der Grund für die Verhöre liegt in der Abschreckung. Was einer im Untergrund sagt und macht, kommt den anderen trotz aller Heimlichtuerei zu Ohren, und zwar denen, die ihn nicht mögen.«

»Und da kriegt er eine Mordsangst«, rief Jiggs und nickte begeistert. »Hab' schon verstanden.«

»Es macht die Tapferen nachdenklich, wie ich gern sage«, erklärte de Boya. »Vergessen Sie nicht, Angst hat mehr Substanz als Informationen.«

»Jawohl, Sir! Da haben Sie voll und ganz recht.«

»Zu bestimmten Zeiten haben Informationen natürlich mal mehr, mal weniger Bedeutung, aber die Angst, die läßt sich immer einsetzen.«

»Dann hat man die Leute besser unter Kontrolle«, meinte Jiggs.

»Richtig. Sie wissen nicht, was sie tun dürfen, also tun sie lieber nichts.« De Boya fing an zu nicken. Seine freundliche Miene verhüllte seine Gedanken. Die Erinnerungen an eine frühere Zeit. »Das habe ich sehr gut beherrscht.« Er zuckte mit den Achseln, gab sich überaus bescheiden. »Aber das war natürlich meine Spezialität.«

Wenige Minuten nach Mitternacht klingelte bei Moran das Telefon. Er schaltete Johnny Carson aus und rannte zur Theke, weil er wußte, daß das nur Mary sein konnte. Mit einem Schlag war er hellwach.

»Jiggs Scully war heute abend da«, sagte sie. »Sie sind in Andres' Arbeitszimmer gegangen und haben über eine halbe Stunde bei geschlossener Tür miteinander geredet.«

»Ich weiß, was du sagen willst«, meinte Moran nach einer kurzen Schweigepause. »Aber ich habe vorhin mit Nolen gesprochen und neige jetzt mehr zu Jiggs.«

»Du meinst, das Ganze war seine Idee?«

»Ich bin mir ziemlich sicher. Wenn Andres uns etwas nachweisen will, könnte er das tausendmal einfacher haben.«

»Und warum ist Jiggs dann hierhergekommen? Er muß doch für Andres arbeiten.«

»Für ihn und gegen ihn. Hör zu. Du mußt unbedingt weg.«

»Ja, bald.«

»Hast du schon aufgeschrieben, was du sagen willst?«

»Ich arbeite noch dran.«

»Weiß Andres, daß ich heute bei euch war?«

»Er hat nichts davon angedeutet, aber er weiß es bestimmt. Er ist sehr spät heimgekommen.« Sie verstummte. »Warte bitte eine Sekunde, ja?«

»Was ist los?«

»Ich habe etwas gehört.«

Moran wartete. Er stand kerzengerade da. Dann hörte er etwas am anderen Ende der Leitung. Es klang nach Schüssen, nach berstendem Glas. Er drückte den Hörer fest ans Ohr. Von sehr weit weg hörte er jemanden rufen. Dann kam wieder Marys Stimme: »Was ist los?« Danach war wieder Stille. Er wartete. Von ganz nah hörte er ein Poltern, als hätte sie den Hörer auf den Boden fallen lassen. Ihre Stimme meldete sich wieder. »Ich rufe später noch mal an.«

»Warte doch ... Ist alles in Ordnung?«

Sie senkte den Ton zu einem Flüstern. »Ich habe nichts, aber ich kann jetzt nicht sprechen.«

»Was ist denn los?«

»Andres ist oben.«

»Sag mir doch, was los war.«

Sie legte auf.

15

Mary meldete sich die ganze Nacht nicht wieder.

Am nächsten Morgen rief Moran bei ihr an. Das Mädchen mit dem Akzent beschied ihn, daß Mrs. de Boya nicht zu Hause sei. Es war erst neun Uhr, und Moran wußte nicht, was er noch sagen sollte. Er fragte, wann sie zurückerwartet würde. Darauf konnte das Mädchen nichts sagen. »Ist etwas mit Mrs. de Boya?« wollte er unvermittelt wissen.

»Mrs. de Boya? Ich glaube nicht«, erwiderte Altagracia.

Jetzt probierte er es einfach aufs Geratewohl: »Was war denn das für ein Krach gestern nacht?«

»Ich hab' keinen Krach gehört«, sagte das Mädchen zögernd.

Kurz nach zehn versuchte er sein Glück erneut. Ein Anrufbeantworter schaltete sich ein: »Diese Nummer ist vorübergehend nicht zu erreichen. Rufen Sie bitte später wieder an.« Um sich zu vergewissern, wählte er die Nummer sofort wieder, erhielt jedoch dieselbe Nachricht.

Was zum Teufel war los?

Von der Auskunft ließ er sich die Nummer des örtlichen Polizeireviers geben – 4422300. Dort meldete sich eine Männerstimme.

»Hey, was war denn das gestern nacht für ein Lärm in der Arvida? Am Ende der Straße?« erkundigte sich Moran.

»Wer spricht bitte?« wollte die Männerstimme wissen. Moran erklärte, er lebe in der Nachbarschaft und sei lediglich beunruhigt … Die Männerstimme sagte: »Können Sie mir bitte Namen und Adresse geben?« Moran legte auf.

Er klopfte an die Tür von Nummer 1, dem Apartment mit Blick aufs Meer, wartete und trommelte gegen die Tür. Von Jerry ließ er sich dann den Schlüssel geben. Jerry war heute gut aufgelegt und pfiff fröhlich ›I'm Going To Live Till I Die‹. Mit dem Schlüssel ging Moran unverzüglich zurück zu Nummer 1.

Das Apartment war leer. Am heillosen Durcheinander vom Vorabend hatte sich nichts geändert. Die Flaschen standen noch genauso auf dem Kaffeetisch wie die Schale mit dem geschmolzenen Eis, und überall lagen zerbröselte Kartoffelchips herum. Das Bett, in dem Rafi sich schlafen gelegt hatte, war ungemacht, das Laken und die leichte Decke lagen zusammengeknüllt auf dem Boden.

In Nummer 5 machte Nolen sich gerade ein Bier auf. »Bleib, wo du bist«, fuhr er den eintretenden Moran an. »Und sag vor allem nichts.«

Moran blieb in der Tür stehen und schaute sich um.

Mit einem Zug schüttete sich Nolen fast das halbe Budweiser in die Kehle. Er setzte die Dose ab und sah Moran mit dankbaren, feuchten Augen an. »Meine Herren«, stöhnte er. »O du mein Gott.« Wieder setzte er die Bierdose an und trank sie gierig leer.

»Ich werd' weiterleben.«

»Bis zu deinem Tod«, sagte Moran. »Jerry kann dir das Lied vorpfeifen, und zwar so lange, bis es mit dir den Bach runter geht.«

»Leck mich doch am Arsch«, brummte Nolen.

»Wenn du schon weißt, daß du einen Mordskater bekommst …«

»Hauptsache, *du* weißt es«, schnitt ihm Nolen das Wort ab und trat an den Gasherd, wo die mexikanischen Bohnen im Topf bereits blubberten. »Was willst du überhaupt? Hol lieber zwei Bier, wenn du dich nützlich machen willst.«

Moran setzte sich mit an den Tisch, während Nolen sein Frühstück verzehrte. Mit Ketchup milderte er die Schärfe ein bißchen ab. Dazu trank er mehrere eisgekühlte Dosen Bier. Allmählich wich das wäßrige Selbstmitleid in seinen Augen einer verwaschenen Zufriedenheit.

»Und? Macht's dir auch Spaß, du Volltrottel?« bemerkte Moran.

»Gib bitte dein Urteil erst ab, wenn du eine Meile in meinen Mokassins gelaufen bist«, entgegnete Nolen.

»Noch ein paar Wochen, und du bist in der Anstalt.«

»Oder in 'nem Luxushotel. Ich bin auf dem besten Weg.«

»Auf dem Weg zur Kloschüssel vielleicht. Ich umarme lieber was anderes.«

»Ich kotze nie, George. Ich weiß genau, was ich essen darf und was nicht.«

»Wann bist du ins Bett gegangen?«

»Ich hab' mir noch was in deinem Schwarzweißfernseher angeschaut, du mieser Geizkragen, und hab' mich dann früh aufs Ohr gelegt.«

»Und wo steckt dein Freund Ché?«

»Wer?«

»Rafi, dein Sprühdosenkünstler.«

»Er hat sich meinen Wagen geborgt, um Loret zu suchen.«

»Und er meint, er findet sie? In Miami Beach?«

»Rafi meint ... Menschenskinder, du hast den Nagel auf den Kopf getroffen. Ich glaub' fast, Rafi liegt mit seinen Vorstellungen total daneben. Er ist ein Traumtänzer.«

»Hast du das endlich auch gemerkt?«

»Ich hab's von Anfang an gewußt. Aber er muß das selber rausfinden. Bei der Hand nehme ich ihn ganz gewiß nicht.«

»Aha. Du führst ihn also tief in die Scheiße und überläßt ihn dann seinem Schicksal.«

»Tja, leicht ist es da draußen nicht«, rief Nolen. »Man kann eine Goldader erwischen, oder die Hacke zerbricht einem. Das liegt bei jedem selber.«

»Hast du das aus einem Schauspiel oder aus einem Film?«

»Das ist wo rausgeschnitten worden. Die Cutter können ihre Büros tapezieren mit den Szenen, aus denen sie mich rausgeworfen haben. Das ist eine ganz neue Dimension der Schauspielerei.«

»Kannst du dich überhaupt an unser Gespräch gestern erinnern?«

»Jedes Wort. Einen Filmriß hab' ich noch nie gehabt.«

»Aber du willst nicht darüber reden.«

»Mir egal. Gib mir ein Bier, dann hör' ich zu.«

»Jiggs war gestern abend bei de Boya.« Moran wartete.

Nolen führte einen Löffel mit dunkelroten Bohnen an den Mund. Sein Kopf war dicht über den Teller gebeugt. »Ach ja?«

»Warum meinst du, ist er hingefahren?«

»Wahrscheinlich wollte er de Boya sagen, daß ihn ein paar widerwärtige Kommunisten umbringen wollen. Und garantiert hat er das Terrain für die nächsten Tage sondiert. Die Zeit drängt allmählich, George. Du weißt also, was er meiner Meinung nach gemacht hat?«

Mit all dem hatte Moran nun wirklich nicht gerechnet.

»Was?«

»Da gibt es so einen verrückten Kubaner, der immer in der Nacht eine Sonnenbrille aufhat und in einem Donzi rumfährt. Meiner Meinung nach hat er ihm was gegeben. Ich denke an hundert Dollar und ein .22er Gewehr. Dazu hat er ihm wohl gesagt, er soll am Haus vorbeifahren und mal schauen, ob er durch ein paar Fenster ballern kann. Dann soll er sein .22er wegwerfen, egal ob ihn jemand verfolgt oder nicht. Das denke ich mir so, George. Und du?«

Er dachte an Mary und sonst kaum etwas. Er ging in seinen Bungalow zurück, rief im Leucadendra Club an, ließ im Restaurant und an den Tennisplätzen nach ihr fragen, wußte aber schon im voraus, daß sie dort nicht war. Sollte er vielleicht im Holiday Inn anrufen? Brachte das überhaupt etwas? Er versuchte es trotzdem. Es war dort weder eine Mrs. Delaney noch ein Mr. Moran vorgemerkt. Am Nachmittag rief er noch einmal bei ihr zu Hause an. Wieder teilte ihm der Anrufbeantworter mit, das Telefon funktioniere vorübergehend nicht. Den Gedanken, dorthin zu fahren, verwarf er gleich wieder. Ungeduld half da auch nicht weiter. Sobald sie konnte, würde Mary sich mit ihm in Verbindung setzen.

Es war ein trüber, bewölkter Tag. Die Brandung warf sich spektakulär gegen die Mole, konnte ihn damit aber nicht ablenken. Genausowenig der Supermarkt vor dem Strand. Das änderte sich schlagartig, als er einen Sechserpack Budweiser in seinen Einkaufswagen legte. Irgendwie erinnerte es ihn an eine Bemerkung Nolens. Er hatte etwas von Terrain für die nächsten Tage sondieren gemurmelt ... Weil die Zeit drängte ... Mein Gott, wollten sie jetzt losschlagen? Am besten, er setzte Nolen das Messer auf die Brust, bis er ihm reinen Wein einschenkte.

Als Moran jedoch heimkam, war Rafi wieder da und Nolen verschwunden.

Rafi empfing ihn mit den Worten: »Ich hab' sie nicht gefunden. Aber ich war im Fontainebleu. Eine Augenweide! Ich habe meine Augen das schönste Hotel von die ganze Welt gegönnt. Eine Nacht will ich dort schlafen, bevor ich heimfahre.«

»Morgen um eins geht ein Flug direkt nach Santo Domingo«, erwiderte Moran. »Mittagessen ist im Preis inbegriffen. Buch ihn doch gleich.«

»Ach, ich soll gehen?« rief Rafi. »Du hast hier so viele Gäste, daß für mich kein Platz da ist. Aber natürlich! Ich gehe weg, wenn man mich nicht will.«

»Rafi?« sagte Moran. »Wußtest du, daß du ein Riesenarschloch bist ...? Wo ist Nolen?«

Rafi erklärte, daß er ihn nicht gesprochen hätte, und wenn Moran die Sache so sähe, wolle er gleich alle Vorbereitungen treffen und in ein besseres Motel ziehen. Jetzt wäre aber Loret mit seinem ganzen Geld auf und davon ... Könnte er ihm nicht für die nächsten Tage ein paar Dollar leihen, damit er nicht verhungerte? Moran gab ihm zehn. Danach erkundigte er sich bei Jerry, ob jemand angerufen hätte.

Niemand. Er wählte Marys Nummer und erhielt zum x-ten Mal die aufgezeichnete Nachricht. Also gut. Er beschloß, bis zum späten Abend zu warten, wenn das Mädchen im Bett war und de Boya vielleicht nicht mehr ranging. Funktionierte das Telefon dann immer noch nicht, wollte er hinfahren oder zumindest am Grundstück vorbeifahren. Was er dort ausrichten konnte, war ihm selbst noch nicht klar. Zum Abendessen briet er sich einen halben Gelbschwanzfisch mit Tomaten, Zwiebeln und etwas Knoblauch. Vor allem, um sich zu beschäftigen. Immer wieder sah er auf die Uhr. Danach las er und sah dazu fern. Im *Rolling Stone* las er das Neueste über Stevie Nicks und ein Interview mit Lee Marvin, einem ehemaligen Marinesoldaten. Immer noch warf er in einem fort nervöse Blicke auf die Uhr. Mit dem Anruf wollte er bis elf warten. Aus diesem Grund konnte er später auch sagen, wann genau Jiggs Scully gekommen war, nämlich um zwanzig vor zehn.

Moran machte auf. Jiggs legte sogleich los. »Du hast ja nichts vor, also macht es dir bestimmt nichts aus, wenn du mitkommst. Jemand möchte dich gern sehn.« Moran stand barfuß vor ihm. Das Hemd hing ihm über die Hose. Da er nicht reagierte, sagte Jiggs: »Mr. de Boya will was mit dir bequatschen.«

»Ist das dein Ernst?«

»Zieh die Schuhe an. Ich fahr' dich hin und bring' dich heim.«

»Was will er?« fragte Moran.

»Mach schon, George. Wenn wir dort sind, kannst du so hoch pokern, wie du Lust hast. Aber versuch bloß keine Fisimatenten mit mir, kapiert?«

Moran schlüpfte in seine Turnschuhe und steckte das Hawaiihemd in die Hose. Schweigend lief er dann neben Scully über die Veranda und durch das dunkle Büro auf die Straße. Corky wartete vor Jiggs' rotweißem Cadillac. Sobald er sie erblickte, stieg Corky ein.

Jiggs lief um den Wagen herum zur Fahrertür. »Du sitzt vorne«, befahl er Moran.

Erst beim Einsteigen bemerkte Moran, daß auf dem Rücksitz neben Corky Rafi saß. »George? Ich will nirgendwo hin.« Er versuchte, ruhig zu wirken, fürchtete sich aber zu Tode. »George, sag ihnen das doch bitte.«

»Das geht schon in Ordnung, George«, sagte Jiggs. »Steig ein.«

Die Bediensteten unterhielten sich untereinander immer auf spanisch. Wenn Mary eintrat, verstummte das Gespräch. So ging das nun schon seit Jahren. Aus irgendeinem Grund wirkten sie heute jedoch wie Verschwörer. Schrillte das Telefon, so erklärte Altagracia Mary, es sei ein Anruf für Mr. de Boya. Nur einmal rief sie Mary an den Apparat. Es war ein Mitarbeiter der Firma, die für sie neue Fensterscheiben einsetzte. Er könne es wegen Lieferungsschwierigkeiten erst spät am Nachmittag schaffen. Sie hörte seiner umständlichen Erklärung nur halb zu. Zweimal wählte sie Morans Nummer, kam aber nicht durch.

Danach war der Apparat tot. Warum, das war nicht ersichtlich. Von Andres' privatem Anschluß aus rief sie zweimal bei der Telefongesellschaft an. Jedesmal stand Corky direkt daneben. Hin und wieder ging sie in Andres' Büro zurück, um mit Moran zu sprechen. Nie verließ Corky den Raum. Schließlich riß ihr der Geduldsfaden. »Sie müssen mich jetzt wirklich entschuldigen. Ich habe ein persönliches Gespräch zu führen.« Er rührte sich jedoch nicht von der Stelle.

»Ich muß hierbleiben für den Fall, daß Mr. de Boya mich braucht«, erklärte er. »Er hat mir aufgetragen, dazubleiben, komme was wolle.«

»Es dauert ja nur zwei Minuten«, entgegnete sie.

»Bitteschön«, sagte er und reichte ihr den Apparat. »Aber ich darf hier nicht weg, solange das Gerät nicht repariert ist.«

»Mr. Corcovado«, bemerkte sie trocken, »mir ist nicht ganz klar, wozu Sie dableiben müssen, wenn die Leitung für die Dauer meines Gesprächs ohnehin belegt ist.«

»Er hat es mir so gesagt«, erwiderte Corky nur.

Seit wann ist das dein Haus? dachte Mary. Laut sagte sie: »Gut, dann gehe ich eben aus. Bleiben Sie dann beim Telefon, oder müssen Sie mich wieder fahren?«

»Es tut mir leid, Señora«, klärte er sie auf, »aber Mr. de Boya sagt, keiner verläßt das Haus. Wegen der Sache gestern nacht.«

»Das ist doch nicht der wahre Grund!« rief sie.

Mary verschwand in die Küche, um der Köchin zu sagen, daß sie sich nicht um das Abendessen zu kümmern brauchte. Dort sah sie sich zwei völlig unbekannten Männern gegenüber. Sie saßen am Tisch und schlürften Kaffee. Typische Lateinamerikaner. Sie strotzten vor Selbstbewußtsein, trugen das Hemd unter dem Sommerjackett offen und hatten rote und weiße Perlenketten um den Hals baumeln. Beide musterten sie, machten aber keinerlei Anstalten, sich zu erheben. Mary ging gleich wieder hinaus.

Sie kam sich fremd vor im eigenen Haus. Corky, der sich inzwischen hinter Andres' Arbeitstisch gesetzt hatte, erklärte ihr, das seien die Mendozas, zwei Brüder, Chino und Nassin. Ihr Mann habe sie nach der Explosion des Stegs anstelle der zwei entlassenen Leibwächter eingestellt. Sie kämen aus Kuba, und nur einer spreche englisch, allerdings nicht besonders gut.

»Wissen die, wer ich bin?« fragte Mary.

»Aber natürlich«, rief Corky.

»Wer hat gestern nacht die Schüsse auf das Haus abgegeben?«

»Das wissen wir nicht. So was kann vorkommen.«

»Und wer hat die Telefonleitung gekappt?«

»Der Techniker hat den Mendozas gesagt, daß es vielleicht der Sturm war.«

»Wir hatten doch keinen Sturm!«

»Ja, dann ist sie vielleicht von selbst kaputtgegangen.«

»Warum darf ich kein privates Telefongespräch führen?«

Corky zuckte mit den Achseln. »Keine Ahnung. Fragen Sie doch Ihren Mann.« Daß sie eigentlich die Hausherrin war, schien ihn nicht im geringsten zu stören.

Sie mischte sich einen Wodka mit Tonic Water und ging damit auf die Terrasse. Erst jetzt, am frühen Abend, klarte der Himmel auf. Der Wind hatte sich bis auf ein laues Lüftchen gelegt, unter dem die Akazien sich leicht rührten. Die zwei Neuen, die Mendoza-Brüder, beobachteten Mary von der Stelle des zerstörten Anlegestegs aus. Ohne das Haus aus den Augen zu lassen, gingen sie in entgegengesetzte Richtungen auseinander. Mary kochte vor Wut. Was mußte sie auch so damenhaft herumsitzen? Am liebsten hätte sie die Mendozas angeschrien: »Was gafft ihr da rum?«

Die reinste Energieverschwendung, sagte sie sich. Diese Kerle würden nichts verstehen oder sich nicht um sie scheren. Besser, sie sparte es sich für Andres auf. Und auf den Brief an ihn konnte sie verzichten. Keine Niederschrift in säuberlichen, ordentlichen Buchstaben. Ins Gesicht knallen wollte sie ihm die nackte Wahrheit, nämlich daß sie ging, und damit basta. Wenn er wissen wollte, warum, dann okay, wegen Moran, jawohl. Und sonst nichts. Sie liebte Moran. Liebte ihn so sehr, daß ihr alle anderen Gründe egal waren. Im Augenblick war er der einzige Grund. Und dann würde Andres sagen ... Sollte er doch sagen, was er wollte! Raus mit der Wahrheit und Schluß! Was ging Andres sie noch an?

Eine schöne Suppe hatte sie sich da vor sechs Jahren eingebrockt. Geschwant hatte ihr ja schon Übles. Trotzdem hatte sie sich das Gegenteil vorgemacht. Ködern hatte sie sich lassen mit dauerhafter Sicherheit. Den Gedanken hatte sie ja ständig im Hinterkopf gehabt. Und hatte sich schließlich eingeredet, Andres und sie würden viel Spaß miteinander haben, wenn sie erst einmal verheiratet waren. Ihr war nicht zu helfen gewesen! Hätte sie damals Moran schon gekannt, und sie wären nichts als gute Freunde gewesen – was ein Ding der Unmöglichkeit war, aber gesetzt den Fall –, er hätte sich ihre Hochzeitspläne angehört und gesagt …

Er hätte ihr in die Augen gesehen und gesagt: »Du willst einen General heiraten, hmm?« Mehr nicht.

Und dann wäre es ganz anders gekommen.

Sie wollte sich den Zorn aufheben, ihn Andres entgegenschleudern, sobald er zur Tür hereinkam. Aber er verrauchte sofort beim bloßen Gedanken an Moran. Sie lächelte vor sich hin. Sie lächelte in die Dunkelheit hinaus, die den Sonnenuntergang verschluckte, und spürte, wie das Lächeln ihr auf den Lippen gefror.

Die Angst gab es ja auch noch.

Kannst du dich vor etwas fürchten, wenn du es für absurd hältst? mußte sie ihn unbedingt fragen. Aber nein, auf die Frage konnte sie verzichten, denn sie kannte bereits die Antwort. Wenn das, wovor man Angst hat, nicht weiß, daß es absurd ist, kann man lachen soviel man will, es läßt sich nicht vertreiben.

Als die Hupe losdröhnte, war Mary im ersten Stock oben. So kündigte Andres immer sein Kommen an, wenn er selbst fuhr. Sie ging unverzüglich in sein Zimmer und sah, ohne das Licht einzuschalten, durch das Fenster auf den prächtigen weißen Rolls-Royce. Andres stand bereits in der Auffahrt und unterhielt sich mit den Mendozas. Von Corky war nichts zu sehen. Nach einem Augenblick verschwanden die drei im Haus. Erst war sie überrascht, doch dann sagte sie sich, Andres zeige ihnen wohl das Grundstück. Aber wo steckte Corky? Sie hatte ihn schon eine ganze Weile nicht mehr gesehen.

Sie blieb weiter in der Dunkelheit stehen. Ihr Blick wanderte zu Andres' gewaltigem Bett auf dem Marmorpodest. Sie mußte an ihre Reaktion denken, als sie sich zum ersten Mal draufgesetzt hatte. »Ein *Wasserbett?*« Mit Mühe hatte sie sich ein Lächeln verkniffen. Und Andres hatte ein so furchtbar ernstes Gesicht dazu gemacht und gesagt: »Es ist mehr als ein Bett …«

Er war entzückt, verzog jedoch keine Miene. Langsam kam er auf sie zu, stützte das Knie auf der Bettkante ab und stieß sie plump nach hinten. »Wir lieben uns auf Millionen von Dollars«, flüsterte er ihr ins Ohr, und endlich brachte er doch ein Lächeln zuwege. Aber erst am nächsten Morgen lüftete er das Geheimnis dieser Liebe auf Millionen von Dollars, prahlte vor seiner neuen Braut, gab sich für seine Verhältnisse direkt neckisch, nicht ohne ihr einzuschärfen, daß das ein Geheimnis zwischen ihnen beiden bleiben mußte. Hinter seinen schweren Lidern hatte er ihr in die Augen gestarrt. »Das darf aber nie jemand erfahren, hast du verstanden?« Jetzt fragte sie sich, ob er ihr damals schon gedroht hatte. Oder ob Liebe auf Millionen von Dollars überhaupt noch möglich war.

Mit Moran würde sie sich auf Zement lieben. Auf Nägeln!

Ein anderes Bett, ein weniger großes, trat ihr vor Augen: In ihrer Hotelsuite gingen die Lichter aus. Moran rief in der Dunkelheit nach ihr, fand sie, und sie glitt in seine ausgestreckten Arme. Sie dachte wieder daran, wie sie zusammen auf das Bett gefallen waren, wie Moran sich mit ihren Kleidern abmühte, während sie sich an ihn drückte ...

Hinter den Bäumen sah sie einen Lichtstrahl. Sekunden später fuhr Jiggs Scullys Cadillac vor dem Haus vor und hielt hinter Andres' Rolls-Royce. Das Licht innen leuchtete auf, als die Türen aufgingen.

Ihr stockte der Atem, denn kein anderer als Moran trat heraus.

Jetzt stiegen auch die anderen aus. Sie erkannte Rafi. Die Türen wurden zugeknallt, und das Licht ging aus. Mary sah vier Gestalten auf die Nordseite des Hauses zukommen. Aber warum das denn? Der Kiesweg führte doch nur zum Swimming-pool.

»Wenn er was von dir wissen will, du hast von nichts eine Ahnung«, schärfte Moran Rafi ein.

»Ich hab' doch nix getan«, flüsterte Rafi mit heiserer Stimme. »Ich hab' nur was geschrieben, mehr war nicht.«

»Nein, nichts war. Du weißt rein gar nichts.«

Moran verstummte, denn Corky blieb am Ende der Hecke stehen und wartete. Hinter sich hörte er Jiggs Scullys Schritte auf den Kieseln knirschen. Wegen Jiggs machte er sich keine Sorgen. Sie hatten eine ruhige Fahrt hinter sich, und es gab keinen Anlaß, jetzt mit Diskussionen anzufangen.

Nach der Hecke mußten sie sich in der tiefen Dunkelheit an den gespenstisch schwachen Verandalampen orientieren, verschwommenen, matt-gelben Punkten im tropisch wuchernden Laubwerk.

Der Weg führte sie schließlich zum Swimming-pool, einer künstlichen Lagune zwischen einer Art Felsenriff und Palmen. Moran fühlte sich im blassen Grün der Scheinwerfer an einen Filmdekor erinnert. Die dort wartenden Gestalten, de Boya und noch zwei Typen, die er noch nie gesehen hatte, waren allerdings alles andere als unwirklich. Die zwei kamen ihnen nun entgegen. Corky drehte sich gestikulierend um und sagte etwas auf spanisch zu Rafi. Der rührte sich nicht.

Scully war neben Moran zum Stehen gekommen. »Ich glaub', Mr. de Boya will dich bloß was fragen«, sagte er zu Rafi.

Rafi blickte wie gehetzt um sich.

Einer der Mendozas winkte ihn zu sich, und Rafi bewegte sich langsam auf den Rand des Schwimmbeckens zu. Der geflieste Grund war deutlich im Licht zu erkennen. Rafi sah nach unten, dann wieder über den Swimming-pool hinweg auf de Boya, der am anderen Ende dastand, die Hände in die tiefen Taschen seines Leinenjacketts vergraben.

»Setzt wieder den berühmten Blick auf«, murmelte Moran.

»Genau«, erwiderte Jiggs, fast ohne die Lippen zu bewegen. »Der gute alte Santo Domingo-Blick. Wenn er einen lange genug anstarrt, schrumpeln einem die Eier, heißt es.«

Zwanzig Meter vor ihnen stand de Boya regungslos da. Sein weißes Jackett glänzte matt im schwachen Licht. Sein Gesicht war zur Hälfte im Schatten verborgen.

Langsam mußte Moran an ein Bauerntheater denken. »Was soll das denn, Andres?« rief er.

De Boya gab keine Antwort.

Falls er genickt hatte, so war es Moran entgangen. Er blickte noch auf de Boya, als plötzlich einer der Mendozas hinter Rafi trat und ihm einen Stoß mit der Hüfte versetzte. Rafi flog schreiend ins Wasser. Wild mit den Armen rudernd, tauchte er wieder auf, keuchte, versuchte zu schreien. Seine Augen waren weit aufgerissen. »Er kann nicht schwimmen!« brüllte Moran und wollte an den Beckenrand stürmen. Doch die Mendozas stellten sich ihm in den Weg. »Er kann doch nicht schwimmen, verflucht noch mal!« brüllte er noch einmal. Mit Gewalt versuchte er sich zwischen den Mendozas hindurchzuzwängen, bekam ein Hemd zu fassen, spürte eine Perlenkette zwischen seinen Fingern zerreißen. An einem kam er tatsächlich vorbei. Doch der andere rammte ihm seine Pistole in den Bauch. Hilflos mußte er mitansehen, wie Rafi gegen das Wasser kämpfte. Den Kopf riß er so weit wie möglich nach hinten, ging unter, kam wieder hoch, ging wieder unter. Andres sah zu, Corky sah zu, die zwei Mendozas ließen Moran los und sahen ebenfalls zu. Keiner rührte sich. Als Rafis Arme erlahmten und er tiefer sank, sahen sie weiter schweigend zu. Regungslos starrten sie auf die Luftblasen, die aus Rafis Mund nach oben stiegen, während sein Körper unten blieb und sanft hin und her schaukelte. Seine aufgerissenen Augen glänzten im matten Licht, starrten ausdruckslos nach oben. Aus seinem Mund blubberten die letzten Luftblasen.

Moran hörte ein einmotoriges Flugzeug am Nachthimmel. Es dauerte eine schiere Ewigkeit, bis das Geräusch verhallt war. Er überlegte sich erst gar nicht, was er jetzt noch sagen sollte. Auf seinem Arm spürte er eine Hand. Er sah, wie de Boya ihn anstarrte, während Jiggs Scully ihm zuraunte: »Komm mit.«

Er sah, wie de Boya weiter auf ihn starrte.

Der Griff um seinen Arm wurde fester. »George? Komm, wir gehn.«

Er schaute noch immer auf de Boya, der den Blick nicht von ihm wandte. Ja, wir gehen wohl besser, dachte er, drehte sich um und stakste schweigend neben Scully davon. »Bleib ganz ruhig, George«, murmelte Scully ihm ins Ohr. »Tu nichts, was dir später leid tut, okay? Erst mal weg hier, ehe du was sagst. Dann kannst du sagen, was du willst, und dann isses auch egal, George, aber jetzt erst mal nich ...« Er redete beruhigend auf ihn ein, redete die ganze Zeit, bis sie den Wagen erreichten.

Im Wagen blieben sie eine ganze Weile stumm. Erst auf dem Interstate 95, Richtung Pompano, brach Scully das Schweigen. »Dieser kleine Spaniole ... wenn er's einem zeigt, dann richtig, das muß ihm der Neid lassen.«

Moran dachte an all das, was er hätte tun oder wenigstens versuchen können. Auch Mary ging ihm nicht aus dem Kopf. Sie mußte ja irgendwo im Haus stecken. Er überlegte, was er sagen sollte, wenn er bei der Polizei anrief. Ihm fiel jetzt auch die Nummer wieder ein: 4422300. Er fragte sich, ob dieselbe teilnahmslose Stimme sich melden würde und ob dieser Tonfall sich änderte, so etwas wie einen Menschen zu erkennen gab, wenn er einen Mordfall zu Protokoll gab.

»Ich weiß schon, woran du denkst, George«, riß ihn Jiggs aus seinen Gedanken. »Laß es lieber bleiben. Die kriegen die ganze Zeit lauter komische Anrufe. Der Sergeant legt bloß seine Hand auf die Muschel und fragt: ›Kennt einer von euch einen George Moran? Der Typ will einen Mord in einem Swimming-pool gesehen haben.‹ Nein, nein, George. Unser Freund Rafi Amado is schon auf dem Weg zum Golfstrom. Die Cops fahren zum Parkway raus, aber dort weiß keiner, was das soll. ›Was? Im Swimming-pool soll einer ertrunken sein? Na ja, der Pool is gleich da drüben, Sir, schaun Sie sich's doch an.‹«

»Kannst du mir was erklären?« fragte Moran.

»Was denn, George?«

»Woher wußte er, daß Rafi nicht schwimmen kann?«

»George«, meinte Jiggs nach kurzem Überlegen, »was macht das schon für einen Unterschied im Lichte der unendlichen Schöpfung? Der Bursche kommt mit seiner heißen Information aus Santo Domingo hergeflogen und will ein paar Eier damit verdienen. Ich werde drauf aufmerksam gemacht und frag' mich: Ja, was ist denn das? Weiß der Kerl überhaupt, was er da macht?«

»Und du hast ihn angeheuert«, entgegnete Moran.

»An und für sich hab' ich den Kerl im ganzen Leben noch nie gesehn. Er war Nolens Helfer.«

»Und du benutzt Nolen. Wo liegt der Unterschied?«

»George, du hast ein sehr mißtrauisches Wesen, und ich fürchte, du willst jetzt auf was andres hinaus. Wir unterhalten uns doch nur über einen Spraydosenschmierer, der de Boyas Tor versaut hat. Ob er schwimmen kann oder nich', is' vollkommen egal. Ich will dir ja nur eins begreiflich machen, nämlich wie de Boya so eine Sache angeht. Holt er die Bullen? Wegen Sachbeschädigung brummen sie ihm 'ne Geldstrafe auf, vielleicht auch neunzig Tage Unkraut jäten in den öffentlichen Parks. Mhmhmm ... de Boya glaubt nun mal an die Todesstrafe.«

»Du hast ihn ihm ausgeliefert!« rief Moran.

»Wenn du es so sehn willst, von mir aus. Ich hab' ihn ihm als Opfer präsentiert, damit du mal siehst, wo wir stehn.«

Moran machte die Tür auf.

»Bloß 'ne Sekunde noch, George. Schaun wir uns doch mal die nackten Tatsachen an. Du hast 'ne Sache mit seiner Frau laufen.«

Moran knallte die Wagentür zu. Jiggs hielt begütigend die Hand hoch.

»Um deine Absichten geht's mir ja gar nich', George. Ich wohn' übrigens in South Beach, im Hotel Lamont. Klingt vornehm, was? Mußt du dir mal anschaun. Da unten kannst du dich in 'ne runtergekommene Jüdin verknallen, und wenn du Lust hast, gehst du 'ne Meile weiter und reißt dir 'ne Nutte auf. Die wahre Liebe is' was Wunderschönes, George, aber wenn du so was suchst, mußt du dir auch sicher sein, daß dein Kopf in keiner Schlinge steckt.« Jiggs verstummte. Nichts war im Wagen zu hören außer einem schwachen Ticken. Und auch das wurde immer leiser, weil der Motor auskühlte. »Wetten, daß du seine Frau deswegen gefragt hast«, fuhr Jiggs fort. »Wetten, daß ihr mal drauf zu sprechen gekommen seid und du sie gefragt hast, wo der General denn sein Taschengeld versteckt hält. Stimmt's, oder hab' ich recht?«

Moran machte die Wagentür wieder auf.

»Ich wollte dir heute ja nur eins klarmachen, George. Wenn de Boya so mit 'nem Sprayer umspringt, was meinst du, wird er machen, wenn er erfährt, daß du mit seiner Frau auf Zimmer 67 im Holiday Inn gevögelt hast? Er is' sich ja schon halbwegs sicher. Der Mann glaubt alles, was ich ihm sage.«

Diesmal stieg Moran aus. Er sah Jiggs Scully kurz an. »Willst du's ihm sagen, Jiggs? Dann tu's doch.« Er schlug die Tür zu und lief auf sein Büro zu.

Vielleicht ging es nur so. Dann mußte es eben sein.

16

Trujillo hatte einmal seine Herrschaft als Ritt auf einem Tiger bezeichnet. Der würde ihn sofort fressen, sobald er herunterfiel.

»Bitte, sagen Sie so etwas nicht. Denken Sie lieber nicht daran«, hatte Andres den Alten, dessen Günstling er gewesen war, daraufhin gebeten. Er hatte das Land nicht nur dreißig Jahre lang beherrscht, es war praktisch sein Eigentum gewesen. Mit seinem

Zucker, Reis, Sisal, Zement, Tabak und seinen Viehbeständen war er gut achthundert Millionen Dollar schwer, als er dann wirklich vom Tiger fiel und gefressen wurde.

In den darauf folgenden Tagen hatte Andres verzweifelt versucht, Bargeld und Grundstücksurkunden nach Amerika zu transferieren und zuverlässige Leute aufzutreiben. Am Ende hatte er seine nackte Haut mit allenfalls zwanzigtausend Dollar in bar und einem Pappkarton voller Fotos nach Miami retten können.

Die Fotos hingen jetzt in seinem Arbeitszimmer. Mehr war ihm von der guten alten Zeit nicht geblieben. Die Schwarzweißaufnahmen zeigten Andres an der Seite von Trujillo, Peron, Batista, Anastasio Somoza oder Perez Jimenez aus Venezuela. Auf einem Foto war er mit amerikanischen Marineoffizieren zu sehen, aufgenommen zu einer Zeit, als die Amerikaner noch für Ruhe und Ordnung im Land sorgten und sein Vertrauen genossen. Ein anderes zeigte ihn mit einer Maschinenpistole in der Hand. Sie hatte Trujillos Bruder, Arismendi, gehört. Gemeinsam waren sie oft mit Trujillos Jacht aufs Meer gefahren. Vor Monte Cristi hatten Andres und Arismendi, der auch Petan genannt wurde, Haie mit verfaultem Fleisch angelockt und dann auf sie gefeuert. Es hatte ungeheuren Spaß gemacht, diese Menschenfresser abzuschlachten, während sie gierig das Fleisch verschlangen.

Jetzt erlebte er eine andere Art von Schiffahrt mit ganz anderen Haien, die um das Schiff herumschwammen und nur darauf warteten, daß es kenterte. Ob man auf einem Schiff saß oder auf einem Tiger, lief auf dasselbe hinaus, wenn man nicht aufpaßte. Trujillo war alt geworden und hatte alle Warnungen in den Wind geschlagen. Dabei wäre es ein Kinderspiel gewesen, seine Feinde für alle Zeiten einzuschüchtern.

Man brauchte nur aus einer Gruppe von Verdächtigen einen herauszupicken und ihn zu erschießen. Oder auch ertränken, das war vollkommen egal. Die anderen sahen dann nur zu Boden oder machten die Augen fest zu, weil sie denen nicht ins Auge sehen wollten, die sich vielleicht schon das nächste Opfer aussuchten.

Aber er hatte Moran fixiert, und Moran hatte weder zu Boden geschaut noch auf den Ertrunkenen im Swimming-pool. Vielleicht hätte er ihn den Mendozas übergeben sollen, damit sie ihn zusammen mit Rafi ins Meer warfen. Andererseits hatte er vielleicht nichts mit dem Komplott zu tun. Jiggs Scully hatte ihm jedoch klargemacht, daß er Rafi unbedingt erledigen mußte. »Moran können Sie ja zuschauen lassen, für den Fall, daß er mit drinsteckt. Soll er sich ruhig ein paar Gedanken machen. Anschauungsunterricht nennen Sie so was, glaub' ich.« Jiggs hatte gesagt, er hätte Rafi verhört, aber nichts aus ihm herausbekommen. Er sei ein Bauer, was immer er damit meinte.

Über Informanten sei er an Rafi herangekommen, hatte Jiggs erklärt. Und den Rädelsführern sei er dicht auf der Spur. Er redete immer so furchtbar viel. Seine ganze Zeit verwendete er für die Untersuchung des Anschlags. Aber von Bezahlen hatte er noch nichts gesagt.

Gestern hatte Andres bei Jimmy Cap angerufen, um die Sache mit ihm zu besprechen, sich bei ihm für seine Anteilnahme und Hilfe zu bedanken. Bei der Gelegenheit hatte er auch herausfinden wollen, ob er tatsächlich Jiggs zu ihm geschickt hatte. Aber Jimmy Cap war für ein paar Tage nach Buffalo gefahren und war nicht zu erreichen.

Jetzt war es spät am Abend. Andres saß hinter seinem gewaltigen Schreibtisch, trank Cognac, starrte mit leerem Blick auf sein vergangenes Leben auf den Fotos und fragte sich unentwegt, was im Augenblick gespielt wurde.

Er mußte sich ein klares Bild machen. Störungen konnte er da keine gebrauchen.

Die erste war Corky. Mit einem Umschlag unter dem Arm stand er in der Tür und meldete, daß die Sache mit Rafi Amado erledigt war. Dann fiel ihm der Umschlag wieder ein, und er wagte sich so weit ins Büro, daß er ihn auf den Schreibtisch neben die Brandyflasche legen konnte. Dazu mußte er den Arm ausstrecken, denn aufdringlich werden wollte er nicht. »Marshall Sisco hat das geschickt.« Die Tür ging wieder zu. Andres öffnete den Umschlag mit der Aufschrift STRENG VERTRAULICH.

Fast im selben Augenblick ging die Tür schon wieder auf. Andres legte den Umschlag beiseite.

Mary stand in einem weißen Nachthemd vor ihm. Es reichte bis zum orientalischen Teppich hinunter. »Wer war das gerade?« fragte sie und: »Andres, was ist hier los?« Es hörte sich neugierig und vielleicht etwas beunruhigt an.

Aber auch unverschämt. So baute sie sich immer mit ihren dünnen Beinen vor ihm auf, setzte einen Fuß vor, ließ die Schultern leicht hängen. Die typische gelangweilte, unverschämte Haltung der Amerikanerinnen, und gleich ließ sie die nächste Unverschämtheit folgen: »Würdest du mir das bitte verraten?«

Er ging zu ihr hinüber.

»Andres ...«

Er schob sie hinaus und knallte ihr die Tür vor der Nase zu. Dann kehrte er an seinen Schreibtisch zurück und versuchte sich an den Punkt in seinen Gedankengängen zu erinnern, an dem er unterbrochen worden war. Der Umschlag war vorläufig vergessen. Ja, jetzt fiel es ihm wieder ein.

Die Kassette lag ja schon im Recorder auf dem Schreibtisch. Darauf hatte er ein Gespräch aufgezeichnet, das er am Morgen von seinem Büro im Biscayne Tower aus mit einem alten Freund geführt hatte. Sein Name war Alfonso Silva. Er war Kubaner und ein unversöhnlicher Castrogegner. Er hatte die Katastrophe von der Schweinebucht überlebt, war eine Zeitlang CIA-Agent gewesen und gehörte dem Leucadendra Country Club an. Andres drückte auf ON und hörte sich noch einmal geduldig alles an. Dazu nippte er an seinem Cognac und strich sich gedankenverloren über das schwarz glänzende Haar.

ANDRES: Du kennst doch diesen Scully. Arbeitet für die Italiener. Sag mir noch mal, was du von ihm hältst.

ALFONSO: Macht immer noch das gleiche, wie damals. Alles, was man ihm aufträgt. Wenn du den Leuten traust, kannst du auch ihm trauen. Das ist eine Frage der persönlichen Anschauung.

ANDRES: Aber sein Auftreten ... Wie besorgt er sich nur die Informationen auf der Straße? Einer von uns ist er ja nicht.

ALFONSO: Mit Geld. Wie denn sonst? Miami ist die Stadt der Informanten. Was willst du denn wissen?

ANDRES: Er hat mir zwei Brüder vermittelt, die Mendozas.

ALFONSO: Ave Maria.

ANDRES: Kennst du sie? Er sagt, sie hätten mal für den CIA gearbeitet.

ALFONSO: Sie sind in seinem Auftrag nach Kuba gegangen, sind erwischt worden und im Gefängnis gelandet. Jetzt sind sie wieder mit einem Boot nach Amerika gekommen. Haben sie nicht so rote und weiße Perlen um den Hals?

ANDRES: Ich denke schon.

ALFONSO: Die sollen sie vor der Polizei schützen. Sie sind Anhänger des Chango-Kults. Der ist unter Banditen und Ex-Sträflingen ziemlich verbreitet. Alles gefährliche Burschen. Sie glauben, afrikanische Götter hätten ihnen das Recht gegeben, jeden zu töten.

ANDRES: Kann ich ihnen trauen?

ALFONSO: Mit der Revolution haben sie nichts am Hut. Damit ist kein Geld zu holen, Dank sei dem Herrn und der Jungfrau. Sie arbeiten für den, der ihnen am meisten bietet.

ANDRES: Ich will noch etwas anderes wissen. George Moran. Er war früher mal Mitglied in diesem Club.

ALFONSO: Moran ... Laß mich mal überlegen. Ist das der, der deiner Meinung nach was von deiner Frau wollte?

ANDRES: Ich will wissen, ob er sich für irgendeine Sache engagiert.

ALFONSO: In der Richtung habe ich nie etwas gehört.

ANDRES: Und Rafael Amado, ein Dominikaner?

ALFONSO: Nein, den kenne ich nicht ... Aber etwas an deiner Stimme gefällt mir nicht. Worum geht es denn? Immer noch die Frau? Irgend etwas geht dir im Kopf um, Andres ...

Er schaltete das Gerät aus und schenkte sich noch ein Glas Cognac ein.

In seinem Kopf ging mehr als irgend etwas um. Und er bildete sich da auch nichts ein. Es ging um Morans Besuch hier im Haus. Es ging um Morans Anrufe bei seiner Frau. Zum Schluß hatte er Altagracia aufgetragen, ihm mitzuteilen, daß seine Frau nicht zu Hause sei. Dann war der Apparat auf einen Schlag tot gewesen. Einer von den Sicherheitsleuten hatte etwas von einer beschädigten Leitung gemurmelt. Er hatte die Mendozas gefragt, und sie hatten gemeint, einer der Schüsse in der Nacht hätte anscheinend die Leitung getroffen. Oder es sei einfach der Verschleiß. Sie, die Mendozas, hätten schließlich keine Ahnung von Telefonkabeln. Allem Anschein nach hätte sich auch der Mechaniker von der Telefongesellschaft keinen richtigen Reim auf die Sache machen können.

Alfonso Silva hatte er nichts davon erzählt. Jetzt konnte er ihn ja anrufen und ihm sagen, daß Rafi Amado im Meer schwamm und kein Problem mehr war. Bei der Gelegenheit konnte er ihm auch erzählen, wie Moran seinen Blick erwidert hatte, ohne auch nur ein einziges Mal die Augen zuzumachen oder zu Boden zu schauen. Vielleicht konnte Alfonso sagen, ob das etwas zu bedeuten hatte.

Er öffnete den Umschlag mit der Aufschrift STRENG VERTRAULICH. Von außen fühlte er schon die Kassette und ließ sie langsam herausgleiten. In Gedanken war er aber noch bei Morans starrem Blick. Er legte die Kassette, eine Aufzeichnung eines Gesprächs zwischen ihm und Marshall Sisco, in den Recorder, ließ vorspulen, unterbrach, um kurz hineinzuhören und ließ die Kassette weiterlaufen, bis er die richtige Stelle fand.

MARSHALL: … Antwort auf Ihre Frage ist Nein. Ich kann keinerlei Verbindungen zu politischen Extremisten feststellen. Zu Lateinamerikanern hat er auch keine engen Kontakte. Der Mann hat eine Zeitlang für ein Zementwerk gearbeitet und ist später bei Sutton Developments eingetreten. Jetzt scheint er außer seinem Motel keiner anderen Tätigkeit nachzugehen. Zahlt pünktlich seine Kredite ab. Weder Broward noch Dade haben ihm je den Gerichtsvollzieher ins Haus schicken müssen. Würden ihm sogar noch höhere Kredite gewähren.

ANDRES: Er hat doch sicher Affären mit Frauen … mit verheirateten Frauen.

MARSHALL: Wenn, dann ist er absolut diskret.

ANDRES: Und als er in Santo Domingo war …

MARSHALL: Der Sache bin ich auch nachgegangen. Hat im Hotel Embajador gewohnt. Stand sogar in der Zeitung als Kriegsheld, der ein Mädchen gesucht hat, in das er vor sechzehn Jahren verliebt war, damals, als Johnson die Armee geschickt hat. Gab ein ziemliches Aufsehen, weil er das Mädchen wiedersehen wollte, aber allem Anschein nach hat er sie nicht aufgetrieben. Luci Palma heißt sie. Er wurde in Begleitung einer Amerikanerin gesehen. Sie hat auch im Embajador gewohnt und ist mit demselben Flugzeug nach Miami gekommen.

ANDRES: Wie hieß diese Frau?

MARSHALL: Mein Informant hat mir den Namen nicht genannt. Wenn Sie ihn brauchen, muß ich jemanden hinunterschicken. Das ist nicht ganz billig.

ANDRES: Tun Sie's. Ich will es genau wissen.

Andres schaltete das Gerät aus. Erneut nahm er den Umschlag in die Hand und zog ein Blatt mit dem Kopf *Detektei Marshall Sisco* heraus. Die handgeschriebene Mitteilung ließ er links liegen. Statt dessen faltete er den Bogen auf. Eine Fotokopie der Anmeldekarte des Hotels kam zum Vorschein.

In Druckbuchstaben prangte da der Name MARY DELANEY. Die Unterschrift war ebenfalls klar, deutlich und nur allzu vertraut: *Mary Delaney.*

Andres schenkte sich wieder ein Glas Cognac ein. Aus der mittleren Schublade holte er einen maschinegeschriebenen Bogen mit dem Briefkopf seines Anwalts. Es war das Deckblatt eines ganzen Stapels von Dokumenten. Mit einer Klammer heftete er die Fotokopie der Anmeldekarte an das oberste Blatt.

Bevor er sich erhob, nippte er noch einmal an seinem Cognac. Eine kurze Weile blieb er versonnen sitzen und starrte auf sein Foto mit Petans Maschinenpistole, einer alten Thompson. Wie hatte er sie geliebt! In seinen Händen hatte sie sich angefühlt, als würde sie springen. Dazu Petans heiseres Lachen, und die Haie hatten wie besessen gezuckt, bis das Wasser sich rostrot …

Mary riß die Augen entsetzt auf, als die Tür gegen die Wand knallte. Vor ihrem Bett stand Andres. Seine Gestalt zeichnete sich im Licht aus dem Flur ab. Bevor sie reagieren konnte, hatte er ihr die Bettdecke weggerissen. Sie versuchte sich wegzudrehen, aber er hatte sie bereits hinten am Nachthemd gepackt, riß es ihr mit einem Ruck vom Leib und zerrte sie an den Haaren zu Boden.

Mary kreischte seinen Namen. Einmal nur, dann war Stille. Sie hörte ihn atmen oder vielmehr vor Anstrengung keuchen.

Sie kam auf die Füße, sah ihm in die Augen und schlug ihm so fest sie konnte mit der offenen Hand ins Gesicht. Sie sah nur das Gesicht, sah wie es sich rot färbte. Im nächsten Augenblick drosch er ihr die Faust mitten auf den Mund. Sie sah tausend winzige Sterne explodieren, wieder fallen und merkte, wie er sie mit sich riß. Da sie um sich schlug und trat, drückte er ihr mit einem Arm die

Kehle zu. Sie mußte sich nackt durch das Zimmer und über den Flur in sein Schlafzimmer schleifen lassen. Die Tür schlug krachend zu. Die Lichter gingen an. Als er sie zum Bett stieß, schlugen ihre Knie gegen das Marmorpodest. Er mußte sie hochheben. Sie hörte, wie er laut durch die Nase atmete. Er rammte ein Knie zwischen ihre nackten Schenkel und warf sich mit ihr aufs Bett. Kurz richtete er sich auf, um seine Hose nach unten zu streifen. Mary spürte das Wasserbett sanft unter sich schaukeln, sank ein, ohne wirklich zu sinken, während er sich wieder mit seinem ganzen Gewicht auf sie warf. Er stank nach Brandy, obwohl er immer noch durch die Nase atmete. Mit dem ganzen Körper drückte und zwängte er sich zwischen ihre Schenkel. Um in sie einzudringen, mußte er die Hände, die Finger zu Hilfe nehmen. Ruckartig rammte er sich in sie hinein, daß ihr alles weh tat. Er richtete den Oberkörper auf, stierte ihr ins Gesicht. Mary wich diesem Blick nicht aus. Sie fixierten einander wie zwei wütende Ringer. Andres atmete nach dem Kraftakt schwer. Dann preßte er seinen Mund auf den ihren, keuchte, schnappte nach Luft. Da war er wieder, der Brandygestank. Gleichzeitig schmeckte sie das eigene Blut, spürte, wie es warm über ihre Wangen sickerte, bis sein Gesicht endlich von dem ihren rutschte. Er blieb weiter auf ihr liegen, ein totes Gewicht, denn er stützte sich nicht mehr ab. Mary rührte sich nicht. Sie wartete und wollte auch warten, so lange es nötig war. Es war jetzt vorbei. Mehr konnte er ihr nicht antun. Sie wandte den Kopf ab. In den Spiegeln am Wandschrank konnte sie seinen und ihren Körper sehen. Ihr Gesicht war grotesk bemalt, blutverschmiert. Ihre Beine waren angewinkelt. Darüber lag seine nackte Hüfte in ihrer ganzen Blässe. Das Bettlaken hing zerknittert über den Rand des Marmorpodests. Und das sah unter der Wassermatratze wie ein gewaltiger Felsbrocken aus … lieben uns auf Millionen … Und jetzt hatte er sie auf Millionen vergewaltigt und so ihre Ehe ein für alle Mal beendet. Andres mußte immer das letzte Wort haben. Sollte er doch, wenn er es nötig hatte …

Er stemmte sich hoch. Ihre Beine drückte er achtlos beiseite und stand auf. Mit offener Hose blieb er neben dem Bett stehen und wischte sich mit der Hand über die Stirn. Er starrte sie an und zischte: »Hure! Macht er's auch so mit dir?«

Sie erhob sich und ging aus dem Zimmer. Ihr ganzer Leib

brannte vor Schmerzen, sämtliche Schneidezähne taten ihr weh. Sie befühlte sie mit den Fingern. In ihrem Bad begutachtete sie sich im Spiegel. Dann schlüpfte sie in einen Frotteerock und betrachtete noch einmal eingehend ihr Gesicht, das sie so noch nie gesehen hatte. Sie sah ja schrecklich aus. Der Mund war geschwollen, in den Zähnen pochte ein dumpfer Schmerz. Sie tauchte das Gesicht in warmes Wasser. Überrascht stellte sie fest, daß sie eher wach und erleichtert war und gar nicht so sehr niedergeschlagen. Eine nie erwartete Zuversicht verlieh ihr ganz neue Energien. Dennoch fuhr sie zusammen, als Andres' Gesicht hinter ihr im Spiegel auftauchte.

»Ich bin noch nicht fertig mit dir.«

Mit einer Handbewegung forderte er sie zum Mitkommen auf. Da Mary zögerte, ergriff er sie beim Arm und zog sie über den Flur noch einmal in sein Schlafzimmer. »Du elende Hure!« herrschte er sie an. »Los, da rüber!« Er stieß sie zu einer Frisierkommode. Darauf lagen Dokumente und ein goldener Kugelschreiber. »Lies das, oder laß es bleiben – mir ist scheißegal, was du machst. Hauptsache, du unterschreibst.«

Zuoberst, auf der Kopie des Anmeldeformulars, erkannte sie ihren Namen in Druckbuchstaben. Sie wußte sogleich, was das war. Ihr Selbstvertrauen verlor sich schon wieder. Sie nahm die Kopie in die Hand und betrachtete sie. Der Augenblick trat ihr wieder genau vor Augen. Sie hatte am Pult gestanden und ›Collins Avenue 700, Miami Beach‹ geschrieben. Wie immer hatte sie eine Adresse erfunden und ihren Mädchennamen benutzt. Und hatte an Moran in genau diesem Hotel fünf Stockwerke höher gedacht. Wie sie auch jetzt an ihn dachte …

»Unterschreib das.«

Andres hatte aus der Kammer zwei große Koffer geholt – Luxusausführungen von Louis Vuitton – und kam damit auf sie zu. In der Mitte des Zimmers blieb er stehen und stieß sie in Marys Richtung. Sie fielen um.

»Unterschreib jede Kopie. Dann packst du deine Kleider, und zwar alles, was du hast und verschwindest.« Er drehte sich um und verschwand wieder in der Kammer.

Mary nahm die Dokumente in die Hand. *Zusatz zum Ehevertrag* stand drauf. Hastig überflog sie das maschinengeschriebene Blatt.

Die juristischen Ausdrücke, die hoffnungslos überladenen Sätze in Amtsenglisch waren ihr alle vertraut. Sie blickte auf, als Andres mit zwei weiteren Koffern von Vuitton aus der Kammer kam.

»Die kannst du haben«, sagte er. »In der Kammer sind noch mehr. Soviel wie du brauchst. Nimm sie und hau ab.«

»Erst muß ich das da noch verstehen«, erwiderte Mary kühl und gefaßt. Sie hatte nichts mehr zu verbergen, nichts mehr zu verlieren. Es hatte als Geschäft angefangen, und so hörte es auch auf. »Die Abmachung für den Fall der Scheidung ist jetzt eine Option?«

»Das ist richtig.« Andres trat langsam auf sie zu und ergriff den Kugelschreiber.

»Und es liegt bei dir, ob du sie wahrnehmen willst oder nicht?«

»Ich habe das Recht, meiner Frau Geld zu verweigern, wenn sie mit anderen Männern herumhurt.«

»Damals war nie die Rede von so etwas«, erwiderte Mary gefaßt, wenngleich es sie einige Anstrengung kostete. »Du hast auf der Abfindung bestanden, und zwar unabhängig von jedem Scheidungsgrund.«

»Jetzt habe ich es mir eben anders überlegt«, erklärte Andres. »Du bekommst keine Abfindung und wirst auch nicht im Testament bedacht, egal wann ich sterbe. Wenn du meinen Tod schon planst, mit deinem Liebhaber, verschwendet ihr nur eure Zeit.«

Sie war betroffen von seiner Unterstellung, andererseits paßte sie durchaus zu ihm. Auch wenn sie die verschlungenen Wege und Abgründe in seinem Innern noch weitere sechs Jahre studierte, sie würde ihn nie verstehen. Der Mann weigerte sich schlichtweg, die Wirklichkeit hinzunehmen, oder er lebte immer noch in einer anderen Zeit.

»Du führst ein sehr exklusives Leben, Andres«, sagte sie. »Weißt du, wie lange ich schon mit dir reden will?«

»Seit du in Hotelzimmern rumfickst, könnte ich mir denken.«

O Gott! Sie wollte ihm eine knallen und versuchte es auch. Eine Hand hatte sie schon erhoben, doch er packte sie beim Gelenk und schlug ihr fest ins Gesicht, schlug sie gleich noch einmal und drückte sie brutal gegen die Kommode. Mit der freien Hand drückte er ihr den Kugelschreiber in die Rechte.

»Los, unterschreib!« Er drückte ihren Kopf nach unten. Seine Faust war in ihr Haar verkrallt.

Sie schrieb ihren Namen und legte die erste Kopie beiseite.

»Unterschreib!«

Sie unterschrieb noch zweimal mit *Mary de Boya.* Das Gekritzel kam ihr genausowenig wirklich und auf sie bezogen vor wie dieses *Mary de Boya* selbst, eine Identität, die längst nicht mehr die ihre war.

Als sie fertig war, riß er sie an den Haaren hoch und schleuderte sie zu Boden – weg damit. Noch einmal verschwand er in der Kammer, warf einen fünften Koffer ins Zimmer, dann ging er ins Bad und knallte die Tür hinter sich zu. Nach ein paar kurzen Augenblicken hörte Mary das Duschwasser laufen.

Zwischen lauter Louis Vuitton-Koffern im Wert von mehreren tausend Dollar lag sie auf dem Boden. Ihre Augen waren auf der Höhe des Podests, auf dem das riesige Wasserbett stand. Sie stützte sich auf den Ellbogen. Im matt glänzenden italienischen Marmor spiegelten sich ihre Konturen. Im Kopf spürte sie so etwas wie ein Dröhnen, einen starken Druck.

Doch ihr Verstand arbeitete präzise. Abgemacht war abgemacht.

17

Moran lief allein über den Strand. Nebel, Regen, Himmel und Meer waren ein einziges trübes Grau. Deprimierend. Der Tag deutete sich mit schwachen Lichtstreifen an, aber viel versprachen die auch nicht. Moran nahm es jedoch, wie es kam. Die Einsamkeit stülpte sich über ihn, hüllte ihn in ein nahtloses Vakuum. Inmitten dieses grauen Nichts mußte die Offenbarung bald kommen. Wie ein Blitzschlag würde sie ihn treffen, eine kosmische Reaktion auf seine tobenden Neuronen, die Erleuchtung. Er wartete und sah ins Nichts hinaus, versuchte an nichts zu denken. Er wartete und wartete, blieb ganz ruhig, wartete weiter. Dann hielt er das Gesicht in den Regen in dieses düstere Einerlei und schrie so laut er konnte gegen das Heulen des Windes an: »Scheißdreck!«

Danach fühlte er sich etwas erleichtert, aber nicht sonderlich. Es hatte ihm vielleicht ein paar Pfund Frust abgenommen und war auch besser, als mit der Faust in eine Wand zu dreschen. Die Wand war freilich immer noch da, und der Teufel sollte ihn holen, wenn er einen Weg durch sie hindurch sah. Im Augenblick wollte er nur eins: mit ihr sprechen.

Er hatte um acht angerufen. Das Mädchen, Altagracia, hatte sich gemeldet. »Tut mir leid, aber Mrs. de Boya ist nicht da. Sie ist ganzen Tag nicht da.« »Wie bitte?« hatte Moran erwidert. »Sie will aber mit mir sprechen.« Das Mädchen hatte nur wieder bedauert ...

Sein Pullover und seine Jeans waren vollkommen durchnäßt. Das Haar klebte ihm an der Stirn. Naß war er schon öfter gewesen. Er rannte auch nicht zum ersten Mal gegen eine Wand an. Sich gedulden hatte er bei der Marine gelernt. Zumindest glaubte er das. Stundenlang hatte er auf seinem Seesack gesessen und gewartet, wenn das Warten einen Sinn hatte. Und auch Frust hatte er in seinem Krieg bei den Dominikanern zur Genüge kennengelernt. Es war schon eine verzwickte Sache gewesen, Freund von Feind zu unterscheiden. Im einen Augenblick waren sie scheißfreundlich zu einem gewesen, und im nächsten hatte es Zoff gegeben wie jetzt ja auch. Da hatte er eben zurückgeschlagen – Augen zu und durch. Machte man es so? War das vielleicht die Offenbarung, die Antwort, auf die er die ganzen Jahre immer gewartet hatte? Genau! Denken half nichts, man mußte was tun!

Moran ging schnurstracks in seinen Bungalow zurück, achtete gar nicht auf den Sand, mit dem er den Boden beschmutzte und wählte Marys Nummer. Er fühlte sich richtig aufgeputscht. Das Mädchen leierte sein »Es tut mir leid ...« Zu mehr kam es nicht. »Hören Sie genau zu!« rief Moran. »Sie holen sie mir jetzt gleich ans Telefon, oder ich alarmiere die Polizei.« Überzeugend kam es ihm nicht vor, aber vielleicht ihr.

»Einen Moment bitte«, sagte Altagracia.

Handeln und nicht denken! sagte sich Moran. Doch dann nahm ihm de Boyas Stimme den Wind aus den Segeln. »Ja? Wer ist das?«

»Andres, ich bin's, George Moran. Ich möchte Mary sprechen.«

»Sie hat keine Zeit.«

»Richten Sie ihr bitte aus, sie soll zurückrufen.« Mein Gott, und das sagte er ihrem Mann!

»Und Sie haben auch bald keine Zeit mehr.« Andres legte auf.

Zum zweiten Mal, seit er auf die Erleuchtung wartete, ließ der Druck in Moran geringfügig nach. Mary war zu Hause. Zumindest im Augenblick noch. Also gut. Er brauchte sie nur zu holen. Dann fragte er sich, was de Boya damit gemeint haben könnte, er würde auch bald keine Zeit mehr haben.

Jerry klemmte die Morgenzeitung unter den Arm und sperrte die Bürotür auf. Er sah, daß die Kofferraumhaube von Nolens Wagen offen war und jetzt zugeschlagen wurde. Nolen wurde sichtbar. Mit einer Lebensmitteltüte kam er auf ihn zu. Das überraschte ihn nun wirklich. Vor zehn Uhr morgens hatte er Nolen noch nie auf den Beinen erlebt. »Ich wußte gar nicht, daß der Getränkemarkt schon so früh auf hat!« rief Jerry.

Nolen hielt seine Tüte hoch. »Zitronen.«

»Willst du denn Limonade machen?«

»Ich will die ganzen Vitamine auspressen und den Whiskey anreichern. Whiskey Sour nennt man so was.«

Jerry verzog das Gesicht, als wäre ihm schlecht. Da erblickte er zwei Latinos. Sie stiegen aus ihrem Wagen und kamen auf sie zu. Einer hatte eine riesige Heckenschere dabei.

Nolen hatte sie schon erkannt. Er drängte Jerry ins Büro. »Los, ruf George an! Mach schnell!«

Jerry begriff nicht, wie dringend es war. »Ich kann ihnen doch auch sagen, daß die Hecken noch nicht soweit sind«, meinte er. »Komisch, daß die ausgerechnet bei dem Mistwetter arbeiten wollen.«

»Verdammt noch mal, gib mir das Telefon!« schrie Nolen. Er wählte die Nummer. Ohne den Blick vom Fenster zu lassen, rief er in die Muschel: »Lauf, George. So schnell du kannst, sag' ich dir!«

Moran legte den Hörer auf. Durch das Seitenfenster sah er die Mendozas. Die Eismaschine und den Colaautomaten hatten sie schon erreicht und steuerten direkt auf den Bungalow zu. Beide trugen Wollmützen und Lederjacken. Einer hatte eine riesige Heckenschere mit Gummigriffen bei sich. Hastig rief er wieder im Büro an. »Hol die Polizei«, sagte er.

Diesmal war Jerry am Apparat. »Was wollen sie denn, George?«

»Die wollen *mich*. Hol die Polizei – sag ihnen, daß es ein Überfall ist.« Er legte auf. Mein Gott. Er mußte sich schnell anziehen. Er hatte sich geduscht und abgetrocknet, war aber noch nackt. Hastig stieg er in die Blue Jeans und holte sich einen Pullover aus dem Schrank. Er brauchte eine Waffe. Einen Golfschläger am besten. Mit Messern konnte er nichts anfangen. Er wußte nicht einmal, wie man damit umging. Jetzt hämmerten sie schon gegen die Tür. Er mußte hier raus! Das Seitenfenster klemmte. Weil er es nie hatte reparieren lassen! Aber mit aller Kraft stemmte er es so weit hoch, daß er hindurchschlüpfen konnte. Er war schon fast beim Swimming-pool, als die Mendozas hinter dem Haus hervorkamen. Sie waren einmal um den Bungalow herumgelaufen. Sie winkten ihm zu.

Der mit der Heckenschere sagte etwas auf spanisch. Der andere rief: »Komm her. Wir wollen reingehen.«

Moran spitzte die Ohren. Die Polizeisirene mußte doch bald zu hören sein. Er ergriff einen drei Meter langen Metallstab, den er immer bei der Reinigung des Pools benutzte.

»Ich muß arbeiten«, rief er. »Trabajo.«

Der Mendoza, der englisch konnte, hielt beide Handflächen in den Regen. »Heute du brauchst nicht arbeiten, Mann. Wir gehen rein. *Tiempo* viel schlecht.«

»Ich arbeite jeden Tag!« rief Moran. »Ich liebe die Arbeit. Muß endlich fertig werden.«

Er blickte um sich. Von der anderen Seite des Pools kam Nolen herbeigelaufen. Mit einem Blick auf die Mendozas rief er: »Hey, ihr schnappt euch den Falschen! Das ist ein Freund von Jiggs Scully. *Amigo!*«

»Die Typen arbeiten für *Jiggs?*« rief Moran über den Pool hinweg.

Nolen tat alles mit einer Geste ab. »Ich glaub' schon … Hey! Wir sind *amigos* von Jiggs! *Sabe* Jiggs? Geh ans *telefono* und ruf an. Er kann's euch erklären. Ihr seid hinter dem Falschen her.«

Das schienen die Mendozas nicht zu verstehen, oder es interessierte sie einfach nicht. Der, der englisch konnte, packte jetzt das andere Ende von Morans Stange und versuchte, sie ihm aus der Hand zu reißen. Moran gab nicht nach. Wütend zogen sie beide die Stange hin und her. Der andere stand mit der Heckenschere da und gaffte. Er hatte sie jetzt geöffnet.

»Wir gehen ins Haus«, rief der am anderen Ende der Stange. »Du sollst uns geben was für General de Boya.« Er sagte etwas auf spanisch. Der mit der Heckenschere grinste bis zu den Ohren.

»Das glaubst auch nur du, daß ich mit euch ins Haus gehe«, rief Moran. »Du hast ja nicht alle Tassen im Schrank!« Mit einer Hand deutete er auf das Motel. »Da drinnen sind lauter Leute, die uns sehen.« *Sabe?* Zeugen. Scheiße, wie hieß das gleich wieder? *»Testigo. Muchos testigos* in den ganzen *ventanas.*«

»Mach schon, wir gehen rein«, sagte der englisch sprechende Mendoza wieder. Mit einem Ruck entriß er Moran fast die Stange. Aber der hatte schon wieder beide Hände an seinem Ende und zog und stieß und hielt ihn sich weiter vom Leibe. Es war ein verbissenes Tauziehen. Das nasse Metall rutschte Moran immer mehr aus den Händen. Endlich hörte er vom Atlantic Boulevard ein gedämpftes Aufheulen. Er hörte es nur, weil er darauf gewartet hatte. Jetzt ließ er zu, daß Mendoza sich langsam an ihn heranzog. Als er in Griffweite war, ließ er urplötzlich los und rammte dem überraschten Burschen die Faust ins Gesicht. Benommen ging er zu Boden. Dann packte Moran die Stange in der Mitte und ging auf den Mendoza mit der Heckenschere los. Er erwischte ihn voll im Magen. Die Sirene heulte jetzt viel lauter. Moran schlug noch einmal zu. Ein lautes Scheppern war zu hören – die Schere. Der Mann wollte ihn verstümmeln. Aber dem wollte er es zeigen. Er traf ihn an der Kehle, und der Kerl mußte froh sein, daß er seine Waffe nicht fallen ließ. Moran stürzte sich auf ihn und versetzte ihm einen linken Haken und gleich noch einen. Das Blut schoß dem Mendoza aus der Nase. Er wankte, versuchte aber weiter, mit der Schere auf Moran einzustechen. Moran wich aus und sprang hinter die auseinanderklaffenden Scherenblätter, warf sich wütend auf seinen Gegner. Ineinander verkrallt stürzten sie über die Zementmauer und landeten auf dem nassen Sand. Moran blieb oben. Er brachte eine Hand unter die Wollmütze und riß den Kerl am Haar, bis er mit dem Gesicht im Sand lag. Über sich hörte er einen Fluch auf spanisch. Der andere Mendoza kniete auf der Zementmauer und zielte mit einem blauen Stahlrevolver auf ihn ... Aber dann forderte ihn eine angelsächsische Stimme unmißverständlich auf, sich zu ergeben, nannte ihn noch etwas Unanständiges, und das war's dann für die Mendozas. Die zwei Beamten von der Pompano

Beach Police waren junge durchtrainierte Athleten und machten keinen Hehl daraus, daß sie ihre vernickelten Smith & Wessons benützen würden, auch wenn sie vor Nässe glänzten.

Natürlich, rief Moran, er sei bereit, sie anzuzeigen, egal ob wegen bewaffneten Überfalls oder Totschlagversuchs, was eben schlimmer sei. Und wenn den Beamten noch etwas einfiel, sollten sie es gleich aufschreiben. Solche Sachen seien ganz und gar nicht gut für den Fremdenverkehr. Daß er die Mendozas kannte und gesehen hatte, wie sie sich an einem Mord beteiligt hatten, verschwieg er. Das wollte er sich für später aufheben. Einer von den Polizisten sagte: »Anscheinend wissen Sie recht gut, wie man mit solchen Burschen umgeht.«

»Ich hatte was zu verlieren!« rief Moran, »und das ist mehr wert als ich Ihnen sagen kann.«

Vom Badezimmer aus, wo er sich gerade frischmachte und umzog, hörte er eine vertraute Stimme aus dem Wohnzimmer kommen. Er eilte unverzüglich durch das Schlafzimmer hinaus und erblickte keinen anderen als Nolen, der an seinem Apparat ein Gespräch führte. Nolen hielt eine Hand hoch. Vor sich auf der Theke hatte er eine Karaffe stehen. Der Inhalt sah nach geschmolzenem Vanilleeis aus, gelb und wäßrig. »Ja, ja, fühl dich ruhig zu Hause«, brummte Moran und verschwand wieder in seinem Schlafzimmer, um in eine frische Jeans und einen dunkelblauen Pullover zu schlüpfen. Zum wiederholten Mal hörte er Nolen »Jiggs« rufen. Als er sich wieder blicken ließ, hatte Nolen aufgelegt und füllte zwei Gläser mit dieser seltsamen Flüssigkeit. Eins davon bot er Moran an.

»Frühstück«, verkündete Nolen. »Frische Zitronen, Bourbon und vier Eier. Dazu ein bißchen Vanillezucker. Menschenskinder, ich hab' mir die Hände wund gerührt! Das nächste Mal besorgst du dir einen Mixer.«

Moran nahm das Glas und trank, nicht aus Freundschaft, sondern weil er einen Drink bitter nötig hatte. Er schmeckte gar nicht mal so schlecht.

»Die zwei arbeiten also für Jiggs.«

»Hör zu, die Sache tut ihm furchtbar leid.« Nolen stemmte die Ellbogen auf die Theke. Seine mit Cowboystiefeln bewehrten Füße hakte er auf den Hockersprossen ein. Das gestärkte Safarihemd hing ihm wie immer über die Hose. Zur Abwechslung war ihm heute morgen nicht schlecht. »Jiggs hat sie de Boya vermittelt. Weil seine Leibwächter der letzte Dreck sind, hat er gesagt. Aber der eigentliche Grund ist natürlich, daß er sein Projekt voranbringen will.«

»Sind die Typen etwa eure Partner?«

»Nö, die wissen rein gar nichts. Man muß ihnen nur sagen, was sie tun sollen und mit Geld locken, dann tun sie auch alles. Wie zum Beispiel de Boya die Telefonleitung kaputtmachen, damit er das mit den Terroristen ernst nimmt und die Muffen kriegt.«

»Na ja, du hast ja mitbekommen, wer hier langsam die Muffen kriegt«, erwiderte Moran. »Ich muß unbedingt seine Frau da rausholen.«

Nolen schenkte die Gläser wieder voll. »Du hast doch Zeit.«

»Ach ja? Dann erzähl mal.«

»Ich hab' gerade mit Jiggs gesprochen. Er sagte, de Boya hat die Mendozas rübergeschickt, weil er das mit dir und seiner Frau spitzgekriegt hat. Er hat getobt. Aber er hat es nicht von Jiggs erfahren, sondern von jemand anderem.«

»Moment mal!« rief Moran. »Jetzt stell doch endlich das verfluchte Glas ab!« Das mußte er erst verdauen. Nolen sagte ihm, er solle sich nicht so haben, das Ganze sei nicht so wild. Aber das Herz klopfte ihm zum Zerspringen, und er hatte keine Ahnung, wie er sich beruhigen sollte, oder ob er das überhaupt wollte.

»Dein Problem hat sich von selbst erledigt«, erklärte Nolen. »Er wirft sie raus.«

»Wann?«

»Heute. Jetzt dann. Er hat ihr gesagt, sie soll packen und abhauen.«

»Woher weiß Scully das denn? Hat er es von de Boya?«

»Scully kann eben eins und eins zusammenzählen. Na ja, die Mendozas sitzen so in der Küche rum und kriegen den Klatsch mit, daß de Boya die Frau zusammengeschlagen hat, und dann haben sie Scully angerufen und ...«

»Moment!« fiel ihm Moran ins Wort. »Andres hat sie zusammengeschlagen?«

In seine Augen trat ein Funkeln, wie Nolen es noch nie an ihm bemerkt hatte. Er hoffte nur, daß es nicht für ihn bestimmt war.

»Beruhig dich doch, ja? Ihr geht's gut.«

»Er hat sie geschlagen?«

»Sie hatten einen bösen Streit mit Tritten und Hieben, mehr nicht. Die Mendozas haben es Scully erzählt, und er ist gleich nachschauen gekommen. Überraschungen kann er keine brauchen, wenn es endlich soweit ist. Also, er kommt hin, und keine Mendozas sind da. Und was sagt ihm der gute de Boya? Er hat sie zu dir geschickt. Sie sollen deinen Schwanz in 'ner Tüte heimbringen, damit seine Frau auch was davon hat. Komisch, aber es ist genauso, wie Rafi erzählt hat. Sie machen es tatsächlich mit Heckenscheren. Mein Gott, beim bloßen Gedanken daran krieg ich 'ne Gänsehaut. Denen ist scheißegal, daß sie gar nicht für de Boya arbeiten. Hauptsache, sie haben ihren Spaß. Scully ist das Ganze natürlich entsetzlich peinlich. Er ist froh, daß dir nichts passiert ist. Ich hab' ihm erzählt, daß sie jetzt im Gefängnis sitzen. Das macht gar nichts, hat er gesagt. Mit denen hatte er sowieso nichts mehr am Hut.« Nolen hielt das Glas hoch. »Das wär' alles.« Er trank es auf einen Sitz leer. »Und soviel kann ich dir jetzt schon verraten. Heute geht's los.«

Moran stand auf und ging ins Schlafzimmer. »Willst du nicht wissen, was wir vorhaben?« rief Nolen ihm nach. Schweigend steckte Moran Brieftasche und Autoschlüssel ein, kehrte ins Wohnzimmer zurück und marschierte durch zur Haustür.

»Moment, ja? Du willst doch nicht etwa dorthin fahren. Warte lieber, bis sie kommt. Oder ruf sie an.«

»Vom Telefonieren habe ich die Schnauze voll.«

»Wenn er dich sieht, ballert er los. Das ist mein voller Ernst, Menschenskind! Er bringt dich um!«

Moran war jetzt noch aufgeputschter als zuvor. Vom Nachdenken wollte er nach wie vor nichts wissen. Er mußte was tun! Seine Hand war schon auf der Türklinke, aber Nolens Warnung ließ ihn noch einmal innehalten.

»Was habt ihr heute vor?«

»Wir schlagen los, wenn du's wissen willst.«

Moran kam wieder zur Theke zurück.

Nolen setzte sich kerzengerade auf. »Die Idee stammt ja von dir. Die Angst macht ihm Beine.«

»Wie wollt ihr das anstellen?«

»Bombendrohung.«

»Eine echte?«

Nolen schüttelte den Kopf. Er hatte jetzt Morans Interesse und konnte sich Zeit lassen. »Eine reicht vollauf. Er hat ja gesehen, wie sein Steg in die Luft gejagt worden ist. Der Mann glaubt jetzt alles. Jiggs braucht ihn nur wegen der Telefonleitung zu fragen und ein paar Zweifel streuen. Wer sie repariert hat, zum Beispiel. Und ob er sicher ist, daß die Techniker wirklich von Southern Bell waren. Wenn dann noch ein Anruf kommt, daß sie Zündschnüre bei ihm verlegt haben, schnappt er sich das Geld und rennt los.«

»Woher willst du das wissen?«

»Weil er seit zwanzig Jahren mit nichts anderem rechnet. Wozu hat er denn sonst das Fluchtgeld gehortet? Der kleinste Hinweis, und er springt.«

»Vielleicht«, meinte Moran. »Aber genausogut hat er vielleicht die Nase vorn und wußte die ganze Zeit, was ihr da ausgeheckt habt.«

Nolen schüttelte heftig den Kopf.

»Warum nicht?«

»Weil er überzeugt sein wird, wenn er hört, von wem der Anruf kommt.« Er zwinkerte verschmitzt und grinste über das ganze Gesicht. »Nämlich von der Polizei von Coral Gables. Na, wie gefällt dir das? Du könntest uns ruhig Glück wünschen, wenn wir dem Dreckskerl schon eine über die Birne braten.«

»Hast du das auch aus einem Film?«

»Nein, George, das ist ein Stück aus dem richtigen Leben.«

»Die große Szene gestern nacht hast du aber verpaßt.«

»Na ja, das war ein dummer Zufall. Aber Sachen wie die mit Rafi können nun mal vorkommen. Er hat den Bogen überspannt und hätte besser aufpassen müssen.«

»Ihr habt ihn benutzt.«

»Ich hatte damit überhaupt nichts zu tun.«

»Bist du besoffen?«

»Du siehst doch, was ich heute getrunken hab'. Ein Bier kommt noch dazu – das war zum Wachwerden.«

»Wenn du betrunken wärst, könnte ich dich ja verstehen. Rafi wurde geopfert. Als nächster mußt du dran glauben. Aber das kapierst du erst, wenn es zu spät ist.«

»Mm-mm.«

»Was hast du zu tun?«

»Ich besorg' den anonymen Anruf bei den Bullen. Heute abend um sieben soll's losgehen. Wir warten das Ende der Stoßzeit ab.«

»Und dann?«

»Ich soll auf Jiggs' Anruf warten. In einer Bar am Interstate 95.«

»Weiter?«

»Und dann soll ich ihn treffen, und zwar dort, wo er de Boya hingebracht hat.«

»Du meinst, wo er de Boyas Leiche hingebracht hat. Nolen, du bist dümmer als die Polizei erlaubt. Er läßt ihn doch nie und nimmer am Leben! Und dich genausowenig. Er schafft euch dann beide weg. Die Everglades sind nicht weit weg, und du verschwindest auf Nimmerwiedersehen. Wie kann man nur so beschränkt sein?«

Nolen tat sehr nachdenklich, nickte bedächtig und schenkte sich wieder ein.

»Und?«

»Ohne ein gewisses Risiko geht das natürlich nicht ab«, sagte Nolen. »Das ist mir schon klar. Aber in der Art von Geschäft kommt man eben ohne Risiko nicht an das große Geld. Ich weiß schon, daß du mich für dumm hältst. Okay, Jiggs benutzt mich. Aber ich mache das, was ich kann. Und eins hast du vergessen.« Nolen zog einen .45 Colt Automatic hervor, der hinter dem Hemdschoß unter dem Gürtel gesteckt hatte, zwinkerte Moran zu und legte ihn auf die Theke. »Ich war mal bei den Fallschirmjägern.«

Moran bemerkte ein Funkeln in Nolens Augen. Sie waren wäßrig und blutunterlaufen, funkelten aber trotzdem. »Nolen«, sagte er ruhig. »Das ist sechzehn Jahre her.«

»Ich bin aus Flugzeugen gesprungen, George«, erwiderte Nolen, »und ich hab' auf den Feind geschossen. Sag mir doch, wo der Unterschied liegen soll.«

»Ich geh' jetzt«, rief Moran. »Ich muß hier weg!«

Er hatte die Tür aufgestoßen, als Nolen ihm nachrief: »George, ein Wort noch, und sei mal ganz ehrlich.«

Moran drehte sich um. »Was?«

»Sag bloß, du willst nicht, daß er stirbt?« Da Moran nichts erwiderte, fuhr Nolen triumphierend fort: »Siehst du? Und darum hab' ich dir alles erzählt, und du solltest mir ruhig Hals- und Beinbruch wünschen. Ich weiß doch, für wen dein Herz schlägt, Kumpel. Und ich sag' dir noch was ... Schau ...« Mit einem Griff zog er einen zusammengefalteten Schein aus seiner Hemdtasche und legte ihn auf die Theke. »Wenn du in sein Haus gehst, setze ich zehn Dollar darauf, daß er dir ein Loch in den Kopf schießt. Schade, daß du dann nicht mehr mitkriegst, wie ich das Geld einstreiche ... Was ist? Ich will deinen Einsatz sehn.«

Moran starrte den Trinker mit den blutunterlaufenen Augen und dem hinten angeklatschten Haar unverwandt an. »Nolen«, sagte er, »du hast nicht den Hauch einer Chance.«

18

Auf dem Treppenabsatz im ersten Stock standen drei sperrige braune Koffer von Louis Vuitton mit den wie ein auffälliges Tapetenmuster darauf prangenden Initialen des Herstellers.

Mary trat aus ihrem Schlafzimmer. Vom Erdgeschoß kam gerade Altagracia die Treppe hoch. Unter ihr sah es aus, als wucherte der Wald aus Dschungelpflanzen und niedrigen Bäumen die Vorhalle zu. Beim Anblick der Koffer runzelte das Mädchen verunsichert die Stirn.

»Sie gehen auf Reisen, Señora?«

»Ich will es hoffen«, entgegnete Mary.

»Ich bringe sie runter.«

»Nein!« Mary wehrte gereizt ab und mußte kurz warten, bis sie die Fassung wiedererlangt hatte. »Sie stören hier ja nicht. Ich muß erst ein Taxi bestellen.« Sie wollte vor allem nicht, daß die Koffer unten herumstanden, während sie auf das Taxi wartete. »Aber einen Gefallen könntest du mir tun. Paß doch bitte das Taxi ab und sag mir Bescheid, sobald es da ist.«

Das Mädchen nickte feierlich. »Ja, Señora.« Sie stockte. »Dieser Mann da hat noch mal angerufen. Ich hab' wieder gelogen und gesagt, Sie sind nicht da.«

»Das ist nicht so schlimm«, sagte Mary. »Ich verstehe dich schon.«

»Ich tu's auch nicht gern. Sie sind immer sehr freundlich zu mir und arbeiten selber viel, nur damit ich es leichter hab'. Und dann sag' ich lauter falsche Sachen ...« Sie verstummte und sah aus traurigen Augen zu ihr auf.

»Ich verstehe schon.« Mary war teils überrascht und teils gerührt. Zum erstenmal hatte Altagracia ihr ein persönliches Gefühl gezeigt.

»Tut Ihr Gesicht noch weh?«

»Nein, alles in Ordnung.« Sie staunte immer mehr.

»Weil das Mund noch ein bißchen geschwollen ist. Das tut mir wirklich sehr leid. Ich hoffe, Sie kommen bald wieder zurück.«

Ach Gott, sie stand ja auf ihrer Seite! Mary erkannte aufrichtige Sorge in den dunklen Augen des Mädchens. »Das rechne ich dir wirklich hoch an, vielen Dank«, sagte sie.

»Wenn ich etwas für Sie tun kann ...«

Mary überlegte schon. »Weißt du, wo Mr. de Boya ist?«

»Ja, Señora, in seinem Büro. Ein Mann ist zu ihm gekommen. Der Dicke. Sein Hemd hängt immer so raus.«

»Mr. Scully.«

»Ja, so heißt er, glaub' ich. Er ist gerade gekommen.«

Mary zögerte einen Augenblick. »Vielleicht trägst du die Koffer doch besser jetzt runter. Aber nicht zum Vordereingang, verstehst du. Ich überlege gerade, wohin ... Stell sie am besten vor der Garage ab. Wenn das Taxi kommt, kann der Fahrer sie gleich nehmen. Dann hat er es leichter. Alles klar?« schloß sie leichthin.

»Wie Sie wünschen, Señora.«

Ein paar Sekunden lang sah Mary Altagracia nach, wie sie mit je einem Koffer in der Hand die Treppe hinunterstieg. Es sah aus, als schwebte sie über den Bäumen in der Luft. Langsam und mit Bedacht setzte sie einen Fuß vor den anderen. Mary hätte sie am liebsten angetrieben, weil Andres jeden Augenblick im Flur unten auftauchen konnte. Sie ging in ihr Schlafzimmer zurück, wählte Morans Nummer und verlangte nach ihm.

Eine ihr unbekannte Stimme meldete sich: »Er ist weggefahren ...«

»Können Sie mir sagen, wo er zu erreichen ist?«

»... und zwar wahrscheinlich für immer und ewig.«

»Bitte!« rief Mary. »Es ist sehr wichtig.«

Die Stimme klang plötzlich fröhlicher. »Ach, sind Sie das,

Mary ...? Ich bin Nolen Tyner. Wie geht es Ihnen denn? Wir kennen uns glaube ich noch nicht ...«

»Nolen, können Sie mir sagen, wo er ist?«

»Klar, er ist auf dem Weg zu Ihrem Haus.«

»Er kann doch unmöglich hierherkommen!«

»Genau das hab' ich ihm auch gesagt. Aber Sie kennen den guten George ja. Ein stiller Typ, aber wenn er mal auf Touren kommt, läßt er nicht mehr locker. Hören Sie ...«

»Ich habe keine Zeit mehr«, rief Mary.

»Okay, aber wenn Sie mal Zeit haben, sollten wir uns unbedingt zusammensetzen. Was halten Sie davon?«

Moran achtete nicht auf die Vorfahrtsschilder, überholte auf dem Freeway mal links, mal rechts, nahm trotz Radarkontrollen den Fuß nicht vom Gas, raste den South Dixie hinunter und hielt nur vor der nächsten Tankstelle, weil ihm das Benzin ausging. Der Tankwart saß gemütlich hinter seinem Tresen.

»Machen Sie den Tank voll. Normalbenzin, okay?«

Der Typ zählte gemächlich weiter seine Rechnungen oder trug sie ein.

»Halt, ich tank' lieber für zehn Dollar, ich habe es furchtbar eilig«, rief Moran, um dem Kerl Beine zu machen.

»Jeder hat's heutzutage eilig«, brummelte der Tankwart, ein nicht mehr ganz junger Kerl in verschmiertem Overall. »Nur die Ruhe, dann leben Sie länger.«

»Ich würde Ihnen ja gerne erklären, daß es genau anders herum ist, aber ich habe keine Zeit!« erwiderte Moran. Er war erstaunt, daß er so ruhig blieb. *Was tun?* Der Typ bedachte ihn im Davongehen mit einem scheelen Blick. Vor Moran stand der Münzfernsprecher, die Nummer wußte er auswendig – 4422300. Er fragte sich nur, ob er nicht lieber die 911 anrufen sollte. Welche würde denn ein anonymer Anrufer wählen? Moran war sich nicht sicher. Der Einfall war ihm auf dem Freeway gekommen. Ein Geistesblitz, ohne daß er vorher nachgedacht hatte. Genial! Warum war er nicht gleich draufgekommen? So schlug er zwei Fliegen mit einer Klappe. Erstens brachte er Mary da raus, ohne daß es zu einer Auseinandersetzung mit Andres kam, und gleichzeitig machte er Nolen einen Strich durch die Rechnung. Menschenskinder, und jetzt überlegte er, welche Nummer die bessere war! *Tu was!* rief er sich zu und wählte die Nummer 4422300.

Eine Männerstimme meldete sich mit »Coral Gables Police« und murmelte so etwas wie »Sergeant Roscoe«.

»Sergeant!« rief Moran. »Ich will Ihnen nur sagen, daß bald eine Bombe hochgeht.«

»Wer spricht bitte?«

»Das ist ein anonymer Anruf, Sie Trottel. Die Adresse ist Arvida Parkway 700. Fahren Sie lieber schleunigst hin.«

»Sir, könnte ich bitte Namen und Telefonnummer haben.«

»Da, wo der Steg in die Luft gegangen ist, Sie Arschloch. Jetzt ist das Haus dran.«

Im Polizeirevier von Coral Gables herrschte einen Moment Stille. »Diese Bombe da ...«, meinte Sergeant Roscoe oder wie immer er heißen mochte, »können Sie mir den Typ nennen oder den genauen Ort, wo sie gelegt ist?«

»Mein Gott, die sprengen das ganze Scheiß-Haus, und Sie wollen von mir wissen, wo die Bombe ist! Fahren Sie los und finden Sie das verdammte Ding, Herrgott noch mal!« Um dem Ganzen noch etwas Lokalkolorit zu verleihen, fügte er hinzu: »*Viva libertad! Muerte a de Boya!* Kapiert?« und legte auf.

Jiggs Scully fand solche Leute zum Schießen. Überall hatten sie Fotos mit sich und irgendwelchen Politikern, Würdenträgern und sonstigen Berühmtheiten herumhängen. Dann wußte man gleich, in was für illustren Kreisen sie verkehrten. De Boya gehörte zu der Sorte. Jimmy Cap machte es ganz genauso. Nur daß Jimmy Cap sich zusammen mit einem Komiker und ein paar berühmten Jokkeys hatte fotografieren lassen. Natürlich kam er groß heraus, wenn er den Arm um diese Leichtgewichte legte. Jiggs fiel auf, daß die Militärs aus Lateinamerika sich großartig mit Dienstmützen herausstaffierten. Und zwar machte der Schirm bei ihnen einen Schwung nach oben, daß die der Nazis klein dagegen aussahen. Das waren alles Reaktionäre von der übelsten Sorte, aber in jedem steckte ein kleiner Showmaster.

»Die Bilder da scheinen Ihnen ja recht wichtig zu sein, General?« sagte er zu de Boya. »Wissen Sie, was ich an Ihrer Stelle machen würde? Ich würde sie zusammenpacken und an einem sicheren Ort aufheben, bis wir die Sache aus der Welt geschafft haben.«

»Hier kommt nie jemand rein«, knurrte de Boya. Er thronte in einem grauen Busineßanzug hinter seinem mächtigen Schreibtisch.

»Hier muß ja gar niemand rein«, erwiderte Jiggs. »Drum will ich mich ja umsehen. Mal schauen, wieviel Drähte ins Haus gehen und wie sie verlaufen. Die Spatzen pfeifen ja schon von den Dächern, daß das Haus als nächstes fällig is'.«

»Da hätte ich etwas merken müssen«, rief de Boya.

»Sicher, aber was is, wenn die Techniker gar nich' von Southern Bell waren? Ja gut, er hat 'nen Dienstausweis gezeigt, aber was sind die Dinger heute noch wert? Für zehn Dollar können Sie sich überall hundert Stück drucken lassen. Nein, meine Vibes sagen mir da was andres. Wissen Sie, was Vibes sind, General? So ein Gefühl im Bauch. Und meine Vibes sagen mir eben, daß wir da in 'ner ganz schön brenzligen Lage sind. Ohne Schutz sind wir aufgeschmissen, sag' ich Ihnen ganz ehrlich. Ich will ja nich' rummeckern, General – Sie haben hier das Sagen –, aber finden Sie nich' auch, daß wir richtige Profis brauchen? Ich besorg' Ihnen welche. Die in Pompano Beach taugen jedenfalls einen Dreck.«

Jiggs musterte verstohlen den General. Er sah aus, als verkniff er sich schreckliche Blähungen. Bei den Hispanos war wohl alles Gefühlssache. Dann bemerkte er, wie de Boya aufsah. Jemand ratterte da auf spanisch los. Er drehte sich um und erkannte Corky. Der redete ja schneller als die Lichtgeschwindigkeit. Und was er sagte, riß de Boya geradezu aus dem Stuhl.

Schüchtern machte Altagracia die Tür zu Marys Schlafzimmer auf. Sie wußte nicht so recht, ob sie eine gute oder eine schlimme Nachricht überbrachte. »Señora, er ist da.« Erschrocken sprang sie zur Seite, denn Mary stand direkt vor ihr. Sie war auf dem Weg in Andres' Schlafzimmer. Dort lagen nach wie vor die zwei Koffer, die sie nicht vollgepackt hatte, auf dem Boden.

Durch Andres' Fenster erblickte sie Morans uralten weißen Mercedes. Er stand hinter einem rotweißen Cadillac und dem Rolls-Royce ihres Mannes. Mary trat nahe ans Fenster heran. Auch wenn es beschlagen war, sie sah Moran neben seinem Wagen stehen.

Vom Haus her kam Corky auf ihn zugeeilt. Mary drückte sich erneut an Altagracia vorbei und trat auf den Gang.

»Meine Tasche, die kleine.«

»Ich hol' sie Ihnen«, sagte das Mädchen.

Das verschaffte Mary die dringend benötigte Pause zum Durchatmen. Bei ihrem letzten Abgang wollte sie es ihm einmal richtig zeigen. Würdevoll mußte er sein. Und wenn Andres etwas sagte, wollte sie ihn vielleicht kurz ansehen, mehr aber auf gar keinen Fall. Altagracia kam mit ihrer Segeltuchtasche aus dem anderen Schlafzimmer. Mary hängte sie sich über die Schulter.

»Gehen Sie mit Gott«, murmelte Altagracia.

Genau! Erhobenen Kopfes mußte sie hinausrauschen, ruhig auch ein bißchen arrogant. Dann zögerte sie doch.

Andres trat in die Vorhalle unten und strebte auf die Haustür zu. Sie sah ihn nur noch von hinten. Jiggs Scully eilte ihm nach. Wie eine Tonne auf Beinen, aber äußerst behende. Sie erkannte ihn am unförmigen Leinenanzug.

Als Mary unten anlangte, waren die beiden draußen auf der Veranda. Unter ihnen stand Moran im Sprühregen. Er war nur mit einem dunklen Pullover bekleidet. Corky versuchte sich ihm entgegenzustemmen. *Jetzt,* sagte sich Mary. Stolz ging sie an Scully vorbei. Dabei streifte sie ihn mit der Tasche. Ihn und Andres würdigte sie keines Blicks. Sie trat auf den Kiesweg. Abrupt drehte Corky sich um. Er mußte sie gehört oder im Rücken gespürt haben. Sie hatte aber nur Augen für Moran, der jetzt keine zehn Meter mehr vor ihr stand. Ruhig sah er sie an. In seinem Bart glänzten die Regentropfen. Sie wollte ihm entgegenlaufen, sehen, ob er die Arme ausbreitete.

»Stehenbleiben!« donnerte Andres.

Aber es kam viel zu spät. Mary ging weiter auf Moran zu. »Mann, bin ich froh!« rief sie so erleichtert, daß sie selbst überrascht war.

Sein Blick ging von ihr zu de Boya. Gelassen fragte er: »Bist du fertig?«

»Die Koffer sind in der Garage. Die mit der offenen Tür.«

Er schaute hinüber zum Garagenflügel, einem flachen Anbau. Drei Türen waren geschlossen, die vierte war hochgezogen und gab den Blick frei auf vor dunklem Hintergrund glänzenden

Chrom. Moran zögerte noch. Er wartete gespannt auf das Sirenenheulen. Es wäre das zweite Mal, daß sie seinetwegen kämen. Der erste Erfolg heute morgen hatte ihm Mut gemacht. Warum nur kamen sie nicht schon über die Cutler Road herangekreischt? Mary merkte, daß etwas nicht stimmte. Wozu stand er noch so lange herum?

»Mary!« Der typische Befehlston des Ex-Generals. Mit tief in den Jackettaschen vergrabenen Händen stand er da. »Los, rein ins Haus!«

»Bleib, wo du bist«, sagte Moran und legte die Hand auf ihren Arm. Dann ging er an ihr vorbei zu Jiggs, der auf der untersten Stufe zur Veranda stehengeblieben war. »Hast du's ihm schon gesagt?«

Das machte de Boya hellhörig. Jiggs schwieg. Zum erstenmal im Leben hatte es ihm wohl die Sprache verschlagen.

»Wenn du nichts sagst, tu's ich«, rief Moran. »Hey, Andres!«

»George, wo drückt dich der Schuh?« fragte Jiggs.

Da, in der Ferne war es zu hören, ein klägliches Wimmern. Noch hatte es nichts mit ihnen zu tun, aber schnell kam es näher. Moran hoffte nur, daß ihm genügend Zeit blieb, all das zu sagen, was er zu sagen hatte, und dann zu verschwinden.

»Andres, dieser Typ da will Sie reinlegen.«

Vielleicht war es jedoch schon zu spät. Jiggs sah ihn nur an. De Boya starrte stirnrunzelnd in eine andere Richtung. War es das Heulen des Windes oder eine Polizeisirene oder etwas anderes? Jiggs hörte es ebenfalls, ließ sich aber nichts anmerken. »George, hast du was getrunken?« fragte er.

Die Sirene heulte hinter den dichten Bäumen auf, wurde kurz leiser, schwoll wieder an.

»Andres?« sagte Moran.

Er erntete einen Blick von der Seite. Die Stirn blieb gerunzelt.

»Jiggs Scully bringt Sie bei der nächsten Gelegenheit um.«

De Boya warf wieder einen kurzen Blick auf ihn, als störte ihn Moran und nicht das immer durchdringender werdende Gellen der Sirenen.

»Ich weiß gar nicht, warum ich es Ihnen sage, aber wenn er Sie zum Mitkommen auffordert, egal wohin, lassen Sie sich nicht darauf ein.«

So. Mehr konnte er nicht tun. Weder Jiggs noch de Boya achteten jetzt noch auf ihn. Beide lauschten sie angestrengt, reckten den Kopf in den kalten Regen hinaus. Moran drehte sich zu Mary um, sah ihre Augen. »Du mußt zu mir in den Wagen steigen. Jetzt, sofort.«

Sie setzte sich auf der Stelle in Bewegung. Nicht ein fragender Blick. Er hätte sie in die Arme nehmen und küssen können.

Die Polizeiautos kamen in diesem Augenblick von links und von rechts herangefahren. Blaulichter blitzten, elektrische Sirenen heulten, die einen kreischten, die anderen winselten. Es sah hochdramatisch aus. Kaum standen die Wagen, sprangen die Beamten schon zu den Türen heraus, rannten auf das Haus zu.

Andres sah vollkommen verdattert drein.

Und Jiggs starrte wortlos auf Moran. Der erwiderte diesen Blick. Der Bursche sollte ruhig wissen, wem er das alles zu verdanken hatte.

Ein Lieutenant blieb vor Andres stehen. »Sir«, bellte er im unverwechselbaren unpersönlichen Amtston. »Ich muß Sie bitten, das Anwesen unverzüglich zu verlassen. Niemand darf hierbleiben.«

Jiggs rührte sich immer noch nicht, sondern starrte weiter auf Moran.

Moran grinste in seinen Bart hinein. Vielleicht bekam Jiggs es mit, vielleicht auch nicht. Sie mußten jetzt weg – das war wichtiger.

Mary setzte sich ans Steuer. Noch während er hineinsprang, ließ sie den Motor an und fuhr langsam an Jiggs' Wagen und dem Rolls-Royce vorbei. Weitere Polizeiautos, die mit Blaulicht angebraust kamen, mußten ihnen ausweichen. Plötzlich deutete sie auf die Garage und brachte den Mercedes mit quietschenden Reifen zum Stehen. »Meine Koffer!« rief sie.

Die drei handgefertigten Stücke standen in der Einfahrt vor dem Halbdunkel der Garage. Moran stieg aus, sammelte das Gepäck auf und wuchtete es auf den Rücksitz. Er warf einen letzten Blick auf die Szene vor dem Haus.

Mit einer herrischen Geste gebot de Boya den Polizisten Einhalt. Ein solches Eindringen ließ er sich nicht gefallen. Er deutete mit dem Zeigefinger mitten auf das Gesicht des Lieutenants. Ohne seine Einwilligung betrat ihm keiner das Haus, und ganz offensichtlich verweigerte er sie ihnen. Corky war eine Ausnahme. De Boya sagte etwas zu ihm, und unverzüglich rannte sein Leibwächter ins Haus.

»Moran, komm doch endlich.«

Er drehte sich zu Mary um. »Fahr auf die Straße raus, bevor er noch auf dich losgeht. Ich komme gleich nach ... Fahr schon!«

Sie biß die Zähne zusammen, sah ihn kurz an und gab Gas. Hupend fuhr sie auf das Gras, weil Polizeiautos die gesamte Auffahrt zuparkten. Cops mit Polizeihunden marschierten jetzt auf die Garage zu.

Moran trat zum Beifahrersitz eines Einsatzwagens. Das Blaulicht drehte sich nach wie vor im Kreis. Aus dem Funkgerät kam knatternd eine Frauenstimme, verstummte, meldete sich erneut. Er blickte wieder auf de Boya. Der steckte mit Jiggs jetzt den Kopf zusammen. Anscheinend stritten sie miteinander. De Boya nahm seine unnachgiebige Haltung an, aber langsam drang Jiggs wohl zu ihm durch. De Boya wurde ungeduldig, deutete nervös auf die Garage. Als de Boya sich umdrehte und ins Haus eilte, blieb Jiggs stehen und sah ihm nach. Aber nur kurz. Er setzte sich nun selbst in Bewegung, fing zu laufen an. Trotz seiner massigen Gestalt bewegte er sich mit erstaunlicher Eleganz. Alsbald verschwand er in der Garage. Moran richtete den Blick wieder auf den Vordereingang. Die Cops schwärmten nun in alle Richtungen aus. Mit Regenschirmen kamen die Bediensteten aus dem Haus gelaufen. Als Moran wieder zur Garage schaute, stand Jiggs in der Tür.

Er hielt ein Telefon in der Hand. Die lange Schnur endete irgendwo in der Garage. Aufgeregt rief Jiggs etwas in die Muschel hinein. Dabei ließ er die Polizisten vor dem Haus keinen Moment aus den Augen. Dann ging er in die Garage zurück und tauchte sogleich wieder ohne das Telefon draußen auf. Erst schob er die Brille auf seiner Knollennase nach oben, dann nahm er sie ab. Mitten im Regen zog er den Hemdzipfel ganz aus der Hose und putzte die Gläser. Die Brille setzte er gleich wieder auf und beobachtete weiter die Ereignisse. Den heraushängenden Hemdzipfel hatte er vergessen.

So was von schlampig, sagte sich Moran. Aber das mußte man gesehen haben. Er war fasziniert. Der Typ improvisierte nicht schlecht, um zu retten, was zu retten war. Er hatte Jiggs' Worte in der Mutiny Bar noch im Ohr: »Solche Kinkerlitzchen traust du mir zu, George.« Dieser hemdsärmelige Charme war von entwaffnender Natürlichkeit. Ihm zuzuschauen machte direkt Spaß – solange man ihm nicht zu nahe kam.

Moran wollte noch einmal mit de Boya sprechen, aber er wußte, daß es Zeit war zu verschwinden. Mary wartete draußen und war sicher nervös. Sie wollte nur noch weg von hier. Er ging wieder vorbei an den Einsatzwagen. Die Blaulichter drehten sich nun viel langsamer. Im Augenblick schien das Ganze in Zeitlupe abzulaufen. An der Stelle, wo die Auffahrt in einer Kurve in das Wäldchen führte, schaute er ein letztes Mal zurück. Eine Minute wollte er sich noch gönnen. Er sah, wie de Boya aus dem Haus kam.

De Boya rannte zu seinem Jeep. Dicht hinter ihm liefen Corky und eins von den Dienstmädchen, Altagracia. De Boya fuchtelte mit seiner Aktentasche herum, um Corky, der zwei Koffer schleppte, anzutreiben. Dann sagte Jiggs etwas zu de Boya. De Boya schüttelte den Kopf. Jiggs redete trotzdem weiter, doch de Boya wandte sich ab. Das Mädchen kam mit einem Pappkarton herbeigerannt. Der Inhalt sah nach eingerahmten Bildern aus – ein paar schauten oben heraus. Das Mädchen wartete mit der Schachtel hinter Corky, der die Koffer, die genauso wie die von Mary aussahen, im Kofferraum verstaute.

Wo steckte Jiggs?

Dann erblickte Moran ihn. Er stieg in seinen Cadillac ein.

De Boya und Corky saßen jetzt im Rolls-Royce. Der Motor dröhnte los, und sie fuhren über den Rasen auf ihn zu. Moran trat hinter die Bäume.

19

»Ich hab' ihm gesagt, daß er mit Jiggs nirgendwohin gehen soll«, rief Moran. Er wollte selbst daran glauben, daß er de Boya gewarnt hatte.

»Der läßt sich nichts sagen«, erklärte Mary. In Schrittgeschwindigkeit fuhr sie auf einen Verkehrspolizisten im Regenmantel zu, der ihr zuwinkte, sie solle sich schneller einordnen. Vom Arvida

Parkway bogen sie in die Cutler Road ein. Beide fühlten sich gleichermaßen vom Druck erlöst. Erleichtert lächelten sie einander an. Der geheizte Mercedes war dafür auch der richtige Ort. Unablässig fegten die Scheibenwischer über die Windschutzscheibe, und die Reifen brummten auf dem nassen Asphalt. Das Wetter war ihnen gerade recht.

Sie kamen vorbei am Golfplatz von Leucadendra. Er war genauso verlassen wie die Tennisplätze. Als der Country Club hinter ihnen lag, war es für beide wie ein Neuanfang, ein neues Abenteuer. Morans Gedanken schweiften allerdings schnell ab. Er sah wieder vor sich, wie de Boya aus dem Haus gestürmt war. »Jag ihm Angst ein, und er nimmt die Beine in die Hand«, hatte er Jiggs in der Mutiny Bar erklärt und genau das geschah jetzt.

Laut sagte er: »Es ist der reine Wahnsinn, wenn er mit Jiggs irgendwohin fährt. Das hab' ich ihm auch gesagt. Du hast es selbst gehört, du hast ja direkt daneben gestanden.« Er wollte keinen Gedanken mehr an Andres verschwenden. Dennoch fragte er sie: »Was meinst du, wohin fährt er?«

»Er hat ja überall Grundstücke. Apartmenthäuser und sogar Farmen und jede Menge unerschlossenes Land. Vielleicht taucht er an einer von den Buchten unter. Aber seinetwegen brauchst du dir wirklich keine Sorgen zu machen. Auf seine Nummer eins hat Andres schon immer gut aufgepaßt, und das ist nun mal er selber, der Dreckskerl. Und wenn Corky dabei draufgeht, dann soll es ihm auch recht sein.«

Richtig, aber für die Art von Burschen war das ja nichts Neues. Moran sah sie von der Seite an. Sie blickte geradeaus nach vorne, wo die Scheibenwischer jede zweite Sekunde über das Glas kratzten, damit sie wenigstens für einen kurzen Augenblick klare Sicht hatten. Er liebte ihr Profil. Er konnte sie sich gut als kleines Mädchen vorstellen.

»Du fährst verdammt gut.«

»Danke.«

»Was macht dein Mund? Tut er noch weh?«

»Es geht.«

»Mir gefällt, wie deine Unterlippe vorsteht. Richtig sexy.«

»Willst du draufbeißen?«

»Ich hätte große Lust. Hast du zurückgeschlagen?«

»Ich habe ihn zuerst geschlagen. Das hat ihn erst richtig auf die Palme gebracht.«

»Da haben wir's«, rief Moran. »Schlag nur zu, wenn du den anderen damit auch garantiert außer Gefecht setzt – erste Regel bei Schlägereien.«

»Hey, Moran, bist du mein Trainer oder mein Liebhaber?« fragte Mary. Endlich war sie frei! Sie fühlte sich großartig und wollte nur noch rumblödeln. Vielleicht rief er dann wieder so erstaunt wie damals: »Ich kann's nicht glauben!« Aber das hatte Zeit.

De Boya saß halb umgedreht auf dem Beifahrersitz seines Rolls-Royce. Die Aktentasche hielt er auf dem Schoß. Immer wieder schaute er nach hinten in den Dunst, um sich zu vergewissern, daß sie Jiggs Scully nicht verloren hatten. Auf dem Freeway fuhren sie in nördliche Richtung. Rechts flog der Fort Lauderdale Airport an ihnen vorbei. Aus der grauen Masse fast unmittelbar vor ihnen tauchte ein Jet aus dem grauen Nichts herab. »Wenn Sie wollen, tret' ich aufs Gas, und dann kann er schauen, wo er bleibt«, murmelte Corky in den Rückspiegel.

»Nein«, erwiderte de Boya. »Er weiß etwas.« Sie unterhielten sich auf spanisch.

»Sind Sie sicher?«

»Wir werden sehen. Er wollte mit mir nach Boca Raton. Dort kennt er angeblich ein sicheres Haus. Ich soll mich ihm ruhig anvertrauen, hat er gesagt.«

»Er hat keinen Respekt.«

»Das wäre das wenigste.« De Boya achtete auf die Straße vor ihnen. Ein grünes Freeway-Schild tauchte nach und nach im Regen auf. »Vierundachtzig – hier geht's zur New River Canal Road.«

Corky fuhr auf die Ausfahrt. Sein Blick hing am Rückspiegel. »Er kommt nach.«

»Ja, hoffentlich«, brummte de Boya.

Meile um Meile fuhren sie vorbei an eingezäunten Grundstücken. Die Gegend wirkte trostlos und total abgeschieden, fast wie Flachland im tiefsten Afrika. Weit und breit war kein Haus zu sehen. Sie bogen in einen Feldweg ein, holperten über Pfützen und Schlaglöcher durch ein Pinienwäldchen und hielten schließlich vor einer Art Ranchhaus an, einem Betonklotz. Der weiße Anstrich blätterte von den Wänden. Der Anblick paßte zur deprimierenden Umgebung. Keine Spur von Leben. De Boya hatte es möbliert gekauft, mitsamt neunzig Morgen verwildertem Land. Bei Bedarf konnte es als Sprungbrett dienen, denn der Lauderdale Airport war nicht weit weg. Und wenn er Lust hatte, brauchte er das Grundstück nur zu einem Feriendorf auszubauen.

»Er kommt«, rief Corky und steuerte den Wagen zur Garage, die ins Haus integriert war.

De Boya drehte sich um. Der rotweiße Cadillac kroch hinter ihnen über den Vorhof. Dann hielt er an. Jiggs stieg aus. Er stemmte die Hände in die Hüften und blickte sich um. Der Regen schien ihn nicht zu stören.

»Bleib in meiner Nähe«, sagte de Boya.

Mit seiner Aktenmappe in der Hand stieg er nun ebenfalls aus und ging auf Jiggs zu. Der lief um seinen Wagen herum und schaute auf den Schlüssel, als wolle er den Kofferraum aufmachen. Dann warf er einen Blick auf de Boya.

»So sieht das also aus, General ... Darf ich Ihnen mal was sagen? Jimmy Cap hat so was Ähnliches in Boca. Dort hätten Sie's allerdings bequemer. Mit Sauna und allen Schikanen.« Er beugte sich über den Kofferraum.

»Was haben Sie da drin?« wollte de Boya wissen.

Jiggs richtete sich auf. »Eine .44 Magnum, ein Repetiergewehr zum Durchladen und eine Browning. Dazu noch Leuchtraketen und 'nen Vierzigliterkanister Benzin. Brauchen Sie sonst noch was?«

De Boya winkte ihn zu sich. »Gehen wir rein.«

»Ich dachte, wir kümmern uns erst um Ihren Schutz.«

»Das können wir auch später.«

Sie setzten sich in Bewegung. »Soll ich Ihnen nicht mit dem Gepäck helfen?« fragte Jiggs.

»Nein, das holen wir ebenfalls später.«

»Was ich noch sagen wollte, General«, rief Jiggs, »so viel hätten Sie gar nicht mitnehmen brauchen. Die Spürnasen von der Polizei brauchen sicher nich so furchtbar lange. Mehr als eine Nacht sollten wir nich wegbleiben. Rufen wir sie doch mal an und fragen, ob sie schon was gefunden haben.«

»Ja, das werden wir tun«, erwiderte de Boya.

»Ich frag' mich bloß, wer die Cops alarmiert hat.«

»Das wissen sie nicht«, erklärte de Boya. »Ich versteh' außerdem eins nicht. Was hat Moran da gewollt? Und was hat er gesagt? Daß Sie mich *drankriegen* wollen?«

Corky ging voraus und sperrte die Tür auf.

»Richtig, so hat es sich angehört«, sagte Jiggs. »Einen Reim kann ich mir aber nich drauf machen. Höchstens, daß er Sie verwirren wollte, General. Wollte Sie vielleicht nervös machen, damit er ungestört mit Ihrer Frau verduften kann. Soll ich ihm mal 'nen Besuch abstatten?«

»Wäre das Jimmy Cap denn recht?«

»Jimmy hat gesagt, ich soll Ihnen helfen, wo ich kann.«

»Aber er ist weggefahren, hat man mir gesagt. Für eine ganze Woche oder so.«

Corky hielt ihnen die Tür auf. Als erster trat de Boya ein, dann Jiggs. »Aber General!« rief Jiggs im Ton zutiefst gekränkter Ehre. »Sie werden doch nicht an meinem Wort zweifeln!« Mit einem schnellen Blick inspizierte er den Raum, ein in der Art einer Jagdhütte eingerichtetes Wohnzimmer: mit knotigem Fichtenholz verkleidete Wände, Ahornmöbel, ein Pokertisch, Indianerdecken. Jiggs zog den Hemdzipfel aus der Hose und wischte sich damit die Brille ab. »Wissen Sie was, General? Ich geb' Ihnen Jimmy Caps Nummer. Dann können Sie ihn selber anrufen, oder die sagen Ihnen, wo er zu erreichen is'. Wenn Sie nichts dagegen haben, spreche ich auch selber kurz mit ihm, weil ich das Mißverständnis schnellstens aus der Welt schaffen will.« Es schien ihm ein dringendes Anliegen zu sein.

»Ja, ich auch«, sagte de Boya. »Geben Sie mir seine Nummer.« Er reichte Corky seine Aktentasche.

Jiggs setzte seine Brille wieder auf, fuhr sich mit den Händen an die Brust, betastete sein unförmiges Sakko und griff dann in die rechte Hüfttasche. »Ja, da hab' ich sie, in der Brieftasche. Aber lassen Sie mich erst mal pinkeln. Mir steht's schon fast bis zum Hals.« Er huschte zum Flur, wo er die Badezimmertür offenstehen sah. Innen war es grün gefliest.

De Boya wartete, bis die Tür zufiel, dann streckte er Corky die Hand entgegen und schnippte zweimal mit den Fingern.

Corky öffnete die Aktentasche auf dem Pokertisch und holte eine Walther P 38 heraus. Er reichte sie de Boya. Dann legte er seinen Mantel ab. Aus dem Schulterhalfter unter seinem rechten Arm zog er seinen eigenen Revolver, einen Colt .38 mit kurzem Lauf, und folgte de Boya auf den Flur. An beiden Enden befanden sich Schlafzimmer. Durch die offenen Türen konnte man sehen, daß sich außer hübschen Doppelbetten mit Chenilledecken keine Möbel darin befanden. Das Bad lag genau in der Mitte. Die Tür war zu.

Sie warteten, bis sie die Klospülung hörten. Dann hoben sie die Waffen und feuerten blind durch die Mitte der Tür. Der Krach war ohrenbetäubend in dem engen Flur. Totenstille folgte. Vorsichtig drehte Corky am Griff, öffnete die Tür einen Spaltbreit, trat einen Schritt zurück und stieß die Tür mit dem Fuß ganz auf, daß sie gegen die Wand knallte.

Aus der Duschkabine kam Jiggs. Die Arme hielt er gerade durchgestreckt. Er umfaßte mit beiden Händen eine stahlblaue Automatic. Corky ignorierte er. Er richtete die Waffe auf de Boyas Gesicht. Zum ersten Mal sah er, wie seine eiskalten Augen sich weiteten.

»Das hab' ich vor langer Zeit gelernt, General: Laß dich mit keinem ein, wenn du ihm nich traust. Vor allem mit keinem Heißsporn. Die machen bloß Krach und zerschießen das halbe Haus. So, jetz' kommt mal schön hier rein. Ziert euch nich' ...« Jiggs trat über Glassplitter und Porzellanscherben hinweg, damit sie an ihm vorbei konnten. »Jetzt werft eure Knarren in die Kloschüssel ... So ist's brav ... Du auch, Corky. Was haben wir denn da? 'nen Verband oder was?« Er ließ den elastischen Gurt von Corkys Halfter zurückschnallen. »Du hast dir doch nichts gebrochen? Ganz recht, alles in die Kloschüssel. Und jetz zieht ihr euch beide aus. Alles klar, General? Runter mit den Hosen. Die Unterhosen auch.«

De Boya entledigte sich zögernd seiner Kleider. »Ich soll für mein Leben zahlen, hm? Wieviel wollen Sie?«

Jiggs ging an ihnen vorbei und setzte sich auf die Kloschüssel. »Ich mach's ganz leicht«, sagte er. »Mehr als Ihre Koffer will ich gar nich'. Corky, gib mir die Autoschlüssel. Oder warte. Ich hol' sie mir nachher.«

»Ich dachte mir schon, daß Sie darauf aus sind«, sagte de Boya. »Aber woher wissen Sie nur Bescheid?« Er verstummte für eine

Weile. Gedankenverloren knöpfte er sich das Hemd auf. »Ich kann mir nur vorstellen, daß es meine Frau war.«

»Sie haben's mir selber verklickert«, rief Jiggs. »Und zwar an dem Tag in Calder draußen, als Sie's Jimmy Cap erzählt haben. Und der ganze andere Scheiß war nur dazu da, um Sie hier rauszulocken ... Hey, Corky, nich' träumen ... Jetz mach aber und zieh deine Klamotten aus.« Er richtete die Automatic auf Corkys Kopf. »Du überlegst wohl die ganze Zeit, was das hier is', oder? Sieht aus wie 'ne ganz gewöhnliche Neunmillimeterkanone, nur das Gewinde, das da raussteht, paßt nich' ganz ins Bild.« Aus der Jackettasche zog er einen Metallaufsatz und schraubte ihn an das Gewinde unter der Mündung seiner Automatic. »Hat der Hersteller für mich extra so gefertigt. Hush Puppy nennt man so was. Los, los, General, runter damit. Du auch, Corky. Nur keine falsche Scham! Du mußt bloß auf deinen General aufpassen, sonst greift er dir noch an den Schlauch ... Die Schuhe übrigens auch. Alles.«

Voller Stolz zeigte er ihnen seine Pistole von der Seite.

»Hat hier an der Seite 'nen kleinen Hebel an der Entsicherung. Wenn man schießt, gibt's kein *Klick,* weil der Hahn nich' zurückschnallt. Man hört nich' mal ein *Plopp* wie bei normalen Schalldämpfern. Und wollt ihr den Grund wissen? Die Mündungsgeschwindigkeit is' verlangsamt. Ich brauch' bloß die Sicherung wegmachen, und schon schnellt der Hahn zurück. Aber ich kann dieses *Klick-klick* einfach nich haben ... So, Jungs, seid ihr fertig? Laßt eure Sachen einfach auf dem Boden liegen.«

»Wollen Sie auch unsere Kleider?« fragte de Boya. Er stand in aufrechter Haltung vor Jiggs. Die Schultern fielen kein bißchen nach unten. Überhaupt wirkte er recht durchtrainiert. Untersetzt – ja, aber so gut wie kein überflüssiges Fett.

»Ich sorg' schon dafür, daß keine Falten reinkommen«, versprach Jiggs. »Und jetz stellt euch unter die Dusche. Also mal 'n bißchen Bewegung, die Herrschaften.«

»Beide?« rief de Boya.

»Ganz richtig – beide. Und zwar gleichzeitig.« Jiggs stand auf und scheuchte sie in die Duschkabine. »Paß gut auf dich auf, Corky. Und laß die Seife nich' fallen.« Nackt war Corky dürrer, als er in Kleidern aussah. Jetzt kaute er nervös an seinem Schnurrbartende herum, als müßte er jeden Moment losweinen. »Okay. Jetzt das Wasser aufdrehn. Stellt es ruhig angenehm warm.«

»Wozu soll das gut sein?« fragte de Boya.

»Drehn Sie bitte einfach das Wasser an.«

Jiggs schoß de Boya oben durch den Brustkorb, als er den Arm ausstreckte, um die Temperatur zu regulieren. Der Schuß ging mitten durch die Lunge. De Boya wurde gegen die Fliesen geschleudert. Auch der nächste Schuß fiel vollkommen lautlos. De Boya glitt nach unten und verschmierte die Fliesen mit seinem Blut. Corky fing an zu kreischen, versuchte Kopf und Brust hinter den Armen zu schützen. Jiggs schoß ihm zweimal durch die Hand mitten in die Brust. Corky fiel über de Boyas Körper und blieb auf ihm liegen, als wollte er ihn wärmen. Jiggs schoß noch einmal auf beide, sah zu, wie ihre Köpfe in die Höhe schnellten und der Wasserstrahl das Blut sofort wegspülte. Dann zog er den Duschvorhang zu. Das Wasser wollte er noch laufen lassen, bis er die Koffer in seinen eigenen Wagen verfrachtet hatte.

20

Die Bar, in die Jiggs Nolen befohlen hatte, befand sich am südwestlichen Ende von Pompano, an der Ecke Atlantic und Sixth Avenue. Zum Highway war es keine halbe Minute.

Mit Sonnenbrille, Cowboystiefeln und seinem zerknitterten Regenmantel saß Nolen am Ende des Tresens, in unmittelbarer Nähe zur Telefonzelle. Die Füße hatte er an den Eisenringen seines Hokkers eingehakt. Vor sich hatte er einen Scotch-Soda stehen. In einem fort spielte er mit dem Sektquirl, der wie ein kleines blaues Schwert aussah. Vier weitere solcher Schwerter lagen auf dem Tresen neben seinem Glas. Der Barkeeper hatte sie wegräumen wollen, aber Nolen hatte das nicht zugelassen. Er brauchte sie doch, weil er sich nicht verzählen durfte. Sechs wollte er sich zugestehen, auf keinen Fall mehr. Dann blieb die Maschine schön geschmiert, und er drehte nicht durch. Die Karaffe Whisky Sour vom Morgen zählte nicht. Das war das Frühstück gewesen. Die Zeit seitdem kam ihm vor wie eine Ewigkeit. Er hatte immer noch in Morans

Wohnung gesessen und fleißig geschluckt, als ihn Jiggs' Notruf erreichte. Jiggs hatte ihm gesagt, daß er von de Boyas Garage aus anrief und sie den Angriff vorverlegen müßten. Es gehe sofort los. Sobald er in Boca sei, würde er ihn in der Bar anrufen. Boca stehe aber noch nicht hundertprozentig fest, weil de Boya nicht gerade kooperiere. Das alles in einem Atemzug. Vergeblich hatte Nolen versucht, seine Fragen an den Mann zu bringen: Was machte er in der Garage? Und was sollten die Sirenen?

Die Bar war recht dunkel und roch angenehm nach Bier. Der Wirt unterhielt sich mit dem einzigen anderen Kunden, einem Rentner wahrscheinlich.

Sie sahen beide auf, als das Telefon klingelte und der sonderbar aussehende Fremde mit dem Regenmantel und der Sonnenbrille wie von der Tarantel gestochen aufsprang. Dabei brachte er den Hocker neben dem seinen ins Wanken und fiel mit ihm zu Boden, weil er sich unbedingt daran festhalten mußte. »Na, hoffentlich ist der Anruf auch wirklich für Sie«, bemerkte der Wirt.

Nolen winkte ihm zu, hastete in die Telefonzelle und machte die Tür hinter sich zu. Kaum erkannte er Jiggs' Stimme, rief er in die Muschel: »Was, zum Teufel, ist denn los?«

Jiggs' Stimme hörte sich sehr ruhig an. Nolen lauschte atemlos und verkniff sich vorläufig weitere Fragen. Zuerst mußte er den Treffpunkt wissen. Boca war es nicht, sondern ein Haus westlich von Lauderdale, aber nicht zu weit weg.

»Jetzt sag mir doch, wie es gelaufen ist.«

Jiggs' Stimme meldete, daß es glatt über die Bühne gegangen war, keine Komplikationen.

»Hast du's?«

Jiggs erklärte, daß er es jetzt gleich aus dem Wagen holen wollte.

»Wo ist de Boya?«

»Im Badezimmer«, sagte Jiggs. Bevor Nolen zur nächsten Frage ansetzte, brachte Jiggs ihn abrupt zum Verstummen: »Nolen, willst du etwa am Telefon quatschen? Den Blödsinn läßt du gefälligst bleiben. Du kommst doch sicher lieber hierher und hilfst mir beim Zählen.«

»Mary bleibt für ein paar Tage bei uns«, erklärte Moran Jerry. »Und zwar in Nummer 1.«

Das mußte Jerry erst einmal verdauen. Nach einer Schrecksekunde zeigte er sich dann gleich wieder von seiner charmantesten Seite. »Aber klar doch. Das ist unser schönstes Apartment mit Blick aufs Meer. Heute fällt er leider ins Wasser. Aber laut Wetterbericht wird es morgen wieder schön.« Er holte Mary den Schlüssel. »Möchten Sie sich gleich anmelden?« wollte er wissen. »Dazu ist später aber auch noch Zeit, wenn Ihnen das lieber ist.«

Mary schwieg dazu. Moran sprang ein. »Jerry, sie ist nicht da, klar?« Er nahm ihm den Schlüssel aus der Hand und gab ihn Mary. »Für den Fall, daß jemand fragen sollte.«

»Ich hab' die junge Dame im ganzen Leben noch nicht gesehen«, sagte Jerry.

»Damit ist auch die Polizei gemeint. Kapiert?«

Das brachte Jerry auf den Teppich zurück. Er rückte die Golfmütze gerade und verschob sie sofort wieder. »Alles klar. Ich seh' da kein Problem.«

»In den nächsten Tagen nehmen wir keine Gäste auf. Die Tür rennen sie uns sowieso nicht gerade ein.«

»Soll ich das Belegt-Schild hinhängen?«

»Nein. Niemand braucht etwas zu wissen. Das ist mir sehr wichtig, Jerry.«

»Das glaube ich dir gern«, erwiderte Jerry und zwinkerte Mary zu. Seine neue Rolle behagte ihm.

Moran öffnete die Tür zum Hof. Weil der Regen hereinprasselte, machte er sie gleich wieder zu. »Was ist mit Nolen, Jerry? Ist er da?«

»Vor einer Stunde hat ihn jemand angerufen, und da ist er Hals über Kopf weggefahren. War wie immer blau. Hoffentlich baut er keinen Unfall.«

Moran ging mit den Koffern aus dem Büro.

»Schön, Sie wieder zu sehen, Jerry«, meinte Mary, ebenfalls im Gehen. Sie ließ sich nicht das geringste anmerken und staunte selbst über ihren unbefangenen Ton. Draußen hatte sie Mühe, Moran einzuholen, obwohl er mit ihren drei Koffern schwer zu schleppen hatte. »Ich kann's nicht glauben!« rief sie. Sie mußte gegen den Wind fast schreien. »Weißt du noch, wie du das in einem fort gesagt hast? Als ich dich in deinem Hotelzimmer in Santo Domingo angerufen habe? ›Ich kann's nicht glauben.‹ Erinnerst du dich?« Sie redete wie aufgedreht, konnte nicht aufhören. Sie brauchte die Bestätigung, daß sie ihre Stimme tatsächlich unter Kontrolle hatte. »›Also wirklich, ich kann's nicht glauben!‹ Du hast das mindestens fünfmal gesagt.«

»Jetzt glaub' ich's aber«, rief Moran ihr über die Schulter zu. Im strömenden Regen, der ihnen vom Meer her entgegenpeitschte, wollte er nicht stehenbleiben. Erst vor der Tür zum Apartment hielt er. Mary versuchte hastig aufzuschließen, was ihr die sperrige Segeltuchtasche allerdings erschwerte.

Als sie eintraten, waren sie beide naß bis auf die Haut. Mary schlug die Tür zu und eilte zu Moran. Sie schmiegte das nasse Gesicht an seine durchnäßte Schulter und seufzte wohlig, weil seine Arme sich sogleich zärtlich um sie schlossen. Es hätte Abend sein können, so dunkel war es schon am Nachmittag. Sie drängte sich an ihn. Draußen heulte der Wind über dem formlosen Grau des Ozeans. Sie konnte ihre Aufregung kaum noch zügeln. »Ich habe noch etwas gemacht, was du nicht glauben wirst«, rief sie und sah zu ihm auf.

Moran bemerkte ihre Aufregung, sah das Lächeln, das sie vergeblich zu unterdrücken versuchte. Er musterte sie mit der unschuldigen Miene dessen, der auf alles gefaßt ist. »Meinst du das jetzt ernst?« fragte er.

»Wart nur, du wirst gleich sehen«, rief sie.

Der Ausdruck der Unschuld auf seinem Gesicht wich einem unsicheren Grinsen.

Nolen bog vom Highway in die von Jiggs angegebene Landstraße ab. Der Alkohol machte sich erst jetzt richtig bemerkbar. Er fühlte sich beflügelt und meinte, getragen vom Sturmwind, mühelos dahinzugleiten. Dabei hingen die Wolken fast zum Greifen niedrig. (Er trug noch immer seine Sonnenbrille. Beim Verlassen der Bar hatte er gemeint, es sei Mitternacht.) Jetzt herrschte draußen ein graues Einerlei – unmöglich zu bestimmen, wie spät es sein mochte. Er fand die New River Canal Road. Kein anderer Wagen war in Sicht. Also preschte er weiter, über ihm die schwarzen Wolken, in seinem Rücken die Böen. Schließlich erblickte er im Norden das Pinienwäldchen. Mit der rechten Hand faßte er an die Manteltasche und befühlte den Griff seines Colt .45. Dann konnte es ja losgehen … Er hielt darauf zu, ohne auf die Pfützen in den Furchen zu achten. Immer wieder spritzte Wasser von unten und von den Seiten gegen den Porsche. Zwischen den hin und her rasenden Scheibenwischern erhaschte er einen Blick auf das Haus und die zwei davor geparkten Wagen. Neben dem Cadillac brachte er seinen Wagen zum Stehen. So aufregend das Ganze war, jetzt kam der schwierigste Teil. Wie sollte er nur vom Auto ins Haus kommen? Sein Mund fühlte sich plötzlich so trocken an, und er ärgerte sich, daß er nicht an eine Flasche für die Fahrt gedacht hatte.

Ach was, scheiß drauf! Er hatte im Kugelhagel schon Häuser am Ostufer des Ozama gestürmt und Baumwolle im Mund gehabt! In einem hatte er sogar Bier gefunden. Kalt war es zwar nicht gewesen, aber immerhin Bier. Und was war ihm passiert? Nicht ein einziger Kratzer! Und das im ganzen Krieg, obwohl sie Tag für Tag auf ihn geschossen hatten. Und warum wohl? Ganz einfach – im Leben stand ihm noch etwas ganz Großes bevor. Und jetzt war es soweit. Mehr Geld als er an diesem einen Regennachmittag in Florida zählen konnte. Er war ein gemachter Mann. Jetzt aber los! Er stieg aus und lief zum Haus ... Die Tür stand einen Spaltbreit offen ... Es dauerte einen Moment, bis er den .45 richtig in der Hand hatte, dann trat er die Tür mit seinem Cowboystiefel auf.

Jiggs saß mit dem Rücken zur Fensterfront und zur Tür in einem Sessel. Nolen trat von hinten dicht an ihn heran. Jiggs drehte sich um und musterte ihn wortlos von oben bis unten. Ansonsten zeigte er keine Regung. Nolen sah an ihm vorbei auf die zwei Koffer. Sie lagen verschlossen auf dem runden Pokertisch. Er wandte sich ab. Sein Blick wanderte suchend über den Flur.

»Wo ist der General?«

»Im Bad.«

»Immer noch?« Nolen schaute wieder auf die Koffer. »Warum hast du sie noch nicht aufgemacht?«

»Sie sind offen.«

»Warum sagst du dann nichts, verdammt noch mal?«

»Ich wollte deine Reaktion sehen«, sagte Jiggs.

Nolen trat an den Pokertisch und betastete die Koffer. Die Schlösser hingen wie Öllampen im Glaszylinder herab. Nolen überzeugte sich davon, daß sie nicht versperrt waren. Der Reißverschluß war ordentlich zugezogen. Nolens Blick wanderte wieder auf Jiggs.

»Zier dich nich'«, brummte Jiggs.

Nolen ließ das Schloß des ersten zurückschnappen und hob den Deckel an. Er sah nichts als Zeitungen. Die erste Seite des *Miami Herald* meldete ihm, daß eine Gruppe Haitianer in der Flutwelle vor Hillsoro ertrunken waren. Er tastete unter den Zeitungen herum. Dann riß er den anderen Koffer auf und bekam noch mehr Zeitungen zu sehen. Wieder tastete er herum bis zum Boden. Er blinzelte Jiggs unsicher an.

»Hat der General was geahnt?«

»Nein, das war nicht der General.«

»Hast du jetzt mit ihm gesprochen oder nicht?« Nolen fuhr herum und stampfte mit gezogener Pistole auf den Flur.

»Ich hab' doch gesagt, daß er es nich' war«, rief Jiggs.

Er verstummte wieder. Vor seinem geistigen Auge hatte er ein ganz klares Bild: An einem verregneten Nachmittag wuchtete Moran genau das gleiche Gepäck auf den Rücksitz seines zerbeulten Mercedes. Und seine Freundin brauste im Fluchtwagen davon.

»Verdammte Scheiße!« hörte er Nolen brüllen und wartete, bis er wieder zu sehen war. Die Hand, die die Pistole hielt, baumelte kraftlos nach unten. Er stand in seinem viel zu weiten Regenmantel vor ihm und sah aus, als würde er jeden Moment umkippen.

»Dein Kumpel war's«, sagte Jiggs. »Der Schweinehund hat uns reingelegt.«

»Meine Abfindung«, verkündete Mary. Sie kniete auf dem Boden vor dem geöffneten Koffer. »Liebst du mich?« Sie hatte die nassen, klammen Sachen ausgezogen. Statt dessen hatte sie sich in eine Decke wie in einen Indianerponcho gehüllt. So sahen auch Teenager bei Pyjamapartys aus, die endlich mal was erleben wollen. »Was ist denn los? Hat es dir die Sprache verschlagen? Du schaust und schaust, aber du kannst es noch gar nicht glauben, was?«

»Ich glaube es«, sagte Moran tonlos.

In Hemd und Unterhose saß er vornübergebeugt auf der Sofakante und starrte auf den Haufen Geld. Stapel um Stapel, Reihe um Reihe füllten brandneue Dollarscheine den Koffer bis zum Rand. Ihm fiel wieder ein, wie Scully von den Kühltaschen gesprochen hatte und daß hunderttausend Dollar aufeinander keinen halben Meter ausmachten. Er kam sich auf einmal verwundbar vor und wünschte sich, er wäre zuerst in seinen Bungalow gelaufen und hätte sich umgezogen. Er hatte Mary ja nur wegen ihrer drei Koffer hierhergebracht, weil er geglaubt hatte, sie würde mehr Platz für ihre Sachen brauchen, als er zur Verfügung hatte.

»Sind alle drei Koffer voller Geld?« wollte er wissen.

»Nur zwei. Ein paar Sachen von mir habe ich auch dabei, aber ich wollte mir keinen Bruch heben.«

»Wieviel ist das insgesamt?«

»Ich weiß es auch nicht genau. Sieht nach einer Million einhunderttausend in jedem Koffer aus. Aber alles, was über zwei Millionen hinausgeht, bekommt Andres zurück. Mehr als mir zusteht, will ich nicht.«

»Du hast es nicht gezählt?«

»George, ich seh's ja selber zum erstenmal. Ich habe sie blitzschnell umgetauscht, als Andres unten in seiner Höhle war.«

»Du bist ja cool wie ein Profi!«

»Nein, ich mache so etwas wirklich zum allerersten Mal. Ich wollte gerade ein Taxi bestellen, und da habe ich dich unten gesehen. Meinen Helden.« Sie sah ihn verwundert an. Ihr Lächeln erstarb. Sie runzelte verunsichert die Stirn. »Macht Geld dich nervös? Was ist los?«

Er hatte wieder die Szene auf der Auffahrt vor Augen, als die Blaulichter im Regen aufgeblitzt waren. »Andres und Corky sind mit zwei Koffern aus dem Haus gekommen. Die haben ganz genauso wie die hier ausgesehen.«

»Er hat mindestens ein Dutzend von Louis Vuitton«, sagte Mary. »Wahrscheinlich ist er dort auch Teilhaber. Zwei Koffer voller Reisegeld hatte er schon seit langer Zeit herumstehen.«

»Wo war es versteckt?«

»Du hast es neulich erraten, auch wenn es nur im Scherz war. Unter dem Bett.«

»Jetzt aber im Ernst … Einfach so und nicht abgesperrt?«

»Unter tausend Liter Wasser und in einem Marmorsafe, den jeder für das Podest von seinem Bett gehalten hätte. Im Fuß unten ist ein ganz winziges Loch. Man fährt mit einem Magnetschlüssel, der wie eine lange Nadel aussieht, hinein, und ein Teil von dem Marmor fährt auf einer Schiene zurück.«

»Und er hat dir getraut?« rief Moran verdattert. Er dachte nicht daran, daß es nicht immer so zwischen Mary und Andres gestanden haben mußte wie jetzt.

»Warum nicht?« meinte Mary. Sie hatte die ersten Jahre mit Andres vor Augen. »Mit so einem Vermögen unter dem Ehebett kann man einen gewaltigen Eindruck auf die Braut machen, George. Eitelkeit nennt man das. In der letzten Zeit mag er mir vielleicht nicht mehr getraut haben … aber, na ja, eine Ehebrecherin ist noch lange keine Diebin. Er hat Frauen eben von jeher unterschätzt.«

»Aber was ist dann in den Koffern, die Andres mitgenommen hat? Leer waren die doch bestimmt nicht!«

»Nein. Ich habe die Koffer mit dem Geld rausgeholt, und dann habe ich mir gesagt, was ist, wenn er Verdacht schöpft und oben nachschauen geht? Da hab' ich schnell Zeitungen in die anderen gestopft und sie unter dem Bett verstaut. Das schlimmste war der Gang nach oben mit den Armen voller Zeitungen. Jetzt muß er es doch merken, habe ich mir gedacht. Und mir ist in der Hektik keine Ausrede eingefallen.«

»Das hast du alles geplant? Warum hast du mir nie etwas davon gesagt?«

»Ich habe es nicht geplant. Es hat sich einfach ergeben.«

Endlich lächelte Moran. Er konnte seine Mimik nicht mehr beherrschen. Und für ein paar Sekunden hatte er ein gutes Gefühl bei der Sache.

»Ich war stinkwütend. Und der Mund hat mir von den Schlägen gebrannt.« Mary strich sich mit einer Hand über das Gesicht. Die Decke fiel ihr von der Schulter. »Ich kann noch gar nicht glauben, daß ich das getan habe … Siehst du etwa ein Problem?«

»Ob ich ein Problem sehe?« rief Moran. Unvermittelt schaltete er das Licht aus. Die Stapel von Geld konnte er trotzdem noch sehen. »Problem ist gar kein Ausdruck, Mary!«

Im nächsten Augenblick war er aufgesprungen und zum Fenster neben der Tür geeilt. Vorsichtig spähte er zwischen den Vorhängen auf den blaß dämmrigen Hof hinaus. Draußen herrschte jetzt nach dem Sturm eine unheimliche Stille. Bald war es dunkel. Das Grau ging an diesem Abend ohne Abendröte in Schwarz über.

Sie starrte unverwandt auf seine nackten Beine. Über die Unterhose hingen nur noch die Hemdzipfel. Am liebsten hätte sie ihn gepackt und seine Aufmerksamkeit so auf sich gelenkt.

»George, wenn Andres sich das Geld zurückholen will, dann gehen wir vor Gericht. Ich lege denen die voreheliche Vereinbarung vor – mein Gott, ist das ein schreckliches Wort. Und den Änderungsvertrag sollen sie ruhig auch sehen. Er hat mich ja zur Unterschrift gezwungen. Außerdem sieht meine Handschrift normalerweise ganz anders aus.«

Moran schien nicht zuzuhören.

»Wir müssen hier weg«, sagte er. »Ich laufe schnell rüber und zieh mir trockene Sachen an.« Er starrte noch immer durch die Lücke zwischen den Vorhängen hindurch. »Das Geld können wir verstecken … Nein, wir hauen lieber ohne ab. Nur weg hier.« Jetzt erst warf er einen Blick auf sie. »Zieh dich an. Und nimm die nassen Sachen auch mit. Laß nichts zurück.«

»George …« sagte sie. »Wenn Andres kommt, dann nur, weil er weiß, daß das Geld hier ist. Er bekommt es aber nicht mehr. So einfach ist das. Ich sag' ihm, daß wir uns vor Gericht wiedertreffen.«

Moran verließ das Fenster. »Und wenn Jiggs Scully kommt – was sagst du dem?« Er nahm seine nasse, steife Jeans von der Stuhllehne und zog sie sich an. Mary sah ihm aus weit aufgerissenen Augen zu. Sie hatte sich wieder in die Bettdecke gehüllt. »Ich bin gleich wieder da«, brummte er und verschwand durch die Tür.

So hatte sie Zeit, den Nachmittag noch einmal an sich vorbeiziehen zu lassen, ihre schreckliche Angst, als sie beladen mit Zeitungen die Treppe hinaufgeeilt war, den Schlüssel im Medizinkästchen in Andres' Bad gefunden, mit pochendem Herzen die Koffer aus dem Safe gezogen und durch die anderen ersetzt hatte, den Schlüssel an seinen Platz zurückgelegt und die Koffer mit dem Geld in ihr Zimmer geschleppt hatte, um Fassung gerungen hatte und zu guter Letzt an Andres vorbeispaziert war … Und das alles sollte sie durchgemacht haben, nur damit Jiggs Scully die zwei Millionen zweihunderttausend Dollar einsteckte? Mit dem habe ich ja noch nie ein Wort gewechselt, fiel ihr ein.

Sie bekam ein komisches Gefühl. Sollte sie denn vor Jiggs Scully Angst haben, nur weil Moran ihn kannte und Angst hatte?

Sie zog sich einen Pullover und eine Hose an und setzte sich auf die Sessellehne, um durch den Vorhang auf den leeren Hof zu spähen und zu warten. Langsam senkte sich die Nacht über das Haus.

Sie wartete auf ein Zeichen von ihm. Er blieb länger aus, als sie erwartet hatte. Hinter ihr ging die Tür auf. Sie schreckte hoch.

Erleichtert atmete sie im nächsten Augenblick auf. »Mensch, hast du mir einen Schrecken eingejagt! Woher kommst du denn?« Ohne eine Antwort zu geben, huschte er zum Fenster und lugte vorsichtig durch den Vorhang. »Wir sind wohl zu spät dran, oder?« fragte sie.

»Sie sind draußen vor dem Haus«, sagte Moran.

Mehrere Minuten lang starrten sie wortlos auf den Hof, bis schließlich eine Gestalt in einem langen Mantel aus dem Schatten trat und auf den Strand zuging. Sie schien zu zögern und wirkte unschlüssig.

»Es ist Nolen«, flüsterte Moran. Aber er blieb an seinem Platz hinter dem Fenster stehen.

21

Nolen trottete über den Fußweg parallel zum Strand. Irgendwie fiel ihm die Orientierung schwer. Das Meer hörte er ja, aber sonst war kein Geräusch zu vernehmen. Etwas fehlte da doch. Genau, der Lichtschein unter den Türen zu den Apartments war es. Unheimlich war das. Als wäre das Haus von einem Tag auf den anderen zugemacht worden. Er ging zu Morans Bungalow hinüber, zog die Jalousie hoch und hämmerte dreimal gegen die Tür, damit keiner ihm sagen konnte, er hätte es nicht probiert. Dann stellte er sich ans Seitenfenster und lugte hinein. Nichts zu sehen. Auf der Bar standen eine leere Karaffe und zwei Gläser. Mehr gab das fahle Licht von draußen nicht her. Es kam ihm vor, als sei eine ganze Woche vergangen, seitdem er zusammen mit Moran Whiskey Sour getrunken hatte. Er fühlte sich überflüssig. Gab's denn nichts zum Aufmuntern? Oder wenigstens einen Führer, denn auf dem Weg um den Swimming-pool herum stolperte er in einem fort über die dämlichen Stühle. Ein Bier wäre jetzt genau das Richtige. Zur Not auch eine Cola. Aber er ließ den Automaten im Durchgang links liegen und marschierte geradewegs auf den Lichtschein zu, der von der Straßenlaterne auf das nasse Pflaster und die leeren Wagen fiel. Jiggs stand vor dem Bürofenster auf dem Gehsteig.

»Keiner da«, meldete Nolen. »Das ganze Haus ist leer.«

»Komisch, was? Wo doch der Wagen dasteht«, meinte Jiggs.

Nolen fragte sich, ob Jiggs jetzt die Tür eintreten wollte. Aber er schien ganz ruhig zu sein und schaute nur durch die Fenster auf den friedlich im Mondschein liegenden Hof. Nichts konnte Jiggs aus der Ruhe bringen. Hektik und Aufregung waren Fremdwörter für ihn.

»Wieviel Apartments gibt es insgesamt?«

»Zwölf, glaube ich«, antwortete Nolen.

»Und wieviel davon sind belegt?«

»Kein einziges. Niemand da.«

»Sie könnten in einem von den Zimmern stecken.«

»Ich glaube eher, daß sie weg sind«, meinte Nolen.

Jiggs drehte sich zu ihm um. »Sicher, er wollte mit ihr losdüsen. Weg hier, kann ich gut verstehn. Wenn sie weggefahren wären, müßten sie längst in Orlando sein. Oder das Auto würde am Flughafen rumstehen. Ich glaub' eher, daß sie hier irgendwo stecken.«

»Vielleicht sind sie in ein Restaurant gegangen.«

»Einfach so um die Ecke laufen?« fragte Jiggs. »Klar, mach' ich auch, wenn jemand hinter mir her is'.«

»Schon«, räumte Nolen ein, »aber versetz dich mal in ihre Lage. Die wissen doch nicht unbedingt, daß wir sie suchen. Wir sind ja auch nicht sicher, daß die Frau auch wirklich mit dem Geld auf und davon ist. Vielleicht liegt es noch in de Boyas Haus.«

Jiggs erklärte es ihm mit Engelsgeduld: »De Boya dachte, daß er es hat. Dann war es aber doch weg. Wer bleibt also übrig? Kapierst du's endlich, oder bist du immer noch besoffen? Hör zu, du machst jetzt folgendes. Du gehst in dein Zimmer und hältst die Augen offen. Wenn Moran rauskommt, dann warst du den ganzen Tag in 'ner Bar. Du hast keinen blassen Schimmer, wovon er da quatscht. Und bleib mir ja wach, bis ich mir noch jemand geholt hab' und selber nachschauen geh'. Ich schau', daß ich den guten alten Speedy erwische. Aber bis er kommt, bleibst du mir wach.«

»Wer ist Speedy?«

»Menschenskind, du bist 'ne ganze Nacht mit ihm über die Bucht getuckert. Der mit dem Donzi. Ich brauch' einen, der hier aufpaßt und dabei über keine Möbel fällt, Mann. Für den Augenblick soll alles so bleiben, wie es is'. Dann kannst du dich aufs Ohr hauen, und ich geh' rüber ins Howard Johnson's und knack' da meine acht Stunden. Morgen früh brauchen wir dann zwei, drei Männer. Die treib' ich schon auf. Bis dahin bist du auf alle Fälle ausgeschlafen und hast dich gewaschen und rasiert, alles klar?«

Nolen nickte langsam. Die Konzentration fiel ihm schwer. Er mußte das Ganze erst noch verdauen.

»Und der Fusel fällt morgen aus«, rief Jiggs. Er musterte Nolen einen Augenblick. »Hast du überhaupt zugehört?«

»Ich versteh' nicht ganz, wozu du so viele Männer brauchst ... oder bist du auf Gewalt aus? Warum nimmst du's nicht einfach und türmst damit?«

»Herrgott noch mal!« rief Jiggs. »Meinst du etwa, ich will jetz' noch Männer einweihen, wo wir wissen, wo das Geld is'? Ich will nur wissen, daß Moran und die Schlampe auch morgen noch da sind und in welchem Zimmer sie das Geld haben. Morgen haben wir sicher 'nen schönen Tag. Sie sollen denken, daß sie sich vielleicht umsonst in die Hosen gemacht haben. Kein Grund mehr, die Bullen zu holen oder die Fliege zu machen. Es is' ja nich' wie bei 'nem Bankeinbruch oder sonst 'nem Überfall. So was gibt's bei mir nich'. Ich will morgen einfach rüberkommen und mich in aller Ruhe mit ihnen unterhalten. Ihnen erklären, wo wir stehen, mich freundlich bedanken und gehn. Ein großes Trara kann ich nich' brauchen. Vor allem keine Bullen. Das fehlte gerade noch, daß so 'ne Vettel in ihrem Apartment Alarm schlägt. Nein, das Ganze soll in 'ner entspannten Atmosphäre stattfinden. Die Leute bewahren kühlen Kopf und lassen die Finger vom Notruf.«

»Du willst also nur mit ihnen reden?« fragte Nolen.

»So werden wir es wohl hinkriegen«, meinte Jiggs. »Findest du nich auch?«

Der Blick aus dem Fenster erinnerte ihn an seine Zeit im Krieg um Santo Domingo. Der Vorhof eines Motels oder eine leere Gasse waren so ziemlich das gleiche. Man war auf das Unerwartete gefaßt und achtete auf Zeichen, noch bevor etwas geschah. Wenn man erst den Lauf aufblitzen sah, war es zu spät. Einen gewaltigen Unterschied gab es freilich: Er hatte keine M-14 zur Hand. Heutzutage wäre es natürlich eine M-16, aber er würde sich auch mit Nolens .45 zufriedengeben. Auf kurze Entfernung tat er durchaus seinen Dienst. Dann würden ihm auch die Schatten am anderen Ende der Mauer, hinter seinem Bungalow und auf der Straßenseite des Motels nicht so viele Sorgen bereiten. Nolen war kurz dagewesen und gleich wieder gegangen. Eine Gestalt – sie stellte sich als Nolen ohne seinen Regenmantel heraus – tauchte im Mondschein wieder auf, warf ihren Schatten auf das Bürofenster und verschwand im Dunkel. Fast zwei Stunden danach sah er, wie die Tür zu Nummer 5 aufging und die Lichter eingeschaltet wurden. Ganz kurz erhaschte er einen Blick auf Nolen, dann ging die Tür zu. Nolen hatte also endlich aufgehört mit dem Umherlaufen und ging ins Bett. Danach war nur noch der Ozean zu hören.

»Bist du dir auch wirklich sicher, daß du Jiggs gesehen hast?« fragte Mary.

»Ich habe Nolens Wagen einparken sehen«, erklärte Moran. »Ich war gerade mit einem Zettel für Jerry auf dem Weg ins Büro. Daß wir für ein paar Tage wegfahren. Da hab' ich Nolen aussteigen sehen, und nach ihm ist Jiggs Scully in seinem rotweißen Cadillac vorgefahren. Den kann man nicht übersehen. Sie müssen meinen Wagen gesehen haben. Dann ist Nolen um das Haus geschlichen. Weil er mich hier nicht gefunden hat, ist er wahrscheinlich zur Bar an der Ecke gegangen und hat nach mir gefragt. Irgendwo muß ich ja stecken. Aber das heißt noch lange nicht, daß sie dich auch hier vermuten.«

»Ich bin doch mit dir aus dem Haus gegangen. Jiggs hat uns gesehen.«

»Ich könnte dich ja zum Flughafen gefahren haben …«

»So dumm ist der nicht. Und wenn er glaubt, daß wir das Geld haben, dann gibt es nur eine Möglichkeit: Er hat gemerkt, daß Andres es nicht hat.«

»Er könnte ja auch annehmen, daß Andres ihn gelinkt hat und das Geld noch in eurem Haus rumliegt.«

»Glaubst du das etwa?« fragte sie.

»Möglich wär's.«

»Aber deinen Kopf möchtest du auch nicht drauf verwetten. Du willst bloß deinen Verdacht für dich behalten. Aber wenn Jiggs die

Koffer aufgemacht hat, ist Andres mit größter Wahrscheinlichkeit nicht mehr am Leben. Hab' ich nicht recht?«

In der Dunkelheit mußte Moran nicht sofort antworten. Er war die ganze Zeit schon davon ausgegangen, daß Andres tot war. Jetzt sah er ein, daß auch Mary diese Möglichkeit ins Auge faßte.

»Wenn das stimmt«, meinte sie, »werde ich wohl kaum groß um ihn trauern. Und so tun als ob werde ich garantiert auch nicht. Aber eines kann ich dir versprechen, Moran« – sie sagte es mit nervöser, aber fester Stimme –, »diesen Jiggs Scully kenne ich zwar nicht – ich habe ja nie mit ihm gesprochen –, aber der Teufel soll mich holen, wenn ich ihm mein Geld überlasse. Das ist ja wohl der Gipfel der Unverschämtheit, daß er meint, er kann da einfach hereinspazieren, und ich gebe ihm das Geld. Die ganze Zeit sitze ich schon da und frage mich, ob Andres tot ist. Eigentlich glaube ich schon dran. Soll ich also die Polizei holen? Und was soll ich ihnen sagen? Daß jemand meinen Mann umgebracht hat oder daß ich mir da wenigstens ziemlich sicher bin und daß der Mörder jetzt hinter meinem Liebhaber und mir her ist? Na, wie gefällt dir das? Und dann sag' ich, warum er es auf unser Leben abgesehen hat. Weil wir über zwei Millionen Dollar in bar in zwei Koffern haben ... Und weißt du, was sie mich als erstes fragen?«

»Wo du das Geld her hast«, brummte Moran.

»Genau. Und dann fang mal mit Trujillo an und erklär denen, warum Andres zwei Millionen Dollar unter dem Bett aufgehoben hat.«

»Zuallererst fühlen sie ja dir auf den Zahn«, meinte Moran. »Ob du schon mal wegen Rauschgift verhaftet worden bist.«

»Jawohl. Und dann finden sie raus, daß der gesprengte Steg mein Umschlagplatz für Kokain und Gras war. ›Nein, nein, Officer. Ich bin doch nur Hausfrau. Ich spiele nur Tennis und treffe meinen Liebhaber in Motels.‹ Und wenn wir das alles hinter uns haben, fangen sie vielleicht mit der Fahndung nach Jiggs an und verhaften ihn – aber wirklich nur vielleicht.«

»Weswegen sollten sie ihn verhaften?« rief Moran. »Wir können ihm ja nichts nachweisen.«

»Richtig. Wir müssen warten, bis er daherkommt und es uns wegnimmt.«

Schweigen. Nach einer Weile meldete Moran sich wieder zu Wort. »Ich sprech' mal mit Nolen. Vielleicht weiß er was.«

»Jetzt?«

»Morgen, wenn er verkatert ist, wird er nur an seine Schmerzen denken. Ich stell' mich total unwissend und kitzle aus ihm raus, was da gespielt wird. Und dann ruf' ich bei euch zu Hause an und frag' nach, ob Andres zurückgekommen ist ... Du bleibst hier drinnen. Keiner braucht dich zu sehen. Vielleicht klappt es sogar, und Jiggs schnüffelt nur ein bißchen rum und verzieht sich wieder.«

»Das schaffe ich nicht«, meinte Mary. »Wenn ich den Dreckskerl sehe, mußt du mich schon festhalten, sonst trete ich ihm in die Eier.«

»Du bist jetzt schon auf hundertachtzig«, sagte Moran. »Du solltest dich lieber zurückhalten.«

»Wozu? Ich habe nichts zu verbergen. Wie lange soll ich denn noch in diesem Loch bleiben? Zwei Tage? Eine ganze Woche?«

Ihre Wut gefiel ihm. Davon konnte er sich ruhig eine Scheibe abschneiden. Langsam stachelte sie ihn an. Er wurde selbst aggressiver: »Du hast recht.«

»Willst du mir jeden Tag das Essen reinbringen? Am besten, wenn es dunkel ist und du dich reinschleichen kannst? Und in der Zeit wartet die Polizei auf ein Verbrechen von Jiggs, damit sie ihm was nachweisen kann. Was soll das denn, Moran? Ich habe im ganzen Leben noch nie etwas verborgen, und es kotzt mich an, daß ich jetzt plötzlich genau das mache!«

»Du hast ja recht«, rief Moran. O Mann, sie wußte gar nicht, wie gut sie ihm tat. »Wir werden einen Dreck tun und hier noch rumsitzen!«

Er trat vom Fenster zurück, fand die zwei Koffer in der Dunkelheit und nahm sie an sich.

»Gehen wir zu mir. Ich mach' uns was zum Essen und zum Trinken. Menschenskind, hab' ich einen Hunger!«

»Endlich kenn' ich dich wieder!« rief Mary.

22

Das letzte Mal mußte doch mindestens sieben Jahre her sein. War es überhaupt in diesem Leben gewesen? Moran konnte es kaum fassen, daß Nolen in der prallen Sonne ausgestreckt auf dem Liegestuhl lag. Auf der Brust hatte er eine Bierdose ruhen, und wenn er wollte, konnte er durch das V zwischen den schwarzen Socken hindurchlugen.

»Da wären wir ja wieder«, rief Moran.

Nolen blinzelte ihn durch die Sonnenbrille an. »Soll ich's dir brühwarm erzählen, ja? Also gut. Ich hab' in der Bar am 95 den ganzen Nachmittag gewartet. Und wer hat nicht angerufen? Jiggs natürlich. Drum bin ich eben wieder heimgefahren. So, das wäre meine Geschichte, und bei der bleibe ich. Was hast du zu erzählen?«

»Ich frage mich die ganze Zeit, ob du nicht vielleicht Zitronen hast«, sagte Moran.

Darauf konnte Nolen sich nun wirklich keinen Reim machen. Er beschloß, dem weiter keine Bedeutung beizumessen. »Yeah, ich hab' schon noch welche.«

»Und ich habe den Mixer«, erklärte Moran. »Das hast du wahrscheinlich nicht gewußt. Ich hole die Zitronen aus deinem Zimmer. Bei der Gelegenheit schaffe ich auch endlich deinen Müll weg. Aber das Bett mußt du dir schon selber machen.« Er wandte sich schon wieder ab. »Betten mache ich grundsätzlich nicht«, knurrte er auf dem Weg zum Büro.

Jerry saß hinter dem Pult und sichtete die Post. Moran holte sich einen blauen Müllsack aus der Schachtel neben dem Pult. »Schau dir das mal an«, sagte Jerry und reichte Moran einen von den Briefen. »Kannst du was mit dem Poststempel anfangen? Sosua, Rep. Dom. Kennen wir dort jemand?«

Moran klemmte den zusammengefalteten Müllsack unter den Arm und riß aufgeregt den Brief auf. Ihm war sofort klar, daß er nur von Luci Palma sein konnte, dem Mädchen, das damals über Hausdächer gelaufen war ... Er entfaltete ein liniertes säuberlich und eng beschriebenes Blatt. Den Zeilen hatte sie allerdings nicht ganz folgen können. Die Schrift ging immer leicht nach oben, als wollte sie abheben. Verändert hat sie sich jedenfalls nicht, sagte er sich. Er las den Brief im Stehen und steckte ihn dann in seine Hemdtasche. Der Brief freute ihn, und normalerweise hätte er ihn Jerry vorgelesen. Heute aber nicht. »Hast du bei de Boya angerufen?« fragte er nur.

»Er ist immer noch nicht zurückgekommen. Das Mädchen sagt, sie haben ihn seit gestern nicht mehr gesehen. Dann hab' ich die

Polizei von Coral Gables angerufen, aber die wollten mir nichts sagen. Sie haben nur ständig nach meinem Namen gefragt, also hab' ich aufgelegt.«

»Die kriegen ja bald nur noch Anrufe von der Art«, meinte Moran. »Was ist mit dem Trans-Am?«

»Steht immer noch da.«

»Jerry, du mußt nicht hier bleiben, wenn …«

»Wenn ich das hier für Arbeit hielte, George, dann würde ich schon nicht kommen. Aber ich bin ja schließlich dein Verbindungsmann zur Polizei.«

»Das bist du ganz bestimmt. Hast du die Nummer parat?«

»Die weiß ich inzwischen auswendig.«

»Es kann passieren, daß ich einfach bloß ›Jerry‹ sage. Dann weißt du sofort, was los ist, ja? Du rufst dann ganz schnell an.«

»Die kennen meine Stimme schon«, sagte Jerry. Da Moran wortlos hinausging, rief er ihm nach: »Immer die Ruhe, George. Und mach keine Dummheiten.«

»Ich werd' mir Mühe geben«, rief Moran zurück.

Nolen nippte an seinem Bier und verdrehte den Kopf gerade so weit, daß er Moran vor Nummer 5 einen Müllsack auseinanderfalten und einen Generalschlüssel aus der Tasche ziehen sehen konnte. »Im Kühlschrank!« schrie er hinüber. »Und bring mir noch ein Bier mit!«

Wenige Minuten später kam Moran schwer beladen mit einem Sack voller Bierdosen und zig anderen Sachen, einem Beutel Zitronen und einer Dose wieder heraus und reichte Nolen das Bier. Nolen nahm es, riß die Lasche auf und stellte die Dose neben die andere auf seine Brust. Aufgeregt wie er war, hatte er ein bißchen Abkühlung dringend nötig.

»Als ich dich das letzte Mal gesehen habe, George, bist du hier zu allem entschlossen mit rollenden Augen rausgestürmt. Erschossen bist du ja nicht worden, nehme ich an …«

»Ich nicht, aber garantiert ein anderer«, erwiderte Moran. »De Boya ist nicht mehr heimgekommen. Keiner hat ihn mehr gesehen, seit er in seinem Rolls-Royce davongebraust ist.«

Nolen trank einen Schluck. »Und das, obwohl es bei ihm von Polizisten gewimmelt hat?«

»Ich dachte, Jiggs hätte nicht angerufen.«

»Okay, ich widersprech' mir selbst. Ja und? Wir lügen uns doch beide gegenseitig die Hucke voll.« Er hob den Kopf und genehmigte sich einen tiefen Schluck aus der vollen Dose.

»Du trinkst jetzt zwei gleichzeitig? In der letzten Zeit hast du ja ganz schön was geschluckt.«

»Menschenskind, du redest ja wie meine Frau!«

»Ach, wirklich? Ich wußte gar nicht, daß du verheiratet bist.«

»Dreimal. Du redest wie sie alle. Wird übrigens Zeit, daß ich mich wieder auf die Socken mache. Ich werd' noch ganz nervös bei dir. Fühle mich ständig beobachtet.«

»Da könnte was Wahres dran sein«, meinte Moran. »Kennst du eigentlich den Kubaner näher, du weißt schon, den, der auch nachts eine Sonnenbrille trägt und einen Donzi fährt?«

Nolen blinzelte gegen das Sonnenlicht und rückte seine eigene Sonnenbrille gerade. »Was soll mit ihm sein?«

»Fährt er auch einen Trans-Am, einen schwarzen mit poppiger rotgoldener Motorhaube? Der steht nämlich vor dem Nautilus, und wenn er nicht dich beobachtet, hat er's auf mich abgesehen.« Moran wandte sich halb ab und sah auf den Strand hinaus. »Und da drüben ist ein anderer und bräunt sich nach der Art der Kubaner. Hockt in voller Montur auf seiner Decke. Deinem Kumpel Jiggs sind sie ja ziemlich egal. Aber benutzen tut er sie, meinst du nicht auch? Bei den Mendozas und bei Rafi war's ja nicht anders. Ich frag' mich nur, wen er nicht für seine Zwecke einspannt.«

»Laß das«, sagte Nolen. »Die Tour hast du schon zu Tode geritten.«

»Kannst du dich noch an den Tag deiner Ankunft erinnern?« fragte Moran. »Wir haben uns über die dominikanische Republik unterhalten und über ein paar Fallschirmjäger, die mich fast mit einer Eins-Null-Sechs gekriegt hätten.«

»Das war erst am Tag drauf. Am ersten Tag haben wir kaum miteinander geredet. Ich hab' das Formular ausgefüllt und mich nach den versprochenen Palmen erkundigt. Du hast dich auf keine Diskussion über den Preis eingelassen.«

»Einen Tag später aber schon. Du hast damals noch Anita de Boya und den Klavierspieler beschattet.«

»Ich würde gern wissen, wer's ihr jetzt besorgt.«

»Das war wenigstens ein halbwegs redlicher Broterwerb.«

»Es ging. Aber irgendwann hat man keine Lust mehr, ständig nur kleine Brötchen zu backen.«

»Und dann hast du Jiggs Scully kennengelernt. Ist er immer noch so witzig, wie du am Anfang gemeint hast?«

Nolen starrte Moran wortlos an. »George«, sagte er nach einer Weile, »ich möchte unter allen Umständen verhindern, daß dir was geschieht. Kannst du mir einen Gefallen tun?«

»Was hältst du davon, wenn wir uns bei mir drüben weiter unterhalten?« schlug Moran vor. »Da kann ich uns Sours mischen.« Er setzte sich in Bewegung, hielt aber noch einmal an und zog den Brief aus der Tasche. »Rat mal, wer mir geschrieben hat. Da, lies.« Mit den Zitronen und dem Müllsack verschwand er in Richtung Bungalow.

Nolen stellte seine Bierdosen auf den Boden und öffnete den Brief.

Lieber George Moran (Cat Chaser!!!):
Warst das wirklich Du, der mich in Santo Domingo gesucht hat? Im ersten Augenblick hab' ich das ja für ganz schön weit weggeholt gehalten, daß Du extra wegen mir nach Santo Domingo kommst. Aber dann hab' ich mir gesagt, doch, das trau ich dem Cat Chaser zu. (Ich hab' Deine Adresse vom Hotel gekriegt.) Ich bin jetzt verheiratet und hab' fünf große Kinder, die alle in die Schule gehn. Wetten, daß Du nicht ahnst, wen ich geheiratet hab'! Es ist der vom Dach, auf den Du damals geschossen hast. Er heißt Alejo Valero. Er ist Versicherungsvertreter und trainiert auch das Baseballteam von Sosua. Nach dem Krieg ist er nach Amerika gegangen und hat bei den Cincinatti Reds trainiert. Aber dann ist er zurückgekommen und hat hier Baseball gespielt. Er ist sehr gut. Ich soll Dir von ihm ausrichten, daß er froh ist, daß Du ihn nicht erschossen hast. Sonst wären wir jetzt nicht verheiratet und hätten keine Familie. Jetzt muß ich wieder aufhören. Ich hätte Dich gern gesehen, aber vielleicht sehn wir uns das nächste Mal, wenn Du wieder nach Santo Domingo kommst. Ich sag' allen Leuten, daß ich Dich kenn und daß Du im Krieg sehr tapfer warst. Du hast nicht bloß hinter den Barrikaden gesessen. Du wolltest uns fangen. Ich bin froh, daß ich Dich nicht erschossen hab'. Magst du noch die Rol-

ling Stones? Ich mag jetzt die Moody Blues sehr gern. Bitte besuch uns mal.

In Freundschaft
Luci Palma de Valera

Nolen saß rittlings auf einem der Barhocker und schaute gierig auf den cremig geschlagenen Whiskey Sour in der Karaffe. Mit dem Handrücken wischte er sich den Mund ab. »Schmeckt gleich um Welten besser mit dem Mixer!« Er schob sein Glas zu Moran hinüber, damit er ihm nachschenkte.

»Sauer, was?«

»Gerade richtig«, stöhnte Nolen. »Das beste Mittel gegen Scheiße im Mund. Ich dachte schon, der Geschmack geht gar nicht mehr weg. Wieviel Eier hast du reingegeben?«

»Mit Mixer reicht eins.«

»Yeah. Vier machen ihn zu schwer. Ich hab's gestern etwas übertrieben. Ist wohl nichts Neues. Ich geb' mir noch zwei Jahre, dann geht's endgültig in den Graben, und ich lande bei den Anonymen Alkoholikern. Wenn man mal so weit ist, gibt's nur noch eins: ein gesundes Leben führen oder abkratzen.«

»Wieso wartest du, wenn du schon weißt, was los ist?«

»Ich will eben noch so viel Spaß rausholen wie möglich.«

»Das hab' ich auch schon gemerkt, und wieviel Spaß du hast!«

»Ach, Menschenskind, ich versuch's halt.« Nolen nahm einen tiefen Schluck, dann wechselte er abrupt das Thema: »Den Brief da fand ich übrigens toll. Diese Luci scheint ja immer oben zu schwimmen. Am besten hat mir das mit dem ganz schön weit weggeholt gefallen.« Er grinste vor sich hin. Anscheinend hielt er sich für einen Mordskerl. »Das mit der dominikanischen Republik ist ja schon 'ne ganze Weile her, was? Und keiner wußte, was eigentlich gespielt wurde. Ich hatte ja auch 'ne tolle Zeit, wußtest du das? Flachgelegt hab' ich allerdings nur einmal eine. Und dafür hab' ich auch noch monatelang Penicillin schlucken müssen. Mit 'ner Riesenpackung und meiner guten alten Fünfundvierziger bin ich dann zurückgekommen. Von dem Getreidesilo aus hab' ich gern rumgeballert. Nur so zum Spaß. Getroffen hab' ich nie was.«

»Wie wär's, wenn ich sie dir abkaufe?« fragte Moran.

»George!« – Nolen nahm die Sonnenbrille ab und blickte Moran tief in die Augen –, »endlich kommen wir zur Sache. Ich wollte vorhin schon damit anfangen. Tu mir bitte einen Gefallen. Benutz doch deinen Kopf, ehe es zu spät ist. Hast du de Boyas Geld? Laß es in Nummer 1, wo du ja auch deine Holde versteckt hast und fahr weg mit ihr. Am besten ganz weit weg.«

»Woher weißt du, daß sie da ist?«

»Der Typ mit dem Trans-Am, dieser Santos, hat sich ein bißchen umgesehen. Hat sich reingeschlichen und an den Türen gelauscht. Ich nehm' mal an, daß er in Nummer 1 ein paar Geräusche gehört hat. Und wenn mich nicht alles täuscht, hast du sie da drin untergebracht.« Dem Tonfall nach zu urteilen, war er ungeheuer stolz auf sich.

»Jiggs kommt also, hm?«

»Darauf kannst du Gift nehmen.«

»Wieviel willst du für die Knarre?«

»Unverkäuflich. Ich hab' dir ja schon gesagt, was dir noch übrigbleibt: ab durch die Mitte – aber leider ohne Geld.«

Moran zog eine Schublade unter der Theke auf und legte ein mit einer Papierlasche gesichertes Bündel Hundertdollarscheine vor Nolen auf die Platte.

»Menschenskind!« ächzte Nolen. Er schien fast Angst zu haben, sie zu berühren. »Wieviel ist das denn?«

»Zehntausend.«

Nolen bekam den Mund nicht mehr zu. Ehrfürchtig blickte er auf zu Moran. »Du hast es wirklich geschafft! Mein Gott, du hast es tatsächlich geschafft!«

»Wenn dir das nicht reicht ...«

Moran griff wieder in die Schublade, holte ein weiteres Bündel Hundertdollarscheine heraus und legte es auf das erste.

»Was sagst du jetzt?«

»Du spinnst.«

Moran machte Anstalten, das Geld in die Schublade zurückzulegen.

»Ich hol' das Ding«, rief Nolen.

»Ich hab' es schon geholt«, sagte Moran. »Vorhin, mit dem Müll. Es ist doch geladen, ja?«

»Ja, schon, aber ... George, versuch' nur nicht den Helden zu spielen. Du hättest keine Chance. Der Mann ist ein Profi. Der geht mit seinem Schießeisen ins Bett.«

»Es möbelt ja nur mein Selbstbewußtsein ein bißchen auf, mehr nicht«, meinte George. »Dann fühle ich mich nicht so hilflos.«

»Du hast es also wirklich geschafft ...« Nolen starrte wie betäubt auf das Geld. Fast wehmütig bat er dann: »Könntest du mir nur eins sagen?«

»Es kommt drauf an.«

»Wieviel ist da drin? Ich meine in den beiden Koffern.«

»Nein, das sag' ich dir nicht«, erklärte Moran. »Es geht dich nichts an. Mich strenggenommen auch nicht.«

Nolens Augen glänzten wäßrig. »Deine Holde ist einfach so mit dem Geld aus dem Haus spaziert? Wo kann ich mir nur auch so eine beschaffen? Ist eiskalt an ihrem Mann, an Jiggs und allen anderen vorbeispaziert. Ja gut, du warst dabei und hast ihr geholfen.«

»Ich hab' nicht viel getan«, sagte Moran. »Aber jetzt wahre ich ihre Interessen. Ich werde nicht zulassen, daß Mary etwas geschieht.« Er beobachtete Nolen, der zögernd die Bündel berührte, sie schließlich in die Hand nahm und betastete. Elegant bog er die brandneuen steifen Scheine durch und ließ sie wie Karten nach unten blättern.

»Nolen?«

»Was?«

»Wann kommt Jiggs?«

»Gegen Mittag, hat er gesagt. Erst wollte er die Leute organisieren und dann seine acht Stunden knacken. Und nach dem Frühstück will er vorbeischauen. So ungefähr hat er's gesagt. Hört sich bei ihm an wie ein Geschäftsbesuch.«

»Und was sollst du dabei tun?«

»Mich dumm stellen. Dir sagen, ich hab' keine Ahnung, wo Jiggs ist oder was er vorhat. Aber wenn ich merke, daß du abreist, soll ich dir sagen, er hat angerufen und will auf einen Plausch vorbeischauen. Ein Gespräch unter Freunden.«

»Und was machst du, wenn er kommt?«

»Abgehen. Dann übernimmt er.«

»Nolen?«

»Was?«

»Wo ist de Boya?«

Nolen nippte zunächst an seinem Whiskey Sour. Mit gesenktem Blick sagte er: »Er ist tot. Corky auch.« Langsam sah er jetzt auf. »Sie mußten sich ausziehen und unter die Dusche stellen, beide gleichzeitig. Dann hat Jiggs sie erschossen.«

»Weil sie das Geld nicht hatten?«

»Nein, das hat er erst später rausgefunden. Er war sich vollkommen sicher.«

»Warst du dabei?«

»Als er sie umgebracht hat? Nein. Ich bin später gekommen.«

»Wo sind sie jetzt?«

»Immer noch unter der Dusche. Auf dem Land draußen, westlich von Lauderdale.«

»Du glaubst wohl nicht, daß er wirklich ein Geschäft vorhat, wenn er sagt, daß er auf einen Plausch vorbeikommt«, stellte Moran fest.

»Das würde nicht zu Jiggs passen«, meinte Nolen. »Aber er muß mit dir sprechen. Noch weiß er nicht hundertprozentig, daß und wo du es hast. Danach bringt er dich um. Drum sag ich dir ja, laß es bleiben, vergiß die ganze Sache lieber. Auch wenn du mit dem Geld abhaust – es klappt nie und nimmer!« – Nolen hatte sich in Fahrt geredet – »Wo soll sich denn eine Frau wie Mary de Boya verstecken? Sag mir das mal. Wenn die Cops ihren Mann gefunden haben, werden sie nach ihr fahnden, verstehst du? Und egal, wohin sie geht, Jiggs spürt sie auf und macht sie fertig, wenn sie nicht zahlt. Laß lieber die Finger von der Sache, und du hast deine Ruhe.« Nolen warf einen Blick auf seine Uhr. »Wir haben keine Stunde mehr Zeit.«

»Bist du jetzt auf unserer Seite?« fragte Moran.

»Also wirklich, George. Du weißt doch, wo ich stehe. Nirgendwo. Die Idee klang ja super. So 'nen Typen wie de Boya ausnehmen ist das Risiko auch wirklich wert. Aber dann hab' ich ihn unter der Dusche gesehn. Mann, ist mir schlecht geworden! Ich hab's gerade noch zur Kloschüssel geschafft und die zwei Pistolen da drinnen vollgekotzt. Und weißt du, was Jiggs getan hat? Er hat mir auf den Rücken geklopft und mir gesagt, daß er sich um mich kümmern will. Heute wollte ich wirklich bloß noch so aussehen, als würde ich ihm helfen und dir dann sagen, daß ich abzwitschern muß. Nach L.A. vielleicht und wieder auf Tingeltangel gehn. Und dann bet' ich zum lieben Gott, daß ich mir keinen Namen mache. Du hast neulich zu mir gesagt, daß ich bei dem Ding nur verlieren kann, George ...«

»Und wenn wir die Cops holen?« schlug Moran vor.

»Und dann? Er sieht die Cops und wartet einfach. Die müßtest du schon auf dem Klo verstecken und hoffen, daß sie ganz schnell rauskommen, wenn er seine Knarre zieht.«

Moran malte sich die Szene aus, wenn Jiggs bei ihm im Wohnzimmer stand. »Er redet doch ganz gern, nicht wahr. Wie ein Wasserfall.«

»Er lullt einen mit seinen Stories richtig ein«, sagte Nolen. »Man ist dann total verhext.«

»Mit der Tür fällt der nie ins Haus«, entgegnete Moran. »Er gibt einem Zeit zum Nachdenken.«

»Den Vorschlag hab' ich im ganzen Leben noch nicht gemacht«, rief Nolen, »aber wir sollten jetzt lieber den Whiskey stehenlassen und schleunigst abhauen.«

»Du bleibst da!« befahl Moran und ging um die Theke herum. »Mary?«

Sie kam mit gefaßter Miene aus dem Schlafzimmer. Ihr Blick wanderte zu Nolen hinüber. Der sprang überrascht vom Hocker. »Können Sie mir sagen, wo Andres ist?« fragte sie.

»Ich dachte, Sie wären in Nummer 1 drüben«, rief Nolen. »Und Sie waren die ganze Zeit hier?«

»Ich wollte, daß du dich ganz wie zu Hause fühlst und unverkrampft redest«, erklärte Moran. »Das Haus ist westlich von Lauderdale, hast du gesagt?«

»Ja, ja, so 'ne Art Farmhaus. Nicht weit vom Highway.«

Mary nickte versonnen. »Ich glaube, ich weiß, wo das ist. In der Nähe vom Flughafen.«

»Die Polizei kann noch eine kleine Weile warten«, sagte Moran.

»Aber wenn du mit ihm nicht fertig wirst ...« Mary konnte ihre Besorgnis nicht mehr verbergen.

Nolen schüttelte den Kopf. »Ich würde im Traum nicht dran denken.«

»Ich will ihn ja nur was fragen«, sagte Moran. »Und zwar unter vier Augen.«

23

Jiggs blieb neben dem poppigen Trans-Am stehen und steckte den Kopf zum Beifahrerfenster hinein. Der Schlitz seines Sakkos öffnete sich bis über den Gürtel hinaus. Die Hose hing derart schlabbrig an ihm herunter, daß man meinen könnte, er hätte keinen Hintern und sei nur vorne so füllig. Als er sich dann wieder aufrichtete und die Brille nach oben schob, kam der Wagen mit einem Knattern in Bewegung und ruckelte davon. Jiggs ging auf das Coconut Palms zu, nicht ohne seine blau gestreifte Krawatte geradezurücken und das Hemd glattzustreichen. »Na, wie geht's?« begrüßte er Jerry beim Betreten des Büros. »Ist mein Freund Moran zufällig da?« Er schaute zum Seitenfenster hinaus. »Ach, da ist er ja. War mir eine Freude.« Und er ließ Jerry stehen, der sich die Golfmütze geraderückte und ihm nachstarrte.

Jiggs erblickte Nolen in einem Liegestuhl neben dem Swimming-pool. Im Stuhl daneben saß Mary. Sie trug ein teuer aussehendes T-Shirt und weiße Seemannshosen. Und die zwei sollten ausgerechnet heute gemeinsam aufs Meer hinausschauen? In ihm schrillten sämtliche Alarmglocken. Das konnte doch nur gestellt sein.

Er wollte es nicht glauben. So dämlich war ihm Moran nicht vorgekommen. Es sei denn, die Bullen waren da und hatten es ihm so eingetrichtert. *Lassen Sie alles ganz natürlich aussehen. Jeder soll das machen, was er sonst auch macht.* Scheißbullen! Als ob die wüßten, was sie wollten. Er sah Moran barfuß in alten Arbeitsjeans und einem weißen T-Shirt aus dem Bungalow kommen. Sollte Nolen sich denn schlauer als erwartet angestellt haben? Vielleicht rechnete das Pärchen wirklich nicht mit einer Überraschung. Das würde er ja gleich sehen. Alle schauten jetzt in seine Richtung – und jawohl! die erstarrten ja richtig und rührten sich auch nicht, als er näher kam.

»Herrlicher Tag heute, was?« rief Jiggs. »Aber am Morgen nach so 'nem Regen is es oft so schön. Auch schon mal aufgefallen? Wie geht's denn so, Mrs. de Boya ...? George? Der gute Nolen sieht mal wieder 'n bißchen verkatert aus. Aber nach 'nem Bier fühlst du dich gleich besser. Ich hab' gerade 'nen Pot Kaffee getrunken. Und jetzt hab' ich 'n Problem ... George« – er blickte um sich – »dürfte ich vielleicht mal dein Klo benutzen?«

»Im Haus«, brummte Moran.

Aber klar doch, da hing was in der Luft. Mary verrenkte sich fast, nur weil sie Moran anschauen wollte, als ob nichts wäre. Und wie sie sich an die Stuhllehnen klammerte! Der müßte man die Hände direkt aufmeißeln. Moran begleitete ihn zum Haus und hielt ihm die Tür auf. So höflich kannte er ihn ja gar nicht.

»Am anderen Ende vom Schlafzimmer.«

»Danke, George. Du tust mir 'nen Riesengefallen. Bin gleich wieder da.«

Moran ging hinter die Theke und räumte den Mixer und den Zitronenbeutel weg. Das Telefon zog er näher zu sich heran. Aus dem Schrank holte er eine Flasche Scotch. Eine Schale mit Eiswürfeln fand er im Kühlschrank. Zwei saubere Gläser zauberte er auch noch herbei. Eins schenkte er sich gleich voll und kippte es in einem Zug herunter. Dann hörte er die Klospülung. Er gab Eis in beide Gläser und schenkte den Scotch ein, als Jiggs herauskam. Im Gehen schob Jiggs seine Brille nach oben, knöpfte sich das Sakko erst zu, dann wieder auf, um es endgültig offen zu lassen.

»Das hätten wir«, rief Jiggs. »Ich mußte mal dringend, George, aber bei der Gelegenheit wollte ich ein bißchen mit dir plaudern, nur wir zwei allein, wenn das geht. Du verstehst mich schon, wir wolln uns doch beide nich' aufregen. Wozu auch? Ich dachte mir eher, wir legen beide sämtliche Karten auf den Tisch und schauen mal, was wir so haben.«

Jiggs machte einen Schritt zurück und ließ die Blicke über das Zimmer schweifen.

»Du hast doch hoffentlich kein Tonband oder sonst so 'n Zeug laufen, George. So was trau' ich dir zwar nich' zu, aber jemand könnte es dir ja aufgeschwatzt haben.« Er musterte nun die Stereoanlage.

»Ich kann ja eine Platte auflegen«, meinte George. »Magst du J. Geils?«

Jiggs stellte sich wieder an die Theke. »Eins kann ich dir sagen, George. Von den Märschen im Gefängnishof kenne ich J. Geils nich'. Das ist so ziemlich das einzige, weswegen ich nich' verhaftet worden bin. Ich übertreib' natürlich, aber ich will dir damit was erklärn ...« Er nahm das Glas, das Moran vor ihn hingestellt hatte. »Danke, den kleinen Muntermacher nehm' ich gern an. Was wollte ich dir sagen? Ach ja – ich bin mehr als einmal aus diesem oder jenem Grund verhaftet worden. Wahrscheinlich wegen den Leuten, mit denen ich mich so eingelassen hab'. Aber im ganzen Leben haben sie mir noch nie was anhängen können. Was Vorstrafen betrifft, bin ich ein absolut unbeschriebenes Blatt, George. Und der Grund wird dir einleuchten. Weil ich eben vorsichtig bin. Weil ich nich' einfach irgendwo reintappe, wenn ich nich' weiß, was hinter der Tür is'. Mir kann keiner was anhaben, weil ich keine heiße Ware anfasse. Ich fick' keine Kriminalerinnen, die sich als Nutten auftakeln, und mit Leuten, die ich nich' kenn', mach' ich keine Geschäfte. Wenn du jetz' meinst, du hast mich in 'ne Falle gelockt und brauchst nur noch 'ne Schnur zu ziehen, damit so 'n dämliches Netz über mich fällt, dann laß es lieber bleiben. Unterhalten wir uns lieber in aller Ruhe, dann verstehn wir uns auch besser.«

»Schön«, sagte Moran. »Was willst du?«

»Ich will die zwei Koffer mitsamt Inhalt. Aber eins mußt du mir vorher noch schnell sagen, weil ich's vor Spannung nich' mehr aushalte. Über wieviel reden wir?«

»Zwei Millionen zweihunderttausend«, entgegnete Moran.

»Soll ich dir was sagen, George? Mit dir unterhalt ich mich gern. Du hast so 'ne angenehm lockere Art. Aber das hab' ich dir schon mal gesagt. Ich mach' dir jetz' 'nen Vorschlag: Du darfst die zwohundert Riesen behalten. Die lass' ich dir – für die vielen Umstände. Das is' mehr als du mit der Witwe zusammen jemals ausgeben kannst. Und den Rest krieg' ich. Na, wie gefällt dir das?«

»Und wenn ich dir nichts gebe?«

»Das wär nich' so gut für dich, George. Ich hab' da ziemlich viel Zeit reingesteckt. Weißt du, ich hab' keine Altersrente, keine Gewinnbeteiligung, nichts von der Sorte. Das hier is' meine Lebensversicherung. Nur kann ich mich bei keiner Versicherungsgesellschaft beschweren, wenn was nich klappt. Da muß ich mich eben an euch halten, an Mary und dich, du weißt schon, was ich meine. Ich möchte doch 'nen Abschied in aller Freundschaft, George. Vielleicht komm' ich später mal auf 'nen Plausch vorbei, lass' mir erzählen, wie's euch so geht, und wir unterhalten uns über die guten alten Zeiten, lassen die Kuh fliegen ... Ach ja, übrigens – wo hatte er's denn versteckt? Ich meine das Geld.«

»Unter seinem Bett«, sagte Moran.

»Jetz' verarschst du mich aber! Burschen von dem Kaliber ...« Jiggs schüttelte den Kopf. »Obwohl ... Sie sind ja recht schlichte Gemüter. Unter seinem Bett ... ! Und wo hast du's? Unter deinem? Menschenskind, es würde mich nich' wundern. Mich würde gar nichts mehr wundern. Also, was sagst du, George?«

»Mary sagt nein«, erwiderte Moran. »Du bekommst es nicht.«

»Ja, von mir aus, aber was sagst *du?*«

»Es ist ihr Geld.«

»Aber du kannst es ihr doch sicher klarmachen, George ... Ich will dir mal was zeigen.« Jiggs stand auf und sah sich wieder im Zimmer um. »Was hast du denn da oben auf dem Bücherbord? Sieht wie 'ne Vase aus.«

»Es ist eine Vase«, sagte Moran.

»Hast du sie gekauft, George?«

»Sie war schon da, als ich eingezogen bin.«

»Schau sie dir genau an«, sagte Jiggs. »Schau nich auf mich, konzentrier dich auf die Vase. Ich will dir jetz' mal 'nen Zaubertrick vorführen.« Jiggs ging langsam zur Vordertür. Um ihn jetzt noch zu sehen, hätte Moran den Kopf verdrehen müssen. »Schaust du sie auch gut an?«

»Aber sicher.« Moran starrte unentwegt auf die Vase. Sie war etwa dreißig Zentimeter hoch. Bemalt war sie mit einem Mädchen, das einen Blumenstrauß in der Hand hielt.

»Bist du fertig?« fragte Jiggs.

»Ich bin fertig«, meldete Moran.

Die Vase ging zu Bruch. Porzellanscherben flogen in alle Richtungen, und nur das Klirren beim Aufprall auf den Boden war zu hören.

Moran drehte sich zu Jiggs um. Er hatte eine automatische Pistole in der Hand. Daran war ein Schalldämpfer befestigt, der größer aussah als die Waffe selbst.

»Das ist mein neuester Zaubertrick«, erklärte Jiggs. »Kein Geräusch, nich mal das leiseste *Plopp,* das man sonst bei 'nem Schalldämpfer hat. Ich kann's im Kino machen, auf dem Sportplatz draußen, in der Collins Avenue. Du fällst einfach um. Der neben dir hat gar nichts gehört. Was ist denn das? sagt er. Ein Herzinfarkt ...? verstehst du mich jetz' besser? Das kann jederzeit passieren, egal wo.« Jiggs kam zur Theke zurück. Im Gehen schraubte er den

Schalldämpfer ab und ließ ihn in der Sakkotasche verschwinden. Dann setzte er sich wieder. »Oder aber du gibst mir die Koffer, und wir bleiben Freunde und wünschen uns zum Abschied alles Gute.«

»Hast du de Boya mit dem Ding erledigt?« wollte Moran wissen.

»George, du hast wohl überhaupt kein Vertrauen zu mir, was? Meinst du etwa, ich lauf' immer mit demselben Ding rum, damit sie mir auch ja was nachweisen können? Das hier is' 'ne Neununddreißiger Smith, nur etwas vom Werk abgeändert. Wurde ursprünglich für unsere Elitetrupps in Vietnam gemacht. Die Burschen haben sich im Mekong an Land geschlichen und haben sich 'n paar Gelbe vorgeknöpft. Ihre Kumpel haben nie was gehört. Du kannst das ganze Magazin ohne jeden Laut leerschießen. Und beachte bitte das Visier. Es ist ein bißchen höher angebracht, damit der Schalldämpfer dir nich' im Weg is'. Hat übrigens 'ne angenehme Schaumgummiverkleidung.« Er hielt Moran die Pistole zur näheren Begutachtung unter die Nase.

»Recht hübsch.«

Jiggs ließ sie in seine rechte Sakkotasche gleiten und nippte wieder an seinem Drink. »Hab' ich mich verständlich genug ausgedrückt?«

»Ich glaub's dir gern«, erwiderte Moran.

»Soll ich das auch vor Mrs. De Boya vorführen? Die dreht mir aber wahrscheinlich durch.«

»Da habe ich meine Zweifel«, sagte Moran.

»Na ja, riskiern wir's lieber nich. Mit dir kann man reden, George. Du bist einer von der ausgeglicheneren Sorte.« Er stützte die Arme auf die Theke und genehmigte sich wieder einen Schluck. »Schmeckt vorzüglich. Normalerweise trinke ich ja tagsüber nur bei besonderen Anlässen. Den letzten Drink hatte ich übrigens in der Mutiny. Heute haben wir eben wieder 'nen besonderen Anlaß. Was meinst du?«

»Ich will dich nur was fragen«, sagte George. Und nach einigem Zögern: »Na ja, wahrscheinlich hast du vorhin schon die Antwort gegeben ...«

»Nur zu, George. Zier dich nich'.«

»Also gut. Wär's nicht möglich, daß du einfach so gehst und das Geld vergißt?«

»Ojeoje«, stöhnte Jiggs. »Ich dachte, du hättest zugehört, George. Was hast du denn die ganze Zeit gemacht? Mich reden lassen und dir unanständige Gedanken gemacht?«

»Ich wollte nur wissen, ob ich dich richtig verstanden habe. Du hast also vor, uns beide umzubringen, wenn wir das Geld nicht rausrücken, richtig? Es muß nicht unbedingt jetzt sein ...«

»Wahrscheinlich nicht«, meinte Jiggs.

»Aber wir müßten jederzeit damit rechnen.«

»Ich bin geduldig, wenn auch in Grenzen.«

»Okay, mehr wollte ich gar nicht wissen«, sagte Moran und nahm den Telefonhörer in die Hand.

Jiggs ließ ihn nicht aus den Augen.

»Jerry«, sagte Moran, »ruf die Cops.«

»Was hör' ich da, George?« rief Jiggs. »Was willst du ihnen denn erzählen? So 'ne Räuberpistole, daß ich dich bedroht hätte? Dann steht aber mein Wort gegen deins, das weißt du schon.« Jiggs gab sich müde und nur milde empört. »Du kannst den Cops rein gar nichts sagen, was sie gegen mich verwenden könnten.«

Moran ließ sich Zeit mit seiner Antwort. »Ich hol' sie auch nicht deinetwegen.«

Stille. Jiggs rührte sich nicht. Moran sah ihn zwischen Wissen und Nicht-glauben-können schwanken.

Moran zog Nolens .45 aus der Schublade. Ihm blieb genügend Zeit, die Waffe auf die Theke zu legen und den Lauf direkt auf Jiggs' Krawatte zu richten. Er sah, wie Jiggs' rechte Hand mit der Smith hochschoß. Länger konnte er nun nicht mehr warten. Er stemmte den Kolben gegen die Platte und drückte ab, stemmte wieder und drückte ab und sah, wie Jiggs vom Hocker gerissen wurde, sah sein Gesicht, sah wie sein Mund aufging und er im nächsten Augenblick mit dem Kopf neben dem Sofa aufprallte und auf dem Linoleumboden liegen blieb. Er sah, wie der Leinenanzug sich rot färbte, sah wie die rechte Hand sich noch einmal um die Pistole schloß und drückte erneut ab, während die ersten zwei Detonationen noch in seinen Ohren hallten. Als nächstes hörte er die Tür mit einem Knall aufspringen. Nolen und Mary waren da. Er sah ihre Augen, aber nur ganz kurz. Er wandte seinen Blick nicht von Jiggs. Langsam kam er um die Theke herum. Die .45 hielt er nach unten gerichtet. Ein Gedanke schoß ihm durch den Kopf.

Vielleicht erzählte er eines Tages Mary davon, vielleicht auch nicht. Beim Anblick des Blutes stellte er erleichtert fest, daß er noch keinen Teppichboden hatte verlegen lassen.

Er ließ sich auf ein Knie nieder, hob Jiggs' Brille auf und setzte sie ihm sachte auf, schob sie ihm auf die Nase und sah Jiggs in die Augen, die sein Starren noch erwiderten. Verblüffen konnte sie jedoch nichts mehr. Lautlos bewegten sich seine Lippen. Aber was gab es jetzt noch zu sagen? Moran erhob sich.

Er hörte eine Stimme »Mein Gott!« rufen. Sie hörte sich ganz nach Nolen an. Dicht neben sich vernahm er Marys Stimme: »Moran?« Er fragte sich, wann sie ihn eigentlich beim Vornamen und wann beim Nachnamen nannte. Hing das von ihrer Laune ab? Hatte es überhaupt etwas zu bedeuten? Er fühlte sich … er fühlte sich ganz gut. Besser als damals, 1965, als er Lucis zukünftigen Mann auf dem Dach angeschossen hatte. War das vielleicht der eigentliche Grund gewesen, warum er wieder nach Santo Domingo gegangen war? Weil er auf einen Unbekannten geschossen hatte? Er wußte es nicht. Je besser er seine Stimmung verstand, desto klarer wurde ihm, daß er ein recht gutes Gefühl hatte. Mary stand unmittelbar vor ihm. Er sah tief in ihre hellwachen Augen mit dem unvergleichlich warmen Ausdruck …

»Ich habe keinen Rechtsanwalt«, sagte er. »Meinst du, ich brauche einen?«

Mary lächelte, oder sie versuchte es wenigstens. »Ich weiß nicht, George. Aber du machst deine Sache auch alleine recht gut.«

Endlich war in der Ferne das an- und abschwellende Heulen zu hören. Er hatte schon die ganze Zeit die Ohren gespitzt. Inzwischen war er es ja gewohnt, auf Sirenen zu warten. O Mann, was jetzt?

JAMES W. HALL
Im Schutz des hellichten Tages

Dieses Buch ist in Liebe und Bewunderung
Sterling Watson gewidmet.

Ganz besonderer Dank gilt auch Les Standiford
und Captain Alex Kitchens, ohne deren Hilfe dieses Buch
nicht geschrieben worden wäre.

Da ist die Ruhe des Sees, wenn sich kein Lufthauch rührt; da ist die Ruhe eines stehenden Wassergrabens. Und so geht es auch uns. Manchmal fühlen wir uns geläutert und auf gesunde Weise ruhig, wie wir es noch nie im Leben waren, nicht durch ein Opiat, sondern durch den bewußten Gehorsam gegen die allgerechten Gesetze, so daß wir wie ein stiller See aus reinstem Kristall werden …
Henry David Thoreau, A Writer's Journal

Juli 1966

Vor dem Spiegel seiner Frisierkommode stehend, richtete der junge Mann den Revolver auf sein Spiegelbild. Und hielt ihn in dieser Position, bis das Zittern aus seiner Hand gewichen war. Dann schloß er die Augen, holte tief Luft und senkte die Pistole.

Nachdem er den Revolver wieder in der Werkzeugkiste verstaut hatte, schob er sie zurück in den Schrank und schloß die Tür. Er ging ins Bad, wusch sich das Gesicht und putzte sich die Zähne. Draußen blieb er einen Moment lang auf der Veranda stehen und sah aufs Meer hinaus. Ein Schwarm Pelikane glitt vorbei, ein paar Meter über dem Wasser. Er beobachtete sie, bis sie außer Sicht waren, dann schritt er die lange, ausgefahrene Straße zum Highway hinunter.

Als er dort ankam, fuhr gerade der Postjeep vom Briefkasten weg. Er öffnete den Kasten und nahm rasch das Päckchen heraus. An der Lasche der Schachtel war mit Klebeband eine Geburtstagskarte befestigt. Er zog sie aus ihrem Umschlag. Es war eine Ziehharmonikakarte. Ein Fischer in einem Ruderboot hatte einen kleinen Fisch an der Angel, der gerade von einem größeren verschlungen wurde, und so ging das beim Aufklappen der Karte immer weiter, bis der letzte Fisch zweimal so groß wie das Boot des Fischers war. Die aufgedruckte Mitteilung lautete: ›'nen Mordsgeburtstag wünschen wir!‹

In dem Umschlag steckten außerdem zwei Schwarzweißfotos. Auf dem einen hielt ein Mann mit schütterem Haar mit jeder Hand einen Lachs in die Höhe. Er lächelte. Auf dem anderen hielt eine Frau mit graumelierten Haaren einen Lachs vor sich hin, der noch größer als die beiden Fische des Mannes war. Auch sie lächelte.

Einen Moment lang betrachtete der junge Mann die beiden Fotos, dann öffnete er das Päckchen. Zwei handgeknüpfte Fliegen lagen in der Schachtel: die eine die Nachbildung einer winzigen Feldmaus, der Messinghaken wand sich aus ihrem Bauch heraus; die andere die schillernde Imitation einer Libelle. ›Probier's mal mit denen‹, stand auf dem Zettel. ›Fröhlicher Neunzehnter aus dem eisigen Norden. All unsere Liebe. Hätten Dich so gern hier bei uns.‹

Es dauerte eine Stunde, ehe ihn jemand mitnahm. Inzwischen war er fast fünf Meilen den Highway entlanggelaufen. Der Fahrer war ein Tourist aus Michigan, der sich den Wagen gemietet hatte. Er chauffierte mit einer Hand, während er mit der anderen in einem Stapel Fotos herumwühlte. Eines nach dem anderen hielt er sie in die Höhe, damit der junge Mann sie betrachten konnte, dann besah er sie sich selbst ausführlich. Der Mann war in den letzten Monaten in Islamorada gewesen und dort mit Charterbooten zum Fischen hinausgefahren. Er war vor allem auf Seehechte ausgewesen, hatte aber auch Tarpone und Pompanos gefangen.

Der Mann schien nicht zu bemerken, daß sein Beifahrer nicht sprach. Der junge Mann betrachtete höflich jedes Foto und nickte jedesmal auf die gleiche Weise. Als sie in die Außenbezirke von Miami kamen, waren sie mit den Fotos durch, und der Mann begann sich auf den stärker werdenden Verkehr zu konzentrieren.

An einer Ampel in South Miami stieg der junge Mann ohne jede Vorankündigung aus. Rasch schritt er eine Seitenstraße hinunter, bis er eine Telefonzelle fand.

Er ging hinein, schloß die Tür und angelte das Telefonbuch nach oben. Er blätterte, bis er die richtige Seite fand, fuhr mit dem Finger die Kolumne der Namen hinunter und verharrte schließlich bei dem, den er gesucht hatte. Er starrte lange auf die Seite, dann ließ er das Telefonbuch an seiner Kette wieder nach unten fallen.

Aus seiner Gesäßtasche zog er eine Straßenkarte, die er aufklappte und ein paar Minuten lang studierte. Er spähte hinaus nach dem Straßenschild in der Nähe der Telefonzelle und betrachtete die Karte erneut. Dann legte er sie zusammen, steckte sie zurück in seine Jeans, trat auf den Gehweg hinaus und ging los.

Er trug Segelschuhe aus Leinen, keine Socken, ein dunkelgrünes T-Shirt. Sein blondes Haar war sonnengebleicht, bürstenlang. Er war einen Inch kleiner als sechs Fuß und spindeldürr. Arme und Gesicht waren tiefgebräunt. Seine dunkelblauen Augen schienen fest auf einen fernen Punkt gerichtet zu sein, geübt, den Horizont nach kaum wahrnehmbaren Störungen abzusuchen.

Mit langen Schritten verließ er das kleine Einkaufszentrum, überquerte den Dixie Highway und lief am Rand des Universitätsgeländes entlang. Vorbei an den Sportfeldern und Parkplätzen, in die schattigen Bezirke von Coral Gables.

Es war fünf Uhr, als er in eine kurvige, schmale Straße gelangte, die an einen Golfplatz grenzte. Der junge Mann blickte die Straße hinunter, dann machte er kehrt und ging denselben Weg etwa eine halbe Meile zurück bis zu einem kleinen Park, in dem es ein paar Schaukeln und eine lange Rutschbahn gab. Er setzte sich in den Schatten einer immergrünen Eiche und sah einer Schwarzen in weißer Uniform zu, die auf ein weißes Kind aufpaßte. Eine Stunde später verschwanden die beiden, und als die erste Dämmerung einsetzte, war er allein.

Um halb neun, mittlerweile war es dunkel geworden, stand er auf und kehrte zu der kurvigen Straße zurück. Er durchquerte ein unbebautes Grundstück und schritt am Rough des Golfkurses entlang. Sich nahe am Buschwerk haltend, ging er auf ein flachgeschossiges, weiß verputztes Haus mit Ziegeldach zu. Licht drang aus den Patiotüren, und aus dem offenen Küchenfenster war das Klappern von Tellern und Bestecken zu hören.

Der junge Mann duckte sich hinter einen Oleanderstrauch, der ungefähr drei Meter vom Patio entfernt stand, und beobachtete die beleuchteten Fenster. Einmal rief eine Kinderstimme den Namen irgendeines Haustiers, und eine Stunde später hörte der junge Mann eine Frau telefonieren, während sie vor einem der rückwärtigen Fenster hin- und herging.

Gegen zehn wurde es dunkel im Haus, aber der junge Mann starrte unbeirrt weiter hinüber. Anderthalb Stunden später hörte er an der Frontseite des Hauses einen Wagen ankommen, und einige Augenblicke später fiel die Haustür ins Schloß. Im Wohnzimmer ging eine Lampe an, dann in der Küche. Der junge Mann stand auf und schob sich näher an das Küchenfenster heran, wobei er sich mit dem Rücken gegen die rauhe Hauswand preßte.

Ein dicker Mann in einem dunkelblauen Anzug stand in der Küche. Er hatte schwarzes, glänzendes Haar, das in der Mitte gescheitelt war, und einen kleinen Mund mit fleischigen Lippen. Der Mann warf seine Schlüssel auf den Küchentisch, zog sein Jackett aus und ließ es auf den Boden fallen. Er goß sich ein Teeglas bis an den Rand voll Scotch, und ehe der junge Mann sich aus dem Staub machen konnte, torkelte der Dicke aus dem Sichtfeld, stieß plötzlich die Küchentür auf und kam nach draußen.

Der junge Mann drückte sich flach gegen die Mauer, während der Dicke ein, zwei Meter entfernt auf den Pflastersteinen stand und einen Schluck von dem Scotch kippte. Er drehte sich von dem jungen Mann weg, redete leise mit sich selbst und ging hinüber zum Patio, der durch das Licht aus der Küche zum Teil erleuchtet war. Der Dicke blieb einen Moment neben einer Liege stehen, dann beugte er sich vor und übergab sich in einen Blumenkasten.

Danach wischte er sich den Mund am Ärmel seines weißen Hemdes ab, ließ sich vorsichtig auf die Liege nieder und nahm noch einen Schluck von seinem Drink. Der junge Mann wartete ein paar Minuten, bis der Dicke eingenickt zu sein schien, das Glas neben sich auf der Erde.

Vorsichtig öffnete er die Küchentür und schlüpfte ins Haus. Er stand da und sah sich einige Sekunden lang in der Küche um, dann hob er das Jackett des Mannes auf. In der Brusttasche fand er seine Brieftasche. Er nahm den Führerschein heraus und studierte ihn.

Nach einer Weile steckte er alles wieder zurück ins Jackett und ließ es dort auf den Boden fallen, wo er es aufgehoben hatte. Er nahm die Schlüssel vom Küchentisch, trat nach draußen und ging hinüber zur Liege.

Er packte den Dicken vorne am Hemd und zerrte ihn hoch. Der Mann kicherte. Aber als er auf den Füßen stand, wurde er steif, wich zurück und starrte dem jungen Mann ins Gesicht. Der drehte ihn herum und stieß ihn mit einer Hand vorwärts, während er ihn mit der anderen am Kragen gepackt hielt.

Der Mann stolperte ohne ein Wort vor ihm her, taumelte dabei nach links und nach rechts. Die beiden gingen um das Haus und gelangten zur Auffahrt. Dort stand ein 65er Buick-Coupé, dessen Kühler tief in die Hecke gebohrt war. Der junge Mann packte den Kragen des Mannes fester und sah hinunter auf den demolierten rechten Scheinwerfer des Wagens. Er holte tief Luft.

Dann drehte er den Dicken herum und lehnte ihn gegen die Beifahrertür.

»Ich kenne Sie nicht«, sagte der Dicke unsicher.

Der junge Mann trat einen Schritt zurück, hob die rechte Faust bis auf Schulterhöhe und schlug sie dem Dicken voll auf die Nase. Der Dicke sackte zusammen, und der junge Mann preßte ihn gegen den Wagen und öffnete die Beifahrertür. Der Dicke war vielleicht zwanzig, dreißig Pfund schwerer als er selbst. Der junge Mann bekam die Tür auf und zwängte den Dicken auf den Sitz. Er schloß die Tür und blieb still stehen, schwer atmend, horchend.

Dann setzte er sich auf den Fahrersitz, stocherte mit dem Zündschlüssel herum, rammte ihn endlich ins Schloß. Er blickte zum Haus hinüber, als er den Wagen anließ. Er setzte ihn rückwärts aus der Auffahrt heraus, wobei er etwas zu hart auf die Servobremsen trat, was ein leises Quietschen verursachte, als sich die Reifen ins Pflaster hakten.

Wieder sah er zum Haus des Dicken zurück. Eine dunkle Gestalt stand im Schatten auf der vorderen Veranda. Vielleicht eine Steinfigur, ein großer Hund. Der junge Mann legte einen Gang ein und fuhr vorsichtig an.

Der Dicke kam nach ungefähr zehn Minuten zu sich. Der Wagen war von einer roten Ampel aufgehalten worden, die Kreuzung frei, die Straßen in alle Richtungen leer. Ein Schwarzer saß vor der Bürobude einer die ganze Nacht geöffneten Tankstelle, hörte Radio, schaute auf den Buick.

Der Dicke blinzelte, sah den jungen Mann an, dann hinüber zu der Tankstelle. Er hatte die Tür offen und war auf der Straße, ehe der junge Mann aufs Gas treten konnte. Der Dicke rannte auf die Tankstelle zu, mit den Händen fuchtelnd, schwankend. Der schwarze Tankwart beobachtete den Mann, der da auf ihn zulief, dann erhob er sich von seinem Stuhl und hastete in sein Büro.

Der junge Mann schaltete die Automatik auf Parken, stieß den Wagenschlag auf und rannte hinter dem Dicken her. An der Tür zum Büro der Tankstelle holte er ihn ein. Der Schwarze hielt einen kleinkalibrigen Revolver auf den Dicken gerichtet, Schweiß war ihm auf die Stirn getreten.

»Komm schon, Dad«, sagte der junge Mann, als er dem Dicken den Arm um die Schulter legte und ihn mit einem Schraubgriff am Unterarm packte. Zu dem Schwarzen sagte er: »Einen zuviel. Hat meinen Geburtstag gefeiert.«

»Raus hier, alle beide«, sagte der Schwarze.

»Helfen Sie mir«, sagte der Dicke. »Der Kerl will mich entführen.« Er versuchte, sich dem Griff des jungen Mannes zu entwinden.

Der junge Mann sah den Schwarzen an und schüttelte den Kopf. »So ist er dann immer.«

»Na klar doch«, sagte der Schwarze.

Der Dicke riß sich von dem jungen Mann los und rannte wieder auf den Wagen zu. Als er das Tankstellengelände halb überquert hatte, stolperte er und fiel auf die Knie.

Der junge Mann lief hinüber zu ihm, zerrte ihn hoch, und zusammen schwankten sie zurück zum Wagen. Der Dicke atmete sehr schwer und schwitzte heftig. Wieder schob ihn der junge Mann in den Wagen, ging auf die andere Seite und setzte sich hinter das Steuer.

»Wer sind Sie?« fragte der Mann außer Atem.

Der junge Mann sagte: »Wenn Sie so was noch mal versuchen, verpaß ich Ihnen eins, daß Sie sich in die Hosen scheißen. Bleiben Sie einfach sitzen.«

»Ich weiß«, sagte der Dicke, legte den Kopf schief und konzentrierte seinen Blick auf das Gesicht des jungen Mannes. »Ich weiß, wer Sie sind.«

Der junge Mann schwieg, fuhr vorsichtig, hielt den Buick im erlaubten Geschwindigkeitsbereich.

»Es ist der Jahrestag«, sagte der Dicke. »Ich weiß es. Meinen Sie, ich habe es vergessen?«

»Schnauze«, sagte der junge Mann.

»Sie glauben, ich habe nicht gelitten, ist es das? Ist es das, was Sie meinen? Sie wollen mich quälen, abrechnen, ist es das?« Der Mann brummelte vor sich hin. »Sagen Sie's mir. Sie sind der kleine Junge, stimmt's?«

Sie hatten die Verkehrsampeln hinter sich gelassen. Vor ihnen lag ein langes Stück Highway mit dichtem Pflanzenbewuchs und ein paar Motels rechts und links, und dann kamen sie nach Florida City, wo die holprigere Asphaltstraße begann, die durch die Everglades hinunter nach Key Largo führte. Andere Wagen waren nicht zu sehen. Der Himmel war klar. Der junge Mann hielt die Geschwindigkeit auf siebzig.

Der Dicke schrie um Hilfe. Er drehte sich auf dem Sitz um und brüllte nach hinten in Richtung Miami in den Wind. Der junge Mann jagte den Wagen hoch auf fünfundsiebzig.

»Ich habe Familie«, schrie der Mann.

Der junge Mann wandte den Kopf und starrte den Mann an.

»Ich kann Ihnen Geld geben. Ich habe Geld. Egal, was Sie wollen.«

»Ich möchte, daß Sie es erfahren«, sagte der junge Mann. »Erfahren, wie ihnen zumute war.«

»Dafür kommen Sie ins Gefängnis«, sagte der Mann und versuchte bedrohlich zu wirken.

Der junge Mann lächelte und hetzte den Wagen weiter. »Ich nehme, was auf mich zukommt«, sagte er.

»Ich war doch erst so alt wie Sie, Herrgottnochmal«, sagte der Mann. »Es war ein unüberlegter Fehler. Ein Dummerjungenfehler.«

Der Wagen war mittlerweile auf achtzig, als sie die lange Kurve nahmen und zur Jewfish Creek Bridge gelangten. Der Wagen raste die Brückenrampe hoch, verlor kurz den Grund, und das Fahrgestell knallte auf der anderen Seite auf. Der Dicke schnappte nach den Türgriff. Nüchtern wie sonst was jetzt. Adrenalin-nüchtern. Nachtluft-nüchtern, wir-rasen-mit-fünfundachtzig-durch-die-Dunkelheit-nüchtern.

Der Fuß des jungen Mannes grub sich tiefer in das Gaspedal, und er beobachtete das Blitzen der Leitplanken, sah den Lake Surprise näherkommen, der Wagen zog nach rechts, ein Reifen rutschte vom Rand des Straßenbelags, wühlte sich ins Bankett, wand ihm das Steuer aus den Händen, und er versuchte nicht, wieder danach zu greifen. Der Buick rammte durch die Leitplanke, fegte hinaus ins Wasser. Der junge Mann dachte: Ja, so genau ist es richtig. Genau wie es sein sollte. Ja.

Es gab den kurzen Flug, den schweren Aufschlag, das Splittern von Glas, den Schmiedehammer gegen seine Brust. Das warme Wasser des Lake Surprise, das hereinschlug. Und er verlor das Bewußtsein.

Als der junge Mann aufwachte, hörte er leise das Heulen von Sirenen. Das Wasser stand ihm bis zu den Schultern. Die Brust schmerzte, die Rippen brannten. Er kletterte aus dem Fenster, watete um den Wagen herum, um nach dem Dicken zu sehen. Eine spitze Scherbe hatte dem Mann die Kehle aufgeschnitten, und sein Kopf ruhte auf der Sitzlehne. Dunkles klebriges Naß trat aus dem klaffenden Schnitt. Wenn der Mann noch nicht tot war, würde er jeden Moment das Zeitliche segnen.

Der junge Mann ging zurück auf die Fahrerseite, beugte sich in den Wagen und zerrte den Dicken, dessen Kopf hin- und her baumelte, über den Sitz und klemmte ihn hinter das Steuerrad. Dann schwamm und watete er zwei-, dreihundert Yards durch den Lake Surprise zu den Mangroven hinüber. Und kletterte in sie hinein. Naß, schmerzgequält; aber nichts taub, absolut nicht unter Schock. Jeden Moskitostich fühlend.

Er blieb die ganze Vorstellung über da. Es war nichts Dramatisches. Bloß Männer, die arbeiteten, Dinge austüftelten. Ein physikalisches Problem mit Winde, langem Drahtseil. Polizisten, die mit den Sanitätern hinauswateten. Niemand, der sich suchend nach einem Fahrgast umsah. Nur wieder so ein Betrunkener, der die Kontrolle verloren hatte.

Er beobachtete alles. Und schließlich, ungefähr eine Stunde vor Morgengrauen, war es vorbei. Sie waren weg. Der Lake Surprise war still. Verfärbte sich von öligem Schwarz über Grau zu Grün. Ein erster Fischer erschien mit seinem Boot und begann, eine Meile entfernt die Angel in die Schatten längs der Uferlinie auszuwerfen.

Der junge Mann bahnte sich den Weg durch die dichten Mangroven hinauf zum Highway. Er hatte Mühe mit dem Luftholen, seine Hände zitterten. Blut kam von irgendwoher unter seinem Hemd. Es war nur ein Marsch von drei Meilen zurück nach Hause, aber er brauchte zwei Stunden.

1

Thorn sah ihr zu, wie sie am Ufer stand, bis zu den Knöcheln im Lake Surprise. Der Mond hatte eine breite Silberspur über das Wasser gezogen, und eine leichte Brise malte Flecken sanfter Unruhe auf die spiegelglatte Oberfläche. Seit einigen Minuten hatte Sarah Ryan nun schon so dagestanden und auf all das hinausgeschaut.

Ohne sich umzudrehen, fragte sie: »Und worin besteht jetzt die Zeremonie?«

»Es gibt überhaupt keine ›Zeremonie‹«, sagte Thorn. »Ich sitze nur hier und versuche, Ruhe zu finden.«

»Du gehst nicht ins Wasser? Du tust gar nichts?«

Thorn seufzte. Vielleicht war es ein Fehler gewesen, sie mitzunehmen. Doch sie hatte mitkommen wollen, seit er sie kannte – wie lange? – ein bißchen weniger als ein Jahr. Kaum hatte sie begriffen, daß es da so etwas wie ein Ritual gab, hatte sie ihm keine Ruhe mehr gelassen. Zuerst, um den Juni herum, waren es nur Andeutungen gewesen. Am ersten Juli dann rückte sie mit der Sprache raus. Nimm mich mit. Ich werde dich nicht stören. Ich mache mit, egal, was du von mir verlangst. Okay, und so ließ er Sarah mitkommen. Vielleicht, um ihr einige Einzelheiten zu erzählen, um leere Stellen auszufüllen, die er nicht einmal Kate enthüllt hatte. Er hatte gemeint, sie seien reif dafür.

Aber wer war aufgekreuzt? Die andere Sarah. Sarah, die Pflichtverteidigerin, die peinliche Befragerin von Polizisten, gewohnt, versiegelte Geister aufzuhebeln. Allergisch gegen langsame Gefühle. Unbeschwert und hartnäckig. Und was er zu sagen vorgehabt hatte, das Geständnis, das er wochenlang einstudiert hatte, kam ihm flau und abgestanden vor.

Noch immer über den Sund hinausblickend, sagte Sarah: »Also, ich jedenfalls schwimme eine Runde.«

»Hör zu. Die Sache ist die, es ist nur dieses eine Mal im Jahr. Wie zum Beispiel auf den Friedhof gehen, Blumen aufs Grab. Ungefähr so.«

»Ein allzu kontrolliertes Leben ist nicht lebenswert«, sagte sie. »Hast du noch nichts von Seele freimachen und sich positiv einstellen gehört?« Sie drehte sich um, und der Mond schimmerte in ihrem dunklen Haar.

»Ich habe davon gehört«, sagte Thorn.

Sarah schüttelte den Kopf und sagte »Und dann gibt's noch die Theorie, daß man sich gesundschwimmen kann. Sich von allem freimachen und dem Wasser hingeben.«

Sie streifte ihre khakifarbenen Campingshorts ab. Keine Unterwäsche für Sarah. Dann das T-Shirt, und sie stand nackt im Mondlicht. Vollmond. Zweihundert Yards von der US 1 entfernt. Die

Autos rumpelten über die Gitterroste der Jewfish Creek Bridge. Sie ließ Thorn ihre Umrisse in sich aufnehmen. Sie war hochgewachsen, mit breiten Schultern und feinen Gliedmaßen. Sie hatte eine bäurische Grazie in ihren Bewegungen, wie ein leicht aus der Übung geratenes Mannequin.

»Gib auf die Zitronenhaie acht.« Thorn fühlte, wie die Begierde in ihm aufstieg.

»Sollen selber achtgeben.« Zögernd verharrte sie noch eine Weile am Ufer, dann holte sie tief Luft und watete hinaus in den Lake Surprise, in die Wiese aus Licht von diesem riesigen Mond.

Thorn beobachtete, wie sie sich auf dem Rücken treiben ließ. Ihre Brüste brachen durch die unbewegte Oberfläche. Ihr Schamhaar funkelte. Vielleicht war das ihre Absicht. Ihn mit einem bißchen Plitscheplatsche, etwas ernsthaftem Wassertreten aufzureizen.

Er wechselte seine Lage, wedelte einen Moskito weg, der ihm ins Ohr sang Das Insektenmittel ließ schon nach. Er lenkte den Blick weg von Sarah Ryans Geglitzer und folgte der Lichtspur über die mangrovengesäumte Bay hinweg dorthin, wo sie sich westwärts in Richtung Mexiko wandte.

Würde sie so unbeschwert in dem See schwimmen, wenn sie von dem Blut wüßte, mit dem das Wasser vermischt war? Thorn hatte einen Schauder empfunden, als Sarah das erstemal mit dem Zeh darüber hinweggestreift war, aber er hatte nichts gesagt. Er selbst war zwanzig Jahre nicht imstande gewesen, dieses Wasser zu berühren.

Zwanzig Jahre kam er nun schon jeden fünften Juli hier heraus, um an der Bucht zu sitzen. Zwanzig Jahre. Das klang wie eine Gefängnisstrafe. Zwanzig Jahre bis lebenslänglich. Das war etwa die Strafe, die er hätte erwarten können, wenn er sich damals dem Sheriff gestellt hätte.

Vielleicht hätte er es tun sollen. Vielleicht wäre so das Schuldgefühl von ihm gewichen, und Thorn könnte heute mit seinen neununddreißig all dem den Rücken kehren, in die Welt zurückkehren, nachdem er seine Schulden beglichen hatte. Dieser Weg hier führte in ein Lebenslänglich. War ein Schuldspruch ohne Punkt am Ende.

Sarah glitt, auf dem Rücken schwimmend, immer weiter hinaus, das Wasser gurgelte leise um ihre Füße. Es schien, als versuche sie, ihm seine Zeit zu lassen, seine kleine Meditation, um die Sache hinter sich zu bringen. Vielleicht hatte sie auch die trübselige Atmosphäre dieses Ortes erfaßt. Die Geister. Die Geister von Quentin und Elizabeth Thorn und einem gewissen Dallas James. Der dicke, betrunkene, nach Kotze riechende Dallas James.

Thorn beobachtete Sarah Ryan. Sie schwamm immer noch auf dem Rücken, ihr ruhiger, zügiger Beinschlag ließ das Wasser sanft strudeln. Es glitzerte wie silbriger Schaum. Sie schwamm hinaus in diese warme Bucht, und nahe der Stelle, wo es geschehen war, beschrieb sie einen trägen Kreis.

Neununddreißig Jahre zuvor waren Quentin und Elizabeth unterwegs vom Homestead Hospital heim nach Key Largo gewesen. Thorn war zwanzig Stunden außerhalb des Mutterleibs, noch vier Stunden Zeit, um ihn zurück zu den Keys zu bringen, damit er offiziell, nach lokalem Brauch, ein Conch würde. Um dem Jungen Wurzeln zu geben.

Vielleicht war ›Wurzeln‹ das falsche Wort. Diese Insel brachte nicht viel Ertrag. Kalkstein und Korallen gleich unter ein paar Inches sandigem Boden. Sie war eigentlich bloß ein schmales Riff. Und mit einer leichten Schmelze am Nordpol, einem guten Hurrikan Stärke fünf würde sie wieder nur ein Riff sein. Aber Conchs besaßen ein besonderes Aushaltevermögen. Sie hielten sich auch an Orten, wo sich keine Wurzeln einzugraben vermochten.

Der alte Brauch war für Quentin und Elizabeth wichtig genug, um sich trotz der Warnungen des Chirurgen noch nach Mitternacht aus dem Krankenhaus zu stehlen. Er war mit einem Kaiserschnitt zur Welt gekommen. Der dicke, kleine Thorn, neuneinhalb Pfund, war in der Öffnung steckengeblieben.

Noch vier Stunden Zeit. Keine Eile. Die Fahrt zurück, hinunter zu den Keys, dauerte nur eine halbe Stunde. Es war der 5. Juli 1947.

Alles, was Thorn über diese Nacht wußte, entstammte einem Artikel aus dem Miami Herald. Dr. Bill hatte ihn so lange in seinem Schreibtisch versteckt gehalten, bis Thorn zu viele Fragen über den Tod seiner wirklichen Eltern gestellt hatte. Dr. Bill hatte ihn in sein Arbeitszimmer geführt, wo die Zeitung ausgebreitet auf seinem Schreibtisch lag. Und Dr. Bill war nach draußen gegangen, um seine Machete in einen verrotteten Ast zu schlagen, während Thorn mit seinen dreizehn Jahren las und wieder las. Nichts, um die Sache zu mildern. Dieselbe glatte, chirurgische Kühle, die Dr. Bill in allem ausstrahlte. Lies das hier. Das ist alles, was man weiß. Hackte draußen in dem modrigen Holz herum, während Thorn sich mit der Geschichte herumschlug.

Die Nacht des 5. Juli 1947 war klar gewesen. Heiß wie jede Julinacht. Leichte Winde aus Südost. Oh, Thorn las erst alles andere, ehe er seinen Augen gestattete, sich an der Schlagzeile über die Familie Thorn festzusaugen. Das Wetter. Der Sport. Die Roten lehnten den Marshallplan ab. Drei Cents Porto für Inlandbriefe. Jux des Tages. Eine Geschichte über ein junges Paar, das heiratet. Sie sagt am Altar ›Nein‹ statt ›Ja‹. Verbessert sich in ›Ja‹, aber dann sagt er ›Nein‹. Thorn las das alles zuerst.

Schließlich war nur noch ein Artikel übrig. Thorn, der sich beim Lesen alles genau ausmalte, der den grauen, nüchternen Journalismus nahm und mit Details ausschmückte, sich das Geschriebene für immer in sein Vorstellungsvermögen einprägte. Wann immer er sich den Artikel nach jenem Nachmittag in Erinnerung rief, stand er ihm deutlich vor Augen. Es war eine klare Nacht gewesen. Zwanzig Meilen zweispuriger Highway am Schotterbett einer alten Eisenbahnlinie. Man konnte zu beiden Seiten aus dem Wagenfenster greifen und die Mangroven berühren, sagten die Alten. Eng und dunkel, eine leere Strecke Asphalt. Thorn schlief in Elizabeths Schoß. Schlief im Rhythmus ihres Atems und des alten Wagens, der durch die Nacht brummte.

Aus der entgegengesetzten Richtung raste der einundzwanzigjährige Dallas James im Studebaker seines alten Herrn von Key West nach Hause. Zwei Freunde von ihm auf dem Rücksitz. Alle aufgekratzt von Bourbon mit Coke. Ein Mädchen an Dallas James' Seite. Ein hübsches Mädchen aus seinem Semester an der Universität, das nicht gewußt hatte, daß die Fahrt nach Key West und wieder zurück nach Miami an einem einzigen Tag vonstatten gehen sollte, dazu das ganze Gesaufe und Gejohle. Sie hieß Doris Jean Parish. Es stand alles in der Zeitung. Sie war diejenige, die die Sache ausplauderte. Am nächsten Tag petzte sie es ihrem Daddy. Ein gut katholisches Mädchen, kam mit dem schlechten Gewissen nicht über die Nacht weg.

An jenem Abend hatte Dallas eine Geschichte erzählt, eine lange, und sich dabei ständig beifallheischend nach hinten umgesehen. Bourbon mit Coke, ein langer Witz, und die Lacher und daß er auf die beiden auf dem Rücksitz und vor allem auf Doris Jean Eindruck machte, das interessierte ihn viel mehr, als daß er sich darum kümmerte, in wessen Scheinwerfer er da hineinfuhr.

Quentin Thorn wich aus, holperte über den Seitenstreifen, über die niedrige Böschung hinaus in den Lake Surprise. Keine Wahl. Entweder hinein in diese Scheinwerfer und den Stahl dahinter oder in das mondbeschienene Wasser des Lake Surprise. *Surprise, Surprise.* Zu der Zeit war das Wasser nur vier Fuß tief. Es herrschte Ebbe. Aber wie die Köpfe so gegen das stählerne Armaturenbrett knallten, da hätte auch schon eine Vogeltränke vollauf genügt.

Thorn war im Auto herumkariolt, bis er endlich auf den Koffern seiner Mutter auf dem Rücksitz liegenblieb. Und als das schwarze, warme Wasser des Lake Surprise in den Wagen drang, hatte er wahrscheinlich laut geschrien und auch nicht aufgehört, als es langsam anstieg, die Gesichter seiner Eltern bedeckte und schließlich ein paar Zentimeter von der Stelle entfernt, wo er zappelte, den Höchststand erreichte.

Dallas James hielt an, stieg aus, betrachtete die Situation, unterzog sein Moralgefühl einer schnellen Prüfung, ließ alle wieder zurück in den Wagen steigen und machte, daß er davonkam.

In einem anderen Artikel, der ein paar Wochen später erschienen war, hatte Dallas vor Gericht seinen großen Auftritt. Seiner Version nach war der andere Wagen in Schlangenlinien gefahren. Dallas hupte, riß das Steuer herum, um ihm auszuweichen, und der frischgebackene Vater, die junge Mutter und ihr Kind waren aus eigenem freien Willen auf den See hinausgesegelt. Der Richter räumte ein, daß die Tragödie tatsächlich schon genug Opfer gefordert habe, und da er sah, daß Dallas aus einer guten Familie kam und so weiter, war er geneigt, ihm nichts weiter als einen strengen Blick zuzuwerfen.

Nicht so Thorn. Es hatte sechs Jahre lang in ihm gegärt, aber schließlich hatte er gehandelt. Und jetzt saß er hier, ein lebenslang unter seiner Schuld Leidender; es war ein hartes Los, als Schuldiger unter Unschuldigen. Sehr grausam, sehr ungewöhnlich. Und heute besuchte er den, der da seine Strafe verbüßte, am Ort der Tat. Mr. Thorn auf Besuch bei Mr. Thorn.

Sarah kam zurück ans Ufer. Thorn sah ihre Bugwelle vor ihr ankommen, sich zwischen den Mangrovenwurzeln regen. Als sie das Ufer hochwatete, lasierte der Mond ihren Körper.

»Fertig?« fragte sie, während das goldene Wasser von ihr abfiel und sie ein paar Yards entfernt dastand.

»Ich nehme es an«, sagte Thorn.

»Worüber hast du gerade nachgedacht?« Sie bückte sich, nahm ein Handtuch aus ihrer großen Strohtasche und begann sich damit trockenzutupfen.

»Über dein Haar.«

»Und davor?«

»Deine Haut«, sagte er.

»Ach, komm, du weißt schon, was ich meine.«

»Über diesen Ort«, sagte Thorn. »Den Lake Surprise, über geheimnisvolle, ernste Dinge.«

»Aber du willst mir nichts davon erzählen.« Sie breitete ihr Handtuch neben ihm aus, ließ sich darauf nieder und lehnte sich zurück, auf die Ellenbogen gestützt. Mond-Sonnenbaden.

»Im Augenblick versagt mir die Stimme.«

Sie sagte: »Vielleicht sollte ich mich anziehen, um dir wieder auf die Sprünge zu helfen.«

Ein Lastzug vollbeladen und auf dem Weg nach Süden, dröhnte vom Highway herüber. Auf den Keys mußte aber auch alles von sonstwo herangekarrt werden; selbst Frischwasser wurde herbeigepumpt. Die Natur hatte lediglich Fisch und Wohlgerüche zu bieten.

»Vielleicht solltest du das wirklich«, sagte Thorn.

»Versündige ich mich etwa, nackt auf dem Friedhof?« Sie lächelte ihn an und fuhr sich mit der Zunge über die Oberlippe.

»Yeah«, sagte Thorn, »aber mir gefällt es.«

»Wir könnten schwimmen«, sagte Sarah, aus deren Stimme jetzt alle Keckheit verschwunden war. Ein reuevoller Ton, der fast seiner Stimmung entsprach. »Mir hat es wahnsinnig gutgetan.«

»Nein, danke«, sagte Thorn.

»Es heißt, es ist gesund im Wasser, mit diesem ganzen Auftrieb.«

»Nein«, sagte er. »Ich möchte nur noch ein bißchen so bleiben. Wie jetzt. Nichts Ausgefallenes.«

»Ich halt die Klappe.«

»Yeah.« Thorn gestattete sich wieder einen Blick auf sie. »Und am Auftrieb hier bei mir ist doch nichts verkehrt, oder?«

»Nein«, sagte sie. »Überhaupt nichts.«

2

Die See zwei Fuß hoch, der Himmel bedeckt. Mittag am Sonntag. Zeit, damit zu beginnen, über Montag, über die Woche nachzudenken. Bei dem leichten Wellenschlag schaukelte Sarah sanft auf der zweiten Etage des Thunfischturms, Seite an Seite mit Kate Truman. Sarahs lange, schwarze Haare flatterten im Wind, die Haut fühlte noch nicht den Sonnenbrand, von dem sie wußte, daß sie ihn sich geholt hatte. Es hatte etwas mit der blauäugigen Irin in ihr zu tun, gezeugt für düstere Himmel, Schichten von Kleidern, einen schweren, grauen Nebel über dem Moor.

Sarah beugte sich zu Kate vor und schrie fast in den Wind: »Mir gehen die Firmennamen aus.«

»Augenblick!« Kate rollte das Plastikwindsegel für die Turmplattform aus. Die beiden ließen es in die Halterungen schnappen. Jetzt, wo der Wind außen vor blieb, fühlte Sarah es, das Prickeln auf ihrer Wange, die beginnende Schwellung.

»Mir gehen die Namen aus«, sagte sie. »Wenn mir einer einfällt, ist er schon im Computer. Entweder ein Hausmeister-Service oder ein Laden, der Popcorn verkauft. Verrückte Sachen.«

»Wie wär's mit Waldratten-Enterprises?«

»Nicht geschäftsmäßig. Er sollte sich so anhören, als wenn er echt wäre.«

»Na, dir wird schon was einfallen. Warum denn überhaupt die ganze Sorge um irgendwelche Namen? Du sorgst dich um die komischsten Sachen.«

»Ich bin um alles besorgt. Aber die einzigen Dinge, auf die ich mich konzentrieren kann, verstehst du, sind die Kleinigkeiten.«

Sie lagen nur eine Meile vom Ufer entfernt, überall um sie herum waren Zwanzig-Fuß-Fiberglasboote, Aquasports; Makos voll mit Schnorchlern aus Miami liefen zum Riff aus, zerhackten das ruhige Wasser.

»Ich weiß«, sagte Kate. »Ich weiß, was dich beschäftigt.«

»Diese Port-Allamanda-Sache. Sie ist nicht wie die anderen, das ganze Geld, was da drinsteckt. Und du kannst wetten, Grayson wird verdammt gern wissen wollen, wer ihn ausgestochen hat. Ich möchte dir einen besseren Schutz verschaffen als bisher.«

»Nun ja, darin bist du ja Expertin.«

»Kate, ich sag's dir noch mal. Ich bin keine Expertin. In nichts von alledem.«

»Du leistest eine Heidenarbeit. Und du sorgst dich zuviel. Du wirst dir noch sonst was einhandeln.«

Kate peilte den Windsack an, der an ihrem Pier aufgezogen war, den und das Carysfort-Leuchtfeuer sieben Meilen weit draußen. Einhundertzwanzig Grad führten sie in ihren Privatkanal. Zwei Grad Abweichung in die eine oder andere Richtung und man würde über Kalksteinablagerungen und die Rücken von Stachelrochen schrappen.

Kate drosselte auf halbe Fahrt; ihre Heckwelle holte sie ein und brachte das Boot leicht zum Schaukeln. Im schmalen, selbst gebaggerten Kanal, hundert Yards vom Ufer weg.

»Ich hole die Leinen«, sagte Sarah und bewegte sich auf die Leiter zu.

»Brr. Laß sie liegen.« Kate schaltete noch einen Gang runter, nahm ihre dunkle Angelbrille ab, sah Sarah prüfend an.

Sarah versuchte ein Lächeln, und sagte: »Ich bin einfach paranoid. Ist nur vorübergehend.« Sie machte eine Handbewegung zum Cockpit runter. »Manchmal kommt es irgendwie über mich.«

Die meisten der fünfzig Ballen Marihuana waren in der Kabine unter Deck verstaut, aber vier lagen in Eisboxen im sonnigen Cockpit.

»Teufel, wenn's nicht auch mich überkommt. Es wäre verdammt merkwürdig wenn's das nicht täte. Auch wenn mein Großvater fast sein ganzes Leben lang Rum geschmuggelt hat, und mein Daddy seinen Schnitt mit Mitternachtfahrten machte. Ich sag mir zwar immer, ich hab's im Blut, aber das hilft nicht viel.« Kate rieb sich die Augen, kniff sich in den Nasenrücken und strich sich über die Stirn.

Kate sagte: »Aber wir sind das doch alles durchgegangen. Immer und immer wieder. Wie und warum, das höhere Wohl. Ich kann nichts entdecken, über das wir noch reden müßten. Wenn's was Neues gibt, eine Möglichkeit, etwas zu tun, die Dinge ringsumher zu ändern, irgend etwas, was deiner Ansicht nach den Druck mindern würde, sag es, und wir machen es. Das Land auf irgendeine andere Weise kaufen. Melonen an der Straße verhökern. Ist mir gleich, was. Einen Lastwagen von Brink's ausrauben. Wenn dir was Besseres einfällt, sag's doch.«

»Nein«, sagte Sarah, plötzlich schläfrig und jetzt von neuem schweißglänzend, da der Wind aufgehört hatte. »Ich habe einfach ein schlechtes Gewissen, weil ich dich in diese Geschichte reingezogen habe.«

»He, langsam.« Kate lächelte sie an, lehnte sich gegen den Sitz. »Ich habe *dich* in die Sache reingezogen. Es ist vielleicht dein Vertrag, aber es ist mein Kampf.«

»Wir wollen uns doch nicht gegenseitig irgendwelchen Scheiß vormachen«, sagte Sarah. »Ich komme zu euren Versammlungen, mir gefällt, was ich höre, biete meinen juristischen Rat an, und zwei Monate später überrede ich dich, Dope zu schmuggeln.«

Kate blickte zu einem vorbeifahrenden Taucherboot hinüber, das auf Grecian Rocks Kurs nahm. »Du hast mich nicht hypnotisiert, mein Schatz. Ich bin ein erwachsenes Mädchen. Glaubst du, ich hätte nicht schon daran gedacht, hier ein paar Ballen durchzuschmuggeln, ehe du aufgekreuzt bist? Der einzige Grund, weshalb ich's nicht schon vorher probiert habe, war, wenn ich mich mit irgend jemandem von hier unten zusammentäte, würde es die ganze Insel am nächsten Morgen wissen. Wie's jetzt ist, geht lediglich das Gerücht, wir wären ein Liebespaar. Verbringen unsere Nächte zusammen auf dem Boot.«

Sarah lachte.

»Ich schwöre es dir beim Herrn da droben«, sagte Kate. »Sweetheart, das ist das einzige, worüber sie sich die Mäuler zerreißen.«

Sarah schüttelte den Kopf, griente ihren Dank zu Kate hinüber.

»Wir schaffen's schon«, sagte Kate und zwinkerte Sarah zu. »Noch zwei Fünfzig-Ballen-Touren. Fertig ist die Million. Und das wär's dann. Wir ziehen uns zurück. Benutzen den Rest unseres Lebens, um Vergebung zu erflehen.« Sie packte Sarah an den Schultern, richtete sie auf und schaute ihr ins Gesicht. »Aber denk immer daran, das hier ist *meine* Leidenschaft, *mein* Kampf. Du kannst die Sache jeden Augenblick hinschmeißen, und ich werde bestimmt Verständnis dafür haben. Denk drüber nach.«

Von Süden kam ein Rumpeln heran, das rasch zu einem Donnern anwuchs.

Kate schob den Gashebel vor und schoß auf den Pier zu. Sarah hangelte hastig die Leiter runter, fluchend.

»Zu spät«, rief Kate ihr hinterher, als das Moskitoflugzeug donnernd etwa zwanzig Fuß über sie hinwegflog und die Mangrovenspitzen kappte, während sich sein Kondensstreifen aus blauem Dieselrauch und Malathion auf das Boot herabsenkte und in die Mangrovenschößlinge entlang der Uferlinie trieb.

Sarah wedelte den Nebel vor sich beiseite, hielt sich am Chromgeländer fest und arbeitete sich nach vorn. Kate kehrte die Schraubenbewegung urplötzlich um und drosselte dann den Motor, so daß die Steuerbordseite gegen den Pier stieß.

Sie setzten die Springleinen. Sarah holte ihre Strohtasche aus der Kabine, nahm ihre Spinnangel aus der Angelhalterung hinter dem Angelstuhl und sprang an Land.

»Er ist direkt über uns weggeflogen.«

»Er wird in etwa fünf Minuten zurück sein, fünfzig Yards ostwärts. Mit den Insekten ist es in letzter Zeit wirklich kaum auszuhalten. Dieser ganze Regen.«

»Konnte er irgend etwas sehen?«

»Was denn? Eisboxen? Das ist Jerome Billings. Ich kenne seinen Daddy. Und den Jungen schon sein ganzes Leben. Er ist ein Freund von Thorn, von der High-School her. Der Junge muß mehr Dinge sehen als Gott selber. Aber ich habe nie einen Piepser Klatsch aus seinem Munde gehört. Was soll er denn gesehen haben?«

Der Sabrosa-Seafood-Lkw war unter dem Balsambaum neben Kates hinterer Veranda geparkt. Sarah haßte den Part, der jetzt kam. Ihr Spanisch war keiner irgendwie heiklen Situation gewachsen. Wenn etwas schiefgehen würde, die Summe nicht stimmte, ein Deal plötzlich nicht lief, wie verabredet. Aber es war Armando, adrett in seinem orangefarbenen Unterhemd, der auch die letzten beiden Monate der Abholer gewesen war. Sein Englisch war besser als Sarahs Spanisch.

Das Moskitoflugzeug befand sich auf seinem nächsten Anflug und Sarah wartete unter dem dichten Tamarindenbaum, bis das

Gift sich verteilt hatte. Armando trat zu ihr und nickte ein ›Hallo‹, während sich beide Luft zufächelten.

»Wie du leben hier mit Giftgas?« Ihre erste private Unterhaltung. Sie wollte das nicht ausdehnen, ihn nicht zu mehr als nur den offiziellen Worten ermutigen. Aber sie fürchtete, schroff zu sein.

»Ich wohne in Miami, aber das hier ist schrecklich, nein?« Ihr Spanglisch.

»Oh«, sagte er und betrachtete sie eingehend, verweilte am offenen Kragen ihres Arbeithemds, einer Ahnung von Brustansatz vielleicht.

Sie sagte: »In Miami streuen wir genügend Gift am Boden aus.«

»Okay«, sagte er. »Das ist okay.«

»Du *listo a pesar*?«

»*Si.*«

»Gut, *vamanos.*«

Armando schleppte den ersten Ballen in der Styroporkühlbox heraus. Er wuchtete ihn in den Laderaum des Fischlastwagens, wartete im Schatten ungeduldig ein, zwei Minuten lang und warf Blicke zu ihr hinüber. Dann mit der leeren Kühlbox zurück zum Boot, packte den nächsten hinein und trug ihn an Land. Das Verfahren war langwierig aber für jedes vorbeifahrende Boot mußte es den Anschein haben, als lüde da jemand lediglich einen stattlichen Fang aus.

Sarah haßte das. Die Gefahr, daß jemand trotz allem Verdacht schöpfte, war so groß. Den hundert Fuß langen Pier entlang, dann dreißig Yards den Grünstreifen hoch bis unter das Laubdach der Bäume, und Armando machte den Weg fünfzigmal. Sie stand die Nervenprobe durch, hielt sich im Schatten, während ihre Augen über den Horizont schweiften, ihr Gehör gespitzt auf jedes vorbeifliegende Flugzeug. Ihre einzige Deckung war ihre Kaltblütigkeit.

Nach dem Duschen saßen Kate und sie auf der vorderen Veranda, vor ihnen breitete sich der Atlantik aus. Rum mit Coke. Sarahs Gesicht war mit einer Schicht Aloegelee bedeckt, frisch aus Kates Garten. Einfach ein Blatt durchbrechen und sich damit einreiben. Sie ließ ihre Hände vorsichtig im Schoß ruhen. Alles brannte. Schon der Juckreiz. Jedesmal, ganz gleich, wie dick der Sonnenblocker war.

»Fährst du noch zu Thorn?«

»Dachte eigentlich ja.«

»Es ist sein besonderes Wochenende.«

»Yeah, ich weiß«, sagte Sarah. »Er hat mich Freitag abend mitgenommen.«

»Tatsächlich?« Kate trank einen Schluck von ihrem Drink und schaute Sarah aufmerksam an.

»Ich hab' ihn drum gebeten, und er hat ja gesagt und mich mitgenommen.«

»Das erstaunt mich.« Sie stellte ihr Glas auf den Korbtisch. »Also, erzähl mir davon. Von der Zeremonie.«

Sarah lächelte. »Irgend so was hatte ich mir auch darunter vorgestellt. Aber es war überhaupt nichts Besonderes. Draußen am Lake Surprise sitzen, Moskitos erschlagen, in die Büsche pinkeln, das zentrale Nervensystem neu verdrahten. Einfach jede Menge Ruhe. Ins Dunkle starren.«

»Nicht sehr ansprechend.«

»Traurige Songs höre ich die ganze Woche. Ich empfinde wohl nicht so viel Mitleid, wie ich sollte.«

Kate sagte: »Na ja, der Junge kommt inzwischen besser damit zurecht. Gab 'ne Zeit, da machte es mich verrückt, daß er jedes Jahr da rausfuhr, als käme er einfach nicht davon los. War trübselig apathisch.«

»Eltern auf diese Weise zu verlieren. Das kann nicht leicht sein.«

Kate warf ihr einen seltsamen Blick zu und sagte »Er hat sie gar nicht gekannt. Dr. Bill und ich nahmen ihn auf, er war erst zwei Wochen alt. Oh, ich weiß nicht. Ich war immer der Meinung, daß er aus der ganzen Sache mehr machte, als nötig war. Daß er sich durch seinen Kummer hinreißen ließ. Als hebe er sie zu sehr in den Himmel.«

»Sie verdienten es nicht?«

»Sie waren brave Leute. Normale Leute.«

»Aber sie waren seine Eltern«, sagte Sarah. »Egal, ob sie brav oder normal oder sonst was waren.«

»Jetzt siehst du's mit seinen Augen.«

»Ja. Und auch nicht.«

»Er hat dir erzählt, wie es passiert ist?«

»Er hat Andeutungen gemacht«, sagte Sarah. »Aber nein, nicht viel.«

»Seine Eltern kamen von der Entbindungsstation, ein betrunkener Jugendlicher drängte sie ins Wasser. Sie ertranken, Thorn wurde ziemlich übel zugerichtet, und der Junge ging straffrei aus.«

Sarah schwenkte das Eis in ihrem Drink, ruschte auf ihrem Stuhl herum.

»Und Thorn? Wie alt war er, als er hinter die Einzelheiten kam? Daß der Betrunkene so davongekommen war?«

»Erst dreizehn, vierzehn.«

Sarah nickte, während sie darüber nachdachte.

Gleich darauf sagte sie: »Wie reagierte er? Was tat er?«

»Nichts«, sagte Kate, den Blick auf den Horizont gerichtet. »Oh, vielleicht wurde er danach noch ein bißchen stiller. Aber er war schon immer ein ruhiger Kerl.«

»Wenn jemand meine Eltern umbrächte, ich weiß nicht, was ich täte.«

»Was könntest du denn tun?« fragte Kate. »Dr. Bill und ich, eine Zeitlang waren wir voller Wut. Ich glaube, der Doktor blieb es noch jahrelang. Wir haben auch mit einem Anwalt darüber gesprochen. Aber es war nichts zu machen.«

»Ich würde Gerechtigkeit fordern. Irgendwie. Ich hätte den Kerl ausfindig gemacht, ihn gestellt, auf seinem Rasen kampiert, irgend etwas getan.«

»Nein«, sagte Kate und brachte ein unsicheres Lächeln zustande. »Das glaubst du, aber du würdest es nicht tun. Mein Gott, du und ich, wir haben schon Schwierigkeiten, das Geschmuggel von dem Gras zu rechtfertigen.«

»Ich kann mir das nicht vorstellen«, sagte Sarah, »daß man eine Sache wie die einfach so laufenläßt.«

»Thorn hat's aber getan«, erwiderte Kate. »Meine Güte, hör ich da eigentlich der Pflichtverteidigerin zu?«

»Wenn man genügend von denen verteidigt, wird man zynisch«, sagte Sarah, »und man entwickelt eine Vorliebe für Leute, die Selbstjustiz üben.«

Kate beugte sich von Sarah weg und sah sie taxierend an. »Worüber um alles in der Welt streiten wir eigentlich?«

»Über nichts«, sagte Sarah. Wiederholte es, flüsternd.

Kate sagte: »Ich kann mir euch beide nicht vorstellen, weißt du. Ich habe Mühe, mir euch beide zusammen zu denken. Im selben Zimmer. Redend. Oder sonstwas.«

Sarah trank etwas von ihrem Rum mit Coke und zog die Augenbrauen in die Höhe. Lächelnd sagte sie: »Bin ich nicht die Richtige für deinen Jungen?«

»Du bist ein Mädchen aus der Stadt. Ich mag dich, aber du schneist hier rein, und ich spüre, wie die Fliegenfenster vibrieren. Die Geigerzähler drehen sämtlich durch. Irgendwas bei dir ist ständig auf hundert. Mag sein, du führst dich auf wie Miss Seelenruhe, aber immer sind da diese kleinen pochenden Adern, die in deine Schläfen führen. Als wäre das alles, was du tun kannst, um nicht irgendwas laut herauszuschreien.«

»Die Adern, die sind dazu da, das Gehirn in Gang zu halten«, sagte sie. »Berufsrisiko.«

Kate trank einen Schluck von ihrem Drink, vorsichtig als könnte sie sich die Lippen verbrennen.

»Andererseits«, sagte sie, »scheinst du Thorn zu helfen, zur Erde zurückzufinden.«

Sarah schwieg, blickte zu einem braunen Pelikan hinüber, der niedrig über den glatten Atlantik schwebte, wobei sein Bauch fast über die Wasseroberfläche strich.

Sie sagte: »Ich bin nicht sicher, ob ich diese Verantwortung übernehmen möchte.«

»Irgendwie hatte er sich davongemacht«, sagte Kate. Sie starrte hinunter in ihr Glas. »Wie heißt das noch? War richtig ausgebrannt?«

Sarah fuhr mit dem Kopf herum. »Thorn! Ausgebrannt?«

»Ja und?«

»Sieh mich an. Sieh dir mein Gesicht an.« Sarah ließ ihre Züge erschlaffen. »Das ist ausgebrannt. Man brennt aus von zuviel Arbeit. Nicht vom Herumsitzen.« Sarah lächelte wieder, schüttelte den Kopf. »Thorn ist etwas anderes, berauscht von der Stille ... Ich weiß nicht, was, aber nicht ausgebrannt.«

Kate sagte: »Was es auch ist, du scheinst einigen Einfluß auf ihn zu haben. Er ist in letzter Zeit öfter vorbeigekommen. Hat geredet. Hat sich letzte Woche die Haare schneiden lassen. Das erstemal seit ... ich kann mich gar nicht erinnern, wann. Und du wirst es nicht glauben. Am Donnerstag abend kommt er zu der öffentlichen Anhörung.«

»Tja, das ist doch was«, sagte Sarah. »Zumindest sind wir so schon drei gegen das Projekt.«

»Ich würde mich nicht darauf verlassen, daß er Beifall klatscht oder mit den Füßen trampelt. Eins nach dem anderen.« Kate wedelte einen Moskito aus ihrem Gesicht. »Aber er wirkt tatsächlich ... ich weiß nicht, energiegeladener.«

»Vielleicht brütet er irgendwas aus«, sagte Sarah.

»Ja«, sagte Kate, und ein leises Lächeln erschien auf ihrem Gesicht, »es sieht ganz so aus. Und er ist ganz plötzlich sehr an seinem Äußeren interessiert. Was könnte das deiner Meinung nach sein?«

Kate hielt ihr Glas zu einem Toast in die Höhe. Sarah stieß mit ihr an.

Sarah sagte: »Du möchtest ihn immer noch nicht an dieser Sache beteiligen? Ihm sagen, was wir tun? Uns von ihm mit dem Dope helfen lassen?«

»Wir kommen schon zurecht.«

»Du denkst, er billigt das nicht«, sagte Sarah. »Was? Er ist zu moralisch?«

»Nein«, sagte Kate, »er würde helfen. Aber er täte es aus den falschen Gründen. Wenn man etwas wie das tut, diese Risiken auf sich nimmt, sich die Hände schmutzig macht, sollte es aus den richtigen Gründen geschehen. Weil es sich lohnt, alles Mögliche zu unternehmen, um sein Zuhause zu schützen.«

»Du meinst, wenn er helfen würde, geschähe es nur, weil er dich liebt, weil er dich beschützen möchte? So was Ähnliches?.«

»Ja«, sagte Kate.

»Das scheint mir ein ziemlich guter Grund, um etwas zu tun«, sagte Sarah. »Weil man jemanden liebt.«

Kate beobachtete den Pelikan bei einem erneuten Anflug und Sarah sagte: »Ich halte ihn für so etwas wie einen Künstler. Diese Fliegen, die er macht.« Sie trank wieder einen kleinen Schluck. »Sie sind nicht wie die von allen andern. Ich weiß, das bedeutet für dich vielleicht nicht viel, aber, nun ja, er hat etwas. Eine Vision. Irgendwas.«

Kates Blick folgte jetzt einem Moskito, der über ihrem Arm

schwebte. Sie ließ ihn landen und seinen Stechrüssel ansetzen. Mit dem Fingernagel stupste sie ihn an, so daß er sich wieder in die Luft erhob. »Ich bin heute bloß auf Geschwätz aus. Höre mich an wie eine stolze Mama. Es ist dieser Rum. Du hast die Drinks wieder mal zu stark gemacht.«

»Was du mir erzählen mußt ...«, Sarah lehnte sich auf ihrem Stuhl zurück, »... Thorn sagt, es gebe keine anderen Frauen in seinem Leben. Ich kann das kaum glauben.«

»Oh, du meine Güte«, antwortete Kate. »Das *ist* so.«

3

Sarah trug eins von Thorns T-Shirts, ein langes graues, das ihr bis auf die Schenkel reichte. Sie hatte eine Packung Roggenbrot aus seinem Kühlschrank genommen, sie sich unter den Arm geklemmt und wühlte zwischen den Vorräten herum. Sie riß eine Handvoll Weintrauben ab und steckte sie sich, eine nach der anderen, in den Mund. Während sie kaute, ließ sie die Kühlschranktür zufallen, öffnete die Brotpackung und nahm die obersten Scheiben heraus.

Thorn sah ihr zu, und ihm gefiel das alles: Sarah in diesem Hemd, ihr Hunger, die Art, wie sich ihr Haar vom Lieben noch nicht wieder erholt hatte. Ihre von der Sonne ausgetrocknete Haut. Am meisten aber gefiel ihm die Art, wie sie sich hier in seinem Einzimmerhaus zu Hause zu fühlen schien.

»Hast du keinen Toaster?« Sie schaute sich nicht zu ihm um, schien aber zu wissen, daß er ihr zusah, schien es zu genießen.

»Ich bin kein großer Toastesser.«

»Das denk ich mir.« Sarah fummelte am Schalter vom Herd herum.

»Der Backofen geht auch nicht«, sagte Thorn. »Nur die Platte hinten links.«

»Wie komisch.«

Thorn stemmte sich auf seine Ellenbogen. Sie lächelte zu ihm hinüber, ein bißchen verträumt. Im flackernden Licht der beiden Sturmlampen erschien ihre Haut kupferfarben. Ein rein optischer Effekt, denn sie war perlweiß. Eine erfrischende Abwechslung für

Thorn, sogar ein wenig exotisch in diesem Land der Braungebrannten. Er sah gern seinen sonnengebräunten Händen zu, wie sie über ihre weiße Haut fuhren. Eine unheimliche Erregung.

Thorn fragte: »Wie viele Kochplatten hast du denn?«

»Vier«, sagte sie. »Und alle funktionieren.«

»Yeah, das kann ich bestätigen.«

»Nein, das kannst du nicht, Thorn. Bleib bloß auf dem Teppich.«

Er beließ es dabei. Kein Grund, um in Kampfstellung zu gehen. Vielleicht hatte sie recht; sie ließen die Sache nicht auf größter Flamme brutzeln. Trotzdem war sie heißer als alles, was Thorn kannte.

Er sagte: »Deine Freiheit steht im direkten proportionalen Verhältnis zur Anzahl der Kochplatten ohne die du auskommst.«

»Na schön, aber wenn du möchtest, daß dich auch weiterhin Frauen zu Hause besuchen, wirst du deine Hausgeräte in Ordnung bringen müssen.«

»Ich dachte, ihr kämt alle bloß zum Gucken.« Thorn rollte sich aus dem Bett, kam zu ihr rüber.

Mit skeptisch geneigtem Kopf sagte sie: »Ein dürftiger, kümmerlicher Anblick.«

»Er hat seine großen Momente«, sagte Thorn, während er die Hand ausstreckte und sie in seine Umarmung zog, seine Haut noch feucht.

»Hmmmm.« Sie drückte sich so fest an ihn, daß die Knorpel seiner Wirbelsäule hervortraten.

»Möchtest du noch eine rauchen?« Er sprach gegen ihre Schulter und preßte seinen Schenkel in die weiche Gabelung ihrer Beine.

Sich aus der Umarmung lösend, sagte sie: »Ich mag keine Leute, die heutzutage noch Dope rauchen.«

»Ich auch nicht«, sagte Thorn. »Aber das, was wir tun, kann man nicht Doperauchen nennen. Nicht genau.«

Sarah sagte: »Ich rauche es nur mit dir. Ich dachte, dir gefällt es.«

»Mir gefällt's, okay. Entweder, oder. Ich dachte, du ständest drauf«, sagte Thorn. »Bis du herkamst, hab' ich jahrelang nichts mehr geraucht Ich hab' noch eine halbe Unze von 1978.«

Sie rauchten einen Joint auf seinem Balkon, blickten auf den Blackwater Sound und das Metronom-Geblinker einer Kanalmarkierung für den Intracoastal. Ein Jet ging in Richtung Miami runter, ebenfalls blinkend, wobei er seinen Rhythmus auf die Kanalmarkierung abstimmte. Thorn fühlte in seinem Innern Wärme aufsteigen, die Lockerung von etwas Angespanntem.

»Für jemanden, der eigentlich gar nicht raucht, hast du immer erstaunlich gutes Shit«, sagte Thorn und ließ beim Sprechen nach und nach den Rauch heraus.

Sie beugte sich in dem eichenen Schaukelstuhl nach vorn und nahm ihm den Joint ab. Ehe sie ihren Zug nahm, sagte sie: »Einer der Vorteile der Arbeit am Gericht. Der einzige Vorteil, wenn man's recht überlegt.«

»Sagenhafter Vorteil. Möbelt mich richtig auf. Besser, als wenn alle vier Kochplatten gleichzeitig glühen.«

»Es ist gut«, sagte sie, »aber so gut nun auch wieder nicht.«

»Nehmen alle Pflichtverteidiger Drogen?«

»Die Ex-Hippies. Die alle. Die Staatsanwälte sind die schlimmsten. Die Richter auch. Ich kenne ein paar, die kriegen regelrecht Anfälle, wenn jemand wegen minderwertigem Dope verfolgt wird. Sie schnüffeln an dem Zeug, schütteln die Köpfe und lachen die Strafverfolger förmlich aus ihrem Arbeitszimmer. Sagen ihnen, sie sollten ernsthaften Stoff anbringen, wenn sie jemand verurteilt sehen wollten. All das läuft in nichtöffentlichen Gesprächen, und vor Gericht schlagen sie den Fall dann einfach nieder, sobald der Pflichtverteidiger auf Abweisung plädiert.«

Thorn lächelte vor sich hin. Da saßen sie hier draußen in der Nachtluft und redeten über Dinge aus der großen Welt. Nicht die Gezeiten, nicht die Wanderung der Fische oder den neuesten Krisenherd. Eine Unterhaltung, wie sie, vermutete er, normale Leute führten.

Sarah sagte: »Ich kann das verstehen. Irgendwo muß man eine Grenze ziehen. Sie haben die Wahl zwischen so vielen Fällen pro Tag, warum nicht einfach die Burschen aufs Kreuz legen, die den potenten Stoff anschleppen?«

»Kaum zu glauben. Kaum zu glauben«, sagte Thorn. Er verstummte, beobachtete das blinkende Markierungsfeuer. Sagte: »Ich muß dich mal mit meinem Freund Sugarman zusammenbringen. Ich hab' dir von ihm erzählt. Der einzige schwarze Cop auf den Keys? Also, das ist er. Weißt du, wie man erkennt, wer die Drogendealer auf dem Highway sind?«

Sie schüttelte den Kopf.

»Sind die einzigen, die sich an die Geschwindigkeitsbegrenzung halten.«

Sie lächelte und sagte: »Der wird den Jungs im Dienst gefallen.«

»Und dann redet er immer vom ›Veranda-Akt‹. Wenn man die ganze Zeit draußen auf der Veranda warten muß, während sie das Dope ins Klo spülen. Lustiger Bursche, aber hat keine Ahnung. Und keinen Sinn für Humor. Alle lachen immer über das, was er erzählt, und er sagt bloß: ›Hä, was denn, was ist da komisch dran?‹«

»Er gefällt mir.«

Thorn sagte: »Du würdest ihm gefallen«, und fuhr ihr mit der Hand sanft die Schulter herab, das Schlüsselbein, ließ seine Hände über die Seiten ihrer Brüste gleiten, fast überhaupt keine Berührung. Die abgenutzte Baumwolle des T-Shirts fühlte sich an seinen Handflächen seidig an.

Sarah fragte: »Ist er der mit den Problemen mit seiner Frau?«

»Sie ist jung«, sagte Thorn. »Und sie ist weiß. High-School-Cheerleader heiratet All-County-Außenverteidiger. Ich glaube, bis zu dem Sommer, in dem sie heirateten, wußte sie nicht mal, daß er schwarz ist.«

Sarah sagte zu ihm, was er da tue, fühle sich gut an. Thorns Hände unter dem T-Shirt, die um ihre Brustwarzen kreisenden Fingerspitzen, auf den Sturz von Stehaufmännchen lauschend.

Mit geschlossenen Augen fragte sie: »Baust du diese Stühle?«

»Nein, Dr. Bill.« Er ließ seine Finger dort, in der Schwebe, fühlte ihre Brustwarzen sich gegen seine Handflächen drängen.

»Hast du ihn so genannt? Doktor?«

»Ja. Alle haben es getan.«

»Und Kate, wie nennst du sie?«

»Immer so viele Fragen«, sagte Thorn.

»Eine schlechte Angewohnheit«, sagte sie. »Mein Job.«

Sie reichte den Joint zurück, und Thorn nahm seine Hände von ihr, lehnte sich in seinem Stuhl nach hinten, nahm einen ungestümen, tiefen Zug und hielt die Luft an.

Dann ließ er den Rauch aus sich raus und reichte ihr den Stummel. Wieder begann eine Welle über ihn wegzubranden. Der Blackwater Sound schimmerte wie Lakritze-Jell-O. Er fühlte sich wie siebzehn. Albern, am Rande eines panikartigen Gelächters.

»Ja«, sagte Sarah. »Dr. Bill hat schöne Stühle gemacht. Schöne Stühle für einen Herzchirurgen. Der Cadillac der Kardiologen, so nennt Kate ihn.«

Das Dope schien bei ihr nicht zu wirken. Thorn hörte ihre Stimme, als käme sie aus den Mangroven draußen in Richtung Kanalmarkierung. Sie klang so kühl, wie sie all die Silben aussprach, eine Radiostimme, deutlich artikulierend. Das störte ihn ein bißchen. Er wollte sie dort, wo er war.

Er zuckte zusammen, als ihre Hand seinen Arm berührte und dort einen Striemen Gänsehaut hervorrief.

»Hebst du ab, Thorn? Bist du irgendwoanders?«

»Ich bin hier«, sagte er, klammerte sich an die Armlehne aus Zypressenholz, und seine Zehen drehten sich abwärts nach einem Halt auf der Terrasse.

»Wir könnten hier draußen bleiben.«

Thorn brachte nichts weiter als ein Nicken zustande. Sie stand auf und setzte sich rittlings auf ihn. Sie kreuzte ihre Arme vor sich, griff den Saum des T-Shirts und zog es sich über den Kopf. Sein Gesicht plötzlich in der kühlen Höhlung zwischen ihren großen Brüsten. Die dünnarmige Sarah mit den Schwergewichtbrüsten. Man bemerkte das nie, wegen der losen Sachen, die sie trug. Aber da waren sie. Und da war Thorn, der sich fragte, wer sie sei, wer diese schöne, intelligente Frau sei, die ihm so viel Zeit widmete.

»Ich würde gern irgendwann deine Eltern kennenlernen.«

»Okay.« Ihrer Stimme war nichts anzumerken.

»Ich mein's ernst«, sagte Thorn. »Ich würde sie gern kennenlernen. Ich würde gern sehen, wo du wohnst. Dich bei der Arbeit besuchen. Mit dir essen gehen, dich nach der Arbeit abholen, dich nach Hause bringen. Alles.«

»In Ordnung«, sagte sie. »Irgendwann, bald. Ich mache mit dir die große Tour. Zeige dir mein Revier.« Sie lächelte.

»Bald wäre schön«, sagte Thorn.

Sie massierte ihm mit ihren Fingerspitzen die Kopfhaut, den Nacken, eine leichte Berührung, dann ein Reiben, tief in die Schultermuskeln hinein. Thorn kam sich nicht mehr wie siebzehn vor, viel jünger, jünger als er je gewesen war.

Sie zog zu beiden Seiten seiner Wirbelsäule parallele Linien nach unten, dann unter die Flügel seiner Schulterknochen, beide

Hände in seinen Achselhöhlen. Zwirbelte die feuchten Haare unter den Armen zu einem einzigen Strang, drehte sie zu einer feinen Spitze, erst in der einen Armbeuge, dann in der anderen. Thorn war behilflich, die Hände hinter dem Kopf, hielt er ihr die Haare entgegen. Er fühlte sich zu neuem Leben erwachen, in ihr Dunkel aufsteigen.

»Ich mag dich«, sagte er.

»Solltest du auch«, sagte sie. »Man muß mich mögen.«

Sein Glied erhob sich und bedurfte keiner besonderen Führung, um in sie hineinzugelangen. Eine leichte Bewegung ihrer Hüften genügte, um es in ihr feuchtes Fleisch einzulassen. Über ihre Schulter hinweg beobachtete er die Kanalmarkierung, näherte ihr seinen Rhythmus immer weiter an. Synkopierung.

Sie küßten sich. Keine Grenzen. Die Kanalmarkierung bestimmte noch immer sein Tempo, selbst bei geschlossenen Augen. Es waren bequeme Stühle. Nahmen alle Konturen seines Sich-Windens auf. Ihre starken Hände hielten sein Gesicht, lenkten seinen Mund auf ihren. Zogen ihn näher an sie heran, neigten seinen Kopf in einen Winkel, in dem ihre Lippen vollkommen ineinander paßten. So hatte Thorn noch nie geküßt, so versinkend, so ein Untergehen. Seine Zunge wurde zu ihrer.

Früher war er immer auf der Hut gewesen. Hellwach hinter geschlossenen Lidern. Aber das hier, die Art, wie ihr Mund ihn aus sich herauszusaugen schien, das war Küssen. Das war der Grund, warum Leute sich küßten.

Sie drängte ihn tiefer, zog ihn nach oben. Seine Hände immer noch in seinem Nacken verschränkt, hielt er sich in seinem eigenen Doppelnelson gepackt, während ihre Brustwarzen ihm jetzt über Wangen und Mund strichen, links, dann rechts. Ein Knurren entrang sich ihm, der stechende Schmerz, als ihn danach verlangte, und irgendeine Drüse in ihm fügte sich widerwillig zum drittenmal an diesem Abend zu kommen. Und sie fing an, sich ihr Haar übers Gesicht zu peitschen. Sie bog sich zurück, und er drückte sie an sich, preßte sein Gesicht in diese feuchte Höhlung zwischen ihren Brüsten, hielt fest und ließ los.

Nachher schaute sie hinunter auf seinen Kopf, während er sein Gesicht zwischen ihren Brüsten verbarg. Sie lächelte nicht mehr. Überhaupt nichts in ihrem Gesicht. Sie starrte ein paar Augenblicke lang in sein sonnengebleichtes Haar, dann hob sie den Blick zum Nachthimmel. Ihr rechter Arm drückte ihn noch immer an sie und hielt sein Gesicht in ihren Brüsten vergraben, während sie von ihrer linken Hand ein Fetzchen Nagelhaut abbiß. Ihre Augen wanderten zwischen den leuchtenden Sternen umher.

»Du könntest hier unten eine Kanzlei aufmachen.« Thorn band sich seine Bootsschuhe zu. Sah zu Sarah hinüber, die am Tisch saß und Weintrauben abpflückte. Sie hatte ihren in der Pfanne gerösteten Toast bereits gegessen. Die Morgendämmerung warf einen leuchtenden Keil über den Fußboden.

»Thorn«, sagte sie, eine geduldige Mahnung.

»Es gibt hier unten viel Abschaum zu verteidigen.«

»Und dann?« fragte sie, hielt sich ihre Kaffeetasse direkt unters Gesicht. »In Walden Pond wohnen. Auf einer einzigen Kochplatte kochen?«

»Ich würde über eine Mikrowelle nachdenken, wenn du hier runterziehst.«

»Du läßt das Denken einfach von deinen Hormonen für dich erledigen. Du weißt, daß du hier keine Frau wohnen haben willst. Du bist der Ghandi von Key Largo, ein Leintuch und Sandalen und eine Kochplatte. Man brauchte bloß einen Haartrockner in diesem Mönchskloster einführen, und du würdest überschnappen.«

»Ich habe über die Vorzüge eines Föns bereits nachgedacht.«

»Es ist besser, ich besuche dich.«

Thorn fragte: »Wer bin ich, der, der's dir einmal pro Monat besorgt? Dein Deckhengst? Fischen und ficken und wieder zurück in die Stadt?«

»Ich würde dich nicht unbedingt einen Deckhengst nennen«, sagte Sarah lächelnd. »Thorn, Thorn. Halten wir uns doch einfach an den Lauf der Dinge. Immer eins nach dem anderen.«

Er fragte: »Was hat dir eigentlich Kate über mich erzählt? Daß ich so was wie ein Einsiedler bin? Daß du dich nicht auf mich einlassen sollst?«

»Sie hat mir gesagt, du bist ein Bursche, der sich hier draußen ein Paradies geschaffen hat, indem du Köder für die besten Sportangler der Welt bastelst, und daß du seitdem zum erstenmal in deinem Leben glücklich bist.«

»Ich bin in letzter Zeit glücklich.« Thorn lächelte sie an. »Es ist ein interessantes Gefühl. Man gewöhnt sich dran.«

Sie stand vom Tisch auf, wischte Toastkrümel vom Schoß ihres Kleides. »Na, ich wäre glücklich, mehr von dir zu erfahren. Ich möchte dich besser kennen. Du weißt das. Ich würde gern die Saga von Thorn hören, in der ungereinigten Fassung.« Ein verlegenes Lächeln.

»Das ist schön. Das gefällt mir.«

»Es interessiert mich wirklich«, sagte sie.

»Das ist schön«, erwiderte Thorn. »Ich mag das, wenn du interessiert bist. Du törnst mich an, wenn du interessiert bist.«

»Nicht jetzt«, sagte sie. »Ich breche das hier jetzt ab.«

Thorn sah ihr zu, wie sie ihre Kleider einsammelte. Hähne erwachten in seinem Wald. Die Luft wechselte schon von lind zu schwül. Er sah ihr zu, wie sie ihre Sachen in ihre riesige Strohtasche packte.

Thorn sagte: »Vielleicht wär es das Beste. Aber was, wenn die Fassung so unbereinigt ist, wie mir jetzt gerade zumute wird?«

»In dir steckt mehr. Ich weiß das.«

»Okay, ich denk drüber nach, laß mir was Pikantes einfallen.«

»Die Wahrheit reicht vollkommen«, sagte sie.

»Ich weiß nicht«, antwortete Thorn. Er ging hinüber zur Tür, blieb dort stehen, sein Blick wanderte zur Bay. »Mag sein, daß die Anonymität doch besser ist. Du rührst Sachen auf, wühlst überall herum, da kann was trübe werden.«

»An diesem Punkt sind wir nun mal«, sagte Sarah. »Entweder wir schaffen es, uns genauer kennenzulernen, oder wir drücken uns und entgleiten uns allmählich.«

»Yeah«, sagte Thorn. »Wahrscheinlich hast du recht.« Er kratzte sich den Bart, sah zu ihr hinüber, wie sie auf der Bettkante saß, die Strohtasche auf ihrem Schoß. »Es gibt ein paar Dinge, die ich dir erzählen könnte«, sagte er. »Es würde dir helfen, mich besser zu verstehen.«

»Ach ja?« Ihre Hände im Schoß verschränkt, als würde sie sie gleich an ihr Gesicht heben und beten.

»Ich möchte nicht, daß wir kneifen«, sagte er.

»Ich auch nicht.«

»Okay«, sagte er und nickte. »Nächstes Mal. Ich zeige dir meine Sachen, du zeigst mir deine.«

Sie entließ ihren Atem und kam zu ihm herüber. »Jetzt bist du wieder ganz ernst«, sagte sie. Mit einem Finger an beiden Winkeln seines Mundes verzog sie seine Lippen zu einem Lächeln. Sie drückte ihm einen raschen, trockenen Kuß auf die Wange. »Ich seh dich Donnerstag abend, die Waldratten-Versammlung.«

Er trat einen Schritt zurück, sagte grinsend »Wenn du und Kate alle Waldratten gerettet habt, was dann? Kauft ihr dann allen kleine Freizeitanzüge?«

»Oh, Gott«, sagte sie und verdrehte die Augen. »Nicht auch du noch.«

Er folgte ihr nach draußen, blieb auf der Veranda stehen und beobachtete sie, wie sie die Treppe hinunterging und in ihren Trans Am stieg. Dieser Wagen störte ihn. Er paßte nicht zu ihr. Zu protzig, zu mächtig. Er winkte ihr zu, als sie wendete und losfuhr. Er lauschte dem V-8, wie er seine Fahrstraße hinunterdröhnte, und horchte so lange, bis er ihn im allgemeinen Highway-Lärm verlor.

4

Der Parkplatz der Volksschule von Key Largo war voll. Kate parkte ihr VW-Kabrio auf dem Rasen nahe dem Highway. Verdeck zurückgeklappt. Thorn fragte sie, ob sie es so lassen wolle. Sie blickte zum klaren Sommerhimmel hoch, sagte ja, sie habe das Verdeck gerade erst vor der letzten öffentlichen Versammlung reparieren lassen. Wenn so irgend jemand die Lust verspüre, etwas aufzuschlitzen, wären es nur die Sitze.

Thorn ging zwischen ihnen, kam sich in den langen Hosen zur Abwechslung mal schick vor, trug ein gebügeltes Hemd. Er nickte Leuten zu, die er kannte, erwischte einige von ihnen dabei, wie ihre Miene besorgt wurde, als sie Kate sahen.

Sie hatte ihr silbriges Haar zu einem Knoten zurückgekämmt. Trug ein weißes Baumwollkleid und hatte einen gelben Schreibblock in der Hand. Ihre Brille hatte sie auf die Stirn geschoben. Und auf seiner anderen Seite Sarah. Heute abend wie eine Anwältin gekleidet. Weiße, langärmelige Bluse, Ärmel aufgekrempelt, schwarzer, schlichter Rock, schwarze Pumps. Ein Keine-Frechheiten-Gesicht. Ihr Haar kaum unter Kontrolle, mit drei Haarspangen.

Sie betraten das Auditorium. Eine Bühne an einem Ende, über der ein Basketballkorb hing. Der riesige Raum diente auch als Cafeteria, und Thorn roch den Duft von Gebratenem.

»Wo stehen wir auf dem Programm?« fragte Sarah.

Kate sagte: »Ziemlich am Ende.«

Thorn fragte, ob das gut oder schlecht sei.

»Beides«, erwiderte Sarah. »Bis dahin sind die Schreihälse warmgelaufen. Oder betrunken. Und viele Leute sind nach Hause gegangen. Aber zumindest hat Kate vorher die Gelegenheit, die anderen Redner zuhören.«

»Nicht, daß es irgend etwas Neues gäbe«, sagte Kate.

Sie nahmen in der letzten Reihe Platz. Stühle für Siebenjährige. Thorn war bereits in ziemlicher Verlegenheit, und jetzt auch noch diese winzigen Stühle. Seiner war gelb. Er versuchte, die richtige Position zu finden. Aber die Rückenlehne bohrte sich ihm unentwegt genau unter die Schulterblätter. Er setzte sich gerade auf, drehte sich nach rechts, schlug die Beine übereinander, schließlich kam er in einer Vorwärtsneigung zur Ruhe, die Ellbogen auf den Knien. Spieler auf der Bank, bereit, sich ins Match zu stürzen.

Thorn erkannte ein paar Leute aus High-School-Tagen wieder. Und Pensionäre waren da, einige Bootsbesitzer, die er kannte. Eine Menge Leute, die er für Immobilienmakler hielt, weil sie sich alle gegenseitig zu kennen schienen und gekleidet waren, als wollten sie in die Kirche.

Vier Männer mit farbigen Halstüchern, Stirnbändern und schmutzigen T-Shirts nahmen die Stühle genau vor ihnen ein. Einer von ihnen trug noch seinen Lederriemen, Hammer und Maßband. Der vor Thorn hatte einen roten Bart. Er stellte ein Sechserpack Miller neben seinen Füßen auf den Boden, zerrte drei Dosen heraus und reichte sie seinen Kumpels.

Sarah holte tief Luft, wedelte mit der Hand vor ihrer Nase rum. Thorn lehnte sich zurück.

»Kurz vor der Löhnung«, flüsterte er ihr zu. »Knapp an Seife.«

»Mr. Natural lebt weiter«, sagte sie so laut, daß die vier es hören konnten.

Rotbart blickte sich um, sah Kate. Er beugte sich vor und flüsterte seinen Kumpels etwas zu. Während einer nach dem anderen sie ins Visier nahm, drehte Rotbart sich um und starrte Sarah an, dann Thorn. Warf ihr ein plumpes Lächeln zu.

»Möchtest du umziehen?« fragte Thorn sie.

»Es wäre dasselbe«, antwortete sie.

Um sieben fing das Programm an. Um halb acht war Thorns Hemd klatschnaß. Er hatte bereits jede mögliche Position auf dem Stuhl ausprobiert und begann gerade mit dem zweiten Durchgang. Kate saß die ganze Zeit völlig reglos da, die Füße platt am Boden. Prägte sich, so schien es Thorn, die Worte dieses ersten Redners ein.

Dreißig Minuten lang hatte Philip Grayson geredet, ein blasierter, gedrungener Bursche, der mit seiner gönnerhaften Yankeestimme den Standpunkt der Investoren vertrat, die Port Allamanda errichten wollten. Allamanda stand für eine Eigentums-Wohnanlage, aber nicht bloß einen besseren Hundert-Einheiten-Apartment-Komplex. Es handelte sich um eine kleine Stadt. Über vierhundert Morgen groß. Eintausend Einheiten, komplett mit Einkaufszentrum, Banken, ein paar Bootshäfen, einem Golfplatz. Fünfzehn Meilen eigene Straßen, eigene Kanalisation.

Doch der besondere Streitpunkt heute abend waren die Waldratten. Die Waldratte von Key Largo war von der Bundesregierung zur gefährdeten Art erklärt worden, und ihre letzte größere Bastion in Amerika lag genau in dem Laubwaldgebiet, in dem Graysons Geldgeber Port Allamanda errichten wollten. Und die Kreisverwaltung hatte sich versammelt, um den Willen des Volkes zu hören.

Thorn kannte die Waldratten. Ihm bedeuteten sie weder das eine noch das andere. Er hatte einmal eine erwischt, als sie die Treppe seines Pfahlhauses hochkletterte, angelockt von seiner Shrimpssuppe, wie er vermutete. Thorn hatte sie mit einem Tritt da wegbefördert, und das war auch schon alles. Und er war im Wald auf sie gestoßen, hatte sie sich unter ihre Laubverstecke zurückziehen sehen, wenn er näher kam. Er hatte keine Gründe für oder gegen sie. Und empfand leichte Schwierigkeiten, sich für das Problem zu erwärmen.

Grayson hatte Karten und Grafiken gezeigt, Luftansichten, um sein Argument zu untermauern, daß die Waldratten durch das

Projekt keinen Schaden nehmen würden. Ein Großteil des fraglichen Geländes würde genauso bleiben, wie es war, lediglich mit kleineren Veränderungen, hölzernen Verbindungsstegen und einer oder zwei Straßen. Seine Gesellschaft sei bereit, sich dieser und jener Vorschrift zu beugen.

Grayson machte kleine Witzchen, bezeichnete die Waldratte als clever, sagte, er könne verstehen, warum so viele Leute über so etwas Cleveres so aufgeregt seien. Und dann endete er damit, daß man das alles sehr sorgfältig abwägen müsse. Daß man die Zukunft der Waldratte von Key Largo abwägen müsse gegen eine neue Bücherei, einen neuen öffentlichen Park mit einem beleuchteten Baseballfeld und, nicht zu vergessen ... und hier unterbrach er sich, das erste Zögern des Abends. Er überblickte mit seinen scharfen, kalten Augen die Menge ... daß man diese Waldratte in die Waagschale werfen müsse gegen Arbeitsplätze. Arbeitsplätze!

Die Burschen in der Reihe vor ihnen trampelten und brüllten Beifall. Und der Rest des Publikums machte mit. Grayson winkte noch einmal freundlich und nahm dann wieder seinen Platz in der ersten Reihe ein.

Als der Beifall nachließ, beugte sich Thorn zu Sarah hinüber und sagte »Wie kann man denn mit so jemandem nicht einer Meinung sein?«

»Genau«, sagte Kate.

Einer der Kreisbeamten stellte den nächsten Redner vor, eine Frau. Die Beamten saßen alle an einem Caféteriatisch, etwas abseits vom Rednerpult. Zwei Frauen, drei Männer, die so taten, als machten sie sich Notizen.

Diese Rednerin war eine einheimische Immobilienmaklerin, eine junge, blonde Frau, deren Stimme ein wenig zitterte, weil sie zu fünfhundert erwachsenen Menschen sprach. Zu dem Zeitpunkt gab es nur noch Stehplätze. Sie begann mit der amerikanischen Verfassung, damit, daß es heute abend unter uns Leute gebe, die versuchten, uns die gesetzlich garantierten Besitzrechte wegzunehmen. Von da kam sie zum Kommunismus und berichtete, daß ihr Mann in Vietnam verwundet worden sei, und hier tue nun sie ihre Pflicht. Sie schloß mit der Schilderung eines Nachmittags vor ein paar Jahren, als sie in einem Wohnwagenpark gelebt habe, da sei sie in das Zimmer ihrer kleinen Tochter gegangen und habe bei ihr im Kinderbettchen eine Waldratte gefunden. Ihre Stimme versagte fast, als sie sich daran erinnerte. »Das ist die Kreatur, um deretwillen diese Leute Sie überreden wollen, die Verfassung zu mißachten.«

Thorn sah während des Beifalls zu Kate hinüber. Sie blickte auf die Wand der Cafeteria, auf die Plakate, die noch vom Frühjahrssemester dort hingen. Buntstiftkinder, die schwammen, schnorchelten. Blaue und grüne Eltern in ihren Booten, auf Haifischfang. Die Farben waren die leuchtenden, wunderbaren Primärfarben des Riffs.

Als nächster sprach ein pensionierter High-School-Biologielehrer mit New Yorker Akzent. Zuerst schien die Reihe der Zimmerleute vor Thorn nervös, zum Johlen aufgelegt. Dann brachte der Lehrer die Vorrede hinter sich und rückte mit seinem Vorschlag heraus.

»Ihr wollt Waldratten? Wie viele, ihr selbsternannten Konsekrierer, wollt ihr denn?« fragte er. »Wie viele sollen's denn sein? Nennt mir eine Zahl und stellt mir einen Morgen Land zur Verfügung und ich fange eine Waldrattenzucht an. Nennt mir jede Zahl, die ihr wollt.« Er bekam das Gelächter, auf das er ausgewesen war. Rotbart steckte die Finger in den Mund und stieß einen gellenden Pfiff aus. »Fünfhundert? Tausend? Ich fordere euch auf, mir eine Zahl zu nennen. Was wäre nötig, damit ihr weiter glücklich seid? Ich brauche nichts weiter als eine Zahl, und ich bin bereit, der Henry Ford der Nagetiere zu werden. Um diesen ganzen verdammten Streit beizulegen.«

Sarah tippte mit dem Fuß auf, während sie in ihren Schoß starrte. Kate blickte noch immer auf diese Plakate. Thorn mußte unwillkürlich über Henry Ford lächeln, allerdings hatte er so viel Feingefühl, dabei wegzusehen.

Es war zehn Uhr, als Kate an die Reihe kam. Thorn lehnte mittlerweile an der hinteren Wand. In der Nähe des Trinkbrunnens. Sarah war in den offenen Durchgang hinausgegangen und kam mehrmals wieder rein, stand da draußen bei den Rauchern und versuchte, sich zu beruhigen. Vielleicht die Hälfte der Zuhörer hatte die Versammlung schon verlassen. Rotbart war weggegangen und kam mit zwei neuen Sechserpacks zurück. Warf Thorn einen Blick zu, als er wieder hereinkam.

Bis jetzt war nur ein Redner gegen das Projekt gewesen. Ein fünfundsiebzigjähriger Mann. Als erstes hatte er dem Publikum erzählt, wie alt er sei, und den Leuten gesagt, sie sollten nicht dazwischenschreien, wenn er seine Meinung sage, sonst bekäme er möglicherweise an Ort und Stelle einen Herzinfarkt, und sie seien dann schuld an seinem Tod. Schließlich begann er eine weitschweifige Erzählung darüber, wie schlecht heute die Fischerei im Vergleich zu vor vierzig Jahren sei. Wie er jederzeit Zehn-Pfund-Schnappbarsche aus Bays und Sunden gezogen habe, die jetzt völlig leer seien. Darüber, daß es eine Zeit gegeben habe, da man an jedem Punkt der Küste von Key Largo bis nach Key West habe ablegen und sich sein Mittagessen angeln können. Er könne sich erinnern, daß man den Highway entlangfahren und dabei aufs Wasser hinaussehen konnte, in der Zeit vor all den Motels und diesen anderen Dingern. Er versuchte zweimal, ›Kondominium‹ zu sagen, und gab es dann auf.

Es dauerte fünfzehn Minuten, bis ihm die Erinnerungen ausgingen.

Es entstand Unruhe, als Kate den Gang zum Rednerpult hinunterging. Einer von den Männern mit den Halstüchern sagte etwas, und die Menge um ihn herum lachte. Thorn ging hinüber und setzte sich wieder auf seinen Platz.

Kate stellte sich vor, sagte, sie repräsentiere ein Bündnis mehrerer Gruppen. Sie legte ihren Block auf das Rednerpult, nahm die Brille ab und legte sie auf ihre Notizen. Wieder blickte sie hinüber zu den Plakaten und kam um das Rednerpult herum nach vorn.

Ihre blaßblauen Augen erschienen zwanzig Jahre jünger als alles übrige an ihr. Das Silberhaar nach hinten zu einem Knoten gebunden. Sie hatte ein eckiges, aber feines Gesicht und hatte möglicherweise in ihrer Jugend als Schönheit gegolten. Jetzt, mit fünfundsechzig, war sie eine heiter gelassene, aber reizlose Frau.

»Die meisten von Ihnen haben sich ja bereits entschieden«, sagte sie, ihre Stimme voller, als Thorn sie je gehört hatte.

Rotbart rief: »Warum hältst du dann nicht die Klappe und gehst nach Hause?«

Thorn stieß ihn in den Rücken, und Rotbart drehte sich um und warf ihm einen drohenden Blick zu.

Thorn sagte ganz ruhig: »Ich möchte mir das anhören.«

»Die meisten von Ihnen«, sagte sie, »die meisten von Ihnen sind rechtschaffene Leute, nachdenkliche Leute. Sie haben sich das angesehen und Ihre Entscheidung gefällt. Zwischen Waldratten und Büchereien entscheiden wir uns für Büchereien. Wir entscheiden uns für eine breitere Steuerbasis. Wachstum. Wir sind für die Menschen, nicht für die Ratten.«

»Verdammt richtig!« rief einer von Rotbarts Freunden.

»Ich verstehe das. Aber ich habe eine Frage.« Kate machte eine Pause und blickte dorthin, wo Thorn saß. »Wann werden Sie bereit sein, einen Schlußstrich zu ziehen? Zu sagen, es ist genug? Wann wird es geschehen, daß jemand in einen Raum wie diesen hier kommt und sagt ›Ich gebe euch eine Bücherei, ich gebe euch ein paar hundert Jobs für euren letzten Hummer‹, und Ihre Antwort nein ist? Nicht die Hummer. Wir *mögen* Hummer. Oder nehmen Sie den Seglerfisch. Oder Barsch, Schnapper, Lachsforelle. Suchen Sie sich was aus.«

»Scheiße«, sagte Rotbart zu seinen Spezis. »Ich würde meine verdammte Alte für einen festen Job verhökern.«

Kate sagte: »Dieses Jahr sind es die Waldratten. Und Sie sagen, ja, wir trennen uns von unseren Waldratten. Wir nehmen die Bücherei. Wir haben Kosten und Steuern, so kriegen wir Arbeit. Und nächstes Jahr, was wird es da sein? Und in fünf Jahren? Was ich möchte, und was eine ganze Menge Leute wie ich wollen, das ist, daß wir für alle von uns hier den Schlußstrich ziehen. Genau hier.«

Thorn stieß Rotbart wieder an, als der anfing, Furzgeräusche zu produzieren. Seine Kumpels feuerten ihn an. Rotbart sah sich nicht mal nach Thorn um. Thorns Brustkorb straffte sich. Seine Hände waren schweißig.

»Sie haben gehört, daß Mr. Grayson die Waldratten clever genannt hat«, fuhr Kate fort. »Ich wollte bei Gott, sie *wären* clever. Ich wollte, sie hätten große, blanke Augen und eine Knopfnase und lange Schnurrhaare und einen Namen, der sie knuddelig erscheinen ließe. Aber das haben sie nicht. Sie sind bloß simple, ordinäre Nager, nichts Besonderes ist an ihnen, auch nichts Cleveres. Das einzige entfernt Besondere an ihnen ist, daß es nur noch ein paar Hundert auf dieser Erde gibt.

Mr. Grayson ist der einzige, der clever ist. Er taucht hier auf, vertritt Leute, die Sie nie gesehen haben, Leute, die Sie auch nie zu Gesicht bekommen werden, weil sie die Sorte Leute sind, die in Hubschraubern herkommen. Sie mögen diese Insel. Sie denken, es wäre schön, hier für eine Woche oder zwei zu wohnen, wann immer es ihnen paßt, ein Penthouse mit Seeblick zu haben, dieses Penthouse zu haben und gleichzeitig ganz nebenbei auch noch ein bißchen Geld zu machen. Und Sie können wetten, diesen Leuten wäre es egal, wenn auf diesem Stück Land die letzten Weißkopf-Seeadler lebten. Sie wären trotzdem hier und würden versuchen, Sie dazu zu bewegen, diese Adler für eine Handvoll Jobs zu opfern.

Ich bin hier, um Ihnen zu sagen, daß ich das nicht für clever halte«, sagte Kate. »Ich glaube, dieser Gentleman ist auf Sie zugekommen und hat gesagt: ›Möchten Sie nicht Ihren Baseballhandschuh gegen ein Eis eintauschen?‹, und Sie haben sich Ihren alten Baseballhandschuh angesehen, einen, den Sie schon lange hatten und über den Sie nicht viel nachgedacht haben, und sie haben auf dieses kühle, wunderbare Eis geschaut und gesagt: ›Klar, natürlich.‹«

Sie trat wieder hinter das Rednerpult, packte es an den Seiten und beugte sich zu der Menge vor.

»Morgen, wenn diese Eistüte zu etwas ganz und gar anderem geworden ist, fragen Sie sich, was aus jenem Handschuh geworden ist, mit dem Sie immer gespielt haben. Den Sie immer schon Ihren Kindern vererben wollten. Und dann fragt Sie eines schönen Nachmittags Ihr Sohn oder Ihre Tochter, ob Sie nicht mitkommen und den Ball werfen möchten, und Sie fangen an, nach diesem Handschuh zu suchen, und dann fällt es Ihnen wieder ein. Sie haben ihn nicht mehr. Sie haben ihn verschachert. Sie haben sich nichts aus ihm gemacht.«

Rotbart sagte so laut, daß es der ganze Saal hören konnte: »Über was zum Teufel redet die eigentlich?«

Thorn nahm eine Handvoll von seinem Haar, zerrte ihm den Kopf nach hinten und zischte ihm ins Ohr »Laß meine Mutter ihre Rede zu Ende bringen, dann gehen wir beide raus auf den Rasen.« Thorn ließ ihn los, und Rotbart ruckte seinen Stuhl halb herum, musterte Thorn von oben bis unten und sagte: »Du hast es erfaßt, Arschloch.«

Kate sah zu Thorn hinüber, ihre Augen sandten ihm Signale zu. Thorn verschränkte die Arme vor seiner Brust und lächelte sie an. Sie sagte: »Wir haben Zahlen, Fakten, Tabellen. Wir können beweisen, daß Ihre Steuern steigen und nicht sinken werden. Wir können beweisen, wieviel mehr Autos es zwischen Ihnen und dem Lebensmittelladen geben wird. Wie lang die Schlangen auf der Bank und im Drugstore sein werden. Wir können Ihnen sagen, wie unbedeutend das Getröpfel aus Ihren Wasserhähnen sein wird, sobald sie ihre Leitungen anschließen. Aber bei der ganzen Sache geht's nicht um Zahlen. Es geht überhaupt nicht um Zahlen.«

Kate kam wieder um das Rednerpult herum nach vorn, brachte ihren Schreibblock und ihre Brille mit. Blickte diesen Leuten ins Gesicht.

»Und es geht nicht um Waldratten. Und es geht nicht um Eigentumswohnungen, Büchereien oder Arbeitsplätze.« Kate sah Grayson an, blickte hinüber zu den Kreisbeamten, blickte über den Saal voller Gesichter hinweg. »Hier geht's um Eistüten. Und Baseballhandschuhe.«

Als Thorn und Rotbart hinaus auf den taunassen Rasen marschierten, meldete sich das Blut in Thorns Adern, Kates Stimme noch im Ohr, nicht ängstlich oder wütend, nur eine angenehme Wärme, die sich in seinem Innern ausbreitete. Während sie ihre Positionen einnahmen und Rotbarts Freunde sich um sie herum versammelten, registrierte Thorn den Umfang von Rotbarts starken, venendurchzogenen Handgelenken, und er lachte leise in sich hinein. So gut war ihre Rede nun auch wieder nicht gewesen.

Rotbart ließ seinen Werkzeugriemen nahebei ins Gras fallen, knurrte und ging in Karatestellung. Thorn schluckte, wich nicht aus und brachte die Fäuste nach oben. Er wehrte die ersten beiden Schläge Rotbarts ab und landete mit einer guten Rechten. Rotbart gelang es in den nächsten paar Sekunden, zwei Gerade bei ihm unterzubringen. Und holte von irgendwo aus dem Dunkeln einen linken Schwinger heran, der neue Lichttupfer in den Himmel sprenkelte. An dem Punkt brach Billy Mason, ein dienstfreier Highway-Streifenpolizist, die Sache ab und hob Thorn vom Boden auf. Half ihm, sich den Schmutz von den Kleidern zu klopfen, und stellte sich schützend vor ihn, bis die Zimmerleute ganz gemächlich davontrotteten.

Als Kate und Sarah sich durch die abwandernde Menge gekämpft und den Volkswagen erreicht hatten, schwollen Thorns

Lippen langsam an, und er saugte an einem tiefen Riß im Innern seiner Wange.

Er saß auf dem Rücksitz und führte sich den kurzen Kampf noch mal vor Augen, versuchte ihn in irgend etwas Erhabenes umzumodeln. Kate und Sarah blieben neben dem Wagen stehen und betrachteten Thorn.

Kate sagte: »Sehe sich das einer an.« Sie schüttelte den Kopf und legte Thorn die Hand auf die Schulter. Drückte sie leicht. »Wenigstens einen habe ich begeistert.«

»Unser Held, auf Stimmenfang unterwegs«, sagte Sarah. »Tut für die Sache, was er kann.«

Thorn versuchte zu lächeln. Durch seine aufgedunsenen Lippen sagte er: »Meine sozialen Erfahrungen sind ein bißchen eingerostet. Gebt mir Zeit.«

Kate sagte: »Müßtest vielleicht auch daran arbeiten, die Linke oben zu behalten.«

Beim Einsteigen machte Sarah plötzlich ein Geräusch, als müsse sie sich übergeben, und hob vom Boden vor dem Beifahrersitz einen durchsichtigen Plastiksack hoch. Tote Ratten.

Kate nahm ihn ihr aus der Hand und hielt ihn ins Licht der Parkplatzlaternen.

»Drei Hausratten«, sagte sie. »Und eine Waldratte.«

Sie und Sarah sahen sich einen Moment lang an. Kate schüttelte traurig den Kopf, stieg aus, ging über den Parkplatz zurück und warf den Beutel in den Müllcontainer. Sarah und Thorn schwiegen. Thorn beobachtete, wie Kate über den nassen Rasen zurück zum Wagen kam.

Sie ließ den Motor an, und Thorn rutschte zur Seite und legte seine Beine auf den Rücksitz. Sarah schaute zu ihm nach hinten, als sie losfuhren. Sie lächelte ihn an, aber Thorn sah etwas in ihrem Gesicht, eine leichte Hebung ihrer Augenbrauen, eine Röte, die ihn beunruhigte, als habe sein Kampfversuch sie irgendwie erregt.

Nach etwa einer Meile zog sich Kate die Spangen aus dem Haar und schüttelte den Kopf, um den Wind hindurchfahren zu lassen.

5

Kate Truman schaltete das Zweiunddreißig-Fuß-Chris-Craft auf langsame Fahrt, und es trieb weiter vorwärts, folgte der Spur des Mondlichts in Richtung Osten, hinaus zu den Fahrrinnen. Es war länger als eine Woche her, seit sie das Boot mit Sarah draußen gehabt hatte, länger als es ihr recht war, das Boot unbenutzt liegen zu lassen, aber alles ging glatt, der Motor lief ohne zu murren.

Sie kuppelte den starken Chevy aus und sah zu, wie das Tiefenpeilgerät den Grund ausdruckte. Das Millimeterpapier zeigte sechzig Fuß, ein langsames Abfallen, dann, als das Boot keine Fahrt mehr machte, einen Absturz bis hundertfünf, hundertzehn. Die Wand. Gleich östlich vom Conch Reef sieben Meilen von Key Largo entfernt. Schwärme von Gelbschwänzen, Schatten von Computertinte auf dem Papier, ballten sich gleich jenseits des Abgrunds, die größeren halbwegs die Felsbank hinab.

»Da sind sie« – zu niemandem.

Sie stellte den Motor ab, ging nach vorn und setzte den Anker. Die Strömung verlief kräftig nach Nordosten. Das Heck würde herumschwingen, und sie würden ihre Köderleine direkt quer über den Rand der Wand auslegen können.

Erst argwöhnisch, aber nach ein paar Glasaalen, einigen Handvoll Makkaroni, etwas Menhadenöl würden die Fische alles verschlingen, was sie über Bord warf. Sie hatte Nächte erlebt, da hatte sich das Wasser von Fischen gelb gefärbt.

Sie machte die Ankerleine fest. Allein wäre sie vielleicht vorn am Bug geblieben, voll Bewunderung. Der Mond noch groß, die Fläche still, ein Platschen von fliegenden Fischen oder Halbschnäblern. Immer ging etwas vor unter der Wasseroberfläche. Sie könnte ein paar von diesen atlantischen Negativ-Ionen gebrauchen oder was es auch war, was einem den vollendeten Frieden, den kraftvollen, tiefen Atem schenkte. Heutzutage schien es für alles einen Namen zu geben. Alles bloß Biologie und Chemie oder ein bißchen Trigonometrie. Sogar das Meer, selbst das Aufspüren von Fischen, alles benannt, numeriert, mit Binärcodes versehen.

Aber heute abend war sie nicht allein. Ihre Angler für den Abend, Laurel und Hardy oder wie? Gomez und Fernandez? Der Magere, Verschwitzte führte die Unterhaltung, der Dicke, wahrscheinlich ein Marielito, sechs Monate an Land, flüsterte nur. Alles, was er tat, war flüstern, flüstern. Vielleicht hatte er seinen Kehlkopf für die Überfahrt verkaufen müssen.

Beide in ihren schwarzen, glänzenden Hemden. Der Laurel-Typ mit einer Spiegelsonnenbrille. Falls der Mond herauskommen sollte. Ringe, so groß wie Messingschlagringe. Straßenschuhe. Ein Diamant im Ohr, Herr du meine Güte. Zehn Uhr am Abend und wie für die Disko gekleidet. Sie hätte sie am Pier einfach wegschicken sollen. »Sie können nicht an Bord eines Fischerboots kommen, wenn Sie wie Al Capones Alpträume aussehen.«

Diese Leute. Wer hatte eigentlich alle diese schwarzen, glänzenden Hemden gekauft, ehe die neue Welle Kubaner rüberkam? Es war nicht so, daß sie etwas gegen Kubaner hatte. Ihr ganzes Leben lang hatte es hier unten Kubaner gegeben, die fischten, die hier lebten. Aber diese Neuen. Die lebten nach einem anderen Fahrplan.

Der mit den Englischkenntnissen hatte auf Gelbschwanzfang gehen wollen. Er hatte sie zu Hause angerufen und gesagt, er wolle sie als Führerin. Wollte sich nicht überzeugen lassen, daß es mit den Gelbschwänzen eigentlich vorbei war. Sehr schlecht. Alles auf dem Riff war den größten Teil des Juni über schlecht gewesen. Irgendein guatemaltekischer Frachter war am Alligator Reef auf Grund gelaufen, und in den Wochen, in denen die Bergungsschlepper daran herumgezogen hatten, war das Wasser das ganze Riff hinauf und hinunter so milchig geworden, daß die Fischerei zum Erliegen gekommen war.

Sie sagte nein. Bloß für eine Bootsfahrt würde sie sein Geld nicht nehmen. Im übrigen sei sie sowieso auf Schwertfisch spezialisiert. Kein Fischfang fürs Abendbrot, es sei denn für Thorn und sie selbst, Lebensmittel. Bei Charterfahrten ging es streng nach dem System Fangen und Freilassen, ausgenommen die gelegentliche Fischtrophäe.

Der Kubaner ließ nicht locker. Sagte, er sei aus New Jersey, sei diesen ganzen Weg hergekommen, um seinen Lieblingsfisch zu fangen.

»Nein«, hatte sie gesagt. Und sie nannte ihm die Namen von ein paar anderen, von denen sie wußte, daß sie Arbeit brauchen konnten.

Er hatte gesagt: »Ich will den besten.« Und sie fragte sofort zurück, wer ihn denn an sie verwiesen habe.

»Ich ihren Namen vergessen«, hatte der Kubaner gesagt. »Aber ich habe gefangen Gelbschwanz einmal lange her, und ich nie das vergessen. Es ist ein wohlschmeckender Fisch, die beste. Ich lieben die beste.«

»Probieren Sie's bei einem von den anderen. Einer von denen wird schon ein paar Fische für Sie finden.«

»Es war Roxy. Oder so ähnlich. Sagte, sie wäre verwandt. In Key West, wo wir frühstücken haben.«

»Ich habe eine Tochter, Ricki.«

»Das ist sie dann«, sagte er, hörte sich eilig an, um diese Namensangelegenheit hinter sich zu bringen.

»Ricki hat mich empfohlen?« fragte sie. Das sah ihr nicht ähnlich, überhaupt nicht.

»Sagt, Sie immer fangen Fisch. Gelbschwanz, alles.«

»Naja.« Nachgebend.

»Wir nicht werden Mühe machen. Zahlen im voraus. »Machen keine Sorge um uns.«

»In Ordnung«, sagte sie, nur wegen Ricki. Weil sie sehen wollte, was das für Typen waren, die Ricki nach all der Zeit an sie verwies. Sogar ein bißchen gerührt darüber, daß Ricki sie empfohlen hatte. Ja, gerührt. Ansonsten hätte sie mehr als genug Gründe gegen diesen Burschen gefunden.

Sie schüttete den Ködersack aus, warf Makkaroni ins Wasser. Goß eine halbe Gallone Menhadenöl hinterher. Beobachtete, wie sich der Ölfleck über die ruhige Wasseroberfläche ausbreitete. Mehr Geflüster, der Dicke kauerte über seinem Gefährten, ein richtiges Gespräch diesmal. Keiner von beiden schien besonders interessiert am Köderauslegen.

Als sie fertig war, drehte sie sich um und gab dem Dicken ein Zeichen, der über die Bordwand blickte, wobei er sich am Geländer festhielt. Sie fragte, ob er in Ordnung sei.

»Er nicht gewohnt, auf dem Wasser zu sein«, sagte der Kleine, Magere. Seine Spiegelbrille voller Mondlicht. Seine Hakennase wie eine Haifischflosse geformt.

»Wo fischt er denn normalerweise?«

»Ich verstehe, was Sie meinen.« Das mit einer Spur José Jimenéz. »Er meiste Zeit vorher Fische fangen von Brücken.«

»Sagen Sie ihm, falls es noch ruhiger als jetzt wird, könnte man Golf drauf spielen.«

Der Kleine, Krauslockige richtete das Wort laut an den Dicken. Es war nicht Spanisch, nicht Kubanisch, nicht Puertorikanisch, nichts auch nur entfernt Spanisches. Sie hatte echtes Spanisch ihr ganzes Leben lang gehört. Das hier war etwas anderes.

Sie schüttete noch mehr Makkaroni auf das flache Meer. Die Hände jetzt schwitzig. Sie achtete nicht auf die Richtung, in die die Köder schwammen. Die Augen forschend, nach Lichtern suchend. Die beiden beobachteten sie, als sie sich umdrehte. Sie konnte ihre Blicke nicht lesen. Der Kleine wischte sich die Hände am Hintern seiner dunklen Hose ab. Dann verschränkte er sie und streckte sie aus, von innen nach außen gekehrt.

Er sagte zu ihr: »Der ganze Scheiß im Wasser, lockt der nicht Haie an?« Er hatte seine Spiegelbrille abgenommen, hielt sie in der Hand.

»Er lockt erst einmal Gelbschwänze an«, sagte sie und wechselte den Eimer mit dem Glasaalbrei in ihre rechte Hand. Sie fühlte in ihrem Magen ein unangenehmes Zittern einsetzen, das ein Flattern in ihre Beine schickte.

»Aber die Haie«, sagte er und lächelte nun mit seinen Augen. Der Mond brachte seinen Ohrring zum Funkeln. »Sie kommen doch auch vorbei. Ich möchte das sehen. Ich liebe Haie. Ich liebe die Vorstellung von Haien.«

Der Dicke starrte ihn an.

»Fangen wir uns doch einen gottverdammten Hai. Vergessen wir diesen Gelbschwanzscheiß.« Sein Akzent war weg. Einfach Amerikanisch, gewöhnlich, banal, vielleicht Ohio, vielleicht Indiana. Es war ein Hobby von ihr, Akzente zu bestimmen. Bei all den Touristen kam man allmählich dahin, daß man die Nuancen heraushörte.

»Ich hole die Angeln«, sagte sie und kämpfte gegen das Flattern an.

»Hier sind sie doch.« Der Kleine zeigte auf den Raketenwerfer. In ihm steckten zwei fertig montierte Gelbschwanzangeln. Einfach so ein Messinghaken an eine für zwölf Pfund aus gelegte Leine geknotet, keine Leitschnur. Bahama-Bestückung.

»Das sind Ruten für Meeräschen. Die Gelbschwanzangeln sind hier drin.« Sie ging auf die Kabine zu, ohne auf seine Erlaubnis zu warten. Tat so, als liefe alles nach Plan.

»Bleiben Sie hier draußen bei uns«, sagte der Kleine, etwas Neues war da jetzt in seiner Stimme. Ein bißchen Anspannung, etwas Gereiztes, ein Quengeln, aber mit Wut durchsetzt.

»Ich hole die anderen Angeln.«

»Du bleibst verfluchtnochmal hier in dem Scheiß-Mondlicht, wo ich dich verfluchtnochmal sehen kann.«

Woher kamen sie? Holster unter diesen enganliegenden Nylonhemden? Zwei blauschwarze Pistolen, dunkler als die Nacht um sie her. Der Dicke fing an herumzuhüpfen, ungeduldig, als schaukele das Boot oder so was. Seine Pistole hüpfte mit.

»Ich blick nicht durch bei dir, Irv«, sagte er. »Manchmal blick ich bei dir verdammtnochmal nicht durch.«

»Ganz richtig, mein Junge. Nenn mich unberechenbar. Mr. Scheiß-Unberechenbar.«

»Das gefällt mir nicht, Mann. Ich mag's nicht, wenn man den Plan mittendrin ändert.«

»He.« Der Kleine ging zu ihm hinüber, während er Kate im Auge behielt. »He.« Er gab dem Dicken einen Klaps auf die Wange, halbwegs spielerisch. »Du mußt lernen zu improvisieren, Kumpel. Wenn du jemals lernen willst, schöpferisch zu sein, mußt du anfangen, aus dir herauszugehen. Mußt dich nach dem Strom richten.«

»In welche Richtung der Strom verdammtnochmal geht, das ist es, was ich wissen will. Ich bin hier, Mann, schwimme mit dem Scheißstrom, und dann geht der Strom plötzlich woanders lang, verstehst du. Und das macht mich ein bißchen schwindlig.«

»Alles bringt dich zum Kotzen. Du hast Kotze statt Blut in deinen Adern.« Er wandte keine Sekunde lang den Blick von Kate.

Sie war ihre Möglichkeiten bereits durchgegangen. Im Cockpit verschwinden, ihre .38er suchen. Über Bord springen. Sie übertölpeln. Über Bord schien das Beste. Aber all dieses Mondlicht. Ihnen ausreden, was immer es auch war. Sie meinte zu wissen, was es war. Keine große Chance, angeheuerten Killern ihren Job auszureden.

Die Panik war verflogen, das Zittern in ihren Beinen, wie Lampenfieber. Jetzt, da der Vorhang zur Seite gefegt war und die Sache klar vor ihr stand, ihr Alptraum zum Leben erwacht war, war sie ruhig. Dieselbe sachliche Ruhe, die über sie kam, wenn die große Winde durchdrehte, ein Speerfisch das Weite suchte. Zeitlupen-Ruhe. Tu das, dann das.

»Du bist 'ne hübsche Frau, weißt du das? Für 'ne alte Hexe. Wie alt bist du eigentlich? Fünfundsechzig, siebzig? Ausgedörrt, wette ich, und ich mit nichts als Windenschmiere in meiner Werkzeugkiste. He, wäre das nicht genau das Richtige? ›Fickte die Charterbootkapitänin mit Windenschmiere.‹«

Dieser Kerl, Irv, machte ein paar Schritte auf sie zu, eine kleine krampfhafte Bewegung, eine herablassende Neigung des Kopfes.

»Du magst mich? Auch nur ein kleines bißchen? Mehr ist bei mir nicht nötig, mußt mich bloß ein kleines bißchen mögen, und ich sorge für den Rest. Verstehst du? Ich mache auf die meisten Frauen großen Eindruck.«

Er war bis auf nur einen Yard an sie herangekommen, sein dikker Partner drängelte hinter ihm her. Kate dachte, irgend etwas sei an diesen Augen verkehrt, ein Fehler in der Scharfstellung, ein glasiges Starren. Vielleicht Drogen, vielleicht Schlimmeres.

»Hast du jemals daran gedacht, daß du vielleicht das Gleichgewicht der Dinge durcheinanderbringen könntest, indem du einen Männerjob wie den hier machst? Verstehst du, Yin und Yang, wenn das nicht im Einklang steht, Mensch, fangen die Dinge an durchzudrehen. Wenn man beginnt, das Weiße im Schwarzen zu suchen und das Schwarze im Weißen, steuert man auf einen riesigen Scheißärger zu. Yin und Yang Mensch, das ist die Geschichte, wo der weiße Fisch den schwarzen Fisch jagt, oder der schwarze den weißen. Kommt drauf an, wie man's betrachtet. Aber, Lady, wenn du als Yin geboren wurdest, bleibst du verdammtnochmal immer Yin. Du kriegst das Yang bis zur nächsten Runde nicht am Wickel.« Der Dicke war hinter Irv getreten, reckte den Hals und starrte ihn an.

»Ich hoffe, du weißt, wovon ich rede, denn es wäre ein Jammer, wenn dich die letzten Worte, die du zu hören kriegst, in Verwirrung brächten. Man sollte die letzten Dinge verstehen, die man zu hören kriegt, ehe man stirbt, denn sonst setzt es die ganze Karma-Geschichte auf dem falschen Fuß in Gang. Verstehst du, was ich meine? Ja?«

Er hatte seine Pistole gesenkt. Kate versuchte angestrengt, nach einem *Boot* in der Nähe zu lauschen oder nach Stimmen draußen auf dem Meer, nach Leuten beim Fischen, die einen Schrei vielleicht hören würden.

»Ich hatte eine Mutter, eine alte Kuh, ziemlich genau wie du, und sie prahlte genauso rum wie du. Sie wollte haben, was Männer haben. Weißt du, was das ist? Was Männer haben? Du hast es vergessen, weil du so alt bist.«

Bloß, weil sie es schon in der Hand hielt. Sie hatte keine Ahnung ob fünf Pfund faulender Glasaale jemanden verletzen würden; es ging eher darum, eine Ansicht zu äußern, nicht mit einem Eimer voll gemahlener Fische in der Hand niedergeschossen zu werden. Den Großteil der Pampe kriegte der Dicke ab, aber eine glückliche Handvoll geriet auch dem Kleinen in die Atmung. Er schaute nach unten, versuchte, den Reißverschluß seiner engen, schwarzen Hose aufzuziehen. Statt dessen einen Mundvoll faulender Fischteile.

Während er hustete, mit der Pistole herumfuchtelte, nahm sie eine von den Gelbschwanzangeln, packte sie wie einen Baseballschläger und zielte auf das Gesicht des Dicken. Die Spitze traf sein Aug. Ließ ihn einknicken. Sie riß die Rute herum und schlug auf den Kleinen ein, den Chef, erwischte ihn an seinem erhobenen Unterarm, warf das ganze Ding nach ihm und rannte auf die Kabine los. Ihre .38er war in der Apothekenschublade.

Sie zog sie auf, hörte das Geschrei hinter sich.

Sie duckte sich hinter den Drehstuhl und feuerte auf die Tür. Die gottverdammte Pistole ruckte dermaßen, daß sie nicht sicher war, wo der Schuß hinging, nicht wußte, wie sie sich für den nächsten korrigieren sollte. Sie hörte den Dicken über sein Auge stöhnen.

Sie langte hoch nach dem Mikrofon des Kurzwellensenders, wobei sie vor der Cockpittür nichts schützte als der Schalensitz des Drehstuhls. Es gab keine große Chance für sie, aus dieser Geschichte rauszukommen. Sie hatte ihren Frieden gemacht, all das, Jahre zuvor, als der Doktor gestorben war. Aber das hier war nicht bloß Sterben. Das hier war etwas anderes.

Sie feuerte wieder einen Schuß ab, diesmal auf die Hand, die hinter der Türkante hervorwinkte. Sie hörte ihn »Hui« sagen. Ein kleiner Junge, der sich über sie lustig machte. Dann beugte sich sein lächelndes Gesicht in die Tür, und sie gab noch einen Schuß ab. Wieder zu spät.

Kate drückte sich nach links, einfach um den Winkel zu ändern, es für ihn schwieriger zu machen. Vielleicht konnte sie hier die ganze Nacht durchstehen, noch drei Schuß übrig, eine Sackgasse. Die Hoffnung das Echo ihrer Schüsse sei am Ufer zu hören gewesen.

Doch da stand er wieder, völlig ungedeckt in der Tür. Sie schoß zweimal, aber schon war er zur Seite gesprungen. Verhöhnte sie immer noch, ihre langsamen Reflexe. Sie hatte noch diese eine Patrone. Aber da sie zu zweit waren, wußte sie, es war aus.

Er murmelte jetzt irgend etwas. Etwas, das seiner Meinung nach wie Japanisch klang. Etwas, das sie wütend machen, sie quälen, ihr noch einen Schuß ablisten sollte. Sein Kumpel wimmerte da draußen im Dunkel, während er sein pseudoorientalisches Geschnatter von sich gab.

Kate zog sich gebückt zum Drehstuhl zurück. Diesmal wollte sie einen ordentlichen Schuß abgeben. Die Knie taten ihr weh, das Quietschen ihrer Segelschuhsohlen auf dem geschrubbten Deck.

Seine Spiegelbrille kam um die Ecke, schwankte unentschlossen, starrte sie an. Diesmal zielte sie sorgfältig stützte die .38er mit der Linken ab und zerschoß eine der spiegelnden Scheiben. Der Bursche gab einen Freudenschrei von sich, ließ die Brille fallen. Wieder ein Trick.

Das Klicken nach der Sechs. Dann guckte der Magere um die Ecke der Kabinentür, lächelte sie an. Im Film warfen sie die Pistole nach dem Gegner, wenn sie leer war. Aber sie verfehlten immer ihr Ziel. Sie tat es trotzdem, zielte auf dieses Lächeln im Mondlicht, schleuderte sie wie ein Wurfmesser. Sie polterte über das Deck.

Das einzige, was sie noch hatte, war die Leuchtpistole. Sie würde das Feuer riskieren, an diesem Punkt alles riskieren. Die Pistole lag bei den Küstenwachenutensilien und den Seekarten, der Plastikpfeife, dem Kompaß, den der Doktor schon als kleiner Junge besessen hatte. Sie wühlte in dem Kram herum, wußte, es dauerte zu lange, aber hörte in diesem entscheidenden Augenblick nicht auf, machte damit weiter bis zum Ende, bis die Tat vollbracht, die Erklärung abgegeben wäre. Da war sie endlich, die dicke Patrone in ihr drin, die Pistole aufgeklappt. Kate schnappte sie zu. Eine alte Dame, die sich plötzlich wie fünfzehn fühlte, bereit für diesen lächelnden Dreckskerl.

Als sie sich umdrehte, entwaffnete er sie. So schnell. Er lächelte sie an und kniff sie in die Wange. Er ging zurück zur Kabinentür und warf die Leuchtpistole über die Steuerbordseite ins Wasser. Diesmal wartete sie, bis er zurückkam. Sie hielt das Ruder mit einer Hand, noch immer Kapitän ihres Schiffes.

Ein Windstoß fuhr durch die Kabine, lief kalt über ihr feuchtes Hemd. Sie hörte die Dünung gegen den Rumpf klatschen, konnte das Zerren am Ankertau spüren. Der Fang wäre gut gewesen. Der Schlick von dem gestrandeten Frachter schien sich gesetzt zu haben. Die Reparaturen weit vorangeschritten, und alles richtete sich wieder wie gewohnt ein. Das Meer, das Riff, die Fische, der pulverige Grund.

Captain Kate Truman sah ihm ins Gesicht. Sein schmerzliches Lächeln.

»Lady, bist du bereit, dir anzusehen, was ich dir zeigen muß? Ich weiß, dir wird's sehr gefallen. Die Mädels sind einfach verrückt danach.«

Irv preßte den Lauf der .44er gegen ihr rechtes Schultergelenk, rammte ihn tief in das trockene Fleisch. Sie versuchte nicht, sich wegzuwinden, und sie hielt die Augen auf seine gerichtet, nicht um ihn zum Schießen herauszufordern, sondern um ihn, beinahe neugierig, zu beobachten.

Milburn startete die Motoren vom Oberdeck aus, und während sie Fahrt aufnahmen, hielt Irv sie mit der Automatic gegen das Instrumentenbrett gepreßt. Er mochte diese Augen nicht. Aber er erwiderte ihren Blick, versuchte seinen so streng zu machen wie der, den sie ihm zuwarf.

Als sie ins Gleiten gekommen waren, der Wind alles abkühlte und Milburn sie dorthin steuerte, wo sie ihr eigenes Boot geankert hatten, feuerte Irv eine Salve in dieses Schultergelenk. Er wollte sie noch nicht tot haben. Er tat es mehr, um diese Augen zu schließen, als um irgendwelcher anderen Dinge willen. Er wollte sie lebend, wenn er es ihr besorgte.

Er setzte den Frauen vielleicht ein bißchen hart zu, aber er trieb es gottverdammtnochmal nicht mit einer Toten.

Der Pistolenschuß überraschte ihn, wie laut er war, und er bekam ein paar Schmauchspuren an seiner Hand ab, die wie die Hölle brannten. Ihr Kopf fiel nach hinten, und als er den Pistolenlauf zurückzog und sie losließ, glitt sie vom Instrumentenbrett auf den Boden.

Als er mit ihr fertig war, stand er auf und sah auf sie runter. Ihre Augen waren noch immer geschlossen, aber er konnte sehen, wie sie hinter diesen Lidern hellwach blickten. Er ließ seine angesengte Hand mit der .44er herabbaumeln und zielte vage auf ihren Brustkorb.

Irv fühlte sich schläfrig. Diese ganze Meeresluft, die ganze Aufregung. Sein Gesicht war schwer, fühlte sich an, wie das von Robert Mitchum sich vermutlich anfühlte, voller schlaffer Hautsäcke.

Er betrachtete Kate. Er war am Ende zu dem Schluß gekommen, ihre Leiche doch nicht über Bord zu werfen. Milburn würde ausflippen, aber Irv hatte beschlossen, ihre Verwandten und Freunde entdecken zu lassen, als wie schwach sie sich schließlich erwiesen hatte. Kam wie ein alter Conch-Charterboot-Kapitän daher, und nun seht sie euch an. Kaum atmend, die ganze Willenskraft raus. Und wenn er sie zurückließ, würde das den Bullen eine Komplikation mehr bescheren. Dem Ball einen kleinen Extradrall.

Was würden sie denn überhaupt machen können, seine Abdrücke vergleichen? Welche Abdrücke? Eine Identifikation seines Glibbers?

Irv hatte sie zu einer glücklichen Lady gemacht, sie am Ende noch mal ein bißchen zum Wahnsinn getrieben. Er beobachtete die geschlossenen Lider, wußte, daß ihre Augen dahinter herumruckten. Er krümmte den Finger um den Abzug und schickte Kate ins Land der toten alten Ladies.

6

Irving McMann machte sich noch einen Wodka mit Limone, bis zum Rand des klobigen Glases. Er trug ihn rüber zur Glasschiebetür, wobei er den obersten Schluck herunternippte. Die Vorhänge waren aufgezogen. Er blickte hinaus über das dritte Fairway. Auf der anderen Seite des Fairways lief ein schmaler Streifen Rough am Deich entlang. Dahinter der Kanal in den Atlantik hinaus. Eine frühmorgendliche Bö in der Ferne über dem Wasser.

Bloß ein riesiges Wasserhindernis, das war alles, was für die meisten Leute im Coral Reef Club der Atlantik war. Selbst die mit Jachten, was wußten die schon vom Meer, vom Navigieren? All die reichen Bootsbesitzer mit Vietnamveteranen als Kapitänen, jungen Burschen, die dafür sorgten, daß ihre Boote forsch, zuverlässig und normal liefen, während die alten Knacker unten waren und sich einen abwichsten oder grün im Gesicht wurden. Irvings alter Herr war einer von denen, deshalb wußte Irv, was da unten vor sich ging während der Kapitän oben auf dem Turm blieb, dem Wiegen und Rollen lauschte und seine vornehme Distanz wahrte. Irving haßte diese Typen, diese Klugscheißer mit ihrer militärischen ›Ja, Sir, nein, Sir‹-Wichse. Er haßte sie, und er haßte die alten rotgesichtigen Arschlöcher wie seinen Alten, der sich mit vierzig in Brathühnchen-Generalkonzessionen eingekauft hatte und dessen Geldmaschine jetzt mit voller Leistung pumpte.

Er haßte sie, weil sie nichts aus ihrem Leben machten, keine Spur irgendwelcher Kreativität, vielmehr meckerten sie ihm in jeder Weise die Hucke voll, daß er offenbar die ganze Zeit vertrödele. Vor allem diese gottverdammten Kapitäne, die nicht älter waren als er. Sie sagten eigentlich nie was Besonderes; niemals rückten sie wirklich mit der Sprache raus, beleidigten Irv offen und Auge in Auge. Sie spielten mit ihm dasselbe Arschkriechspiel wie mit seinem Vater, immer ›ja, Sir, nein, Sir‹. Allerdings zeigten sie Irv manchmal ein angedeutetes Grinsen. Er hatte sie dabei erwischt, hatte sie drauf festgenagelt. Hatte sogar seinen Alten darauf aufmerksam gemacht. Aber sein alter Herr war immer so verflucht besoffen, so dankbar, jemanden um sich zu haben, der seine verdammte Jacht parken konnte, ohne den Pier zu Schrott zu fahren, daß er einfach alles durchgehen ließ. Machte Irv scheißwütend. In diesen Tagen.

Irving goß den Cocktail in sich rein. War sein dritter in der letzten Stunde. Es war wie spät? Erst neun? Wie üblich hatten sie beide nach dem Job nicht schlafen können. Sie waren gestern abend gegen zwölf an Land zurückgekehrt, hatten nur Dope geraucht, getrunken, die ganze Zeit ferngesehen.

Es war die So-behandelt-man-doch-keine-Dame-Woche auf Kanal 8, und die beiden sahen sich *The Boston Strangler* mit Tony Curtis und dem angejahrten Henry Fonda von Anfang bis Ende an. Curtis legt alle diese Frauen um, und niemand hat ihn in Verdacht; aber dann versaut er sich alles durch einen dämlichen Raubüberfall. Irving redete den ganzen Film durch, sah ihn als Lektion für sie beide an. Spezialisierung war die einzige Möglichkeit heutzutage. Wenn man in einer Sache gut ist, soll man dabei bleiben, sich ganz drin vertiefen, die Technik verfeinern, so wird man darin ein Scheiß-Nobelpreisträger. Milburn, der die ganze Zeit wegen seines verdammten Auges stöhnte, kriegte das Wesentliche nicht mit, machte sich auch kaum die Mühe hinzugucken. Und da war es, wie eine Botschaft der Götter, direkt an sie gerichtet.

Irving roch immer noch den Fischgestank an sich, schmeckte die Scheiß-Aalplempe, mit der sie sie überschüttet hatte. Fauliger Fisch bei jedem Atemzug. Was für ein Auftritt. Der Cocktail hatte es nicht überdeckt. Nicht Listerine, nicht Lavoris. Er hatte sich den ganzen Körper mit Giorgio-Cologne eingerieben, noch mal geduscht und noch mehr Giorgio. Aber der Geruch war immer noch da. Wie eine Art Voodoo-Fluch. Du kannst mich töten, aber du wirst ewig so stinken.

Und neben Milburn, der die ganze Nacht stöhnte und jammerte, entwickelte Irv Kopfschmerzen der Größenordnung fünf.

»Laß uns doch nach Largo runterfahren.«

»Der Scheißdoktor macht nicht vor zehn auf. Was willst du denn, Mann? Draußen auf dem Parkplatz rumsitzen und allen Leuten einen freien Ausblick auf deinen gottverdammten Verband bieten?«

Irv schüttete sich den Rest des Cocktails rein, fühlte beim Schlucken die Säure in seinem Magen steigen. Alles in allem aber waren ein saurer Magen und Kopfschmerzen besser als eine Kugel in der Brust, was hätte passieren können, wenn sie nur eine einigermaßen gute Schützin gewesen wäre. Allein der Gedanke daran trieb ihn zur Bar zurück. Er hatte die Geschichte ziemlich knapp über die Bühne gebracht, sie vielleicht gegen Ende ein bißchen zu stark überzogen. Eigentlich kein Grund dazu, hatte nur irgendwie Lust gehabt, eine Szene hinzulegen.

»Schrei mich nicht an, Mensch«, sagte Milburn, der einen drohenden Ton anzuschlagen versuchte. »Du bist derjenige, der auf den Knien liegen und um Verzeihung bitten sollte. Ich werde das verdammte Auge bestimmt verlieren. Halb blind, und wofür? Nur damit du eine Filmszene spielen konntest, Mann, und die Sache zu einem Egotrip ausschlachten.«

Irving zog sein Cocktailglas an sich, um ihm einen Steilpaß in die Därme zu jagen, aber Milburn zuckte zurück und sah so bemitleidenswert aus, wie er da auf der karierten Couch in Deckung ging in seinem rosa Polohemd und den weißen Hosen, eine weibische Pestbeule mit seinen strähnigen Haaren und dem faden, weißen Gesicht, so bemitleidenswert, daß Irv es nicht übers Herz brachte. Aber der Scheißkerl verdiente es, wenn nicht für was anderes, dann für dieses Greinen, Greinen, Greinen.

»Du weißt, daß du drauf abfährst, Milburn. Das tust du. Du gehst da rein und fragst den Doktor, ob du nicht 'ne schwarze Augenklappe tragen kannst. Rauher Bursche, Piraten-Augenklappe. Du jammerst rum, aber dir gefällt's. Es ist die erste richtig Geschichte, die in deinem erbärmlichen Leben passiert ist, seit ich dich in der Volksschule zusammengeschlagen habe.«

»Sieh mal«, sagte Milburn. »Es war eine simple Unternehmung. Wir fahren da raus, legen die Alte um, werfen die Leiche ins Wasser und hauen hastenichtgesehen wieder ab. Wir setzen uns hin, klabüsern alles aus, einigen uns über alles. Wir haben's praktisch schriftlich, so klar ist die Kiste. Und dann fahren wir daraus, und du flippst verdammtnochmal aus und fängst wieder an, irgendeine gottverdammte Szene zu spielen. Ich meine, was soll das?

Ich stehe da und kann nicht glauben, was ich höre, ich denke, du kriegst vielleicht 'nen Nervenzusammenbruch oder sonstwas. Ich meine, es ist Jack Nicholson da draußen, der ausflippt wie in dem Film, wo er es in dem Hotel auf seine Frau und das Kind abgesehen hat.«

»*The Shining.*«

»Yeah, das ist es. Genauso. Ich denke einen Moment, ich sollte dich abknallen, diesen verfluchten Teufel umnieten, der da in dir die Oberhand gewonnen hat. Mann, als wärst du besessen.«

Irving sah hart zu Milburn rüber.

»Wen, sagst du, wolltest du abknallen, du verdammte Trine?«

»Ich sage doch nur …« Milburn rutschte auf der Couch herum.

»Ich würde so was nicht wirklich tun. Teufel, nein. Aber es war, als wärst du nicht normal.«

»Du hast verdammtnochmal recht, ich bin nicht normal. Wenn ich normal wäre, würde ich dich auf der Stelle wegen dem, was du eben gesagt hast, umblasen.«

»Es ist, als würdest du zu jemand anderem. Es ist wie – ich weiß nicht. Es ist unheimlich. Du kannst dich einfach nie an den Scheißplan halten.«

»Der Scheißplan, der Scheißplan.« Irving langte herum und zog die Vorhänge zu. Dramatischer Effekt. Dem dicken Scheißkerl Angst einjagen. »Es ist nichts weiter als ein Spiel.« Er war gar nicht mehr so wütend. Sogar ein bißchen erleichtert, daß Milburn ihm seine Mordfantasien gebeichtet hatte. Machte es irgendwann leichter, wenn er die Pistole auf ihn richten mußte: 'ne miese Kiste mit 'nem miesen Kerl füllen.

»Scheißspiel«, sagte Milburn. »Du knallst im letzten Akt das Scheißpublikum ab. Ich meine, für wen machst du das eigentlich? Weil, wenn sie für mich ist, diese tolle Inszenierung, vergiß es. Da kommt kein Beifall. Siehst du mich Beifall klatschen? Bei mir gibt's keine Oscars. Mach's verfluchtnochmal so, wie wir's abgesprochen haben. Das ist mir kreativ genug, glaub's mir.«

Redete sich tiefer und tiefer hinein. Irving genoß es. Er sprach gern immer wieder darüber. Manöverkritik. Und es gefiel ihm, wie Milburn sich in eine tiefe Scheißegrube redete. Machte es richtig leicht eines Tages. Sehr wenig Bedauern.

»Du bist mir völlig scheißegal. Wenn ich dich zum Applaudieren bringen will, steck ich dir 'n Pistolenlauf in den Arsch.«

»Für wen dann? Was soll das denn bloß? Für den Erfolg? Tust du es wegen des Erfolges? Sie war wirklich beeindruckt, das kann ich dir sagen. Du bist bei der Alten toll angekommen, Mann. Ich mein's ehrlich, ihr hat diese Nummer einfach wahnsinnig gut gefallen.«

»Du verlierst den Überblick.«

»Hör auf, Mr. Seelengesundheit.«

»Ich bin Künstler«, sagte Irv, der sich keinen Scheiß mehr drum kümmerte, ob Milburn lachte oder nicht. Milburn stand ihm sowieso bis hier. »Ein Künstler sieht sich den Text an und macht sich einen besseren. Die Idee ist zu erschaffen, um ihrer selbst willen.

Wenn man fürs Publikum spielt, ist man erledigt. Das zeigt einfach, wie dämlich du bist. Ein Künstler, das strömt einfach aus ihm raus, als wär er bloß der Durchlaß, das Leitungsrohr für die Kunst. Ich plane nicht. Nicht dieses, nicht jenes. Das kommt spontan, aber es ist kontrollierte Spontaneität. Vorbedachte Spontaneität. Vollkommener Zen.«

»Wie ich schon sagte, besessen.«

»Das ist der Grund, weshalb du aus dem College geflogen bist.«

»Quatsch ist es das.« Milburn stand von der Couch auf, verzog über die Anstrengung das Gesicht und strich mit der Hand über den Rand des Verbandes auf seinem Auge. »Ich bin rausgeflogen wegen dem ganzen Dope, das wir geraucht haben. Genau wie du.«

»Du warst zu blöde«, sagte Irving, glücklich jetzt, daß er seinen besten Kumpel piesacken konnte.

»Blöde«, sagte Milburn. »Blöde, hä? Wie ist denn dein IQ? Mr. Jack Nicholson, Zenmeister. Du weißt, wie hoch er ist, und ich weiß, wie hoch er ist. Wie hoch ist er, über den Daumen gepeilt? Würden Sie's glauben, Damen und Herrschaften, er liegt unter dem Durchschnitt, bloß ein Schatten von Hirn, knapp am Rand zur geistigen Behinderung, wir reden hier von Mongolismus, ganz, ganz unten.«

»Und du bist die große Uni-Kanone mit dem Hundertvierzig-IQ und Shit statt grauer Masse im Schädel.«

»Einhundertdreiundfünfzig. Ich bin der Grips hier in der Gruppe. Du solltest auf mich achtgeben. Du solltest meinen Plan befolgen.«

»Du bist ein Witz, Milburn. Ich habe diese Rede schon – wie oft, hundertmal? – gehört. Einhundert verdammte Male, und sie verändert sich nie. Du solltest der Anführer sein; du solltest so reich sein wie dein Daddy; du solltest über dieses und jenes bestimmen. Na, und wie kommt's dann, daß du so eine Null bist? Wie kommt's, daß du nicht Gouverneur oder Bürgermeister oder wenigstens der Chef von der Scheiß-Müllabfuhr bist? Das ist so, weil du ein Scheißtrottel bist, ein Versager und ein gottverdammter Jammerlappen.«

Milburn schluckte noch eine Percodan aus der Flasche auf dem Glastisch und spülte mit dem Rest seines Sankt-Pauli-Girls nach. Dann setzte er sich an die Bar, warf einen Pfeil nach der Dartscheibe. Der traf den äußersten Rand, blieb eine Zeitlang hängen und fiel zu Boden. »Ich sage ja nichts weiter, als daß es ein blöder Kack ist, wenn man sieht, wie du mit dieser Jack-Nicholson-Scheiße anfängst.«

»Dir gefällt es doch. Das Ganze. Sieh uns an, die letzten Kubaner. Seit Dienstag haben wir die Alte in jeder Beziehung an der Nase rumgeführt. Ich wollte nur ihr Gesicht sehen, Mann, wenn sie dahinterkommt, daß sie reingelegt wurde. Die taffe alte Kapitänin. Die große Schwertfisch-Lesbe. Nur darum geht es, Mann, ihre Gesichter zu sehen, wenn man die Maske abnimmt und sie erkennen, daß sie mit dem Teufel getanzt haben.

Also red keinen Quatsch, Mann. Wenn's mich nicht gäbe, mich, der den Scheißplan nicht befolgt hat, dann wären wir immer noch Spitzel für Abe Philpot. Würde dir das gefallen? Überall rumfliegen, hinter Abe herlatschen und 'n fieses Gesicht machen? Willst du damit wieder anfangen? Jeden Monat auf Abes verdammten Scheck warten, um dir was zu essen zu kaufen? Mann, wäre ich nicht mit unserem eigenen Plan rausgekommen, hätte mir was ausgedacht, wären wir immer noch die Schläger für 'nen kleinkarierten Immobilienhändler und würden irgendeinem Planungsbeamten die Pistole in die Rippen drücken, damit Abe auf sein Konto ein paar Scheiß-Extrastockwerke bauen kann. Willst du das? Willst du zu so einem beschissenen, blöden Leben zurückkehren und den Lakai machen? Mann, manchmal kann ich dir nicht glauben, Mr. Planbefolger.«

»Ich muß zum Doktor runter, Mann.« Milburn, der jetzt nicht greinte. Die Schmerzen machten ihn ernst. Der Schweiß bildete einen dunklen Schmetterling vorn auf diesem rosa Hemd. Er hatte wahrscheinlich recht mit dem Auge. Er würde es verlieren. Die Alte hatte es mit der Spitze genau getroffen, ein Scheißloch reingerissen.

Irving fand die Schlüssel vom BMW. Er fühlte sich prima, glücklich. Nicht so sehr wegen der fünftausend für den Job. Blödsinn, er hatte Ricki sowieso einen Niedrigpreis gemacht. Fünftausend, die kriegte er jeden Monat von seinem Alten. Die rochen wie Brathähnchen, jeder einzelne Dollar.

Vielmehr war es die Idee, die er davon hatte, von seinem Beruf. Er schwebte jetzt durchs Leben, eine Karriere in den schönen Künsten. Sein Name wurde dort bekannt, wo es drauf ankam, bei Leuten, die Geld und irgendeine schmutzige kleine Angelegenheit zu erledigen hatten. Leute, die er kennengelernt hatte, als er und Milburn Abes Schläger waren, riefen ihn jetzt an. New Jersey, Pennsylvania, überall. Sie erinnerten sich an Irv, sagten, ihnen gefalle sein Stil, seine Scheiß-Unberechenbarkeiten.

Er fühlte sich gut. Selbst, als er den fetten Milburn auf die Füße stellte und zur Tür hinausbugsierte. Es gab Rollen fürs ganze Leben. Rollen und Rollen und Rollen. Er hatte noch nicht einmal die gottverdammte Oberfläche angekratzt.

7

Die ›Quaste‹, ›Harte Quaste‹, ›Zappel-Harrys Entzücken‹, ›Wirrkopf‹, ›Verbesserter Fieser Charlie‹, ›Schrecken‹, ›Knochenknacker‹, ›Purpurschatten‹.

Thorn saß an seinem Rollpult und blickte hoch zu dem Korkbrett, an dem seine Fliegensammlung ausgehängt war. Es war still, noch eine Stunde bis zum Morgengrauen. Er bekam vielleicht noch drei Crazy Charlies fertig, ehe die Hähne einsetzten.

Es gab einen alten Hahn und einen jungen, die sich seit kurzem um eine Schar Wildhennen stritten, die in dem Mangrovenwäldchen lebten, das sein Haus säumte. Die Hühner versorgten ihn mit Federn für seine Fliegen, und das Krähen trug ihn in seinen Gedanken zurück zu früheren Zeiten, als die Keys mehr mit South Georgia verwandt und weniger der Wochenend-Tummelplatz für Miami und eine Station auf der Rundreise durch Disney-World gewesen waren.

Captain Eddie würde bei Morgengrauen aufkreuzen. Sieben Tage pro Woche stakte er seinen Kahn bis an Thorns Pier, auch bei Hochwasser, wenn der Pegel eigentlich hoch genug war, um den Motor zu benutzen, und jedesmal verlangte er sein halbes Dutzend verschiedenartiger Fliegen.

Und nach Eddie würde Bill Martin kommen, ein Pensionär aus Massachusetts, ein Professor von irgendwas, der das Fliegenfischen nach Meeräschen entdeckt und nach und nach dieselbe

Einsilbigkeit und den starren, durch die Sonne glasig gewordenen Blick aller Meeräschen-Süchtigen angenommen hatte. Und so weiter den ganzen Tag durch, während Thorn zwischen ihren Besuchen knüpfte und knüpfte, nie genug, und jederzeit von ihnen hörte, an was die Fische diese Woche anbissen. Und draußen auf seinem Korallenpier stand und sich mit ihnen wunderte, warum zum Teufel dieses kleine Blödsinnsfetzchen die Fische aufscheuchte.

Crazy Charlie war die Epoxydharz-Flachbettfliege, die er sich im Juni ausgedacht hatte. Sie hüpfte über die Schlammzonen hinweg und zog ein purpurrotes Geglitzer hinter sich her, Polyesterfäden, die wie Troddeln am Rock einer Stripperin zappelten. Silberne Kugeln aus einer Schlüsselkette als Augen. Ein Stückchen weißes Eichhörnchenfell als Körper. Wie ein Rotauge vom Mars. Glitzern und Blitzen, gekleidet für einen Nachtklub des einundzwanzigsten Jahrhunderts.

Er hatte ein Pult voller Tierfelle, Pelze, Schwänze, Schnurrhaare, Fußnägel. Sein Freund Jerome Billings hatte mit der Kreisverwaltung einen Vertrag, der es ihm erlaubte, die toten Tiere vom Highway einzusammeln und zu behalten. Thorn bekam das Beste vom täglichen Angebot an Highwaykatzen und -hunden, Eichhörnchen, Waschbären und Ratten. Wenn ein Fell noch frisch war, brachte Jerome es vorbei. Thorn gab ihm Fliegen als Bezahlung, obgleich er wußte, daß Jerome noch nie auch nur einen Tag gefischt hatte. Entweder Jerome verkaufte sie, oder, Thorn konnte es sich allerdings kaum vorstellen, er hängte sie irgendwo auf, als Schlafzimmerdekoration? Jeden Tag zermatschte Tiere aufzusammeln, hatte vielleicht irgendwo da in ihm drin einen tiefen Knacks ausgelöst.

Er zog den Crazy Charlie mit einem dunkelroten Polyesterfaden fest, knüpfte einen doppelten Rundtörn und ließ einen einzelnen Faden frei, um damit das Ende des Eichhörnchenfells festzuknoten. Nichts als Geglitzer und Geblitze, aber eine Meeräsche konnte das Ding runterschlingen und in ungefähr vier Sekunden hundert Yards Leine mitgehen lassen. Nichts als Drall und Drehung, würde dieser Fisch weder zögern noch springen, bloß die Rollenlager zum Glühen bringen, ein einziges langes Gekräusel. Die Rute spannte sich bis zum äußersten. Das Herz kroch die Speiseröhre hoch.

Thorn war dabeigewesen; war wieder und wieder dabeigewesen. Und jetzt lebte er hier.

Er lockerte den Schraubstock ein wenig und drehte Crazy Charlie herum. Der Schraubstock hatte ihn ein paar hundert gekostet, eine Spezialanfertigung, er hatte ihn zusammen mit einem Maschinenschlosser in Tavernier entworfen. Mit einem nadelförmigen Aufspannblock, gummibesetzten Klemmbacken und einer Breitmaulzwinge mit Feinabstimmung, so daß er einen Haken einspannen konnte, ohne die blanke Oberfläche zu zerschrammen. Wunderschönes kleines Werkzeug.

Der Schraubstock war so ungefähr das Kostbarste, was er besaß. Sein Haus. Ein paar Werkzeuge. Ein bißchen Kleingeld, um die Stromrechnung zu bezahlen, und jederzeit mehr, wenn es ihm gefiel, die Produktion anzukurbeln. Ein Bibliotheksausweis. Das Land war seins. Steuern wurden aus dem Treuhandvermögen bezahlt, das Dr. Bill hinterlassen hatte. Noch etwas Kleingeld für Benzin für seinen verrosteten 65er Cadillac Fleetwood, seinen Keys-Kreuzer.

Es war Dr. Bills letzter Wagen gewesen und gerade noch kräftig genug, um einmal im Monat die Fahrt runter nach Islamorada zu schaffen, wenn Thorn Lust auf mexikanisches Essen hatte. Ungefähr so häufig passierte es, daß Thorn eine Erholungspause von Schnapper, Barsch, Lachsforelle, Hummer, seinen Bezahlungen oder Geschenken haben wollte, von den Fremdenführern, die besser als sonstwer in den Keys wußten, wer er war, wo er war und was er tat.

Jeder von seinen zwei Dutzend regelmäßigen Kunden konnte sich seine eigenen Fliegen knüpfen und brachte öfter auch mal eine vorbei, damit Thorn sie bewundern konnte. Aber Thorn konnte noch was anderes, so was wie einen winzigkleinen, blanken Alptraumzauber konnte er diesem Chenillefetzchen, dem Leib aus einem Pfeifenreiniger, dem Schnörkel aus Kalbsschwanz oder Kaninchenfell oder Katze verleihen. Seine Fliegen fingen Fische. Und nicht eine von ihnen sah wie was Reales aus.

Laß ihn hinunterschweben in den düsteren, trüben Morast eines Salzwasserflachs, hinunter in die düsterbraune Welt der Meeräschen, diesen kleinen Keil aus durchsichtigem Epoxyd mit seinen Metallkugelaugen und einem Lodern aus Kalbsschwanz, und zieh dieses Hirngespinst irgendwo in der entferntesten Sichtweite einer Meeräsche durch den Schlick, und sie wird das Ding verschlingen und mit der sirrenden Schnur bis nach Bimini flitzen.

Meeräschen fraßen wie durchgeknallte Irre. Die halbe Zeit panisch aufs Fressen aus. Biete ihnen eine Riesengarnele an, die vor ihrer Nase vorbeizuckt, und flupp! sind sie in die vierte Dimension entschwunden. Aber laß einen von diesen grellen kleinen Kobolden in der Nähe vorbeizuckeln, und sie können einfach eine Tonne davon verputzen. Völlig unberechenbar. Nicht mal die Besten konnten je was voraussagen.

Soweit Thorn das sagen konnte, war es eine Art Voodoo. Er hatte keine feste Vorstellung im Kopf, sondern er saß da an seinem alten Rollpult, fing an, Fellstückchen aus Schubladen zu ziehen, Dachs, Opossum, Waschbär, Pferd, Rind, Hund. Legte sich seinen farblosen Nagellack, seine Garnrolle, seine Schere, seine Federzange bereit, haltend, knüpfend, Schleifen bindend, sich Dinge ausdenkend. Der Dreiäugige Louis kam so im Hui zustande. Kein Plan. Sondern er erschien, drei Silberaugen vorn auf einem Band quer rüber, und den ganzen Juni neunundsiebzig hatte er Tag für Tag zwischen Marathon und Card Sound damit Meeräschen gefangen, jede Menge. Dann peng! war's vorbei. Die einheimischen Führer standen draußen auf dem Pier, schüttelten ihre Köpfe, grinsten über das Handgeld und furchten die Stirn über das neuerliche Gesuche.

Für Thorn war das der große Spaß daran. Die kleinen spinnerten Varianten. Vertauschung von Augen, Kopf, Körper, Schwanz. Und immer der Haken ohne Widerhaken. Es gab hunderttausend mögliche Meeräschen-Fliegen. Ach, Teufel, noch viel mehr. Niemand hatte eine erfunden, die immer funktionierte. Niemand würde das je schaffen. Die besten Meeräschen-Angler der Welt konnten eine Woche rausgehen, ohne einen einzigen Fisch am Haken zu haben. Sie konnten durch hundert Meilen Untiefen staken, hundert Fische hintereinander sehen, ihnen eine unauffällige Leine und den idealen Köder direkt in den Weg legen, hundertmal die ideale Darreichung, und diese Fische verhungerten lieber.

Diese Burschen waren Priester. Sie dachten wie Priester. Das hieß, was sie auch dachten, sie behielten es für sich. Wenn sie redeten, redeten sie alle gleich, still wie Staub, der durch die Kirche schwebt. Und sie hatten Augen, hartgebrannt und durchsichtig von der Sonne, die vom flachen Wasser reflektiert wurde, vom Schleppen von Gespenstern mit einer Zugkraft von zehn Tonnen.

Thorn war einer von ihnen gewesen. Als er von seinem gescheiterten Collegejahr zurückgekommen war, hatte er damit angefangen. Neunzehn und mit ungefähr neunzehn Jahren Erfahrung auf den Flachs. Getauft da draußen. Wußte, wie er still zu sein und sich einzugliedern hatte. Zehn Jahre lang hatte er versucht zu lernen, wie man Geld von Fremden annahm, die beides nicht konnten.

Die Köder aber, die waren die echte Kunst. Und als er sich durch seine Zwanziger bewegte, fand er raus, es war das Fliegenknüpfen, das Ins-Leben-Träumen dieser surrealen Schaben, das ihn in Schwung hielt.

Mit dreißig hatte er das Fremdenführen an den Nagel gehängt und begonnen, Seifengußformen für die Epoxydleiber auszuhöhlen, nach der Form zu suchen, die über den Meeresboden glitt und in dem Rhythmus dahinschwebte und -zuckte, den er sich vorstellen, aber nicht beschreiben konnte.

Bis Sarah alles zu verändern begann, war er mit nichts als seiner Kunst zufrieden gewesen. Bereit, sich angesichts dieser kleinen, wilden Geschöpfe in Stimmung zu bringen. Jahrelang war er im Wald verborgen geblieben, während das einzige Geschehen seines Lebens tief in seinem Inneren ablief. Das hatte ihm genügt. Die Stille. Das Lesen. Die Nahrung. Das Wetter. Das Zucken der Meeräschen. Aber jetzt nicht mehr. Allmählich spürte er einen Hunger. In letzter Zeit hatte er bemerkt, wie sein Blick vom Pult nach oben schweifte, wegsah.

Herrgott, Thorn konnte es nicht glauben, aber er hatte in diesen Augenblicken, wenn seine Augen in die Ferne wanderten, sogar damit begonnen, ihren Namen auszusprechen.

Thorn vollendete Crazy Charlie. Setzte ihn neben den Flig und den Wirrkopf, die er letzte Nacht beendet hatte. Crazy Charlie – sein knorriges Rückgrat war glänzend purpurrot. Schillernde Schwänzchen. Knopfäugig mit einer silbernen Öffnung als Mund. Der hier hatte ein kleines Stimmungsproblem. Thorn bemerkte es jetzt. Eins von seinen Metallkugelaugen blickte scheel. Schielaugen-Charlie. War nicht erfreut darüber, so zusammengesetzt worden zu sein.

Thorn brach das Auge aus dem Epoxydleib heraus, tupfte in die Höhlung einen neuen Klecks farblosen Nagellack und setzte das Auge wieder ein. So war es gut. Ein Geradeausblick. Selbstgefällig, ja blasiert, und trotzdem verletzlich. Keinen Zoll lang, und nichts an ihm war schon mal mit Salzwasser in Berührung gekommen. Aber das Ding würde auf den sumpfigen Grund hinunterschweben und in die Träume des stärksten, schaurigsten Fisches, den es gab, hineinflackern.

Er stand auf und streckte sich, ging hinaus, setzte sich auf seine Verandabrüstung und sah zu, wie sich das ferne Mangroveneiland erhellte. Sein Pfahlhaus stand zwanzig Fuß vom Blackwater Sound entfernt, einer stillen, von Mangroven gesäumten Bucht. Sein Pier aus Korallen und Kalksteinen erstreckte sich dreißig Meter weit in etwa zwei Fuß tiefes Wasser, wenn Flut war. Hinter ihm standen die beiden Verandatüren, die er selbst in die Wand gebrochen hatte, offen, und ein Windhauch brachte die moschusgesättigte Luft in seinem Haus in Bewegung. Der Geruch von Fellen, Salzsümpfen, Brackwasser.

Dr. Bill hatte ihm das Haus vererbt. Als Thorn noch zur High-School ging, hatte Dr. Bill es als Unterschlupf benutzt. Nur drei Meilen südlich von ihrem eigentlichen Haus, aber trotzdem ein Zufluchtsort. Thorn hatte es nie auch nur zu Gesicht bekommen, bis Dr. Bill starb, und plötzlich war es seins.

Es war mit Zimmermannswerkzeugen, Sägen und den Bandschleifern angefüllt, die er dazu benutzt hatte, die Kanten dieser gegossenen, abgeformten Stühle zu glätten. Das war noch so etwas, wovon Thorn bis nach der Beerdigung nie etwas gesehen oder gewußt hatte. Die Möbel, mit denen er aufgewachsen war, waren ländlicheinfach gewesen, Eichenstühle mit geraden Lehnen und runde Eichentische und schlichte eichene Buffets.

Thorn hatte sein neues Haus durchkämmt, nach den Sexmagazinen und Ledergurten gesucht, nach jedem Geheimnis, das aus Dr. Bill mehr als den gefühllosen, nüchternen Mann machen konnte, als der er ihm immer erschienen war. Es gab nur Stühle.

Unbequem wirkende Dinger. Jeder, der zu Besuch kam, versuchte, sie zu meiden. Ohne Kissen oder Polster sahen sie aus wie die Stühle für das ungezogene Kind in der Ecke des Klassenzimmers. Aber kaum hatte Thorn einmal jemand dazu bewegt, sich auf einen von ihnen zu setzen, seufzten sie auf, entspannten sich, schlossen die Augen, als hätten sie sich eben in eine warme Wanne sinken lassen. Es war merkwürdig, weil Dr. Bill nie ein Müßiggänger, nie auch nur ein Genießer gewesen war. Die Stühle brachten das Bild von Dr. Bill durcheinander.

Thorn behielt ein paar, die übrigen schenkte er Freunden, der Heilsarmee. »Sicher, daß du sie loswerden willst? Das ist alles andere als Schrott.«

»Sicher.«

Jetzt war das Einzimmerhaus leergeräumt. Dielenfußböden. Keine Jalousien an den Fenstern. Es hatte einen Morgen Land als Puffer zu beiden Seiten. Es lag ungefähr vierhundert Yards von der US I entfernt am Ende eines Kieswegs. Wenn ihn jemand beobachten wollte, mußte er zu den Flachs draußen in der Bucht hinausstaken.

Er hatte eine kleine Büchersammlung, ein paar Gedichtbände und Seegeschichten, noch aus der Kindheit. Er hatte für sie zwei Regalfächer über seinem Bett befestigt und die freien Stellen zwischen ihnen mit Hufmuscheln, Helmschnecken und Kauris ausgefüllt, die er vor zwanzig Jahren um die Riffe herum gesammelt hatte. Ein Frigidaire, den Dr. Bill immer voller Black Label gehabt hatte, tuckerte noch immer in einer Ecke, und daneben hing ein Ausguß mit einem rotkarierten Vorhang, der die Rohrleitungen, Ajax und Schabenspray verdeckte. Kate hatte ihm einen Orientteppich geschenkt, den er zwischen das Fußende seines Bettes und die Westveranda gelegt hatte. Und von einer alten Freundin hatte er zwei Stehlampen bekommen, deren Schirme mit Seefahrtzeichen bedeckt waren, Ruderrädern, Rettungsringen. Die Wände waren mit Fichte getäfelt, Dade-County-Fichte, angeblich unempfindlich gegen Termiten, allerdings hatte er während der letzten paar Monate in Spinnweben verdächtige Flügel entdeckt.

An der einen Seite seines Bettes stand eine Feldkiste, in der er seine Unterwäsche und die Socken hatte. Und auf der anderen Seite noch eine Feldkiste, die ihm als Nachttisch diente und in der er, in einen ölgetränkten Lappen gewickelt, den blauen Colt Python aufbewahrte. Vier-Zoll-Lauf, .357er Magnum. Die Pistole, von der er mal geträumt hatte, er würde sie gegen Dallas James benutzen.

8

Jeder aus ihr abgefeuerte Schuß, jedes sorgfältige Abdrücken und jeder geprellte Handteller hatten James Dallas gegolten. Er hatte sie in seinem ersten High-School-Jahr eines Nachts auf dem Parkplatz hinter dem Elks Club gekauft. Vor Kate und Dr. Bill versteckt und ein Jahr damit zugebracht, mit ihr im Wald zu üben. Der wahnsinnige Rückstoß. Ließ ihn schon zusammenzucken, wenn er sie nur auf das Ziel ausrichtete. Aber jemanden damit anschießen, und er bliebe liegen, das würde ihn traumatisieren, außer Gefecht setzen.

Thorn war auf den Colt nie stolz gewesen. Hatte nie damit vor seinen Kumpels rumgeprotzt. Es hatte ihm immer Übelkeit bereitet, ihn geladen, ohne das Lederfutteral in der Hand zu halten. Als blicke er von einem hohen Gebäude in die Tiefe. Die Beine schlapp. Das Herz schlingernd. Nachmittag für Nachmittag seiner Kindheit hatte er sich im Wald südlich seines Hauses dazu gezwungen, dieses Gefühl zu überwinden.

Er war nur ein durchschnittlicher Schütze, selbst nach all diesen Stunden, in denen er geübt und geübt hatte. Mehr als vier Treffer in einem baseballgroßen Kreis schaffte er nie, immer zitterte er mindestens einen Schuß ein paar Inches vorbei. Passabel, aber nicht mehr.

Das Komische war, er hatte den Colt den Tag zu Hause gelassen, als er nach Miami getrampt war, um endlich mit Dallas James abzurechnen. Er war nicht mal in Versuchung gekommen, als es so weit war. All diese Nachmittage im Wald, in denen er seinen Träumen nachhing, waren nur dazu dagewesen, um zu lernen, wie sich Haß anfühlt, ihn einzuüben, um zu lernen, ihn von den übrigen Gefühlen getrennt zu halten. Die .357er hatte ihm dabei geholfen.

Die letzten paar Wochen hatte er daran gedacht, Sugarman den Colt zu schenken oder vielleicht mit dem Boot bis hinter das Riff hinauszufahren und ihn ins Meer zu werfen. Aber jedesmal, wenn er sich dazu entschließen wollte, stellte er fest, daß er keine Lust hatte, die Truhe aufzumachen und ihn nach zwanzig Jahren von neuem zu berühren. Er hatte jedesmal was Wichtigeres gefunden, das unbedingt erledigt werden mußte.

Als er den letzten Crazy Charlie fertig hatte, ging er raus auf seine Veranda, lehnte sich gegen die Brüstung und beobachtete eine Weile einen Reiher, der unweit seines Piers im Seichten stand. Den Hals gekrümmt, zielte der Schnabel auf irgendeinen leuchtenden Schatten. Nach Minuten in dieser Pose stieß er endlich zu, schnappte sich eine silbrige Brasse und stakte in seiner steifbeinigen Art zu den Mangroven hinüber.

Thorn stieg summend seine Treppe hinunter, lächelnd, während die Worte ihm Satz für Satz wieder in Erinnerung kamen. ›I Want to Hold Your Hand.‹ So ein albernes Lied über so ein albernes Gefühl. Er spazierte, die Worte vor sich hinsummend, zu dem Picknicktisch aus Beton an der Spitze des Piers hinaus. Dort setzte er sich hin und blickte in Richtung Osten über die Insel hinweg, beobachtete die Sonne, die durch eine Wand gezackter Wolken hinter dem Horizont hervorwuchs. War das eine ›rosenfingrige‹ Morgendämmerung? Er hatte das nie kapiert. Rosenfingrig? Nie hatte er die Finger gesehen, aber trotzdem seinen Blick nicht abwenden können. Während Thorn zuschaute, wurden die Wolken rosa, ihre Ränder verdunkelten sich. Er sollte Sarah danach fragen. Mit ihrer ganzen Collegebildung. Sie würde es wissen.

Er reckte etwas knarzige Steifheit aus seinem Nacken, stand auf und berührte seine Zehen. Etwas, um sein Herz auf Touren zu bringen. Seit einiger Zeit spürte er sie. Die ersten Ausfälle. Blaue Flecken, die zu lange brauchten, um zu verschwinden, ein Brennen in den Kniegelenken am Morgen. Die quietschenden Räder des geflügelten Triumphwagens, der ihn langsam einholte.

Sugarmans Streifenwagen kam knirschend seinen Fahrweg runter. Thorn winkte ihn zum Pier raus. Ein Teil des Sonnabendrituals. Sugarman, zurück von der Kneipenschlägereienschicht, kam rüber, um Dampf abzulassen, 'n bißchen zu quatschen, die Sonne aufgehen zu sehen, ehe er nach Hause fuhr. Er steckte bereits in seinen Feierabendkleidern, abgeschnittenen Jeans und einem blauen Arbeitshemd.

Sugarman war etwa sechs Fuß drei groß, magerer als noch vor zehn Jahren. Das einzige, was er von seinem schwarzhäutigen Vater geerbt hatte, waren das schwarze, krause Haar und die dunklen Augen. Seine Haut war heller als Thorns tiefe Sonnenbräune. Er hatte eine gerade, fast zierliche Nase und die vorspringenden

Backenknochen seiner Mutter. Lange Wimpern. Wenn Thorn diesen Burschen einfach so auf der Straße gesehen hätte, würde er vermutet haben, Sugarman sei der Star einer Lena-Horne-Revue in irgendeiner Mitternachtsbar in Key West.

»Ich bring dir das Buch zurück.« Er ließ den Roman auf den Tisch fallen und setzte sich mit einem Seufzen hin.

Thorn fragte ihn, wie ihm das Buch gefallen habe.

»Die Wahrheit ist, Thorn, ich kam einfach nicht rein. Bin bis dahin gekommen, wo er mit Drogen vollgeknallt die US One runtertrampt.«

»Das ist Seite eins.«

»Yeah, naja, ich hab' noch 'n bißchen drin rumgeblättert. Ich bin sicher, daß es 'n gutes Buch ist. Ich find's nett, daß du's mir geliehen hast und so weiter. Ich weiß nicht, ich hatte einfach keinen Sinn für die Art, wie's lief. Die Art, wie's geschrieben ist. Es ist, als klingen die Sätze nicht wie irgendwas, was ich wiedererkenne.«

»Es kommt Key West drin vor, Fischen in den Flachs, Schießereien, das ganze Zeug, das du magst.«

Sugarman schüttelte traurig den Kopf. »Jeannie hat's gelesen. Sie klappte es irgendwo auf und fing an laut draus vorzulesen und was zum Teufel nicht noch. Sie kam genau an eine Stelle, wo zwei von denen es gerade wie die Hunde treiben, und sie fragte mich, was für Bücher du mir eigentlich zu leihen versuchst.«

»Hoppla.«

»Ist schon in Ordnung.« Sugarman griff zu dem Buch und fächelte sich damit Luft zu. »Du kennst Jeannie, Teufelnochmal, sie ist nicht gegen Sex, aber es muß was mit Wiedergeburt drin vorkommen. Sie hat dieses Buch von hinten und vorne gelesen, und dann hat sie gesagt ›Naja, vielleicht kommen ein paar Bibelstellen drin vor, und vielleicht auch nicht.‹«

Thorn lachte.

»Na, sieh dich an«, sagte Sugarman, streckte die Hand aus und berührte Thorn an dessen blau geschlagenem Backenknochen. »Ich hab' davon gehört. Diese Waldrattenversammlungen können ganz schön rauh werden.«

»Irgend so ein Akkordnagler«, sagte Thorn. »Wollte Kate in die Suppe spucken.«

»Du mußt deine Linke höher halten«, sagte Sugarman.

»Kate trainiert mich bereits.« Thorn blickte runter auf die dunkel angelaufenen Knöchel seiner rechten Hand. »Also«, sagte er, »was gibt's sonst noch Neues an der Jeannie-Front? Kommst du zurande?«

»Ich kann dir sagen, Thorn. Es gibt einfach jeden Tag neue geile Ideen. Diese Woche drehte sich alles um die Ersten Korinther, Kapitel zwölf.« Sugarman trommelte mit den Fingern auf den Steintisch und blickte zur Bay rüber. »Darüber, daß es Körperteile gibt, die wir für minderwertig erachten, aber Gott will, daß wir sie in Ehren halten, was sie auf meinen Pecker bezieht. Und ich sage, da ist nix minderwertig an meinem Pecker, und sie sagt, das stimmt genau, und sie ist nicht zufrieden, bis sie nicht die halbe Nacht da unten zwischen meinen Beinen zugebracht hat und alles macht, was ihr gerade einfällt, um meinen Pecker in Ehren zu halten, und mit ihm redet, Herrgottnochmal.«

Thorn, der versuchte, ein ernstes Gesicht zu machen, sagte »Was sagt sie denn zu ihm?«

»Ich weiß nicht«, sagte Sugarman. Zu müde, um darüber nachzudenken. »Wenn sie da unten ist und mit ihm redet, kann ich sie nicht hören. Vielleicht hat sie mit ihm gebetet.«

»Vielleicht solltest du dich einfach zurücklehnen und es als das genießen, was es ist. Aufhören, eine Affäre draus zu machen.«

»Yeah, ich weiß.« Sugarman stand auf, kämmte sich mit den Fingern durchs Haar. »Dieser neue Pfarrer in der Kirche, Typ Robert Redford, macht mit ihnen Bibelstunden, und alle reden sie da über Sex und Ehe und all das Zeugs, von dem man nie gedacht hätte, man hört's in der Kirche.«

»Kalifornien kommt nach Key Largo«, sagte Thorn. »Eh du dich umdrehst, wird im Warmbad getauft.«

»Ist wohl okay«, sagte Sugarman. »Sicher hat es unser Sexualleben aufgemöbelt.« Er nahm das Buch wieder hoch, besah das Umschlagfoto. Fing wieder an zu fächeln.

Thorn sagte: »Weißt du, daß manche Leute dir mißtrauen würden. Die meinen würden, du saugst dir das alles aus den Fingern. Daß Jeannie eine wiedergeborene Nymphomanin ist und so. Um zu vertuschen, daß dein Sexualleben tatsächlich auf null ist?«

»Willst du meinen Pecker sehen? Der ist in Fetzen. So ist sie jetzt schon, wie lange?, fast fünf Monate. Brünstig und noch mal brünstig.« Sugarmans Blick verschwamm, er schien sich gerade die jüngste Vergangenheit vor Augen zu führen.

»Oder vielleicht könntest du ihr auch einfach klipp und klar sagen, daß es dir zuviel wird. Daß du lieber Bowling spielen gehen würdest. Vielleicht ist es genau das, geh mit ihr Bowling spielen.« Thorn dachte: Großer Gott, Bowling!

Sugarman schenkte Thorn ein halbherziges Lächeln. »Das könnte ich nicht. Das ist jetzt 'ne religiöse Angelegenheit. Das wäre so, als wenn ich nicht an Gott glaubte oder so was. Was war's noch vor zwei Wochen? Auch schon Korinther, fünfzehn oder so was, himmlische Körper und irdische Körper, und daß Herrlichkeit in beiden ist. Gloria, Gloria. Mir tat alles weh. Die ganze Woche, furchtbar weh.«

»Tja«, sagte Thorn. »Ich weiß nicht, Mann, mir fällt's schwer, viel Mitleid aufzubringen. Vielleicht liebt sie dich einfach. Hast du mal daran gedacht? Liebt dich einfach ungeheuer.«

Sugarman dachte darüber nach und sagte: »Yeah, schön. Sie ist sicher gar nicht so übel. Ist immer da, kocht gut, ist an meiner Arbeit interessiert, wer seine Frau verdroschen hat, wer sich im Caribbean Club geprügelt hat. Der ganze Klatsch. Ich hatte gar nicht gewußt, Mann, wieviel Klatsch es gibt, eh ich diesen Job übernommen habe.«

»Naja, jammer halt nicht soviel rum«, sagte Thorn und spürte, wie ein Grinsen Konturen annahm. »Gloria?«

»Ja, genau das schrie sie in die Gegend: ›Gloria.‹ Ich sollte dir das alles gar nicht erzählen. Sie schrie ›Gloria, Gloria!‹ Zuckte herum ›Gloria, Gloria!‹«

»Halt, hör auf.«

»Und was ist mit dir? Eigentlich reden wir nie über dich, Mann. Was gibt's in diesen Tagen, was du mir verheimlichst?«

»Du meinst, ich lade Damen zur Bibelstunde hierher ein?«

»Wie hat sich's denn mit dieser Gewichtheberin angelassen? Darcy?«

»Achja, Darcy«, sagte Thorn und brachte ein Lächeln zustande. »Wo warst du nur? Das war schon im Juni zu Ende. Ich war ihr zu schmächtig. Sie beklagte sich ständig über meinen ›Pectoralis‹, meinen ›Latissimus‹. Quetschte an mir rum auf der Suche nach Körperfett oder so.«

»Besser dein Pectoralis als dein Pecker«, sagte Sugarman. »Und was ist mit dieser anderen? Sally?«

»Sarah«, sagte Thorn. »Da stehn die Sachen gut. Ich mag sie.«

Sugarman streckte den Kopf vor, musterte Thorn und zog eine Augenbraue in die Höhe. »Ist das die Aufregung? Ist es das, was ich an meinem alten Kumpel bemerkt habe? Trägt seinen Kopf ein bißchen höher.«

»Was bist du? Ein Liebesspitzel? Willst du mich wegen übermäßigem Lächeln verhaften?«

»He«, sagte Sugarman. »Ich hätt's wissen sollen. Du bist so aufgekratzt. 'n Freund sollte so was bemerken, müßte ihm eigentlich nicht erst gesagt werden.«

»Ich habe in der letzten Zeit jede Menge Energie«, sagte Thorn. »Mir geht's gut.«

»Du hattest immer Energie.«

»Nein, diesmal ist es anders. Das ist echte Energie. Das andere, das war die reine Sublimierung«, sagte Thorn. »Getrieben sein, aber selbst nichts antreiben.«

»Wenn du drüber reden willst, mußt du Worte benutzen, die ich kenne.«

»Mir geht's gut, was anderes sage ich nicht. Sie macht, daß es mir gut geht.«

»Na, jetzt ist es gut.« Sugarman beugte sich vor und strich sich das Kinn, als trüge er dort einen Spitzbart. Spähte in Thorns Gesicht. »Aber die Frage ist, Kumpel, bringst du es auch fertig, daß es ihr gut geht?«

Thorn holte tief Atem, hielt ihn an, schenkte Sugarman ein vorsichtiges Lächeln. »Ich denke, ja. Es scheint so.«

»Ein neuer Mensch, Thorn. So kommst du mir vor.« Er gab ihm einen Klaps auf den Rücken.

»Sie hat mich ein bißchen unter Druck gesetzt«, sagte Thorn. »Soll ihr Sachen aus meiner Vergangenheit erzählen.«

»Was für 'ne Vergangenheit?« fragte Sugarman. »Du hast keine Vergangenheit. Du bist doch schon dein ganzes Leben auf diesem Felsen.«

»Yeah, naja. Über den Unfall. All das«, sagte Thorn. »Und he, ich habe eine Vergangenheit, Sachen, auf die ich nicht stolz bin. Dinge, die ich nicht mal dir erzählt habe, Kumpel.«

»Yeah?« sagte Sugarman und lehnte sich auf seinem Ellbogen vor. »Also? Erzählst du's mir, oder was?«

Thorn beobachtete, wie seine Finger auf den Tisch trommelten. Er sagte: »Nein, ich glaube nicht.«

»Und das ist richtig, hä?« Sugarman zog eine Augenbraue hoch. »Verheimlichst du irgendwas vor Jeannie?«

»Wenn ich was zu verheimlichen hätte, würde ich's todsicher tun. Sie würde glatt in der Kirche aufstehen und allen beichten, was es war.«

»Ich meine, wenn es was wäre, von dem du nicht sicher bist wie sie es aufnähme, und sie könnte dich verlassen, weil es so schlimm ist. Oder du hättest Angst, wenn du es ihr nicht erzähltest, dann würdest du sie verlassen müssen, weil es immer diese riesige Leere gäbe, diese Lüge zwischen euch.«

»Du machst es schon wieder, Mann. Daß du so redest.«

»Ich habe jemanden gefunden, das ist alles, und ich möchte sie nicht verlieren.«

»Und gerade noch rechtzeitig.«

Thorn fragte, was er damit meine. Rechtzeitig. Wozu?

»Thorn, es ist sehr gefährlich da draußen. Ich hab' mir große Sorgen um dich gemacht. Es ist doch so, wenn du dich heutzutage mit 'nem Mädchen verabredest, da brauchst du ein Ganz-Körper-Kondom.«

Thorn lachte. »Ein was?!«

»Innen eingeschmiert, damit man reinschlüpfen kann. Nippel am Ende, wie ein Lufttank. Ich meine, es ist bloß so 'ne Idee von mir. Wär vielleicht 'n bißchen unhandlich und so weiter, aber man könnte Herpes, AIDS und die ganzen neuen Lustseuchen vergessen. Bleibst da drin, bis du jemanden findest, der clean ist, und dann kriechst du raus. Nicht bloß dein Pecker. Hände, Mund, der ganze Körper.«

»Wunderbar, Sugar.« Thorn blickte rüber zum Blackwater Sound, auf das gleißende Sonnenlicht dort. Ein leichter Wind wischte dem heißen Morgen die Ecken weg.

»Wir kriegen in der Dienststelle diese ganzen Flugblätter. AIDS, Geschlechtskrankheiten und so weiter. All die Leute, die Körperflüssigkeiten austauschen. Solche Sachen. Es ist bloß 'ne Idee. Ein Ganz-Körper-Kondom. Ich denke, es könnte funktionieren.«

Thorn sagte: »Yeah, und für hier unten, gegen die Moskitos. Statt Insektenspray. Mann, ich würde gleich 'n Dutzend kaufen.« Thorn sagte sich, Teufelnochmal, er würde lieber noch 'n bißchen länger über Sarah reden, aber das hier war in Ordnung. »Und laß mich mal überlegen. Yeah, man müßte auch verschiedene Farben haben. Ein schwarzes fürs schicke Abendessen. Rosa, wenn man runter nach Key West fährt.«

Sugarman lachte, und eine Träne zwängte sich aus einem Auge. Thorn war erhitzt, er fühlte ein schwindelerregendes Auf und Ab in der Brust. »So was wie ein Taucheranzug, aber ohne irgendwelche Öffnungen.«

»Wie Gummischuhe, bloß bis ganz rauf«, sagte Sugarman.

Thorn sagte »Man zieht's an wie 'ne Pudelmütze und rollt's bis ganz runter.«

Sugarman stachelte ihn an: »Yeah, yeah.«

Thorn sagte: »Sie könnten auch als Zwangsjacken benutzt werden, wenn man 'nen großen Kerl in ein kleines reinzwängt.«

Das Funkgerät im Streifenwagen quäkte, und Sugarman wischte sich die Augen, stieß einen langen Seufzer aus. »Scheint für mich zu sein.«

Während Sugarman in sein Funkgerät sprach, beobachtete Thorn, wie sich am östlichen Himmel das letzte Rosa verlief. Ein kleiner Schwarm Silberreiher zog tief über das Hartholzwäldchen hinweg und schwebte auf die grasbewachsene Lichtung nahe dem Strand herab. Sugarman hatte ein langes Gespräch mit seiner Quäkkiste.

Draußen am Rande der Flachs stakte Captain Ernie über das Niedrigwasser weg. Thorn stand auf, winkte zu ihm rüber. Lief zum Haus, die Treppe hoch, um Ernies Fliegen zu holen. Spürte, wie sich ein Lächeln festsetzte. Er blieb da oben stehen, ehe er reinging, und genoß es. Wie die Fenster alle aufgestoßen waren, um das Haus zu lüften.

Als er zurückkam, wartete Sugarman am Fuß der Treppe auf ihn. Sein Gesicht war plötzlich leer, die Augen stumpf.

»Es ist was passiert.«

»Das sehe ich«, sagte Thorn. »Zu Hause?«

»Nein«, sagte Sugarman. Er machte einen neuen Anlauf, die Stimme amtlich. »Kate hatte gestern 'n Charter, wußtest du davon?«

»Nein, oder … Doch, ich glaube, ja. Sie hat so was gesagt.«
»Hat sie den Namen von den Leuten genannt?«
»Sugar.«
»Führt sie ein Logbuch?«
»Sugar?«
Sugarman sagte »Radabob Island. Die Küstenwache hat die *Heart Pounder* gefunden, auf Grund gelaufen. Sonnenaufgang heute früh. Haben sie nach Pennekamp Park gebracht. Die Leiche ist bei Sally Spencer in der Leichenhalle.«
Thorn sagte nichts.
»Sie ist tot, Thorn.« Sugarmans Augen waren trübe. Die professionelle Maske verschwunden. Bloß der alte Sugar. Es dauerte noch ein paar Sekunden. »Erschossen.«
Thorn sah rüber zu Captain Ernie, der am Pier festmachte, langsam, arthritisch. In Kates Alter.
»Sie behalten das Boot in Pennekamp. Die Leiche bleibt in der Leichenhalle, zur Autopsie.«
Sugarman blickte weg zu den Baumwipfeln, die Kokospalmen zerfächelten das Licht. Thorn fühlte sich wacklig, etwas sickerte langsam aus ihm raus, eine Art Gedächtnislähmung.
Rosenfingrige Morgenröte. Vielleicht waren die Finger Lichtstrahlen, die durch Löcher in den Wolken fielen. Oder Wolken in Form von Fingern, die vom Sonnenaufgang rot gefärbt wurden. Es war irgend so was Einfaches. Er würde Sarah danach fragen. Über so was würde sie Bescheid wissen.

9

Als Thorn sich auf den Parkplatz von Spencers Leichenhalle schlängelte, verfehlte er um dreißig Zentimeter den weißen Cadillac-Leichenwagen, der draußen an der US I parkte. Sugarman folgte ihm mit eingeschaltetem Blaulicht.
Die Bremsen des Fleetwood quietschten, Kiesstaub quoll in den Wagen. Thorn blieb einen Augenblick sitzen, starrte auf die Fassade des rosafarbenen Gebäudes und hielt das Steuerrad umklammert. Der Motor war zwar abgestellt, dieselte aber noch nach.

An seinem Wagenschlag sagte Sugarman: »Du brauchst sie nicht zu identifizieren. Schon dich, Mann.«

Thorn holte tief Luft. Er stieg aus, schob sich an Sugarman vorbei und ging nach drinnen. Zum erstenmal seit Dr. Bill. Der Raum kalt und düster wie eine meilentiefe Höhle. Dieselbe laute Klimaanlage, derselbe dunkle Teppich, derselbe Geruch nach was Kupferigem.

Sally Spencer stand in der Mitte des dunklen Foyers. Groß, blond, schmales, eingefallenes Gesicht. In abgeschnittenen Jeans und einem weißen T-Shirt. Stand ihm im Weg. Thorn kämpfte gegen die Wut, die Panik an.

»Wo ist sie, Sally?«

»Tut mir leid, Thorn, wirklich«, sagte sie. Sie schien ihn vorn in ihr Büro drängen zu wollen. Die Wände da drin waren mit Gedenktafeln bedeckt. Thorn zwängte sich seitlich an ihr vorbei und ging weiter den dunklen Gang hinunter.

Ein Tarpon war hinten an der Wand aufgestellt. Sallys erster Mann war Tierpräparator gewesen. Der schmale, düstere Gang nach hinten in den Autopsieraum war mit seinen Arbeiten dekoriert. Seebarsche, Delphine. Ein Seglerfisch.

Auf halbem Weg den Gang runter hatte Sugarman seine Hand auf Thorns Schulter und hielt ihn fest. Thorn fuhr herum. Schubste Sugarman zurück, indem er ihn mit der flachen Hand gegen die Brust stieß.

Die Tür zum Autopsieraum hatte außen keine Klinke, und Thorn mußte sie mit den Fingern aufstemmen. Dann war er drin. In der Helligkeit. Eine von Sallys Zwillingstöchtern, etwa fünf Jahre alt, spielte auf dem Terrazzofußboden. Rote und blaue Klötzchen, mit denen sie unter einem der Operationstische einen Wolkenkratzer baute.

Sallys Gehilfe, ein junger Bursche mit nach hinten gekämmten, blonden Haaren, in kurzen Hosen und Polohemd, stand an einem der Operationstische und sah Thorn an. Ein fetter, kahlköpfiger Leichnam lag nackt auf dem Tisch, und Schläuche führten in die Halsschlagader des Toten und wieder raus, hinüber zu einem Glaszylinder an der Wand. Blut gurgelte in das Gefäß und stieg rasch höher. Und der Zylinder daneben pumpte eine orangefarbene Flüssigkeit in den dicken Mann. Auf einem schwarzen Aufkleber neben der Pumpe an der Wand stand: *Morticians do it last.*

Thorn stemmte sich gegen den Tisch.

Der blonde Junge sah Thorn böse an und sagte, er dürfe sich hier hinten nicht aufhalten.

Von der Schwelle sagte Sally: »Sie ist hier drin. Hier entlang.«

Sally und Sugarman traten beiseite, als Thorn in den kleinen gekühlten Raum ging. Kate lag auf einem verchromten Gestell, noch immer in ihren Angelsachen. Ein dunkler Riß in der Brusttasche ihres Khakihemds. Ein Loch in der Schulter. Dunkle Flecken umgaben die ausgefransten Löcher. Ihr Gesicht kreideweiß. Der Gürtel offen, die Hose am Knopf zerrissen.

Thorn starrte sie durch den Nebel seines Atems an. Ihr Gesichtsausdruck. Bestürzung. Ernste Besorgnis, aber keine Wut. Er hatte diesen Blick sein ganzes Leben lang gesehen. Schon verwischte Vergebung ihr Mißfallen. Eine Segnung, kein Fluch, formte sich auf ihren Lippen.

Kates Haus bestand fast nur aus Fenstern, die Jalousien waren zwar alle heruntergelassen, doch war es trotzdem hell. Möbel aus namenlosen Epochen, alles bequem, Baumwolle, Pastellfarben. Holzfußböden, getäfelte Wände, sichtbares Balkenwerk, ein Deckenventilator rührte die Hitze auf. Es gab keine Stühle, nur Couches in ihrem Wohnzimmer. Vier Stück, einfache, viereckige Dinger, auf denen man zu fünft sitzen konnte, ohne sich zu berühren. Den Holzfußboden im Wohnzimmer bedeckte ein schwerer Strohteppich.

Ein Philodendron wuchs aus einem Weinkrug an einem der vorderen Fenster, hatte sich schon einmal ganz durchs Zimmer gerankt und begann sich selbst zu überrunden, lief an den Türrahmen und über den Fenstern entlang, reckte sich hoch, um sich an mehreren Stellen um die Deckenbalken zu winden, und hing über den Kamin hinab. Als hätte er die Jahre damit zugebracht, sich einen Weg hinaus in die Sonne zu suchen.

Thorn stand mitten im Zimmer, und Sugarman hielt sich hinter ihm und wartete. Es war Sugarmans Vorschlag gewesen, von der Leichenhalle aus hierherzufahren und mit der Untersuchung zu beginnen. Thorn war mitgekommen, aber jetzt erschien es ihm falsch, dort zu stehen, wo ihr Duft, vielleicht sogar ihr Atem noch lebendig war.

An einer Wand hingen gerahmte Fotos. Meistens Angelausflüge. Beutestücke, jedermann in Khaki, alle mit riesigen Schirmmützen, die Männer meist unrasiert, die Frauen strahlend. Das Wiegen am Pier oder draußen auf dem Wasser, neun Pfund schwere Seebarsche, in Angelcamps am Maul in die Höhe gehalten, ein paar Fotos aus Alaska, vor der Zeit von Thorn, von Ricki aufgenommen. Ein primitiver Tisch, an dem Eskimoführer schieläugig Hechte ausnahmen, während Dr. Bill und Kate und ein paar Freunde lachten, tranken und rauchten.

Einige von Thorn, blonder Bürstenschnitt, grobknochig mager, er hielt Barsche in die Höhe, von denen er noch in Erinnerung hatte, wie er mitgeholfen hatte, sie ins Boot zu ziehen, und dann später als junger Mann, seine erste Saison als Fremdenführer, mit ernstem Gesicht auf der hinteren Plattform seines kleinen Motorbootes stehend, die Angelrute in der Hand, ganz in Khaki, riesige Schirmmütze.

Thorn beobachtete Sugarman, der eine rasche Besichtigung der Bildergalerie unternahm. Thorn saß auf der Couch, auf der er als Junge seine Hausaufgaben gemacht hatte und von der aus man über den Deich hinweg in Richtung Carysfort-Leuchtfeuer blickte.

So hatte er früher seine Abende verbracht, ein bißchen Thoreau lesen, ein paar Rechenaufgaben lösen und aufblicken, den Körper so verlagern, daß man durch die Jalousien den zarten Puls des Leuchtfeuers sehen konnte, seine Gedanken wandern lassen, erst die zwölf Meilen bis zum Riff hinaus, dann weiter, über die Fahrrinnen hinweg in eine Welt, die er sich bunt und laut vorstellte, chaotisch. Schreiende Farben und grelle Hupen, exotische Gemüse und Marktstände und Wasser, klar und tief und dämmerig, Fische in Massen, größer und mächtiger als die, die er je ans Licht gezogen hatte. Hinter dem Riff.

Auf dieser Couch sitzend, hatte Thorn Kate und Dr. Bill gesagt, daß er von diesem verdammten Felsen wegwolle. Zwanzig Jahre alt, ein Jahr als Führer. Bereit für die bunte Welt.

Sein Wegsein hatte drei Monate gedauert, ein Semester an der Johns Hopkins. Die einzige Uni, von der Thorn gehört hatte und wo Dr. Bill seinen Abschluß als Mediziner gemacht hatte. Ein Semester, in dem er bärtige Oberseminaristen über Vietnam reden hörte statt über die Fächer, für deren Unterrichtung sie bezahlt wurden.

Drei Monate, in denen er jedesmal, wenn er die Augen schloß, Dallas James sah, das Blut, das aus ihm heraussprudelte, und Thorn fragte sich, ob das Brennen in seinen Därmen das schlechte Gewissen oder die Befriedigung sei. Drei Monate, in denen er in Bars an den Kaianlagen trank und den Gesprächen von Fischern lauschte, einer Sprache, deren Wörter vertraut klangen, aber deren Rhythmus ganz anders war. Schließlich trampte er heim, noch vor den Prüfungen.

Thorn hatte es satt gehabt, von einem Krieg reden zu hören, von dessen Existenz er nicht mal was geahnt hatte. War erschöpft davon, den ganzen Abend auf Anatomietexte zu starren und am nächsten Morgen ins Seminar zu kommen, nur um festzustellen, daß der Professor zu einem Protestmarsch nach Washington gefahren war. Angewidert vom unfreundlichen Wetter, dem Geruch nach nicht genug Luft in der Luft, enttäuscht sogar von der Küste. Nicht der Atlantik, den er kannte. Der hier dunkel und kalt, trübe wie Öl.

Sugarman fragte ihn, ob er bereit sei, über die Sache zu reden.

»Eigentlich nicht«, sagte Thorn. »Eigentlich nicht.«

Sugarman nickte, setzte sich auf die Couch gegenüber. »Ich habe Ricki von der Leichenhalle aus angerufen«, sagte er. »Ich hab's ihr gesagt. Ich hoffe, du hast nichts dagegen. Ich hab's ganz nach Vorschrift gemacht. Nächste Angehörige.«

Thorn schluckte, bemühte sich, zur Ruhe zu kommen. »Und wie hat sie geklungen?«

»Du weißt schon, wie Ricki.«

»Ich weiß«, sagte Thorn, »selbstgefällig.« Er hob den Kopf und machte, gegen die Couch gepreßt, den Rücken gerade.

»Yeah«, sagte Sugarman. »Ich hatte nicht den Eindruck, sie würde den ganzen Nachmittag heulen.«

»Du weißt doch, wie Ricki war. So ist sie immer noch.«

»Ich erinnere mich an ihre Freundinnen«, sagte Sugarman. »In eine war ich verknallt. Ich kann mich nicht mal an ihren Namen erinnern. So 'ne Kleine. Hatte 'ne Tätowierung auf dem Unterarm, ein Herz mit Pfeil. Hab' ständig hingekuckt.«

»Brenda. Brenda irgendwas. Ich kann mich an sie erinnern. Ricki war ganz genauso. Hat immer noch solche Freundinnen. Wohl bloß schlimmer.«

»Ich hab' sie immer angestarrt, Brenda. Was waren die, Punks?«

»Ich weiß nicht. Spät-Beatnicks vielleicht. Früh-Hippies. Irgend so was. Diese ganzen Sachen sind total verdreht. Wer weiß. Ich glaube, Ricki betrachtete sich einfach als taffes Mädel, als die große Mama für alle Outcasts. Hat das immer getan, um Kate verrückt zu machen, glaube ich.«

»'n hübsches Mädchen wie Ricki mit diesem Abschaum.« Sugarman wischte den Schweiß weg, der auf seiner Stirn glänzte. »Möchtest du nicht draußen auf der Veranda sitzen? Ist vielleicht kühler.«

»Ist schon okay hier drin.«

Sugarman blickte wieder zur Wand mit den Fotografien.

»Das waren noch Zeiten«, sagte er. »Verstehst du, damals fand ich das Leben als Polizist toll. Die Leute schrien nicht wegen jedem Scheiß nach den Cops. 'ne kleine Kneipenschlägerei, 'n paar kaputtgeschlagene Möbel, Himmel, mach doch den alten Morty deswegen nicht verrückt. Sitzt wahrscheinlich im Revier und hört sich 'n Baseballspiel oder den Gottesdienst am Radio an und käme sowieso nicht, bis es aus ist. War nicht wie heutzutage, Teufelnochmal. Mit neun-eins-eins, da rufen die Nachbarn jedesmal jemanden vom Kinderschutz, wenn 'n Baby schreit, weil's wund ist. 'n Hund bellt? Drück neun-eins-eins. Verstehst du, ich schieb das auf diese Tastentelefone. Es ist zu einfach. Wenn man früher 'ne Neun oder 'ne Null wählte, ging man 'ne Verpflichtung ein. Jetzt drückste sie wie jede andere Nummer.«

»Ich bin, glaub ich, bereit, Sugar, fang an.«

Sugarman stellte seinen Kaffee hin, sah Thorn gequält an. Zog seinen Trauring vom Finger und schob ihn wieder zurück. »Tut mir leid, Kumpel. Ich fühl mich, als wär ich überfahren worden. Ich kann gar nicht richtig klar denken. Red hier über Brenda und all das.«

»Ist schon gut, Sugar. Ich versteh das.«

»Also«, sagte Sugarman, der jetzt einen neuen Anlauf machte und Thorn genau beobachtete. »Ricki sagte, sie möchte wissen, ob's 'ne Beerdigung gibt.«

Thorn sagte: »Daran denkt sie schon?«

»Ich sagte ihr, wahrscheinlich, soweit ich wüßte.«

»Kate hat nie gesagt, was sie möchte. Dr. Bill wurde verbrannt.

Ins Meer gestreut. Ich glaube, das wäre das Richtige. Was gäb's denn sonst noch? Könnten höchstens noch ein Loch in den Kalkstein hinter diesem verdammten Haus sprengen.«

Ein Schwarm Ibisse suchte auf dem Rasen nach Futter, stöberte nach Palmenbohrern, Seidenspinnen. Thorn starrte auf seine Hände. Er spürte noch den Stoß, mit dem er Sugarman weggeschoben hatte. Zum zweitenmal in zwanzig Jahren hatte er seine Hände so benutzt. Sugarman und Rotbart, alles in einer Woche.

Er fühlte es in sich hochsteigen. Eine heiße Woge. Er wollte noch warten, sie wieder nach unten drücken bis zu einer passenderen Zeit. Das hier waren noch Pflichten. Fragen. Antworten.

Sugarman erhob sich von der Couch und schniefte. Setzte seine Sonnenbrille auf. Er räusperte sich und sagte: »Ich muß dieses Logbuch sehen. Alles, wo sie Unterlagen über ihre Charterfahrten aufgehoben haben könnte. Dann muß ich hin und 'n Blick auf das Boot werfen. Es gibt da ein paar Sachen, die uns zu denken geben.«

»Zum Beispiel?«

»Ist bloß 'ne Kleinigkeit. Eigentlich nichts. Laß uns doch mal nach dem Logbuch suchen.«

Thorn sagte: »Red nicht dauernd um den Brei rum, Sugar, wenn du mich schon so ansiehst. Mir geht's okay. Es ist okay.«

Ein in Leder gebundenes Logbuch lag auf ihrem Schreibtisch, aber die letzte Eintragung war schon zwei Jahre alt. Thorn kramte die Schreibtischschubladen durch, ohne sich bei den Fotos oder Streichholzbriefchen, den alten Zeugnissen, Diplomen, Urkunden für dies und jenes aufzuhalten. Später. Das würde er nächste Woche machen.

Sugarman schlenderte durch die Küche, zog Schubladen auf, suchte um das Telefon herum nach Adressen, Notizen. Er brachte den Sierra-Club-Kalender rüber ins Wohnzimmer.

»Deine Freundin Sarah. Wie heißt sie mit Nachnamen?«

»Ryan.«

»Yeah«, sagte Sugarman. Er legte den Kalender vor Thorn auf den Schreibtisch. Juli. »Sie hat viel Zeit mit Kate verbracht. Zweimal im Monat, steht hier.«

»Hmmm.«

»Was denn? Das überrascht dich?«

»Etwas«, sagte Thorn. »Ich wußte, daß sie einmal im Monat hier war, aber öfter, nein.«

Sugarman massierte sich die Stirn. »Hier steht, sie war letzten Sonntag mit Kate draußen.«

»Yeah. Ich habe sie letztes Wochenende gesehen. Und am Donnerstag war sie wieder hier wegen dieser Waldrattenversammlung.«

»Dann steht das hier am Freitag. ›YT‹. Weißt du, was das heißt? Der Name von jemandem?«

Thorn dachte darüber nach.

»Yellowtail«, sagte er. »Gelbschwänze.«

»Ich wußte gar nicht, daß Kate Yellowtail-Fahrten gemacht hat.«

»Sie und ich, wir haben ziemlich viel Gelbschwänze gefangen. Aber keine Charters. Nicht soweit ich weiß.«

»Kommt dir nicht, äh, Sarah vielleicht doch nicht ganz koscher vor? Vielleicht ein bißchen ungesetzlich?«

»Wieso das denn?«

»Ich weiß nicht, Thorn. Ich bin eigentlich nicht gut in solchen Sachen, um ehrlich zu sein. Rumquatschen, Leuten Dinge aus der Nase ziehen. Ich kann mich nicht daran gewöhnen.«

»Was ist los, Sugar. Los, erzähl's mir.«

Sugar setzte sich auf die Couch gegenüber von Thorn, pflanzte sich auf und faßte ihn ins Auge. »Auf der ganzen *Heart Pounder* liegt Dope, Marihuana, rum. Stengel, Blätter. Samen. Ein halbes Pfund übers ganze Deck verstreut. Wir haben bisher die Schnauze gehalten, damit sich die DEA-Jungs nicht über all das hermachen, aber ich glaube nicht, daß wir das noch lange können.«

Thorn schwieg.

»Und da sehe ich jetzt diesen Kalender. Sarah zweimal im Monat hier unten, und ich denke, vielleicht schmuggeln sie 'n bißchen. Fahren zu irgendwelchen Schiffen raus. So als Hobby.«

»Sugar, was redest du da zum Teufel? Kate! Kate? Und Sarah? Sie ist Anwältin, Pflichtverteidigerin, Herrgottnochmal.«

»Ich erzähl dir ja nur, was ist. Welchen Eindruck es im Moment macht. Der Sheriff würde mir den Arsch abreißen, wenn er wüßte, ich sag dir das hier unter vier Augen. Er erzählt mir sowieso nur 'n Bruchteil von allem, weil ich mit dir befreundet bin.«

»Das glaubst du doch selbst nicht. Kate? Dope?«

»Es liegen die Überreste eines ganzen Ballens rum. Müllsack, Heftband, das ihn zusammenhält.«

»Ach, komm.«

»Es kann auch ganz anders gewesen sein«, sagte Sugarman. »Sie ist draußen, sieht einen Ballen vorbeischwimmen, holt ihn raus, und dann taucht plötzlich der eigentliche Besitzer auf. Oder sie ist mit jemandem zum Angeln draußen, und der Ballen kommt angeschwommen. Ihr Chartergast fischt ihn raus, sie sagt nein, sie geraten in Streit. Peng. Es muß nicht so sein, daß sie Dope geschmuggelt hat. Aber Tatsache ist, Thorn, es ist erstklassiges Pot, über das ganze Boot verstreut.«

»Dann hat jemand eine falsche Fährte ausgelegt.«

»Könnte auch sein.« Sugar schüttelte den Kopf und ging rüber zu der Couch, von der man auf den Atlantik hinaussah.

»Sie hatte Geld«, sagte Thorn. »Was sollte sie damit anfangen, wenn sie Dope schmuggelte?«

»Hat sie mit dir jemals über ihre finanzielle Situation gesprochen?«

»Nein.«

»Tja ...«

»Ihr gehörte Vacation Island. Die Insel ist Millionen wert. Sie und Dr. Bill besaßen überall Beteiligungen. Was soll denn dieser Scheiß?«

»Okay, okay«, sagte Sugarman. Er rutschte auf der Couch rum, schaute wieder auf die Wand mit den Fotografien. »Ich werde mit Sarah reden müssen. Du weißt, wie man sie erreicht?«

»Yeah«, sagte Thorn. »Ich habe eine Nummer von ihr.«

Sugarman sagte »Hör zu, ich mag das nicht. Mir gefällt die ganze Sache nicht. Wenn Kate von jemandem in der Drogenszene hier unten umgebracht worden ist, kommen wir dahinter. Wenn's was anderes war, werden wir's auch rausfinden. Wir *finden's* raus, auf jeden Fall. Und, Thorn, wir müssen allem nachgehen. Ich kann nicht einfach irgendwas ausschließen, bloß weil ich nicht glauben will, daß Kate möglicherweise Gras geschmuggelt hat. Herrgott, Mann. Vorigen Monat mußte ich einen Baptistenpfarrer festnehmen. Trocknete 'n ganzen Ballen auf seinem Hof. Der Scheißkerl hatte ihn beim Angeln gefunden und einfach mit nach Hause genommen. Ich meine, es kommt noch so weit, daß keiner das Zeug mehr für illegal hält. Es ist einfach irgend so was, wie Broccoli; bloß ist es 'ne Menge mehr wert.«

»Ich brauche einen Moment Zeit«, sagte Thorn. »Gib mir einen Moment Zeit, Sugar.« Er fühlte, es war soweit.

Thorn stand auf und ging durch die große Diele. Sein altes Schlafzimmer. Blick nach Norden auf die Hurricane Lagoon. Er schloß die Tür und legte sich auf sein altes Bett. Er machte die Augen zu. Ließ es in sich hochsteigen, in die Kehle strömen. So was wie Panik. Zuerst trocken. Fast ein versuchsweiser Schluchzer. Dann kam's. Wie ein alter Freund, der von einer Reise zurückkehrt. Er bedeckte sein Gesicht mit dem Kissen und gab sich ihm hin.

Draußen verdunkelte der übliche Sommernachmittagsbombast den Himmel über Miami. Blauschwarze Wolken. In der Hurricane Lagoon hielt sich ein Barrakuda an den Glasaalen schadlos, das ruhige Wasser brodelte an manchen Stellen, als hätte jemand eine Handvoll Schrotkugeln hineingeworfen. Dann war es still.

10

Ricki Truman stopfte sich ein Kissen in den Rücken und beobachtete Grayson, der in dem Rattansessel, Typ Thron, saß, den Blick aus dem Fenster des dritten Stocks gerichtet. Das La Concha Hotel, Baumwipfel, die alte Coca-Cola-Pflanze. Wenn der Wind heftig aus Osten blies und die Bäume zurückbog, war ein kleines Stück vom Atlantik zu sehen. Grayson betrachtete die Aussicht und erholte sich von der, die er gerade vorher genossen hatte.

Sie mochte das nicht, sich von ihm beobachten zu lassen, wie sie es mit einem anderen Mädchen trieb, aber es war eine Monatsmiete. Oder nein. Es hatte zwar als Monatsmiete angefangen, eine monatliche Sache, und sie hatte versucht, es bei nur einmal im Monat zu belassen, aber in letzter Zeit war Grayson jedes Wochenende in der Gegend, arrangierte Dinge und sah immer zu, ob er nicht noch einen Termin in seinen Kalender einbauen konnte. Ihr gefiel das nicht, aber ihr gefiel, was es ihr einbrachte. Mehr als die Monatsmiete: Graysons kurze Haare schön fest im Griff zu haben.

Vielleicht, ja möglicherweise, war dies das letztemal. Kates Testament müßte bald durch sein. Grayson hatte gesagt, sechs bis acht Wochen würden als normal gelten. Fälle wie dieser, ohne irgendwelche Probleme. Nur wenn eine große Familie da war, Zank, Meinungsverschiedenheiten. Das konnte Jahre dauern. Oder wie bei Howard Hughes, jemandem, der so reich und bekannt war, daß jeder Tramper meinte, er müßte zum Baron irgendeiner kleinen Ecke des Königreichs gemacht werden. Kate hatte nie Tramper mitgenommen. Es sei denn, man zählte Thorn dazu.

Ricki jedenfalls zählte ihn bestimmt nicht dazu. Erstens war er nicht blutsverwandt. Und sowieso, Herrgott, was würde er mit Geld, Land und alldem anfangen? Er hatte dieselben Shorts und Sandalen, exakt dasselbe Paar, fünfzehn Jahre lang getragen. Nein, Thorn war kein Problem.

Grayson strich die Hosen seines Bankeranzugs glatt. Der einzige Mensch in Key West, der sich so gekleidet ins Queen Elizabeth's zum Abendessen begab. Die Leute betrachteten ihn deshalb als Exzentriker, als einen weiteren Sonderling im Sonderlingsreich. Soweit sie wußte, besaß er weder ein Paar Shorts noch ein T-Shirt. Um ehrlich zu sein, Grayson war schrulliger als alle, die sie kannte. Saß da und beobachtete sie und eine Freundin, wie sie sich abknutschten, machte nie ein verdutztes Gesicht, spielte nie an sich rum. Ricki hatte nie auch nur eine Beule in seiner Hose gesehen.

Als sie fertig waren, es satt hatten, diesem Trottel was vorzumachen, blieb er einfach da sitzen, starrte aus dem Fenster und wischte sich das Gesicht mit einer roten Bandanna, die er aus der Tasche gezogen hatte. Irgendwelche Hirngespinste, die Überstunden machten. Kein Wort wurde gesprochen, nie kam er aus diesem Rattansessel am Fenster durchs Zimmer. Statt dessen versank er in irgendeinen Kindertraum, vielleicht auch in irgendeine andere Zeit seines Lebens, und sein Blick wirkte nicht mehr durchdringend oder gerissen oder schnell, sondern träge, ziellos. Es war was, wo man vorsichtig sein mußte.

Ein paar von ihren Freundinnen baten tatsächlich darum, noch mal engagiert zu werden. »Dieser Bursche? Der clevere Anwalt besitzt den Sandpiper Bay Club? Dieser Grayson? Ich habe von ihm gehört, aber ich hatte keine Ahnung, wie er aussieht.«

»Yeah, aber tratscht es nicht herum. Die Leute könnten denken, ich wär irgendeine Nutte, die's vor einem besseren Schnitt- und Schnäppchenverwerter treibt.«

Ricki zog sich den grünen Kimono an. Ein Geschenk von einem Exgatten einer ihrer Freundinnen. Wenn Ricki alles zusammenrechnete, dann entstammte etwa die Hälfte von dem, was sie besaß, den Scheidungen ihrer Freundinnen. Verrückt.

Kate, so reich, wie sie war, ließ Ricki in Key West kellnern, gerade so zurechtkommen. Von Scheidungsalmosen abhängen. Es machte Ricki jedesmal wütend, wenn sie daran dachte.

Das ganze Geld, das Dr. Bill beiseite gelegt hatte, die ganze Knete, die von Vacation Island kam, und Kate lebte wie eine Obdachlose. Und auf der anderen Seite Ricki, die Omelettebestellungen von idiotischen Kanadiern aufnehmen mußte, die sich früh um neun schon die Hucke mit Bloody Marys vollgesoffen hatten. Für was? Was zum Teufel hatte Kate vor? Charakterbildung? Ricki hatte das Gefühl, das sei auch bloß so ein exzentrischer Trip, eine Schrulle mehr in einer Welt voller Schrullen. Hatte möglicherweise das ganze Geld in Matratzen gestopft. Doch das war jetzt alles vorbei, Gott, oder was es da auch gab, sei Dank.

»Was meinst du, wieviel es sein wird?« Ricki saß auf dem Rand des Wasserbetts und klatschte leise mit der Hand drauf. Grayson war aus dem Himmel zurück. Schlips gerade, Hose geglättet.

Hämmern aus dem Nachbarhaus. Noch ein Garni-Hotel kam da rein. Wieder ein Conch, der in den Norden zog, den Koffer voller Zaster. Ein Rudel fröhlicher Zimmerleute, tipp-topp und sonnengebräunt, ein paar Fuß vor ihrem Fenster im oberen Stockwerk, krochen wie Spinnen in dem ganzen baufälligen Haus rum.

»Wirst du es nie leid, über das Reichsein nachzudenken?«

Ricki sagte: »Ich überlege, ob ich mir irgendwo 'ne Insel kaufe.«

Er schüttelte den Kopf: »Du lebst doch schon auf einer Insel.«

»Ich meine eine richtige Insel. Weit weg, kein Telefon, keine Touristen. Keine Flugzeuge. Niemand, der T-Shirts mit dem Namen der Insel drauf verkauft, oder dem Foto irgendeines toten Dichters.«

»Nichts zu essen«, sagte Grayson. »Keine Batterien für Vibratoren.«

Da war er. Sein schlauer Seitenhieb. Sie beließ es dabei.

Eine Motorsäge kreischte. Mehr Gehämmer. Ricki wartete, bis es für einen Augenblick vorbei war.

»Okay, und was passiert als nächstes?«

»Das ist 'ne Gutenachtgeschichte für dich, stimmt's? Mußt sie immer und immer wieder hören. ›Erzähl sie mir, Daddy.‹«

»Leck mich«, sagte Ricki. »Als erstes werde ich einen Anruf von dem Nachlaßanwalt kriegen. Wahrscheinlich einer von deinen Freunden.«

»Das bezweifle ich. Meine Freunde praktizieren nicht südlich von Philadelphia.«

Grayson stand auf, kontrollierte seinen Hosenschlitz, wischte irgendeinen Fussel von seiner Schulter. »Und ich gebe mich sowieso nicht mit Erbschaftssachen in Florida ab. Nur und ohne Ausnahme mit Immobilien.«

»Und es interessiert dich im Moment sowieso einen Scheiß, hä? Mir auch bloß kapieren zu helfen, wo ich stehe.«

Er war am Fenster und blickte hinunter auf die Arbeiten nebenan, auf das Gerüst, die jungen Männer, die das Conch-Haus von strahlendem Weiß in gedecktes Lachsrosa umpinselten. Restaurierten etwas, das nie dagewesen war.

»Ricki, wir haben das immer wieder durchgekaut. Ich weiß nicht, wie hoch jedermanns Bankkonto ist. Und ich habe auch keine Ahnung, was sie in ihr Testament gesetzt hat.«

»Ich brauche dreitausend Dollar.«

»Was?« Er wandte sich vom Fenster ab.

»Ich brauche auf der Stelle dreitausend, um die Sache zu bezahlen.«

»He, hör mal zu«, sagte Grayson.

»Ich mein's ernst. Diese Typen. Du weißt, wen ich meine.«

»Ich möchte nicht darüber reden. Über nichts davon. Es ist deine Angelegenheit. Wenn du irgendwelche Dinge mit zwei Typen zu regeln hast, denen du dreitausend schuldest, dann schlag ich vor, du zahlst ihnen die drei.«

»Ich komme nicht an mein Geld bis nach der Testamentseröffnung oder was auch immer. Diese Burschen warten nicht sechs bis acht Wochen. Ich habe ihnen zwei auf die Hand bezahlt, alles, was ich auf der Bank hatte. Ich mußte mir die Hälfte davon pumpen. Ich dachte, sie würden auf den Rest warten.«

»Ich möchte davon nichts hören.«

»Ich brauche dreitausend.«

»Das ist dein Bier. Wenn du mit zwei Typen über irgendwelche Dienste einen Vertrag geschlossen hast, und dieser Dienst wurde geleistet, dann mußt du sie bezahlen. Das Recht ist da ganz simpel. Wenn du in diesem Vertrag erklärt hast, daß die Bezahlung davon abhängt, daß zu erwartende Mittel in sechs bis acht Wochen an dich freigegeben werden, dann sollten sie diese Vereinbarung respektieren.«

»Ich habe vorausgesetzt, daß sie warten könnten. Wir haben nie ein Wort darüber verloren.«

»Das ist was anderes.«

»Ich brauche das Geld, Gray. Heute ist Dienstag, der wievielte?«

»Der achte Juli.«

»Sie haben gesagt, bis zum zwölften. Das ist Samstag, kommender Samstag.«

»Himmelherrgott, Ricki. Du knallst mir das einfach so an den Latz. Das ist doch nicht möglich.« Er schlenderte durchs Zimmer. Hämmer griffen einen Takt auf, hielten sich daran. Es hörte sich für Ricki wie eine Kopfschmerz-Fernsehreklame an.

»Was sind denn für dich schon dreitausend?«

Grayson kämmte sich im rattangerahmten Spiegel. Das alles waren mal seine Möbel gewesen. Ricki hatte immer versucht, sich bei Anwälten einzumieten. Da bekommt man die Möbel, die sie sich auf dem Weg nach oben gekauft hatten. Ihre abgelegten Sachen waren besser als alles, was Ricki sich hätte leisten können. Aber diese Zeiten waren bald vorbei. Jetzt lief ihr Schiff ein, war fast schon im Hafen. Voll bis an die Deckplanken.

»Willst du mich diesen Kerlen einfach so ausliefern?«

»Ricki, Ricki.«

»Du weißt, ich kann's dir zurückzahlen.«

»Das ist kaum die entscheidende Frage.«

»Was ist denn dann die scheißentscheidende Frage?« Ricki stand auf und knotete den Kimono zu.

»Ich kann dir nicht helfen.«

»Oh, ja«, sagte Ricki. »Ich verstehe. Du setzt mir die Idee in den Kopf, damit alles so abläuft, wie es abgelaufen ist. Steckst mir ein paar – wie hast du sie genannt? – möglicherweise nützliche Telefonnummern zu. Ziehst mich bis über den Hals in die Sache rein, läßt mich die ganze Arbeit machen. Stellst mich vor alle Welt mit völlig dreckigen Händen hin, und jetzt, kaum fällt dir dieser kleine Fetzen Land in den Schoß, läßt du mich einfach im Regen stehen, verarscht. Zwei Typen, die ihren Lohn kassieren wollen. Zwei Typen, bei denen ich mich doch frage, wieso du ihre Telefonnummer hast.«

»Also, Ricki, stellen wir mal ganz klar, was passiert ist. Du wolltest, daß etwas in deinem Leben geschieht, damit alles leichter für dich wird.« Er steckte seinen Kamm in die Westentasche. Besah sich noch einmal prüfend, ehe er sich umdrehte und ihr seine volle Vorderansicht schenkte. Die schwülstige Anwaltsstimme begann in ihm hochzusteigen. »Seit dem Augenblick, wo ich dir das erstemal begegnet bin, höre ich nichts anderes, als daß du dir die Miete nicht leisten kannst, dir dieses und jenes nicht leisten kannst. Du dürftest nicht so leben müssen, ein Mädchen mit einer Mutter, die besitzt, was deine besitzt. Du hast mir mit dieser Tränenschnulze die ganzen letzten zwei Jahre zugesetzt.«

Ricki zog die Laken auf dem Bett glatt. Eine Warnung an ihn, gib ihm das ganz deutlich zu verstehen, hilf ihm, sich daran zu erinnern, was er gerade angestarrt, an was seine Fantasie sich entzündet hat.

»Ich brauch diese drei Riesen.«

»Immer diese Leier. Dieselbe alte Leier, ich hab' sie tausendmal gehört. Du hast dir gewünscht, deine Mutter wäre tot, schon lange, ehe du hier eingezogen bist. Es war bei dir 'ne Frage der Zeit. Fünf Minuten, nachdem ich dich kennengelernt hatte, hast du mir erzählt, daß du diese Mutter hättest, von der du dir wünschtest, du hättest sie nicht mehr. Sitzt hier den ganzen Tag drin, mit runtergelassenen Rolläden, du und deine Gummipimmel und deine kerligen Freundinnen.

Hör auf meinen Rat, Ricki. Schlag dir die Flausen aus dem Kopf und präg dir eines ganz genau ein. Deine Mutter wurde bei einem mißglückten Drogendeal umgelegt.«

»Keiner kauft dir das ab. Ich glaube diesen Typen nicht. Profis. Scheiße. Soll ich für was fünftausend Dollar hinblättern, an das niemand auch nur 'ne Sekunde glaubt? Und wenn sie das durchschauen, was ist dann das Motiv?«

»Politische Aufsässigkeit ist immer eine Möglichkeit.«

»Deutlicher«, sagte Ricki.

»Sie war 'ne Waldratten-Freundin. Sie sorgte dafür, daß Lebensmittelläden nicht gebaut wurden. Daß Ladenketten und Eigentumswohnungen und Hochhäuser hier nicht verwirklicht werden konnten.«

»Das ist der Everglades-Verein; das ist nicht sie.«

»Das erzähl mal den Zimmerleuten, Elektrikern, Klempnern, all den Jungs, die auf die Landnutzungsversammlungen und Aufteilungs-Hearings gehen. Wen denn, frage ich dich, haben sie die ganze Zeit das Bauen durch den Dreck ziehen hören? Es gab da einige Leute, die sie nicht mochten. Glaub's mir.«

Ricki schüttelte den Kopf, das reichte nicht. Sie war immer noch nicht aus dem Schneider. Praktisch die Verdächtige Nummer eins.

»Du schuldest mir diese dreitausend. Ich hab' dir 'n Gefallen getan. Die Drecksarbeit an der Geschichte.«

»Du hast dir selbst einen Gefallen getan.«

»Und das hier.« Sie tätschelte das Wasserbett. »Du meinst wohl, das hier zählt nicht?«

Grayson setzte sich in den verchromten Liegestuhl, ihren Fernsehsessel. Er war völlig verstummt. Saß da zwei Minuten, ließ den Blick über sie gleiten, durch das Zimmer, wieder zurück zu ihr, maß sie von oben bis unten, während seine Lippen kurz davor waren, etwas zu fauchen. Der Conch Train klapperte und klingelte von der Elizabeth Street herüber, zwei durch. Ricki arbeitete an einer Mundmaniküre, eine trockene Nagelhaut. Blieb andauernd am Kimono hängen, davor in Lillians Haaren.

Grayson seufzte, schüttelte den Kopf »Du wohnst hier oben, was, mit drei Lesben? Größte Sammlung von Gummiutensilien nördlich des Amazonas. Treibst deine Spielchen, dies und jenes, irgendwas zwischen unerhört und ungesetzlich. Das alles könnte man deine Bürgschaft nennen, die du vorzuzeigen hast, wenn du dein Wort gegen meins setzt.

Verstehst du, ich glaube, dein Durchblick ist ein bißchen trübe. Du meinst, weil ich ein reicher Anwalt bin, bin ich angreifbar, man könnte meinen Ruf besudeln und mein Geschäft schädigen. Ich will dir mal was über reiche Anwälte erzählen, Ricki. Erstens, niemanden interessiert es einen Dreck, was wir außerhalb des Gerichtsgebäudes tun. Solange wir Seine Ehren überzeugen. Schmeiß also ruhig mit Dreck, wenn du meinst, du kannst es.

Und zweitens, reiche Anwälte werden im allgemeinen dadurch reich, daß sie ihre Version von der Wahrheit zu der machen, die die Leute glauben. Du verstehst schon. Ein Gerücht ins richtige Ohr flüstern und dann zurücktreten, wenn die Streifenwagen losfahren.

Was ich also sagen will, ist, wenn jemand vorhätte, irgendeinen Klatsch in die Welt zu setzen, ein paar pikante Dinge hier und da fallen zu lassen, daß derselbe Jemand darüber erstaunt sein könnte, welches Interesse die Vollstreckungsbehörden ganz plötzlich am schmerzlichen Verlust eines Elternteils haben könnten, den ebendieser Jemand gerade erlitten hat. *Mutter umgebracht, damit Tochter sich einen Platindildo kaufen kann.*«

Grayson schenkte ihr einen Fünfundsiebzig-Dollar-die-Stunde-Blick. Mit dem Blick hatte er bestimmt ein paar seiner Fälle gewonnen. Ricki hatte keine Angst vor ihm, trotzdem hatte sie Schwierigkeiten, Augenkontakt zu halten, wenn er die Lautstärke so hochgedreht hatte.

»Versuch's doch, Ricki. Folge einfach deinem Gedankengang, wenn du aufs Bett klopfst und dieser ganze affektierte Scheiß. Wenn du das zu benutzen versuchst, und auch nur ein Pieps kommt aus dir raus, der nach Erpressung klingt, oder ich höre auf der Duval Street irgendwas darüber tuscheln, daß irgendein Anwalt möglicherweise ein Wochenend-Voyeur ist, he, Ricki, dann ist deine kleine Welt hier futsch. Weg. Futsch.«

»Diese Typen, Gray. Ich hab' bis Samstag Zeit.« Bittend jetzt. Er hatte sie. Oder vielleicht auch nicht; sie war sich nicht ganz sicher. Aber sie würde es sowieso probieren.

Einer von den Bauleuten nebenan hatte ein Radio laut gedreht und ließ die Nachbarn hören, wie die Beatles *Yellow Submarine* brachten. Der Krach der Hämmer paßte sich möglicherweise ein bißchen dem Rhythmus an. ›*And your friends are all aboard!*‹

»Ich finde schon allein raus«, sagte er. »Und, ach, übrigens, es hat mir schrecklich leid getan, was ich über deine Mutter gehört habe.«

An der Tür war er schon nicht mehr sauer. Ein spinnertes Lächeln. Ein Zwinkern.

11

Irving McMann saß in einem Golfcart auf dem vierzehnten Grün. Milburn, in seinem eigenen Golfcart, blickte hinauf zu den Sternen, die auf einen klaren Himmel gedruckt waren.

»Scheißmoskitos, Irv. Ich geh rein.«

»Noch nicht.«

Milburn zerquetschte noch einen auf seiner Stirn, als hätte er eben ein brennendes Problem gelöst. Wedelte andere von seinen Ohren weg

»Wir können doch drinnen reden, Irv, bitte. Diese ganze Geschichte, hier draußen zu reden, aus Angst, in der Wohnung wären Wanzen angebracht, das ist doch eine einzige Melo-Scheiße. Hier draußen sitzen wir bis zum Arsch in Wanzen.« Milburn lachte.

»Schnauze.« Irv trank einen Schluck aus seinem Flachmann.

»Gib mir wenigstens was ab.«

Irv ließ den Flachmann in eine Taschenklappe an seinem Wagen gleiten.

Milburn erschlug mehr Moskitos, traf dabei sein Ohr und fluchte.

»Diese Zicke«, sagte Irv. »Erst machen wir ihr die Kostenrechnung auf. Dann gebe ich mich mit der Hälfte vorab zufrieden. Den Rest danach. Weil sie 'ne Freundin oder so was von Grayson ist. Ich hab' den verdammten Braten schon gerochen. Aber jetzt hier zu sitzen und darüber zu jammern, daß sie die andere Hälfte noch nicht hat, das ist keine Art, Geschäfte zu machen.«

»Hast also Scheiße gebaut. Dann laß sie uns einfach umlegen und den Verlust abschreiben.«

»Vielleicht machen wir's so«, sagte Irv. »Vielleicht auch nicht.«

»Oh, Scheiße, ich gehe rein. Ich halte diese verfluchten Mistviecher nicht aus.«

Irv legte seine blanke, kleine .32er auf das Schaltbrett seines Golfcarts. »Wir haben gerade ein Geschäftsgespräch«, sagte er. »Man geht von Geschäftsbesprechungen nicht einfach so weg.«

Milburn gab es auf, weiter auf die Moskitos einzuschlagen, und starrte Irv an.

»Himmelherrgott, Irv. Wo holst du bloß immer diesen ganzen

Schwachsinn her? Wir reden hier draußen, und ich spende der Umwelt mein Blut, und du erzählst mir, du knallst mich ab, wenn ich nicht bleibe. Und zum Teufel mit mir, wenn ich nicht glaubte, daß du das tatsächlich tun würdest und mich einfach in ein Sandhindernis rolltest, und das war's dann.« Milburn klatschte sich mit der Hand gegen den Hals, auf den Arm, wieder gegen den Hals, fuchtelte damit um seinen Kopf herum. »Du mit deinem ganzen gottverdammten Knoblauch, du könntest mitten in den Everglades hocken, und nichts und niemand würde von dir 'ne Kostprobe haben wollen. Höchstens 'n Itacker-Moskito.«

»Wir müssen eine Entscheidung fällen«, sagte Irv, hob die .32er und zielte damit auf die schmale Mondsichel. Der Fall Milburn ging in die letzte Runde.

»Meine ganze Hand, mein Hemd ist mit meinem Blut vollgeschmiert, diese schwarzen, ekligen kleinen Scheißviecher.« Milburn zwängte einen Finger unter den Rand seiner Augenklappe und kratzte an dem Verband. »Und dieses Auge. Das bringt mich verdammtnochmal noch um.«

»Nimm noch 'n paar Pillen.«

»Es gibt in ganz Florida nicht so viele Pillen, daß das Scheißding aufhört.«

»Ich hab' dir gesagt, du Blödmann, du solltest dir das Ding rausnehmen lassen. Der Doktor steht da und verspricht dir praktisch, daß du an 'ner Infektion stirbst, wenn du's nicht machen läßt. Und du winselst rum, er soll einfach alles machen, was er kann, bloß es nicht rausnehmen. Mann, das war verflucht peinlich.«

»Das heilt von ganz alleine. Wenn ich die verfluchten Schmerzen aushalte, weiß ich, es heilt von alleine.«

»Wenn du dein verdammtes Auge mal für 'ne verdammte Minute vergessen könntest«, sagte Irv. »Es gibt da nämlich bedeutende geschäftliche Möglichkeiten. Ich sehe eine Gelegenheit wie ein kleines Fenster, das offensteht, und wir machen entweder mit dem Status quo weiter oder steigen sofort in dieses gottverfluchte Fenster ein.«

»Erzähl's mir. Bring's hinter dich. Ich laß mich genauso gern von dir erschießen, wie daß ich mir noch viel mehr von dem Scheiß hier gefallen lasse.«

»Diese alte Lady, diese Boot-Lady.«

Milburn wischte Moskitos von seinem Arm, verdrehte den Körper, um sich am Schulterblatt zu kratzen.

Irv sagte, wobei er auf die Fahne am vierzehnten Loch zielte »Diese alte Lady. Du fragst dich, warum eine alte Lady wie die jetzt tot ist? Hm? Oder warum ihre eigene Tochter verlangt, daß sie umgelegt wird? Erbschaft? Das ist in Ordnung. Nichts Ungewöhnliches dabei. Aber was hat Grayson damit zu tun? Das ist einer aus dem Ivy-League-Land, ein Geschäfts-Tycoon. Der Bursche hat Geld, wenn also irgendein Bootskapitän unbedingt tot sein muß, damit er glücklich ist, wechselt irgendwo 'ne Masse Geld den Besitzer. Dieser Bursche riskiert nicht, daß ihm Dreck auf seinen Anzug spritzt, es sei denn, gleich ein ganzer Sack Geld wechselt den Standort.«

Milburn stöhnte, während er auf neue Moskitos einschlug. Irving schwenkte die Pistole langsam herum, bis sie auf Milburn starrte.

»Schnauze, Milburn.«

»Okay, ich halte einfach meine Schnauze und laß dich erzählen, egal, was es ist, was so verflucht wichtig ist, daß ich verbluten muß, um's mir anzuhören. Daß ich mir Malaria und Hakenwürmer und wer weiß was sonst noch alles holen muß, damit ich's mir bis zum Ende anhören darf. Den großen Plan, den großen nächsten Schritt. Red weiter.«

Irv stukste seinen Golfcart vorwärts, umfuhr Milburn einmal, zweimal. Kam neben ihm zum Stehen. Ihre Wagen parkten parallel, nur ein paar Zentimeter auseinander.

Irv verschränkte die Hände hinter seinem Kopf, lehnte sich zurück und sah zu den Sternen hoch. Er fühlte Milburn im Dunkeln neben sich zittern. Er hatte ihn wieder auf Trab gebracht, oder jedenfalls auf Trott. Hatte im Grunde schon keinen rechten Spaß mehr an der Sache.

»Weißt du, was ich an dir mag, Milburn?«

»Yeah.« Zitter, zitter.

»Yeah«, sagte Irv. »Absolut gar nichts.«

»Vielleicht sollten wir uns trennen.«

»Du solltest dich trennen«, sagte Irv.

»Okay, das werde ich.« Milburn bewegte seinen Wagen vorwärts, aber Irv schnitt ihm nach knapp einem Meter den Weg ab.

»Ich sag dir, was wir meiner Meinung nach machen sollten«, sagte Irv, die Hand an Milburns Steuerrad. »Ich denke, wir sollten Samstag runter nach Key West gondeln. Nehmen den Scarab. Machen 'n paar Besuche. Schnuppern, wie der Wind weht, machen unsere Finger naß und strecken sie in die Luft. Einfach mal sehen, was es ist, warum 'ne alte Lady auf'm Boot sterben muß. Schauen bei unserer Scheiß-Auftraggeberin vorbei, checken ihre Finanzen, statten 'n paar Besuche ab. Kramen 'n bißchen im Untergrund rum. Heimlich. Du verstehst, machen ein paar Idioten die Hölle heiß.«

»Wozu denn, Irv? Für lausige Dreitausend. Wen kümmert das denn?«

»Ich rede nicht von dreitausend«, sagte er. »Mr. IQ, hörst du eigentlich nie zu? Ich sagte, ich habe vor, durch das Fenster dieser günstigen Gelegenheit zu kriechen, für 'ne Weile aus dem Liquidierungsgeschäft auszusteigen, einfach mal die Stellenangebote zu sondieren, zu sehen, wer anheuert. Zum Hauptdarsteller aufrücken, so was.«

»Okay, Irv«, sagte Milburn und wischte sich mit der einen Hand die Moskitos vom Arm, während er sich mit der anderen über die Schultern fuhr. »Was zum Teufel du auch willst, Mann, es hört sich gut für mich an.«

»Ach, da bin ich aber entzückt«, gurrte Irv, Scarlett O'Hara, Südstaatentunte. Er brachte seinen Golfcart auf Touren und kreiste um Milburn herum, immer im Kreis rum. »Ich kann dir gar nicht sagen, wie sehr mein Herz überfließt vor Freude, daß ich meinen wunderbaren Freund zufriedengestellt habe.« Immer herum und herum.

Alle anderen in Coral Gables, praktisch in ganz Miami, errichteten Zäune, setzten filigrane Stahlgitter vor Fenster, versperrten Veranden, sicherten das Familiensilber und die Farbfernseher. Aber Sarahs Mutter war immer noch taub dagegen, die vordere Veranda war noch unverrammelt, die Fenster noch ungeschützt. Sogar ihre verdammte Haustür war unverschlossen.

Sarah trat in den Hausflur und hörte den Fernseher im Zimmer laufen. Sie hob die Augen zur Decke und schüttelte den Kopf. Seit Weihnachten sahen sie sich ihn schon das zweitemal in diesem Jahr an. Das zweite Mal, von dem sie wußte. Sarahs Mutter und

Pater Monahan von der Kirche zum Blümlein, alte Freunde, sie kamen jedesmal zusammen, um sich *It's a Wonderful Life* anzusehen, wenn einer von ihnen den Film im TV Guide entdeckt hatte.

Sarah dachte: Oh, Scheiße, nicht heute abend.

Es war Viertel vor zehn, noch fünfzehn Minuten, also wußte Jimmy Stewart inzwischen, daß er noch lebte, und nun wurde ihm klar, wie seine Zuckerguß-Kleinstadt ausgesehen haben würde, wenn er nie gelebt hätte. Und er rennt durch den Schnee nach Hause, um seine Frau zu umarmen, um seine Kinder zu küssen, um alles wiedergutzumachen und alle kommenden Mühen auf sich zu nehmen. Und die ganze Stadt ist in seinem Wohnzimmer versammelt, ist bereit, seine Schulden für ihn zu begleichen, und jetzt trat Sarah ein.

Pater Monahan wandte den Kopf und sah sich zu ihr um. Glänzende Bänder rannen ihm über die Wangen. Er nickte ihr zu und lächelte und breitete die Arme zu einem Kuß aus, während er in einer Hand den Brandyschwenker hielt. Sie hätte ein Einbrecher, ganz egal, wer, sein können, und Pater Monahan hätte wahrscheinlich das gleiche getan.

Ihre Mutter sah den Pfarrer an, dann drehte sie sich herum und erkannte Sarah, die da neben dem Lexikonregal und dem Schwertfarn stand.

Ihre Mutter sagte: »Warte bis zur Reklame.« Auch sie hatte Tränenspuren im Gesicht.

Sarah wußte, sie sollte einfach weggehen. Pater M's Hand fest drücken und einfach gehen. Dieses Zimmer verlassen, ehe sie am Parfüm ihrer Mutter erstickte, in ihre Wohnung zurückkehren und die Sache zu Ende denken. Gerade als der boshafte Bankdirektor in Jimmy Stewarts Wohnzimmer erscheint, platzt die Reklame herein. Irgendein junger Anwalt mit hochgekrempelten Hemdärmeln fragt sie, ob sie schon mal durch die Unachtsamkeit von jemand anderem zu Schaden gekommen seien. Einer von Sarahs Kollegen, ein Mitstreiter auf der Suche nach der Gerechtigkeit. Man gebe diesen Burschen ein bißchen mehr Zeit, und man sieht sie auf dem Bildschirm auf Alligatoren reiten oder an den Rumpf eines Doppeldeckers geschnallt.

Sarah kam herum, trat vor ihre Sessel, und drehte den Ton leiser. Pater Monahan wischte sich die Augen mit dem Ärmel seines schwarzen Jacketts, während sich ihre Mutter die Nase putzte. Sarah stand da und sah sich die beiden an, das Licht des Farbfernsehers das einzige Licht im Raum, und die Grüns und Blaus, die auf ihren Gesichtern spielten. Eine Keramikschüssel halb voll Popkorn auf dem Tischchen zwischen ihnen.

»Wie geht's dir, Sarah? Es ist Monate her«, sagte der Priester.

»Mir geht's nicht gut«, antwortete Sarah.

Ihre Mutter reckte den Hals, um an Sarah vorbei auf den Apparat sehen zu können.

»Was ist los, Kind? Du siehst ja schrecklich aus.« Pater Monahan stellte seinen Brandyschwenker auf das Beistelltischchen und machte Anstalten, sich aus dem Sessel zu hieven. Sarah hob die Hände, um ihn davon abzuhalten. Sie brauchte das nicht, eine Umarmung vom Familienpfarrer. Er hielt inne und lehnte sich erleichtert im Sessel zurück.

»Mutter«, sagte Sarah. »Mutter.«

Ihre Mutter drehte die Augen kurz zu ihr rüber, und sie konnte sehen, wie wütend sie über die Störung war.

»Kate Truman ist ermordet worden«, sagte Sarah.

»Mein Gott«, sagte Pater Monahan. »Ist das deine Freundin?«

»Ja«, sagte sie, »mehr als eine Freundin.« Sah immer noch ihre Mutter an.

»Ich wußte, so was Ähnliches würde passieren«, sagte ihre Mutter. »Hab' ich dich nicht vor genau so was gewarnt?«

»Ich sollte gehen«, sagte Pater Monahan und begann wieder, sich zu erheben. Aber Mrs. James legte ihm die Hand auf den Arm und hielt ihn fest.

»Der Film ist noch nicht aus«, sagte sie.

»Wenn du möchtest, daß ich bleibe, Sarah«, sagte er. »Brauchst du ein offenes Ohr?«

Ihre Mutter sagte: »Diese Kate Truman ist bloß 'ne Bekannte von ihr. So eine Radikale unten in Key Largo, die gegen alles protestiert.«

»Sie war viel mehr als bloß eine Bekannte, Mutter, du weißt das. Und sie wurde ermordet. Ich habe eben einen Anruf bekommen. Ich fahre morgen runter, und vielleicht muß ich eine Weile dort bleiben, ich weiß es nicht. Aber ich bin heute abend hier rübergekommen, um dir zu sagen, wo ich sein werde, und weil ich ...«

»Weil du völlig außer Fassung bist«, sagte Pater Monahan und versuchte ein weiteres Mal aufzustehen, aber wieder legte ihm Sarahs Mutter die Hand auf die Schulter und hielt ihn zurück.

»Wir reden darüber«, sagte ihre Mutter, »wenn wir das müssen, *nach* dem Film. In ein paar Minuten.«

Sarah sagte zu Pater Monahan: »Es geht schon. Ist auch egal. Ich verschwinde einfach wieder.«

»Nein, nein, ich bestehe darauf.« Pater Monahan richtete sich mit Mühe auf, ging zum Fernseher und schaltete ihn aus. Er ergriff Sarahs Hand und blickte ihr durch die Dunkelheit ins Gesicht.

Sarahs Mutter richtete die Fernbedienung auf den Apparat und schaltete ihn wieder ein. Die ganze Stadt redete zur gleichen Zeit in Jimmy Stewarts Wohnzimmer. Donna Reed und die Kinder lächelten. Jimmy Stewart schüttelte seinen Kopf, erstaunt über alles. Glücklich, wie es noch nie ein Mensch auf Erden war.

Sie benutzte die Fernbedienung, um den Ton runterzudrehen, und sagte: »Er weiß Bescheid. Daß du immerfort da runterfährst, über deine Hirngespinste. Dallas hatte keinen Unfall. Dallas wurde entführt. Dallas wurde ermordet. Ich hab's ihm erzählt, Sarah, und er hat sich ein paar Gedanken zu diesem Thema gemacht.« Sie wandte sich dem Priester zu. »Ich meine, Sie sollten ihr sagen, was Sie mir gesagt haben, Bryan.«

»Aber, aber«, sagte Pater Monahan. »Sarah hat einen Schock erlitten. Sie ist bekümmert.«

»Pater Monahan meint, du solltest dich an einen Berater wenden, einen ausgebildeten Psychologen. Stimmt's, Bryan?«

Er seufzte.

Sarahs Mutter blickte aufmerksam zum Fernseher, als ein Hut voller Geld vor Jimmy Stewart hingestellt wurde, mehr als genug, um seine Schulden zu bezahlen.

Worum geht's hier? fragte sich Sarah, während sie alle drei den Film zu Ende und die Zehn-Uhr-Nachrichten beginnen sahen. Stirb und kehr zurück, um zu kassieren? Wenn Sarah jetzt in diesem Moment sterben würde, gäbe es nur diese beiden, die den Hut für sie kreisen ließen. Ein schöner Trost war das.

»Pater Monahan sagt, das ist neurotisch, sich so an Dallas zu klammern, Verleugnung, der Versuch, ihn am Leben zu erhalten, so zu tun, als hätte ihn jemand ermordet. Ein Fantasieleben. Er hat so was schon öfter erlebt. Haben Sie das nicht gesagt, Bryan?«

Pater Monahan knipste die Tischlampe an, drehte sich um und schenkte Sarah einen Blick, den er wahrscheinlich für mitleidig hielt.

Aber Sarah erkannte, daß er betrunken war. Das Gesicht rot, Augen, die nichts mehr fixierten. Der Mund geöffnet. Öfter und öfter seit etwa ein, zwei Jahren, seit die Gemeinde zunehmend kubanisch geworden war und der Druck zugenommen hatte, wurden die Gottesdienste auf spanisch abgehalten. Seine Zeit war fast vorbei.

»Mutter, was willst du damit erreichen?«

Ihre Mutter hielt den Blick auf die Nachrichten gerichtet und sagte: »Muß ich denn erst sterben, damit ich für dich interessant werde?«

»O Gott«, sagte Sarah.

»Aber, aber«, sagte Pater Monahan. »Aber, aber.« Sarah ertappte den Priester dabei, wie er sehnsüchtig nach seinem Brandyglas auf dem Tisch schielte.

»Es war nicht Dallas, der gestorben ist«, sagte ihre Mutter. »Ich war es, stimmt's nicht? Ich war in dem Wagen. Dein Vater, der ist lebendiger denn je. Und ich sitze hier und bin in Wirklichkeit diejenige, die tot ist.«

Ihre Mutter schenkte ihr keinen Blick. Sarah ging hinüber und stellte sich vor den Fernseher, nahe genug, um ihrer Mutter gegen die Schienbeine zu treten.

»Ich bin ganz Pater Monahans Meinung«, sagte ihre Mutter. »Du brauchst Hilfe. Fachkundige Hilfe.«

Der Pfarrer setzte sich wieder in seinen Liegesessel, kippte den Rest seines Brandys. Starrte in das leere Glas.

»Hör zu«, sagte Sarah. Sie drehte sich um und drückte den Ausschaltknopf am Fernseher. »Es ist kein Hirngespinst. Es ist keine Täuschung. Ich habe den Kerl gefunden, der Daddy getötet hat. Ich kenne ihn. Ich sehe ihn jedesmal, wenn ich da unten bin. Ich habe alles, bis auf ein Geständnis, und an dem bin ich sehr, sehr nahe dran.«

Pater Monahan starrte sie an. Ihre Mutter blickte auf den dunklen Fernseher.

»Er hat Daddy entführt, ihn runter zum Lake Surprise gefahren und dann getötet«, erzählte sie dem Pfarrer. »In der Nacht damals vor neunzehn Jahren.«

»Sehen Sie, was ich Ihnen erzählt habe«, sagte ihre Mutter zu dem Pfarrer. »Es ist noch schlimmer geworden. Immer schlimmer und schlimmer.«

»Sarah.« Pater Monahan stellte sein Glas beiseite. »Würdest du mich einmal besuchen? Würdest du bei mir vorbeikommen und mit mir sprechen? Ich weiß, du hast deine Zweifel an der Kirche, ihrer Macht in deinem Leben. Aber wir könnten einfach mal reden. Wie normale Erwachsene, die sich unterhalten.«

»Er kam hierher, eines Nachts spät«, berichtete Sarah Pater Monahan. »Zerrte meinen Daddy weg und brachte ihn um. Er hat es getan, und ich habe ihn gesehen. Und ich weiß, wer es ist.«

Ihre Mutter sagte: »Sie macht mich fertig mit dieser fixen Idee, wenn sie da runterfährt. Ich weiß gar nicht, wie ich das so lange ausgehalten habe.«

»Sarah«, sagte Pater Monahan, »wenn wir helfen können ... seelisch oder sonstwie ...«

Sarah zupfte am Ärmelsaum ihres Arbeitshemds. Stand da vor diesen beiden Leuten und versuchte, diesen kleinen Faden zu packen. Schweigen füllte den Raum, überfüllte ihn. Sarah dachte: Ja, das ist es, was jetzt nötig wäre, Jimmy Stewarts Schutzengel. Der ihn in seiner Heimatstadt herumgeführt hat. Das bräuchte es, daß der ihr persönlich zugeteilte Engel jetzt einträte und ihr Frieden gäbe. Und ihr zeigte, wie oberflächlich und trostlos das Leben all dieser Leute gewesen wäre, wenn sie nie gelebt hätte.

Aber sie wußte, daß das nicht stimmte. Wenn es keine Sarah gäbe, wäre deswegen nichts irgendwie anders gekommen. Die Welt wäre genauso, wie sie eben war. So korrupt, so vergeßlich. Sie führte eine Existenz, so anonym, als hätte sie nie gelebt. Sie hatte exakt null Einfluß auf das Leben anderer Leute. Außer. Außer, Gott helfe ihr, wenn es stimmte, sie hätte vielleicht irgendwelchen Einfluß auf Kates Leben gehabt.

»Es gibt irdische Wege, wie ich helfen kann«, sagte der Pfarrer. »Dinge, die ein Mann in meiner Position tun kann, zu denen kein anderer in der Lage ist. Du wärst erstaunt, wenn du die einflußreichen Männer in dieser Gemeinde kennen würdest, die auf meinen Rat hören.«

»Trinken Sie noch einen Schluck Brandy, Bryan«, sagte ihre Mutter, als Sarah sich umdrehte, durch den Flur ging und zusah, daß sie rauskam.

12

Thorn schlief gegen Morgengrauen ein, und schon eine Stunde später fuhr er aus dem Schlaf wieder hoch, in der Mitte irgendeines Traums, in dem er gejagt wurde oder jemanden jagte, er konnte sich nicht erinnern. Er schwitzte, und sein Herz raste im Overdrive. Und dann blickte er sich um, sah, wo er war, noch immer in Kates Haus, noch immer in seinem alten Schlafzimmer.

Er fuhr zurück nach Hause, duschte, zog sich um, gefangen in einem rasenden Strom. Als Sally Spencer um neun aufkreuzte, lief er bereits vor der Leichenhalle hin und her. Sie stieg aus ihrem Lieferwagen, und sah ihn an, als sei sie nicht sicher, auf welcher Seite geistiger Zurechnungsfähigkeit er sich befinde.

»Mit mir ist alles in Ordnung«, sagte er zu ihr, hob seine Hände und zeigte ihr deren Innenseiten. »Alles in Ordnung.«

Sie schloß die Eingangstür auf und führte ihn in ihr Büro, legte ihre Handtasche in die Schreibtischschublade und setzte sich. Sie trug ein gelbes Kleid und hatte die Haare hochgekämmt. Ein, zwei Minuten sahen sie einander an. Er merkte, daß sie in seinem Gesicht etwas sah, dem sie nicht traute.

»Ich bin dafür nicht zuständig, Thorn. Es ist Sache der Polizei. Rede mit Sugarman.«

»Wurde sie vergewaltigt, Sally?«

»Ich hab' dir gesagt, es ist nicht meine Sache, irgendwas zu sagen.«

»Ich habe ihre Hose gesehen. Sie ist vergewaltigt worden, stimmt's, Sally?«

Sally dachte darüber noch einen Augenblick nach, dann nickte sie.

So saßen sie da, und Thorn fühlte, wie sich das Blut in seinem Hals staute. Wütend auf sie, weil niemand sonst in der Nähe war. Weil sie sich so eine beschissene Arbeit ausgesucht hatte. Weil sie eine Frau war und weil Frauen vergewaltigt wurden.

Sie saßen da und sahen sich an. Thorn hielt sich an den Armlehnen des Stuhles fest. Es ging einfach nicht vorüber. Er wußte das. Es hatte Dallas gegeben, und jetzt gab es das hier. Er könnte Sally anschreien, könnte alle ihre Gedenktafeln von der Wand reißen; aber hinterher wäre es trotzdem noch da, und wieder eine lange Zeit später genauso. Trieb direkt unter der Oberfläche.

Gemeinsam einigten sie sich darauf, Kates Leiche einzuäschern. Sally würde sie noch heute nach Miami fahren. Den Tag da oben bleiben und die Asche am Abend mitbringen. Sie sprach von ›verbrannten Überresten‹. Thorn wurde beinahe wieder wütend. Sagte ihr um ein Haar, was er dachte. Auch wenn nichts davon ihre Schuld war, auch wenn sie mitfühlend, offen, freundlich war. Sie hätte nicht so davon sprechen dürfen.

Thorn sagte nein, er wolle den Leichnam nicht noch einmal sehen.

Hinterher fuhr er zum Carribean Club, einer Motorradfahrer- und Bauarbeiterkneipe mit Blick aufs Wasser. Er bestellte ein Bier. Trank es, während er auf die Bucht hinaussah, auf ein paar Windsurfer, die über das kabbelige Wasser segelten.

Thorn bestellte sich noch ein Bier, und als er es brachte, sagte der Barmann, sie hätten das von Kate gehört; zufällig hätten sie gerade alle darüber geredet. Thorn gefiel nicht, wie die Stimme des Typen klang. Oder wie er den Kerl, der neben Thorn saß, affektiert anlächelte.

»Ja?« sagte Thorn. »Und?«

»Und nichts.«

»He«, rief Thorn, als der Barmann wieder zur anderen Seite rüberging, »he, wie kommt es, daß keiner außer mir hier 'n Hemd anhat?«

»Weil hier die beschissenen Keys sind, Mann«, sagte der Typ neben ihm, ein Sauerkrautfresser, der einen Stahlhelm vor sich auf der Bar liegen hatte. Seine Wampe hing ihm über den Gürtel. »Haste's noch nich gehört, du weißer Bubi? Hier unten gibt's kein Scheißgesetz.«

»Bloß das Gesetz des Scheißdschungels«, sagte sein Kumpel, der sich nach vorn beugte und versuchte, Thorn irrsinnig bösartig anzustarren. Ein kleiner Kerl mit einem breitgequetschten Bullterriergesicht. Er hatte seinen schwarzen Motorradhelm gar nicht erst abgesetzt.

Ein dürrer Bursche mit Pferdeschwanz und Weste, aus der eine knochige Brust vorguckte, schwebte vom Pooltisch rüber, den Billardstock im Anschlag.

»Yeah?« sagte Thorn. »Gesetz des Dschungels, was?«

»Na klar«, sagte der Sauerkrautfresser. Er nahm die Ellbogen von der Bar, beugte sich zu Thorn rüber und nebelte ihn mit seinem Bieratem ein. Griente und rief seinen Kumpels zu: »Trinken wir doch noch'n gottverdammten Schluck auf den gottverdammten Typen, der die Rattenlady kaltgemacht hat. Wenn 'ne gottverdammte Ratte sich nich selber helfen kann, muß sie eben ausgerottet werden.«

»Auf die Ausrottung!« sagte der Kleine. »Auf das Gesetz des Scheißdschungels.«

Thorn packte seine Budweiserflasche an ihrem langen Hals und schlug dem Sauerkrautfresser damit eine Rückhand über die Augen. Trat schnell hinter ihn, legte dem Kleinen die Hand hinten auf den Helm und schmetterte ihn mit dem Gesicht gegen die Bar. Der Kerl mit dem Billardstock baute sich wie ein Schlagmann auf und rückte gegen Thorn vor, den Stock ganz oben umklammert. Thorn schleuderte ihm unterschnitten den Stahlhelm entgegen, und als der Kerl ausholte, um danach zu schlagen, sprang Thorn vor und versetzte ihm im Fallen einen schnellen Tritt zwischen die Beine. Erzielte damit eine annehmbare Atempause. Der Barmann war total in Deckung gegangen.

Draußen auf dem Parkplatz dachte Thorn kurz daran, mit ihren Harleys Domino zu spielen. Aber nein, Teufelnochmal, er wollte die Burschen nicht derart reizen. Man konnte nicht wissen, wie sie darauf reagieren würden.

Er fuhr langsam die US 1 in Richtung Süden runter und versuchte das Zittern zurückzuhalten, das sich in seine Hände geschlichen hatte. Jedes Ausatmen ein Seufzen. Sagte »Gottverdammich« vor sich hin, reihte sie aneinander, ein Dutzend Gottverdammichs.

Dieser vierspurige Highway durchschnitt die Insel wie ein Rückgrat. Es gab Stellen, wo sie so schmal war, daß man auf der Mitte der Straße stehen und einen Stein sowohl in den Atlantik als auch in die Florida Bay werfen konnte. Ihn reinplumpsen hörte.

In diesem Moment wirkte das auf Thorn alles jämmerlich. Es gab nur noch wenige Leute, die schon in den alten Zeiten hier gewesen waren. Fachwerkhäuser mit Blechdächern und Zisternen und Kuppeln, die wie gestrandet wirkten zwischen den Pizzabuden und Schnorchlerläden und den Muschelgeschäften, vor denen Berge von Seeschneckengehäusen aufgetürmt lagen. Ein Dunst von fetttriefend Gebratenem hing über dem dichtgedrängten Haufen der Kettenrestaurants. Selbst der ständige Seewind schien die Luft von diesem Geruch nicht reinwaschen zu können.

Es gab keine Stadt Key Largo, kein Straßennetz, keinen Amtsgerichtsplatz, keinen Park mit Plastiken. Nicht einmal Bürgersteige. Nur diesen heißen, vierspurigen Streifen Straße mit einem ausgefahrenen Fahrradweg an der Seite. Tankstellen, Wohnwagenplätze, Karosseriewerkstätten, Tante-Emma-Motels und Köderläden, auf deren Außenmauern Seglerfische prangten. Reklametafel auf Reklametafel, die die Autofahrer durch die Trostlosigkeit vorwärts nach Key West hetzten.

Hier und da gab es immer noch ein leeres Grundstück, eine Lücke, die ein plötzliches Panorama der Florida Bay oder des Atlantik freigab. Ein kurzer Blick auf fünfzehn Schattierungen blaugrünes Wasser, dann wieder Schlackensteinhäuser, in denen Flutversicherungen und Hamburger verkauft wurden.

Die Insel verbreiterte sich an mehreren Stellen zu ein paar hundert Yards, wo Siedlungen aus Betonpfahlhäusern errichtet worden waren. Aber für einen Denkmalschutzverband, einen Geschichtsverein gab es in Key Largo keine Notwendigkeit. Was der Hurrikan von fünfunddreißig nicht weggefegt hatte, an dem machten sich jetzt die Bulldozer zu schaffen.

Überall gab es Schatten, wo es nie zuvor Schatten gegeben hatte. Die ältesten Dinge, die man im Umkreis von hundert Meilen finden konnte, waren die Leute. Und alle, bis auf eine Handvoll, waren Neuankömmlinge, Schnorchler und Pensionäre, die an die Einkaufszentren und die riesigen Parkplätze zu Hause so gewöhnt waren, ja so stolz auf ihre Ladenpassagen, so flink, den Conchs zu schildern, in welchem Luxus das übrige Amerika schwamm, daß es allerorten Überläufer gegeben hatte.

Selbst einige von Kates ältesten Freunden waren ihr untreu geworden. Großmärkte, nicht Waldratten. Sie waren es nach all den Jahren leid, für jeden wichtigen Einkauf rauf nach Miami fahren zu müssen. Waren es leid, Pioniere zu sein. Thorn dachte diesen Moment lang daran, zu wenden und nach Norden zu fahren, bis der Cadillac den Geist aufgäbe. Dort zu leben, wo immer das auch wäre. Besser dort zu leben, wo die Hoffnung längst vergangen war, als hier zu bleiben und zu sehen, wie sich langsam alles auflöste, Schritt für Schritt.

Aber er fuhr heim, blieb eine Zeitlang im Wagen sitzen, dann lief er raus bis ans Ende seines Piers. Blieb da einfach stehen, atmete, ohne den Blick auf irgend etwas zu richten. Es war zehn, als Sarah endlich kam.

Thorn blieb draußen auf dem Pier und sah ihr zu, wie sie aus ihrem roten Trans Am ausstieg. Sah zu, wie sie ging wie sie gekleidet war, wie ihr Haar wehte. Sahen Drogenschmuggler so aus? Er konnte nichts feststellen. Sie trug braune Cordjeans, eine dunkle, kurzärmelige Bluse, Tennisschuhe. Sonnenbrille. Ihr Gang, ihr Haar verrieten nichts.

Sie kam auf den Pier, blieb vor ihm stehen und fragte ihn, wie es ihm gehe, und er sagte okay. Er sagte, er brauche einen Drink.

»Meinst du, ich soll mitkommen?«

Nachdem er sie eine Weile angesehen hatte, erwiderte er, das meine er, er denke, sie solle mitkommen. Er ließ sie seine Hand ergreifen, als sie zu ihrem Wagen gingen.

Thorn sagte, sie solle nach Vacation Island fahren. Es war die Ausflugsinsel, an der Kate und Dr. Bill vor dreißig Jahren einen Anteil gekauft hatten. Jahrelang hatte es da nichts weiter als ein paar Holzhäuschen gegeben. Es war für die Trumans ein bequemer Ort gewesen, um ihr Boot festzumachen und an den Wochenenden rauszufahren, wenn sie wollten. Sugarmans Pflegemutter, eine Weiße in Kates Alter, hatte zu den Besitzern gehört und Sugarman jedes Wochenende hingebracht, damit er mit den anderen Kindern angeln und bootfahren und schnorcheln konnte.

Sarah parkte und wartete. Thorn sah durch die Windschutzscheibe.

»Warum hier?« fragte sie.

»Ich muß was erledigen«, sagte Thorn.

Thorn führte sie herum, zeigte ihr, wo die Häuschen gewesen waren, der Bootssteg, das Volleyballfeld, die Krocketbahn. Die langen Picknicktische und die gemauerte Grillgrube, um die sich die fünf oder sechs Familien versammelt, ihre Fische und Kartoffeln gebraten und ihre Lieder gesungen hatten.

Einer der Teilhaber von Vacation Island war ein Anwalt gewesen, und er hatte die Idee gehabt, am einen Ende ein kleines Motel zu errichten, etwas, was nicht viel Scherereien machen und ein bißchen Bares einbringen würde. Etwas, wo man Verwandte unterbringen konnte, wenn sie auf Besuch kamen. Steuervorteile.

Alles weitere geschah so allmählich, daß niemand je Einspruch erhob. Hier ein paar Mangroven ausgerissen, dort ein kleiner Erddamm aufgeschüttet. Noch ein Haus. Etwas Unterholz gerodet. Thorn erinnerte sich noch immer an einen herrlichen Herbsttag, das erste kühle Wetter im Jahr, Anfang der Siebziger. Er war an einem turbulenten Volleyballspiel vorbei raus zu seinem kleinen Motorboot gegangen und hatte nicht einen Menschen gesehen, den er kannte. Die Invasion war komplett, die Fremden in der Überzahl.

Inzwischen war Vacation Island völlig öffentlich. Ein System von Liegeplätzen, drei Bars, ein vierstöckiges Motel, zwei bürgerliche Restaurants und ein elegantes, eine Snackbar und eine Reihe von Spezialitäten-Boutiquen. Zu Kates Entsetzen war die Insel in den letzten paar Jahren außerdem zur bekannten Abschleppe für Singles geworden.

Er führte Sarah zu einem Schuppen aus verwittertem, grauem Fichtenholz, der hinter einer Bikini-Boutique lag. Die Bretter an der Seite verzogen, das Wellblechdach verrostet. Das einzige Bauwerk aus jenen Tagen, das noch da war. Vor zehn Jahren, als Thorn aufgehört hatte, Touristen über die Flachs zu schippern, hatte er sein Boot und den verbeulten Evinrude darin verstaut.

Thorn fand den Schlüssel an seinem Schlüsselbund. Er öffnete das Vorhängschloß, stieß die schweren Doppeltüren auf und blickte in den düsteren Raum. Der Motor war auf einen Sägebock montiert, der mitten im Schuppen stand. Thorn ging hin und legte seine Hand auf die Abdeckung.

»Den muß ich wieder in Gang bringen«, sagte er zu ihr.

Sie stand da, und das Sonnenlicht legte einen glänzenden Strahlenkranz um ihr Haar. Sie nickte, sie habe verstanden.

Zuerst säuberte und fettete er die Werkzeuge, die er in der Werkbank zurückgelassen hatte, und dann nahm er den Dreißig-

PS-Motor auseinander. Mit einem Spachtel kratzte er den Rost von den Zylinderköpfen. Er schickte Sarah nach neuen Ventilen und Dichtungsringen. Er zerlegte den Vergaser, weichte die Einzelteile in Benzin ein und baute sie wieder zusammen. Alle Gummiteile waren verrottet. Es waren neue Kontakte und Stecker nötig. Als Sarah mit den Dichtungsringen zurückkam, schickte er sie mit einer neuen Ersatzteilliste gleich noch mal los. Die Zylinder waren okay, ein bißchen verschrammt, aber okay. Er polierte die Ringe.

Später stand Sarah in der Tür des Schuppens, sah ihm beim Arbeiten zu und brachte ihm alle halbe Stunde ein frisches Bier. Er ließ ein Rinnsal schwarzes Öl aus dem unteren Teil des Motors ab, spülte ihn aus. Das Getriebe war ohne Rost, das Schwungrad bewegte sich noch.

Gegen sechs hievte er den Motor auf das Boot und zog es auf dem Anhänger per Hand auf den Pier. Während Sarah und ein paar von den Seeleuten von ihren Hochseeyachten aus zusahen, goß Thorn ein Schlückchen Benzin in den Vergaser und versuchte den alten Evinrude anzuwerfen. Beim fünften Mal sprang er an und rülpste blauen Rauch aus, und die Schraube begann träge durch das Wasser zu gleiten. Einige der Seeleute klatschten.

»Gute Arbeit, Thorn!« rief einer von ihnen.

Thorn stand auf dem Boot, atmete rasch und blickte sich um.

»Bist du okay?« fragte Sarah.

Er sagte ja, das sei er. Aber er sah an ihrem Gesicht und an den Augen der anderen, daß ihm keiner glaubte. Er senkte den Blick langsam auf seine rechte Hand. Sie war zu einer steifen Klaue erstarrt, als hätte er noch immer seinen Schraubenschlüssel gepackt.

»Vielleicht würde mir ein Drink weiterhelfen«, sagte er. »Vier Drinks.«

»Ist doch klar.«

»Zehn Drinks«, sagte Thorn.

Sie gingen in die Tiki-Bar in der obersten Etage des Motels. Sarah bestellte sich Eistee. Budweiser für Thorn. Sie fragte ihn, was er an Fakten erfahren habe, und er erzählte ihr alles: das Marihuana an Bord, die Vergewaltigung, die Tatsache, daß Kate auf Gelbschwanzfang gegangen war. Er beobachtete sie, suchte nach irgendwelchen Zeichen, ohne Ergebnis. Später wurde sie stumm, saß nur da und sah Thorn in seinen schmierigen Klamotten zu, nahm das Beileid des Barmanns und der Kellnerinnen entgegen und trank ihren geeisten Tee.

Um sieben gingen sie nach unten in die Coconut Hut neben dem Pool. Saßen sich unter dem Schirm an einem Kabelspulentisch gegenüber. Thorn jetzt mit Bourbon, Sarah immer noch mit Tee. Biß sich hin und wieder auf die Lippe, wich Thorns gelegentlichem Blick aus. Ein paar Touristen liefen herum. Wochenmitte, Mittsommer. Thorn versuchte, nicht an Sally Spencer zu denken, wo sie war, was sie gerade tat.

Als die Sonne endlich unterging, stieg Thorn auf Tequila um: im Margaritaville Express, einer kleinen Bar in einer Bude am Rande des armseligen, künstlich angelegten Strandes von Vacation Island. Sie saßen am Tresen, und Thorn beobachtete zwei Typen, die draußen auf dem abendlichen Wasser Jet-Ski liefen. Scheinwerfer warfen ihre Kegel auf den Atlantik.

Um halb neun bestellte sich Sarah gebackene Muscheln, aß schweigend. Thorn registrierte, wie das Abend- und Nachtpublikum langsam seine Plätze einnahm. Während Sarah aß und in ihren Teller starrte, drehte er seinen Hocker herum und hörte den beiden Krankenschwestern aus Michigan zu, die noch betrunkener als er zu sein schienen. Redeten, um ihm zu gefallen. Äugelten von ihrem kleinen Picknicktisch zu ihm rauf.

»Blasen, Blasen, Blasen«, sagte die mit den roten Haaren. »Ich hör nichts anderes mehr.«

Ihre schwarzhaarige Freundin mit der getönten Pilotenbrille lächelte zum fünfzehnten Mal zu Thorn rüber. »Die Typen sehen das anders«, sagte sie und sah ihre Freundin an. »Sie denken, es ist der reine Kaviar, sie tun dir einen Gefallen. Sie wären die knorrige Gabe Gottes für alle, die da unten anders ausgestattet sind.«

»Der im Pier House.«

»Freddy.«

»Ja, ja«, sagte die Rothaarige und funkte noch eine Aufforderung zu Thorn rüber. Steig runter von deinem Hocker, großer Junge. Lang zu. »Blasen, Blasen. Er wollte, daß ich es ihm in seinem Porsche mache, während er sich den Sonnenuntergang ansieht.«

»Romantischer Bursche.«

»Fahre ich viertausend Meilen, um meinen Kopf unter irgend 'n

Steuerrad zu klemmen? Während ein Typ, der meint, sein schrammeliger Porsche macht aus ihm 'n tollen Filmstar, sich den Sonnenuntergang ansieht? Haste gedacht.«

»Hört, du bist Krankenschwester und denkt: Oh, Mann, fühl mir den Puls, miß meine Temperatur. Ich glaub', ich hab' Fieber.«

Sarah stieß Thorn am Ellbogen an.

»Fertig?«

Thorn beobachtete, wie die Jet-Skier in die Lichtflecke hineinsausten und wieder verschwanden. Stellte sich vor, wie es wäre da draußen im Dunkeln, verloren; kein Bezugspunkt als diese blinde, weiße Bühne.

»Ja«, sagte er und kletterte von seinem wackeligen Barhocker.

Zwei Typen in Tennisshorts und Hawaiihemden standen am Tisch der beiden Krankenschwestern. Ein Winzling mit einem Fünf-Uhr-Bart, fiesen kleinen Augen, das Haar hinten zu einer kreisrunden Platte gelichtet. Der andere groß und schwer, mit einer Piratenaugenklappe, langen, fettigen Haaren. Sie mußte dieses ganze Lutschgerede automatisch angelockt haben. Ein letztes Lächeln der Rothaarigen für Thorn, ehe sie sich auf den Neuen stürzte, dessen Hawaiihemd über der schwarzen, lockigen Brust geöffnet war.

Thorn sagte: »Ich weiß, wer's getan hat.«

»Du bist besoffen, Thorn.« Sie rührte mit dem Strohhalm im Rest ihres Eistees.

Thorn beobachtete, wie der Kleine, Angespannte in seinem Hawaiihemd unter dem Tisch die Hand zum Knie der Rothaarigen gleiten ließ und auf dieser glatten Bahn aufwärtszurutschen begann.

Thorn blickte auf die Rechnung und legte etwas Geld drauf.

Er sagte »Der Kerl in der Volksschule. Neulich abend, der Holzhacker. Der Kerl, dem ich das Maul gestopft habe.« Thorn schlug mit der offenen Hand auf die Bar.

»Mein Gott, Thorn.« Sarah hängte sich ihre Tasche über die Schulter. »Es gibt Hunderte wie den. Ihre Frauen. Ihre Kinder. Alle könnten 'n riesigen Groll gegen Kate gehabt haben. Dieser Bursche war nichts Besonderes.«

Die beiden Hawaiihemden beobachteten Thorn. Ihre Krankenschwestern verschwanden zur Toilette. Die Typen waren unsicher, ob Thorn einfach irgendein Besoffener war oder Unterhaltungsmöglichkeiten bot.

Thorn blickte sich nach den Picknicktischen um, Paare mit ihren rosa Drinks, ihren Biergläsern, Weihnachtslichter, die sich von Kokospalmen herunterschwangen. All das plötzlich in brutaler Scharfeinstellung. Alle diese Leute, die ihre Pommes frites da auf den Boden fallen ließen, wo Dr. Bill die Kinder gelehrt hatte, wie man Fische ausnimmt, und wo Kate ihnen die Namen der Sternbilder beigebracht hatte, und wie die Lieder, die sie kannten, weitergingen.

Erst als sie sich in Sarahs Trans Am die zwanzig Meilen von Lower Matecumbe Key zurück nach Key Largo auf den Weg machten, begannen Thorns Augen endlich zu schwimmen. Er ließ den Kopf gegen die Kopfstütze plumpsen, schloß die Augen, spürte aber das gutturale Vibrieren des Auspufftopfes, das Rucken am Steuerrad von Sarahs ängstlicher Spätnachts-Fahrerei, jedes scharfe Klatschen von Nachtinsekten gegen die Windschutzscheibe.

Vor seinem Pfahlhaus parkte Sarah so nahe auf dem Gras an der Treppe, wie sie nur konnte. Sie half Thorn, sich aus dem engen Wagen zu befreien, bugsierte ihn die Treppe rauf.

Öffnete die Tür für ihn und gab ihm einen leichten Schubs ins Zimmer hinein.

Thorn fragte: »Bleibst du? Ich fänd's schön, wenn du bleibst.«

»Ich bleibe«, sagte sie von weit weg. »Ich bin gleich wieder da.«

Thorn zog sich im Dunkeln aus. Er fühlte das Schwanken und Wiegen der Sauferei, und das Haus bewegte sich in einem mäßigen Wellengang hoch und runter. Er versuchte, sich die Zähne zu putzen, das Ritual wieder aufzunehmen, aber er bekam von der Zahnpasta die Verschraubung nicht ab.

Er hörte Sarah draußen auf der Veranda. Ging mit der Tube in der Hand zur Tür und sah sie in Dr. Bills Sessel sitzen; kleine krampfhafte Zuckungen erschütterten sie.

Thorn wankte auf die Veranda, fand die Richtung und blinzelte auf die zitternde Bay. Er trat neben ihren Sessel und sah zu ihr runter. Sie hielt das Gesicht in den Händen vergraben. Er wollte die Hand ausstrecken und sie ihr auf die Schulter legen, sie zurückholen. Aber Sarah schien bereits zu weit davongesegelt zu sein.

13

Irv war froh, daß die schwarzhaarige Göttin die Bar verlassen hatte. Er hatte Schwierigkeiten gehabt, sich auf seine Krankenschwester zu konzentrieren. Und der sonnengebräunte Deckhengst, mit dem die göttliche Queenie geredet hatte, dieser blonde Bursche, der einen Tequila nach dem anderen in sich reingoß und aussah wie eine Kreuzung zwischen Jimmy Buffet und, wie hieß noch dieser verdammte Tennisroboter, Björn Borg? Dieser Kerl hatte Irv unentwegt angestarrt, und zwar derart, daß Irv schon an einem Plan gebrütet hatte, die beiden draußen auf dem Parkplatz zu überfallen. Um mit der Göttin vielleicht für ein paar lustige Stunden durchzubrennen, für den blonden Schwengel einen Sumpf zu finden.

Irv dachte, die schwarzhaarige Queenie sehe ganz ähnlich wie diese Eisläuferin bei der Olympiade vor ein paar Jahren aus, sehr weiße Haut, sehr schwarzes Haar, blutergußblaue Augen, schläfrig feucht, vielleicht ein bißchen verkniffen. Und schöne, markante Wangenknochen, ein hübscher, langer Hals. Was zum Festhalten.

Jedenfalls strickte Irv gerade an der Parkplatzszene, als seine neue Freundin, die Krankenschwester, ihn unter dem Tisch leicht kniff, an seinem Allerheiligsten rumzwickte und -drehte. Peng! war er wieder bei ihr, zur Hölle mit Queenie und dem besoffenen blonden Kerl.

Und jetzt, wo die Schwestern in Richtung Toilette verschwunden waren, stellte Irv sich vor, wie er sich in ihre Diaphragmen hineinzwängen würde, und er und Milburn saßen einfach da und wurden geiler und geiler.

»Sie haben uns verladen, Mann«, sagte Milburn. »Diese Rothaarige mit ihren Zeppelinen.«

»He, keine Sorge«, sagte Irv. »In fünf Minuten wird sie wieder hier sein. Ich seh ja schon ihre Brustwarzen vor mir.«

Die Krankenschwestern kamen schließlich zurück, mißtrauisch jetzt, als hätten sie über die Frage diskutiert, ob sie sich die beiden tatsächlich aufreißen sollten. Irv, der das bemerkte, schaltete runter auf ehrlich, legte Ehrlichkeit in seine Stimme. Sie brauchten zehn Minuten, aber dann lotsten er und Milburn die beiden runter zum Pier.

Nette Jungs, die den Besuchern die Sehenswürdigkeiten zeigen. Freundliche Herren, die eine Mondscheinfahrt in ihrem schicken Motorboot vorschlagen. Blicke werden nach allen Seiten gewechselt. Irv, der eine Hauptrolle spielt, moderner, emanzipierter Mann, voller Hochachtung für Frauen. Harmlos und höflich. Milburn lächelt wie ein Eunuch.

Irv dachte an Cary Grant, Rock Hudson, Charme Charme. Schließlich schwatzte er sie an Bord. Milburn machte los, Irv warf die Mercs an.

Sofort schrie die Rothaarige »Wieviel PS hat denn das Ding?« Versuchte mitzuhalten, sich zu verhalten, als wär das die Art Wahnsinn, an den sie gewöhnt war, Kerle wie ihn, Boote wie das.

Irv lächelte sie nur an und drückte den Gashebel nach unten, ließ die andere gegen Milburn taumeln. Sein Rendezvous, also soll er seinen Spaß haben, oder? Aber er schreit zu Irv rüber, daß er langsamer fahren soll.

An dieser Schwarzhaarigen, Emanzensonnenbrille, mochte Irv nicht, wie sie ihn ausgeforscht, am Pier herumgelabert hatte, wohin sie denn führen, wie lang. Er hätte ihr um ein Haar gleich dort gesagt, sie solle sich verpissen. Da bot er ihr eine Bootsfahrt auf einem Scarab mit zwei Vierhundert-PS-Mercs an, und sie zickte rum, ob es sich für sie lohnen würde oder nicht. Kurzerhand hatte er sie Milburn zugedacht. Bis dahin hatte er beide angemacht, sich aber nicht entschieden, welche seine wäre.

Milburn schrie ihm wieder zu, verflucht noch mal langsamer zu fahren. Er ging ein bißchen runter, peilte das Markierungsfeuer auf der Mosquito Bank an. Seine Rothaarige ringelte ihren Arm durch seinen und rieb die Seite ihrer Brust an seinem Bizeps. Er sah sie an und ließ die Hand zur Vorderseite ihrer Shorts sinken, ließ sie da eine Sekunde baumeln und tippte sie mit dem kleinen Finger an.

»Sicher, daß du für mich bereit bist?« fragte er sie, und der Wind riß an seiner Stimme. Sie lächelte ihn an und bibberte ja, zog seinen Arm etwas enger an sich.

Milburn war von der anderen Seite neben Irv getreten. Seine Mieze hatte sich an der Rückseite des Cockpits gegen den Lederpuffer gelehnt.

»Laß uns zurückfahren.«

»Wir fahren zurück, wenn ich damit fertig bin, den Damen mein Boot zu zeigen.«

»Hör mal, Irv. Penny fühlt sich nicht wohl, und bei mir geht's auch schon los.«

Irv donnerte weiter auf das Licht an der Mosquito Bank zu, mittlerweile rubbelte er mit der Handkante an ihren Shorts herum. Meinte, es brodeln zu fühlen.

Milburn ging zu seiner Schwarzen zurück. Sie redeten miteinander, Milburn mit seinem Arm um ihre Schultern. Reizende Leute, genau, was Milburn brauchte, eine Frau, die Männer haßte. Perfekt. Was Irv betraf, sein Schätzchen war genau richtig, eine, die ihn mit Spucke polieren und glücklich drüber sein würde.

Am Markierungsfeuer schaltete Irv die Motoren ab. Während er aus dem kleinen Kombüsenkühlschrank eine Flasche Champagner holte, fingen die drei hinten an zu flüstern. Die Emanze schien ihrer Freundin die Situation klarmachen zu wollen.

Irv brachte den Champagner und gestielte Plastikgläser nach oben und stellte alles auf das Schaltpult. Er trank einen raschen Schluck und goß sich noch einen ein.

»Irv«, sagte die Rothaarige beim Näherkommen, »wir fahren am besten zurück. Penny ist schlecht. Und mir ist tatsächlich auch 'n bißchen übel.«

»Quatsch übel«, sagte Irv. »Wir sind hier draußen, das Wasser, der Mond und die Sterne. Warme Sommernacht. Manche Mädchen würden sich für so 'ne Gelegenheit umbringen. Hier ist das Paradies. Guck dir diese Sterne an.« Irv bemerkte, daß sie ihrer Freundin einen besorgten Blick rüberschickte. »Ich sagte, guck dir die Scheißsterne an.«

Sie starrte ihn an, und ihr Leben wurde etwas unheimlicher, als sie gewollt hatte.

»Hör mit dem Scheiß auf, Irv«, sagte Milburn. »Laß uns zurückfahren.«

»Wir wollen schwimmen«, sagte Irv. Er langte unter das Schaltpult und zog die Boots-.44er raus. »Ein Nacktbad, meine Damen.«

»Quatsch, Irv. Fang nicht mit einer von diesen Touren an.«

»Na los, meine Damen. Ein kleines Bad. Ich möchte mal sehen, in welcher Form ihr beiden hübschen Ladies seid. Ich möchte 'n kleines Wettschwimmen sehen. Zum Beispiel rüber zum Markierungsfeuer. Wer gewinnt, kriegt ... was ihr wollt. Eine Fahrt zurück, ein warmes Handtuch.« Irv zielte mit der Pistole auf eine, dann auf die andere. Nahm der Emanze auf der Stelle den Mumm.

»Was soll das, Irv?« Die Rothaarige machte einen Schritt auf ihn zu.

Milburn sagte. »Er spaßt nicht. Manchmal wird er so.«

»Okay, okay, Himmelherrgott.« Die Rothaarige begann sich auszuziehen. Ihre Freundin stand da und starrte Irv an.

»Mir ist es egal, Penny, wenn er gucken will. Und es ist wirklich eine herrliche Nacht.« Ganz das Mädchen von der Sorte, die das Beste draus macht. »Kommt ihr auch rein?«

»Klar, Baby, sobald ihr mit eurem Wettschwimmen fertig seid. Na los, Prinzessin«, sagte er zu der anderen. »Wir wollen ein Wettschwimmen sehen. Rüber zum Licht. Zeigt mal, was ihr könnt.« Er spannte den Hahn mit der offenen Linken, alte dramatische Cowboy-Masche. John Wayne, der seinem Kumpel gleich einen Silberdollar aus der Hand schießen wird. Langsam und sorgfältig. Tolle Nummer, die einen den Arsch zusammenkneifen läßt.

»Steigt die Leiter runter«, sagte Milburn, als beide nackt waren. Nicht genug Scheißlicht, um richtig gut zu sehen. Aber beide waren toll gebaut. Fest, prima Beine. Die Rothaarige mit einer gigantischen Titte und einer normalen. Das war was Neues.

Sie stiegen ins Wasser. Schien, als hätte die Schwarzhaarige vielleicht ein bißchen gewimmert. Sie schwammen Seite an Seite davon, im Bruststil aufs Licht zu. Sieben Meilen vom Ufer entfernt.

»Komm, Irv. Das ist doch Scheiße. Was ist, wenn sie zurückkommen und 'n Riesenstunk machen?«

»Na und? Sie kennen unsere Namen nicht. Sie wissen 'n Scheiß über Boote. Niemand dort hat uns gesehen. Wenn sie im Yachthafen einen Dockmeister hätten, würde ich mir Sorgen machen. Aber was wollen sie sagen, wer wir sind?« Er beobachtete, wie die beiden davonruderten. Milburn schüttelte den Kopf, ging nach hinten und hockte sich auf den Hecksitz.

»Jedenfalls, auch wenn wir nicht gevögelt haben«, sagte Irv, »zumindest hatten wir 'n schönen Blick auf dieses Vacation Island.«

»Na *und?*«

»Und haben was dazugelernt. Diese Lady, die wir kaltgemacht haben. Die war nicht bloß irgend 'ne kleine Fremdenführerin zum Fischengehen. Verstehst du, ich hab' dir gesagt, es zahlt sich aus, wenn man sich nach 'm Job die Todesanzeigen schnappt. Wie willst du rauskriegen, wen du erledigt hast, wenn du nicht die Zeitungen liest? Und kannst du das glauben, diese Insel hier? Vacation Island. Das ist ganz großes Geld. Kannst du dir vorstellen, so was wie diese Insel zu besitzen?«

»Red ernsthaft, Mann.«

»Ich mach keinen Spaß. Alle die Puppen, die du rumlaufen hättest. Restaurants, alles, was du essen möchtest, du verlangst einfach von deinem Scheiß-Küchenchef, daß er's kocht. Mann, wie deine eigene kleine Welt. Du könntest leben wie irgendein Scheiß-Kaiser. Wenn dir was nicht paßt, schmeißt du die Leute einfach raus, engagierst irgendwelche Arschkriecher, und schon ist alles geritzt. Das sagt mir zu, Milburn. Ich weiß nicht, warum, aber es gefällt mir. Einen Ort mein Eigentum zu nennen.«

»Und wie willst du ihn dieser Ricki abnehmen?« Versuchte, gelangweilt zu klingen, aber Irv hörte es raus: Der fette Sack sah da irgendwo für sich eine freie Zitze.

»Och, ich weiß nicht. Ich denke, wir müssen runter nach Key West, wie ich schon sagte. Mit ihr warm werden. Meinen berühmten Scheißcharme einsetzen. Die Kilowatts aufdrehen.«

Irv setzte die riesigen Motoren in Gang. Er richtete den Scheinwerfer auf die Mädchen. Sie waren inzwischen am Leuchtfeuer angekommen. Er trödelte rüber, auf sie zu. Die Rothaarig hielt sich an den Balken des Markierungsfeuers fest, wahrscheinlich schnitt sie sich wie verrückt an den Entenmuscheln. Er fuhr bis drei Meter an sie ran, ehe er den Gashebel mit einem Ruck nach unten preßte und gleichzeitig den Trimmschalter umlegte, so daß er sie in einer ungeheuren Heckwelle herumplanschen ließ.

»Ich hab' dich gerettet, Mann!« schrie Irv nach hinten zu Milburn rüber. »Diese Zicke war bloß drauf aus, ihre *cojones*-Sammlung zu vergrößern.« Sie rasten an der Riffgrenze lang nach Norden, zurück zum Coral Reef Club.

14

Das bißchen Wind zauste nur die Wipfel von Thorns Bäumen, so schwül und nutzlos wie Dachbodenluft. Er und Sugarman saßen draußen auf Thorns Veranda. Sarah war drinnen, zog sich an.

Thorns Kater war prächtig gediehen. Er steckte hinter seiner dunkelsten Angelbrille, seine Augen waren hypersensibel und hielten den Takt mit seinem Herzen. Er trug ein Paar abgeschnittene Bluejeans, braune Bootsschuhe und ein orangefarbenes T-Shirt, auf dem *Key West, The Last Resort* stand.

Sugarman war stumm geblieben, seit er die Tür aufgemacht und Thorn und Sarah gefunden hatte, schlafend in die Laken verheddert, die Sonne schon ziemlich hoch.

»Also, dann los«, sagte Thorn. Er trank noch einen kleinen Schluck aus der Dose Coke, versuchte, den Kopf so gerade wie möglich zu halten. »Was hast du auf dem Herzen?«

»Zuerst du, Thorn.«

»Was denn?«

Sugarman sagte: »Du wirst doch nicht wie einer von denen sein. In der Gegend rumziehen und spät nachts an Türen klopfen. Niemandem seine Rechte verlesen. Einzelgänger-Justiz.«

Thorn hob die Augen, sah ihn an.

»Komme ich dir so vor?«

»Ja, genau so.«

»Ich bin Pazifist, Mann«, sagte Thorn.

»So hast du dir sicher auch deine kaputten Fingerknöchel geholt«, sagte Sugarman, »indem du extrem friedlich mit irgendeinem Burschen umgegangen bist.«

Thorn sagte okay, okay.

»Also, die Sache steht folgendermaßen. Die Drogenjungs sind jetzt dran. Gestern haben sie den ganzen Tag das Boot untersucht, haben Köderreste aus dem Deck gepolkt, mit Computern dran rumgeschnüffelt, um zu sehen, aus welchem Meer sie stammen. Pingelkram. Die Kugeln hatten sie schon im Labor und wieder draußen. Hackten alles in den Computer der Nationalen Verbrechensinformation rein, und peng sagt der: ›Entschuldigung, Jungs, fangt noch mal von vorne an. Das hier ergibt null.‹«

»Ist das die Information, die mich davon abhalten soll, irgendwelche Türen einzutreten?«

»Warte 'n Moment«, sagte Sugarman. »Wir wissen, es waren zwei. Sie haben Kate für die Nacht gechartert, sie fahren raus zum Riff, krachen sich mit ihr; die Köder werden ausgeworfen; dann gehen die Pistolen los; dann wird das Marihuana ausgestreut. Reine Archäologie. Schichten. Alles genau in Schichten vorhanden.

Ned McLean war am Pickles Reef, holte Schnappbarsche rauf, gegen elf, Montag nacht. Er hörte das Schießen, aber er rührte sich nicht vom Fleck, weil er dachte, es wäre ein Drogendeal, der schief läuft. Sein Funkgerät war nicht in Ordnung, deshalb hat er bis gestern niemandem was drüber erzählt. Blieb die ganze Nacht da draußen, er hatte so'n Schiß, daß er sich nicht traute, den Motor anzuwerfen.

Dann rief Larry Mayfield von Trembles Yachthafen an und erzählte, daß Kate an seinem Pier um fünf Uhr gebunkert hätte. Sie sagte ihm, sie hätte für den Abend zwei Kubaner an Bord. Kaufte sechs Säcke Köder.

Und wir wissen, daß es ein Großer und ein Kleiner waren. Von den Fußspuren. Wir haben zwei Paar neue Schuhe. Einen schwarzen Faden, der an der Kabinentür hängengeblieben ist. Und wir haben eine Angelrute mit 'ner blutigen Spitze.«

Thorn schwieg und kniff sich in den Nasenrücken.

»Sieht für uns so aus, als hätte Kate ein, zwei Schläge ausgeteilt. Die Rute ist im Labor in Miami.«

Thorn schüttelte den Kopf, sah Sugarman an und versuchte, die Szene wegzudrücken, die sich in seinem Kopf bildete.

»Die Rauschgiftschnüffler hängen sich an die Drogengeschichte. Das bringt ihre Mühlen zum Klappern. Es ist völlig egal, was ich ihnen über Kate erzähle. Wenn man sie fragt, hat Kate Pot geschmuggelt. Sie ist tot, weil sie ihre Gewerkschaftskarte nicht bei sich hatte. Sie sagen, das Dope wurde als Warnung ausgestreut. Laßt ihr anderen es euch eine Lehre sein. Schlicht und einfach. Legt den ganzen Fall unter ›Dumme Amateure‹ ab.«

Er hörte, daß mit Sugarmans Stimme irgendwas nicht stimmte. So wie er war, wenn jemand im selben Raum ›Nigger‹ flüsterte.

Sugarman sagte: »Aber es geht nicht um Drogen. Könnte eine

Reaktion auf ihre Umweltgeschichte sein, oder es ist etwas, worüber wir noch nichts wissen. Aber ich bin so sicher wie du, daß es nicht um Drogen ging.«

Thorn begegnete Sugarmans Augen, und er sah, wie ernst sie geworden waren. Düster und gelb.

Sugarman sagte: »Ich hab' das Boot abschleppen lassen. Larry Mayfield macht's sauber, bessert 'n paar Stellen aus. Er bringt's rum zu Kates Pier. Du brauchst dich also nicht drum zu kümmern.«

»Aber da ist doch noch was, oder?«

»Nicht wegen Kate.« Sugarman sah auf die Verandatüren. Drinnen rauschte die Toilette.

»Sarah?«

»Nein, es ist wieder Jeannie.« Sugarman holte Luft. »Ich möchte nicht weiter drüber reden.«

Thorn sagte nichts. Er versuchte einen Atemzug an dem Pochen in seiner Kehle vorbeizuschieben. Es war nicht mehr der Brummschädel. Es war Kate, wie sie mit der Angelrute zuschlug. Mutig gewitzt. Tot.

»Ich weiß, es ist nicht die Zeit, Mann, aber ich muß es dir erzählen.« Sugarman sah immer noch zu den Verandatüren hinüber. Er sagte: »Sie hat die vergangene Nacht bei diesem Priester zugebracht. Dem Kerl, von dem ich dir erzählt habe. Robert Redford mit Bibel. Sie steht, als sie weggeht, mit ihrem Koffer an der Tür und sagt zu mir, ich bin ihr nicht sinnlich genug. Sie muß diesen Honkie haben.«

Sugarman wandte sein Gesicht zum Blackwater Sound.

»Sie sagt, sie will 'n paar Nächte dort bleiben und 'n paar Nächte zu Hause. Sagt, sie liebt uns beide, aber auf verschiedene Art. Ich weiß nicht, Thorn. Ich denke, ich bin sinnlich, ich glaube, ich bin verdammt leidenschaftlich.«

Thorn nickte.

»Ich weiß nicht, was zum Teufel ich ihr sagen soll. Ich hab' tatsächlich schon dran gedacht, gestern abend diese Fernsehtante anzurufen, die mit dem Akzent. So schlimm ist das geworden.« Sugarman lachte müde. Thorn brachte ein Lächeln zustande. Studierte den Horizont.

Als die Tür aufging und Sarah in weißen Shorts und einer weißen Bluse rauskam, drehte Thorn sich um und meinte, er höre leise Musik. Sein Brummkopf spielte ihm blöde Streiche. Er versuchte, sein Lächeln zu dämpfen. Wußte, er tat es nicht, hielt nichts geheim vor niemandem.

Sugarman stand auf, nickte ihr zu, und Thorn stellte sie einander vor. Sugarman streckte seine Hand aus, und sie schüttelte sie wie ein Mann.

»Na, bin ich heute immer noch eine Drogenschmugglerin?« fragte sie. »Sollte ich mich mal langsam nach einem Bürgen umsehen?«

Sugarman sagte: »Thorn, du Quatschmaul.«

»Ich hab's ihr gesagt, yeah. Warum sollte ich nicht? Du glaubst es ja sowieso nicht. Wirkt sie auf dich wie 'ne Cannabisbiene?«

Sugarman schüttelte traurig den Kopf und ließ ein leises Stöhnen hören. Schlampiges Vorgehen, verließ sich zu sehr auf Leute wie Thorn.

»Ich werde Ihre Fragen mit Freuden beantworten«, sagte sie.

Sie warfen sich um den Tisch herum einen raschen Blick zu.

»Was soll ich sagen, Sugar?« fragte Thorn, während er die Hand ausstreckte und Sarah am Arm berührte. »Ich kriege Warzen, wenn ich jemanden anlüge. Dicke, häßliche Warzen. Groß wie Flaschenkappen.«

Sugarman blieb noch fünf Minuten und hörte zu, wie Thorn Sarah erklärte, was die Polizei bis jetzt erfahren hatte. Er sah verstohlen zu ihr rüber.

Als er gegangen war, stand Sarah auf und sagte: »Ich muß mit dir wohinfahren. Du mußt unbedingt etwas sehen.«

»Die Sache hier *hat* was mit dir zu tun?«

»Ich weiß nicht«, sagte sie. »Ich hoffe nicht. Ich hoffe, ganz bestimmt nicht.«

Sie fuhren in ihrem Trans Am nach Süden, fast bis zum Plantation Key. Thorn beobachtete ihre Hände an dem kleinen Steuerrad, beobachtete, wie sie sauber schaltete, sich an die Geschwindigkeitsbegrenzung hielt, sich aber um Winnebagos herumschlängelte, den langsameren Ortsverkehr, sich nirgendwo aufhalten ließ. Sie fuhr, als sei sie gewohnt, viel schneller zu fahren, keine nutzlose Bewegung, alle vierhundert Pferde wußten, wer hier die Peitsche in Händen hielt.

Er sagte zu ihr, sie sei eine gute Fahrerin.

Sie gab keine Antwort.

»Ich meinte es als Kompliment.«

»Es ist einfach ein heikles Thema.«

Thorn schwieg, betrachtete ihr Profil, und die Lüftung zerzauste ihr das Haar.

Sie sagte: »Fahren ist wichtig für mich.«

Thorn fragte sich, wie er in so ein Minenfeld tappen konnte.

Sarah hielt die Straße im Blick, sagte »Mein Vater ist an schlechtem Fahren gestorben.«

»Du hast nie was gesagt.«

»Ist lange her.«

Thorn legte die Hand auf ihre Schulter. »Es ist egal, wie lange es her ist. Diese Dinge dauern. Ich weiß das.«

»Ja, das glaube ich dir«, sagte sie.

Auf der Bayseite bog sie in einen Schotterweg ein, gleich hinter dem Meilenstein zweiundneunzig. Da hinten hatte mal ein kleines Fischercamp gelegen, auf vielleicht fünfzehn Acres. Er wußte zwar, die Fischerhäuschen waren weg, sonst aber hatte er dem Ort nie besondere Beachtung geschenkt.

Sarah stieg aus und ging vor zu einer rostigen Kette, die quer über die Straße gespannt war. Sie fand den Schlüssel an einem großen Schlüsselbund, den sie aus ihrer Handtasche zog und öffnete das Vorhängeschloß. Warf die Kette seitlich in die Büsche.

Sie fuhren auf dem schattigen Fahrweg um eine enge Biegung, Büsche streiften das Auto. Thorn erinnerte sich jetzt. Es war ein Baugebiet für Eigentumswohnungen, oder als eins geplant gewesen.

»Sunny Hammocks«, sagte er.

Sarah sah zu ihm rüber. »Stimmt«, sagte sie.

Fünf zweigeschossige Gebäude standen im Schatten riesiger Banyans, unfertige Betonstein-Häuser. Nur eins hatte ein Dach. Die anderen mit Dreiviertelmauern. Ranken krochen über die Wände; Unkraut wucherte fünf Fuß an den Fundamenten hoch. Ein kleiner Gummibaum ragte aus der Rinne des Hauses mit dem Dach. Eingeschlagene Fenster. Ein Bretterstapel, von einer dunkelrot blühenden Kletterpflanze überwachsen.

Sarah kurvte durch den engen Weg, eine abschüssige asphaltierte Strecke mit tiefen Schlaglöchern hinunter, durch die Unkräuter brachen. Ein Tennisfeld und ein Schwimmbecken lagen ungefähr dreißig Yards vom Strand entfernt. Der Strand war mit Plastikflaschen, Tauenden und Bojen übersät. Sie parkte neben dem Swimmingpool, und beide stiegen aus.

Das Schwimmbecken war bis zum Rand mit einer grünen Suppe gefüllt. Frösche und Eidechsen flüchteten, als Thorn und Sarah über die hölzerne Abdeckung rund um den *Pool* gingen. Heruntergefallene Äste, Kokosnüsse und riesige Samenschoten von den Palmen. Gewaltige Wedel lagen überall, schwarz und faulend. Der Jacuzzi war von der Grütze verklumpt. Als sie sich dem Strand näherten, kreischte sie ein großer Blaureiher an und erhob sich flügelschlagend in die Luft.

»Erinnerst du dich, daß dir Kate vor einem Jahr oder so einen Schlüssel gegeben hat?«

Thorn kramte in seinem Kopf rum.

»Sie gab dir einen Schlüssel und sagte, er sei wichtig, du solltest ihn nicht verlieren.«

Er sagte: »Ja, es fällt mir wieder ein. Ich habe ihn noch.« In seinem Fliegenknüpfpult. Die Werkzeugschublade. Er sah ihn vor sich, einen goldfarbenen, flachen Schlüssel neben den Rundzangen, Scheren, Rasiermessern.

»Gut.« Sie führte ihn über den Rasen runter zum Strand zu zwei hölzernen Sesseln, grünen Adirondacksesseln von vor dreißig Jahren. Sie setzten sich. Thorn blickte durch seine dunkle Brille zum Tarpon Basin hinaus. Es sah beinahe kühl da draußen aus. Der Trick der Polaroidgläser. Sarah beobachtete ihn.

»Dieser Schlüssel«, sagte sie. »Es war meine Idee. Kate wollte dir was schenken, und ich zeigte ihr, wie.«

Er entspannte sich in dem Sessel, hatte eine flüchtige Erinnerung an das Fischen von Seebarschen mit hüpfenden Korken draußen in der Bucht. Da draußen durch grasige Flächen treibend. Damals, als es dort noch Seebarsche gab, als es noch grasige Flächen gab. Ehe alles von zuviel aufgerührtem Schlick keimfrei und kahl wurde, als man neues Land für neue Inselbewohner ausbaggerte.

»Dieser Schlüssel ist das, was man ein Schenkungsversprechen nennt. Das bedeutet, ein Geschenk ist gemacht worden, ein Vertrag geschlossen. Das ist sehr wichtig oder könnte es sein, falls Ricki die

Absicht hat, die Sache anzufechten. Sie wird's nicht bekommen, aber sie könnte es versuchen.«

Thorn starrte sie an.

»Wird was nicht bekommen?«

»Das Grundstück hier«, sagte sie. »Sunny Hammocks und ein halbes Dutzend andere wie das, die Keys rauf und runter.«

»Diese Geisterstadt? All das hier hat Kate gehört?«

»Ihr hat es gehört. Jetzt gehört es dir. Sie hat dich auf allen Pfandbriefen eingetragen. Mit vollem Besitzrecht, wenn die anderen Miteigentümer gestorben sind. Es ist ein Geschenk an dich. Kein Erbe. Technisch gesehen machte sie dir dieses Grundstück an dem Tag zum Geschenk, an dem sie dir den Schlüssel zu ihrem Tresorfach gab. Damals gab es keinen Grund, dir das alles zu erklären.«

»Sie kaufte dieses Grundstück und ließ es so verkommen?«

Sarah zog die Stirn in Falten.

»Sie kaufte es, um es so verkommen zu lassen«, sagte Sarah. »Das ist ihr Vermächtnis und Geschenk. Es ist ein ungerodetes Laubwaldgebiet. Da hinten stehen Mahagonibäume, die die Planer für noch mehr Häuser fällen wollten. Ich weiß, es bringt jeden zum Lachen, aber es gibt hier auch Waldratten.«

»Ich lache nicht«, sagte er.

»Sie hat jeden Cent, den sie hatte, in Orte wie den hier gesteckt. Aus ihren Ersparnissen, der Lebensversicherung von Dr. Bill, seiner Pension, allen Bareinkünften aus Vacation Island, Mieten vor allem und langfristigen Pachtverträgen. All das Geld, um dafür zu sorgen, daß an diesen Erschließungsorten nicht weitergebaut werden konnte.

Kam eines von diesen Entwicklungsprojekten in Schwierigkeiten, versäumte ein paar Zahlungen. Oder der Sierra Club, die Audubon-Gesellschaft fuhren die Investoren mit Prozessen und Gerichtssachen so fest, daß die Eigentümer das Warten und Zahlen satt hatten oder unsicher wurden, wann und ob überhaupt es mit dem Bauen weitergehen könnte, dann setzte Kate eins drauf, machte ihnen ein Angebot, entweder alles zu übernehmen oder sich einzukaufen, und dann vergrößerte sie ständig ihren Anteil, bis sie alles besaß. Natürlich völlig geheim. Öffentlich bekämpfte sie diese Orte zusammen mit den Naturschutzgruppen, und unter der Hand versuchte sie sie aufzukaufen. Sobald sie ein Grundstück besaß, hörte das Hämmern auf.«

Thorn beugte sich vor und sah Sarah an. Seine Kopfschmerzen nahmen wieder zu.

»Meine Aufgabe war, Kate den Blicken zu entziehen. Wir benutzten Blankoindossamente, Dachgesellschaften, anonyme Treuhandverwaltungen, vorgeschobene Unterzeichner, alles, was ich machen konnte, um die Sache legal und Kates Beteiligung geheimzuhalten. Manchmal dauerte es eine Weile, aber schließlich fand sie bei allen Projekten, die sie ins Visier nahm, einen Weg, die anderen Eigentümer so ungeduldig oder sauer oder entmutigt werden zu lassen, daß sie an sie verkauften.

Das alles erfordert aber Einkünfte. Auf allem liegen Grundsteuern, auf manchem immer noch Hypotheken. Und das Geld kommt von Vacation Island. Es muß mit äußerster Effizienz arbeiten, damit diese Orte Geisterstädte bleiben.«

Thorn räusperte sich, sah runter in seinen Schoß. Er sagte: »Das hier habt ihr euch 'n bißchen spät geschnappt. Das Land ist erschlossen, Häuser sind gebaut. Ich meine, es scheint mir nicht, als sei das der Weg, einen Ort zu *retten.*«

Sarah sah ihn einen Moment aufmerksam an, dann sagte sie: »Ich war mir nicht sicher, aber diese Reaktion habe ich nicht erwartet. Ich dachte, du, der du so lebst, wie du lebst, nahe der Natur, du würdest das einfach automatisch begreifen. Ich dachte, du würdest es sehen.«

»Ich versuche es.« Thorn fühlte sich benommen in seinem Sessel. »Ich versuche es zu sehen.« Er nahm sich Zeit, guckte sich um nach den Häusern, den Kletterpflanzen. »Es sieht einfach wie eine Wunde aus. Die falsch zuheilt.«

»Tja, nun ist es deine Wunde. Wenn du mit diesen Grundstücken wieder in Gang kommen willst, Anteile verkaufen und halb Minnesota seine Klos in die Bucht spülen lassen willst, kannst du das tun. Es werden dir viele Leute mit Freuden behilflich sein.

Und Vacation Island. Das gehört dir auch. Du könntest also die Geldmaschine in Gang setzen, und das Ganze wäre für jeden zu haben.«

»Und was soll Ricki bekommen? Sie ist die leibliche Tochter. Ich bin bloß ein Waisenkind, das sie aufgenommen haben.«

»Ich habe das Testament gerade in diesem Frühling auf den neuesten Stand gebracht, deshalb kann ich mit einiger Sicherheit sagen, daß Kate dich für mehr als irgendein Waisenkind hielt. Ricki bekommt genau fünfundzwanzigtausend Dollar.«

»Aber da ist noch etwas, habe ich recht? Hinter all dem steckt noch mehr.«

Sie brauchte einen Moment, aber dann nickte sie.

»Und?«

»Ich denke nach.« Sie holte tief Luft und legte ihren Kopf gegen die Sessellehne, als wollte sie die spätmorgendlichen Sonnenstrahlen einfangen, ein bißchen Farbe auf ihre Wangen bringen. Thorn nahm sie in sich auf, ihren Hals, die Zwillingspunkte ihrer Schlüsselbeine, das Steigen ihres Atems, die Spitzen ihres BHs unter ihrer hauchdünnen Bluse.

Langsam wandte sie den Kopf, um ihn anzusehen, lehnte ihn noch immer an den Sessel. Thorn wanderte mit den Augen über ihr Gesicht, hielt an ihrem Mund inne. Etwas Vertrautes war daran, von einem anderen Mund, den er gekannt hatte, nicht sehr lang, aber gut. Er brachte ihn nicht unter. Aber er beunruhigte ihn. Daß sie ihn an irgendjemand anderen erinnern sollte, erschien ihm falsch.

»Du machst es einem wirklich nicht einfach, Thorn.« Sie holte tief Atem und versuchte zu lächeln. Sie schaute zu den baufälligen Häusern zurück. »Aber ich glaube, ich werde mich diesmal auf dich verlassen.«

15

Sarah fuhr nach Norden, wo die Staatsstraße 905 von der US 1 abzweigt. Ließ die Reihe der Einkaufszentren, die Immobilienfirmen, die neuen Banken hinter sich, die in doppeltbreiten Wohnwagen untergebracht waren. Nichts von Menschenhand entlang der 905. Die Everglades auf der einen Seite, und auf der Meerseite ein undurchdringliches Dickicht aus Ranken, Mangroven, Palmettos. Es war die Gegend, in die Thorn vor Jahren gegangen war, um mit dem Colt zu üben, wo er sich mit einer Machete einen Weg in das

Unterholzgewirr gehackt hatte. Und jetzt war sie vor allem als die letzte noch bestehende Heimstatt der Waldratten von Key Largo bekannt.

Thorn hörte sich ihre Schätzzahlen der Belastungen durch Port Allamanda an. Über neun Tonnen fester Müll pro Tag, fast vier Millionen Liter Wasserverbrauch im Monat. Sie hatte alles schnell parat und schichtete es vor Thorn auf.

Am Ende einer langen geraden Strecke sah Thorn das Schild, das darauf aufmerksam machte, daß dort Alligatoren die Straße überquerten. Es war einer der ersten von Kates Prozessen gewesen. Vor zehn, fünfzehn Jahren hatte sie dafür gekämpft, daß das Schild dort aufgestellt würde. Aber nach und nach war klar geworden, daß die Touristen es lediglich als ein hübsches Souvenir betrachteten, wie ein Motelhandtuch. Irgend jemand fand sich immer wieder, der es abschraubte, um es sich zu Hause im Schlafzimmer an die Wand zu hängen, noch ehe der Sommer vorbei war.

Thorn hörte zu, während Sarah mit ihren Zahlen weitermachte. Er beugte sich ein wenig vor, um ihren Mund besser sehen zu können. Es beunruhigte ihn allmählich, nicht nur, daß er nicht wußte, an wen er ihn erinnerte, sondern ihm dämmerte, daß er mit etwas vage Unerfreulichem zusammenhing.

»Hörst du mir eigentlich zu, hörst du irgendwas von dem, was ich sage?«

»Neun Tonnen fester Müll«, sagte Thorn. »Das ist 'ne Menge Dreck.«

Sie lächelte nicht.

»Wenn du helfen willst, solltest du ein paar Dinge wissen.«

»Würdest du mich heiraten?«

»Thorn!«

»Ja?«

»Nein. Nein, das würde ich nicht.« Sah ihn nicht an, nichts Sanftes oder Bedauerndes in ihrer Stimme. Lehnte es ab wie noch so eine Portion Quatsch.

»Aber du möchtest darüber nachdenken? Ich seh's dir an. Du willst erst gut darüber nachdenken, bevor du antwortest.«

Sie holte tief Luft, bremste und bog nach rechts in einen schmalen Fahrweg ein. Fuhr schweigend ein paar hundert Yards diese Jeepspur entlang, und das dichte Buschwerk schabte an den Wagentüren. Schlaglöcher. Heruntergestürzte dicke Äste quer über dem Weg.

»Das hier gehört Amos Clay«, sagte sie. »Kate hat gesagt, du kennst ihn.«

»Ist das alles? Mehr hast du mir nicht zu sagen?« fragte Thorn. »Ich stelle dir diese Frage, und du zuckst nur und fährst weiter. Ist das alles?«

Sie trat auf die Bremse, und Thorn fing sich, indem er die Hände gegen das Armaturenbrett stemmte.

Sarah stellte den Wahlhebel auf Neutral und klapperte mit ihren Fingernägeln auf dem Knopf rum, während sie sich die Sache durch den Kopf gehen ließ und ihren Fingern beim Klappern zusah.

Sie sagte »Ich habe ein eigenes Leben, eine ganze Welt, von der du überhaupt nichts weißt.«

»Du meinst Männer. Männer.«

»Vieles, Thorn. Ich mag dich, ich finde, wir sind sehr gute Freunde. Freunde, die einander vertrauen können.«

»Freunde, die einander vertrauen können.« Thorn sah ihr zu, wie sie ihren Morsecode klapperte. Den Blick hielt sie noch immer gesenkt.

Sie sagte: »Ich rede gern mit dir. Ich hab's gern, wenn du mit mir redest.«

»Du hast andere Liebhaber?«

»Ich sehe andere Männer.« Sie blickte auf, schenkte ihm eine Kostprobe ihrer wachsamen blauen Augen.

»Aber du redest gern mit mir. Hast es gern, wenn ich mit dir rede«, sagte Thorn. »Ich versuche, das richtig zu verstehen. Ich versuche zu hören, was du zu mir sagst.«

»Thorn, Thorn, Thorn. Ich weiß nicht, was ich mit dir machen soll.« Sie nahm seine Hand und hielt sie in ihren. Sie schüttelte den Kopf und führte sie an ihren Mund, küßte den Handrücken. Thorn beobachtete, wie sie die Hand küßte, ihre Augen waren jetzt geschlossen.

»Ich gehe zu hastig vor«, sagte Thorn. »Ich mache dir Angst, weil ich's so eilig habe. Du denkst, ich sage das nur, weil Kate umgebracht worden ist, weil ich unter Schock stehe, weil ich einen Kater habe.« Er wußte, seine Stimme klang gehetzt, unausgeglichen. Er schluckte.

»Nein, Thorn. Du kannst mir keine Angst machen«, sagte sie. »Ich mache mir selbst Angst.« Sie legte seine Hand in seinen Schoß zurück. »Ich gebe mir große Mühe, ehrlich zu dir zu sein. Ich möchte dich nicht verletzen müssen.«

»Also«, sagte Thorn und versuchte seine Stimme auf Optimismus umzuschalten, »was hat Amos Clay denn mit der Geschichte zu tun?«

Sie saßen ein paar Minuten schweigend da, auf Amos Clays Fahrweg parkend, dann räusperte Sarah sich und begann ihm die Sache zu erklären. Amos Clays vierhundertdreißig Acres waren der vorgesehene Bauplatz für Port Allamanda. Die Grayson-Gruppe hatte das Gebiet aber noch nicht gekauft. Grayson wollte zunächst alle gerichtlichen Entscheidungen über die Umweltauswirkungen unter Dach und Fach bringen, alle öffentlichen Anhörungen, alle Meinungsverschiedenheiten. Die Kapitalanleger waren mißtrauisch, nicht bereit, Millionen in das Projekt zu stecken und es sich dann irgendwo vor Gericht stoppen zu lassen, wenn es schon losgegangen war.

Und als Kate das erfahren hatte, hatte sie sich mit Amos Clay zusammengesetzt und mit ihm einen Vertrag geschlossen. Dieser alte Hummerfischer, der sich dieses wertlose, abgelegene Land im Verlauf von dreißig Jahren ganz allmählich zusammengekauft hatte, Amos Clay, war bereit, die Sache zu Geld zu machen. Und seine alte Freundin Kate Truman hatte ihm eine Vereinbarung abgerungen, ein Vorkaufsrecht. Ehe er das Land an die Grayson-Gruppe verkaufen konnte, mußte er ihr eine Chance geben.

»Der Vertrag läuft am ersten August aus«, sagte Sarah. »Entweder wir schließen bis dahin den Handel ab, oder Grayson und seine Leute bekommen das Land.«

»Wieviel will er?«

»Eine Million in bar.«

Thorn lachte.

»Was? Du denkst, das ist viel?« fragte Sarah. »Es ist fast geschenkt. Es ist das letzte wichtige Stück Küste in dieser Größe zwischen Homestead und Key West. Alles andere steht nicht zum Verkauf. Entweder ist es Naturschutzgebiet, oder es ist vom Staat als Gebiet ernster Bedeutung eingestuft worden, nicht zu verkaufen. Amos' Land ist wahrscheinlich zehn Millionen wert, vielleicht mehr. Aber Amos hat es sich in den Kopf gesetzt, Millionär zu werden. Eine Million, mehr will er nicht.«

Sarah blickte den Weg runter. Zerborstene Kalksteinbrocken. Ein Silberreiher pickte auf einem Flecken Erde.

»Oh«, sagte Thorn, »jetzt versteh ich. Ich bin ein bißchen langsam. Jemand wußte, was Kate vorhatte. Was ihr beiden vorhattet.«

»Vielleicht, vielleicht auch nicht«, sagte Sarah, mit den Augen noch immer beim Silberreiher. »Es wäre nicht gut, wenn's so wäre. Eine Menge Leute wären stocksauer. Es wäre weit gefährlicher, als bloß Reden über Waldratten zu halten. Wenn Kate das hier gehört, gibt's kein Bauprojekt, gar nichts. Und du weißt – nicht wahr? –, wir reden hier über Millionen von Dollars. Riesige Gewinne. Massenweise Jobs, viele sich daraus ergebende Geschäfte für Key Largo.«

Sie setzte den Wagen in Bewegung und Thorn lehnte sich zurück. Sein Brummschädel ließ nach. Er atmete die brackige Luft ein und fühlte, wie sie einen Hohlraum in ihm füllte.

»Vielleicht ja, vielleicht nein.«

»Aber sicher, Amos. Es war oben im Shark River, in deinem alten Siebzehn-Fuß-Skiff. Du hattest den Fischkasten den ganzen Morgen über mit Schnappbarschen und Rotlachsen gefüllt, und wir fuhren den Fluß hundert Yards rauf, und da fing ich einen Sechs-Pfund-Barsch. Du hast fast 'n Herzanfall gekriegt, weil man 'n Süßwasserfisch selten so nahe am Salzwasser findet.« Thorn redete wie ein Florida-Cracker, oder versuchte es wenigstens.

»Ich hab' nie mit dir gefischt.«

»Ich bin Kates Sohn.«

»Wo is'nn Kate?«

»Die ist auf einer Reise«, sagte Sarah.

»Wohin?«

»Rauf in den Norden.«

»Na, *das* weiß ich auch«, sagte er. »Man kann ja nirgendwo sonst hin als nach Norden.«

»Sie wird vielleicht 'ne Weile weg sein«, sagte Sarah. »Deswegen sind wir mal vorbeigekommen. Ich wollte sicher sein, daß du weißt, daß wir vorhaben, unsern Handel am einunddreißigsten dieses Monats abzuschließen.«

Amos dachte darüber nach. Er saß in seinem Schaukelstuhl, einem von Dr. Bills Stühlen, einem frühen Modell, ehe Dr. Bill begonnen hatte, das Holz wie eine Skulptur zu formen. Amos' Haus aus Korallenkalk roch immer noch so wie vor zwanzig Jahren, als Thorn mit Kate oder Dr. Bill zu Besuchen rübergefahren war, um Amos zum Fischen im Hinterland abzuholen. Es war der Geruch schimmelnder Wäsche, von Mehltau und Whiskey.

Was sich in diesen Jahren verändert hatte, das war der Fußboden. Er hing mittlerweile dermaßen durch, daß alles, was nicht festgemacht war, zur Mitte zu rutschen begonnen hatte. Verfaulte Bodenbalken wahrscheinlich. Eine tiefe Rinne verlief durch das ganze Haus, und von dort, wo Thorn saß, konnte er Trinkgläser, Bierdosen und Besteck sehen, die in die Mulde gerutscht waren. Auch die Lampe neben Amos' Stuhl neigte sich gefährlich zur Mitte des Hauses. Ein paar von den Pinienbohlen waren unter der Spannung gesplittert, und Steppenhexen aus Staub hatten sich an den Spitzen des ausgefransten Holzes gefangen.

»Ich hab' euch gesagt, daß ich's jetzt bar will. Glaubt nicht, ich nehm irgend so 'n gottverdammten Scheck oder sowas.«

»Es wird bar bezahlt«, sagte Sarah.

Amos wandte sich an Thorn, und seine grauen Stoppeln fingen das Mittagslicht ein. Auf seinen Wangen und der Stirn waren dunkle Pigmentflecken wie getrocknete Blutspritzer.

»Wer ist das, den du da mitgebracht hast?«

Sarah rollte die Augen flehend zur Decke.

»Du kennst mich doch, Amos. Ich bin Thorn. Kates Sohn. Dr. Bills.«

»Ich kenne keinen Thorn.«

»Wir sind zusammen fischen gegangen. Wir haben jede Menge Fisch gefangen. Du warst der beste Führer durchs Hinterland hier in der ganzen Gegend.«

»Das heißt gar nichts. Versuch nicht, mich einzuseifen. Nichts von damals bedeutet mir auch nur 'n Furz. Ich bin hier weg, ehe mir jemand ein Schild umhängt. Und damit anfängt, den Yankees 'n Nickel pro Kopf dafür abzuknöpfen, daß sie sich den letzten Conch in Gefangenschaft ansehen können.«

»Amos? Hast du mit irgend jemandem über unseren Vertrag gesprochen?« Sarah konnte ihre Unruhe nicht verbergen. Sie hatte sich zu Amos vorgebeugt, in dieser düsteren Beleuchtung schien ihr Gesicht gerötet.

»Teufel, nein. Sie hat mir doch gesagt, daß ich das nicht soll. Macht mich nicht wütend. Stellt mich hier nicht als irgendeinen gottverdammten Schwachkopf hin. Ich weiß, was recht ist. Wißt ihr das auch?« Er nahm einen Schluck von seinem Drink. Sah aus wie Whiskey in dem Teeglas.

»Es ist wichtig, Amos«, sagte Thorn. »Du darfst niemandem was von Kate oder Sarah sagen.«

»Ich komm damit schon klar, Thorn. Bitte.« Sarah war aufgestanden, beugte sich gegen die Abwärtsneigung dieser Senke. »Ich bereite alle Papiere vor, Amos. Und ich möchte einen bestimmten Vertragstermin vereinbaren. Ich hoffe, der Nachmittag am Donnerstag dem einunddreißigsten, paßt dir.«

»Ich habe noch andere Käufer«, sagte er. »Ich gebe Kate 'ne Chance, aber das bedeutet für mich gar nichts. Ich will Millionär werden, egal wie. Ich hab' immer gewußt, daß ich einer werde. Fragt mich nicht, warum, aber ich hab's gewußt, von klein auf, daß ich mal ein gottverdammter Millionär werde. John D. höchstpersönlich. Ja, Sir, es gab eine Zeit, da haben alle gelacht und gelacht, wenn ich noch was von dem Land hier gekauft habe. Aber jetzt ist es ihnen bitterernst. Bitterernst.«

»Wir müssen uns auf eine Zeit einigen, Amos«, sagte Sarah.

»Ich hab's gehört.« Er trank noch etwas von seinem Whiskey und warf Sarah einen vorsichtigen Blick zu. »Heute in genau zwei Wochen«, sagte er und reckte sein Kinn, beherrscht, der Millionär.

»Das ist richtig«, sagte Sarah, »gut, also in zwei Wochen.«

Sie hängte sich ihre Tasche über die Schulter.

Thorn stand auf.

»Und ich will mit niemandem zu tun haben als mit Kate.«

Thorn beobachtete, wie Sarah die Sache auffing. Sie lächelte Amos an, ging zu ihm rüber und tätschelte ihm die Schulter.

»Amos«, sagte sie, »Kate versucht, Thorn hier in verschiedene Dinge reinzubringen. Ihn mehr zu beteiligen, damit er nicht als mieser, alter, ans Haus gefesselter Trottel endet wie du. Sie hoffte, du würdest in dem Fall das Geschäft mit Thorn machen. Einfach so weiter, ganz wie normal, selber Preis, selbe Bedingungen. Aber es wäre Thorn, der die Papiere unterschreibt und das Geld übergibt.«

Amos guckte runter auf Sarahs Hand, die auf seiner Schulter lag. Er schniefte. Blinzelte zu Thorn rüber.

»Ich wußte, wer du bist, mein Junge. Ich wußte's in dem Moment, als du hier reinkamst. Ich erinnere mich an den Nachmittag. Deutlich wie auf einer Fotografie. Und es war kein Sechs-Pfund-Barsch. Das sieht dir wieder mal ähnlich. Es waren viereinhalb. An die wichtigen Dinge kann ich mich noch erinnern. Wenn's was mit Fischen zu tun hat, ist es noch hier oben drin.« Er tippte sich gegen die Schläfe.

Thorn lächelte ihn an, überschritt die Wasserscheide des Fußbodens, um ihm die Hand zu geben.

Amos starrte auf Thorns ausgestreckte Hand und schüttelte schnell und heftig den Kopf.

»Ich schüttel dir deine verdammte Hand erst, wenn sie voller Geld ist. Wenn du in zwei Wochen mit meiner Million amerikanischer Dollars wiederkommst, schüttel ich dir deine zwei Hände. Und nun macht, daß ihr hier rauskommt, alle beide.«

Als sie über die 905 zurückfuhren, sagte Sarah »Traust du ihm?«

»Nein.«

»Ich auch nicht. Aber er ist kein schlechter Kerl. Bloß ungeheuer senil.«

Thorn spürte, daß Sarah ihn ansah. Hielt das Gesicht nach vorn gerichtet, beobachtete, wie der rauhe Asphalt unter ihnen durchsauste.

»Bist du sauer auf mich, weil ich dir oben gesagt habe, was ich denke?«

»Ich würde es nicht sauer nennen.«

»Was dann? Sag's mir.«

»Wo kommt das ganze Geld her, Sarah?«

Ihr Fuß rutschte kurz vom Gaspedal. Als sie ihn wieder draufschob, sagte sie: »Das ist eine andere Geschichte.«

»Ich möchte sie hören.«

»Sie ist zu lang, um jetzt drauf einzugehen«, sagte sie.

»Habt ihr Dope geschmuggelt?«

»Thorn, sei kein Esel.«

Er wandte sich um und blickte auf diesen Mund, bemühte sich, ihn unterzubringen.

Sie setzte ihn vor Kates Haus ab. Thorn, der seine Stimme neutral hielt, sagte, sie könne gern dableiben.

Sie sagte, sie werde wohl zurück nach Miami fahren. Sie sei mit ihrer Arbeit sehr im Verzug. Er sah zu, wie sie wegfuhr; dann ging er ins Haus, fand Kates Wagenschlüssel. Er fuhr mit dem VW nach Süden zum Waldorf Shopping Plaza. Beim Fahren kam es ihm so vor, als könne er noch immer den ekligen Honigduft von toten Waldratten riechen.

Er fuhr nach Süden zum einzigen Einkaufszentrum von Key Largo – einem billigen Warenhaus, zwei Andenkenläden und einem runtergekommenen Lebensmittelladen. Einem Buchladen, der auf Angelzeitschriften und Muschelbücher spezialisiert war. Er fuhr quer über den Parkplatz und zurück in das Viertel dahinter, über eine kurvige Straße, vorbei an Halb-Millionen-Dollarhäusern an tiefen Kanälen. Die meisten den Sommer über verlassen. Ein baumloses Viertel. Kahle Vorgärten, bedeckt mit erbsengroßen, aus North Carolina importierten Steinchen. In diesen neuen Vierteln gab's kein Gras zu mähen, nichts, um sich während der Saison darüber aufzuregen, und nichts, um sich Sorgen zu machen, wenn man die Häuser dichtgemacht und wieder nach Ohio heimgefahren war. Grellweiße Häuser. Jedes so postiert, daß es ein eigenes blaues Stückchen Atlantik vor sich hatte.

Er parkte den VW vor der Nissenhütte, die das Büro von Jerome Billing jr. und sen. beherbergte, den Besitzern von Bash-a-Bug, Key Largos ältester Schädlingsbekämpfungsfirma.

16

An der Tür hing ein Schild, auf dem stand *Bitte anklopfen*, deshalb hämmerte Thorn dreimal dagegen und wartete. Noch dreimal. Er beugte sich vor und spähte durch das staubige Fenster. Jerome senior saß zurückgelehnt auf seinem Stuhl, die nackten Füße auf dem Schreibtisch. Eine verchromte Radkappe neben seinen Füßen, in der eine Zigarre schwelte.

Thorn zog die rostige Tür auf und ging rein.

»He, Thorn«, rief Jerome über das Tuckern der Klimaanlage hinweg. Er winkte Thorn in einen Sessel und legte den Krimischmöker beiseite, in dem er gerade gelesen hatte. »Haben sie den erbärmlichen Scheißkerl schon gefunden?«

»Noch nicht«, sagte Thorn, noch immer an der Tür stehend.

Es war da drin heißer als draußen, und Thorn sagte es ihm.

Jerome erwiderte: »Das gottverfluchte Ding hört sich an, als dreht sich's verkehrt rum.«

»Wär kühler ohne«, sagte Thorn, der sich bemühte, das Rattern und Schnaufen des Apparats zu überschreien.

»Der braucht einfach 'ne Weile, bis er in Gang kommt an Tagen wie heute. Ich bin's gewöhnt.«

Thorn fragte ihn, wo Jerome junior sei.

»Draußen im Vogel«, sagte er. »Armes Schwein.«

»Was ist los?«

»Oh, haben ihn an den Tropf gehängt. Haben ihn aufgemacht, 'ne Geschwulst rausgenommen, groß wie 'n Haus. Der Kleine ist geliefert.«

»Du große Scheiße.«

»Außerdem hört er fast nichts mehr. Mußt ganz dicht an ihn ran und schreien wie der Teufel.«

»Herrgott, Jerome. Hat man das gerade erst festgestellt?«

»Vor zwei, drei Wochen. Fing an, aus der Unterhose zu bluten. Nie 'n gutes Zeichen, wenn man aus der Unterhose blutet.« Er griff wieder zu seinem Schmöker, fand die Stelle, wo er aufgehört hatte, und sagte: »Früher, wenn man hier lebte, frischen Fisch aß, gute saubere Luft, wurden die Leute älter als Steine. Aber die Zeiten sind vorbei, Thorn. Der ganze Scheiß, der in letzter Zeit hier runterkommt, es ist genauso schlimm, wie wenn man in Miami wohnt.«

Thorn öffnete die Tür, ließ Sonne und Luft in den Raum. Er antwortete: »Die Leute sagen, es war so, aber ich kann mich absolut nicht daran erinnern, daß es jemals ein Paradies war.«

»Es gab 'ne Zeit«, sagte Jerome, »da war's verdammt viel unzugänglicher als heute.«

Thorn ging nach draußen und schlenderte über den asphaltierten Landestreifen rüber zu der aus Restbeständen der Army stammenden DC-3, die in der Gegend zur Moskitobekämpfung eingesetzt wurde.

Jerome flog sie schon seit High-School-Zeiten, und es hatte eine Zeit gegeben, da hatten er und Thorn ein paar Aufklärungsflüge gemeinsam gemacht.

Er kletterte die Leiter hoch und beugte sich durchs Cockpitfenster. Jerome arbeitete unter der Instrumentenanzeige, und ein Kabelgewirr hing ihm quer über die Brust.

Thorn beugte sich tiefer hinein und brüllte Jeromes Namen.

Jerome fuhr hoch, knallte mit dem Kopf gegen die Rückseite des Instrumentenbretts und quetschte sich drunter vor.

»Herrgottimhimmel, Thorn!« Jerome schlängelte sich herum und setzte sich auf den Pilotensitz.

»Entschuldigung, Mann.«

»Hat dir mein gottverdammter Daddy gesagt, du sollst so schreien?«

Thorn sagte ja.

»Der Kerl wird selber taub, und verdammt soll er sein, wenn er nicht meint, ich bin's, der nicht hören kann. Flüstert die halbe Zeit, als wär er in der Kirche. Er macht mich verdammtnochmal völlig wahnsinnig.«

Jerome junior rückte sich die schwarze Perücke zurecht, überprüfte sie im Glas einer Anzeige.

»Und das verdammte Ding hier. Fühlt sich an, als hätte ich den Kopf in 'nem Eimer Teer.«

»Dann hat dein Daddy hoffentlich auch mit der Geschwulst geschwindelt?«

»Nein«, sagte Jerome. »Da hat er recht.« Jerome zeigte mit dem Daumen auf den Stahltank, der hinter ihm zu sehen war. »Dreieinhalbtausend Liter Malathion. Versuch mal, in 'ner Wolke von dem Scheiß zehn Jahre lang zu fliegen.« Er langte in sein Hemd, kramte seine Zigaretten hervor. Bot Thorn eine an, und Thorn schüttelte den Kopf. »Das schlimmste dran, wenn man Krebs hat, ist, daß man rauf nach Miami muß. Ich hätt's lieber, sie würden mir einfach die Därme rausschneiden, als auf diesen Highway da rauf zu müssen. Zwischen all den New Yorkern und diesen Arschlöchern mit ihrer Oldtimer-Seuche, Mann, wie die fahren, die sollte man alle dahin zurückschicken, wo sie hergekommen sind. Die ganze gottverdammte Staatsgrenze dichtmachen und verrammeln.«

Thorn sah ihm zu, wie er sich die Zigarette ansteckte, das Streichholz aus dem Fenster schnippte.

»Ich hab' das von Captain Kate gehört«, sagte er. »Gleich als ich's hörte, hab' ich zu Jerome senior gesagt, da muß sie jemandem bei einem süßen kleinen Koks-Deal in die Quere gekommen sein. War's das?«

»Weiß noch nicht«, sagte Thorn. Er holte sich außerhalb der Kabine einen Schluck Luft. »So, wie 's aussieht, hat sie sich mit dem Versuch, die Allamanda-Sache zu stoppen, auch nicht gerade Freunde gemacht.«

»Ich war da völlig ihrer Meinung, Mann. Aber bring bloß nicht die Sprache drauf, wenn er da drin in der Nähe ist. Der Alte will die Landebahn an 'ne Baugesellschaft verkaufen. Was zum Teufel sollte ich hier in der Gegend noch machen, wenn ich diese Maschine nicht mehr fliegen kann? Kellnern? Im Holiday Inn Betten machen? Nein, aber der da drin, der würde das Land auch an Castro verkaufen, wenn er könnte. Der blöde Hund hat's gekauft, als es nichts wert war, und nun denkt er, er wär 'n Immobiliengenie.«

Jerome drückte seine Perücke fest. Schweiß troff in Streifen unter ihren Rändern hervor.

»Weißt du, über Captain Kate muß ich sagen, Mann, auch wenn ich's nicht möchte, aber sie hat in letzter Zeit *'ne Masse* Fisch rausgeholt. Viel mehr, als mir heilsam schien.«

»Was zum Teufel heißt das denn?«

Jerome saugte an der Zigarette und faßte Thorn scharf ins Auge.

»Ich weiß nicht, Buddy. Ich hab' sie halt jedesmal gesehen, wenn ich an ihrem Quadranten 'n Durchgang machte, ihr Cockpit mit vier, fünf Eisboxen. Das Boot lag ziemlich tief im Wasser. Ich dachte, *vier* Eisboxen? Na, das ist aber 'ne Masse Fisch. *Eine* Eisbox ist für mich schon viel Fisch. Und da hab' ich natürlich gedacht ...«

Er schnippte die Zigarette aus dem Pilotenfenster, während ihm der Rauch aus Nase und Mund quoll, und sah Thorn mit hochgezogenen Augenbrauen an.

»Ich wollte dich um einen Gefallen bitten«, sagte Thorn.

»Du mußt mir gar nichts sagen, Thorny. Ich würde niemandem ein Sterbenswort verraten. Herrgott, ich rauche doch selber ab und zu 'n bißchen von dem Gelumpe.«

»Ich wollte dich um einen Gefallen bitten, Jerome«, sagte Thorn, der seiner Stimme nichts anmerken ließ.

»Okay, okay. Ich meinte, du solltest es wissen, das ist alles.«

Thorn sagte »Ich möchte mir euren VW borgen, Junior. Ich überlasse dir dafür 'n paar Tage Kates Wagen.«

Jerome warf ihm einen Blick zu.

»Das Bashmobil?«

»Yeah«, sagte Thorn.

Jerome stieg aus dem Cockpit und führte Thorn hinter die Nissenhütte, wo der Wagen stand. Es war ein leuchtend rosafarbener Volkswagen mit runden, schwarzen Mäuseohren, die aus dem Dach ragten, und einem langen Ringelschwanz, der an den Kofferraum geschweißt war. Und schwarze Barthaare an der Haube. Jemand hatte versucht, unter die Barthaare in Schwarz und Weiß zwei Raffzähne zu malen.

»Ich möchte damit runter nach Key West.«

Jerome sagte »Der Motor bringt dich da hin und wieder zurück. Aber die verdammten Ohren funktionieren nicht richtig.«

Jerome zeigte Thorn den kleinen, drinnen an die Decke montierten Elektromotor. Er hämmerte gegen den Metallkasten, und die Ohren begannen wie verrückt zu wackeln. Er haute wieder dagegen, und sie standen still.

Thorn sagte, das ginge schon in Ordnung.

»Die Leute leihen ihn sich ab und zu«, sagte Jerome. »Ich frag nie, wofür sie ihn wollen.«

»Gut.«

»Aber wenn er nur zu was nutze ist«, sagte er. »'ne prima Sache, die man sagen kann, wenn jemand an die Tür kommt, ist, daß man unterwegs ist, um gegen zementfressende Skorpione zu sprühen. Das macht den Leuten wahnsinnig Angst. *Scorpionida befonicus* nenn ich die immer.«

Thorn nickte. Er gab Jerome den Schlüssel von Kates VW.

»Ach, die Mütze«, sagte Jerome. Er fummelte unter dem Beifahrersitz rum und brachte eine grüne Baseballmütze zum Vorschein. Ein Skorpion aus schwarzem Stoff, den Schwanz zum Stich gekrümmt, war oben auf die Mütze genäht, und seine Scheren hingen über das Mützenschild herab.

Er reichte Thorn die Mütze.

»Der Bash-a-Bug-Kittel liegt auf dem Rücksitz. Falls du der ganzen Sache 'n bißchen Rasse geben willst. Und der Zerstäuber liegt im Kofferraum.«

Thorn dankte ihm.

Er fuhr mit dem VW raus zum Highway. Quer über den Mittelstreifen zu Sammy's Schnapsladen. Ehe er ausstieg, mußte er ganz einfach gegen den Motor für die Ohren bummern. Er konnte über sich hören, wie sie wie verrückt wackelten. Ein zweiter Schlag, um sie wieder abzustellen.

Als er in den Schnapsladen trat, flackerte der Rest seines Katers auf. Sein Magen knurrte, fragte sich, was zum Teufel los sei, daß er an einen Ort wie diesen müsse.

Sammy kam aus seiner verspiegelten Kabine runter, kaum daß Thorn eingetreten war. Noch so einer, den Thorn in Coral Shores High kennengelernt hatte. Damals belustigte Sammy seine Clique immer mit seinen Fähigkeiten als Taschendieb. Rempelte dich von hinten an, zog dir die Brieftasche raus, und dann, während ihn seine Kumpels abschirmten, las er mit seiner Schauspielerstimme allen deine Liebesbriefchen vor, machte dein Geheimfach auf oder alles Persönliche, was du drin hattest. Während du versuchtest, über seine Kumpels wegzusteigen, um ihm das Maul zu stopfen. Ulkiger Bursche.

Sammy stand vor Thorn und ließ den Kopf ein wenig sinken.

»Traurig zu hören, Mann«, sagte er. »Haben sie die Kerle schon?«

»Noch nicht«, sagte Thorn. Er tat, als sei er an einer Pyramide aus Wodkaflaschen interessiert. Die Vier-Uhr-Bauarbeitertrupps liefen so langsam ein. Ein paar von ihnen stellten sich schon mit ihren Sechserpacks an der Kasse an.

»Ich hab' gehört, es waren Kubaner. Ein Drogenhandel, daß sie da mitten in was reingeraten ist.« Sammy schlug einen vertraulichen Ton an, legte Thorn die Hand auf den Rücken und manövrierte ihn in die Ecke mit dem Cognac.

»Könnte so gewesen sein«, sagte Thorn. »Hör mal, Sammy ...«

Sammy rief laut hallo zu ein paar neuen Kunden rüber. Er zog sein Buschhemd glatt und schenkte Thorn nach außen seine volle Aufmerksamkeit.

»Ich habe gehört«, fuhr Thorn fort, »du hast vor, oben in Port Allamanda einen neuen Laden zu eröffnen.«

Sammy kniff die Augen zusammen, fing sich wieder und versuchte, den Blick zu einem Grinsen umzubiegen. »Ich habe die Sache in Erwägung gezogen.«

»Ich möchte, daß du Bescheid weißt«, sagte Thorn. »Ich übernehme die Stelle von Kate. Port Allamanda ist tot. Schon auf dem Reißbrett.«

Sammy lachte. Er griff zu einem Staubwedel, der auf einer Weinkiste lag, und fing an, die Oberseiten der Flaschen abzustauben. Er sagte »Thorn, du bist ein alter Gauner, aus dem man schwer klug wird.«

»Die Sache ist tot«, sagte Thorn. »Ich hab 'ne Transaktion laufen, und wenn die erledigt ist, ist Port Allamanda weg. Geschichte.«

»Waldratten, Thorn? Sorgst du dich um die Waldratten?«

»Hier geht's nicht um Reden, Sammy. Das ist 'ne ganz reale Sache. Eine Geldtransaktion. Die Hand schneller als das Auge. Und das wird 'ne endgültige Angelegenheit, keine Einsprüche von niemandem, keine Bulldozer, nichts.«

»Du solltest die Leute nicht anzuschmieren versuchen Thorn. Du solltest nicht da reinplatzen, wo Leute arbeiten, und ihnen 'n Haufen Scheiße erzählen. Mich interessiert nicht, ob deine Mutter umgebracht worden ist oder was, deswegen ist es noch lange nicht okay, in der Gegend rumzulaufen und deinen bekloppten Scheiß zu veranstalten.«

»Die Sache ist innerhalb von zwei Wochen gestorben«, sagte Thorn. »Ich wollte dir nur Bescheid geben, damit du dir überlegen kannst, wie du deine Ruhestandspläne änderst.« Thorn tat so, als taste er nach seiner Brieftasche. Er ging zurück zur Ladentür, trat beiseite, als noch ein Trupp Bauarbeiter in den Laden kam.

Sammy starrte ihn an, den Staubwedel in der Hand.

Thorn blieb auf dem Parkplatz ein paar Minuten im Bashmobil sitzen und beobachtete Sammy, wie er da drin mit seiner plumpvertraulichen Welt weitermachte.

Vielleicht war's keine Reklametafel an der US 1, vielleicht nicht so wirkungsvoll, wie wenn man einen Flieger engagierte, der es da oben an den wolkenlosen Mittagshimmel schrieb. Trotzdem brauchte man, wenn man in Key Largo Aufmerksamkeit für etwas wollte, keine Pressekonferenz abzuhalten.

Thorn schaffte es bis um halb sieben nach Key West. Die letzten fünfzig Meilen die Sonne im Gesicht. Es gelang ihm, nicht die ganze Fahrt über zu grübeln, indem er wie ein Irrer fuhr, die Spuren wechselte und wieder wechselte. Mit den Scheinwerfern blinkte, hupte. Und die Ohren da oben zum Wahnsinn trieb.

Er kam über die Brücke auf Key West zu, bog nach links und fuhr am Strand drum herum, während der Motor für die Ohren immer weitermahlte. Vor Rickis Haus fand er einen Platz zum Parken. Es lag in der Southard Street, nur ein paar Blocks von der Hauptstraße entfernt. Eine haitianische Gemäldegalerie auf der anderen Straßenseite. Ein Bioladen und ein Restaurant an der Ecke.

Thorn stieg aus dem Wagen. Von irgendwo in der Nähe war laute Bongomusik zu hören. Er roch gebratene Bananen. Das Zwielicht hüllte die alten Holzhäuser des Komplexes in ein vages Rosa.

Als er die Treppe zu ihrem Haus hinaufstieg, ging die Eingangstür auf, und da stand sie. Kam in einem T-Shirt und weißen Shorts heraus, Sandalen mit Riemchen bis zu den Knöcheln. Ihr Schritt stockte für eine Sekunde, als sie ihn sah, aber sie fing sich wieder und kam mit ihrem üblichen Bulldoggenblick die Treppe runter. Sie hatte Kates quadratisches Gesicht, und von Dr. Bill den breiten Mund und die dunklen, müden Augen. Sie war so nahe dran, eine Schönheit zu sein, daß man ein zweitesmal hinschauen mußte, um zu sehen, daß sie es nicht war. Es waren die Augen, etwas Kränkliches darin, mangelnder Glanz, durch Galle getrübt.

»Du kommst den ganzen Weg, um mich zu sehen?« Sie trat neben ihn und ließ ihn ihre Rumfahne kosten. »Irgendwie bin ich nicht unbedingt zu Tränen gerührt.«

»Yeah«, sagte er. »Ich wollte dir was erzählen.«

»Ich hab 'n Anruf bekommen«, sagte Ricki. »Nächstesmal rufst du mich gefälligst an. Je weniger ich dich sehe, desto glücklicher bin ich.«

»Ich wollte dein Gesicht sehen, wenn ich dir das erzähle.«

Ricki runzelte hochnäsig die Stirn. »Sugarman hat mich angerufen, Blödmann. Kate hat's erwischt.«

Thorn sagte: »Nicht das. Was Besseres. Etwas, was dich zum Platzen bringen wird.«

Ricki machte hmmm und ging los, steuerte auf die Stadt zu. Thorn folgte ihr, holte sie mit wenigen Schritten ein. Sie kamen an einem bärtigen Mann in einem Overall vorbei, der barfuß auf der Eingangstreppe der haitianischen Gemäldegalerie hockte. Er rappelte sich hoch, als sie an ihm vorübergingen und schlurfte hinter ihnen her.

»Laß mich in Frieden, Thorn«, sagte Ricki. »Fahr wieder zurück nach da oben und laß mich in Ruhe. Du bist hier unten nicht in deinem Element.«

Thorn sagte: »Ich weiß, warum du sie hast umbringen lassen.«

Sie blieb stehen und drehte sich zu ihm herum.

»Bist du wahnsinnig? Bist du mittlerweile total übergeschnappt?«

Der Schnorrer war jetzt neben ihnen, grinste Thorn an, und sein Blick zoomte ran und wieder weg. Er beleckte sich unablässig die Lippen und rieb seinen Zeigefinger am Daumen.

Thorn sah ihn an. Schüttelte den Kopf.

Ricki setzte sich wieder in Bewegung, und Thorn und der Tippelbruder folgten ihr.

Thorn sagte: »Und ich habe auch mit Kates Nachlaßanwalt gesprochen.«

Sie blieb stehen und stemmte die Hände in die Hüften, tat so, als koche sie vor Wut, aber Thorn sah einen Funken Beunruhigung in ihren Augen.

Ricki ging zu dem Schnorrer. Sie sagte: »Dr. Leery, fangen Sie mir eine Eidechse. Ich möchte sofort eine Eidechse haben.«

»Okay, okay«, sagte er voller Freude. Lächelte Thorn an. »Möchten Sie auch eine? Möchten Sie auch eine?«

Thorn sagte nein, es gehe ihm auch so gut.

Sie standen vor einem Tauchsportgeschäft, die Straße leer, das letzte Licht schwand. Nach Westen zu, downtown, konnte Thorn den leisen Baßrythmus einer Jukebox hören. Ein paar Türen weiter wühlte Dr. Leery auf irgend jemandes Rasen rum.

»Sag's, Thorn, wenn du etwas zu sagen hast.«

»Ich weiß, warum du sie hast umbringen lassen«, sagte er.

Ricki schüttelte ungläubig den Kopf, während sie Thorn anstarrte. »Dann sag's mir. Du bist den ganzen Weg hergekommen, sag's mir also.«

»Es ist kein Haß, und es ist auch nicht das Geld«, sagte er. »Auch wenn man es erst denkt. Aber das ist es nicht. Es ist, weil du denkst, du kannst nicht weiterleben, solange diese andere Person am Leben ist. Lieber würdest du sterben. Du denkst, du wirst das erstemal in deinem Leben glücklich sein, wenn diese Person tot ist. Die Stimmen werden aufhören, die Schlaflosigkeit. Aber es nagt weiter an dir.«

»Was für ein Spiel ist das, Thorn? Was für ein fieses Spiel?«

»Kate hat alles mir hinterlassen. Alles bis auf fünfundzwanzigtausend Dollar. Vacation Island, das Haus, der Besitz, alles. Du kriegst fünfundzwanzigtausend.«

Sie schloß kurz die Augen. Als sie wieder aufgingen, waren sie zusammengekniffen und böse und auf ihn gerichtet.

»Fünfundzwanzigtausend.« Thorn erwiderte ihren Blick. Er sagte: »Ehe es passiert, denkst du, lieber würdest du sterben als weiterleben, wenn diese andere Person da am Leben ist. Aber dann, wenn sie weg ist, ist alles genauso wie vorher. Und das macht es nur noch schlimmer.« Er bohrte sich in ihren Blick. »Hat's schon damit angefangen? Fühlst du schon was davon?« Er sah was Lebendiges dort drin. Furcht. Ihre Augen ruckten zwischen seinen hin und her.

»Ich komme zu spät zur Arbeit«, sagte sie leise.

»Was ich mit dir mache, weiß ich noch nicht«, sagte er. »Ich weiß, was du getan hast, Ricki. Ich wußte es noch nicht, als ich hier runterfuhr. Aber jetzt weiß ich's.«

»Du warst nie sehr klug, Thorn. Und du bist in der letzten Zeit sicher nicht klüger geworden.«

Sie versuchte, ihn mit einem letzten Blick zu verletzen, dann ging sie davon.

Thorn sah ihr nach. Sie hatte Dr. Bills ruhigen Gang, ging ohne zu hüpfen oder sich zu wiegen. Todernst. Wie man durch hüfthohes Wasser gehen würde.

Thorn aß in einem Diner in der Nähe des südlichsten Punktes von Amerika. Er bestellte sich den südlichsten Hamburger mit Tomaten dazu. Sein Hunger war endlich wieder da, und er aß den Hamburger und bestellte sich einen zweiten, als ihm die Kellnerin sein Bier brachte.

»Sie haben wohl 'ne Weile nichts zu essen gekriegt, Kleiner?« fragte sie ihn, als sie das Budweiser vor ihn hinstellte.

»Stimmt«, sagte er. »Eine ganze Weile.«

Er nahm eine liegengebliebene Morgenzeitung von dem Stuhl neben sich und versuchte, sich für die Widrigkeiten darin zu interessieren. Überall gab es Kriege, Seuchen, radikale Umwälzungen. Besser, schlechter. Es war schwer zu sagen. Aber die Artikel drehten sich alle um das eine, nämlich wie sehr es schmerzte, wenn die Dinge plötzlich anders waren.

Nachdem er gegessen hatte, ließ er seinen Wagen in der Nähe des Diners stehen und spazierte über die fünf Querstraßen bis zum Sandpiper Bay Club. Er war auf seinem Weg in die Stadt schon daran vorbeigefahren, und jetzt wollte er ihn sich mal genauer ansehen.

Bis vor ein, zwei Jahren war es die Sands Piano Bar gewesen. Ein Restaurant mit Bar, ein Lokal, in dem immer Sand am Boden lag, der von den Badegästen reingeschleppt wurde. Am Abend ein Klavier, das leise in einer Ecke des Raumes spielte. Es war immer ein Ort gewesen, den die Touristen gemieden hatten, weil es in den Klos stank und weil es keine Klimaanlage gab.

Der Bau war planiert worden. Jetzt stand da der Sandpiper Bay Club, eine Eigentumswohnanlage, fünf Stockwerke hoch. Davor ein Tor mit einem Wachhäuschen. Ein paar ernste Männer in Uniform in der Kabine schienen bereit, alles zu tun, was nötig war.

Thorn spazierte um den Komplex herum. Er blieb auf dem Bürgersteig auf der anderen Straßenseite stehen, um einen Blick über die dreieinhalb Meter hohe Mauer zu werfen. Lichter gingen an. Auf der Penthouseterrasse schien eine Party im Gang zu sein. Das Gebäude war rosa mit weißen Einfassungen, und Punktscheinwerfer beleuchteten Königspalmen, die neben das Haus gepflanzt waren. Wie alle neuen Gebäude in Key West versuchte es einen zu überzeugen, daß es dorthin gehöre, daß es nicht aus Beton sei, daß es dieselbe graziöse Leichtigkeit und denselben Pfefferkuchencharme der echten Conch-Häuser habe. Für Thorn sah es wie ein Kropf aus.

Er fand eine Mole, die noch nicht in Privatbesitz war, und setzte sich dort in den starken Südost. Er zog seine Bootsschuhe aus und ließ die Zehen ins Wasser baumeln. Stimmen wehten von einem Segelboot heran, das eine Meile weiter draußen ankerte.

Nach einer Weile entdeckten auch zwei betrunkene Paare die Stelle. Sie hatten Streit. Sie standen etwa drei Meter von ihm entfernt und verschafften sich abwechselnd Gehör. Es schien um einen Freund von ihnen zu gehen, der schwul geworden war. Für das eine Paar war das eine furchtbare Tragödie, den anderen beiden erschien er dadurch nicht verändert. Ob es denn möglich sei, fragte einer, daß jemand sich wirklich verändere? Oder beträfen nicht alle Veränderungen der Persönlichkeit nur die äußeren Schichten, eine Art Häutung? Nichts Grundsätzliches. Sie redeten laut und schienen von ihrer Unterhaltung beeindruckt zu sein, von deren philosophischem Gehalt. Sie guckten in einem fort zu Thorn rüber, als wären sie drauf und dran, ihn darüber zu befragen. Er stand auf und ließ sie da stehen in dem heftigen Wind, während ihm die Fetzen ihrer Unterhaltung noch einen Block weit folgten.

Als er zum Bashmobil zurückkam, klappte er den Beifahrersitz ganz nach hinten um, rollte Jeromes Arbeitskittel zu einem Kissen zusammen und schloß die Augen. Er hörte die Flut gegen die Deichmauer schlagen. Er richtete seine Gedanken darauf und rief sich Rickis Gesicht in Erinnerung, als er ihr vorgelogen hatte, er wisse, daß sie Kate habe umbringen lassen.

Er sah wieder die Meilen und Winnebagos und Mietwagen des ganzen Tages vor sich, Jerome mit seiner Perücke, Sammy in seinem Buschhemd, Amos Clay. Er lag still da und fühlte den heißen Wind in den Wagen dringen. Ein Wind, der sich aus den Wüsten in Afrika erhob, über Tausende von Ozeanmeilen heranwehte. Der den Duft verdorrter Gräser, das Plärren ausgestorbener Tiere mit sich führte. Passatwinde, die nach Key West die Krume eines anderen Landes trugen, sie an Thorns Windschutzscheibe, auf seiner Zunge abluden.

Thorn hielt die Augen geschlossen. Schlaflosigkeit am südlichsten Punkt Amerikas.

17

Irving McMann marschierte an seinem drei Meter breiten Kleiderschrank entlang. Milburn beobachtete ihn von seiner Tür aus und strich mit der Hand über die wunde Haut um seine fleischfarbene Augenklappe.

»Komm, Mann. Wir machen einfach auf Touristen.«

»Mach du doch auf Tourist«, sagte Irv. »Weiter reicht deine Fantasie ja doch nicht.«

»In Key West gibt's nichts als Touristen, Conchs und Schwuchteln. Da mach ich lieber auf Tourist.«

»Ich wußte, ich kann mich an das Ding hier erinnern«, sagte Irv, als er zwischen die dicht zusammengepreßten Kleider griff und einen Bügel mit daran hängenden Ledershorts herauszog. »Die hab' ich in Provincetown gekauft, in diesem riesigen Wahnsinnsladen. Mann, die sind genau richtig.«

Irv zog sie über seine rote Unterwäsche. Er drehte sich um und posierte vor Milburn. Eine Hüfte nach außen, das Kinn auf der Schulter. Flatternde Wimpern.

»In dem Aufzug geh ich mit dir nirgendwohin.«

»Ich fang ja erst an.«

»Ich putz mich nicht raus«, sagte Milburn, dem sein behaarter Bauch über den Rand seiner Tennisshorts hing. Tennisshorts! Was für ein Witz. Milburn, der nach einem Tennisball schlug und versuchte, von hier nach dort zu kommen. Im Fitneß- und Tennisclub nannte man ihn das Erdbeben.

Milburn sagte: »Was stellst du dir denn überhaupt vor? Meinst du, das Mädchen kommt für irgendeinen Lederfreak schneller mit dem Geld rüber? Entweder sie hat die Dreitausend, oder wir legen sie um. Deswegen ist doch kein riesiger Zirkus im Theaterverein nötig.«

»Verstehst du, Milburn. Das ist genau der Unterschied zwischen uns. Du denkst geradeaus: Die Puppe schuldet uns Geld, und wir kassieren, eins, zwei, drei. Dieser geradlinige Scheiß, Mann, das ist es, was dich lahmlegt. Ich bin hier und springe, wie Quantensprünge, ein Sprung hierhin, ein Sprung voraus, Meilen weiter.« Irv lockerte das mit Eisenspitzen besetzte Bulldoggenhalsband um seinen Hals. Er probierte die griechische Matrosenmütze aus Leder in verschiedenen Stellungen auf, fand eine, die ihm gefiel, schräg zu einer Seite geneigt, so daß sie fast sein Ohr berührte. Genau richtig. Schwachsinnig, aber angsteinflößend.

»Diese Ricki. Sie wird 'ne reiche Lady. Sie wird seriösen finanziellen Rat nötig haben, wie ich die Sache sehe. So was wie diesen verrückten Merrill-Lynch-Typen, der auf das Management von Freizeitparks spezialisiert ist.«

»Mann, du bist ja verrückt. Total meldepflichtig verrückt. Niemand, ganz egal, wie bekloppt die Tante ist, niemand wird eine Ferieninsel irgendeinem Fremden in die Hand geben, der sich seine Klamotten im Zoogeschäft kauft. Da haust du völlig daneben.«

»Okay, Joyce Brothers, was schlagt ihr vor?«

»Ich sage, wir fahren da runter, holen uns unsere Dreitausend oder machen die Nutte kalt. Ganz gleich, was, mir ist das scheißegal. Ziehn uns wie Bootskapitäne oder wie was halbwegs Normales an, gehn in 'n paar Bars, hängen morgen am Nacktstrand rum, gucken uns die Sonntagsmassen an, lassen die Sonne auf unsere Ständer scheinen und fahren wieder heim. 'n netter Erholungsausflug. Nichts Verrücktes. Streichen den ganzen Hollywood-Quatsch.«

»Yeah, okay, Buddy. Alles, was du sagst.« Irv brütete an einer Idee, legte sein Halsband ab, die Mütze, die Lederweste. »Du kannst da einen richtigen Gedanken haben. Ich könnte vielleicht Gefallen daran finden.«

Milburn starrte ihn jetzt an, auf seine Weise wurde er ein bißchen nervös. Schien ihm einen Moment leid zu tun. Dann schüttelte er entschieden den Kopf und schnaubte verächtlich. So, als wär's langsam Zeit, daß Irv seinen Ansichten mehr Beachtung schenkte.

Die Loran-Armatur blinkte im Dunkeln, weil Sarah ruckartig steuerte, überkorrigierte, als sie ein paar Striche vom Kurs abkam, und dann auch in die andere Richtung des Guten zuviel tat. Wunderbares kleines Apparätchen, dieses Loran, ein computergesteuerter Kompaß. Er sagte ihr genau, wo sie war, aber zum Teufel, besser fühlte sie sich dadurch keinen Deut.

Zumindest war sie vom Ufer weg. Das hatte ihr die meisten Sorgen gemacht, daß sie auf den Flachs gleich am Ufer auf Grund laufen konnte. Kate hatte ihr gezeigt, wie es gemacht wurde, auf das

Carysfort-Leuchtfeuer zusteuern und das Pierlicht stur achtern halten. Aber es gab nicht viel Spielraum für Fehler, und Sarah hatte den Bug bereits zweimal in die Kanalränder gerammt und sich nur retten können, weil sie langsam fuhr.

Das Treffen fand wie üblich um zwei Uhr nachts statt. Heute nacht waren die Koordinaten 14201 und 30718. Nicht Koordinaten; wie hatte Kate sie noch genannt? Zeitverschiebungen, Positionslinien. Orte, an denen sich die Funksignale kreuzten. Jeder Ort auf der Erde hatte eine Loran-Koordinate, jeder Ort auf der Erde war von einem dichten Netz aus Funksignalen umgeben. Unmöglich, sich wirklich zu verirren, solange man sich diesen kleinen Siebenhundert-Dollar-Computer leisten konnte. Aber es war ein verdammter Unterschied, genau zu wissen, wo man war, und genau zu wissen, wo man sein wollte.

Es waren sechseinhalb Meilen von Garden Cove bis zum Elbow, und dann noch mal ungefähr zwanzig Meilen raus, wobei man den Kurs dadurch hielt, daß man die leuchtende Mittellinie mit der Positionslinie des Bootes zur Deckung brachte. Wie ein Videospiel. Was der ganzen Sache ein Gefühl der Unwirklichkeit verlieh. Bewegte sich, wie sie wußte, in tieferes und blaueres Wasser, raus bis zu ungefähr zweitausendvierhundert Fuß, vierhundert Faden. Vierhundert Faden. Unglaublich tief. Etwa eine halbe Meile über der Erdoberfläche, in der Schwebe gehalten vom mächtigen, launenhaften Golfstrom.

Sie hatte sich eine Stunde Zeit gegeben, um sich zurechtzufummeln. Wenn sie um halb elf auslief, konnte sie die Strecke, wenn es keine Probleme gab, bei fünfzehn Knoten in zweieinhalb Stunden schaffen. Sie würde ankommen und warten, den Motor nur anlassen, um die Abtrift auszugleichen. Keine Möglichkeit natürlich, bei dieser Tiefe zu ankern. Das Laden würde eine halbe Stunde dauern. Somit wäre sie gegen fünf zurück, wenn sie vorhätte, direkt zurückzufahren. Aber das würde sie nicht tun. Sie würde am Carysfort Reef haltmachen, einige Köder auswerfen und ein paar Angelleinen setzen. Nach Hammelfischen, Lippfischen, egal was angeln. In die Kameras lächeln. Und dann wieder anlegen – im Schutz des hellichten Tages.

Es war Kates Idee gewesen. Die Drogenfahndung hatte nie viel Glück damit gehabt, Mutterschiffe beim Entladen zu erwischen, deshalb war ihre Strategie in letzter Zeit, nahe am Ufer Stellung zu beziehen und auf Boote zu achten, die nachts reinkamen. Boote ohne Positionslampen, um drei am Morgen.

Und so war am hellichten Tage zu arbeiten die neue Methode geworden. Es war wie bei dieser Edgar-Allan-Poe-Geschichte mit dem Brief. Ihn offen liegen lassen, wo niemand ihn je finden würde. Es war überhaupt nichts Verdächtiges an einem Fischerboot, das den ganzen Morgen das Riff bearbeitete und den Fang am eigenen Pier auslud.

Sarah trank einen Schluck von dem Gin, den sie im lederbezogenen Flachmann ihres Vaters mitgebracht hatte. Sie stellte die Flasche auf das Schaltpult neben den Colt .357. Die Pistole war eher symbolisch als irgendwas sonst. Wenn Kate wegen der Schmuggelei umgebracht worden war, würde auch ein Revolver Sarah nicht das Leben retten können.

Sie hatte keine Ahnung, ob mit diesem Deal irgendwas schief gegangen war. Sie stand nicht in regelmäßigem Kontakt mit ihrem ehemaligen Mandanten Jorge Palacio. Sie erhielt lediglich alle zwei Wochen die Loran-Nummern in einem kleinen Umschlag, der in Miami aufgegeben war. Wenn es zu dem Treffen kam, war Jorge manchmal an Bord, manchmal auch nicht. Sie würde einfach warten müssen, bis der Fünfzig-Fuß-Shrimper aufkreuzte. Wenn das Geschäft geplatzt war, würde sie es schon erfahren.

Jorge Palacio war vor ein oder zwei Jahren ihr Mandant gewesen. Es hatte sich um einen Routinefall gehandelt. Sarah konnte sich nicht einmal erinnern, welches von Jorgs Rechten bei seiner Verhaftung verletzt worden war. Sie wußte nur, daß ihr Jorge ganz anders als die übliche Sorte Dealer vorgekommen war, die sie zu verteidigen hatte. Nie ein affektiertes Grinsen, kein Fünkchen Spott auf das lahme amerikanische Rechtssystem. Er hatte erstaunt den Kopf geschüttelt, als Sarah ihm mitteilte, daß er frei sei. Hatte ihr eine Nummer gegeben, unter der er immer erreichbar sei, falls es jemals eine Möglichkeit gebe, sich bei ihr zu revanchieren. Sarah hatte sie zu den Akten genommen.

Aber nun konnte es sein, daß irgendein kolumbianischer Obermacher Anstoß an Jorges Methode, sich zu revanchieren, genommen hatte, an seiner Veruntreuung von Erzeugnissen. Und es war möglich, daß Kate genau aus diesem Grunde getötet worden war.

Und darüber hinaus war es in diesem Falle sehr gut möglich, daß auch Jorge tot war. Aber der Stichtag für Port Allamanda war in zwei Wochen, Sarah mußte einfach weitermachen, der Sache auf den Grund gehen, die Fahrt durchführen. Keine Zeit, andere Kontakte aufzubauen. Dieser Colt da der einzige Trost, den sie hatte.

Sie hätte natürlich zu Hause bleiben können. Aber Sarah ging auch nicht aus Filmen raus, ganz egal, wie schlecht, wie langweilig, wie brutal sie waren. Und sie war es Kate schuldig, die Sache zu Ende zu bringen, auch wenn es sie von ihrer eigentlichen Aufgabe ablenkte. Es käme die Zeit, darauf zurückzukommen. Thorn würde nicht weglaufen.

Sowieso mußte sie das alles noch zu Ende denken. Inzwischen war die Sache ziemlich durcheinander geraten; ihre Recherchen waren mit diesen anderen Gefühlen verquickt. Normalerweise hatte sie sehr viel Übung darin, Gefühle und Arbeit getrennt zu halten. Du magst den Typen, haßt ihn, ganz egal: deine Aufgabe ist es, in dem Verfahren gegen ihn den kleinen Fehler zu finden, der ihm die Zellentür öffnet. Sarah hatte gedacht, sie sei über diese Sentimentalitäten erhaben. Aber dann war es ihr passiert, daß sie drüben in dem Haus mit diesem Jungen rumgealbert hatte, lange Ewigkeiten mit ihm zusammen gewesen war, ohne sich auch nur daran zu erinnern, wer er war, was er getan hatte, warum sie dort war.

Sie hatte in Miami ein paar Freunde, die sie heute abend zum Schutz hätte mitnehmen können. Mittagspausenfreunde vor allem. Gut für ironische Uraltwitze über Arbeit, Mandanten, den unerträglichen Papierkram. Gut für ein Bier und einen Salat, und wieder zurück an die Arbeit. Es gab ein paar Männer, mit denen sie Verabredungen gehabt hatte, besonders einen von der Staatsanwaltschaft, ein Bursche, bei dem sie mal halbwegs schwach geworden war. Aber der Kerl war nervös geworden, als er hörte, wie sich ihre Stimme veränderte. Er hatte irgendwas anderes im Sinn gehabt.

Er wäre sowieso eine tolle Hilfe gewesen. Sie konnte sich das lebhaft vorstellen. Hallo, Stanley, möchtest du 'ne kleine Mitternachtsseereise unternehmen? Freitag abend, Samstag morgen. 'n bißchen was Leichtes zu heben, Wind im Gesicht, gute Gewinnspanne. Ein paar zackige Nervenkitzel in South Florida.

Und so war sie allein hier. Kate war wahrscheinlich bereits Rauch und Asche, davongetragen von den ständigen Ostwinden. Und Sarah, die die Luft einatmete, ihren Gin trank, bereitete sich drauf vor, die nächste zu sein.

Sarah wußte nicht, war es ein gutes Zeichen, daß der Shrimper eine halbe Stunde zu früh kam? Sie sah seine Lichter auf sie zukommen. Himmel sehr klar, eine Sichel des Mondes, leichte Dünung. Sarah probierte Verschiedenes mit dem Colt aus, während der Shrimper näher kam. Ihn in den Hosenbund ihrer Shorts stekken, ihn mit dem Hemdenschoß verdecken, ihn offen zeigen, mit hervorschauendem Knauf. Hinten am Rücken, a la TV-Bulle. Sie entschied sich fürs Sehenlassen. Sie sollten wissen, daß es ihn gab, daß es sie was kosten würde, wenn sie versuchen sollten, ihr was anzutun. Zumindest würde er bewirken, daß sie nicht lange fakkeln würden.

Sie beobachtete, wie das Schiff nahe heranglitt. Tolles Mutterschiff. Für Sarah hatte dieser Ausdruck immer was Großartiges bedeutet. Das hier war gerade mal zehn Fuß länger als die *Heart Pounder*, aber mittschiffs viel breiter und tief im Wasser. Normalerweise mit einer Besatzung von drei Mann. Einer würde am Ruder bleiben, während die anderen beiden ein Lastennetz mit den Ballen herabließen. Zwei volle Netze waren ihre Ladung. Fünfzig Ballen. Und dann kam einer von ihnen an Bord und schob die Ballen herum, verstaute die meisten in der Kabine und den Rest in Eisboxen draußen im Cockpit.

Sollte Jorge an Bord sein, würde es eine rasche Unterhaltung geben; sonst nichts weiter als eilige Arbeit und wieder weiter, ein schnelles Wechseln von drei Worten, während das zweite volle Netz heruntergelassen wurde. Sarah stand da, hielt sich steuerbords an der Reling fest und beobachtete, wie, kaum sichtbar, die Männer auf dem Shrimper auftauchten.

Sie war vor jeder kleinsten Abweichung vom Gewohnten auf der Hut. Unter keinen Umständen würde sie sich auf was Ungewöhnliches einlassen, nichts außerhalb des Routinemäßigen, eine Stimme, die sie nicht erkannte, ein Typ, der zu ihr rüberzusteigen versuchte, ehe die erste Ladung runtergelassen worden war. Die *Heart Pounder* trödelte im Leerlauf, bereit zu fliehen, aber Sarah würde sich vorher noch von den Tauen losmachen müssen, die sie rüberwerfen würden, um längsseits festzumachen. Das wäre ein kritischer Moment, der Augenblick der Wahrheit, wenn sie ablegen müßte, um zu entkommen. Sie wünschte, sie würde irgendeinen Laufknoten kennen, mit dem sie die Taue an ihren Klampen festbinden könnte.

Der Kapitän des Shrimpers schaltete seine Maschinen auf Rückwärtslauf und glitt an ihre Steuerbordseite. Eine dunkle Gestalt tauchte auf der Backbordseite des Mutterschiffes auf. Er warf ihr ein Tau zu. Sie fing es, aber ein Ende peitschte ihr ins Auge.

Die Tränen zurückblinzelnd, band sie das Tau an ihre Hecklampe. Sie hielt den vage sichtbaren Mann auf dem Shrimper im Auge, als sie zum Bug vorging. Er warf ihr das andere Tau zu, und sie machte es ebenfalls fest. Sie schlang es um die Klampe und zog es an, schummelte nicht beim Knoten, war jetzt mit dem anderen Schiff verbunden, ganz egal, was kam. Keine Möglichkeit, sich plötzlich auf und davon zu machen. Es war dumm gewesen, auch nur daran zu denken, daß es hier einen Ausweg gäbe, es sei denn, gar nicht erst zu kommen. Dumm zu denken, die Pistole bedeute für Leute irgendwas, die entschlossen waren, sie umzubringen.

Sie blieb stehen und stieg durch den Schandeckel runter ins Cockpit, wo sie sich an die verchromte Reling klammerte. Sah nun nicht mal mehr hin. Sich des Bootes absolut bewußt, waren ihr peripheres Sehen und Hören aufs höchste gespannt, aber sie blickte noch immer nicht dort rüber. Alles ganz normal, alles sehr erhaben. Sie versuchte sich Kate in ihren letzten Augenblicken vorzustellen, welche Haltung sie wohl eingenommen haben mochte, wieviel Angst sie sich gestattet hatte, als sie sah, was auf sie zukam.

Das Quietschen von Metall brachte sie für Momente um ihre Fassung. Sie taumelte rückwärts gegen die Kabinentür. Tappte nach der Pistole in ihrem Hosenbund. Er starrte in einem plötzlichen Entsetzen, während sie unwillkürlich den Hahn spannte. Sie zog die Pistole und ging zurück in die Kabine.

Der Kran ächzte, Drahtseile pfiffen, als das Netz über das offene Cockpit herabschwebte. Ein Mann kam mit der Ladung runter. Das war neu. Sie krümmte ihren Finger im Abzugsbügel.

Sarah zog sich tiefer ins Cockpit zurück, hob den Colt halb zielend, halb abwartend, falls das hier nur eine kleine Variation der üblichen Prozedur war, etwas, was sie noch nicht gesehen hatte, was aber trotzdem normal war.

»Captain?» Männerstimme, spanischer Unterton.

»Ich bin hier.«

»Wer ist dort?« Jetzt war *er* auf der Hut. Es brauchte so wenig, um die Sache aus der Bahn zu schleudern, in eine Schießerei. Das Vertrauen, auch in einer guten Nacht, war hauchdünn.

»Sarah. Ich bin's, Sarah.«

»Guten Abend, Anwältin.« Es war Jorge. Jorge, der an dem quietschenden Drahtseil herunterkam.

Aber sie war immer noch ängstlich. Dinge ändern sich, dachte Sarah. Jorge kann sich ändern. Von dem freundlichen, dankbaren Mann, höflich, manchmal geradezu liebenswürdig, zu etwas anderem. Sarah war von anderen Jorges so oft gelinkt worden, Burschen, die im Gefängnis gefügig kriecherisch waren, aber tückisch und bitter werden konnten, ohne Warnung auf sie einschlugen. Schließlich war Jorge in einem Geschäft erfolgreich, in dem es von Irren mit automatischen Waffen nur so wimmelte. Es war unklug, sich von einer freundlichen Stimme einlullen zu lassen.

»Sie sind allein heute abend?«

»Ja«, sagte Sarah, noch immer in der Tür. Den Revolver außerhalb seines Blickfelds.

»Ihre Freundin? Sie ist krank?« Jorge kam langsam auf sie zu, das Netz mit den glänzenden, schwarzen Ballen baumelte hinter ihm.

»Nein«, sagte Sarah. »Sie wurde ermordet.« Überfahr ihn damit, sieh mal, ob er zuckt.

Er blieb stehen. Warf einen raschen Blick zurück zu dem Shrimper. Sie konnte ihn jetzt deutlich sehen vor den abgeschirmten Lichtern des Shrimpers. Vorsichtig ein Straffen seiner Haltung.

»Ermordet«, sagte er. Wägte ab, was es für ihn bedeutete.

Einer von den anderen rief vom Shrimper etwas barsch auf spanisch rüber, und Jorge drehte sich um und rief zurück.

»Es sind Boote in der Gegend«, teilte ihr Jorge mit. »Wir beobachten sie schon die ganze Nacht.«

»Folgen sie euch?«

»Vielleicht«, antwortete er.

»Ich muß es wissen«, sagte Sarah. »Ist was schiefgegangen? Bin ich in Schwierigkeiten?«

»Ich höre nichts«, sagte er.

»Würden Sie es ganz sicher wissen, wenn jemand nicht wollte, daß Sie mit mir Geschäfte machen?«

»Wann wurde die Frau getötet?«

»Montag. Montag nacht.«

»Da würde ich es inzwischen wissen. Nein«, sagte er, »ich kann Ihnen sagen, niemand kümmert sich um so eine kleine Menge Marihuana. Sie konnte für niemanden von Bedeutung sein.«

Sarah spürte, wie sich der Griff um die Pistole lockerte, die Muskeln schmerzten mittlerweile von dem Druck.

»Ihre Freundin ist aus einem anderen Grund ermordet worden«, sagte er. »Diese Menge. Sie ist nichts, für jeden.« Er drehte sich um und gab dem Netz einen Klaps. »Jetzt müssen wir arbeiten. Die Boote gefallen mir nicht.«

Sarah sagte »Noch eine Ladung, Jorge. Mehr brauche ich nicht. Mittwoch abend diesmal? In Ordnung? Am dreißigsten?«

»Si, und soviel Sie wollen, Anwältin. Wir haben dieses Jahr eine sehr gute Ernte. Wenn Sie mehr wollen, ist mehr für Sie da.«

Sarah fing tatsächlich einen Fisch. Sie wußte nicht, was sie damit machen sollte, nicht einmal, wie sie ihn vom Haken bekommen konnte. Es war ein schöner Fisch, blaue Streifen liefen über seinen gelben Leib. Im Sonnenlicht des frühen Samstagmorgens. Er hatte sich heftig gewehrt, als sie ihn rauszog, sich auf die Seite gedreht und um sich geschlagen. Sie hatte während der ganzen Tortur eine Grimasse geschnitten, und jetzt, wo er an Bord war, schämte sie sich.

Sie wußte, sie tat das bloß für irgendein unsichtbares Publikum, das da draußen möglicherweise überhaupt nicht vorhanden war. Irgend jemand jenseits des Horizonts, der sie in seinem Feldstecher hatte, jemand, der an ihrer Grimasse erkannte, daß sie keine Fischerin war.

Sie hatte Kates Khakijacke angezogen und sich ihre Mütze mit dem langen Schirm aufgesetzt, und als die Sonne aufging, hatte sie Kates Sonnenbrille ausfindig gemacht. Jetzt saß sie da, den Fisch auf dem Schoß, und schaute durch Kates Augen, in ihren Sachen, auf die ruhige See hinaus. Über fünfundzwanzig Grad bereits, aber sie fröstelte. Ein kalter Schauder vor der Verwegenheit, hier draußen im heller werdenden Licht herumzusitzen, beladen mit genug Marihuana, um ganz Miami einen Monat vollzudröhnen.

Ihr Fang lag in der Fischkiste, blutend, nach Luft schnappend. Er zappelte, und Sarah krümmte sich auf ihrem Platz zusammen. Sie steckte einen neuen Köder an den Haken, wobei ihre Wahl auf eine Garnele fiel, die schon tot war, und schleuderte ihn in Richtung auf das dunkle Riff. Die Schnur segelte in einem schönen Bogen hinterher, und sie schloß das Becken, während sie sich vorstellte, wie der Köder langsam in diese helle Welt der Fische und Korallen hinabsank, und sie alles so machte, wie Kate es ihr beigebracht hatte. Alles Show, und sie hoffte, es müßte nicht noch ein Fisch dran glauben.

Ein Boot hatte fünfzehn Minuten in der Gegend herumgeschnüffelt, gerade weit genug entfernt, um sie nicht mehr als seine Farbe erkennen zu lassen. Rot. Die Küstenwache war grau und blau, deshalb erregte es bei ihr nur leichtes Interesse. Aber sie beobachtete das Boot. Es drehte nach Osten, kam auf sie zu, dann zurück aufs offene Meer, ein Schwenk nach Süden und dann wieder nach Norden. Sie dachte, es könnte eventuell mit einer Schleppangel oder mit sonstwas fischen. All das ging über ihren Horizont.

Das Boot blieb eine Weile genau im Osten liegen, und die Sonne ging direkt dahinter auf, so daß es ihr unmöglich war, es sich aufmerksam anzusehen. Sie spulte eine der Angelleinen auf. Für den Fall einer schnellen Flucht. Ihre Garnele war verschwunden. Sie steckte die Rute in den Raketenwerfer hinter dem Angelsitz, und dann spulte sie auch die andere Leine fast bis an den Rand des Bootes auf. Sie gestattete sich einen Blick nach Osten. Das rote Boot war nicht mehr da.

Sie konnte das Dope riechen. Eine süße Würze lag in der Luft. Wie eine italienische Küche zur Essenszeit. Das Drug Enforcement Corps K-9, inzwischen an Land, bellte sicherlich in seinen Zwingern, hob die Köpfe und versuchte, sich unter den Zäunen durchzugraben. Fünfzig Ballen, in dies ganze Plastik eingewickelt, in den Styropor-Eisboxen, und trotzdem war der starke, verwirrende Geruch überall.

Sie setzte sich wieder auf den Stuhl und sah auf die Uhr. Halb acht. Der Sabrosa-Seafood-Transporter würde um elf bei Kate sein. Kate war gern immer ganz kurz vor elf angekommen, so daß es keine Wartezeit zwischen Anlegen und Löschen gab. Gehörte einfach zu ihrer Ordentlichkeit. Schiffskapitäne hatten ordentlich zu sein. Ordnung hieß überleben. Wenn die Strandvögel über das Boot herfielen, mußte alles ordentlich, an Ort und Stelle sein.

Das Boot war nur Sekunden, nachdem sie es hatte herankommen hören, neben der *Heart Pounder*. Seine gewaltige Heckwelle brachte sie ins Schaukeln, und sie sah, wie eine der großen, mit Dope gefüllten Eisboxen ins Rutschen kam, sich zu einer langen Rutschpartie irgendwohin aufmachte.

Es war eins von diesen Hochseerennbooten, möglicherweise eine Cigarette, eines von diesen protzigen, schamlosen Booten, mit denen die Männer aus ihrem Büro ständig liebäugelten, wenn sie an einem Strandrestaurant vorbeidonnerten. Es war das Traumboot für Kokainschmuggler und solche Typen, die mal schnell nach Bimini zum Brunch fahren. Diese Halbstarkencliquen, deren Nachmittagssport es war, draußen im Strom Delphine zu überfahren, auf die Bahamas und zum Abendessen wieder zurück.

Das hier war rot, und es waren zwei Mann an Bord. Ein Kleiner in brauner Uniform und ein Großer mit einer fleischfarbenen Augenklappe, der dieselbe Uniform trug. Sie standen einfach da und starrten sie an, während ihr Bug gegen das Heck der *Heart Pounder* krachte. Sie fühlte, wie ihr Puls nach oben ging. Ihr Oberkörper spannte sich. Sie brauchen zu lange, dachte sie. Sie schienen unentschlossen.

»Machen Sie sich bereit, wir kommen an Bord«, rief der Kleine.

»Kommt nicht in Frage«, rief sie zurück, ohne nachzudenken.

Er klappte seine Brieftasche auf und ließ kurz eine silberfarbene Karte sehen. »DEA, Drogendezernat, Einsatzkommando des Vizepräsidenten.«

»Ich fische«, sagte sie. Sie wußte, das war lahm, aber da saß sie nun mal, zwischen zwei verschiedenen Rollen. Welche Sarah war sie? »Haben Sie eine Vollmacht?« Na, das war schon besser.

»Wir benutzen keine Vollmachten.« Er zog eine große Automatic unter seinem Instrumentenbrett hervor.

»Ohne irgendeinen einleuchtenden Grund kommen Sie hier nicht an Bord.« Sie war jetzt aufgesprungen und zog sich langsam zur Kabine zurück, zu ihrer Ermutigung in Form ihres Colts.

»Wir kommen an Bord.« Aber er rührte sich nicht. Der Große

mit der Augenklappe flüsterte ihm was zu. Vielleicht waren sie neu in dem Job, unsicher, waren noch nicht auf solchen Widerstand gestoßen. Sie hatte möglicherweise noch andere Rechte, von denen sie nichts wußte. Sie war sich nicht einmal darüber im klaren, wer, wann, wie und bei wem auf See an Bord gehen durfte. Aber Bluffen war die wichtigste Kunst der Jurisprudenz.

»Ich rufe die Küstenwache an, um zu hören, ob die DEA in der Gegend ist.« Sarah trat in die Kabine, hielt ein Auge auf die beiden. Hob das VHS-Mikrofon hoch, so daß sie sie sehen konnten. Schaltete es nicht ein. Wartete. Redete, leise murmelnd. Wartete. Beobachtete die beiden die ganze Zeit. Artikulierte stumm noch was ins Mikrofon. Sagte schließlich. »Over and out!« Es klang falsch, als sie die Worte sprach.

»Es sind keine Beamten in der Gegend«, rief sie den beiden zu. »Ich habe das Recht, Sie daran zu hindern, an Bord zu kommen.«

Der Kleine, dunkel, lockiges Haar, verspiegelte Brille, drängte das Rennboot noch näher an die *Heart Pounder* heran, reckte den Hals und starrte Sarah an. Über die Schulter sagte er irgendwas zu dem Dicken, der sich an den Hecksitz klammerte. Die Heckwelle, die das Boot zurückließ, spülte auf Sarahs Hinterdeck, weckte ihren Fisch, der den Wänden des Fischkastens einen letzten Schlag versetzte, in Luft ertrinkend.

Sarah hockte sich draußen auf den Angelsitz und sah ihnen nach. Sah den Namen ihres Bootes, in Goldschrift, *Perfect Execution.*

»Du Arschloch.« Irv kniff Milburn in die Brust und drehte heftig dran, während er den Scarab einen Moment lang mit der linken Hand steuerte.

Milburn sagte: »Ich dachte, es wäre ein gottverdammtes Gespenst.«

»Ich hab's dir doch gesagt«, erwiderte Irv. »Du denkst, wenn ich eine erschieße, dann steht sie eine Woche später wieder auf und geht fischen.«

»Es war aber das Boot, Mann. Dasselbe Scheißboot. Und es war 'ne Frau, sah genau wie die andere aus.«

»Mann, du brauchst 'ne IQ-Transplantation.«

Sie fuhren mit vierzig Knoten. Flogen über die flache See hinweg, rasten dicht an Booten vorbei, die am Riff fischten. Bekamen einige böse Blicke, ein paar gereckte Finger ab. Vorbei an dem Markierungsfeuer, an dem sie die Krankenschwestern aus Michigan zurückgelassen hatten.

»Na schön, sah aus wie sie. Selben Sachen, selbe Größe.«

»Aber ungefähr fünfundsiebzig Jahre jünger.«

»Mann, ich bin immer noch von den Socken.«

»Die Alte ist Vergangenheit. Wir haben 'ne Verabredung mit der Erbin. Laß uns hinfahren.« Irv quetschte den Gashebel zusammen und versuchte, einen Knoten zusätzlich aus den gewaltigen Mercs zu pressen.

18

Thorn frühstückte im selben Diner, hatte dieselbe Kellnerin, eine Frau in Kates Alter mit einem hohen, schwarzen Haargebilde auf dem Kopf. Er bestellte sich drei weiche Eier, Maisgrütze und einen großen Kaffee. Die Frau lächelte ihn an, schien sich aber nicht an ihn zu erinnern.

Er beobachtete, wie sich der Diner mit Samstagsgästen aus dem Ort füllte. Die zwei Hippies mit ihren Wildlederwesten und Omabrillen schienen noch vom letztenmal hier rumzuhängen. Zwei Tische mit dreckigen, rotäugigen Bauarbeitern, die dabei waren, noch ein paar Überstunden abzusahnen. Und ein Bodybuilder in hellem Beigebraun.

Nach dem Essen benutzte er das Klo und ging dann zurück zum Bashmobil. Es war ein wolkiger Tag, etwas Unangenehmes braute sich über Kuba zusammen. Thorn zog sein Last-Resort-T-Shirt aus und schlüpfte in den zerknitterten Bash-a-Bug-Kittel. War genauso grellrosa wie der Wagen. Auf den Rücken war eine Schabe gedruckt, auf die ein gestiefelter Fuß herabsauste.

Er besah sein Gesicht im Rückspiegel, rieb sich den letzten Schlaf aus den Augenwinkeln. Das Gesicht, das er dort sah, war nicht seins. Der Kerl im Spiegel schien zu wissen, was er verdammtnochmal vorhatte.

An der Einfahrt zum Sandpiper Bay Club standen zwei uniformierte Doppelzentner. Sie versuchten, ihrem Lächeln den letzten Schliff zu geben, als Thorn am Schlagbaum bremste.

Einer kam mit einem Klemmblock rüber zum Wagen. Thorn hob die Hand und schlug gegen das Kästchen an der Decke, und die Ohren begannen zu wackeln.

»Ihnen helfen?« sagte der Wächter am Fenster, ohne sich nach unten zu beugen, und blickte verstohlen nach den Ohren.

»Grayson wollte, daß ich 'ne flüchtige Inspektion vornehme.«

Der Mann trat zurück, überprüfte seinen Klemmblock. Drehte sich um und sprach mit seinem Kollegen. Sein Kollege sah einen anderen Klemmblock im Wachhäuschen durch und schüttelte den Kopf zum ersten Wächter rüber.

Ein silberfarbener Mercedes fuhr durch das angrenzende Tor. Der alte Mann, der ihn fuhr, warf einen kritischen Blick auf den VW und sah Thorn böse an.

Thorn sagte: »Ist noch 'n bißchen früh, um Grayson anzurufen, sonst würde ich vorschlagen, Sie tun das. Er ist derjenige, der das hier angeordnet hat. Ursprünglich hatte ich ihm gesagt, ich könnte nicht vor nächster Woche, aber als ich genauer drüber nachdachte, wurde mir klar, jede Minute zählt, deshalb bin ich da.«

»Wenn Sie nicht auf meiner Liste stehen, kommen Sie hier nicht rein.«

»Es ist 'ne sehr heikle Angelegenheit«, sagte Thorn. »Das Gesundheitsministerium hat uns strenge Anweisungen gegeben, nichts über die Art dieses Übels zu verraten. Aber ich kann Ihnen so viel sagen, ich wäre nicht an einem Samstag hier, wenn diese Viecher bloß 'ne Gefahr für das Gebäude wären.«

Der andere kam aus dem Wachhäuschen, filzte Thorn mit den Augen und starrte auf die Ohren, die da oben vor sich hinmahlten.

»Kleine Ameisen«, sagte Thorn. »Fast unsichtbar. Sie wandern in Einerreihen. Vielleicht haben Sie mal welche gesehen?« Er beobachtete sie, um zu sehen, wie er ankam. Er hatte ihre ungeteilte Aufmerksamkeit. »Bei der Seuchenkontrolle oben in Atlanta hat man Zusammenhänge zwischen diesen kleinen Kerlen und ein paar Krebserkrankungen festgestellt; wenn ich ihre Namen sagte, würden Sie wissen, wovon ich rede.« Das brachte in den Gesichtern von beiden was zum Leuchten. »Sie fressen was Infiziertes, kriechen über Ihre Kaffeetasse, und schon sind Sie geliefert. Austausch von Körpersäften.«

»Kleine Ameisen?« fragte der zweite.

»Groß wie Kaffeegrund«, sagte Thorn. »Sehen harmlos aus. Und sie beißen nicht, stechen nicht, nichts von alledem. Sie verschlucken, das ist das Problem.«

»Wir haben so was Ähnliches da drin.« Er zeigte auf ihre Kabine. Stand da und sah völlig verloren aus.

»Dann fang ich hier an«, sagte Thorn. »He, Sie haben doch nicht etwa Probleme mit geschwollenen Drüsen gehabt, oder?«

Sie klappten den Schlagbaum hoch, und Thorn parkte an der ersten Stelle, die er fand. Er öffnete den Kofferraum und nahm den Sprayapparat und einen langen, dünnen, verchromten Metallstab raus, der da drin lag. Genau richtig, um nach Kaffeegrund-Ameisen zu suchen.

Er brauchte zehn Minuten, aber Thorn fand in der Wachstation keine Spur von ihnen.

»Ich schwöre, ich habe letzte Woche ein paar von diesen kleinen Ameisen an Jacksons Kaffeetasse gesehen«, sagte einer von den Wächtern.

Im Weggehen sagte Thorn: »Könnten Wanderameisen gewesen sein; von denen gibt's auch 'ne ganze Menge.«

Er trug den Sprayapparat zurück zum Wagen und legte ihn wieder hinein. Er warf einen Blick rüber zu den Wächtern. Sie standen vor ihrem Büro in der Auffahrt, und der eine betastete heimlich seinen Hals.

Thorn spazierte durch einen überdachten Gang zum Pool und zum Innenhof. Fand einen Aufzug und fuhr damit so weit, wie es ging. Vierter Stock. Er lief den Balkon entlang, der auf den Atlantik blickte. Der war so grau und unruhig wie der Himmel.

Er wanderte von einem Ende des Gebäudes zum anderen, bis er erspähte, wonach er suchte. Eine Treppe rauf zum nächsten Stockwerk. Die schwere Tür wurde durch ein Windpolster am Zuschlagen gehindert. Thorn stieg durch den Wind zum fünften Stock hoch.

Die Aussicht von da oben war um ungefähr fünfzigtausend Dollar besser. Er konnte das Wasser am anderen Ende der Insel sehen. Die Schiffe, die um die Ränder des Riffs herumdampften, in der

Ferne das La Concha Hotel. Und die anderen neuen Hochhäuser, die die Stadt vermauerten. Im Herzen der Stadt lagen die stillen, baumgesäumten Viertel, Blechdächer, zweistöckige Veranden, filigrane, weiße Zierleisten, die alten Conch-Häuser im Schatten der neuen Wohnanlagen.

Gleich dahinter, wo der Balkon aufhörte, war das breite Panoramafenster des Penthouses, gegen die Sonne verspiegelt. Es bot einen Rundblick über die See und das Grundstück unten. Die Doppeltüren waren aus dunkler Eiche. Daran hing ein Messingklopfer in der Form eines breitkrempigen Stetsons.

Grayson reagierte auf die zweite Klopfsalve. Er war über Thorns Kittel und seine Chromstange überhaupt nicht erfreut.

Er hatte kein Hemd an, eine Goldkette auf seiner glatten Brust, ausgeblichene Jeans mit Bügelfalte, eine Bandanna um den Hals und sonst nichts. Yippee ki-yay.

Er wirkte jünger als an dem Abend in der Volksschule in Key Largo, als er seine Rede für die Radaubrüder gehalten hatte. Irgendwo knapp über dreißig. Wahrscheinlich nicht alt genug, um gute Gründe zur Sentimentalität über irgendwas zu entwickeln.

»Wanzenvertilger«, sagte Thorn.

»Was?«

»Wanzenvertilger«, sagte Thorn. »Bash-a-Bug.«

»Sie sind hier nicht richtig, Wanzenvertilger.«

»Eigentlich bin ich nicht hier, um irgendwas zu vertilgen«, sagte Thorn. »Ich wollte reden. Wir haben einen gemeinsamen Freund.«

Grayson blickte hoch zum sich verdunkelnden Himmel, sah wieder Thorn an.

»Bringen Sie's hinter sich«, sagte er.

»Sein Name ist Amos Clay.«

Thorn beobachtete, wie er das aufnahm. Grayson neigte den Kopf und versuchte, Thorn irgendwo unterzubringen. Er schien keinen Erfolg zu haben.

»Amos Clay«, sagte er. »Und was noch.«

»Nicht hier draußen«, sagte Thorn. »Ich raub Sie schon nicht aus. Wir stehen auf derselben Seite. Es ist bloß so, daß ich zufällig auf 'n paar Informationen gestoßen bin, und ich dachte, die könnten Sie vielleicht nützlich finden.«

Grayson zögerte noch einen Augenblick, dann trat er zurück und winkte Thorn rein.

Thorn ging vor ins Zimmer und wartete auf Grayson, der die Tür verriegelte. Thorn sah sich um. Weißer Rauhputz an den Wänden, in die in einer Ecke ein Kamin aus Adobeziegeln eingefügt war. Ein gebleichter Longhornschädel war auf dem Kaminsims ausgestellt. Dunkle, steife Ledermöbel, deren Leder mit verschlungenen Mustern überzogen war. Eine Kakteensammlung in Tontöpfen.

In einer Ecke des Zimmers stand eine Steppenhexe von der Größe eines Ofens. Und auf dem Panoramafenster, das Thorn vom Balkon aus gesehen hatte, war der Aussicht auf den Sandpiper Bay Club und den fernen Atlantik eine transparente Szene aus dem Alten Westen vorgeblendet. Eine Schar Apachen griff ein paar im Kreis aufgestellte Wagen an. Die Siedler versteckten sich hinter Speichenrädern und feuerten Flinten auf die Wilden auf ihren scheuenden Pferden ab. Draußen, vor dem Fenster, wirbelte ein Lachtaubenorkan vorbei. Jemand am Strand warf Brot zu ihnen hinauf.

»Heimweh nach Texas?« fragte Thorn.

»Ich bin aus Philadelphia.«

Thorn setzte sich auf einen der steifen Lederstühle. Grayson blieb stehen, die Daumen in seine Gürtelschlaufen gehakt.

»Sie haben den Namen von jemandem genannt«, sagte Grayson.

Thorn erwiderte: »Ich wollte, daß Sie das wissen. Ich dachte, Sie wären der Mann, der das hören sollte. Ich habe Sie auf Versammlungen reden hören.«

»Wer sind Sie?«

Thorn rutschte auf dem mexikanischen Stuhl rum. Er schlug die Beine übereinander.

»Ich bin jemand«, sagte er, »der in den Häusern von Leuten arbeitet und manches hört, was er nicht hören sollte.«

»Sie haben einen Namen erwähnt«, sagte Grayson. »Ich bin an diesem Namen interessiert.«

»Ich möchte so sehr wie jeder hier, daß es mit Port Allamanda weitergeht«, sagte Thorn. »Wissen Sie, warum?«

Grayson zog die Stirn kraus.

Thorn, der noch immer drauflosfabulierte, sagte: »Es kommen

'ne Menge Yankees her, die Lincolns fahren und draußen in den Mangroven wohnen, und das erste, was sie wollen, ist, jemanden bezahlen, der kommt und ihre Palmbohrer ausrottet. In Minnesota hatten sie Küchenschaben, aber nicht diese Kaventsmänner. Die Dinger da, wenn man sie zu töten versucht, fliegen sie einem ins Gesicht. Wenn man versucht, einen mit dem Fuß zu zermatschen, ist es, als tritt man auf ein Stück Schokoladenkaramel. Es bleibt einem am Schuh kleben, am Fußboden. Eine richtig klebrige Masse, das sage ich Ihnen.«

»He, ich hab' den ganzen Tag Zeit. Samstags lade ich mir immer Wanzenvertilger ein und hör mir ihre Lebensgeschichte an.« Graysons Gesicht bekam jetzt etwas Farbe. Er beugte sich zu Thorn runter, wahrte aber immer noch Distanz. »Lassen Sie sich Zeit, lassen Sie nichts aus. Verstehen Sie, was ich meine?«

»Dieser Name, den ich genannt habe, Mr. Clay«, sagte Thorn. »Bis vor kurzem, habe ich gehört, hatte er vor, seine verwanzte Ranch einer Frau namens Kate Truman zu überschreiben. Ist das auch ein Name, den Sie kennen?«

»Ja«, sagte Grayson.

»Tja, nun ist sie tot, was Sie wahrscheinlich gehört haben. Ich hab's selber gerade gestern gehört, als ich in Amos Clays baufälligem alten Haus in der Küche stand. Und da war ich auch, als ich diese andere Sache hörte, von der ich meine, daß Sie sie wissen sollten.«

Grayson starrte ihn an, als wäre Nebel im Zimmer.

»Jetzt kommt noch 'ne andere Person ins Spiel. Ein Bursche, sagen wir mal, ein Verwandter der Verstorbenen. Wie ich höre, ist es dieser Kerl, der die Wanzenplantage führen will, Moskitos züchten. Ein echter Bambi-Liebhaber, dieser Bursche, schlimmer als Kate Truman. Läßt Hirsch und Antilope so 'ne Art Vogelscheuche abgeben.«

»Oh, Mann«, sagte Grayson. Er blinzelte Thorn an. »Wer *sind* Sie?«

»Ich bin ein Wanzenvertilger. Ich höre gewisse Dinge. Ich mag keinen Klatsch, aber manche Dinge, die ich höre, die machen mich verrückt.«

»Gut, Sie sollten diese Dinge nicht für sich behalten, wenn sie Sie verrückt machen«, sagte Grayson. »Davon kriegt man Krebs. Wissen Sie, was ich meine?«

»Ja«, sagte Thorn. »Bei manchen Dingen, da ist es schwer weiterzuleben, wenn man sie für sich behält. Wenn man mit niemand drüber reden kann.«

Grayson sagte: »Heutzutage ist es schwierig, einen guten Zuhörer zu finden. Deshalb bleibt der Papst auch reich.«

»Aber die Leute haben Bedürfnisse«, fuhr Thorn fort. »Manche Leute, die reden und reden, einfach so, und man kann ihnen das Maul nicht stopfen.«

Grayson zog an einem Hautfetzchen an seiner Lippe und betrachtete Thorn ein paar Herzschläge lang; dann ging er ins Nebenzimmer und brachte einige wie neu aussehende Geldscheine mit. Er hielt sie an der Seite in der Hand.

Thorn atmete auf, er hatte das Gefühl, er könnte diesem smarten Typen Brennesseln als Klopapier verkaufen, und sagte: »Ich steh da so in der Küche und besprühe Amos Clays Schaben, und da hör ich diesen Burschen im andern Zimmer sagen, er wird da anfangen, wo Kate Truman aufgehört hat, weitermachen und das Grundstück kaufen. Ein Typ mit dem Namen Thorn. Wie ich höre, soll die ganze Sache Ende des Monats steigen, spät nachmittags am einunddreißigsten.«

»Hören Sie«, sagte Grayson, als er Thorn das Geld hinstreckte, »Sie scheißen mich nicht an, oder? Treiben irgend so 'n dummes Spiel mit mir. Sie sind nicht irgend so 'n Waldrattenfan, oder?«

Thorn sagte: »Soll das ein Witz sein? Ich werde dafür bezahlt, daß ich so was aus dem Weg schaffe. Je mehr Yankees hier sind, desto besser finde ich das.«

Grayson blickte durch das Cowboy-Fenster zu einem Frachter hinüber, der um die Rifflinie herumfuhr. »Verstehen Sie, ich werde langsam 'n bißchen paranoid. Nach 'ner Weile denkt man, niemand steht auf deiner Seite. Ich werde jeden Tag der Woche als 'ne Art böses Arschloch hingestellt. Ich bin dieser Kerl, der hierherkommt, um euch das Land wegzunehmen, eure Tiere zu töten.«

»Sie sehen nicht böse aus«, sagte Thorn. Dann lächelte er und fügte hinzu: »Aber wenn einer jeden Tag bloß mit Ungeziefer zu tun hat wie ich, kann man meinem Urteil vielleicht nicht trauen.«

Grayson lächelte unsicher und sagte: »Ich höre von diesen Leuten nichts anderes, als daß allein ich es bin, der die Keys ruiniert.

Sie leben hier unten, nehmen ihr ganzes Leben all diesen Sonnenschein in sich auf, halten die Nase in den Wind, machen sich ihre Cocktails, und wenn jemand herkommt und sieht, was sie besitzen, und sagt ›He, das ist aber hübsch, es gefällt mir, ich kenne noch ein paar Leute, denen das auch gefallen würde‹, rufen sie ihre kleinen Armeen zusammen und ziehen aus und sagen, sie lieben diese Waldratte oder diesen Schmetterling, und es darf niemand sonst mehr hier wohnen, weil dieser Schmetterling urplötzlich wichtiger als die Menschen ist. Die, die schon hier sind, nageln von innen die Tür zu.

Wenn's nicht Menschen wie mich gäbe, würde sich dieser Staat immer noch mit Monstrositätenshows am Straßenrand über Wasser halten. Klar habe ich an dem oder jenem 'n Dollar verdient. Aber sagen Sie mir mal etwas. Wann hat einer von diesen Leuten das letztemal zu einer Machete gegriffen und einen Spaziergang durch dieses Land gemacht, das sie so plötzlich verteidigen? Wann sind sie das letztemal in dieses Moor rausgewandert und haben mit einem Schmetterling gespielt? Sie kümmern sich einen Scheiß um irgendwelche Schmetterlinge oder Mäuse. Sie sind bloß genauso egoistisch wie alle anderen auch. Diese Kate Truman. Die war die schlimmste. Geifert auf diesen Versammlungen gegen Port Allamanda, und wie schlimm das würde, und löst ihre Schecks jeden Monat auf Vacation Island ein. Sagen Sie bloß, das ist nicht scheinheilig.«

»Einunddreißigster Juli«, sagte Thorn. »Um fünf rum.«

»He, Mister Wanzenvertilger.« Grayson trat einen Schritt zurück, als Thorn aufstand. »Sie wissen, was ich meine, nicht wahr? Zumindest gibt es einige intelligente Leute hier unten, die 'ne Vorstellung davon haben, was Fortschritt ist.«

»Ich bin bloß'n Insektenvernichter«, sagte Thorn. »Wenn's größer als 'ne Spinne ist, versteh ich nichts davon.«

»Thorn, hm?«

»Gutaussehender Bursche, ungefähr so groß wie ich. Die meisten da oben kennen ihn. Sie möchten vielleicht mit ihm reden oder sowas.«

»Hat er noch 'n Namen?«

»Ich wüßte keinen.«

»Sagen Sie mal.« Grayson schritt zur Tür und zog den Riegel zur

Seite. »Wie bewahren Sie sich in so einem dämlichen Kittel Ihre Würde?«

Grayson lächelte in einer Tour. Thorn lächelte zurück.

»Ist nicht einfach«, sagte er.

Thorn schlenderte noch eine Weile im Sandpiper Bay Club herum, wanderte den weißen, künstlich aufgeschütteten Strand entlang und versuchte sich vorzustellen, wo die alte Sands Piano Bar vor diesem ganzen Beton mal gestanden hatte. Er spazierte auf den Anlegesteg hinaus und blickte auf den Zementkoloß zurück. Lauschte dem Klappern der Takelagen.

Die Gewitterwolke war nach Nordwesten davongeschwebt, auf Naples und Fort Myers zu. Thorn beobachtete einen weißhaarigen Herrn in roten Hosen, der auf dem Astroturf-Grün puttete. Er hielt den Schläger völlig verkehrt, hielt ihn, als wäre es ein Mop. Dr. Bill hatte Thorn vor langer Zeit mal einen Sommer lang als seinen Caddie mitgenommen, und Thorn hatte ein paar Sachen aufgeschnappt. Dieser alte Mann schielte zu ihm rüber, und Thorn konnte sehen, daß der Kerl nicht in der Laune war, sich was sagen zu lassen.

Thorn ging am Pool vorbei, wo sich die Hautkrebsclique allmählich versammelte. Drüben im Yachthafen legte gerade ein großer, roter Scarab an. Thorn lehnte sich gegen das Piergeländer und sah zu, wie die zwei Burschen das Rennboot festmachten und dann an Land kamen. Einer war ein großer Dicker mit einer fleischfarbenen Augenklappe, der andere ein Kleiner mit dunklem, lockigem Haar, der beim Gehen den Brustkorb aufpumpte. Kamen ihm beide sehr bekannt vor.

Sie fanden einen Platz draußen an der Bar, und Thorn sah zu, wie sie ein paar schnelle Biere kippten. Da fiel es ihm wieder ein. Der Abend, als er versucht hatte, das Leben runterzuspülen. Die beiden Typen mit den Krankenschwestern.

Er bummelte dort rüber, wobei er Abstand zur Bar hielt, und spürte, wie sich sein Hals seltsam verengte. Er ging den Pier entlang, während er zu den beiden schnelle Blicke rüberwarf. Der Scarab hatte eine Meute Kinder angelockt. Thorn stellte sich hinter sie und besah sich das Boot. Sehr schick. Ein mächtiges Ding. Ein Boot, für das Thorn keine Verwendung hätte, weil es zu nichts zu gebrauchen war, als mit fünfzig Knoten Wellenkämme zu rasieren, über den Golfstrom hinweg zu den Bahamas zu fliegen, mindestens die Hälfte der Zeit in der Luft.

Und er mochte den kaltschnäuzig-selbstsicheren Namen nicht, den sie dem Boot gegeben hatten, *Perfect Execution*. Er nahm an, er bezog sich auf jemandes Umgang mit Geld, Aktien, Anleihen, irgendeine wundervolle kapitalistische Pirouette, die genug Kies abgeworfen hatte, um ein Leben lang Urlaub zu machen.

Thorn spürte das Geldbündel in seiner Hosentasche. Er dachte, wenn er im nächsten Leben vielleicht Wanzenvertilger würde, wär das gar nicht so schlecht. Eine Wahnsinns-Verdienstspanne.

Als Thorn um den *Pool* herum zurückwanderte und dabei die beiden aus dem Boot beobachtete, sah er Grayson gerade durch die Einfahrt flanieren. Steckte jetzt in Tennisklamotten und schritt über einen von den Parkplätzen, den Kopf gesenkt. Seine Aufmerksamkeit war auf das Pflaster gerichtet, als spähe er nach dem Geglitzer einer verlorenen Münze.

19

Ricki hatte sich drei Riesen von ihrem Chef geborgt, indem sie ihm die Zeitungsmeldung über Kates Tod gezeigt und eine Geschichte auf die Nase gebunden hatte, daß sie die Beerdigung bezahlen müsse, wobei sie in ihre Stimme einen leisen Bibber gelegt hatte. Erzählte ihm, daß sie bald eine reiche Frau sei, und dann bekäme er sein Geld mit Zinsen zurück. Danach hatte sie zu Lillian, ihrer ehemaligen Geliebten, gesagt, wenn sie, Lilly, vier Riesen lockermachen könnte, würde Ricki sie innerhalb von sechs Monaten in zehn verwandeln. Und peng, leerte Lillian einfach so ihr Girokonto, nachdem sie es acht Jahre lang durch Kellnern und gelegentliches Oben-ohne-Tanzen vollgespart hatte. Wahre Liebe.

Als sie in die Wohnung zurückkam, ging sie unter die Dusche und versuchte, sich Thorn aus dem Hirn zu schrubben. Sie trank zwei Schluck Rum und war gerade mit dem dritten beschäftigt, als sie sie die Treppe runterkommen hörte. Zogen eine Blödelszene ab, lachten und kicherten mit Lillian.

Sie kamen ohne anzuklopfen in ihr Zimmer, stiefelten drin rum und taxierten das Ganze, ohne ein Wort zu sagen, ohne sie auch nur anzusehen. Und sie ließ sie machen. Immer noch durch Thorns Auftritt verdattert. Er wirkte anders. In seinen Augen ging was vor, das sie nicht kannte.

Ricki ging rüber, nahm Irv ihren rosafarbenen Keramikflamingo aus der Hand und stellte ihn wieder auf das Bücherregal. Es war zwar das erstemal, daß sie die beiden zu Gesicht bekam, aber sie hatte mit Irv geredet und wußte, was für ein Arschloch er sein konnte.

Sich um einen geschäftsmäßigen Ton bemühend sagte sie: »Was ich an diesem Punkt mal wissen möchte, ist, macht ihr auch Unfälle? Daß es nach was anderem aussieht?«

Irv sagte: »Machen wir auch Unfälle?«

»Unsere Spezialität ist Unfalltod und Zerstückelung«, sagte Milburn.

»Ich bin über euch zwei nicht im Bilde«, sagte sie.

Irv sagte: »Die Kleine hier ist 'ne harte Feilscherin. Sie steht da mit dem Stapel Mäuse in der Hand, den sie uns schuldet, in ihrem Chinesenfummel und versucht, auf taff zu machen.«

»Ich fand's nicht gut, wie ihr die andere Sache erledigt habt. Das Gras auf dem ganzen Boot Das war dumm. Wie soll ich wissen, daß ihr 'n Unfall vortäuschen könnt, der was wert ist?«

»Ruf das Büro für ›Bessere Beseitigung‹ an, Schätzchen«, sagte Irv. Er schob sich an sie ran, als habe er vor, sich schnell das Geld zu schnappen.

»Hast du mal was von Café-Infarkten gehört?« fragte Milburn. »Wie Mama Cass gestorben ist, mit 'm Schinken-Sandwich im Hals? Es bleibt in den Luftwegen stecken, was fürs Heimlich-Manöver.«

Ricki nickte, war sich des Typen nicht sicher. Ein leichtes Zittern kam plötzlich in die Hand mit dem ganzen Geld.

»Naja, wir machen auch Schlafzimmer-Infarkte«, sagte Milburn. »Sturz aus 'm Ledertrapez. Ersticken am Dildo. Stromschlag durch Vibrator. Solche Sachen.«

Ricki starrte ihn an. Sah hilfesuchend zu Irv hinüber, ein zweiter prüfender Blick zu Milburn. »Er macht Witze«, sagte sie.

»Er ist ein Witzbold«, sagte Irv.

Milburn machte sich's auf dem Rattanthron bequem. Krönungszeit im Königreich der Arschlöcher, dachte Ricki.

Sie waren sehr komisch angezogen. Uniformsachen mit Abzeichen an den Ärmeln. Kleingedruckt stand drauf: *Don't fuck with America.* Wie Nazi-Pfadfinder.

Irv sagte: »Schätzchen, die Sache ist die, deine Kreditwürdigkeit bei uns ist am Arsch. Wir sind nicht in dieser Branche, um Applaus zu hören. Wenn du erster Klasse fliegen willst, wirst du diesmal auch erster Klasse bezahlen.«

»Ich hab' eure drei«, sagte sie. »Und ich hab' noch vier.«

»Noch vier«, sagte Irv. »Hast du gehört, Jack Benny? Sie hat noch vier.«

Irv setzte sich auf die Kante ihres Wasserbettes. Sie stand am Fenster, und die Mittagssonne ließ ihre dunklen Augen aufleuchten, ihr schwarzes Haar glänzen.

Irv sagte: »Schätzchen. Leute in unserem Beruf treffen sich normalerweise nie mit ihren Kunden.«

»Das ist richtig«, sagte Milburn. »Aber in deinem Fall machen wir eine unbefleckte Empfängnis.«

Irv starrte Milburn an, als wollte er sagen, wer *ist* dieser Kerl!

Irv sagte: »Wir haben dich aufgesucht, Schätzchen, weil wir, Nummer eins, unsere eigenen Kassierer sind und du uns etwas Geld geschuldet hast. Und, Nummer zwei, wollten wir dich treffen, weil du ein Mädchen bist mit 'ner Moral, mit der wir umgehen können.«

»Ach, ja?« Ricki setzte sich auf ihre Frisiertoilette. Ihre Knie nahmen das nicht allzugut auf.

»Ist 'ne besondere Sorte Mädchen, die der eigenen Mutter 'n Heiligenschein anpinnt. Muß 'ne Sorte Mädchen sein, die weiß, was sie will, und sich drum bemüht.« Irv machte eine Pause, räusperte sich effekthascherisch und schaltete auf seine Fachberaterstimme um, ganz im Dienste des gutes Todes. »Also, willst du uns damit sagen, daß in der Geldschlange noch jemand vor dir steht? Und du willst, daß wir dem ein Ende machen, den Typen wegräumen? Damit der Rubel rollen kann?«

»Genau. Das ist die Situation«, sagte sie.

»Wer ist diesmal der Glückspilz, dein Daddy?«

»Adoptivbruder«, sagte Ricki.

»Jesus F. Christ! Hat sie was los oder nicht«, sagte Irv zu Milburn, klatschte in die Hände und wackelte ein bißchen mit den Hüften. »Also, wie ich schon sagte. Wir wollten dich sowieso treffen, weil wir die Idee hatten, wir könnten dir noch auf 'ne andre Weise behilflich sein. Zum Beispiel bei einigen von den Vermögenswerten, die jetzt auf dich zukommen werden.«

»Was denn für Vermögenswerte?« Sie hatte zu ihrer Haarbürste gegriffen und hielt sie wie einen Hammer. Als würde sie diese beiden Kerle am liebsten zu Tode bürsten.

»Tja, wir hatten Gelegenheit, in einer Bar oben in Matecumbe ein paar Drinks zu uns zu nehmen.«

Ricki sagte leise »Vacation Island.«

»Ri-i-ich-tig. Sehr gu-uu-ut.« Irv nickte ihr zu und nickte auch zu Milburn rüber. »Vacation Island. Und das ist es, was wir als angemessene Bezahlung betrachten würden. Für das Töten eines Burschen, der mit einer Frau verwandt ist, die sie bereits umgebracht haben.

Verstehst du, ich weiß nicht, ob du das so völlig begreifst. Du bringst einen Menschen um, und niemand weiß genau, worum's geht, weil dieser Mensch in jeder möglichen Scheiß sitzen könnte. Aber wenn du kurz danach eine zweite Person umbringst, eine Person, die in diesem Fall sogar mit der ersten verwandt ist, tja, dann hast du ein Muster hergestellt. Muster, Schätzchen, wir mögen keine Muster. Schlecht fürs Geschäft.

Aber wenn ich sage, ja, wir machen das, wir ziehn einem Typen, den du uns nennen wirst, den Stöpsel raus, damit du eine reiche, reiche Frau sein kannst, dann sage ich das mit der Bedingung, daß auch ich schöne, lange Ferien machen kann wenn die Tat getan ist. Eine Ferieninsel«, sagte Irv. »Vacation Island.«

»Also, dann vergessen Sie's«, sagte Ricki. »Nehmen Sie Ihre drei und hauen Sie ab.« Sie begann das Geld auf die Frisiertoilette zu zählen.

»Schätzilein, Schätzilein.« Klang bekümmert. »Denk mal nach. Du bist hier in keiner rosigen Lage. Es gibt Leute in der Gegend, denen du völlig schnurz bist, die es am liebsten hätten, du wärst möglichst bald 'ne Wurmfarm.«

»Wer?«

»Wir, Schätzilein. Ich und mein Freund. Wir.«

»Vergessen Sie's. Vergessen Sie das Ganze. Ich bin mit der ganzen Geschichte fertig.«

»Niemand ist mit gar nichts fertig«, sagte Milburn. »He Mensch. Legen wir die Zicke doch einfach um, nehmen unser Geld und die Sonderzulage und hauen damit ab.«

»Siehst du? Verstehst du, was ich dir sage? Mein Partner möchte essen gehen. Er möchte dir das Lebenslicht auspusten und essen gehen. Du siehst, in was für 'ner Klemme du hier sitzt?«

»Okay«, sagte Ricki mit belegter Stimme. »Ist mir scheißegal. Ihr könnt Vacation Island haben. Ist sowieso 'n Dreck. Ich will bloß das Geld. Ihr bringt den Kerl um, und die Insel gehört euch. Aber es muß ein Unfall sein. Nichts von diesem Dildo-Scheiß. Ein lebensechter Unfalltod.«

»Alle sind sie Spaßvögel«, sagte Irv. »Alle sind sie reif für 'n Oscar.«

»Sein Name ist Thorn«, sagte Ricki. »Ich hab' euch einen Plan gezeichnet, wie ihr sein Haus findet.«

Eine halbe Stunde, nachdem sie bei Ricki weggegangen waren, maulte Milburn immer noch darüber rum, daß sie sie hätten umlegen sollen, und Irv, der sich auf die Suche nach einem anständigen Restaurant in der Duval Street konzentrierte, ließ ihn reden. Schließlich fand er ein Lokal neben einem Billigwarenhaus. Auf der anderen Seite war ein Laden, in dem Bikinis und T-Shirts verkauft wurden. Gegenüber lag die Hemingway Bar, die großen Türen geöffnet, und drinnen sah es dunkel und leer aus. Fallschirme fielen in dekorativen Falten von der Decke herab, Jimmy Buffet stöhnte in der Jukebox, was er für ein Suffkopp geworden sei.

Irv haßte Key West. Es lag nicht daran, daß alle Schwulen ihn und Milburn neugierig angafften, nicht an all den Touristen mit ihren komischen Hüten und den dazu passenden Klamotten. Es war der Geruch. Der Gestank von Gemüse, das in der Sonne verfaulte. Essen, das sich in was anderes verwandelte.

Man sollte doch denken, mit all dem Zierkram an den Ladenfronten, der ganzen frischen Tünche, all den Düften, die aus den kleinen Schickimicki-Boutiquen kamen, und dem Gehämmere, das nonstop die ganze Duval rauf und runter zu hören war, würden sie sich mehr um ihren Müll kümmern. Irv stellte sich unten in den

Eingeweiden der Stadt faulendes Aas vor. Die einzige Stadt, die für ihn noch schlimmer gestunken hatte als die hier, war New Orleans, das französische Viertel. Auch so eine schwule Stadt.

»Dieser Typ«, sagte Milburn, während Irv sich das Haar im Schaufenster des Billigwarenhauses kämmte, »dieser Typ wird bestimmt nicht glücklich sein, wenn er uns sieht.«

»Jaja.«

»Er hat zu uns gesagt, ich erinnere mich ›Laßt euch nie näher als zehn Meilen von mir entfernt blicken.‹«

»Ich erinnere mich. Ein netter Kerl. Ein Schatz.«

»Ich komm mir blöd vor in dieser Uniform. Wir sehen nicht aus wie irgendwelche Bootskapitäne, die mir jemals zu Gesicht gekommen sind.«

»He«, sagte Irv, steckte den Kamm ein und zwang Milburn, sich zur Seite zu quetschen, als er auf das Restaurant zusteuerte. »He, Mann. Du hast uns doch so angezogen.«

»Ich komm mir vor wie ein Teil aus dem Pflanzenreich«, sagte Milburn.

Irv starrte ihn an. Was war nur mit diesem Burschen?

»Folgendes passiert, Mr. Tomato. Wir gehen zu ihm. Breiten die Sache vor ihm aus. Wir wissen, da kommt was durchs Rohr runtergerauscht, irgendwas Dickes. Wir riechen, daß es unterwegs ist, und wir möchten ein kleines Stück davon abhaben. Wir sagen ihm nichts von Vacation Island oder von sonstwas. Wir gehen da einfach hin und tun so, als wären wir da, um weiter behilflich zu sein, aber wir sind in keiner Fohlenmannschaft mehr. Du, du bleibst einfach stehen und versuchst, nicht zu furzen. Ich schaukle die Sache.«

»Und ich sag, wir gehen zum Nacktstrand und steigen aus diesen Geschäften aus, vergessen Grayson, vergessen alles, was durch irgendeine Rohrleitung runterkommt. Du hast doch Vacation Island bereits. Du willst unser Glück zwingen, wenn wir da mitmachen. Dieser Kerl ist sehr unfreundlich am Telefon. Ich habe nicht den Wunsch, Geschäftspartner dieses Menschen zu werden.«

»›Ich habe nicht den Wunsch, Geschäftspartner dieses Menschen zu werden.‹« Irv zog seine Tunten-Nummer ab. »Hör dir bloß mal zu, Mann. Hör mal deiner Blödheit zu.«

Irv riß die Türen des Restaurants auf und stieß beinahe gegen zwei schlanke junge Männer, die vorbeigingen. Einer von ihnen zwinkerte ihm zu. Irv fuhr sich mit der Zunge über die Lippen und hauchte dem Typen einen Kuß zu. La-di-da.

Kopfschüttelnd und stöhnend schlurfte Milburn hinter Irv her. Als sie saßen, langte Irv herum und berührte die flache Automatic im Holster unter seinem Hemd. Die bösartige kleine SIG/Sauer-Neun-Millimeter drückte ihm ihre Silhouette in die Lendengegend. Er stopfte sein Khakihemd um sie herum fest.

Sie tranken ein Bier an einer Bar, die auf die Duval Street hinausging. Saßen an einem kleinen Tisch fast auf der Straße. Irv beobachtete die Barkeeper, die mit Farnen herumhantierten, die Messinglampen polierten. Während Milburn über sein Auge rumnölte, nahmen zwei Typen, die wie K-mart-Direktoren gekleidet waren, an einem Tisch in der Nähe ein spätes Mittagessen ein und unterhielten sich über irgend jemanden, der Waren aus dem Lager klaute. Wo man hinguckte, ließen die Leute mitgehen, was sie konnten.

Milburn bestellte sich Brathähnchen. Irv sah ihn finster an.

»Ich mag Brathähnchen«, sagte Milburn.

»Und Sie, Sir?« Der Kellner trug Jeans und Unterhemd.

»Für mich eine Kotztüte«, antwortete Irv. Und während der Kellner ihn ansah, saß Irv einfach da und nahm die Verachtung des Kellners, oder was er auch ausstrahlte, entgegen. Schließlich ging der Kellner weg.

»Kannst du nicht einmal nett sein?« fragte Milburn.

»Und was ist mit dir, wenn du dir Brathähnchen bestellst?«

»Ich mag Brathähnchen. Bloß weil Irv senior Brathähnchen-Zar ist, heißt das doch nicht, daß ich das Zeug nie essen darf.«

Das war es. Milburn war ein toter Mann.

»He, genieße es«, sagte Irv. »Iß jedes fetttriefende Häppchen. Stopfs rein in die Fettgrube deines Körpers. Es könnte das allerletzte Scheißessen sein, das du zu dir nimmst.«

»Herrgott, Irv. Ich dachte, du wärst endlich mal glücklich. Vacation Island. Denk doch mal nach, Mann. Du und ich, wir leiten einen ganzen riesigen Ausflugsort.« Milburn harkte mit seiner Gabel über das weiße Tischtuch, ein kleiner Junge, aufgeregt. Versuchte, Irv in Stimmung zu bringen. »Und ich werde 'n bißchen abnehmen. Runter auf mein Kampfgewicht. Wieder in eine von diesen kleinen knappen Badehosen passen, anfangen, Gewichte zu stemmen. Bei den Weibern Eindruck schinden. Einfach den ganzen Tag in der Sonne liegen und die Scheißweiber beeindrucken.«

»Klar, Milburn. Klar. Träum weiter.« Toter Mann.

»Und irgendwie aus diesem Geschäft aussteigen. Es gefällt mir nicht mehr. Macht keinen Spaß.« Senkte seine Stimme. »Es hat Spaß gemacht, aber jetzt nicht mehr. Ich hab' schlechte Träume. Mir gefällt der Gedanke, was Ernsthaftes anzufangen. Verstehst du. Wir hatten unsern Spaß, aber jetzt werden wir halt älter und ernster. Midlife-Crisis und dieser ganze Käse. Ich bin bereit dafür, bring mich auf Zack und schlafe wieder gut. Ich seh keinen Grund, warum wir nicht glücklich sein sollten, wenn wir so eine Insel unter uns haben. Wir schaffen das. Quatsch doch, wir zwei? Wir sind ein verdammt gutes Team, Mann.«

Irv hatte eben Graysons Tür aufgestoßen und ging hinein. Milburn hinter ihm quasselte darüber, daß man höflich sein müsse. Höflich. Was dachte der eigentlich? Daß sie Laufburschen wären? Drinnen blieben sie einfach stehen, und Irv nahm die Atmosphäre in sich auf. Das Haus strahlte eine gute Atmosphäre aus.

Hätten wissen sollen, daß Grayson einen schwulen Sekretär hatte. Blonder Bursche, der aussah, als wäre er eben von einem schwedischen Kreuzfahrtschiff gestiegen. Blaue Augen. Hübscher Kerl, und er ließ sich auf nichts ein. Grayson sei zwar da, habe aber am Telefon wichtig Dinge zu erledigen und lasse niemanden vor, der mit ihm keinen Termin vereinbart habe. Nicht einmal alte Freunde. Nicht einmal alte Freunde, die von weither kämen. Nicht einmal alte Freunde mit einem Haufen Geld.

Irv zog sich von dem Sekretär zurück und sah sich den Warteraum an. Er befand sich in einem einstöckigen Conch-Haus mit Holzfußböden und Couches und Schaukelstühlen und Seestücken und Landschaften aus New England. Palmen in Tontöpfen. Der Salon einer Persönlichkeit. Dieser Sekretär saß nicht mal hinter einem Schreibtisch. Er saß in einem weißen Korbsessel und las in einem Taschenbuch, trug Tenniskleidung. Aber auf dem Glastisch neben ihm lag ein Terminkalender, deshalb wußte Irv, daß er sie nicht belog. Er war der Wachhund, okay.

Samstag morgen, wimmelte ein paar letzte Klienten ab, ehe er zum Tennisclub aufbrach. Sie paßte Irv überhaupt nicht, diese Art von Snobscheiße, die ihm sauer aufstieß.

»He, Adonis«, sagte Irv und tat so, als betrachte er ein Bild mit Seemöven am Strand bei Martha's Vineyard, »sag mir eins. Bist du schon mal umgelegt worden? Ich meine, mit 'ner Pistole? Smith and Wesson oder so?« Er hörte Milburn hinter sich Geräusche machen.

»Sie gehen jetzt besser«, sagte Rolf oder Ingmar oder wie zum Teufel er auch heißen mochte.

»Ich hab 'n wahnsinnigen Jieper. Find mich plemplem, aber mir ist einfach danach, jemandem ein zweites Loch in den Arsch zu reißen. Heißt das, ich bin ein Soziopath? Bedeutet es das? Wenn ich hier runterkomme und überall dieses Hemingwayzeugs sehe, ist mir danach, was zu töten und mir an die Wand zu hängen.«

Der Junge war jetzt aufgestanden. Der Kerl hatte vielleicht Unterarme. Und Waden. Wahrscheinlich eine Mordsrückhand.

Irv ging rüber zu den Topfpalmen, machte den Schlitz von diesen blöden Khakishorts auf und pinkelte.

Der Junge hatte das Telefon am Gesicht und drückte die Nummern. Irv zog den Reißverschluß zu und zückte die Automatic.

»Leg's wieder schlafen«, sagte er. »Wir wollen unsern Freund sehen, Grayson, mehr wollen wir nicht. Aber das wollen wir sehr dringend.«

»Hier hinten«, sagte der Blondschopf. Geschäftsmäßig jetzt, als hätte er diese Erfahrung schon mal gemacht. Wenn man Grayson wirklich sehen wollte, mußte man die Pistole ziehen.

Er führte sie einen Korridor entlang in dem zu beiden Seiten Fotos hingen. Grundsteinlegungen, Einweihungen. Derselbe junge Mann auf jedem. Dunkelhaarige, adretter kleiner Bursche mit einem Haarschnitt aus Princeton oder Yale oder so was. Irv kam zu dem Schluß, er würde diesen Typ mögen, würde gern zu tun haben mit einem Menschen mit so einem guten Haarschnitt. Nicht so ein lahmarschiger, schmalzhaariger Collegeversager wie Milburn.

Der Sekretär sagte: »Tut mir leid, Philip. Der Kerl hat 'ne Pistole.«

»Ach, Philip heißt er?« tölte Irv.

Die vier standen da und starrten einander an. Schließlich setzte sich Milburn in einen der grünen Ledersessel, und das schien den Bann zu brechen.

»Wenn ihr die seid, für die ich euch halte, bin ich stocksauer. Ich bin sowieso ungeheuer sauer. Aber wenn ihr die seid, für die ich euch halte ...«

»Wir sind die Leute, an die du deine Freunde verwiesen hast. Genau die sind wir, genau die Sorte Leute. Und wenn wir stocksauer sind, dann wird's normalerweise unangenehm.«

»Randy, setz dich in den Salon«, sagte Grayson.

»Randy bleibt hier«, sagte Irv. »Hier bei uns. Ich möchte nicht, daß er seine Doppelpartner anruft oder irgend sowas.«

Auch Grayson war in Tenniskluft. Aber seine war bunter. Dunkelgrünes Hemd, gelbe Schweißmanschette. Eierschalenfarbene Shorts. Stämmige, behaarte Beine. Er war ungefähr einsfünfundsiebzig groß. Der Typ Mann, von dem man erwartet, daß er einem die Sechs-Uhr-Nachrichten vorliest. Fantastischer Haarschnitt.

Er nahm hinter dem Schreibtisch Platz. Es war ein langes Teakdings, modern, völlig leer. Nicht mal ein Telefon. Hinter ihm stand ein Computerterminal, Monitor, Drucker. Und das Zimmer voller Palmen, dieselbe Art, die Irv in dem anderen Zimmer gegossen hatte. Fünf oder sechs Stück. Die Luft roch nach frischer Erde.

»Ihr blöden Idioten«, sagte Grayson. Die Ellbogen auf dem Schreibtisch, bohrte er den Daumen der einen Hand in die Handfläche der anderen. »Steck diese blöde Knarre weg.«

Irv ließ sie in die Seitentasche seiner Hose gleiten.

»Also, was wollt ihr hier?«

»Nicht viel«, sagte Irv.

»Das Weibstück hat euch vermutlich nicht bezahlt.«

»Sie hat bezahlt«, erwiderte Irv.

Grayson schien überrascht zu sein.

»Okay, was dann?«

»Es geht um diese Sache. Diese Frau, wie hieß sie noch, Truman?«

»Kate Truman«, sagte Grayson, schloß kurz die Augen und atmete durch die Nase aus. Das Thema war ein Volltreffer.

»Mein Partner und ich ziehen uns aus dem Liquidierungsgeschäft zurück. Hängt zuviel schlechtes Karma dran. Braucht 'n ganzes Leben, um zu sühnen, was wir getan haben. Wir halten nach anderen Gelegenheiten Ausschau. Arbeit mit geringerem Hämoglobinfaktor. Du verstehst, was ich meine?«

Grayson sagte: »Ich glaube.«

»Und als wir neulich unsere Schlüsse daraus zogen, kam immer nur dein Name dabei raus. Zum Beispiel diese Frau, Kate Truman, und daß sie ins Gras beißen mußte wegen etwas, was für dich von Vorteil ist. Natürlich möchte die Tochter nur das Erbe. Aber wir waren wirklich neugierig, wieso die Geschichte für einen Mann wie dich 'ne kosteneffektive Sache sein könnte. Ich meine, wir rechneten uns aus, daß dieses Mädchen unsere Telefonnummer nicht gerade aus den Gelben Seiten hatte, und als wir sie danach fragten, sagte sie, also gut, sie habe sie von dir.

Und es erschien uns als ein natürliches Zusammentreffen. Synchronität und so weiter. Wir sehen uns nach 'ner neuen Karriere um, und du erweiterst deinen Gesichtskreis, und das alles zur gleichen Zeit.«

Grayson hatte sein Kinn auf die rechte Faust gestützt. Der *Denker*, der Irv die volle Gebanntheit seiner Aufmerksamkeit schenkte. Dem Typen mußten nachts die Weiber nur so unter der Tür durchsickern. Er setzte sich auf und zog eine rote Bandanna, ausgerechnet so was Verrücktes, aus seinen Tennisshorts und wischte sich den Speckglanz von der Stirn. 'ne Art Cowboy-Freak wahrscheinlich, 'n ungeheurer Sattelschnüffler.

»Ehe ich was anderes sage, mache ich euch folgendes klar. Ich glaube, ihr beide seid der letzte Dreck. Ihr seid wertloser Scheißdreck, und ihr werdet als Katzenfutter enden.«

»Er mag uns nicht«, heulte Milburn. »Bu-hu.«

Der Neid mußte es diesem Milburn lassen.

»Aber ich denke, ich kann euch brauchen. Ich denke, ich kann eure Habgier und Dummheit nutzen und hier eine Vereinbarung treffen, die von gegenseitigem Vorteil sein könnte. Das ist meine Vorstellung von einem guten Geschäft. Von dem jeder glücklich weggeht.«

»Jeder fickt gleichzeitig jeden. Rudelbumsökonomie«, sagte Milburn. Mann, der Junge strengte sich wirklich an, strampelte weiter, versuchte aufzuschließen. Aber nein, Irv hatte über Milburn bereits entschieden.

»Ich habe gerade telefoniert«, sagte Grayson. »Mit einem Freund von mir. Ein Mann aus eurer Gegend da oben in Key Largo. Ein netter alter Herr, der möglicherweise leicht durcheinander ist, weil nicht mehr genug Blut durch sein Hirn fließt«

»Er muß mit meinem Daddy gesprochen haben«, sagte Irv zu Milburn.

»Dieser alte Herr wird bald ein reicher Mann sein. Auf irgendeine Art und Weise bekommt er bald eine Million Dollar. Eine Million Dollar in bar.«

Irv lächelte. Yeah, er hatte es doch gewußt, daß irgend so was passieren würde. Er blickte zu Milburn rüber. Der Typ war so glücklich, als hätte er 'ne Titte im Mund.

»Genaugenommen weiß ich die Zeit und das Datum, wann eine Transaktion stattfinden soll, bei der eine Million Dollar Cash bei einer ganz bestimmten Adresse ankommen werden. Ich möchte, daß diese Transaktion nicht stattfindet. Es ist wichtig für mich, sehr wichtig daß dieses Geschäft nicht abgeschlossen wird. Tatsächlich ist es so wichtig daß ich bereit bin, mich mit Abschaum wie euch beiden abzugeben, damit die Sache nicht verwirklicht wird.«

»In Ordnung soweit«, sagte Irv. Versuchte, nicht so zu klingen, wie er sich fühlte.

»Wenn derjenige oder diejenigen, die das Geld überbringen, während dieser Unternehmung verletzt werden müssen, dann soll es so sein. Wenn einer oder mehrere geopfert werden müssen, ist das für mich akzeptabel. Aber der alte Herr, den ich erwähnt habe. Der darf absolut nicht angerührt werden. Absolut tabu. Ihr beiden schnappt euch das Geld und verschwindet. Kauft euch 'ne Ranch und züchtet Schweine. Macht sonstwas. Aber laßt euch nie mehr bei mir blicken. Nie mehr.«

Irv dachte, vielleicht käme er noch dahinter, was es war, Yale, Princeton, Harvard, wo dieser Bursche hingegangen war. Was für Kurse er besucht hatte, die ein so ausgekochtes Arschloch aus ihm gemacht hatten. Es war noch nicht zu spät; Irv konnte selbst noch mal zur Schule gehen und auch so werden wie dieser Typ.

Oder nein, das Geld nehmen und nach Hollywood gehen, ein bißchen von diesem Schauspielunterricht nehmen, von dem er immer gehört hatte. Sich einen Agenten kaufen, eine Rolle neben Jack Nicholson bekommen. Nein, nicht Nicholson. So sehr er den Kerl auch mochte, Jack würde ihn an die Wand spielen. Nein, irgend'n Weib. Wie wär's mit Julie Andrews? Yeah. Klickety-klickety. Das Geld aus Vacation Island konnte sein Konto füllen, während er die Million für seine Filmkarriere benutzte.

Irv stand auf. »Klingt brauchbar.« Er ging rüber zu Milburn, blieb hinter seinem Sessel stehen. Legte die linke Hand auf Milburns Schulter. »Ich glaube, ich kann mit dir arbeiten, Grayson, auch wenn du zweifellos 'n beschissener Menschenkenner bist.«

Irv langte in seine Hosentasche, zog die Neun-Millimeter-Pistole raus, entsicherte sie und preßte den Lauf gegen Milburns Genick. Ehe Milburn sich auch nur wegdrehen konnte, zielte Irv direkt nach unten in seinen Körper und schoß zweimal. Einfach noch mehr Hämmer, die noch mehr Nägel in noch mehr Häuser hämmerten. Ein inspirierter Augenblick.

Milburn rührte sich ein paar Sekunden lang nicht; dann durchfuhr ihn ein leises Zittern, er machte ein pfeifendes Geräusch. Noch ein Laut, der sein Versuch gewesen sein könnte, Irvs Namen auszusprechen. Sein Kopf fiel nach vorn, ruckte, und der ganze Sack rutschte auf den Teppich.

Der junge Sekretär sprang auf und warf seinen Stuhl um.

»Setz dich, Randy.« Irv zielte auf sein Gesicht.

Milburn zuckte auf dem Teppich, ein Hund, der träumt.

»Setzen«, sagte Grayson. Er blickte über seine Schulter aus dem Fenster. Irv schlupfte rasch dort rüber und überprüfte die Aussicht. Bloß Hausgärten. Alles mähte Rasen, und ein Stereogerät spielte irgendwelchen Rock'n 'Roll. Acid Rock der Sechziger. Key West, zwanzig Jahre weg vom Fenster, hielt dran fest.

Irv empfand was Neues. Als er Milburn tötete, war es nicht wie bei den andern. Er hatte so ein Gefühl, das ihm unangenehm und heiß in den Därmen hochstieg. So was hatte es noch nie gegeben. Es war eine Offenbarung. Die andern waren alle Fremde gewesen. Er hatte sie höchstens fünf Minuten gekannt, im Grunde Fremde, und wenn sie dalagen und auf Teppiche und Decks bluteten, waren sie immer noch Fremde, und die Erregung war kalt und weiß gewesen.

Aber das hier war kompliziert. Er fühlte das übliche Rasen in seinem Herzen, aber er empfand auch wie ein scharfes Zischen Reue, als Milburn nach vorn auf den blaßblauen Teppich sackte. Ein brandneues Gefühl. Es war eine ganz neue Sache, die sich ihm eröffnete, eine runde, vollplastische Sache. Sie war schon immer dagewesen, aber jetzt hatte er sie entdeckt, einen Kontinent unerforschter Genüsse, das Töten von Bekannten, Verwandten. Irv strahlte.

»Was zum Teufel denkst du dir eigentlich!« Graysons Gesicht war mit Blut vollgepumpt.

»Ich habe eben 'ne halbe Million Dollar verdient«, sagte Irv.

»Großer Gott.«

»He, aber was du brauchst, das ist, es mit eigenen Augen zu sehen. Wenn du Casey Stengel sein willst, mußt du nahe rangehen und sehen, wie die Jungs die Homeruns hinlegen. Wo du das Krachen des Schlagholzes hörst. Sonst, Mann, könntest du denken, ich bin das Geld nicht wert. Den Ball aus dem Stadion schlagen, Mann, das ist es, was du gerade gesehen hast, einen langen Ball.

Und he, ich will euch beide warnen. Ich habe keine Austrittslöcher von den Kugeln gesehen. Ich denke, sie sind immer noch da drin und wandern in dem ganzen Schwabbel rum. Ich würde mich an eurer Stelle für 'ne Weile von diesem Fettberg fernhalten.«

»Sie brauchen Hilfe, Mann«, sagte Randy. Der Junge hatte seine Farbe verloren. Sein Arschloch würde sich wahrscheinlich nie mehr entkrampfen.

»Was ich brauche, ist eine Uhrzeit, ein Datum und einen Ort, an dem eine Transaktion zum gegenseitigen Vorteil stattfinden soll. Das ist alles, was ich brauche.« Irv trat über Milburn weg, wobei er dem Blut auswich, das sich über den Teppich ausbreitete. Der ganze IQ lief da raus. Mann, Irv schwebte, hatte buchstäblich von der Erde abgehoben.

20

Ricki legte sich auf ihr Wasserbett, noch immer in ihren Arbeitsklamotten aus Leonard's Lobster House, weiße Shorts und ein T-Shirt, auf dem stand *Kiss our Crustaceans*. Müde, aber aufgedreht. Es war für einen Sonntagabend viel zu tun gewesen. Massenweise Miami-Arschlöcher, die über ihrer Key Lime Pie rumgetrödelt hatten, um möglichst noch einen Abend aus ihrem Wochenende rauszuquetschen. Besoffen sich für die Drei-Stunden-Heimreise. Ricki hatte die meisten Bestellungen falsch verstanden, eine Kreditkarte verloren und einer Frau aus Oregon Minestrone aufs Kleid geschüttet. Ihre Hände hatten den ganzen Tag so entsetzlich gezittert, daß es ein Wunder war, daß sie überhaupt irgendwas festhalten konnte.

Das Badezimmerlicht blendete sie, aber sie war zu müde, um aufzustehen und es auszuschalten. Sie drehte sich herum, um eine bequeme Lage zu finden, aber das verdammte Wasserbett bewegte sich ständig mit. Es war für manche Sachen gut, wenn es dir die Hüfte nach oben schleuderte und dir einen kleinen Schubs versetzte, auch wenn du gar nicht fähig warst zurückzuschubsen. Aber nicht so gut, wenn man eine Kuschelhöhle brauchte.

Sie roch an ihren Fingerspitzen. Knoblauch und Fisch. Sie lauschte dem Rasseln der Palmwedel an ihren Fenstern. Schloß ihre Augen und stellte sich Tahiti vor, Eleuthera, Martinique, eine rauchige Bar aus einem Fünfziger-Jahre-Film. Schwarzweiß, über ausgewanderte Amerikaner. Sidney Greenstreet, Jane Russell, massenweise Bambusmöbel und schräggestellte Jalousien, Marmorsäulen und träge Deckenventilatoren. Alles nachts gedreht, über Liebe und Sünde und Gefahr. Normalerweise funktionierte das, umnebelte ihr das Gehirn, brachte Schlaf.

Ricki richtete sich auf und goß sich etwas gespritzten Rum in ein Plastikglas, das sie immer an ihrem Bett stehen hatte. Sie saß auf der Kante des Wasserbettes und kippte die Hälfte runter. Nein. Nein. Nein. Es war kein schlechtes Gewissen. Sie empfand nicht eine einzige Regung davon, kein Stechen, nicht die geringste Spur. Sollte Thorn doch trauern. Kate war seine Mutter gewesen, nicht ihre. Darüber bestand jetzt kein Zweifel mehr. Das Testament bewies es. Thorn aß am Tisch; Ricki bekam, was auf den Boden fiel.

Sie stand auf, trug den Rum rüber zu dem Chromliegestuhl vor ihrem kleinen Schwarzweiß-Fernseher. Abbott und Costello, Testbild, irgendein Kulturfilm über die Dürre in Afrika. Sie schaltete ihn aus. Schlürfte noch etwas Rum und ging rüber ans vordere Fenster. Eine frische Brise vom Wasser heute nacht. Natürlich, in Key West kam alles vom Wasser. Sie konnte einen schmalen Streifen Wasser sehen, vom Mondlicht lasiert. Atlantik oder Golf von Mexiko, das wußte sie nie.

Sie legte sich wieder auf das Wasserbett und balancierte ihr Rumglas auf dem Bauch. Sollte Thorn doch um sie trauern, solange er das noch konnte. Dieser schmächtige Junge, zwei Jahre älter als sie, der Kate bereits ganz schön fest an der Kandare hatte, als sie geboren wurde. Sie hatte nie eine Chance gehabt. Sollte Thorn doch trauern. Zum Teufel mit ihr, wenn auch sie es täte.

Jemand war im Haus, kam die Treppe rauf. Wahrscheinlich Lillian, die vom Pier House heimkam, den ganzen Klatsch loswerden wollte oder vielleicht eine kleine Rangelei auf dem Wasserbett. Nicht heute abend. Ricki war erledigt, fix und fertig. Und immer noch erschöpft von Thorn und diesen beiden Schägertypen in Uniform.

Sie hatte ›Nicht heute abend‹ auf der Zunge, als die Tür aufging. Aber es war Randy. Der blonde Bursche, der für Grayson als Sekretär arbeitete. Naja, vielleicht war ihr doch noch nach einer raschen Rangelei. Ich meine, los, sieh dir den Jungen an.

Sie lächelte ihm zu, obwohl es ihr ein bißchen unhöflich erschien, daß er nicht angeklopft hatte. Unhöflich oder sexy, sie war sich nicht sicher.

Sie sagte, er solle reinkommen, fragte ihn, wie's ihm gehe.

Er blieb einfach in der Tür stehen. Er sagte. »Er will dich sehen.«

»Okay, das ist prima.« Ricki stellte ihren Rum auf den Nachttisch. »Sag ihm, ich komm so gegen zehn. Oder wann ich es schaffe, mich aus den Laken zu schälen.«

»Er will dich jetzt sehen«, sagte Randy. Der Bursche hatte keinen Sinn für Humor. Ihr fiel wieder ein, warum sie ihn nicht mochte. Einer von diesen Schwulen, die Männer lieben in direkter Proportion zum Ausmaß ihres Frauenhasses.

»Ich bin zu müde, Randy. Sag ihm, ich komme morgen früh gleich als erstes.«

»Steh auf«, sagte er und schloß die Tür hinter sich. »Sofort.«

Graysons Yacht war eine Zweiundfünfzig-Fuß-Hatteras. Die Bar war vollgepackt mit alkoholfreiem Bier und Wein. Das verdammte Zeug schmeckte wie Kool-Aid, und wer ertrug schon den Geschmack von diesem Zeug? Aber Grayson schien es nicht zu merken, denn er trank ein kastriertes Bier nach dem andern. Ricki saß auf der Couch, und Grayson, der dunkle Slacks und eine Navy-Windjacke trug, stand neben der Bar. Seine Augen glitten über ihre weg ohne sich wie üblich an irgendwas festzuhaken. Das, wie auch alles andere, machte ihr angst.

Randy ließ die Yacht auf Hochtouren laufen.

»Martinique?« fragte Ricki. »Eleuthera?«

»So was Ähnliches«, antwortete Grayson. »Aber exotischer.«

»Na los, Mann. Sag mir doch einfach, ob du sauer auf mich bist oder was.«

»Ich bin nicht sauer. Ich werde nicht sauer auf dich, Ricki. Das hebe ich mir für die Zeit auf, wenn ich mal 'n kleinen Extrakick brauche, wenn die Konkurrenz hart wird. Säuernis bringt die Adrenalindrüse in Schwung. Aber ich bin nicht sauer auf dich, Ricki. Das ist nicht nötig.«

»Was habe ich denn getan?«

Grayson lächelte. Kein schöner Anblick.

»Was hast du getan? Was hast du getan? Wie soll man auf so eine Frage antworten.«

»Ich habe diese Typen bezahlt. Ich habe von 'ner Freundin etwas Geld bekommen und diese Typen bezahlt, falls es das ist, worum es hier geht. Du hattest Sorge, ich hätte sie nicht bezahlt.«

»Ich weiß, daß du sie bezahlt hast.«

»Ach, ja?«

»Ja. Errätst du, woher ich es weiß?«

»Sie sind hinterher rübergekommen, gestern. Um dich zu sprechen.«

»Ich bin beeindruckt, Ricki. Du beeindruckst mich mit deiner deduktiven Beweisführung.« All das, ohne ihrem Blick zu begegnen.

Grayson schritt auf dem dicken, blauen Teppich hin und her, die Augen auf seine makellosen Top-Siders gerichtet. Ricki gefiel nicht, wie schnell sie fuhren, wie gerade. Sie wartete angespannt darauf, daß Randy zurückkurven würde.

»Ich habe gehört, du nimmst noch mal ihre Hilfe in Anspruch. Daß du sie beauftragt hast, noch einen von deinen Angehörigen von der Liste der Lebenden zu streichen.«

»Ich wußte, dir würde es nicht passen«, sagte sie. »Aber sie werden es wie einen Unfall aussehen lassen. Als wäre er durch Kates Tod so mitgenommen gewesen, daß er die Kontrolle über seinen Wagen verlor, irgend so was.«

»He, Baby, du begreifst nicht das Wesentliche. Der springende Punkt ist, daß du diese Herren gebeten hast, einen Menschen zu beseitigen, den ich noch ein bißchen länger leben lassen möchte.«

»Thorn?« fragte Ricki. »Warum denn?«

»Siehst du?« sagte Grayson. »Du handelst, ohne ganz im Bilde zu sein. Du schickst Leute los, um andere Leute umzulegen, ohne den großen Überblick zu haben. Aber was noch schlimmer ist, Ricki, wenn noch jemand aus deiner Familie zu Tode kommt, dann ist es egal, wie dämlich oder faul die Bullen sind, sie werden einen verdammt riesigen Rochus kriegen, wenn so was passiert.«

Ricki sagte: »Das ist meine Angelegenheit. Du hast dich nicht in meine Angelegenheiten einzumischen. Ich habe dir geholfen, dich ganz schön gesundzustoßen, und ich sitze mit praktisch nichts da. Fünfundzwanzigtausend beschissene Dollar.«

Grayson machte sich wieder eins von diesen kastrierten Bieren auf. Goß es in ein frisches, eisgekühltes Glas. Es schäumte wie ein echtes. Ricki beobachtete, wie er daran nippte, sich mit der Zunge den Schaum von der Oberlippe wischte. Nicht, daß sie auch eins hätte haben wollen, aber dieser Arsch hatte ihr nicht einmal was angeboten.

»Leider kommen sich deine und meine Angelegenheiten ins Gehege. Falls du mal im Vernehmungszimmer irgendeines Sheriffs sitzen solltest, würde mir doch plötzlich sehr mulmig werden.«

»Komm, Gray, glaubst du, ich würde der Polizei deinen Namen nennen? Glaubst du, ich würde dich irgendwie in Gefahr bringen?«

»Nein«, sagte er. »Nein, das glaube ich nicht.«

»Na, gut«, sagte sie. Aber sie war nicht sicher, ob es wirklich gut war, so wie er es gesagt hatte.

»Ich möchte, daß du dir was ansiehst, Ricki. Jemanden triffst.«

Er hob den Arm und winkte sie in die vorderen Kajüten.

Ricki holte Atem, stand auf und ließ sich von ihm die Treppe hinunter und in den engen Gang führen. Er blieb vor der ersten Kabinentür stehen, schloß sie auf und öffnete sie.

»Das hier. Das ist es, worauf du dich eingelassen hast.«

Ricki blickte in die Kabine und sah Milburn, der mitten auf dem Fußboden rücklings auf einer Persenning lag.

Sie holte kurz Luft und wandte sich ab.

Als sie wieder oben im Salon waren, lief Grayson vor ihr auf dem Teppich hin und her.

»Ich mag keine unerledigten Dinge, Ricki. Und du bist so eine erschreckende, unerledigte Angelegenheit.«

»Du schaffst mich hier raus, um mich zu erschießen.«

»Nein. Natürlich nicht.«

»Doch, doch. Du bringst mich hier raus und erschießt mich und wirfst mich den gottverdammten Haien zum Fraß vor. Zusammen mit der Leiche da. Herrgott.«

»Ricki, Ricki.« Als wäre er beleidigt. »So was würde ich doch nicht tun. Du kennst mich offenbar nicht sehr gut.«

»Na, gut«, sagte sie erleichtert, wollte aber, daß es trotzdem noch verärgert klang.

»Das ist nicht mein Stil.« Grayson lehnte an der Bar, verzog seinen Mund wieder zu einem Lächeln. Ungefähr so echt wie das Bier. »Das ganze Gerede von einer Insel. Du weißt, Ricki. Es hat Eindruck auf mich gemacht. Auch ich habe eine Schwäche für Inseln.«

Ricki starrte ihn an. Der Scheißkerl flippte richtig aus.

»Ich glaube, ich habe für dich die perfekte Insel gefunden. Menschenleer. Tropisch. Niemand, der deine Meditationen stört, dein Streben nach höherem Bewußtsein. Keine Touristenschwärme oder Hochhäuser. Fantastischer Blick aufs Meer. Hervorragender Ort, um an deinem neuesten Mantra zu arbeiten.« Grayson gab sich schreckliche Mühe, sie für dieses Lächeln zu begeistern.

»Es ist nur ein Haken an dieser Insel, Ricki. Nur ein winziger Nachteil im Grunde, aber es wäre unaufrichtig von mir, wenn ich ihn nicht erwähnte.« Grayson stellte sein Bierglas auf den Fleischerblocktresen. »Sie ist nur zwölf Stunden pro Tag eine Insel.«

Jetzt sah er sie an, mitten ins Gesicht, matte, glanzlose Augen.

Randy stoppte die Motoren und kam runter in die Kabine. Ricki fing seinen Blick auf und gab ihm einen leidenden, hilflosen Blick zurück.

»Wir sind da«, sagte er zu Grayson, die Stimme hart.

»Okay. Bring sie an Deck, setz sie am Ufer ab und bring ihr eine Schnittwunde bei.« Er kramte hinter der Bar in einer Schublade.

»Ach, komm, Gray.« Ricki stand auf und trat zu ihm. Die Stimme blieb ihr im Hals stecken. »Ich bin keine Bedrohung für dich. Ich verschwinde einfach.«

Grayson hielt Randy ein schmales Filetiermesser hin.

»Kommt nicht in Frage«, sagte Randy. »Das ist doch krank. Die ganze Geschichte. Du, diese Typen, alles.«

»Tu's, Randy. Tu's jetzt.« Ricki wich zurück, suchte nach ihrem Stichwort, und beobachtete, wie sich das düstere Kabinenlicht in dem Messer spiegelte. Sie sah das Spiegelbild der erstarrten kleinen Gruppe im Kabinenfenster. Randy schüttelte den Kopf und wandte sich von Grayson ab.

Grayson blickte Randy nach, als der ins Cockpit hinausging und über die Chromleiter wieder aufs Oberdeck stieg.

»Na schön«, sagte Grayson, und sein Blick ruhte noch immer auf dem Weg, den Randy eingeschlagen hatte. »Los.« Er packte Ricki am Oberarm und trug sie beinahe raus aufs Achterdeck.

Es war wie ein Anfall, als es sie überkam, etwas, das ihr eine Kraft verlieh, die sie gar nicht hatte. Gleich vor der Kabinentür riß sie sich von Grayson los, fuchtelte eine Sekunde lang mit den Armen herum und wollte sich auf das Messer stürzen. Aber Grayson war vor ihr zurückgewichen. Sie rannte zum Heckwerk und rief Randy um Hilfe.

Sie konnte ihn da oben sehen, das Mondlicht ergoß sich über den Turm. Ricki schrie laut seinen Namen, die Stimme riß an ihrer Kehle, aber er drehte sich nicht zu ihr um. Sie rief ihn wieder, hoffnungslos diesmal. »Um Himmels willen, Randy. Tu, was rechtens ist.«

Sie sah Grayson näherkommen, das Messer in der linken Hand. Sie senkte den Kopf, versuchte sich an ein Gebet aus all den Jahren mit Kate und Dr. Bill zu erinnern, aber es fiel ihr nur ein Tischsegen ein: »Für alles, was wir hier empfangen, mach, O Herr, uns wahrhaft dankbar.«

Als sie aufwachte, tat ihr das Kinn sehr weh. Es gelang ihr, sich auf dem weichen Sand aufzusetzen. Grayson hatte sie bis auf ihre Unterwäsche ausgezogen. Ein Gentleman bis zuletzt. Sie zuckte zusammen, als sie ihren pochenden linken Fuß in ihren Schoß zog, als wollte sie versuchen, ein bißchen Mitternachtsyoga zu machen. Der Schnitt, den er ihr beigebracht hatte, verlief längs über die ganze Sohle. Vielleicht war es seine Vorstellung von einer letzten Gefälligkeit, ihr Blut in das steigende Wasser strömen zu lassen und die Marderhaie anzulocken.

Die Lichter seiner Hatteras hatten sich inzwischen ungefähr eine halbe Meile in nördlicher Richtung entfernt. Sie konnte Stimmen hören, Grayson und Randy, die sich stritten. Als die drei Pistolenschüsse krachten, erwachte eine Welle der Energie in ihr, und sie reckte den Hals, richtete jeden Nerv, jedes Faserchen Hoffnung auf diese Lichter.

Fünf Minuten vergingen, bis die mächtigen Dieselmotoren der Yacht ansprangen. Sie sah, wie die Hatteras sich drehte und wieder auf sie zukam. Sie machte sicher zehn Knoten, als sie fünfzig Meter von ihrer Insel entfernt vorbeifuhr. Ohne die Kraft zu rufen, sah Ricki sie vorbeifahren. Ein Schluchzen würgte in ihrer Kehle.

Ihre Insel war etwa drei Meter lang und anderthalb Meter breit. Sie rannte über den feuchten Sand und setzte ihren blutenden Fuß an den Rand des Wassers. Die Strömung nach Norden war heftig und bildete neben ihrem Fuß etwas Schaum.

Als die Flut stieg, blieb Ricki aufgestützt sitzen und hielt den Hals steif, um ihren Kopf daran zu hindern, lose herabzubaumeln. Eine Möwe oder irgend so ein weißer Vogel landete ein paar Schritte von ihr entfernt auf dem Sand. Als Ricki klein war, war Kate immer darauf bedacht gewesen, daß sie all die verschiedenen Vögel zu unterscheiden lernte. Aber verdammtnochmal, sie hatte immer wichtigere Dinge zu tun gehabt, als die gottverdammten Namen von Vögeln zu lernen. Das Wasser kitzelte Ricki am Fuß, als sie sich so konzentriert wie nur möglich zu erinnern versuchte, was das für Dinge gewesen waren.

Auf der Heimfahrt am Sonntag ließ Thorn sich Zeit. Er war gelöst. Er blieb den ganzen Weg hinter einem Buick aus Wyoming und bändelte mit den beiden Kindern auf dem Rücksitz an. Setzte sich mit ihnen über die Mäuseohren in Verbindung.

Er hatte am Samstag den Nachmittag damit verbracht, daß er durch ganz Key West hinter den beiden Typen aus dem Scarab hergelaufen war. Er war sehr neugierig auf sie geworden, weil sie diese Biere runtergeschüttet hatten und dann direkt zu Graysons Penthouse gegangen waren.

Thorn sagte zu sich: Na, na, na. Nachdem sie es da versucht hatten, gingen sie wieder zurück in die umliegenden Viertel, schienen eine Zeitlang verschwunden zu sein und tauchten kurze Zeit später vor Rickis zweistöckigem Haus auf. Da sagte Thorn nichts mehr zu sich. Das Herz pochte ihm in den Ohren.

Sie blieben ungefähr eine Stunde bei Ricki, während Thorn ein kleines Stück von Dr. Leery entfernt auf dem Bürgersteig saß. Dr. Leery war nicht erfreut darüber. Etwa um elf kamen sie raus, lächelten, redeten laut miteinander, spazierten die Duval runter und gingen Mittag essen. Von dort zu Graysons Büro. Eine Stunde später kam nur der Kleine wieder raus, und Thorn folgte ihm zum Strand am Pier House, wo der Kerl den ganzen Nachmittag nacktbusige Frauen anstarrte.

Kurz vor Sonnenuntergang ging der Bursche rüber zum Mallory Square, stand da mit ungefähr fünfzig anderen Leuten rum und beobachtete, wie die Sonne hinter einer schwarzen Wolkenbank verschwand. Machte sich an eine große, massiv gebaute Frau ran, die da als Feuerschluckerin auftrat. Nach dem Sonnenuntergang nahm der Kerl sie mit in Captain Tony's Bar, wo die beiden bis gegen halb elf miteinander tranken. Danach folgte ihnen Thorn zurück zum Sandpiper Bay Club und sah, daß der Bursche allergrößte Schwierigkeiten hatte, am Wachposten vorbeizukommen.

Thorn war zum öffentlichen Pier rausgegangen, der dem Yachthafen des Sandpiper Bay Clubs gegenüberlag, und hatte sie beobachtet, wie sie an Bord des Scarab kletterten und in der Dunkelheit verschwanden. Dann war er zu seinem Parkplatz zurückgekehrt, hatte im südlichsten Bashmobil Amerikas den Sitz nach hinten geklappt und war in einer guten, traumlosen Nacht versunken.

Am Sonntag um zwei war er wieder in Key Largo. Jerome senior saß in seinem Büro und sah sich in der Glotze ein Baseballspiel an. Ohne den Blick vom Apparat zu wenden, reichte er Thorn die Schlüssel von Kates VW, während er einen Spielzug verfolgte, den sie gerade in Zeitlupe wiederholten.

»Ich soll dir von Junior sagen, daß er sich diese Woche deinen Straßenkreuzer borgen möchte. Meint, er überlebt die I-95 in einem Cadillac besser als in einem von den VWs.« Als die Bierreklame lief, sah Jerome eine Sekunde lang zu Thorn rüber. »Warum zum Kuckuck, was meinst du, will er einen Zusammenstoß überleben in der Verfassung, in der er ist?«

»Einfach Zeit schinden«, sagte Thorn. »Auf jede mögliche Weise.«

Thorn hielt vor der Leichenhalle. Sah Sally Spencer mit einer Familie in einem der Besichtigungszimmer und ging in ihr Büro, um zu warten. Der Pappkarton stand an der Kante ihres Schreibtischs, ein weißes Schildchen klebte auf der Lasche, auf das Kates Name getippt war. Er stand da einen Augenblick und blickte auf den Karton, während er im Nebenzimmer jemanden weinen hörte.

Vor dem Bürofenster blitzte das Tarpon Basin wie eine Schale Diamanten. Thorn wog den Karton in der Hand, die Augen noch immer auf dem Wasser draußen. Er blinzelte zu einem vorbeifahrenden Boot hinüber, eine schwarze Silhouette vor all dieser Helle.

Den Nachmittag blieb er an seinem Pult und versuchte, eine Fliege nach der anderen herzustellen. Aber seine Hände waren taub. Ungeschickt und uninspiriert machte er weiter, versuchte sich hindurchzuarbeiten, etwas Zauber zustande zu bringen. Ohne Erfolg. Und den ganzen Nachmittag, als seine Stammkunden wegen ihrer Fliegen kamen, verkaufte er mehr und mehr Stücke aus seiner eigenen Sammlung.

Als die Sonne weg war, duschte er und goß sich ein großes Glas Bourbon ein. Er zog sein einziges Cowboyhemd und ein paar Jeans an und stand vor dem Badezimmerspiegel, kämmte sich seine nassen Haare und wußte, es war Zeit, den Colt rauszuholen. Ihn abzuwischen, ihm eine sorgfältige Reinigung zu verpassen, ihn zu laden. Er kämmte seine Haare noch einmal. Legte jedes Haar dorthin, wo er es wollte, und ging dann noch mal mit dem Kamm durch.

Er trat an das Bett und setzte sich auf die Kante. Trank noch etwas Maker's Mark und stellte das Glas auf den Boden. Nahm den Roman, den er gelesen hatte, und die Sturmlaterne von der Feldkiste und legte sie auf den Boden neben sein Glas. Es war Rost an den Schnappschlössern der Kiste, aber sie gingen trotzdem leicht auf. Er zog den Deckel hoch und nahm den öligen Lappen heraus.

Er fand ein paar tote Schaben, einen Karton Magnumpatronen. Die Reinigungsutensilien. Aber der Colt war weg.

Thorn warf die Lappen in die Feldkiste zurück, klappte sie zu und stellte die Laterne und das Buch wieder drauf. Er nahm seinen Drink mit ins Badezimmer und nahm noch einen großen Schluck. Noch einmal fuhr er sich mit dem Kamm kräftig durchs Haar und blickte in den Spiegel auf sein verwirrtes Gesicht.

Könnte er den Colt Sugarman gegeben und es irgendwie vergessen haben? Hatte ihn einer von den Leuten bestohlen, die in den letzten zwanzig Jahren in diesem Zimmer gewesen waren? Es war so lange her, seit er auch nur den Deckel der Kiste geöffnet hatte. Vielleicht hatte er ihn im Schlaf rausgenommen, war über das glitzernde Wasser des Lake Surprise gewandelt und hatte ihn genau an der Stelle versenkt, an der Dallas James gestorben war.

Thorn parkte den Fleetwood und blieb noch ein paar Minuten regungslos sitzen, während die Scheinwerfer die Seite von Kates Haus grell anstrahlten. Schließlich drückte er auf den Lichtknopf, saß da und atmete die Dunkelheit ein. Draußen auf den Fahrrinnen tobte ein Gewitter, explodierende Blitze grummelten im Innern schwarzer Kumuluswolken.

Der Wind begann aufzufrischen und blies die Moskitos in die Everglades zurück. Und die hohen australischen Silberbäume ächzten. Wolken rasten am Mond vorbei.

Wenn Kates Freunde zusammenkommen und ihr Lobreden halten wollten, war ihm das recht. Aber das hier war seine Sache. Er stieg aus dem Wagen, wobei ihm der Wind das Hemd aufblähte, und trug den Pappkarton mit ihren Überresten hinunter auf ihren Pier.

Er stellte den Karton auf den Fischputztisch und überprüfte die Leinen der *Heart Pounder*. Zwei von den Webeleinsteks, die jemand geschlagen hatte, hatten sich gelöst, und der Bug war herumgeschwenkt und rieb an einem der Pfähle. Er holte das Boot zurück an den Pier und machte die Leinen sturmfest.

An Bord blieb er einen Moment neben dem Angelsitz stehen, hielt die Lehne gepackt. Das Boot dümpelte im stärker werdenden Wind. Es roch nach Fichtennadelreiniger.

In der Kabine war der Geruch noch stärker. Als er durch die Kabinenfenster auf die dunklen, unruhigen Flachs blickte, erinnerte er sich daran, wie es sich angefühlt hatte, wenn die *Heart Pounder* in rauher See gefahren war. Sie war kein schnelles Boot, aber sie konnte die härtesten Brecher durchstehen.

Er packte das kalte Rad des Ruders und zog sich auf den Kapitänssitz, drehte ihn so herum, daß er rückwärts aus der Kabinentür sah. Versuchte, sich Kates letzte Nacht vorzustellen, und versuchte es auch wieder nicht.

Eine Weile war er still, lauschte dem Knarren des Bootes. Sein Inneres so leer wie nur möglich. Dann streckte er die Hand aus, fuhr mit ihr über die Teakschubfächer. Auf der Suche nach irgendeiner noch vorhandenen Schwingung. Er stand auf und wischte mit den Fingerspitzen über die Flächen in der Kabine. Nichts da. Steril.

Draußen im Cockpit blickte Thorn hinaus ins Dunkle, spürte einen Regentropfen im Gesicht. Der Himmel über ihm war noch klar, aber die Luft war gesättigt. Er sprang zurück auf den Pier.

Er hob den Pappkarton hoch. Es war eine viereckige Schachtel, könnte eine Uhr oder einen Softball enthalten haben, aber sie wog mindestens zweieinhalb Kilo. Zweieinhalb Kilo pulverisierte Knochen und Kohle. Thorn hielt sie in einer Hand, atmete die stickige Brise. Er lehnte sich gegen den Fischputztisch und zog die Lasche auf. Im schwachen Licht des neuen Mondes konnte er erkennen, daß die Asche weißlich war. Grobgemahlener Schrot dazwischen.

Dann schaute er hinauf zu den Sternen, bewegte den Blick in den helleuchtenden Himmel, langsam im Kreis. Nichts da oben zu dem man beten konnte, außer einem Flugzeug, zu hoch, um die Motoren zu hören. Thorn beobachtete, wie es durch die Sterne glitt.

Er ging vor zum Ende des Piers und holte tief Luft.

»Ich bin hier«, sagte er zu der Dunkelheit. Er wartete. »Ich will's versuchen«, flüsterte er.

Der Wind frischte weiter auf.

Thorn führte einen Finger an die Zunge. Er steckte ihn in die offene Schachtel. Brachte ihn zurück an seine Zunge.

21

Thorn stieg die grasbewachsene Böschung zum Haus hinauf. Die Verandaschaukel schlug. Er hakte sie fest, dann setzte er sich in einen der Korbsessel, hielt die Luft an und nahm den nach Regen duftenden Wind fast direkt auf.

Als die ersten dicken Tropfen auf ihn prallten, ging er hinein und begann, im ganzen Haus die Lampen anzumachen. Auch das Speisekammerlicht und die kleine Halogenlampe über Kates Bett. Schickte die Schatten dorthin zurück, woher sie auch immer kamen.

Im Kühlschrank fand er eine Schachtel Erdbeeren, die mit blauem Schimmel überzogen waren, möglicherweise inzwischen ein Heilmittel gegen irgendwas. Thorn warf sie in den leeren Mülleimer. Er fand einen Sechserpack Busch. Machte sich eins auf. Trank die Hälfte in einem Zug. Blieb in der Küche, bis er es ausgetrunken hatte. Ging zurück ins Wohnzimmer und machte sich noch eins auf.

Kates Schreibtisch war leer. Der Inhalt war untersucht und zurückgebracht worden und befand sich noch immer in den Pappkartons vom Sheriff. Thorn saß am Schreibtisch, trank langsam sein Bier, sammelte sich für die Sache. Der Wind verrammelte das Haus jetzt förmlich, brüllte gegen die Fenster, schlug den Regen gegen das Blechdach, mit diesem Getöse, das Thorn immer als so tröstlich empfunden hatte.

Um sich durch den ersten Karton hindurchzukämpfen, brauchte er eine Stunde. Er war gieriger nach Fakten, als er sich das vorgestellt hatte, und las ihre Steuerbescheide seit 1958 in einem durch. Und las Briefe, die er und Ricki vom Ferienlager an der See in Grassy Key geschrieben hatten. Als Thorn zwölf war, Ricki zehn. ›Euer kleiner Camper‹ hatte Thorn alle seine Briefe unterschrieben. Ricki hatte nur immer wieder verlangt, Kate solle ihr Schnorchel, Maske und Harpune schicken.

Eine weitere Stunde arbeitete er sich durch den zweiten und dritten Karton. Las jedes einzelne Wort, addierte ganze Seiten ihres Scheckbuchs und rechnete ihre Bilanzen nach. Versuchte, die Abweichungen in ihren Unterschriften zu deuten. Rief sich, was er konnte, in Erinnerung über jeden Monat, auf den sich ihre Unterlagen bezogen.

Zwei Stunden, und er hatte ihre Lebensgeschichte gelesen. Aber alles, was er jetzt wußte, hatte er schon vorher gewußt. Sie war eine gründliche Frau. Sie hatte eine Menge Zeit damit zugebracht, Dinge aufzuheben. Möglicherweise für genau so eine Nacht wie diese.

Thorn packte die Kartons wieder zusammen und sah noch mal die Schubladen ihres Schreibtischs durch. Zog sie alle ganz heraus, stellte sie auf den Boden und spähte in den Schreibtisch nach etwas Dahintergefallenem.

Er war bereits bei den letzten beiden Schubfächern angekommen, als er es fand. Eine Trennwand in einer der Laden, die hinten etwa drei Zentimeter Raum abteilte. Die Jungs von der DEA hatten sie um drei Zentimeter zu wenig rausgezogen. In diesen Spalt hatte Kate einen Aktendeckel gesteckt.

Die Mappe war dünner als die anderen. Thorn klappte sie auf, blickte auf die Zeitungsausschnitte darin und lehnte sich auf dem Drehstuhl abrupt zurück.

Es war eine Mappe über Dallas James.

Thorn ließ den Kopf nach hinten sinken, grimassierte zur Decke hoch, besah sich die Spinnweben da oben, ließ den Blick langsam wieder auf den Schreibtisch sinken.

Da war der Ausschnitt über den ersten Unfall, der, den Thorn mit dreizehn gelesen hatte. Er hatte die Überschrift vergessen. ›Neugeborenes überlebt Autounfall.‹ Und er fand drei Artikel über Dallas' Tod im Lake Surprise. Eine Meldung aus dem *Miami Herald* verschwendete gerade mal knapp zehn Zeilen darauf. Die Lokalzeitung von Key Largo hatte zwei Artikel über Dallas' Tod gebracht, in denen andere Unfälle an derselben Kurve des Highway beschrieben wurden.

Thorn hatte diese Artikel nicht zu Gesicht bekommen, als sie damals erschienen. Er hatte sich in einer Art Dauerschock befunden, auf das Klopfen an seiner Schlafzimmertür gewartet, auf einen Mann mit einem Polizeiabzeichen, der ihm ein paar Fragen stellen wollte. Kate und Dr. Bill waren in Alaska zum Fischen gewesen. Sie waren in dem Jahr erst gegen Ende Juli zurückgekommen. Kate mußte von der Geschichte gehört haben, als sie zurückkamen, und hatte die Artikel ausfindig gemacht. Sie mochte vielleicht sogar die ganzen Jahre den richtigen Verdacht gehabt haben.

Er las die Artikel ein zweites Mal, aber es blieb wenig hängen. Er rieb sich die Augen, beugte das Gesicht erneut über das alte Zeitungspapier, zwang sich, die Worte zu erkennen. ›Einheimischer Banker stirbt bei Autounfall.‹ Das Foto zeigte einen lächelnden Dallas in seinem Bankeranzug. Das Lächeln wirkte ehrlich, aber seine Augen waren trübe, angespannt. Der einheimische Banker Dallas James hinterließ seine Frau Marilyn und eine Tochter, Sarah Ann, zehn Jahre.

Der Sturm rüttelte an der Haustür. Die weißen Gardinen bewegten sich. Thorn blickte wieder auf das Foto.

Dallas' Mund. Die Unterlippe war voll, seine Oberlippe beinahe schmal. In seiner linken Wange hatte er ein Grübchen. Thorn schien es ein sehr vertrauter Mund zu sein. Zwei sehr vertraute Lippen, dieses angedeutete Lächeln, dieses gehetzte Flackern im Blick.

Thorn studierte den Mund auf dem Zeitungspapier, blinzelte mit den Augen, bemühte sich, schärfer zu sehen. Er rutschte auf seinem Stuhl herum, schaute auf beim Lärm des Windes, der die Verandamöbel umstellte.

Hinterließ Sarah Ann. Eine Tochter, deren Mund inzwischen erwachsen war. Eine Tochter, die alt genug war, ihren Mund von Männern küssen zu lassen. Zurückzuküssen, mit Leidenschaft oder etwas Ähnlichem. Sie wäre jetzt dreißig Jahre alt. Alt genug für fast alles.

Eine Frau mit so einem Mund könnte einen Mann dazu bringen, sie gern zu haben, sie gern zu küssen und gern mit ihr zu reden. Eine Frau mit Sarahs Mund, Sarah Anns. Ein Mann könnte sich schließlich einer Frau mit so einem Mund offenbaren. Er könnte sich ihr anvertrauen, ihr seine geheimsten Schuldgefühle gestehen.

Thorn öffnete die Augen und blickte noch einmal auf die Druckerschwärzepünktchen, die volle Unterlippe, die schmale obere, das argwöhnische Halblächeln. Es war der Mund einer schönen Frau, ein Mund, von dem Tote möglicherweise träumten, wenn sie sich wünschten, sie könnten zurückkehren.

Die Auskunft von Southern Bell führte vier M. James in Miami. Thorn fragte die Vermittlung, ob einer der Teilnehmer zufällig in Coral Gables wohne. Ja, Sir, 3535 Anastasia Circle.

Es war acht Uhr fünfzehn, als Thorn das Telefon in Kates Haus auflegte, und neun, als er in die Auffahrt von Marilyn James' Haus einbog. Spanischer Stil. Er parkte dort, wo einmal der 65er Buick gestanden hatte.

Thorn läutete und wartete. Einen Augenblick später öffnete sie und zog die schwere Eichentür gegen eine goldfarbene Kette.

»Ich bin Bill Christian«, sagte Thorn, dessen Stimme nur ganz wenig zitterte. »Ein Freund von Sarah von der juristischen Fakultät.«

Sie zeigte keinen Argwohn, aber auch keine Freundlichkeit. Einen Moment lang hoffte Thorn, daß alles falsch wäre. Daß diese Frau nie eine Tochter an einer juristischen Fakultät gehabt hätte.

»Ich bin bloß diesen Abend in der Stadt, und ich habe ihre Telefonnummer einfach nicht ausfindig machen können.«

»Sie hat ihren Namen geändert«, sagte Marylin James.

Thorn sog langsam und gleichmäßig den Atem ein, wedelte einen Nachtfalter von seinem Ohr weg.

»Lassen Sie mich raten«, sagte er. »Ich wette, sie heißt jetzt Ryan.«

»Ja, das ist richtig«, sagte sie überrascht. »Das war mein Mädchenname.«

Thorn sagte ruhig: »Ich hätte wahrscheinlich nicht einfach so vorbeikommen dürfen, aber Sarah hat so viel von Ihnen erzählt, daß ich dachte ...«

Ihr Gesicht entspannte sich, und die Tür ging zu. Die Kette wurde gelöst, und sie zog die Tür auf.

»Kommen Sie herein, wenn Sie möchten, Mr. Christian.«

Thorn dankte ihr und trat in den hellen Flur.

Sie war so groß wie Sarah, aber magerer, zerbrechlicher. Sarahs gerade Nase, Sarahs drahtiges schwarzes Haar, das grau wurde, streng unter Kontrolle gehalten. Ein knöchellanges marineblaues Strandkleid. Ihre Haut so weiß wie Sarahs. Aber ihre Mundwinkel waren nach unten gebogen, ihre Augen rot und traurig, als hätte sie zu lange in die Sonne gesehen.

Thorn blickte an ihr vorbei ins Wohnzimmer und sagte: »Sie haben ein sehr schönes Haus.« Er sah einen Kamin, einen weinroten Teppich, hochglänzende Kirschbaummöbel.

»Ich fürchte, es ist alles schrecklich staubig«, sagte sie. »Ich komme einfach nicht nach mit all der Arbeit.«

Thorn folgte ihr ins Wohnzimmer, und sein Herz jagte.

Über dem Kaminsims hing ein Gemälde von Dallas, Marylin und Sarah, gekleidet wie für den Ostergottesdienst. Dallas stand hinter den beiden mit einem aufwärts gewandten Lächeln, das man als Vaterfreude hätte deuten können. Oder vielleicht, dachte Thorn, war er betrunken.

Marylin bot ihm ein Glas Bier, Kaffee, einen richtigen Drink an. Thorn lehnte alles ab. Er habe leider nur wenig Zeit.

»Nie lerne ich Sarahs Freunde kennen«, sagte sie, nahm auf der

Couch Platz, die mit einem Stoff in einem grauen Fischgrätmuster bezogen war, und setzte ein leeres Lächeln auf. »Sie sagen, sie hat von mir gesprochen?«

Thorn setzte sich ihr gegenüber in einen Ohrensessel, achtete darauf, daß er auf der Kante des Sitzes saß. Junger Mann in Eile.

»Sie hat mir von dem Unfall erzählt«, sagte Thorn und nickte zu dem Bild hoch.

»Ach, ja?« fragte Marylin. »Aber andererseits konnte ich mir das ja denken.«

Thorn sagte: »Sie schien die Sache sehr schwer zu nehmen.«

»Ich hab' versucht, sie davon abzubringen«, sagte ihre Mutter, »alles getan, was ich konnte. Aber sie hört nicht auf mich. Hat sie nie.«

»Sie wirkte *tatsächlich* ein bißchen ... Ich weiß nicht, was es war.«

»Ich glaube, man nennt es eine fixe Idee«, sagte sie. Ein kaltes Glühen ging über ihr Gesicht. Thorn saß still da und sah zu, wie sie eine andere Miene aufsetzte, ein Gastgeberlächeln. Sie wischte über den Schoß ihres Strandkleides.

Thorn sagte: »Den Vater so zu verlieren, gab ihr möglicherweise ein Ziel, einen Antrieb, den sie vielleicht sonst nicht gehabt hätte.«

Marylin wurde starr und zog ihr Gesicht zu einem Stirnrunzeln zusammen. Sie blickte zu dem Gemälde hoch, indem sie sich nach hinten lehnte. In der Art, wie man auch die Höhe eines Berges abschätzt.

Sie sagte: »Wissen Sie, es ist schrecklich, aber ich glaube manchmal, daß Sarah darin mit mir gewetteifert hat. Wer ihn mehr geliebt hat, wer schmerzlicher betroffen ist. Sie hat die Sache auf ihre Weise ausgetragen, und ich, ich auf eine andere. Es ist schrecklich, es zugeben zu müssen, aber ich fahre nicht einmal mehr Auto. Ich habe ein Mädchen, das mir die Einkäufe macht. Ich stehe hier und sehe die Golfer vorbeikommen und male, und das ist mein Leben. Das ist mein ganzes Leben.«

Thorn sagte nichts, er beobachtete, wie ihr Gesicht zerfiel, der Mund ein entschuldigendes Lächeln formte, aber die Augen blieben unbeteiligt, spielten mit Wut und Verzweiflung. Sie verschränkte und löste ihre Finger und sah Thorn an. Sie rutschte auf der Couch nervös hin und her. Sie schien ihn aufzufordern, zu ihrem jämmerlichen Los Stellung zu nehmen.

Als er nichts sagte, fuhr sie fort »Als ich dreizehn war verlor ich meinen Vater. Ich habe sehr lange gebraucht, ihm seinen Tod zu verzeihen. Vielleicht fühlt Sarah dasselbe, ich weiß es nicht. Vielleicht empfindet sie Zorn gegen ihn, und das macht ihr ein schlechtes Gewissen.« Sie verstummte und taxierte Thorn mit den Augen. Er versuchte, einen mitleidigen Blick aufzusetzen. »Verzeihen Sie«, sagte sie. »Ich habe soviel Zeit damit zugebracht, darüber nachzudenken. Ich tue kaum was anderes.«

Thorn rutschte in seinem Sessel ein Stückchen weiter nach hinten.

»Staublunge«, sagte sie. »Daran ist mein Vater gestorben. Ich habe nie erlebt, daß er nicht gehustet hat. Aber das habe ich hinter mich gebracht. Ich hab's nicht zu meiner Lebensaufgabe gemacht.«

»In letzter Zeit«, fragte Thorn, »geht es ihr da besser?«

»Manchmal habe ich den Eindruck. Und dann wieder weiß ich es nicht«, sagte sie.

»Vielleicht kommt sie drüber weg«, sagte er.

»Sie wird wohl reifer.«

»Wenn sie verliebt wäre, jemanden fände, den sie liebte«, sagte Thorn, »das könnte helfen.«

Sie faßte ihn scharf ins Auge. Thorn fühlte sich sicher hinter seiner Maske, Bill Christian.

»Möglicherweise hat sie jemanden gefunden«, sagte sie. Ihr Mund verzog sich zu einem mütterlichen Lächeln. »Aber das würde mich an Ihrer Stelle nicht daran hindern, sie zu besuchen.«

Zu ihrer Staffelei in der Zimmerecke hinübernickend, sagte Thorn: »Zeigen Sie mir vielleicht etwas von Ihrer Arbeit, ehe ich gehe?«

Marylin James senkte den Blick verlegen zu Boden.

»Das ist nett von Ihnen.« Sie erhob sich, und Thorn folgte ihr durchs Zimmer zu einer Glasdoppeltür, die in den Patio führte. Er blickte hinaus. Es war genau, wie er es in Erinnerung hatte. Diesselben Möbel, Eisenstühle mit hohen Lehnen, eine Liege aus Eisenflechtwerk.

Marylin zog das Tuch von einem Ölbild, das sie zur Hälfte fertig hatte. Es zeigte ein graues, verwittertes einstöckiges Haus mit einem Blechdach und einer windschiefen Veranda neben einem unbestellten Acker. Ein einzelner kahler Baum stand an der Auffahrt zur Tür. Das Haus schimmerte golden, der Himmel und das Feld waren völlig weiß.

»Mein Elternhaus in Kentucky«, sagte sie. Sie trat zurück und besah es sich einen Moment lang kritisch. »Ich würde wahrscheinlich wieder hinziehen. Aber es ist nicht mehr da.«

»Es sieht aus, als brenne drinnen ein warmes Feuer, der Frühling ist unterwegs und all das.«

»Naja«, sagte sie. »Für mich hat es was von November. Ich nenne es ›Erster Frost‹. Daran arbeite ich jetzt, ich male den Reif aufs Gras.«

»Es muß schwer sein«, sagte Thorn, »auf den Golfplatz hinauszuschauen und eine Landschaft wie die zu malen.«

»Nein, überhaupt nicht.«

Sie breitete das Tuch wieder darüber und führte Thorn in den Patio hinaus. Er ließ den Blick umherschweifen. Nichts war anders als in seiner Erinnerung. Dieselben im Halbkreis aufgestellten Möbel mit Blick auf den Golfplatz. Sogar ein Whiskeyglas stand auf dem Metalltisch neben der Liege.

»Da drüben wohnt sie«, sagte Mrs. James und zeigte auf ein Licht auf der anderen Seite des Golfplatzes. »Sie scheint zu Hause zu sein.«

»Ich sollte erst anrufen«, sagte Thorn.

»Nein, nein. Gehen Sie nur, überraschen Sie sie. Sie hat's nötig jemanden von früher zu sehen.« Ihre Hand wanderte hoch zu ihrer Stirn, schob ein paar Strähnen zurück. «Sie braucht jetzt jemanden.«

Thorn fragte sie, warum. Er beobachtete sie, wie sie auf das Licht von Sarahs Haus starrte.

»Sarah hat gerade noch einen Menschen verloren. Ich fürchte, es war jemand, den sie sehr gern gehabt hat.«

Er stellte den Cadillac zwei Querstraßen von Sarahs Garagenapartment entfernt auf dem Parkplatz einer Kirche ab. Auf dem Weg durch das Buschwerk zu dem langen Fairway begann Regen zu fallen. Er hatte nichts von der Macht eines Sturmes, ein lustloser Sommerguß. Doch als Thorn da anlangte, wo Sarah wohnte, war er klatschnaß.

Ihre Wohnung gehörte zu einem weitläufigen, mit einer Mauer umgebenen Grundstück. Das Haupthaus war ein klobiger, zweigeschossiger, moderner Bau, ebenfalls im spanischen Stil. Scheinwerfer strahlten seine weiß verputzten Wände an, und Patio, Pool und Jacuzzi waren von innen erleuchtet. Der Regen kam schnurgerade runter, so leicht, daß er fast geräuschlos auf die Bäume um das Haus fiel.

Als er Sarahs Wohnung erreichte, waren ihre Lichter aus. Er stand auf dem Rough und blickte auf ihre dunklen Fenster, dann über das abschüssige Fairway hinüber zu Dallas James' Haus. Jetzt nur noch ein Haus wie alle andern. Ein Haus, in dem mal richtig Staub gewischt werden müßte.

Er zwängte sich durch die Büsche an den Rand des Grundstücks. Kletterte auf die Mauer, wo sie an die Garage stieß, und ließ sich auf den dichten Rasen hinunter.

Ihr Trans Am stand in der Zufahrt. Ein dunkler Mercedes parkte dicht dahinter. Zwei andere Wagen waren in der Garage abgestellt. Er stieg die Treppe rauf, der Regen wurde stärker.

In die Tür zu ihrer Wohnung waren Glasjalousien eingelassen, die angekippt waren. Thorn stand auf der Veranda, das Ohr dicht an der Tür. Hörte jetzt nichts als den Regen, der ein warmes Rauschen nahebei in den Kiefern erzeugte. Bäche klatschten vom Dach auf den Fahrweg.

Er bog den Aluminiumrahmen zurück, der eine von den Glasleisten faßte. Bog ihn gerade so weit zurück, daß das Glas herausrutschte. Das gleiche mit der Leiste darüber. Er stellte sie geräuschlos neben sich auf die Veranda und tastete am Rand des mit Maschendraht gesicherten Einsatzes entlang, bis er einen kleinen Riß fand. Den erweiterte er so, daß er die Hand durch die Tür schieben konnte.

Er stieß auf einen Schließriegel, aber sie hatte den Schlüssel stecken lassen, und so kauerte Thorn sich hin, schlängelte die Hand herum und zog den Riegel zurück. Vorsichtig drehte er den Türgriff. Er zog die Hand zurück und stand da, heftig atmend. Regen floß ihm übers Gesicht. Immer noch keine Blitze oder Donner. Nur das stetige Rauschen des Regens.

Er zog die Tür auf und ging hinein. Seine Füße patschten in den Bootsschuhen, Thorn schlüpfte aus ihnen heraus und ließ sie auf der Fußmatte stehen. Die Sicherheitsbeleuchtung des Haupthauses erhellte ihr Apartment.

Kein einziges Möbelstück im Wohnzimmer. Nur der gebohnerte Eichenholzfußboden, Bambusrouleaus. Nackte Wände. Er stand da, tropfte den Boden voll und fragte sich, ob er nicht vielleicht in der falschen Wohnung sei. Kein Anzeichen von ihr irgendwo in diesem Zimmer, kein Anzeichen von überhaupt einem Bewohner.

Er sah zwei geschlossene Türen und eine kleine Küche. Thorn versuchte es zuerst mit der Küche, zog vorsichtig die Kühlschranktür auf. Das leise Schmatzen des Verschlusses, das Licht darin. Mangos, Magermilch, eine Schüssel Weintrauben. Er schloß sie behutsam.

Die erste Tür, die er versuchte, führte ins Badezimmer. Weißer, kalter Fliesenboden. Ihre Fläschchen, ihre Zahnbürste, ihr Shampoo. Eine Nummer des *New Yorker* neben dem Klo. Er benutzte ihr Handtuch, um sich das Gesicht abzutrocknen, tupfte damit auch sein nasses Hemd ab. Entdeckte eine Spur von ihrem Geruch.

Ging zurück ins Wohnzimmer und stand da und betrachtete den leeren Fußboden, die nackten Wände. Sein Puls ging wieder schneller. Ein kurzes, stechendes Schwindelgefühl. Einmal, als er noch auf der High-School war, hatte er einen Tramper mitgenommen, und der Junge hatte ein Taschenbuch gelesen und jede Seite, mit der er fertig war, herausgerissen und aus dem Fenster geworfen. Seite um Seite, aus dem Fenster. Als Thorn ihn gefragt hatte, warum, hatte der Junge geantwortet, er reise gern unbeschwert. Wenn man unterwegs sei, hatte der Junge gesagt, könne einen sogar zuviel Geld behindern.

Ihre Wohnung sah so aus, als habe Sarah bereits alle Seiten herausgerissen. Das hier war nicht Thorns Purheit, seine Zuchthaus-Kargheit. Dieses Zimmer war enthülst bis auf die Knochen. Sarah, irgendwohin unterwegs und in Eile, alles Gepäck eine Last.

Die Tür zu ihrem Schlafzimmer stand einen Spalt offen. Ein Mann lag auf dem Bett, er schlief auf dem Bauch, ein Arm baumelte über den Rand. Er schnarchte leise, das Licht vom Haupthaus spiegelte sich auf seiner Halbglatze.

Sarah saß aufrecht da und beobachtete Thorn.

Er kam durchs Zimmer und blieb am Fußende ihres Bettes stehen.

Sie hatte die Decke über ihren Oberkörper hochgezogen, und Thorn konnte sehen, wie sich die dunklen Bettücher mit ihrem Atem hoben und senkten. Ihre Augen mehr die ihrer Mutter als die ihres Vaters. Das sah er jetzt. Der Glanz des Schmerzes.

»Ich weiß, wer du bist«, sagte er leise.

Sie nickte, schloß kurz die Augen und öffnete sie wieder.

»Das sehe ich«, erwiderte sie.

»Es macht nichts«, sagte Thorn. »Für mich ändert sich dadurch nichts.«

Der Mann neben ihr rührte sich, zog seinen Arm ins Bett und wühlte sich tiefer in seinen Schlaf.

Sie sagte: »Ich habe keine Wahl. Ich hoffe, du weißt das.«

»Ich weiß, niemand von uns hat viel zu wählen«, sagte Thorn.

Er blieb noch einen Moment da stehen, versuchte, sich in ihren Blick zu drängen, ihr einen Grund zu geben, aufzustehen und zu ihm zu kommen. Aber sie blieb da und beobachtete ihn, und draußen prasselte der Regen.

Er drehte sich um, ging ins Wohnzimmer zurück, schlüpfte in seine nassen Schuhe und verschwand.

22

Irv beobachtete Amos Clay, der sich über den Kotflügel seines alten roten Lieferwagens beugte. Es war Dienstag morgen, ungefähr zehn Uhr, der 15. Juli. Irv hatte beschlossen, sich den Rhythmus dieses Ortes einzuprägen, wo er sein größtes Ding drehen würde. Noch zwei Wochen hin, und Irv wurde schon high, klinkte völlig aus, wenn er bloß an das Geld dachte.

Er hatte sich einen Lagerplatz in den Mangroven hergerichtet. Eine Plane auf dem feuchten Boden, ein Fernglas, ein paar Pistolen, drei Handgranaten. Er hatte das Insektenspray zu Hause gelassen, im Vertrauen darauf, daß sein Knoblauchverbrauch die Viecher abhalten werde.

Diesen Morgen war er als Ho Tschi Minh verkleidet hergekommen, schwarzer Seidenschlafanzug und ein schwarzes Tuch um den Kopf. Er hatte auch eine Augenklappe aufgetrieben, um sich an Milburn zu erinnern. Art Buße. Das Scheißding juckte wie verrückt, als er diesen Alten beobachtete, Amos Clay, der in seinem Lkw rumpütscherte. Irv verstand, warum Milburn gemeckert hatte. Blickte auf die Welt nur mit der Hälfte des Gehirns.

Dazu trug er vietnamesische Gummilatschen und seine Rolex. War ein fabelhaftes Outfit, und Irv hatte das Gefühl, als sei er auf Anmachtour und schöpferische Säfte stiegen in ihm hoch; die Verrücktheit der Leidenschaft, oder was es auch war, brachte ihn in Fahrt, gab ihm wieder Schwung.

Er mußte die genaue Beschaffenheit dieses Grundstücks kennen, wenn er eine erstklassige Schau liefern sollte. Er sah das so, als zöge er vom Off-Broadway in die Forty-second Street um. Und da ließ man sich nicht erst am Premierenabend blicken, ohne Proben.

Irv hatte nichts dagegen, zwei Wochen hier draußen zu warten, um das zu erreichen. Wenn er erst mal im Bilde war, ein Drehbuch für die Geschichte hatte, würde er nach Hause fahren, sich seine übrigen Sachen holen und zurückkommen und einfach ein bißchen campen. Sich an die Umgebung so gut anpassen, daß er nicht mal mehr Tarnzeug würde tragen müssen. Er würde eine Mangrove sein. Sich ein positives Gefühl für Schweiß und Dreck erwerben. Obst essen und hinter Felsen scheißen.

Irgendwann in dieser Woche würde er sich einen Tag frei nehmen und diesen Thorn ausfindig machen und um die Ecke bringen, und das war's. Nächster Halt: sein neues Leben. Oh, Grayson hatte ihm gesagt, Thorn sei aus irgendeinem Grund tabu, zumindest bis die Transaktion aufgehalten wäre. Aber zum Teufel, wenn Irv zuließe, daß Grayson ihm in seinem Plan rumpfuschte. Thorn abservieren, sich die Million holen, an die Westküste jetten. Eins, zwei, drei.

Es war richtig, daß das Millionen-Dollar-Ding mehr von ihm forderte als üblich. Die Burschen, die das Geld herbrachten, diejenigen, die er auslöschen würde, waren wahrscheinlich eine Klasse besser als die Heinis, die er in letzter Zeit erledigt hatte. Die Typen hatten zweifellos professionelle Ausbildung, Schlagtrainer, all diese Vorteile. Irv konnte sich durch die Sache nicht einfach so durchlavieren.

Soweit er sehen konnte, war es bei diesem Alten, Amos, mit der Autotechnik nicht weit her. Er schien an seinem Lkw das Öl zu wechseln, aber er brauchte dafür fast eine Stunde. Der alte Klapperarsch kriegte offenbar das Auslaßventil nicht auf. Irv dachte daran, einfach aus dem Dschungel rauszuspazieren und dem Burschen den Schraubenschlüssel drehen zu helfen, hallo zu sagen und wieder abzuhauen. Den Burschen aus der Fassung zu bringen.

Aber nein. Das war Dilettantenkram. Irv mußte vorsichtig sein. Er wollte sich vor den Prachtkerlen nicht selbst ans Bein pissen. Also blieb er da, tiefgeduckt, und übte sich in ewiger Geduld, Versunkenheit des Zen. Folgte seinem Atem ins egolose Schweigen.

Thorn lag da, die Hände unter dem Kopf, und sah zu, wie das Licht den Raum wiedererstehen ließ. Zwei Eichhörnchen turnten über sein Blechdach. In seinem Wald feierte ein wilder Hahn eine frühmorgendliche Eroberung. Keuchend sprang der Frigidaire-Kompressor an.

Durch die Verandatüren sah er einen Fregattvogel hoch über der Bucht schweben. Wie ein Schlachtschiff würde er da kreisen, bis er irgendeine Möwe mit einer Fingermeeräsche im Schnabel erspähte. Dann würde er sich fallen lassen, ihr den Fischhappen entreißen und auf der Thermik zurück in die blaue Atmosphäre steigen. Das Überleben des Selbstsüchtigsten. Genau das, was Thorn davon abhielt, sich allzusehr auf die Natur als Wegweiserin zu verlassen.

Irgend jemand hatte sein Haus demoliert. Als er gestern abend aus dem Cadillac gestiegen war, hatte er gleich das Pulver gerochen. Es sah aus, als hätten sie ein Gewehr benutzt. Alle Fensterscheiben waren kaputt. Dr. Bills Stühle zerschmettert, sein Pult umgekippt. Schrotlöcher in der Kühlschranktür. Sie hatten versucht, sein Bett anzuzünden, aber es hatte nur ein bißchen geschwelt und war dann ausgegangen.

Sie hatten seine Bücher zerrissen, die Lampen zerschlagen, die Schraubstock-Sonderanfertigung von der Veranda auf ein vorspringendes Steinsims fallen lassen. Er war noch gar nicht runtergegangen, um den Schaden genauer zu taxieren. Einige von seinen Kleidern steckten im Klo. Seinen Ein-Platten-Herd hatten sie auf die höchste Stufe gestellt und über die Platten ein Eichhörnchenfell gelegt, damit es Feuer finge. Das Haus stank nach versengtem Fell und verkohltem Fleisch.

Thorn lag da und lauschte den Geräuschen vom Highway. Es gab nichts mehr zu überlegen. Es gab nichts mehr zu tun. Du tust alles, was du kannst, befestigst den Köder sorgfältig am Haken, legst den Finger auf die gespannte Leine und wartest. Es hängt nicht mehr von dir ab. Du kannst sowieso nur wenig tun. Dir die richtige Strömung und den richtigen Wind aussuchen. Am richtigen Ort sein, keine Geräusche oder aber die richtigen Geräusche machen, eine gründlich durchdachte Vorstellung liefern.

Der Rest ist Glücksache.

Er hörte ein Motorboot an seinem Pier ankommen, stemmte sich hoch und ging hinaus.

Es war einer seiner Stammkunden, ein pensionierter Pfarrer aus Michigan. Ein Mann, der Thorn mal erzählt hatte, Dornhaie seien längst nicht so schwer zu fangen wie das, was er von zu Hause gewohnt sei. Und was ist das? hatte Thorn gefragt. Der Pfarrer hatte nur die Augen zum Himmel gedreht.

Thorn schüttelte den Kopf, als der alte Mann den Pier hochkam.

»Geschäft aufgegeben«, sagte Thorn.

»Das können Sie nicht tun, mein Lieber. Ich hab' gerade das tollste Flach zwischen hier und den Bahamas entdeckt. Beste Versammlung, die ich je gesehen habe.«

Thorn lächelte. »Muß leider«, sagte er. »Muß wieder anfangen zu fischen, ehe ich alles, was ich weiß, vergessen habe.«

»Tja«, sagte der Pfarrer, »wenn es 'ne höhere Berufung ist, müssen Sie ihr folgen.«

Thorn wartete bis neun, und als Sugarman nicht aufkreuzte, beschloß er, zu ihm rüberzufahren. Er hielt am 7-Eleven, das am Ende des Fahrwegs zu seinem Haus lag, kaufte sich eine Tasse Kaffee und trank sie auf dem Parkplatz in seinem Cadillac. Er sah einer hübschen Frau zu, die in der Telefonkabine sprach, zwei Schwarzen, die im Lieferwagen einer Rasenmähfirma Bier tranken. Thorn fragte sich, wen sie wohl getötet hatten und wer sie töten wollte.

Nichts, was er sah, wirkte heute morgen vertraut. Oder nein, das traf es nicht. Es war eher so, daß ihm alles wie eine Filmkulisse vorkam, bloße Fassaden, aufgebaut, um das Auge zu täuschen. Ähnlich wie früher, wenn er bei Sonnenaufgang an einem windstillen Morgen sein Boot rausgeholt hatte und das Wasser so klar und flach war, daß er darüber wegglitt und ohne weiteres bis zum

Grund sehen konnte. Ganz so, als fliege er. Und Thorn sah es auf beide Arten gleichzeitig, mußte sich zwingen, sich damit abzufinden, daß es so war, wie er es kannte. Genauso war Sarah diesen Morgen. Da, nicht da, Liebende, Hassende. Das konnte Thorn entscheiden, vor- und zurückblätternd verglich er diese neue Version dessen, was das letzte Jahr mit ihr gewesen war, mit der festen Gestalt seiner Erinnerungen.

Sugarman wohnte hinter einem Bettenladen am Meilenstein 103, zwei Blocks vom Highway entfernt. Ein kleines Blockhaus mit einem Bambuszaun. Finsteres Gelände, dicke Eichen und Banyans. Auf dem unbebauten Grundstück gegenüber von Sugarmans fuhr ein Halbwüchsiger mit einem Beiwagenmotorrad herum. Nahm Wagenspuren aufs Korn, preschte über Schutt weg. In der Nähe arbeitete eine Motorsäge.

Lange kam niemand an die Tür. Thorn wußte nicht, ob bei dem ganzen Krach der Summer zu hören war. Schließlich zog Sugarman die Tür auf, ein Handtuch um die Hüften. Sein Gesicht entschlossen einen Mormonenprediger abzuwimmeln.

»Schuldigung«, sagte Thorn. »Ich hätte anrufen sollen.«

»Komm rein.« Sugarman trat mit grimmigem Gesicht aus dem Weg. »Ich hab' dich erwartet.«

»Also«, sagte Thorn, »hier bin ich.«

»Mann, du siehst aus wie ein uralter Scheißhaufen.« Sugarman latschte rüber in die kleine Küche.

Thorn folgte ihm und sagte »Verdammt viel besser als mir zumute ist.«

Sugarman winkte ihn auf einen der Holzschemel in der Frühstücksecke. »Jeannie ist wieder da.«

»Ist das gut?« fragte Thorn und blickte den Korridor des kleinen Hauses runter. In einem bis zum Boden reichenden Spiegel am Ende des Ganges sah er Jeannies Spiegelbild. Er schluckte und wandte den Blick zurück zu Sugarman, der zwei Gläser Orangensaft eingoß. Jeannie hing da hinten, nackt, kopfüber an Gravitationsstiefeln. Die Knöchel an eine Reckstange in der Schlafzimmertür gehakt.

»Yeah, ich würde sagen, ja.« Eine Spur Wut. Er sagte: »Ich muß mit dir reden.«

»Also rede, ich bin ja da.«

»Mann Gottes, Thorny, werd nicht sauer auf mich, Mann.«

»Schuldigung«, sagte er. Dachte eine Sekunde daran, ihm von Sarah zu erzählen, dann sagte er statt dessen mit mehr Gefühl noch mal: »Entschuldige.«

Sugarman stellte den Orangensaft vor Thorn hin, trank seinen in einem Zug. Es war nicht richtig, aber Thorn mußte es tun. Er guckte noch mal schnell nach hinten. Der Spiegel war leer. Gott sei Dank.

»Bist du schon zu Hause gewesen?« fragte Sugarman.

»Bei mir?«

»Yeah, wie viele hast du denn?«

»Was denn? Du weißt, was da passiert ist?«

»Ich hab' gestern abend bis gegen Mitternacht auf dich gewartet. Bei dir. Dachte mir, du hättest andere Pläne, deshalb bin ich weg. Aber wir haben die Burschen, die's getan haben, hinter Gittern.«

Thorn stand auf. »Die möchte ich sehen.«

»Setz dich, setz dich. Was willst du denn machen, sie durch die Gitterstäbe erwürgen?«

»Ich will sie sehen, Sugar.«

»Okay, du wirst sie sehen, du wirst sie sehen. Ich bring dich gleich rüber.«

Thorn setzte sich wieder. Stieß heftig den Atem aus.

»Ich brauchte keine Detektivarbeit zu leisten«, sagte Sugarman. »Ich war bei dir vorbeigefahren, um mit dir zu reden, um dir 'n paar andere Sachen zu erzählen, die wir rausgekriegt haben, und kabumm, kabumm. Diese Kerle machten Taubenjagd in deinem Wohnzimmer.«

»Danke«, sagte Thorn.

»Fünf Minuten später, und das Haus wäre Geschichte gewesen. Aber es war alles bloß Glück.«

»Und wer sind sie?«

»Zwei Typen von der Armistead Construction. Ich glaube, sie bauen den ganzen Tag und reißen die Nacht über alles wieder ein.«

Thorn schüttelte den Kopf. Er kämmte sich mit beiden Händen durchs Haar. Sah sich in Sugarmans Wohnzimmer um. Die Wände, die Tische, überall, wohin er guckte, sah er gerahmte Fotografien von Jeannies Familie. Ihre Mutter. Ihr Vater. Schwestern und ein Bruder. Weiße. Überall Weiße.

»Du scheinst nicht überrascht zu sein«, sagte Sugarman. »Wenn ich nach Hause käme und fände das Haus derart zusammengeschossen, würde man mir das irgendwie anmerken.«

»Ich bin nicht überrascht.«

»Na, das haut mich aber um. Ich hab' Sachen in der Stadt gehört. Sachen über dich, Thorn. Ziehst in der Gegend rum und erzählst den Leuten, du drehst Allamanda den Saft ab. Ich dachte, was ich gehört hab', wär bloß Quatsch. Aber ist es wohl nicht, hä?«

»Halt mir keine Gardinenpredigt, Sugar.«

»Okay«, sagte er. »Ich sag dir bloß das eine. Damit ist Schluß. Und zwar hier. Und jetzt. Aus. Ich sperr dich ein, Kumpel. Unverzichtbarer Zeuge. Wegen rechtswidrigem Spucken ins Meer, egal, was nötig ist. Ich lasse es nicht zu, daß du derart das Feuer auf dich ziehst.«

»Du bist gestern abend rübergekommen, um mir was zu erzählen«, sagte Thorn. Hielt sich im Zaum. Blickte Sugarman direkt ins strenge Gesicht. »Was gibt's?«

»Ich mein's ernst, Kumpel. Ich steck dich ins Gefängnis.«

Thorn fragte noch mal, was er rausgefunden habe.

»Es ist 'n Haufen medizinischer Hokuspokus, das ist es wirklich. Aber es läßt sich was ziemlich Interessantes daraus ablesen.« Sugarman setzte sich ihm gegenüber auf einen anderen Hocker. »Offenbar war es genauso, wie ich dachte. Kate hat ein paar Treffer angebracht. Sie hat einen von denen am Auge erwischt mit einer von diesen Graphitruten, die sie hatte. Sind sie blau?«

»Yeah, die kenne ich.«

»Tja, sie muß ganz schön hingelangt haben.« Sugarman nahm einen Spiralblock vom Tresen vor sich und las aus den Notizen vor: »Die Hornhaut wurde durchbohrt und die vordere Augenkammer geöffnet. Ein Blutgefäß in der Iris wurde zerrissen. Es heißt Hyphäma, Blut im Augeninneren. Die Rute hat das Lid gestreift und kleine Teile von Gewebe und Haaren weggerissen.«

»Und was sagt dir das?«

»Wir wissen jetzt, daß der Kerl einen nagelneuen weißen BMW fährt.«

»Ach, komm, Sugar.«

»Nein, nein. Nicht durch diese Sache mit der Iris. Durch ein bißchen Spurensuche, die ich danach gemacht habe. Diese Typen sind wirklich nicht besonders helle. Sie spazieren am nächsten Tag bei Dr. Brimmer in die Sprechstunde, als wären sie ganz normale Menschen. Ich habe bei allen hiesigen Augenärzten angerufen und bin dabei auf Brimmer gestoßen. Er hat so eine Verletzung behandelt, wie die, nach der wir suchen.«

»Gute Arbeit, Mann.«

»Noch mal, es ist mir einfach in den Schoß gefallen«, sagte er. »Es ist einfach so, daß diese Burschen das alles anscheinend einen Scheiß interessiert. Folgendes sagten uns die Sprechstundenhilfe und der Doktor übereinstimmend: Weißer, neuer BMW, ein kleiner Weißer von ungefähr einsfünfundsechzig und zweiundsechzig Kilo, mit zwei gesunden Augen, dunklen, krulligen Haaren und spanischem Akzent, von dem die Schwester sagte, er hätte unecht geklungen. Und ein einsneunzig großer, häßlicher Scheißkerl mit länglichen braunen Haaren, der über neunzig Kilo wiegt und ein verletztes Auge hat. Sie zahlten bar und hinterließen eine falsche Adresse. Wenigstens haben sie *etwas* getan, um's schwieriger zu machen.«

»Ich glaub das nicht«, sagte Thorn.

»Was?«

»Nichts.«

»Thorn«, sagte er. »Ich sag's dir. Du bist dem Gefängnis im Augenblick so nahe. Zwing mich nicht. Wenn du was weißt ...«

»Ich hab' die beiden, glaub ich, gesehen. Ein großer Dicker mit Augenklappe und ein Kleiner bei ihm. Beide in Hawaiihemden auf Vacation Island. Neulich abends. Aber Herrgott nochmal. Ich kann mich an nichts weiter erinnern. Hatte ein Glas zuviel.« Thorn versuchte es mit einem aufrichtigen Blick.

»Weißt du«, sagte Sugarman, goß sich noch mal Tropicana ein und bot Thorn auch welchen an. »Das ist interessant. Wir haben da zwei Touristinnen, die sich über zwei Burschen beklagt haben, auf die dieselbe Beschreibung paßt, trafen sie auf Vacation Island, wann war das?«

»Letzten Mittwochabend. Yeah, das sind die beiden. Sie waren mit zwei Krankenschwestern zusammen. Daran erinnere ich mich.«

»Entweder sind das echte Pfuscher, oder sie sind furchtbar einsam«, sagte Sugarman. »Sie haben ihre Freundinnen draußen am

Pickles Reef gelassen. Die Mädels waren die ganze Nacht da draußen. Waren in einem sehr schlechten Zustand.«

»Wie meinst du das, einsam?«

»Gestern nachmittag wurde der mit der Augenklappe am Big Pine Key angespült. Hatte 'ne Kugel im Körper, die von hinten ins Genick gegangen war; der Kerl wurde zweifellos aus nächster Nähe umgelegt. Erstens macht der Kleine nicht so was Simples und fährt seinen Kumpel rauf nach Miami, um das Auge untersuchen zu lassen. Das hätte es für uns verdammt viel schwerer gemacht, der Sache gleich auf die Spur zu kommen. Und dann sieht's so aus, als hätten er und sein Kumpel 'n kleinen Ehestreit gehabt, und ich meine, es gibt Stellen, wo man eine Leiche abladen kann, wo sie nicht ganz so schnell gefunden wird, und er hat sich keine von denen ausgesucht. Ich meine, der Kerl ist gerissen genug, um es auf dem Boot mit der Marihuanaschote zu probieren. Damit es wie etwas aussieht, was es nicht ist. Also ist er kein totaler Penner. Das nenne ich einsam. Er hofft auf Liebe. Laut schreiend.«

»Vielleicht denkt er, er ist unbesiegbar«, sagte Thorn.

»Oder unsichtbar«, antwortete Sugarman. »Tja, wir haben gerade 'n Burschen im Kittchen, von dem weiß ich, der würde den Typen rasend gern lieben. Würde 'n Pfundszellengenossen abgeben.«

»Jesus.«

»Nicht so laut mit so was«, sagte Sugarman. »Jeannie.« Er nickte zum hinteren Teil des Hauses rüber.

»Ist es das also?«

»Tja, der Dicke war von Haien halb aufgefressen, als er ankam. Wir haben seine Zähne nach Tallahassee geschickt. Und der Kreisarzt sagt mir, der Bursche hätte erstklassige Brücken, der Pathologe hat sogar gesagt, so was hätte er noch nie gesehen. So was kann sich als genausogutes Erkennungszeichen erweisen wie Fingerabdrücke. Kann sauschwer sein, was rauszufinden aber es ist 'n Punkt, der 'ne echte Chance bietet.«

Jeannie rief von hinten »Sprichst du über mich, Sugarman?«

»Ich möchte die Burschen sehen, die mein Haus kaputtgemacht haben«, sagte Thorn.

Sugarman erwiderte: »Ich treff dich unten in 'ner halben Stunde.«

»Denn wenn ja«, rief sie, »will ich hören, was du über mich sagst.«

An der Tür hörte er Jeannie da hinten rumpoltern. Thorn sagte: »Ich möchte sie mir bloß mal angucken, ihre Gesichter sehen.«

»Sugarman!« rief sie. »Mach die Tür da zu. Diese Moskitos bringen mich noch um.«

Sugarman zog das Handtuch fest um seine Taille und sagte: »Weißt du, ehe sie zurückkam, hatte ich vor wegzugehen.«

»Aus Key Largo wegzugehen?«

»Key Largo. Florida, alles. Nach Norden. Ich dachte an New Jersey.«

»New Jersey? Aber niemand geht nach New Jersey.«

»Vielleicht mach ich's doch noch«, sagte er. »Ich habe gehört, es ist schön da.«

»Das hier ist dein Zuhause, Sugarman. Du bist hier geboren. Du kannst das doch nicht einfach so aufgeben.«

»Was ist denn das hier für ein Ort? Es ist, als wohnt man auf einem verdammten Flughafen. Jeder hat'n Koffer, Thorn. Jemand, den du noch nie gesehen hast, sitzt plötzlich auf deinem Platz im Diner. Ich hab' gehört, die haben Keller in New Jersey. Ich möchte einmal im Leben 'n Keller sehen.«

Thorn schüttelte den Kopf.

»Sugarman!« rief Jeannie. »Du machst sofort die Tür da zu, oder ich ruf die Polizei.«

»Ich seh dich unten«, sagte Thorn.

Als Thorn raus zu seinem Fleetwood ging, hörte er ein Dröhnen, das noch lauter war als die Beiwagenmaschine und die Motorsäge. Er blickte hinter sich in die Bäume. Es war Jerome junior, der seine Mittwochstour flog, die Baumwipfel rasierte und sämtliche senilen Kriegsveteranen unter ihre Sofas trieb. Und seine krebserregende Erlösung versprühte.

Er ließ den V-8 an. Er sah, wie der blaue Rauch herabsank, wahrscheinlich mit Staub aus Afrika vermischt. Er atmete eine Lunge voll von dem Gas ein. Behielt es drin wie Doperausch, wurde high von dem Gift und der Prise verdorrter Erde, der Heimaterde von irgendwem.

Er sah sich um. Es war ein mieses Viertel. Wie sie da standen mit ihren Rechen, ihren Rasenmähern, ihren Schwämmen und Schläuchen und darauf warteten, daß der Nebel sich lichtete, ehe sie wieder an ihre Arbeit gingen.

Thorn wartete auf dem Bürgersteig vor dem Gefängnis von Plantation Key. Als Sugarman kam, trug er Jeans und ein kariertes Hemd. Sein Blick wirkte verärgert und düster, aber Thorn sprach ihn nicht darauf an. Er hatte Jeannies Stimme gehört.

Sugarman führte Thorn hinein und nach hinten zu den Arrestzellen. Die anderen Polizisten schauten zu Thorn rüber und nickten ihm zu. Kein Mitglied ihres Vereins vielleicht, aber nicht mehr bloß einer von den anderen.

»Diese Burschen«, sagte Sugarman, als sie darauf warteten, daß die Tür aufgeschlossen wurde, »haben ihre Sitten in der Frühstückspause aufgeschnappt, während sie sich bekifften und Revoluzzer-Musik hörten.«

Die beiden Typen in der Zelle sahen ungefähr wie Rotbarts Freunde aus. Trugen ihr Haar als Pferdeschwänze. Einer hatte einen kleinen Goldknopf im Ohrläppchen. Thorn sah sie an. Sie saßen auf den Kanten ihrer Pritschen, rauchten Zigaretten und starrten zu ihm rüber.

»Die haben sie nicht umgebracht«, sagte Thorn. »Sie hätte diese Arschlöcher über Bord geworfen.«

23

Thorn sah zu, wie Sugarman mit seinem Kombi in den Verkehr einscherte und sich auf den Weg nach Hause machte. Er wartete, bis der Wagen ein ganzes Stück den Highway runter war, dann stieg er wieder aus seinem Fleetwood aus und ging zurück ins County-Verwaltungsgebäude.

Janice Deels saß am Schalter für Wagen- und Bootsanmeldungen. Sie telefonierte gerade, deckte aber die Muschel zu und flüsterte zu Thorn rüber, sie sei gleich für ihn da, verdrehte über denjenigen am anderen Ende der Leitung die Augen.

Er stand neben dem Trinkbrunnen und sah ihr beim Reden zu. Ihm war, als glühe sein Blut. Sarah war Dallas James' Tochter. Der

Augenklappentyp und sein Begleiter hatten Kate ermordet. Die beiden hingen mit Grayson und Ricki zusammen. Sarah und Kate hatten Dope geschmuggelt. Kate war tot. Die Augenklappe war tot.

Man hatte teil an derselben Luft, atmete ein, atmete aus. Diese ganze Luft, alle diese Moleküle, die endlich zwischen uns hin und her gehen, über Luftströme, die uns verbinden, uns verwandeln. In diesem Treibhaus, diesem geschlossenen System, in dem man den ausgestoßenen Atem von Menschen einsog, die längst tot waren, und Moleküle ausatmete, die uns überdauern werden. In einem Plan gefangen, der zu kompliziert ist, um von einem Hirn auch nur erfaßt zu werden. Quentin und Elizabeth atmeten aus, Dallas James atmete ein, Dallas atmete aus, Sarah atmete ein. Thorn stand neben dem Trinkbrunnen und schnappte nach Luft.

»Ich bin schrecklich traurig wegen Kate«, sagte Janice, hakte sich bei Thorn ein und drehte ihn zur Tür herum. »Ich hoffe, es geht dir einigermaßen.« Ihren Arm in seinem, führte sie ihn nach draußen in den Schatten eines Banyans, ihre braune Papiertüte in der linken Hand.

»Es geht mir schon wieder besser«, sagte Thorn.

»Na, prima!«

Janice war Cheerleader gewesen. Er erinnerte sich, wie sie nach verlorenen Spielen geweint hatte. Er erinnerte sich, daß sie in der Aula Vorträge über das Anfeuern gehalten hatte.

Sie setzten sich unter dem Banyan ins Gras, Thorn ließ sich ein Stück von ihrem Brathähnchen aufschwatzen und hielt es in der Hand, während sie aß.

»Ich freue mich, daß du hergekommen bist«, sagte sie. »Ich denke oft an dich.«

Thorn nickte. Das Stück Brathähnchen in der Hand. Atmete ein und wieder aus.

»Weißt du«, fuhr sie fort, »ich höre manches über dich. Ich höre, du gehst mit einem Mädchen aus Miami.«

»Ich brauche deine Hilfe, Janice.»

Sie wischte sich den Mund mit einer Papierserviette, beugte sich herüber, ergriff seinen Arm und lächelte ihn an. »Alles, was in meiner Macht steht, Thorn, das weißt du.«

»Irving David McMann«, flüsterte sie heiser und schrieb es auf einen Block. Dann gab sie einen anderen Befehl ein, beobachtete ihren Monitor einen Moment lang und flüsterte: »Er wohnt im Coral Reef Club. Einszehn Barracuda Lane. Apartment A.« Sie schrieb es auf »Ist das alles, was du wissen willst?«

»Du darfst niemandem erzählen, daß ich dich danach gefragt habe.«

»Keine Bange«, antwortete sie und blickte über ihre Schulter auf die Frau, die am Schreibtisch hinter ihr arbeitete. »Ich liebe meinen Job.«

»Ich bin dir dankbar, Janice.«

»*Perfect Execution.* Was ist dieser Typ, ein Freund von dir?«

»Er schuldet mir was«, sagte Thorn.

Sie stand auf, lehnte sich über den Tresen und gab ihm einen flüchtigen Kuß auf die Wange.

»Kopf hoch, Thorny.« Sie drückte seinen Bizeps. »Wußtest du, daß die Bibelgruppe für dich gebetet hat?«

»Hört jetzt nicht auf damit.«

»Kannst dich drauf verlassen«, sagte sie.

Thorn steckte den Zettel in die Tasche und ging hinaus.

Irv erwischte den klassischen Spätstart. Er hatte verschlafen, weil irgendwann in der Nacht der Strom ausgefallen und dann wiedergekommen war, und sein Digitalwecker blinkte, um neu gestellt zu werden. Dann mußte er nach dem Schlüssel zu Milburns Wohnung suchen, wo sie die schwere Munition eingelagert hatten. Er hatte beschlossen, bei dieser Sache paramilitärisch aufzutreten. Hatte sich in eine paranoide Kolossalwut fantasiert, indem er sich die Sorte Lieferfahrer vorstellte, die eine Million Dollar bei sich hatte.

Dann wollte der BMW nicht anspringen, und er mußte die Exxon-Tankstelle vom Reef anrufen, damit sie ihn anschleppten. Und schließlich mußte er die restlichen Handgranaten, die Uzi und die abgesägte Flinte zu einem Paket zusammenpacken, das er auf die 650er Kawasaki schnallen konnte.

Und so war es mittlerweile halb zwei, heiß wie die Hölle, Feuchtigkeit 105. Irv sagte immer, es sei nicht die Hitze, sondern die Dummheit. Wenn er ein bißchen gottverdammtes Köpfchen hätte, würde er die Sommer in Mendocino verbringen. Wie sein Alter, der Brathähnchenkettenkönig. Johnny Hühnerschotter nannte Irv ihn. Nie direkt ins Gesicht. Aber wenn Irv die Million sicher in Kommunalobligationen angelegt hatte, Scheiße, dann würde er dem Alten jeden verdammten Namen geben, der ihm gefiele. Normalerweise verbrachte Irv nur einen Monat im Winter im Coral Reef Club, dann zurück nach Manhattan oder ins Haus der Familie am Cape. Aber dieses Jahr waren gewisse Dinge passiert, und er war einfach so in den Sommer reingetrudelt. Nie wieder.

Irv saß schon auf dem Motorrad, bereit es anzuwerfen, als ihm das Foto von diesem Thorn einfiel. Ein ihm extrem vertrauter Typ, keine richtige Frisur, aber ein solides Kinn, solider, breiter Brustkasten. Das Foto war von Thorn und Ricki, wie sie zusammen mit der alten Charterbootkapitänin draußen vor Sloppy Joe's Bar standen. Irv freute es, daß er ein Foto von ihr hatte. Wie eine alte Liebe, man sieht es sich an, und Erinnerungen steigen auf. Yeah. Wie zum Beispiel, als sie ihm die Scheißfischköder ins Gesicht geschleudert hatte.

Irv dachte, vielleicht sollte er sich eine Polaroid kaufen, von jetzt an einen Schnappschuß von allen seinen Opfern machen. Etwas, um all das in Erinnerung zu behalten, etwas für seine verrückten kleinen Enkel. Er würde in seinem Schaukelstuhl sitzen und ihnen erzählen: Das ist vorher. Und das mit dem Blut ist hinterher.

Irv ging ins Haus zurück. Er hatte das Foto mit einem von diesen magnetischen Gemüsen an die Kühlschranktür geheftet. Einem Rosenkohl, oder war es Broccoli? Irv aß solchen Mist nicht, und so war er nicht sicher.

Der Plan war, daß er wieder in die Mangroven beim Haus des alten Clay zurückgehen würde. Dort eine Weile bleiben, miese Laune kriegen, sich ein bißchen hungern lassen, und wenn ihm das Blut kochte, würde er weiter die Straße runterfahren, dorthin, wo dieser Thorn wohnte. Abgelegener Fleck, so sah's auf der Karte aus, die Ricki gezeichnet hatte. Perfekt für eine kleine Explosion. Irv McManns Blutbad à la carte.

Nach zwei Stunden auf dem Parkplatz vom Golfclub, in denen er im Fleetwood briet und sich fragte, ob ihn jemand beobachtete und die Clubwache anrufe, sah Thorn den kleinen Typen aus seinem

Haus kommen, beobachtete, wie er die Tür zu einer angebauten Garage öffnete und ein dickes rotes Motorrad mit einem Kickstarter in Gang zu setzen versuchte. Schließlich sprang es an und füllte die Garage mit öligem Rauch. Thorn rutschte nach unten.

Er wartete, bis der Kerl auf der Hauptstraße war, dann ließ er den Wagen an und fuhr los. Ihm im Abstand von einer Viertelmeile folgend, schlängelte Thorn sich durch die Straßen von Coral Reef und kam sich in seinem verrosteten Kahn auffällig wie ein bunter Hund vor. Aber gleichzeitig war sein Herz leicht und schnell. Er hatte den Burschen gefunden, rausgefunden, wo er schlief, wo sich das Schwein hinlegte und träumte.

An der Schranke vorbei fuhr das Motorrad über die Ampelkreuzung geradeaus weiter, stieß immer noch blauen Rauch aus. Der Kerl trug einen dicken Tornister, Army-Dienstvorschrift. Schwarze, glänzende lange Hosen, ein schwarzes, glänzendes Hemd und einen roten Helm. Über sein Gesicht konnte Thorn nicht viel sagen. Aber er war klein, einszweiundsechzig oder einsfünfundsechzig und er war aus einem Reihenhaus gekommen, 110 Barracuda Lane, Apartment A. Mußte er sein.

Als das Motorrad auf ungefähr fünfundsechzig verlangsamte, dachte Thorn, vielleicht sei er entdeckt worden, und überholte, während er im Rückspiegel beobachtete, wie der Typ gleich unterhalb von der Zufahrtsstraße zu Amos Clays Haus auf den Seitenstreifen ausscherte. Thorn fuhr weiter und dachte: Oh, boy, oh, boy. Wirft man genügend Köder ins Wasser, beginnt sich einiges zu rühren.

Er fuhr die 905 noch ein paar Meilen weiter, dann hielt er und kehrte um. Ungefähr zweihundert Yards vor Amos Clays Zufahrt fuhr er rechts ran und hielt. Er stieg aus und schlug sich in den Wald, in Richtung Norden und zu der Stelle, wo er Irving McMann hatte in den Dschungel eindringen sehen.

Er brauchte für die halbe Meile fast eine halbe Stunde. Trat vorsichtig auf und wartete. Horchte. Bewegte sich ein paar Meter weiter und spähte durch das Buschgewirr, seine Augen forschten nach jeder Bewegung, dem Aufblitzen der glänzenden, schwarzen Kleidung.

Thorn war ungefähr fünfzehn Meter von Irvs Lager entfernt, als er ihn sah. Sich mit dem Rücken gegen eine Eiche pressend beobachtete er durch das Geschlinge aus Kletterpflanzen und Stechpalmen, wie Irving David McMann seine Uzi reinigte. Er hatte sie auseinandergenommen, auf einer sauberen Plastikplane ausgebreitet und bewegte eine Bürste im Lauf hin und her. Amos Clays Haus lag zweihundert Yards weiter östlich, gerade ein Schimmer davon war durch das dichte Buschwerk sichtbar.

Auf Zehenspitzen zog Thorn sich zurück und prägte sich die Position genau ein. Nördlich von einem riesigen Ruhrrindenbaum. Vielleicht einen Steinwurf vom Highway entfernt.

Die Moskitos hatten Thorn entdeckt. Sie stachen ihm ihre Trinkhalme in den Hals, die Schultern, die Arme. Saugten. Besoffen sich an Adrenalin.

24

Sarah wartete vor Thorns Haus, sie saß im Schatten eines Seetraubenbaums in ihrem Trans Am, als er zurückkam. Er parkte den Caddy unter dem Pfahlhaus, ging rüber zu ihrem Wagen und stieg ein.

Sie wirkte unausgeruht. Ihre Madrasbluse war zerknittert. Sie roch nicht frisch.

»Mein Haus ist ein einziges Chaos«, sagte er. »Laß uns zu Kate fahren.« Sie fuhr. Ihr Fenster offen, ihr Haar verhedderte sich im Wind.

»Also, wo ist das Geld? Wo hast du's versteckt?«

Sie sah ihn nicht an.

»Okay«, sagte er. »Dann will ich's so versuchen, dir eine Geschichte zu erzählen. Unterbrich mich, wenn sie dir nicht gefällt.« Er legte ihr die Hand auf die Schulter. Tätschelte sie einmal. Entspanne dich.

Er sagte: »Es war einmal ein kleines Mädchen, elf, zwölf Jahre alt, das hatte eine leidliche Kindheit. Und eines Nachts wacht sie aus einem tiefen Schlaf auf, weil sie denkt, sie hat etwas gehört, oder vielleicht ist es bloß eine leichte Veränderung im Luftdruck, die sie aufwachen läßt. Ihr Instinkt treibt sie hinaus auf die vordere Veranda, und da sieht sie, wie ein Junge ihren Vater gegen seinen

Wagen drückt. Und der Junge macht einen Schritt zurück und schlägt ihren Vater. Und sie sieht sie zusammen wegfahren. Am nächsten Tag wacht sie auf und denkt, vielleicht war alles nur ein Traum. Gleich darauf kommt ihre Mutter ins Zimmer und erzählt ihr, daß ihr Vater bei einem Autounfall ums Leben gekommen ist. Er hatte getrunken, war unterwegs auf irgendeiner seltsamen Mitternachtstour.

Vielleicht spricht dann die Mutter weiter und erzählt dem kleinen Mädchen von dem anderen Unfall, in den ihr Vater vor langer Zeit verwickelt war und der sich an derselben Stelle ereignete, wo er jetzt gestorben ist. Vielleicht hatte er auch noch andere.

Aber das kleine Mädchen kann den Traum nicht vergessen. Sie ist traurig über den Tod ihres Vaters, behält ihren Traum für sich. Irgendwann später, vielleicht ist sie inzwischen ein Teenager, kommt sie hinter die Einzelheiten dieses anderen Unfalls, viele Jahre früher, dort am Lake Surprise. Der Vater hatte ein junges Paar totgefahren. Ihr Baby hatte überlebt. Dieses Baby mußte inzwischen herangewachsen sein. Ein junger Bursche gewesen sein um die Zeit, als das kleine Mädchen den Traum hatte. Und sie – sie weiß vielleicht mit einem Schlage alles. Sie weiß, wie diesem Jungen zumute war, weil ihm Vater und Mutter getötet worden waren. Sie weiß urplötzlich, welchen Verlust, welchen Haß und welche Obsessionen er empfunden haben mochte.«

Sarah hielt die Augen geradeaus gerichtet. Die Straße war leer, aber das Fahren machte ihr große Mühe.

»Wie klingt das bis jetzt?«

Sie sah ihn an, ein widerwilliges Sanfterwerden ihres Gesichts. »Läuft ganz gut.«

»Also«, fuhr Thorn fort, »jetzt fühlt unser kleines Mädchen, was der Junge gefühlt hat. Vielleicht identifiziert sie sich sogar ein bißchen mit seinem Zorn. Dieses Brennen, das nicht aufhören will. Sie zwingt sich zu essen, zu schlafen, einen Bleistift in der Hand zu halten und aufzupassen. Sie schafft die High-School, und inzwischen denkt sie möglicherweise: Nein, es kann nicht sein. Das ist Wahnsinn, warum vermassele ich mir denn derart mein Leben? Es war sowieso nur ein Traum. Vielleicht der komische Anflug einer Vorahnung, ein kleiner ASW-Traum oder so was. Wie auch immer, sie macht das College durch und fängt an, Jura zu studieren. Irgendwo da fängt die Sache wieder an, sie zu verfolgen, und sie beschließt ...«

»Nein«, sagte sie. »Jetzt liegst du falsch.«

»Ah, okay.« Thorn schloß die Augen, preßte die Hand gegen die Stirn. »Ich hab's. Sie läßt keine Runde aus. Immer gehetzt. läßt nie locker.«

»Das ist besser«, sagte Sarah.

»Ja, ja. Und dann ist da das Jurastudium. Das war, um den Jungen vor Gericht zu bringen. Hinter die juristische Seite zu kommen. All das. Denn im Grunde ist unsere junge Frau zivilisiert. Geh mal zu ihr nach Hause. Rede mit ihrer Mutter. Das kleine Mädchen hatte ein gutes Leben, eine moralische Erziehung. Vielleicht war ihre seelische Erziehung ein bißchen kalt, ein bißchen halbherzig aber im Grunde hat sie Skrupel. Sie will diesen Mörder zur Strecke bringen, aber legal zur Strecke bringen, wenn's irgend möglich ist. Also, mittlerweile hat sie das Jurastudium hinter sich, und sie weiß, das Gesetz wird ihr bei ihrer Sache kein Stück helfen. Sie nimmt eine Stelle an, einen perfekten Job für jemanden, der wegen dieser Mordfantasien, die sie hat, ein schlechtes Gewissen verspürt, und sie fängt an, an den Wochenenden runter nach Key Largo zu fahren und herumzuschnüffeln. Schauplatz des Verbrechens und so weiter. Vielleicht hat sie auch schon in der High-School-Zeit damit begonnen. Sie kennt den Nachnamen des Jungen aus dem Zeitungsartikel. Key Largo ist eine Kleinstadt, also kommt sie ziemlich schnell hinter alles. Aber die Sache hat einen Haken. Sie ist nicht absolut sicher. Es gibt leise Zweifel.

Und sie stellt sich vor, sie kreuzt auf der Veranda des Jungen auf und sagt: ›Hi, ich bin die Tochter des Mannes, der deine Eltern getötet hat. Wollen wir drüber reden?‹ Das würde nicht funktionieren. Und deshalb beschließt sie, verdeckt vorzugehen. Sie nimmt den Mädchennamen ihrer Mutter an. Sie liest in der Zeitung von Kate, von ihren Kämpfen, und unsere Anwältin kommt zu dem Schluß, es ist an der Zeit, sich für Waldratten zu interessieren.«

Sarah bog vom Highway in Kates Zufahrt ein. Thorn sagte nichts, bis sie neben dem Haus geparkt hatte. Der Himmel wurde im Osten dunkel. Noch ein Sturm, noch mehr Staub aus der Sahara.

Sie schaltete den Motor aus und löste eine Locke aus ihrem Mundwinkel. Als sie ihm ihre Augen zuwandte, sagte er: »Sie und

Kate verbringen einige Zeit miteinander, und es gefällt ihr allmählich. Die Waldratten findet sie nicht so toll, aber Kate, Kate, die mag sie.

Und dann: girl meets boy. Genau hier. Der Junge kommt eines Abends her, ich glaube, es war ein Wochenende im September, um seine Spezialität für Kate zu kochen, Delphin California, und diese reizende Frau ist hier. Wessen Idee war das eigentlich?«

Sie sagte ruhig: »Es war Schicksal.«

Thorn lachte und sagte: »Und damit sind wir praktisch in der Gegenwart angekommen. Frau spürt Mann auf, der ihrer Meinung nach ihren Vater umgebracht hat. Geht mit ihm ins Bett. Probiert spezielle, neue Wahrheitsdroge aus. Aber siehe da, statt zu gestehen, daß er ihren Daddy umgebracht hat, verknallt er sich. Er lädt sie zu seiner kleinen Zeremonie ein, wie sie es nennt. Er ist bereit, ihr alle seine dreckigen kleinen Geheimnisse zu beichten, und was tut sie? Sie schwimmt raus und planscht da rum.«

»Sie hat nie geplanscht«, sagte Sarah. »Glaubst du, das war nicht schwer für sie? Glaubst du, sie konnte in dies Wasser da steigen und wissen, was dort geschehen war, ohne zu fühlen …« Sie packte den Ganghebel. »Sie hat nicht geplanscht.«

»Okay, sie hat also nicht geplanscht. Sie ist geschwommen, ohne zu planschen. Aber an der ganzen Stimmung war was faul. Vielleicht, und das wird mir gerade erst klar, vielleicht bekam sie allmählich Angst. Vielleicht wollte sie schließlich gar nicht hören, daß er es zugab, und deshalb tat sie so, als sei sie völlig unbeschwert und beschwingt und witzig, nur damit dieser Bursche nicht auspackte.«

»Vielleicht«, sagte Sarah. »Vielleicht war ihr genau so zumute.«

Thorn nahm Sarahs Hand vom Ganghebel und hielt sie sanft in seinen.

»Und warum sollte sie die Wahrheit nicht hören wollen? Und warum sollte sie so viele Jahre mit der Suche nach diesem Burschen verbracht haben, um dann, als sie spürt, daß der Scheißkerl sich endlich entlarven wird, zurückzuzucken, Witze zu machen, sich auszuziehen und schwimmen zu gehen? Warum sollte diese Frau das tun?«

Sarah sagte: »Vielleicht ist sie verwirrt. Vielleicht ist sie verzweifelt und verängstigt und verwirrt.«

»Tja«, sagte Thorn, »dann weiß ich, wie ihr zumute ist.«

Sie gingen ins Haus, und während Sarah im Bad war, grub Thorn in Kates Speisekammer eine Flasche Wein aus. Nichts Besonderes, ein Wein aus einem New Yorker Lebensmittelgeschäft. Er goß etwas in zerbrechliche Cognacgläser und trug sie ins Wohnzimmer.

Sarah tauchte aus der Dunkelheit des hinteren Teils des Hauses auf. Sie kam ins Wohnzimmer und ließ sich gegenüber von Thorn auf die Couch sinken. Sie griff zu dem Glas Wein, hielt es in die Höhe.

Sie sagte: »Auf gut erzählte Geschichten.«

Thorn sagte: »Aufs Schwimmen ohne Planschen.«

Sie tranken, und Thorn roch das leise Milderwerden der Luft vor dem herannahenden Sturm. Das Licht versickerte, und keiner von beiden stand auf, um eine Lampe anzumachen. Thorn beugte sich vor und füllte ihr Glas und seins von neuem.

Als die ersten Böen des Sturms durch das Zimmer fuhren, stand Thorn auf und kam zu ihr rüber. Ihre Lippen öffneten sich leicht, und sie machte neben sich für ihn Platz. Er setzte sich. Sie senkte den Blick und lehnte den Kopf an seine Brust. Er legte den Arm um sie. Sie schmiegte sich an ihn, umfaßte ihn. Sein Atem in ihrem Haar, atmete er den Kräuterduft ihres Shampoos ein, ihren eigenen Geruch, etwas Volleres, Dunkleres, Schwereres. Er verweilte dort, küßte ihr Haar. Sie umklammerte seine Rippen.

Der Wind begann in den Keulenbäumen zu wehklagen. Der Geruch von Elektrizität, die Vorhänge bauschten sich nach innen. Thorn legte sein Kinn auf ihren Kopf und sah zu, wie die Blätter von Kates Akten vom Schreibtisch wirbelten. Sarah wühlte sich tiefer in ihre Umarmung.

Sie stand neben seinem Kinderbett, und Thorn knüpfte ihr die Bluse auf. Er zog sie ihr aus und ließ sie fallen und langte um sie herum, um ihr den BH zu öffnen. Draußen fiel jetzt der Regen. Der Wind zitterte an den Fenstern, und vermutlich rissen die Böen lose Blütenblätter ab und trugen sie davon in die Dunkelheit.

Er formte ihre Brüste nach, wölbte eine Hand um die eine, dann um die andere. Dann strich er mit den geöffneten Händen leicht darüber, die Brustwarzen kitzelten in seinen Handflächen, und er fuhr mit ihren gekrausten Rändern die Umrisse seiner gespreizten Finger entlang.

»Du traust mir nicht, stimmt's?« fragte Sarah, die Augen geschlossen.

Thorn fuhr mit den Fingerspitzen zu den oberen Rippen, über den Ansatz ihrer Brüste.

»Ich traue dir mehr«, sagte Thorn, »jetzt, wo ich deinen richtigen Namen weiß.«

Seine Hände glitten an ihren Rippen herab, seine Daumen wischten an den Seiten ihrer Brüste entlang, fuhren darunter, in die heiße Falte. Ihre sich verengende Taille herab, die Daumen an ihren Hüftknochen. Am Bund ihrer Shorts.

Sarah sagte, ein heiseres Flüstern: »Ich habe Angst vor dem, was geschehen könnte.«

Sie knöpften sich gegenseitig die Hosen auf. Und Thorn zog ihr Shorts und Slip zusammen über die Wölbung ihrer Hüften, ihren üppigen Haarbusch. Sarah öffnete seinen Reißverschluß.

»Du hast Angst, daß du mich töten wirst«, sagte Thorn.

Sarah trat zur Seite und schob mit dem Zeh ihre Shorts weg. Sie packte Thorns Cowboyhemd und riß mit einer einzigen plötzlichen Öffnung ihrer Arme die Perlmuttknöpfe auf. Sie zog ihm die Jeans runter, und Thorn trat mit einem Schritt aus ihnen heraus.

»Den Gedanken hatte ich«, sagte sie.

Sie hielt sein Hemd, streifte es ihm ab.

Thorn sagte mit einem plötzlichen Kloß im Hals: »Dazu kann ich nicht raten.«

»So lange schon«, sagte Sarah, »denk ich daran.«

Sie zog ihm auch den Slip aus, zwang dabei sein steifes Glied, sich nach unten zu biegen. Als es wieder vorschnellte, griff sie danach.

»In deiner Geschichte«, sagte sie, »war etwas nicht ganz richtig.« Ihre Hand fuhr langsam auf und ab, und sie sagte: »Es war immer mehr als eine Wahrheitsdroge.«

»Dafür danke ich Gott.« Thorn, der die Augen unwillkürlich schloß, kaum in der Lage zu sprechen, sagte: »Wenn du mich tötest, ist es vorbei mit alldem.«

Ihre Augen glänzten argwöhnisch, als sie sich vorneigte und ihn heftig küßte. Zähne klickten. Er saugte ihre Zunge tief in sich rein. Tat ihr weh mit dem Druck. Sie zog sie langsam zurück, und er fuhr mit den Schneidezähnen darüber weg.

Beide ließen zugleich los. Traten keuchend zur Seite. Beide glitschig von Schweiß. Thorn streckte die Hand aus und berührte mit der Fingerspitze ihre hart gewordene linke Brustwarze, umkreiste sie. Ließ seinen Fingernagel über die gerunzelte Haut kratzen.

»Wenn du mich nicht tötest«, sagte Thorn flüsternd, »dann vielleicht, weil du mich liebst?«

»Die offizielle Verjährungsfrist für dich ist abgelaufen, Thorn«, sagte sie. »Aber meine, die gilt noch.«

Sie lagen auf dem Bett. Thorn langte nach ihren Knien, streichelte sie, fuhr mit der Hand rauf zu ihrem Schenkel, strich mit einem Finger um den Rand ihrer Scheide, blieb in ihrem langen schwarzen Schamhaar hängen. Sie stellte ihr linkes Bein auf, um ihm Zugang zu gewähren, und Thorn setzte seine langsame Rundreise fort.

»Hast du meine Pistole gestohlen?«

Sie sagte ja.

»Das ist perfekt«, sagte er. »Perfekt.»

»Du hast mich gefragt«, sagte Sarah mit verträumtem Blick, »wo das Geld ist.«

»Das Geld?« Thorns Finger schlüpfte kurz in die dunkle Feuchtigkeit. »Ach, das Geld.«

Sarah tätschelte unter sich die Matratze und spreizte ihre Beine noch weiter.»Kate hat's da reingetan.«

»Wir lieben uns auf einer Million Dollar.«

»Neunhunderttausend.« Sarahs Stimme heiser, die Augen zusammengekniffen, und ihr Kopf sank zurück in das Kissen, als Thorns Finger einen sanften Druck fühlten. »Noch eine Tour.«

Thorn versuchte weiterzumachen, als der Orgasmus sie packte, langsam zuerst, dann durch sie hindurchpeitschte, ihr Stromschläge versetzte, während seine Finger sie hetzten.

Beobachtete ihr verzerrtes Gesicht. Als es vorüber war, blieb Sarah ein paar Minuten still liegen.

»Das ist die größte Summe, auf der ich je gelegen habe«, sagte Thorn.

»Du findest wohl langsam Gefallen daran«, sagte sie.

Sie lagen da und lauschten dem Regen, der auf das Blechdach prasselte, einem Fensterladen, der sein SOS gegen das Küchenfenster trommelte. Ihre Hand salbte und ölte seine Erektion mit Schweiß.

Sie rollte sich zusammen, schwang ein Bein über ihn und ließ sich langsam auf ihm nieder. Hob sich und senkte sich wieder, drängte ihre klebrige Haut gegen seine, ein kleiner Ruck, ein sanfter Stoß, dann ging sie wieder nach oben.

Er packte zwei Handvoll Laken und Matratzenbezug. War gekreuzigt. Ihre Brüste tanzten Shimmy, Schweißrinnsale flossen zwischen ihnen herab.

Er zog sie zu sich herunter, immer noch in ihr. Sie drehten sich auf die Seite, arbeiteten zusammen, fanden einen Rhythmus und blieben dabei, beschleunigten ihn nach und nach. Sie rollte sich wieder auf ihn, und eine zweite Drehung brachte ihn an ihre Stelle. Thorn konnte nicht sagen, wer hier der Bandleader war, wer oben, wer unten sein wollte.

Sie unterbrach die Verbindung, rollte sich auf den Bauch und reckte den Hintern zu ihm hoch. Auf den Knien vorwärtskriechend drang er in sie ein und hielt sich an ihren Hüften fest, während sie sich wand und keuchte und ihn schüttelte. Er beugte sich über ihren Rücken, fand wieder ihre Brüste. Sie langte nach hinten, griff nach ihm und zog ihn dichter an sich heran.

Und während er das Brennen in sich steigen fühlte, klemmte sie ihre Scheide fest zusammen, eine Faust, die ihn einschloß. Thorn schüttelte den Kopf, und ein heftiges Stöhnen brach aus seiner Kehle hervor, dann ein Heulen. Sie packte fester zu, schüttelte wieder den Kopf, die letzten Reste ihres Nackenknotens lösten sich.

»Laß los!«

»Ja, ja, ja.«

Thorn schrie sie jetzt an, quetschte sie mit den Händen schmerzhaft an der Taille. »Laß los, verdammtnochmal!«

»Ja!«

Sie zitterte, schüttelte sich und fiel flach auf ihren Bauch, womit sie ihn hart auf ihrem Rücken landen ließ. Thorn befreite sich. Und ein stechender Schmerz durchfuhr ihn.

Sie wurden mehrmals wach. Der Regen hörte nicht auf. Einmal war Thorn oben, dann wieder Sarah. Oben, unten, seitlich, auf dem

Fußboden, über sein Pult gebeugt, an dem er Geometrieaufgaben gelöst hatte, aber nicht solche Sachen. Regen, Regen, Regen. Zwischendurch lagen sie aneinandergeklammert da, empfanden fatale Geborgenheit.

Keine Unterhaltung mehr. Nur verlangendes Knurren. Als die Dunkelheit schwand und Thorn zerschlagen in die nieselige Morgendämmerung blickte, wußte er, daß er etwas besiegt hatte. Er fühlte eine Leichtigkeit in der Brust. Wo vorher Dumpfheit und Schwere geherrscht hatten, fühlte er eine Höhlung. Eine Lichtung, einen Rückgang an Schwellung.

Sarah lag wach neben ihm.

»Es regnet immer noch.«

»Ich sehe es«, sagte sie, setzte sich gerade und schüttelte das Kissen in ihrem Rücken auf.

Er kämpfte einen Moment lang damit, dann sagte er: »Wer war der Mann neulich abend?«

»Wer sind sie alle?«

Er rollte sich auf den Ellbogen, um sie anzusehen.

»Ich auch?« fragte er. »Bin auch ich dein Daddy?«

Sie blickte einen Moment lang in den Regen, der über das Fenster schmierte, dann wandte sie sich zu ihm.

»Du mehr als jeder.«

Er nickte, wartete einen Moment und fragte ruhig: »Wer war er?«

»Niemand besonderes.«

»Weiß er das?«

»Ja.«

»Nur eine Schlaftablette?«

»Das sind wir doch alle.«

»Du hast aber nicht geschlafen, als ich vorbeikam«, sagte Thorn.

»Es funktioniert nicht mehr«, sagte sie.

Als Thorn wieder schlief, sein Atem tief und rauh, schob sich Sarah langsam an den Rand des Bettes. Stellte ihre Füße auf den Holzfußboden und stand auf. Auf dem Weg durchs Zimmer blickte sie zurück auf den reglos schlafenden Thorn.

Sie hatte den Colt in ihrer Strohtasche neben der Couch im Wohnzimmer gelassen. Sie tapste hinaus, und das laute Rauschen des Regens überdeckte das Knarren des Holzfußbodens. Der Revolver war in ein schwarzes Tuch gewickelt. Sarah holte ihn hervor und klappte leise die Trommel heraus um sicherzugehen, daß sie geladen war. Vorsichtig ließ sie sie wieder einrasten.

Thorn lag auf dem Bauch, sein Gesicht ins Kissen gewühlt. Sarah kam zurück ins Schlafzimmer, ging hinüber zum Bett und blieb neben ihm stehen. Sein linker Arm hing über den Rand des Bettes, seine Fingerspitzen berührten den Boden.

Sie stand neben ihm und schaute schweigend auf ihn hinunter. Hatte den Revolver locker gegen ihre Brust gelegt. Ihr Gesicht war schlaff, ihr Atem ging langsam.

»Wer rettet die Waldratten«, sagte Thorn, die Stimme vom Kissen gedämpft, »wenn ich tot bin und du im Gefängnis?« Er hatte ein Auge leicht geöffnet, als er den Kopf herumdrehte, um sich zu ihr umzusehen. »Sowieso ist es nicht deine Art, Leute in den Rükken zu schießen.«

»Ich kann warten, bis du dich umdrehst«, sagte Sarah.

Thorn dachte daran, eine Rolle nach links zu machen, ihr einen Schlag in die Knie zu versetzen und ihr Handgelenk zu packen, so wie man eine Klapperschlange hinter dem Kopf packt.

»War ich so schlecht?« fragte Thorn und hob den Kopf, um sie besser sehen zu können. Bereit, sie zu packen.

»Du willst doch nicht etwa versuchen, mich aufzuhalten, oder? Das hier nicht ernst zu nehmen?«

»Ich habe letzte Nacht alles versucht. Was ich konnte. Wenn es nicht funktioniert hat, was kann ich tun?«

»Du könntest mich töten, ehe ich dich töte.«

»Nein«, sagte Thorn. »Ich hab' was dagegen, Leute zu töten, die ich liebe.«

Sarahs Augen verschwammen, ihre Stirn zog sich in Falten. »Du liebst mich nicht«, sagte sie. »Du liebst jemanden, den wir uns ausgedacht haben.«

»Ähnlich genug«, sagte Thorn.

Sarah sagte: »Nein. Du hast recht.« Sie setzte sich neben ihn auf die Bettkante. Thorn fühlte, wie sich seine Muskeln entspannen. »Die Waldratten kommen zuerst. Unsere Pflicht gegenüber Kate.«

Thorn drehte sich auf den Rücken und atmete tief aus. Sarah wischte ihm mit ihrer freien Hand eine Strähne seiner blonden

Haare aus der Stirn. Den Blick in die Ferne gerichtet, starrte sie aus dem Schlafzimmerfenster, und ihre Hand kämmte ihm mechanisch durchs Haar.

25

Sarah lag ausgestreckt auf einem Handtuch auf dem Vorderdeck von Thorns Motorboot, hinter den Behältern für die lebenden Köder und der Eisbox. Sie hatte sich gegen die Sonne mit einem von seinen langärmeligen Arbeitshemden geschützt, mit Kates Angelmütze, weißen Jeans und Tennisschuhen. Thorn blickte immer wieder zu ihr hin, fragte sich, was es bedeutete, daß sie sich derart vor der Sonne verstecken mußte.

Sie hatte am Morgen bei sich im Büro angerufen, hatte jemandem erzählt, sie nehme wegen unvorhergesehener Ereignisse einen Teil ihres Jahresurlaubs. Sei in zwei Wochen zurück. Stanley solle ihre Fälle übernehmen. Mußte sich einiges anhören, gab einiges zurück und legte auf.

Thorn warf eine beschwerte Fliege zum Tafelriff aus, wobei er eine seiner ultraleichten Spinnangeln benutzte, deren Rolle nicht größer als eine Babyfaust war. Die Fliege wog gerade so viel, um zwanzig mit Rückenwind vielleicht fünfundzwanzig Fuß weit zu tragen. Anderthalb Meter Wasser, eine Meile von Kates Haus entfernt. Sonntag morgen, und die Sonne schob sich gerade aus dem Atlantik herauf.

»Wie hast du es rausgekriegt?«, fragte sie.

»Ich verfüge über magische Kräfte«, sagte er. »Ich kann hören, was in dir vorgeht.«

»Hörst du das hier?« Sie sah ihn an.

»So einfach ist das nicht. Ich muß mit der fraglichen Person intim verbunden sein, damit's funktioniert.«

»Wenn wir das sind, habe ich gar keine Gedanken.«

Er erzählte ihr, wie er das Foto in der Zeitung gefunden hatte.

Als er fertig war, schwieg sie und sah zu, wie Thorn auf den Beobachtungsstand kletterte, der über seinen Außenborder montiert war. Er warf auch an Backbord eine Angel aus und sah zu ihr zurück.

»Du meinst, Kate wußte, wer ich bin?«

»Möglich«, sagte er. »Aber ich bezweifle es.« Er blinzelte rüber zu den Schatten ein paar Yards diesseits seines Köders, vielleicht Dornhaie, vielleicht Grashechte, vielleicht bloß ein Schwarm Meeräschen. »Wenn sie einen Verdacht gehabt hätte, würde sie es mir gegenüber sicher erwähnt haben.«

»Es sei denn, sie ahnte, was du getan hast«, sagte Sarah.

»Vielleicht wußte sie alles«, sagte Thorn, »sagte aber niemandem was, weil sie sah, wie du über mich denkst, weil sie wußte, du und ich würden damit fertig werden.«

»Wenn sie wußte, wie ich von dir denke, war sie mehr als eine Hellseherin. Ich weiß es ja selbst nicht mal.«

Er holte den Köder etwas ein, zog ihn vor diese Schatten und sagte: »Wenn sie einen Verdacht gehabt hätte, hätte sie dich offen danach gefragt. Sie mochte keine Lügner.«

»Ich habe sie nie belogen. Oder dich.«

»Besteht ein verdammter Unterschied zwischen ›nichts als die Wahrheit‹ und ›die ganze Wahrheit‹.«

Der führende Schatten drängte vorwärts und nahm seinen Köder an. Die Rolle sirrte. Pfeifend hielt Thorn die Angelspitze in die Richtung gesenkt, in die der Hecht schwamm, raus ins offene Meer, ins dunklere Wasser.

»Was ist es?«

»Nur ein Hecht«, sagte Thorn, während er etwas Leine aufspulte. Er brauchte knapp fünf Minuten, aber er holte den Fisch nahe ans Boot. Ein Makrelenhecht von ungefähr dreieinhalb Pfund.

»Du läßt ihn einfach wieder frei?« Sarah war aufgestanden und sah den vom Haken gelösten Fisch halb betäubt neben dem Boot treiben. Die Benommenheit verging und er schnellte weg, entschwand den Blicken.

»Ja, Qual und Erlösung.«

»Edler Sport«, sagte sie. »Ich verstehe, warum du ihn aufgegeben hast.«

»Ich feure gerade meine Begeisterung wieder an. Es bringt sicherlich die Reflexe in Schwung.«

»Fische zu angeln bringt deine Reflexe in Schwung? Davon sehe ich nichts. Vielleicht solltest du sie essen.«

»Warum versuchst du's nicht mit einem Nickerchen und befreist deinen Puritanismus?« fragte Thorn.

Er warf die Angel so weit aus, wie er konnte, kein Schatten in Sicht, und begann die Leine langsam aufzuspulen, wobei er ab und zu daran ruckte. Er sagte: »Ich glaube, um unsere Beziehung ist es besser bestellt, wenn unsere Füße in der Luft rumzappeln. Wir kriegen Schwierigkeiten, wenn wir versuchen, deine und meine Moral zu vergleichen.«

Sarah stand auf und kam zum Drehstuhl herüber. Sie setzte sich und drehte ihn so, daß sie Thorn ansah.

»Fühlst du keine Reue, Thorn? Irgendwelche Reue?«

Er blickte zu ihr hinüber, dann wieder hinaus aufs Wasser.

»Ja«, sagte er, »und auch wieder nicht.«

»Das geht nicht zusammen.«

»Verstehst du, ich habe an der hier eine Zwei-Pfund-Testleine. Ich muß das Zeug extra bestellen. So einen Faden benutzt man, um Knöpfe an Hemden zu nähen. Er reißt, wenn man zu heftig drüber nachdenkt. Das ist der Punkt, wo der Sport beginnt.«

Sarah sagte: »Wenn man ihnen eine Chance gibt. Wenn du es dir schwer machst.«

»Du kriegst mit dieser Leine kein durchweichtes Stück Brot aus dem Wasser. Ich würde sagen, sie gibt ihnen eine verdammt gute Chance.«

»Du gäbst ihnen eine viel größere Chance, wenn du gar nichts machtest, bloß hier draußen darauf wartetest und gucktest, ob sie ins Boot springen.«

»Sie geben mir was, und ich gebe ihnen was zurück.« Er spulte die Schnur zu Ende auf und warf sie sofort wieder aus. Er hatte etwas erspäht. Einen Geist, reglos, weiterziehend, wieder reglos. Er zupfte an der Leine.

»Was könntest du ihnen denn geben?«

»Wissen«, sagte Thorn. »Ich verbessere ihre Erbmasse, mache sie vorsichtiger.«

Der Dornhai schluckte den Köder. Thorn taumelte, fing sich, sah zu, wie die Schnur von der Rolle zischte. Er hatte vierhundert Yards Monofilament, die durchs Salzwasser gezogen wurden, dem mächtigen Fisch widerstanden. Aber das war auch schon alles, was ihn müde machen würde, denn Thorn hatte die Spulenbremse abgenommen. Wenn die Leine ihn nicht bremste, würde er nach ein paar weiteren Yards frei sein, würde ein, zwei Wochen lang mit einem rostenden Haken im Maul herumwandern.

Es waren nur noch eine oder zwei Windungen Leine auf der Spule, als sie aufhörte, sich zu drehen. Thorn holte sich vorsichtig kurbelnd ein paar Yards zurück. Wachsam. Hielt den Atem an, die dünne Leine straff. Der erste wirkliche Ruck des Fisches, während er die Leine aufspulte, würde sie zerreißen. Thorn versuchte, seine Gedanken zu dem Geschöpf auszusenden, um dessen wiederauflebende Energie, den nächsten Spurt vorauszuahnen.

Er kurbelte, hielt inne. Spulte noch ein paar Windungen auf, hielt länger inne. Nur ein leichter Windstoß, der das Boot gegen die Spannung der Leine ins Schwanken brächte, könnte die Verbindung unterbrechen.

Sarah sagte: »Ich würde gerne wissen, ob er weiß, was passiert, daß er für ein höheres Wohl geopfert wird. Daß er die geistigen Bedürfnisse der herrschenden Spezies befriedigt, all das.«

»Das weiß er.« Er schlang noch ein paar Yards rein, seine Spule jetzt ein Viertel voll. Die wacheste, reinste Geistesgegenwart. Einen Faden durch eine winzigkleine Nadel ziehen, einen Kolibri durch ein Fernrohr anvisieren, das schwächste Kurzwellensignal anpeilen. Jeder Atemzug strapazierte die Dehnfähigkeit seiner Leine.

»Wenn ich eine Schere hätte«, sagte Sarah. »Wenn ich ein Rasiermesser hätte.«

Die nächste Flucht begann, als die Spule halb voll war. Aber selbst wenn Thorn tausend Yards Leine gehabt hätte, dieser Fisch hätte sie abgespult. Die Rolle sang, Thorn lächelte innerlich.

»Gut für ihn«, sagte Sarah.

»Gut für uns alle«, sagte Thorn.

Thorn fischte bis Mittag, zielte auf Schatten. Ankerte an verschiedenen Punkten rund um die weit verstreuten Tafelriffe. Seine Wurfgewandtheit kehrte zurück. Mit Kate hatte er in den letzten paar Jahren nur fürs Essen gefischt, sie hatten neben dem Boot eine Leine dreißig Meter tief ins Wasser runtergelassen und einen Hammelfisch rausgezogen. Die sichere Hand, der sorgfältig austarierte Wurf hatten ihn im Stich gelassen, aber jetzt, nach vier Stunden Übung erinnerten sich die Muskeln langsam wieder daran.

Mittags aßen sie das kalte Huhn, die Pickles und den Kartoffelsalat, die Sarah beim Largo Shopper erstanden hatte.

Thorn warf seine leere Bierdose in die Köderbox. Er sagte: »Könnte man das nicht ändern, könnten wir uns nicht mit Amos in irgendeiner Anwaltskanzlei treffen?«

»Soll das ein Witz sein? Amos in einer Kanzlei?«

»Yeah«, sagte Thorn. »Du hast wahrscheinlich recht. Naja, wie dem auch sei. Du bringst am besten den Colt mit.«

»Das hatte ich auch vor«, sagte sie.

Thorn warf seine Fliege nach einem Glitzern, zwanzig Yards entfernt. Traf es. Holte ein. Zielte auf einen vorbeischwimmenden Seegrashalm. Volltreffer. Ein paar Tage mehr, und er wäre imstande, einem mit dreißig Meilen vorbeirauschenden Barrakuda einen Zweierhaken ins Fell zu setzen.

Sugarman saß nun schon drei Tage in dem Pro Shop hinter einem Stapel Golfhosen und starrte auf die Reihe der Stadthäuser auf der anderen Straßenseite. Er war sehr höflich, rückte beiseite, wenn einer der reichen, alten Käuze den Gang runterkam und nach einem neuen karierten Sansabelt Ausschau hielt. Aber er wußte, er ging dem Pro so langsam auf die Nerven.

Sugarman mochte das natürlich genausowenig wie der Pro. Aber so würde er die Sache knacken. Die Adresse von einem Typen, der ein Freund von einem Mann war, dessen Zähne angeschwemmt worden waren. Der Augenklappentyp, der mit der Flut ans Ufer gekommen war, hatte mal an einem hinteren Backenzahn eine Wurzelkanalbehandlung gehabt. Drei weitere Zähne waren ihm weggefault, und so hatte er die Brooklyn Bridge nötig gehabt, um die Dinge da drin zusammenzuhalten.

Sugarman war mit den Röntgenfotos zu jedem Zahnarzt zwischen Key West und Key Largo getrottet. Er hatte in so vielen Wartezimmern gesessen, daß er mittlerweile die Julinummer von *Reader's Digest* auswendig konnte. Schließlich hatte ihm ein Zahnarzt in Islamorada gesagt, es sehe so aus, als habe der Kerl an innerer Resorption gelitten. Zähne faulten ohne ersichtlichen Grund von innen weg. Sugarman hätte dem Mann fast erzählt, oh, doch, es gibt einen Grund. Der Kerl war ein verdammter Killer.

Jedenfalls empfiehlt dieser Zahnarzt einen Kollegen in Fort Lauderdale, der auf innere Resorption spezialisiert ist. Sugarman ruft an, der Kerl ist auf Urlaub, er spürt ihn per Ferngespräch in North Carolina auf bekommt den Namen eines anderen Zahnarztes, der ebenfalls Fachmann auf diesem Gebiet ist, eine Praxis in Boca Raton. Und Sugarman nimmt sich einen Tag frei und fährt rauf nach Boca, und dieser Typ da wirft einen Blick auf die Röntgenfotos und sagt: »Stillman. Dr. Roger Stillman in Palm Beach.« Und so heißt es zurück in den Kombi, und das geht alles auf seine Zeit, zurück in den Kombi, rauf zu diesem berühmten Zahnarzt in Palm Beach, und dort sitzt Sugarman im Wartezimmer zusammen mit Chauffeuren, die Pudel an der Leine halten, und reichen, alten Knackern in weißen Anzügen mit Fliege.

Schließlich wirft Stillmans Sprechstundenhilfe einen flüchtigen Blick auf das Röntgenfoto und sagt: »Ja, wir kennen diesen Herrn. Verbringt viel Zeit bei uns.« Sugarmans Gesicht erhellt sich, er ist nicht mehr müde, gurkt mit einer Fotokopie der Akte dieses Burschen zurück auf die Keys.

Lesley Allen Milburn, wohnhaft im Coral Reef Club. Eben der typisch amerikanische Killer von nebenan. Vergiß es, dir jemanden aus Chicago herzuholen. Auf die Weise brauchst du noch nicht mal die Reise zu bezahlen.

In Key Largo brauchte er nicht lange im Coral-Reef-Pro-Shop, in der Tankstelle und den Restaurants herumzufragen, um rauszukriegen, daß Milburns Kumpel ein Mensch namens Irving David McMann war. Paßte prima auf die Beschreibung, die der Augenarzt gegeben hatte, und das war's. Beide lebten sie von der Kohle ihrer Daddys.

Sugarman hatte sich um einen Haftbefehl bemüht. Begeben Sie sich einfach in das Stadthaus dieses Burschen, lassen Sie Sugarman zehn Minuten Zeit, und er wird was finden das Milburn und McMann mit Kates letzter Angeltour in Verbindung bringt. Aber der Richter hatte einen Blick auf die einflußreiche Adresse geworfen und zu Sugarman gesagt, er solle sich irgendeinen anderen Weg ausdenken, um an seine Information zu kommen.

Sugarman bat, gab dem Richter sogar eine kurze Lebensbeschreibung von Dr. Bill und Captain Kate. Aber das besiegelte es nur. Der Richter war Landbesitzer, ein ziemlich bedeutender, und

Kate Trumans Name ließ diesen weißhaarigen Gesetzeshüter rot anlaufen.

Und so ruckelten die Räder der Gerechtigkeit weiter. Sugarman saß auf einem Segeltuchklappstuhl und hielt die Tür dieses Viertelmillion-Dollar-Einzimmerapartments im Auge. Eine Bibel im Schoß. Er wurde so langsam ein verdammter Schriftgelehrter, damit er auf Jeannies hundert Zitate antworten konnte. Er wußte, sein eigener Standpunkt befand sich irgendwo da drin. Sachen über das Ehren eines Gatten, vor ihm keinen anderen begehren, nicht mal den gottverdammten Pfarrer, nicht mal, wenn er wie Robert Redford aussah.

Irv McMann malte sich noch ein grünes S auf die Wange. Es verschränkte sich mit einem anderen S und einem C. Er überprüfte sein Gesicht in dem kleinen Campingspiegel. Nein, das war es noch nicht. Er bemühte sich um einen Tarneffekt. Gelbs, Grüns, seine Sonnenbräune würde sich mit dem braunen Hintergrund verbinden. Aber bei Irv kam was anderes raus, was Dämliches. Er war froh, daß Milburn nicht da war, um sich über ihn lustig zu machen.

Er hatte es im Ohr. »Du siehst aus, als hättest du nach Scheiße getaucht.«

Irv war jetzt endgültig hier draußen. Er hatte sein kleines Überraschungspäckchen für Thorn deponiert. Sich um all das gekümmert. Und nun hatte er hier seinen Wasservorrat, etwas getrocknetes Rindfleisch, Nüsse, ein paar Rettiche, um sich in Fahrt zu bringen. Er hatte seinen Schlafsack da, seine Waffen, sein Fernglas und sein Taschenbuch. ›Die Geschichte der O.‹, damit sein Schwanz steif blieb. Er hatte irgendwo über einen Eingeborenenstamm, Zulus oder irgend so einen Scheiß, gelesen, die mit steifen Schwänzen in die Schlacht rannten. Ihm gefiel das mächtig. Seine Feinde zu Tode erschrecken. Sie kriechen völlig zusammengeschrumpelt herum, und du kommst aus dem Wald gerast, einen Speer in der Hand und einen zwischen den Beinen.

Irv liebte es, da draußen zu sein, zusammen mit den Moskitos und Opossums und den glitschigen Insekten, die um seine Vorräte herumkrochen. Er spürte, wie er ein, zwei Stufen auf der Entwicklungsleiter nach unten stieg, tatsächlich begann, den Gestank zu mögen, der sich in seinen Achselhöhlen entwickelte. Er lehnte sich zurück an einen Banyanbaum, dessen Wurzeln um ihn herabhingen und seine kleine Höhle verdeckten.

Irv legte den Spiegel weg. Die Tarnung war gut genug. Er griff wieder zu dem Roman und las ein Stückchen weiter über die O. und wie gern sie es allmählich hatte, daß alle diese Männer es ihr reinsteckten. Bestätigte, was Irv schon immer über Frauen gedacht hatte. Er betastete sich durch die schwarze Pyjamahose, hielt seine Erektion am Leben. Es war, als unterhalte man die Nacht über ein Feuer, um die Bären abzuschrecken.

26

Am Freitagmorgen fuhr Thorn wieder rüber zu Dr. Bills Haus, um sich mit Jerome zu treffen. Er war die ganze Woche nicht dort gewesen und dachte, er hätte vielleicht Lust, das Haus aufzuräumen.

Jerome wartete bereits im Bashmobil auf ihn, als Thorn in Kates VW mit runtergeklapptem Verdeck vorfuhr. Jerome ließ zur Begrüßung mal kurz die Mäuseohren wackeln und stieg aus.

»Ich hab' davon gehört«, sagte Jerome und fuchtelte zum Haus hoch. Ein Specht kam aus dem zerbrochenen Badezimmerfenster geflattert. »Du hast dich mit den verkehrten Typen abgegeben.«

»Die Innenarchitekten liefen Amok«, sagte er. »Mußte sie feuern.«

»Hab' ich gehört.« Jerome bohrte den Zeh in das dichte Gras. »Hör zu, Mann. Es war respektlos von mir, was ich über Captain Kate gesagt habe. Es ging mich verdammtnochmal nichts an.«

Thorn versetzte ihm einen Klaps auf den Rücken und gab ihm Dr. Bills Schlüssel.

»Jerome, willst du mit dieser gottverdammten Matte auf dem Hinterkopf bis rauf nach Miami fahren?«

»Das is nich das Problem«, sagte Jerome. »Mein Kopf is einfach nicht in Ordnung.«

Thorn führte ihn dorthin zum Cadillac, der unter dem Pfahlhaus geparkt war. Jerome setzte sich hinter das Steuer und fragte, ob er irgendwas Besonderes beachten müsse, wenn er mit dem Ding führe.

»Nein«, sagte Thorn. »Ich hab' ihn in letzter Zeit nicht gebraucht. Aber erst letzten Monat habe ich die Ohren startklar gemacht, und die Schnurrhaare haben sich gedreht.«

Jerome sagte, er habe das Magazin vergessen, das er sich mitgebracht habe, um im Stau was zu lesen zu haben. Er stieg aus.

»Aber sei vorsichtig Jerome«, sagte Thorn und ging auf die Treppe zu. »Du kannst mit diesem Kahn ein normales Auto breitquetschen und merkst es nicht mal.«

»Und ob«, sagte Jerome. »Laß mich nur auf sie los.« Jerome lief wegen seines Magazins zurück zum Bashmobil, während Thorn auf die Treppe zusteuerte.

Er war schon fast oben auf der Veranda angelangt, als Jerome den Cadillac anließ. Ein Schwall glühendheißer Luft fegte Thorn zehn Meter rückwärts in irgendwelche Hibiskussträucher. Die Erschütterung der Detonation versetzte ihn in einen tiefen Schlaf.

Als er erwachte, blinkte die Freiwillige Ambulanz vor ihm, und Sugarman beugte sich zu ihm runter. Thorn drehte den Kopf und sah den Frigidaire ein paar Fuß entfernt daliegen. Er tuckerte nicht mehr.

»Mit dir ist alles in Ordnung, Mann«, sagte Sugarman. »Diesmal war's 'ne Autobombe.«

Thorn hörte sich sagen: »Jerome?«

Am Ende einer langen, dünnen Röhre schüttelte Sugarman den Kopf.

Thorn wurde über den huckeligen Boden gerollt und hinten in den Krankenwagen geschoben. Er konnte einen raschen Blick auf Dr. Bills Haus werfen, ehe sie die Türen zumachten. Nur zwei von den Pfählen waren noch da. Er konnte sich erinnern, daß das Haus in Unordnung gewesen war, aber so schlimm hatte er es nicht in Erinnerung. Es machte ihn müde, darüber nachzudenken. Ein Schläfchen war wahrscheinlich genau das Richtige.

Sarah hielt ihm die Hand. Sugarman saß stundenlang auf der anderen Seite seines Bettes. Thorn lag da, im Mariner's Hospital, und schwebte außerhalb seines Körpers. Er wußte, er war okay. Die junge schwarze Krankenschwester hatte ihm gesagt, es sei nichts gebrochen, seine Lähmung sei wahrscheinlich bloß eine Art Schock. Irgendeine tiefsitzende Prellung in seinem Bewegungssystem.

Aber Thorn wußte, warum er sich nicht bewegen konnte. Er fürchtete, wenn er aufstünde und herumliefe, würde noch jemand sterben.

Er hatte eine Reihe Besucher, Janice Deels, die die ganze Zeit heulte und Blicke zu Sarah hinüberwarf. Und Jerome senior kam und erzählte Thorn, ihm erscheine es als das Beste, daß Jerome junior so schnell dahingegangen sei. Sammy aus dem Schnapsladen berichtete Thorn, all die Burschen ließen ihn hochleben. Sugarman blieb die ganze Zeit neben Sammy stehen, als sei er bereit, ihn wegzuzerren, wenn er irgendwelche falschen Touren machte. Ein paar von Thorns Fischerfreunden stolperten ins Zimmer, standen da und lächelten ihn an, sonnenverbrannt und vierschrötig.

Montag spät nachts, als Sarah im Sessel neben dem Bett schlief, richtete Thorn sich auf. Es war schlimmer, hier zu liegen, während der Strom der Freunde am Fußende seines Bettes stand und versuchte, ihn zum Lachen zu bringen, als aufzustehen und wieder seinen Mann zu stehen.

Er zog ein Bein unter dem Bettuch hervor, dann das andere, drehte sich herum und stellte die Füße auf das kalte Linoleum. Er stand.

»Tiefenrausch?« fragte Sarah, streckte sich und rieb sich den Schlaf aus dem Gesicht.

»Welchen Monat haben wir?«

»Immer noch Moskitosaison«, erwiderte Sarah. »Noch ein paar Einkaufstage.«

Ihm war weich auf den Beinen, und sein Kreuz, die Schultern, der Nacken und Hintern taten ihm weh. Aber er konnte sich bewegen. Er holte tief Luft und humpelte über den kalten, harten Boden dorthin, wo Sarah stand und auf ihn wartete.

Am Mittwoch konnte er sich vorbeugen und seine Knie berühren. Er konnte den Kopf um ein paar Grade drehen, die Arme über den Kopf heben. Alle notwendigen Fähigkeiten.

Am Mittwoch morgen, dem dreißigsten, begann Thorn um neun in der Gegend rumzutelefonieren, in Graysons Büro ging aber niemand ran. Sein Privatanschluß stand nicht im Telefonbuch, und so wählte Thorn den ganzen Morgen immer wieder die Nummer des

Büros, bis endlich um halb zwölf Grayson persönlich den Hörer abnahm.

»Hier ist der Wanzenvertilger«, sagte Thorn. »Erinnern Sie sich an mich?«

Grayson schwieg. Thorn lauschte dem Echo der hundert Meilen leerer Leitung zwischen ihnen.

Thorn sagte: »Ich habe was gehört. Ein Typ hat mit mir gesprochen, und ich dachte, Sie sollten das wissen.«

»Ein Typ hat mit Ihnen gesprochen«, sagte Grayson.

»Ich habe in 'ner Bar mit 'n paar Leuten geredet, die ich kenne, redeten über Allamanda, stritten uns, verstehen Sie, über Waldratten, das Land retten, diesen ganzen Quatsch. Die Unterhaltung wurde 'n bißchen hitzig und ich habe vielleicht Ihren Namen genannt.«

»Sie haben meinen Namen genannt.«

»Verstehen Sie, beim Reden über Allamanda. Ich hab' vielleicht über sie gelästert. Nicht um Sie schlechtzumachen, aber ich hab' ungefähr gesagt, Sie wären 'n verdammt taffes Arschloch. Ich meinte es respektvoll, mit Bewunderung, aber gleich danach kommt dieser Typ zu mir rüber, tippt mir auf die Schulter. Will mir 'n Drink in 'ner Nische spendieren. Er meint, wir haben einen gemeinsamen Feind. Und zwar Sie.«

»Können wir diesen Teil hinter uns bringen und zur Hauptsache kommen?«

Thorn genoß es. Im Krankenhaus hatte er diese Unterhaltung im Kopf gehabt, setzte jetzt das einzige im Plan noch fehlende Stück ein, nämlich wie er Grayson aus seinem Penthouse kriegte. Aber all die Male, die er's durchgegangen war, hatte es nie so gut geklappt.

»Dieser dunkelhaarige Bursche, er benimmt sich, als kennt er Sie, sagt, er hilft Ihnen bei einem kleinen Problem mit irgendeinem Grundstücksgeschäft. Und ich werde hellwach.«

»Ich glaube das nicht«, sagte Grayson. »Ich glaube nicht, daß ich diese Art Unterhaltung führen will.«

Thorn sagte: »Der Typ ist sehr gesprächig. Es ist sehr spät in der Nacht. Der Typ steht offenbar unter dem Einfluß irgendwelcher bewußtseinsverändernder Drogen.«

»Ohne die Details«, sagte Grayson. »Einfach erzählen.«

»Also, dieser Typ hat vor, seinem Boß in den Rücken zu fallen. Wenn er erst mal mit einem bestimmten Sack Geld zu Hause ist, will er seinen Boß anrufen und ihm sagen, er will das Doppelte von dem, was in dem Sack ist, wenn er ihn von ein paar Telefonanrufen abbringen möchte. Ist das 'ne alte Kamelle oder was?«

»Ich glaube das verfluchtnochmal nicht«, sagte Grayson. »Was ist denn das für ein mieser Trick?«

Thorn ließ Grayson ein paar Sekunden schmoren. Lehnte sich gegen die Küchenwand, blickte hinaus zu Sarah auf der Veranda. Hände im Schoß, als breche sie Bohnen. Er konnte sehen, was sie machte, sie reinigte diesen verdammten Colt. Reinigte ihn da draußen auf der Veranda.

Thorn sagte, indem er seiner Stimme einen vorwurfsvollen Ton zu geben versuchte: »Hören Sie, der einzige Grund, warum ich diesem Typen nicht gesagt habe, er soll sich verpissen, war, daß ich dachte, das könnte Ihnen vielleicht irgendwie helfen.«

»Ich höre ja zu. Habe ich aufgelegt? Auch wenn ich kein einziges Wort davon glaube.«

»Naja, Tatsache ist, ich lache diesen Typ aus. Ich sage ›Du? Ein Trottel wie du will einen Typen wie den erpressen? Na, komm.‹

Und er wirft mir so einen Blick zu. So, als wüßte er irgendwas Aufregendes, ein Anruf bei der Zeitung, ein zweiter Anruf irgendwoanders, und der Scheißkerl grinst mich die ganze Zeit an, als wäre er dran gewöhnt, unterschätzt zu werden, wie 'ne Katze mit 'm Vogel im Maul.

Okay, ich sitz da also, denke drüber nach, und nun fällt der Typ urplötzlich über mich her und sagt, naja, der Grund, warum er soviel Zeit drauf verwandt hat, mit mir zu reden, ist, daß er ein bißchen Hilfe dabei brauchen kann. Er hört, was ich über diesen Grayson denke, ihn in der Öffentlichkeit schlechtmache, und da bietet er mir mit 'm Mal einen Job an, sagt, er ist gewohnt, mit 'nem Partner zu arbeiten. Und sein gewohnter Partner ist krank. Der Kerl bot mir zehntausend Dollar, um für ihn als Fahrer zu arbeiten, seinen Wagen am Laufen zu halten und ihn nach Hause zu fahren. Vielleicht noch ein, zwei Sachen, die er nicht näher genannt hat.« Thorn machte eine Pause, ein bißchen schwindlig darüber, mit welcher Leichtigkeit er in dieses Spiel eingestiegen war. »Zerstört wohl irgendwie Ihren Glauben an die Arbeiterklasse, habe ich recht?«

Grayson antwortete ein paar Augenblicke nicht. Als er wieder sprach, war seine Stimme heiser, voller Galle.

»Und was wollen *Sie* von mir?«

»Gar nichts«, sagte Thorn. »Ich bin zufrieden, wenn ich Ihr Fühler bin. 'n bißchen rumwackeln, sehen, was ich für Sie aufschnappen kann. Aber ich denke irgendwie, wenn Port Allamanda gebaut wird, werden Sie wahrscheinlich ganztags einen Wanzenvertilger nötig haben. Meinen Sie nicht?«

»Yeah, das werde ich sicher«, sagte Grayson. Er zögerte. »Sie wären davor wohl nicht an einer anderen Arbeit interessiert, oder? Eine andere Pest vertilgen?«

»Oh, nein, nein, Mann«, sagte Thorn. »Sie muß mindestens vier Beine haben.«

»Auch nicht für eine Million Dollar?«

Thorn sagte nein. Schluckte dann heftig.

»Yeah, also, okay«, sagte Grayson. »Ich danke für den Anruf, Mr. Wanzenvertilger.« Thorn hörte undeutlich irgendeine andere Unterhaltung, die leise Stimme einer Frau, die ein geschäftliches Gespräch führte. Redete über Krankenversicherungsprämien.

»He«, sagte Grayson. »Sie haben nicht zufällig die Adresse von dem Typen, oder?«

»Ein Mann, der für Sie arbeitet, und Sie wissen nicht, wo er wohnt?«

»Normalerweise lege ich sogar Wert darauf, es nicht zu wissen«, sagte Grayson.

»Zufällig weiß ich sie, yeah«, sagte Thorn. »Ich spendierte unserem Freund ein paar Drinkies, und wir sind dann in seine Wohnung und deshalb weiß ich halt, wo das ist, yeah.« Thorn dachte: *Drinkies?* Wo zum Teufel kam das bloß her?

»Also?«

Thorn nannte ihm die Adresse vom Coral Reef Club.

»Herr, du meine Güte, da?«

»Die Typen, mit denen Sie verkehren, sind echt Spitze. Hat 'n Saudi als Nachbarn.«

»Ich bin Ihnen wohl was schuldig, Mr. Wanzenvertilger«, sagte Grayson.

»Seien Sie vorsichtig«, sagte Thorn. »'ne Menge Finsterlinge da draußen. 'ne Menge rumquasselnder Leute unter dem Einfluß dieser oder jener Droge.«

»Genau. Das ist mir völlig klar.«

Als Thorn den Hörer auflegte, schüttelte er den Kopf hörte nicht auf ihn zu schütteln. Er ging raus auf die Veranda, und Sarah fragte ihn, über was zum Teufel er grinse; aber er schüttelte nur immer wieder den Kopf.

Während Thorn an diesem Abend die *Heart Pounder* aufwärmte, war Sarah im Haus und packte das Geld zusammen. Ein starker Wind war nach Sonnenuntergang aufgezogen und hatte den Himmel saubergeschrubbt. Er stellte fest, daß er gähnte, als er in das strahlende Sternenmeer hinaufblickte. Die falsche Müdigkeit, aus Angst. Wie er es so oft als Junge getan hatte, wenn er sich so fühlte, ließ Thorn seine Gedanken hinauf in den Himmel wandern.

Da oben in den dunklen Prärien der Atmosphäre, diesem eiskalten, gedankenleeren Vakuum, überlegte Thorn, was für ungeheure Kräfte waren da am Werk. Atomare Eruptionen, der Zusammenstoß von Meteoren und öden Monden. Aber alles hing trotzdem irgendwie miteinander zusammen, verschweißt durch Gesetze und Mächte, die niemand richtig beschreiben konnte.

Vielleicht war das, was den Schweiß aus Thorns Körper wrang, was sein Herz in diesem Tempo pumpen ließ, irgendeine dunkle, lose Ranke, die sich aus dem Strudel irgendeines schwarzen Loches losgerissen hatte, ein Quark oder Gequirle, das durch das Lid des Erdenhimmels leckte und sich in Thorn hineingezwängt hatte. Und mit jedem Puls und Ruck des Fingers dieses Puppenspielers bebte Thorns Welt.

Er wünschte sich, er könnte noch an so was glauben, etwas Großartiges und Kompliziertes, das sein Schicksal dem Himmel überließ. Aber die Wahrheit war, er hatte bodenlose Angst. Und die Sterne, der Mond, all das hatte nichts damit zu tun. Thorn war es gewesen, der das Federwerk stramm aufgezogen hatte, und jetzt war es an ihm, dicht daneben stehenzubleiben und zuzusehen, wie es seine verrückten Kapriolen machte.

Als Sarah an Bord kam, sprachen sie kein Wort miteinander. Sie verstaute die Sporttaschen mit dem Geld in den Köderbecken, löste die Leinen, zog sie an Bord und wickelte sie sauber auf. Thorn manövrierte das Boot vor in den Kanal.

Sie schafften es bis Mitternacht zum Carysfort Reef, wo Thorn den Motor abstellte, und sie ließen sich eine Weile treiben und schauten hinauf zu den Sternen. Lauschten den fliegenden Fischen, die vorbeischnurrten, von etwas Riesigem gejagt. Es waren noch zwei andere Boote dort draußen, die nach Gelbschwänzen fischten, und die eine Gruppe soff und grölte, wenn sie ihre Fische einholte. Der Wind hatte sich gelegt, und der Mond war wieder fast voll.

Als sie vom Riff abgetrieben waren, zurück in die schweigende Finsternis, ließ Thorn den Motor wieder an und steuerte die *Heart Pounder* auf die offene See hinaus.

»Wie spät ist es jetzt?« fragte Sarah.

»Halb fünf«, sagte Thorn. »Sieht aus, als hätten sie uns versetzt.« Sarah, oben auf dem Thunfischturm am Ruder, starrte südwärts in die Dunkelheit. Das Loran flickerte grün im Finstern. Thorns Hand auf der Reling neben ihren.

»Sieh mal nach, ob ich einen Fehler gemacht habe«, sagte sie. Sie richtete die dünne Taschenlampe auf einen Papierfetzen, der aufgefaltet auf dem Instrumentenbrett lag.

Thorn beguckte ihn sich und sagte nein, genau da wären sie. Die Zahlen stimmten überein.

»Sind sie früher schon mal zu spät gekommen?«

»Nicht so spät«, sagte sie.

»Wenn's nach mir ginge, ich würde abhauen«, sagte Thorn.

»Es *geht* nach dir.«

»Es geht nach uns beiden«, sagte Thorn. »Und Kate.«

»Noch fünf Minuten «, sagte Sarah.

Die Wellen waren regelmäßig und tief, sie schaukelten sie gegen die Reling des Ausgucks.

»Fahren wir zurück«, sagte Thorn. »Das Geschäft ist geplatzt.« Ein Schwarm fliegender Fische schnellte aus dem Wasser vor ihrem Bug, strich zwanzig Yards weit darüber hin und tauchte wieder in eine Welle ein.

»Verdammt«, sagte Sarah.

Thorn sagte: »Ist in Ordnung. Ich sehe nicht ein, warum wir

nicht mit dem zweiten Teil weitermachen können. Zu Amos gehen.«

»Mit hunderttausend Dollars zu wenig?«

»Kommt dir Amos wie ein richtiger, verläßlicher Rechner vor? Glaubst du, er kann bis eine Million zählen?«

»Das weißt du nicht, Thorn. Er könnte einen Anwalt eingeladen haben, einen Verwandten, irgend jemanden, der ein guter Rechner ist.«

»Hast du einen anderen Vorschlag?«

»Die ganze Sache geht in die Binsen, Thorn. Ich wußte, daß es so kommen würde, ich hab's gefühlt.«

»Du bist sicher, daß der Termin drei Uhr früh war?«

Sarah sagte ja, leider sei sie sich da sicher.

Sie ließ den Chevy an und trat zur Seite, damit Thorn sie zurück nach Hause schippern konnte.

»Die Sache ist gestorben«, sagte Sarah. »Selbst wenn Amos glaubt, es ist eine Million, sobald er das Geld auf die Bank bringt oder in Aktien oder sonstwie anlegt, würde alles ans Licht kommen. Banken, die zählen Geld sehr sorgfältig. Die würden merken, daß hunderttausend fehlen.«

»Amos? Zur Bank? Ich sag dir eins, Sarah. Wenn's mehr als zehntausend Dollar sind, wird Amos glauben, er ist ein Millionär. Du bekommst seine Unterschrift auf die Verträge, und soweit wir später wissen, hat er die Hunderttausend verloren oder ausgegeben oder verspielt.«

Sie sagte: »Ich mag gerade Wege und daß man zusammenhält. Ich war nie sehr gut im Krumme-Dinger-Drehen.« Sarah schüttelte den Kopf. »Aber in diesem Moment haben wir wohl keine andere Wahl, als es auf deine Art zu versuchen. Den alten Trottel zu betrügen. Scheiße, Scheiße, Scheiße.«

Thorn warf den Anker an einer Stelle am Carysfort Reef, die er genau kannte, wo der Anker sechzig Fuß tief sank. Felsengesimse da unten, und hier und da Dornkorallen. Er hatte an dieser Stelle oft getaucht. Riesige Barsche schlichen unter den Simsen herum. Solange Sarah auf diesen Teil der Prozedur bestand, konnten sie sich ebensogut auch ein Mittagessen raufholen, einen dieser schläfrigen Kolosse mit einer Riesengarnele herauslocken.

Während die Ankerkette auslief, blickte Thorn hinaus in die abnehmende Dunkelheit. Ein Scheinwerfer schwenkte ungefähr eine Meile in Richtung Osten über das Wasser. Er schwang herum und beschrieb einen anderen Bogen.

Thorn holte den Anker ein und sicherte ihn rasch. Er flitzte zurück zur Kabine, kletterte die Turmleiter hoch.

»Fahren wir«, sagte er.

»Wir sind sauber«, sagte sie. »Kein Problem.«

»Fast eine Million Cash an Bord. Das ist verdammt nochmal ziemlich dreckig, Sarah. Laß uns abhauen, ehe sie auf den Gedanken kommen, uns anzuhalten.«

Thorn wirbelte das Ruder herum, drückte den Gashebel langsam nach vorn und schlug die Richtung genau nach Westen ein, die kürzeste Route ans Ufer.

Der Suchscheinwerfer schwenkte noch einmal zurück und vor. Immer noch zu weit, um sagen zu können, ob es ein Privatboot war oder nicht.

Thorn trieb die Heart *Pounder* steil aus dem Wasser, während beide das Boot hinter sich beobachteten. Das Suchlicht ging aus. Thorn schlug einen Kompaßkurs ein, und Sarah schaute noch immer zurück auf den heller werdenden Horizont.

Sie sagte: »Wir übertreiben wahrscheinlich.«

Der Suchscheinwerfer ging wieder an und erfaßte sie.

Sarah fluchte, und Thorn hielt den Blick auf den Kompaß gerichtet.

Das Marine-Patrouillenboot kam ihnen über die nächsten zwei Meilen langsam näher. Sarah schlug mit den Rippen gegen die Reling des Turms, als Thorn im rechten Winkel in die leichte Dünung pflügte.

»Wenn sie uns wirklich haben wollen, werden sie nach einem Abfänger funken.«

»Vielleicht nicht«, meinte Thorn. »Sie sind hier sehr dünn vertreten.« Er preßte den Gashebel nach unten, um jedes Tröpfchen Extrasaft rauszuquetschen.

Als sie im Kanal vor Garden Cove waren, war das Patrouillenboot etwa fünfhundert Yards hinter ihnen. Eine eiskalte Männerstimme kam aus einem Lautsprecher und forderte sie auf, sofort anzuhalten.

»Halt an, Thorn«, sagte Sarah. »Es ist aus.«

»Stoppen Sie Ihre Maschinen, Chris-Craft!« war die Stimme wieder zu hören.

»Noch ein kleines Stück«, sagte Thorn zu ihr.

Sie verlangsamten die Fahrt, um scharf links in den Crawfisch Creek einzubiegen, zurück in die Mangrovenkanäle, nicht mehr als fünfzig Yards Sicht in diesem Dämmerlicht.

Thorn zog in die Kurve, und die Marinepatrouille fuhr jetzt nur noch zweihundert Yards von ihrem Heck entfernt in ihrem Kielwasser. Er packte den Gashebel mit einer Hand, das Ruder mit der anderen. Sagte zu Sarah, sie solle sich festhalten.

»Nein, Thorn, komm. Es ist aus.«

»Ich habe hier früher immer Fangen gespielt«, sagte er und sah auf die vorbeifliegenden Mangroven. »Das hier ist mein zweites Zuhause.«

Er wirbelte das Ruder nach rechts und stieß den Gashebel mit einem Ruck nach unten, während er in eine Öffnung in den Mangroven hineinraste, die halb so breit wie die *Heart Pounder* war. Die Zweige schabten am Rumpf entlang schlugen gegen die Reling, aber Thorn kämpfte sich durch den engen Kanal. Dreißig Yards weit, dann drangen sie in eine kleine Lagune vor. Thorn hörte das andere Boot dort hinten, wie es langsamer wurde, nach seiner Heckwelle suchte.

Drei kleine Wasserläufe führten aus der Lagune heraus. Thorn wählte einen und zwang die *Heart Pounder* hinein. Der Motor nippelte fast ab, als sich die Schraube durch den Schlamm wühlte und einen Schlickschweif hinter ihnen in die Luft peitschte. Er grub sich durch Mangrovenwurzeln, und der Chevy hustete, würgte an dem Schlamm.

Sarah duckte sich vor dem Peitschenhieb eines Zweiges und schlug mit der Nase gegen die Turmreling.

»Bist du okay?«

»Mach dem Scheißding Dampf, Thorn. Gib ihm Saures.«

Er lächelte und fetzte durch die letzten zehn Yards und raus in einen Hauptkanal. Ein Dreiundzwanzig-Fuß-Mako mit ein paar kubanischen Fischern drauf tuckerte vorbei. Sie grüßten Thorn und Sarah mit Budweiser. Frühschoppen.

Thorn verdrückte sich auf dem Weg zurück zu Kates Pier noch

in zwei schmale Stichkanäle. Baggerte durch Mangrovenwurzeln, stampfte weiter durch Kanäle, zu schmal für ein Boot, das auch nur halb so breit wie ihres war. An einer engen Krümmung des Kanals überraschten sie ein Teenagerpaar, das in einem kleinen Plastikboot angelte, brachten sie beinahe zum Kentern.

Thorn sagte: »Am Rumpf waren sowieso ein paar Arbeiten fällig. Hab' sicher einige alte Krusten abgekratzt.«

»Von mir auch«, sagte Sarah. Ihr Gesicht gerötet, ein Funkeln im Auge.

Sugarman kannte diesen Burschen, aber er wußte nicht, wo er ihn unterbringen sollte. Er saß mit der bei Prediger Salomo aufgeschlagenen Bibel da und dachte nach, wer der Kerl sein könnte. Ziemlich klein und gut angezogen.

Er war etwa um 13 Uhr im fraglichen Stadthaus verschwunden. Sugarman hatte ihn die ganze vergangene Stunde zu identifizieren versucht. Kramte in seinen Erinnerungen. Hatte die Sache auf Key West eingeengt. Der Bursche war ein Key Wester, aber darüber hinaus lag alles, was sich Sugarman ins Gedächtnis rufen konnte, im Nebel. Key West, Key West. John-Kennedy-Haarschnitt. Anzug. Wie ein Banker oder irgend so ein hohes Tier. Ein Arzt, Anwalt, Herrenausstatter. Nein, in Key West wären Hart Schaffner & Marx wahrscheinlich entweder ein schwules Komikergespann oder ein Rudel Kommunisten.

Sugarman wich einem alten rotgesichtigen Knaben in irgendwelchen leuchtend rosafarbenen Golfhosen aus, ging rüber zu einem Kleiderständer am Eingang des Pro Shops und starrte auf das Stadthaus. Der schicke Haarschnitt aus Key West war in einem metallgrauen Volvo vorgefahren, sehr konservativ, wie sein Anzug. Hatte die Eingangstür zum Kondo geöffnet, als habe er einen Schlüssel. Entweder das, oder der Kerl war ein As von einem Schlosser.

Das Verrückte war, der Kerl paßte nicht auf die Beschreibung die Sugarman hatte. Ein bißchen zu groß und mit glattem Haar. Er überlegte. Rübergehen, den Kerl filzen, alles da drüben durchsuchen? Jedermanns Rechte verletzen? Durchs Fenster peilen? Jemanden mit offenem Hosenstall erwischen? Oder sich in dem Golfladen einfach nicht von der Stelle rühren und den jungen Pro hier in eine Schreitherapie treiben? Verdammt, wenn Sugarman an diesem Punkt nicht selbst ein bißchen Schreitherapie gebrauchen könnte.

Er starrte auf das Haus. Totenstill. Er würde einfach abwarten. Geduldig sein. Er war nicht sicher, ob er tatsächlich professionell vorging. Er fühlte, wie sich ein Kloß in seinem Hals bildete.

»Zwanzig fünfundzwanzig Pfund«, sagte Thorn. »Ich hätte gedacht, es wiegt mehr. Wenn man von einer Million Dollar hört, denkt man, so ein Batzen müßte ein ganzes Motelzimmer füllen.«

»In Fünfern oder Zehnern vielleicht«, sagte Sarah. »Die Leute, mit denen wir zu tun haben, die lieben Hunderter.«

Thorn stellte die Sporttaschen mit dem Geld in das Köderbecken. Machte es zu. Sarah kam an Bord, legte ihre Handtasche oben auf den Deckel. Die *Heart Pounder* war auf der einen Seite des Piers festgemacht, Thorns Boot auf der anderen.

»Hast du alles?« Thorn nickte zu ihrer Tasche rüber.

Sarah warf ihm einen letzten Blick zu. »Ich denke, ja.«

»Na, ich schätze, die Stunde des Gerichts ist da.«

»Es wäre schön, wenn du aufhören würdest, so verdammt aufgekratzt zu sein. Das ist eine ernste Sache.«

»Bin ich das?« Er drehte sich um, riß an dem Starterseil, und der Motor sprang an. »Tut mir leid. Weißt du, ich versuche bloß zu verhindern, daß mir die Zunge am Gaumen festklebt.«

27

Für Irving McMann ging es nicht mehr um die Million Dollar. Nicht mehr um den Besitz von Vacation Island oder darum, nach Hollywood zu gehen, Jack Nicholson zu begegnen oder ein Filmstar zu werden. Mittlerweile hatte er so lange auf dieses Korallenkalksteinhaus mit seinem Blechdach gestarrt, auf das kleine Fleckchen Meer dahinter, auf die Krotone, Seetrauben und Hibiskusbüsche, die neben das Haus gepflanzt waren, daß Irv diese hübsche kleine Szenerie restlos zum Hals raushing, er einfach einen Trümmerhaufen daraus machen wollte, ein absolutes Überchaos.

Er war nervös und müde und roch nach Verwesen. Er wußte, er glitt in ein anderes Stadium hinein. Seine Gedanken funktionierten gerade mal soso, nichts paßte zusammen, ein Durcheinander wilder Bilder, die vorüberschwebten. Bald spannte er seinen Bizeps und streichelte ihn gefühlvoll, und im nächsten Moment steckte er sich den öligen Lauf der .44er in den Mund und nuckelte dran.

Erst heute morgen hatte er mit seinen Händen im sandigen Boden gegraben, weil er zunächst vorgehabt hatte, seinen Lagerplatz in einen Fuchsbau zu verwandeln, aber nach etwa drei Zoll war er auf Kalkstein gestoßen. Was tat er also? Er kostete ein bißchen von dem Boden. Schmeckte ihn, vereinigte sich mit diesem heiligen Ort, wo er bald reich sein würde. Sagte sich, daß er nicht mehr Ho Tschi Minh sein wolle. Er wußte nicht mal, wer Ho überhaupt war. Dachte vielleicht, die letzte Herausforderung in diesem Moment wäre, Irv McMann zu sein. Ein Mann, der berufsmäßig Menschen tötete.

Auf seiner Uhr war es drei. Die Sache ging in den nächsten zwei Stunden über die Bühne, falls er durchhielt. ›Die Geschichte der O.‹ hatte er satt, war gelangweilt von der Folterei. Es ging alles so höflich zu, ihr Meister, der sie immer fragte ob es ihr recht sei, bevor er sie auspeitschte. Irv hatte seine Erektion verloren. Die letzten paar Stunden hatte er sich massiert und an sich rumgequetscht, aber sie war weg, totes *carne.* Das ängstigte ihn ein bißchen.

Aber andererseits, wenn er Schiß hatte, versetzte das sein Blut in Fieber, ein kaltes Brennen, das nach Irvs Meinung die ganze Episode verbessern konnte. Er hatte sich zwei oder drei stämmige Burschen vorgestellt, die Koffer voller Geld anschleppten. Vielleicht einer mit den Koffern und zwei riesige, häßliche Italiener mit Maschinenpistolen. Irv war das Ganze immer und immer wieder durchgegangen, hatte versucht, einen Film draus zu machen. Er kommt aus dem Gebüsch gestürmt, löscht erst die Leute mit den Waffen aus, und als dann der Typ mit den Koffern zu seiner Pistole greift, springt Irv auf ihn drauf und beißt ihm die Kehle durch.

Irv McMann lag auf dem Bauch und spähte rüber zu Amos Clays Haus, während die Moskitos sich an seinem Genick, seinem Gesicht, den Handrücken gütlich taten.

Thorn machte das Boot mit einem Laufknoten statt der üblichen Webeleinsteks am Pier von Amos fest, machte den Knoten dicht an dem vermoderten Pfahl, für einen schnellen Abgang. »Ich bin in einer Minute oben, geh schon vor.«

Sarah war sich nicht sicher. Sie stand am Ufer, ihre lederne Aktentasche unter dem Arm. Sah zu Thorn rüber. Er zog die Sporttaschen aus dem Köderschrank und trug sie zu ihr hin.

»Du kommst damit klar, oder?«

»Natürlich.« Starrte ihn noch immer an, taxierte ihn, versuchte, aus dem Pokergesicht schlau zu werden.

Thorn sagte: »Ich geh und schnüffel erst mal 'n bißchen rum. Seh nach, wer im Gebüsch sitzt. Geh nur schon rein. Ich bin in ein paar Minuten da.«

»Willst du die Pistole?«

»Nein, die behälst du.«

Sarah ging los, die sanfte Steigung zur Haustür hoch. Thorn sah, wie sie anklopfte. Die Tür ging auf. Amos stand da in einem Overall, einer Baseballmütze. Sie blickte sich um, sagte etwas zu Amos, der ebenfalls zu Thorn rübersah. Thorn winkte ihnen zu. Keiner von beiden winkte zurück.

Sarah ging hinein.

Thorn zog seine kurzschaftige blaue Angelrute hervor, auf der Spule die Zehn-Pfund-Testleine. Ein Köder, den er Crazy Billy getauft hatte, war dran befestigt. Er hatte ihn am Abend zuvor gebastelt, die erste Fliege, die ihm gelungen war nach einer Zeit, die ihm wie Monate vorkam. Er hatte sie aus dem Nichts hervorgeholt, zuerst nur eine vage Idee von dem, was sie später wurde. Aber er hatte schnell wieder das alte Kribbeln gespürt.

Es war ein schwerer Köder, mit einem Dreifachhaken aus Messing, einem Büschel aus blauen Polyesterfäden als Schwanz, den abgebrochenen Spitzen von zwei Bleistiften, die er als Augen aufgeklebt hatte. Der Leib war ein Radiergummi. Sah irgendwie obszön aus. Kein lebender Fisch würde so ein Ding anrühren. Aber Thorn hatte auch nicht vor, damit Fische zu fangen.

Er ging auf das Haus zu, seine Augen waren überall, und sein Schritt wurde immer leichter. Er schlüpfte in die geschärften Sinne der Dornhaijagd. Er kam direkt auf die Haustür zu, verschwand dann nach rechts, duckte sich beim Gehen, schlug eine Route durch die dichten Bäume und Schlingpflanzen ein.

Der Ruhrrindenbaum, den er sich als Orientierungspunkt gemerkt hatte, stand ungefähr dreißig Meter hinter dem Haus. Und so machte Thorn einen weiten Bogen und kehrte dann in einer sanften Kurve dorthin zurück, wo Irving David McMann wartete. Hinter ihn gelangen. Ihn beim Beobachten beobachten. Ihm Crazy Billy in die Visage haken, und ihn dann, während er mit dem Köder und dem Schmerz kämpfte, überwältigen. Thorns Chance, diesmal seinen Mann lebend abzuliefern. Seine große Stunde war wiedergekommen.

Ihm war, als mache er zuviel Lärm. Über die Flachs staken war eins. Den Staken hineingleiten zu lassen, ohne den Modder aufzuwühlen, ihn wieder herauszuziehen, ohne einen Strudel oder Wellenschlag. Aber das hier war schwieriger. Jede Spinnwebe schien an einer rasselnden Samenhülse festgehakt zu sein, jede Schicht vermodernder Blätter barg das Knacken eines Zweiges.

Thorn wischte sich die Moskitos aus dem Gesicht. Er hatte bereits ein bitter schmeckendes Insekt eingeatmet, das jetzt wie ein Aspirin in seinem Hals festsaß. Sein dunkelgrünes T-Shirt schweißnaß.

Er spürte seinen Puls in der Brust.

Zwanzig Yards tief im Dschungel erstarrte Thorn mitten in der Bewegung. Zog sich zurück. Nur fünf sechs Yards rechts von ihm entfernt redete eine Stimme. Unter einem jungen Banyanbaum. Näher zum Haus, als er geschätzt hatte. Redete mit sich selbst, als probiere sie verschiedene Stimmen oder verschiedene Tonlagen aus, und sagte immerfort dasselbe:

»Milburn, ich weiß, du bist es, Mann. Milburn, ich *weiß*, du bist es, Mann. *Milburn*, ich weiß, du bist es.«

Thorn mußte einen halben Meter näher ran, um freie Bahn zu McMann zu bekommen. Irv stand da in seinem schwarzen Pyjama, die Uzi in der rechten Hand, und spähte hinter dem Banyan hervor zum Haus hinüber. Aus dieser Position hatte er die Zufahrt im Blick, aber Thorn schien es, als sei ihm der Blick auf den Pier durch das Haus verdeckt. Thorn war sich nicht sicher, aber es konnte sein, daß Irving David sie nicht hatte ankommen sehen.

Thorn entriegelte die Sicherung an der Spule, hielt die Leine mit dem Finger. Schob sich vor, gegen Irvings seitliches Sichtfeld durch eine Gruppe Platanenschößlinge geschützt. Irving plapperte weiter, während er die Moskitos vor seinem Gesicht zu vertreiben versuchte.

Thorn verfing sich in einer festen Spinnwebe, der feine Faden blieb an seiner Wange kleben. Er fühlte, wie die Spinne auf dem Rücken seines T-Shirts hastig den Rückzug antrat. Er hielt still, während sie flüchtete.

Noch einen Schritt vor, und Thorn stand in einer schmalen Schneise, die durch das Dickicht zu Irvs Lager führte. Im Unkraut zu Thorns Füßen gab es ein plötzliches Gezappel. Er erstarrte und wich zurück. Weniger als zehntausend gab es davon nur noch auf der Erde, und er war in ein Waldrattennest getreten.

Er beobachtete die beiden Alten, die sich nahebei unter einem Haufen aus Zweigen und Blättern versteckten. Und er trat wieder vor in diese Schneise, mied diesmal das Nest, zielte kurz und warf seinen Köder nach Irving David McMann.

Die Fliege tippte gegen eine der Luftwurzeln, die von den Banyanzweigen herabhingen, und fiel auf den Boden. Thorn spulte sie vorsichtig zurück. Der Dreifachhaken verfing sich in einem Haufen Zweige. Thorn hielt inne, wechselte den Griff an der Angel und gab der Leine einen Aufwärtsruck, um sie freizuschütteln.

»Milburn.« zischte Irving. »Milburn! Zeig deinen fetten Arsch.«

Thorn taxierte die Bahn, die er im Sinne hatte, dann warf er wieder, flach diesmal, um unter den herabhängenden Wurzeln hindurchzugelangen. Irving beugte sich gerade vor und begann, seine restlichen Vorräte durchzukramen. Die Uzi immer noch in der einen Hand.

Crazy Billy verfing sich an Irvings Ohr. Thorn riß die Angel mit beiden Händen zurück, dann hob er die Spitze und kurbelte, was das Zeug hielt.

Irv schrie auf und kam hoch, feuerte wild mit der Uzi um sich. Durchsiebte die Wipfel der Bäume, als wolle er da irgendwo einen Heckenschützen runterholen. Thorn zerrte an der Angel. Der Dreifachhaken riß sich los.

Irv schrie immer weiter, drehte sich im Kreis und feuerte Salven in die Gegend, bis die Uzi leer war. Dann bückte er sich, noch immer schreiend, holte eine Handgranate hervor. Er heulte, als er abzog und das Ding in Richtung auf einen Baum warf der zwanzig Yards links von Thorn stand. Thorn knallte sich flach hin, und die Explosion fetzte pfeifende Splitter an seinem Kopf vorbei.

Er horchte, als Irving lärmend durch das Dickicht zum Highway stürmte. Thorn blieb liegen, der Stamm eines Eisenbaums stand zwischen ihm und der Stelle, wo die Granate eingeschlagen war. Es war gut so. Laß ihn laufen. Thorn wußte, wo er wohnte.

Sarahs Stimme war vom Haus her zu hören, sie rief nach ihm. Er hörte, wie ein Motorrad auf Touren gejagt wurde, hoch, hoch aufheulte, den ersten Gang verpaßte und, wahrscheinlich weit im roten Bereich drehend, den zweiten faßte; dann raste es davon.

Als Thorn am Rand der Rodung auftauchte, stand Amos Clay neben Sarah und legte sein Gewehr auf ihn an. Sarah mit der Hand in ihrer Tasche.

»Es ist Thorn«, sagte Sarah zu Amos. »Thorn.«

Amos hielt die dunklen Doppelläufe auf Thorn gerichtet. Der horchte noch immer auf das ferne Jaulen des Motorrads.

»Was schießt du auf meinem Land rum, Junge?«

Sarah fragte ihn, ob er verletzt sei, kam herüber zu ihm, stellte sich zwischen die beiden Gewehrläufe und ihn.

»Ich bin okay«, sagte er. Er hielt die Angel hoch, damit Amos sie sehen konnte. »Du hättest sehen sollen, wie groß er war.«

Amos sagte: »Der erste gottverdammte Fisch, von dem ich höre, daß er zurückschießt.«

Sie gingen ins Haus. Amos beobachtete Thorn noch immer mit vorsichtigem Blick. Die Flinte in beiden Händen.

Als sie im Wohnzimmer Platz genommen hatten, spürte Thorn, wie ein Schwindelanfall in ihm hochstieg. Er holte tief Atem, hielt ihn an. Die beiden beobachteten ihn. Seine Ohren auf jedes Geräusch draußen gespitzt.

Sarah sagte: »Amos hat beschlossen, er will zwei Millionen Dollar.«

»Und die werde ich auch kriegen«, sagte er. Er hatte sich gegenüber von ihnen in einen Sessel gesetzt, der wegen der Senke im Boden schief stand. Hielt die Flinte noch immer beim Lauf gepackt, den Schaft auf den schmuddeligen Teppich neben seinem Sessel gestemmt.

»Sagt, die Steuern schlucken die Hälfte, deshalb braucht er zwei Millionen, um Millionär zu sein.«

»Das klingt plausibel«, sagte Thorn.

»Thorn«, sagte Sarah.

»Nein, ich bin ganz deiner Meinung, Amos. Der gottverdammte

Uncle Sam klaut dir die Hälfte, um irgend 'n Idioten dafür zu bezahlen, daß er kein Getreide anbaut, oder um irgendeinen anderen Idioten dafür zu bezahlen, daß er den ganzen Tag rumliegen und fernsehen kann. Kein Grund, dir was übelzunehmen.«

Amos sah zu Sarah rüber und schüttelte den Kopf. Siehst du, ich hab's dir doch gesagt.

»Aber du weißt, was das heißt, Amos. Diese zwei Millionen sind alles, was wir mitgebracht haben, und wenn du jetzt anfängst, dich hier an irgendwelchen neuen Forderungen zu klammern, fällt der ganze Handel ins Wasser.«

»Was hast du da draußen gemacht, Jung? Hast auf meinem Land geschossen?«

»Ich dachte, ich hätte was gesehen«, sagte er. »Es war nichts.«

»Es hat sich wie der gottverdammte Zweite Weltkrieg angehört.«

»Ich bin 'n bißchen ausgerastet, das ist alles. Aber Mann, Amos. Du wirst ein John D. Rockefeller. Du solltest mal drüber nachdenken. Was wirst du denn mit dem ganzen Geld machen?«

»'ne Eigentumswohnung kaufen«, antwortete er. »Oben in Daytona Beach. Ich hab 'ne Freundin da oben.«

Sarah hielt die Arme über der Brust verschränkt, den Kopf gesenkt, glaubte den ganzen Quatsch nicht, den sie hörte.

»Daytona ist schön«, sagte Thorn.

»Daytona ist die beschissenste Stadt, die ich je gesehen habe. Schlimmer als Miami«, sagte Amos. »Ich geh da nicht hin, weil's mir dort gefällt. Ich geh da hin, weil da meine Freundin wohnt. Und du kannst Gift drauf nehmen, daß ich froh bin, wenn ich von dem Felsen hier runterkomme. Ich bin jetzt vierzig Jahre hier, leergesaugt von den Viechern und ausgedörrt vom Wetter. Wenn du dieses Land so läßt, wie's jetzt ist, bist du der verdammteste Narr, von dem ich je gehört habe, und wenn du hier irgendein gottverdammtes Betonhotel oder was weiß ich hinbaust, komm ich zurück und laß deinen Arsch zu Fischfutter schroten.«

Amos legte seine Flinte auf den Boden und sagte: »So, jetzt laß mich mal die Farbe von diesem Geld sehen.«

»Das kannst du nicht machen, Thorn.«

»Was denn?«

»Der Vertrag wird nicht ...«

Thorn stand auf und winkte Sarah, still zu sein. Er trug die Sporttasche rüber zu Amos und zog die Reißverschlüsse auf.

»Hunderter«, sagte Thorn. »Tausende von Hundertern.«

»Ich erinnere mich an den Seebarsch, den du gefangen hast«, sagte Amos. »Mit einem Blinker, abends. Ich hab' mein ganzes Leben nicht so einen verhunzten Blinker gesehen, und das Scheißding fing trotzdem Fische.«

»Yeah, es war ein Wunderblinker«, sagte Thorn und zwinkerte Sarah zu.

»Daytona Beach«, sagte Amos. »Sie hat nämlich gesagt, sie würde mich nur heiraten, wenn ich Millionär wär.« Der Alte lächelte mit seinem fleckigen Gebiß, und hinter seinen glanzlosen, blauen Augen ging die Sonne auf.

Irv wendete das Motorrad am Wachhäuschen vom Coral Reef Club. Er ließ die Maschine sich auf dem Hinterrad aufbäumen und röhrte zu Amos Clay zurück, machte sich gegen den Wind platt auf dem Sitz. Sein Ohr blutete ins Hemd, Blut war mittlerweile auch überall an seinen Händen. Sein eigenes Scheißblut. Irving McManns Scheißblut.

Er zitterte noch, aber sein Kopf war klarer. Milburn war tot. Er hatte ihn erschossen. Unten in Key West. Es gab keinen Milburn mehr, nicht dort im Wald, nirgendwo. Irv konnte es nicht fassen, wie er derart die Nerven hatte verlieren können. Fing an, Dinge zu hören, und dann hatte die Fledermaus oder Eule, oder was zum Teufel es war, ihm ins Ohr gehackt. Er hatte gedacht, es wäre dieser Fettsack Milburn, der ihm einen Streich spielte, wie in alten Zeiten. Ein fettes, arrogantes Gespenst.

Jetzt war er hier, ein Todesengel auf einer Kawasaki, flachgestreckt im fünften Gang, hundertfünfzig auf dem leeren, schmalen Highway.

Diesmal verdrückte er sich nicht heimlich im Wald, versteckte sich nicht wie irgend so ein Conch-Wichser. Vor Amos Clays Zufahrt bremste er hart, schaltete in den zweiten runter und heulte die Auffahrt rauf, fetzte in die Schlaglöcher, hämmerte seine Eier durch, wurde wütender mit jedem Schlag.

Es war ihm egal, ob fünf von ihnen da waren, zehn oder eine ganze Armee. Er trug die Uzi noch am Tragriemen quer über den

Rücken, und er würde einfach auf sie losgehen, sich sein Geld holen und abhauen. Es war sein Geld. Vielleicht war es das zuerst nicht gewesen, aber nach zwei Wochen Warten im Wald, Arschwischen mit der Linken und dem ganzen Rest war es jetzt sein Geld.

Es war niemand vor dem Haus. Niemand auf der Lichtung. Irv fummelte nicht erst lange mit dem Klappständer rum, ließ die Maschine einfach fallen, schwang die Uzi über den Kopf, rammte ein neues Magazin rein und lief rüber zu der Tür. In den zwei Wochen, die er im Wald gelebt hatte, sich als Zulu-Krieger gefühlt hatte, hatte er Dutzende Male gellend schreien wollen, aber erst jetzt, als er diese klapprige Tür auftrat, explodierte ein durchdringendes Geheul aus seiner Kehle.

Da lag sein Geld. Alles auf einem langen Tisch ausgebreitet, Bündel, mit Gummibändern zusammengehalten. Und da war der Alte, den Irv die ganze Woche hatte kommen und gehen sehen. Der alte Mann stand hinter dem Tisch, stand da und starrte auf Irv mit seiner Uzi.

Der Alte streckte die Hand aus und nahm sein Gebiß hoch, das neben einem Bündel Hunderter lag. Stopfte es sich in den Mund.

Irv sah, wie der Alte zusammenfuhr, als er kapierte, was los war, und sein Gebiß sich wieder löste. Irv schrie den Alten an. Er fuchtelte mit der Uzi vor diesem alten Klapperarsch rum, sagte ihm, er solle zurücktreten.

Das war's. Nicht gerade viel gottverdammtes Publikum, aber was für eine Scheißrolle. Er stellte Irv McMann dar, Killer und Millionär. Die Million Dollar Cash lag da. Das Sonnenlicht war noch hell, eine warme Brise. Das Leben war noch immer gut. Alles konnte passieren. Er spielte sich selbst. Sein eigenes beschissenes Ich. Jack hatte schließlich auch nichts anderes getan. Warum sollte Irv nicht damit berühmt werden, daß er sich selber spielte?

Irv legte die Uzi an. Der Alte hob die Hände, ein leichtes Schielen, ein Zittern in seinem Gesicht. Machte sich wohl auf den Lärm gefaßt, den die Uzi machen würde.

Irv bewegte sich langsam um den Tisch herum. Der Alte drehte sich in seine Richtung, sah ihm entgegen, wich aber nicht. Irv gefiel nicht, wie dieser alte Arsch dastand, als wolle er patzig werden, ihn dazu provozieren, endlich loszulegen und zu schießen.

»Du kennst mich?« fragte Irv ihn. »Du weißt, wer verdammtnochmal ich bin?«

»Ich hab' gewußt, daß du kommen würdest«, sagte der Alte. »Ich hab' mein ganzes Leben drauf gewartet, hab' gewußt, du warst auf dem Weg.«

»Wer bin ich!« schrie Irv ihn an. »Wer bin ich, du blöder Arsch!«

»Du kriegst mich nicht dazu, es zu sagen. Laut sag ich's nicht.«

Irv feuerte drei Salven ab, mit denen er den dürren alten Mann gegen die Wand nagelte. Amos begann, langsam zu Boden zu gleiten, aber Irv heftete ihm mit noch einer Salve und noch einer fest. Hielt ihn, der an der rohen Holzwand zuckte, aufrecht. Ruckte, bockte, als habe jemand sein Fallen in der Hand.

Sugarman hatte eine überzeugende Bibelstelle gefunden. Sie hatte mit Jeannie und dem Pfarrer oder der Ehe nicht direkt was zu tun, aber sie jagte ihm eine Heidenangst ein und konnte Jeannie auf ganz allgemeine Weise zeigen, wie ernst die Dinge werden konnten. Bei Jeremias, Kapitel 19, Vers 7 spricht der Herr: ›Ich werde ihre Bewohner durch das Schwert fallen lassen, vor ihren Feinden und durch die Hand derer, die ihnen nach dem Leben trachten. Ihre Leichen aber werde ich den Vögeln des Himmels und den Tieren des Feldes zum Fraße geben. Und diese Stadt werde ich zum Entsetzen und zum Gespött machen; ein jeder, der daran vorübergeht, wird sich entsetzen und spotten ob all ihrer Plagen. Und ich lasse sie das Fleisch ihrer Söhne und Töchter essen, und jeder wird das Fleisch des andern essen in der Drangsal und Angst.‹

Ihm gefiel das, weil es Gott-der-Rächer war. Nicht Jeannies Vorstellung von Gott, irgendein sexy, weißer Typ mit Bart, der wollte, daß alle Menschen Tag für Tag vögelten und stöhnten und Orgasmen hatten. Dieser Gott hier war ein ernster Bursche. Wenn er sagte ›Ehre deinen Gatten‹, konnte er das auch durchsetzen. Ein Gott, der den Kannibalismus dazu benutzte, daß sein Volk ihn achtete, das war ein ernsthafter Gott.

Der Golf-Pro pfiff zu ihm rüber. Sugarman blickte auf und folgte dem Zeigefinger des Pro hinüber zum Kondo. Sein Mann war eingetroffen. Gekleidet wie Hugh Hefner, der nach einem nächtlichen Schlammringkampf nach Hause kommt. Hatte zwei Sporttaschen bei sich. War das ein ausreichend glaubwürdiger Klagegrund, wenn jemand im Pyjama auf einem Motorrad durch die Gegend fuhr? Sugarman meinte, wahrscheinlich ja.

Er beobachtete, wie der Mann die Haustür öffnete, hineinging. Er würde Irving da drin eine Weile seinem Kumpel überlassen; dann würde er rübergehen und nachsehen, was los war oder ans Licht kam.

28

Durch den hellen, heißen Mittag steuerte Thorn das Boot die fünf Meilen rauf zum Coral Reef Club. Er schlängelte sich durch das Geflecht der Wasserläufe und Kanäle und schließlich in den Hauptkanal hinein. Vorbei am Bootshafen voller Yachten und Schoner, ihren Masten und den in der Mittagsbrise klirrenden Takelagen, und hinein in die Anliegerkanäle. Im Zockeltempo schipperte er an den Privatpiers vorbei, die meisten mit Fünfzig-Fuß-Hatteras und -Bertrams besetzt, die wie glänzende Zuchthengste hinter den Kondos ihrer Besitzer dösten.

Thorn horchte auf das Gurgeln des Evinrude, der vielleicht ein bißchen fett lief, aber trotzdem hatte er alles in allem ein gutes Stück Arbeit geleistet, als er das Ding in Gang gebracht hatte. Es war ein blöder Augenblick, das zu denken, aber Thorn, mit Sarah auf dem Sitz vor sich, die ihren Kopf ein bißchen schräg geneigt hatte, um den leichten Wind über ihren Hals streichen zu lassen, und seinem prima funktionierenden Motor hinter sich, fühlte sich glücklich.

Er fand kein stärkeres oder schwächeres Wort dafür. Hier war es, wo er sein wollte, war das, was er tun wollte. Und er war mit ihr zusammen, dem einzigen Menschen, der wußte, wer er wirklich war, bis hinab in den finstersten Schlick und Modder, von dem niemand sonst jemals etwas erfahren hatte.

Natürlich nahm die Tatsache, daß noch immer ein Rachewunsch in ihr schwelte, seiner Freude etwas von ihrem Glanz. Er fühlte sich so, wie diesen vergessenen Soldaten zumute sein muß, die sich endlich nach zwanzig Jahren aus dem Dschungel herauskämpfen, froh, auf der Lichtung zu stehen, aber nicht sicher, ob der erste

Mensch, dem sie begegnen, sie umarmen oder mit einem Kugelhagel begrüßen wird.

Er verlangsamte das Tempo und suchte die Reihe der Yachten ab. Als er ihn sah, den roten Scarab, *Perfect Execution,* bog er in seine Schlippe und rumpelte neben ihn.

Sarah sagte: »Ich kenne dieses Boot. Diese Typen. Die waren es, die mir weismachen wollten, sie wären Drogenfahnder. Haben mir eine Höllenangst eingejagt.«

»Sind angsterregende Typen«, erwiderte Thorn. »Sie haben Kate umgebracht. Es war wegen Allamanda. Und Ricki, die hing irgendwie auch mit drin. Teufelnochmal, vielleicht.«

Sarah fragte ihn, ob er sicher sei.

»Bei dem kleinen Typen bin ich sicher. Absolut sicher.« Thorn machte an dem Scarab fest.

»Hast du einen Plan?«

»So was Ähnliches.«

»So was Ähnliches wie einen Plan bei Typen wie denen? Ich weiß nicht, Thorn. Du mußt irgendeine klare Idee haben, einen genauen Schlachtplan. Vielleicht ist es an der Zeit, Sugarman zu rufen.«

»Nein«, sagte Thorn. »Ich bin derjenige, der den Drachen aufgescheucht hat, also gehe ich auch in die Höhle.«

»Dann nimm wenigstens die Pistole.« Sie hielt sie ihm am Lauf hin.

»Nein«, sagte er. »Die behältst du. So, wie ich mir die Sache denke, brauch ich sie nicht.«

Sarah holte tief Luft. Nickte. Nahm ihre auf den Schultern liegenden Haare mit einer Hand zusammen und hob sie von ihrem Hals weg. Den Colt noch immer am Lauf haltend. Ließ sich vom Wind kurz Kühlung zufächeln, sah einsamer aus, als Thorn sie jemals gesehen hatte. In sich gekehrt, der Blick erloschen.

Thorn sagte: »Bleib hier und laß niemanden hier raus oder versuchen, mit dem Boot abzubauen. Hörst du mir zu, Sarah?« Sie kam zu sich, begegnete seinem Blick. »Kannst du mit dem Ding da umgehen?« fragte er.

»Ja«, sagte sie geistesabwesend. »Ich hab' geübt.«

»Wunderbar. Das ist wunderbar.« Er machte sich den Pier hinunter auf den Weg.

»Thorn«, rief sie. Er blieb am Ende des Piers stehen. »Wir könnten die beiden einfach ziehen lassen. Wir könnten das einfach hinschmeißen, die ganze verdammte Sache. Und weggehen.«

Aber er hörte ihrer Stimme an, daß sie sich selbst nicht glaubte. Er verharrte einen Moment, beobachtete sie, an einen Pfeiler gelehnt. Er sah, wie sie seufzte und den Kopf sinken ließ.

Dann hob sie den Blick wieder, winkte ihn weg. »Geh schon, geh.«

Er schritt die Grünanlage zum Kondo hoch, schlug einen weiten Bogen darum herum zum Vordereingang. Ein Golfcart summte die gleißende Avenue herunter. Thorn nickte dem alten Mann und der Frau darin zu. Sie hielten vor ihrer Garage, zwei Türen unterhalb von Irvs Kondo. Beobachteten ihn noch immer.

Im Schatten von Irvs vorderer Veranda preßte er sein Ohr an die Tür, hörte aber nichts. Vorsichtig drückte er die Klinke. Abgeschlossen. Wieder hielt er das Ohr gegen die Tür. Nur das Brummen der Klimaanlage war zu hören.

Er ging um das Gebäude herum, und als er hinter Irvs Patio hervorkam, blickte er zu Sarah hinunter, die auf dem Pier hin und her ging, den Blick aufs Meer gerichtet. Der Patio war von einem hohen Holzzaun umgeben. Thorn zog den Schnappriegel der Pforte hoch und schlüpfte hinein. Er preßte sich mit dem Rücken gegen die Zedernbretter. Marihuanapflanzen wuchsen da in großen Steintöpfen.

Hinter den Glasschiebetüren war ein dicker Vorhang zugezogen. Er näherte das Gesicht der Scheibe und spähte durch einen kleinen Spalt, sah aber nur die Ecke eines weißen Sessels. Er wartete ein paar Sekunden. Sein Atem ließ auf dem Glas einen leichten Dunstschleier entstehen.

Gerade, als er sich zum Gehen wenden wollte, erblickte er flüchtig etwas glänzend Schwarzes. Seidene Pyjamabeine. Er näherte das Auge rasch wieder dem Fenster. Er konnte die schwarzen Hosen nur bis zum Knie sehen, aber das war hoch genug um das Schimmern des langen Schalldämpfers wahrzunehmen, der, im Moment wenigstens, nach unten gerichtet war.

Er verdrückte sich aus dem Patio und lief um den ganzen Komplex herum und über die Straße zum Golf-Pro-Shop. Vor der Tür schöpfte er Atem, vergewisserte sich, daß er seine Brieftasche bei sich hatte.

Die Verkäuferin war eine junge, blonde Frau. Sie blickte von ihrer *Cosmopolitan* auf, als Thorn sie fragte, ob er das Telefon benützen dürfe. Sie musterte ihn schweigend, dann schob sie den Apparat auf dem Tresen zu ihm rüber.

Jerome senior ging beim ersten Klingeln ran.

»Ich habe ein Problem, Jerome.«

»Insektenproblem?«

»So könnte man sagen.« Thorn lächelte die Verkäuferin an, die ihre Zeitschrift hingelegt hatte und mithörte. »Dieselben Insekten, die Junior gestochen haben.«

»Yeah, ist das wahr?«

»Ich bin hier draußen beim Coral Reef Club, einer kurzen Reihe von Stadthäusern gegenüber vom Golf-Pro-Shop. Kennst du dich hier aus?«

»Ich glaube, ja.«

»Auch aus der Luft?«

»Ja«, sagte er. »Mit den Stechviechern wird's da oben in dieser Jahreszeit verdammt schlimm. Stimmt's, mein Junge?«

»Und ob«, sagte Thorn.

Nachdem er mit Jerome alles verabredet hatte, kaufte er zehn Minuten lang ein. Kaufte ein rotes Polohemd, papageiengrüne lange Hosen. Einen glänzenden weißen Ledergürtel. Eine grellgelbe Sportjacke. Stand mitten vor dem dreigeteilten Spiegel. Es fehlte noch was. Er verfiel auf einen rotweißkarierten, flachen Hut.

Während er Graysons Geld hinblätterte, dreihundertvierzig Dollar für das alles, fragte ihn die junge Verkäuferin, ob er nicht auch noch Schuhe brauche. Thorn blickte runter auf seine dreckigen, braunen Bootsschuhe.

»Das wär vielleicht etwas übertrieben«, sagte er. Er sah sich im Laden um. »Aber, ah, ich brauche einen Driver.«

Sie klappte die Zeitschrift zu, ihr Blick resigniert, sich mit dieser Landplage abgeben zu müssen.

»Kommt rein als Fischer, geht raus als Golfer«, sagte sie. »Warum auch nicht?«

»Was empfehlen Sie als Driver?«

»Der Daiwa wird viel gekauft, mit Fiberglasschaft, große Schlagkraft durch die Energiezone.« Sie fuchtelte zu einem in der Nähe stehenden Musterständer rüber.

»Etwas Traditionelleres«, sagte Thorn, der an Dr. Bill dachte, seinen schweren Ledersack, lange Nachmittage im Homestead Country Club. An diesen einen Sommer, als Dr. Bill sich an Landrattenspielen versucht hatte.

»Da haben wir Ben Hogan, Ram, Jack Nicklaus.«

»Ben Hogan«, sagte Thorn.

»Bälle?«

»Brauche ich unbedingt«, sagte Thorn und nahm eine große Schachtel aus einem Regal. Er dachte einen Augenblick nach und nahm dann noch ein zweites und drittes Dutzend.

»Die sind nicht vorschriftsmäßig«, sagte sie. »Hot Dots.«

»Wieso?«

»Ich weiß nicht«, sagte sie. »Da ist irgend so 'n Weltraumzeugs drin, macht, daß sie weiter fliegen. Dürfen keine Turniere damit spielen. Aber ich nehme an, Sie sind nicht drauf aus, Turniere zu spielen.«

»Sind genau richtig«, sagte er. »Und ein paar, wie heißen die Dinger noch, Tees?«

Sie holte zwei Päckchen hinter dem Tresen hervor, und er zählte noch mehr von Graysons Geld hin.

»Sie sind komplett«, sagte sie, als sie ihm das Wechselgeld zurückgab.

»Wie sehe ich aus?«

Sie zuckte die Schultern. Ging sie nichts an, wenn Leute sich wie Marsmenschen anziehen wollten.

Thorn ging wieder über die Straße, die steifen Synthetiksachen scheuerten bereits. Auf dem Fairway, das sich hinter der Stadthausreihe erstreckte, leerte Thorn alle Ballschachteln aufs Gras. Ein Fleck Pfennigkraut erstickte den Rasen zu seinen Füßen. Irgendein Golfer, der aus einem Rough rübergekommen war, hatte Unkrautsamen in dieses ansonsten jungfräuliche Bermudagras eingeschleppt.

Während er sich noch wünschte, er hätte sich doch die Spikes gekauft, brachte Thorn seine Füße in die richtige Position und versuchte sich an die Haltung zu erinnern, die Dr. Bill ihm vor zwanzig Jahren gezeigt hatte. Das Fairway war nackt und ausgedörrt, hart wie ein Bürgersteig. Thorn legte den ersten Ball aufs Tee. Baute sich auf, Schultern unten, Kopf gesenkt, Griff fest, aber entspannt. Schlag nach unten, der Ball steigt nach oben. Fast wie ein unterschnittener Wurf. Es war immer eine Überraschung, wie Geschmeidigkeit und Schwung größere Weiten schafften als Muskeln.

Irvs Wohnung war schwarz-weiß eingerichtet. Weißer, kurzer Plüschteppich, glatte, schwarze Wände. Die Möbel mal so, mal so. Schwarzer High-Tech-Bartresen. Alle Spielsachen, Stereo, TV, Plattenspieler, schwarzglänzend.

Grayson, mit einem Anzug bekleidet, saß auf der Couch und rieb sich seinen geschwollenen Wangenknochen, das sich verfärbende Auge. Der schwarze Cop mit seinen langen Wimpern saß neben ihm. Sein Holster war leer. Ein Rinnsal Blut kroch aus seinem krulligen Haar, lief ihm über die Stirn. Seine schmale, gerade Nase war geschwollen. Seine Augen wütend, Irv sah das ganz deutlich. Er dachte, daß von diesen beiden Arschlöchern der Bulle der bessere Zuhörer sei. Deshalb redete er ihn an. Scheißkerl Grayson.

»Du weißt, dieser Kerl, dieser Anwalt, Mann«, – redete ernst mit Sugarman –, »der ist ein korruptes Arschloch. Dieser Typ dachte sich, er kommt hier rein, versteckt sich hinter dem Sofa, überfällt mich von hinten, und dann klaut er das Geld und kauft sich damit das Land, auf das er so geil ist. Das Arschloch behauptet, ich will ihn erpressen. Stell dir das mal vor. Hat die Stirn, sich in mein Haus zu schleichen und zu versuchen, mich umzulegen. Man jagt keinen Jäger, Mann. Stimmt's nicht, Bulle?«

Sugarman sagte nichts. Schätzte Winkel, Entfernungen von hier nach da, spannte die Füße an, erinnerte sich, wie er früher in eine Bresche zwischen mächtigen Blockern explodiert war, erinnerte sich an diesen Startsprung aus einer Kauerstellung heraus.

»Irv, sei kein Idiot«, sagte Grayson. »Ich kann dich aus der Sache rausholen. Es ist noch gar nichts passiert. Es gibt immer noch Auswege. Siehst du nicht, was hier los ist? Ich bin reingelegt worden. Dieser Thorn hat sich die ganze Sache ausgedacht. Der Scheißkerl hat mir 'n Streich gespielt, mich gegen dich aufgehetzt. Aber wir brauchen nichts weiter zu tun, als die beiden umzulegen, dann ist alles klar zwischen uns. Du nimmst die Million, und wir hauen ab.«

»Ich hab' die Million bereits, du Lutscher«, sagte Irv. »'n Typ wie du sollte sehen, daß er hier keine Verhandlungsposition hat. Der Trick beim Verhandeln ist, du mußt was anzubieten haben, Saftkopf. Und du, Mann, du hast nichts. Gar nichts.«

»Ich kenne die Gesetze«, sagte Grayson. »Ich kann uns aus der Klemme hier raustricksen. Wenn du dich mal einen Moment beruhigst, wirst du's einsehen.«

Der Schalldämpfer machte zweimal pfftt. Zwei startende Silvesterraketen. Graysons Kopf schnellte zurück gegen die Wand, und sein Körper plumpste auf Sugarman. Sugarman schob Grayson von sich weg, und die Leiche rollte auf die Armlehne der Couch.

Irv sagte: »Scheiße! Ich wollte ihn doch noch fragen, wo er sich die Haare schneiden läßt.«

Irv rieb an dem schwarzen Öl auf seinem Gesicht. Verschmierte es. Kratzte sich mit dem Handrücken an der Nase und roch daran. Führte die Hand zu seinem zerfetzten Ohr und berührte es vorsichtig.

Er schob sich rückwärts an den Bartresen, tappte mit der Linken dahinter herum und fand eine Saftflasche. Er nahm sie und hielt sie in die Höhe, so daß Sugarman sie sehen konnte.

»Das habe ich mir aufgehoben«, sagte er, »für den Augenblick, wo ich ein bißchen Extra-Schubkraft nötig habe. Weißt du, was das ist?« Er lächelte Sugarman an. »Das ist Magie, Mann. Das ist ein Fünf-Karat-Diamant und ein Rubin, so groß wie dein Augapfel, die marinieren schon den ganzen Sommer in diesem Wasser. Ich hab' davon gehört, Mann, das wirkt wie 'ne Gallone Adrenalin. Diamantenkraft, Rubinkraft.« Irv hielt die Flasche unter die Hand mit der Pistole, schraubte den Deckel ab und trank vorsichtig einen kleinen Schluck, während er Sugarman beobachtete. Er keuchte und sagte: »Scheiß-Superman. Diamantenkraft. Besser als Gorillaglibber.«

Irgendwo in der Nähe hörte man Glas klirren. Hörte sich wie oben an. Irv verschluckte sich an seinem Wasser. Lief zur Glasschiebetür. Irgend jemand schrie jetzt zwei Häuser weiter unten. Der alte Arsch da unten hatte Knies mit seiner Alten, schätzte Irv. Mami, war er schreckhaft.

Als er sich wieder umdrehte, war der schwarze Bulle aufgestanden, streckte seine Hand aus, als wollte er irgendwelchen Verkehr lenken, Irv anhalten, um andere Wagen weiterzuwinken.

»Hören Sie zu, Mann«, sagte Sugarman, »wenn Sie so klug sind, wie ich denke, dann müssen Sie einfach ...«

Irv hob die Automatic und richtete sie auf Sugarman. Er wischte sich den Mund an seinem Ärmel ab und stellte die Saftflasche auf den Tresen zurück. Draußen hörte man einen Schlag, das Geräusch von einem Hammer, der Backsteine zerschlägt. Irv blickte Sugarman fest ins Auge, als hätte der irgendwas vor.

Irv fuchtelte mit der Automatic vor ihm herum. »Hast du einen letzten Wunsch, Mann?«

»Nein«, sagte Sugarman, trat zurück und ließ die Hand sinken.

»He, jetzt laß uns mal über dich reden«, sagte Irv. Er lächelte und versuchte, durch Atmen sein Herz wieder in ein normales Tempo zu bringen. »Ich hab 'ne neue Taktik. Ich leg keine Fremden mehr um. Erst muß ich dich richtig kennenlernen. Wie 'n Feinschmecker. Tatschie-fühlie. Hochgepeitschte Emotionen. Kalifornien, Schauspielschultraining. Leute, die in sehr guten Kontakt mit ihrem Innenleben kommen und all das.

Also, zum Beispiel, wer zum Teufel bist du, Bulle? Und was in drei Teufels Namen machst du in meinem Haus?«

»Du stehst immer noch da, deshalb weißt du's noch nicht«, sagte Sugarman, »aber sie haben dich schon aufgehackt und ne Autopsie an deinem Gehirn vorgenommen, um zu sehen, was für 'ne Art Krebs dir da oben den Verstand kaputtmacht.«

»Hu-hu«, sagte Irv. »Ich piß mir am Bein runter.«

Irv krümmte den Finger am Abzug, ein halbes Pfund Druck davon entfernt, den Kerl umzulegen, als etwas gegen das Panoramafenster knallte, das auf den Golfkurs blickte. Irv machte einen ruckartigen Hüpfer, als stünde der Fußboden plötzlich unter Strom. Ließ die Smith & Wesson beinahe fallen.

»Dreihundertvierundsechzig Tage ist es hier ruhig, und ausgerechnet heute müssen die alten Arschlöcher auf die Idee kommen, drei Runden texanischen Freistilringkampf abzuziehen.«

Sugarman nicht aus den Augen lassend, bewegte Irv sich rüber zum Fenster. Er hatte die Vorhänge gerade halb aufgezogen, als ein zweiter Schlag die ganze Scheibe zertrümmerte.

Irv schrie auf, fuhr herum und richtete alles, was er hatte, auf Sugarman, zielte zitternd an dem riesigen Schalldämpfer entlang. Und schrie Sugarman an, nichts Zusammenhängendes, keine Wörter.

Glas auf dem ganzen Teppich, dem Eßzimmertisch. Der heiße, stickige Nachmittagswind drang ins Zimmer. Irv atmete so heftig, als hätte er eben Milburn auf seinem Rücken sechs Treppen hochgetragen. Dann aber blinzelte er ein paarmal, holte das Zimmer aus dem Dunst zurück. Ein Golfball rollte über den Eßzimmerboden.

»Dort rüber, Broderick Crawford«, sagte Irv und winkte Sugarman zu den Glasschiebetüren, dem Patio rüber. »Nimm deine gottverdammten Niggerhände hoch.« Ein zweiter Ball segelte durch das Fenster, schlug gegen die Küchenschränke, prallte gegen den Kühlschrank und landete schließlich kreiselnd im Ausguß.

Irv dachte, es wäre vielleicht bloß das Diamantenwasser, das da zu wirken begann, sein Blut in Fahrt brachte. Vielleicht war ja alles nur Einbildung.

29

Thorn war beim letzten Dutzend Bälle angelangt. Aber er kam prima an. Drei in Irvs Fenster, von denen es der zweite völlig zertrümmert hatte. Davor hatte er ein paar in der Gegend herumgeschlagen, einen sogar weit übers Dach. Dieser Schlag war ihm besonders gut vorgekommen. Er versuchte, seinen Körper dazu zu bringen, die Bewegung zu wiederholen, aber die nächsten Bälle blieben niedrig, bohrten sich in Gartenzäune. Die Windschutzscheibe eines weißen BMW ging zu Bruch. Jemand hatte ihn an der Seite des Hauses stehen lassen, um ihn zu waschen und einzuwachsen.

Und das alte Ehepaar, Mann, denen hatte er den Monat gerettet, die Lebensfreude wiedergeschenkt. Der Alte war zu der Überzeugung gekommen, es handle sich um Dünkirchen oder Anzio oder so was. Er hatte sich seine Jagdflinte geschnappt, stand in seinem kaputten Fenster im Obergeschoß, fuchtelte mit dem Gewehr zu Thorn rüber und schrie. Ob er verrückt sei, Golfbälle durch die Fenster gesitteter Bürger zu schlagen! Wahrscheinlich, sagte sich Thorn, und schlug den nächsten, der davonzischte und den Sicherheitsscheinwerfer von irgendwem zertrümmerte.

Auch Sarah hatte zu ihm herübergeschrien. Nur seinen Namen,

als rufe sie nachts in einen langen Korridor, um festzustellen, ob er es sei oder ein Fremder. Er antwortete nicht. Er war ein Fremder. Und jetzt stand sie im sicheren Abstand auf der Treppe zum Pier. Thorn spürte, wie die Haut auf seinem Rücken sich hob, Falten warf, Wellen unter den Achselhöhlen und die Rippen hinunter. Stand hier in all dem Sonnenlicht, wahrscheinlich war es kurz vor zwei. Es herrschte Flut oder so, ungefähr. Ihn fröstelte.

Er wackelte ein bißchen mit der Hüfte, so wie er es mal bei einem Pro gesehen hatte. Aber vielleicht war es auch ein Baseballspieler gewesen. All diese Landspiele, er hatte nicht genug aufgepaßt. Brachte seine Füße wieder in Stellung. Sprach den Ball an. Kopf gesenkt. Er hatte mal von dem Trick gehört, einen kurzen Bindfaden zwischen Kopf und Schwanz zu befestigen. Versuch dann mal, mit dem Kopf nach oben zu rucken. Leute konnten bei Spielen tierisch ernst werden, Verletzungen riskieren.

Er hatte noch sechs oder sieben Bälle, als Irv rauskam. Thorn baute sich gerade auf, korrigierte die Handstellung, drückte den linken Ellbogen durch. Zielte auf Irvs zertrümmertes Fenster.

Und verdammt wollte er sein, wenn Irv da nicht Sugarman vor sich hertrieb. Sugarman, der die Hände hochhielt, aber nur ungefähr bis zur Brust, spähte jetzt zu Thorn rüber, als versuche er, durch Nebel zu sehen. Und hinter ihm war Irv mit Tarnschmiere im Gesicht, und Blut trocknete in einer welligen Spur an seinem Hals. Obwohl er es nicht sehen konnte, wußte Thorn, daß sich der Schalldämpfer hinter Sugarman befand, daß das hier einer der Momente war, die zählten, daß all die anderen Minuten und Stunden und Monate plötzlich zu Sekunden gerannen. Froh darüber. Über jede Art von Ende.

Er stampfte den Boden um das Tee mit dem schwarzen, abgeplatteten Driver fest. Wackelte noch mal mit der Hüfte, brachte alles in Stellung und ließ es pfeifen. Ein Slice, der drei Meter rechts von Irv und Sugarman langkurvte, raus auf die Avenue segelte und weiter auf den Pro-Shop zu hüpfte. Aber Irv reagierte, als hätte ihn eine Rakete gestreift, ging in die Hocke, riß Sugarman am Kragen mit nach unten und ging hinter dessen mächtiger Gestalt in Deckung.

»He!« brüllte er zu Thorn rüber. »He, du Pflaume, was zum Teufel machst du denn da? Bist du blind oder was? Es sind Leute hier draußen, direkt vor deiner Nase!« Er erhob sich wieder und riß Sugarman mit nach oben.

Sugarman schickte mit den Augen ein paar strategische Anweisungen rüber, aber Thorn konnte sie nicht lesen. Sugar ließ seine Augen hinüber zu einem Sandhindernis sausen, das drei Meter rechts von ihm nach unten abfiel. Thorn versuchte nachzufragen: Was? Ich verstehe nicht, was du meinst. Schließlich zuckte er nur deutlich mit der Schulter Ratlosigkeit auch im Gesicht.

Irv verzog sein Gesicht zu einem breiten, unerfreulichen Grinsen und sagte: »Ich glaube das alles nicht. Ich glaube das nicht, was ich hier sehe.« Er holte die Automatic hinter Sugarman vor, trat einen Schritt zurück, fuchtelte mit der Pistole in Richtung Thorn.

»He, Mann«, sagte Irv, während er Thorn anfunkelte. »Ich kenne dich Arschloch doch, stimmt's?« Irv schnaubte verächtlich und lächelte. »Jesus-Scheiß-Maria, guck mal, wer das ist, Sugarbär. Das ist der Kerl, den ich für, wie hieß sie noch, Ricki umgelegt habe. Ist das irgendwer anders oder was? Der Typ mit der toten Mutter.«

Thorn fischte noch einen von den Bällen aus dem kleinen Haufen, ihm war jetzt behaglich zumute, benutzte den Driver wie einen Rechen. Er bückte sich, setzte den Ball auf das Tee richtete sich auf nahm wieder Position ein und versuchte diesmal, sein Gewicht runter in seine Hüften zu verlagern. Gebt ihm zwanzig Jahre Zeit, und er wird lernen, wie man das macht. Zwanzig Jahre waren ungefähr die Zeit, die er für alles irgendwie Komplizierte brauchte.

»Guck mal«, sagte Irv, der jetzt langsam näherkam und Sugarman vor sich her schob. »Wieso bist du nicht tot Mann? Ich hab' gehört, man hat dich in die Luft gesprengt.«

Sugarman sagte: »Du hast einen andern erwischt. Einen Freund von uns.«

»Also leckt mich doch am Arsch, Mann.« Lächelnd jetzt, ein breites, zähnefletschendes Lächeln, aber seine Augen erschienen Thorn tot, flach und leer. Thorn korrigierte noch mal die Handstellung, beschloß zu versuchen, die Finger so zu krümmen, wie er es damals mit Dr. Bill getan hatte, der hinter ihm stand, seinen Körper gegen Thorns geschmiegt, und ihm zeigte, wie es gemacht wird. Eines der wenigen Male, daß Dr. Bill ihn umarmt hatte.

»Hast du so einen Scheiß schon mal gesehen, Mann? Meine Todeskandidaten kommen zu mir. Ich brauch nicht mal mehr nach ihnen zu suchen. Sie hören, ich bin hinter ihnen her, und sagen sich: ›Hoppla, ich bin ein toter Mann. Da könnte ich's ja auch gleich hinter mich bringen.‹«

Der Alte in seinem Obergeschoßfenster hielt sein Gewehr im Präsentiergriff. Thorn sah sich suchend nach Sarah um, fand sie aber nicht. Sein Blick kam zu Irv zurück, diesem drahtigen Burschen, der sich solche Mühe gab, superklug zu erscheinen, und unbedingt wollte, daß Thorn was sagte, irgendwas, damit er ihn übertrumpfen konnte. Das Schlimmste, was man mit so einem Burschen machen konnte, war, ihm nichts zu knabbern zu geben, ihn passiv aggressiv zu machen. In raschem Tempo reckte Irv den Kopf und zog ihn wieder ein, *do the funky chicken*. Beobachtete Thorn dabei. Vielleicht hatte sich etwas Bewunderung für Thorns beknackte Vorstellung, die Klamotten in sein Gesicht geschlichen. Etwas, womit dieser Klassenkasper was anfangen konnte.

»Ich find's prima«, sagte Irv. »Gefällt dir das nicht auch, Bulle? Die Typen, für deren Erledigung ich bezahlt werde, treten vor meinem Haus in einer Reihe an und ersparen mir 'ne Menge Ärger.« Als Sugarman ihm keine Antwort gab, versetzte Irv ihm einen heftigen Stoß in den Rücken. »Okay, die Show ist vorbei. Wir sind jetzt hier fertig. Wieder rein, da können wir eine gute, altmodische Gruppensitzung abhalten. Weg aus dieser ungesunden Sonne. Ein Mann in meinem Beruf muß auf seine Haut achten.«

Thorn hörte es jetzt. Nicht viel lauter als ein Rasenmäher einen Block entfernt. Diesmal übertrieb er das Hüftwackeln wirklich. Ließ das Gewackel durch seinen ganzen Körper laufen, ließ seine Schultern wackeln. Gib diesem Burschen was zum Gaffen. Er lockerte auch den Hals und wackelte mit dem Kopf. Eins von diesen Kinderspielzeugen, aufrechtgehalten durch eine Schnur, die durch seine Gliedmaßen läuft. Man drückt auf den Knopf im Boden, lockert alle Fäden, und das Ding bricht zusammen. Das war ganz entschieden Thorn, einen Knopfdruck vom Zusammenfallen entfernt.

Das Geräusch wurde jetzt lauter, ein Brummen. Thorn nahm seinen Schläger einen Fuß breit zurück und führte ihn wieder an den Ball, tat es noch einmal. Eins um sich bereitzumachen, zwei: um sich zu konzentrieren.

»Vergiß es, du Arschloch, keine Spielchen mehr«, sagte Irv. »Leg den Schläger weg. Aber plötzlich!«

Über den Mangroven auf Thompsons Island kam die DC-3 in Sicht, ein gewaltiger Donner jetzt, das Dröhnen wurde lauter, als stiege es aus der harten Erde empor. Und Thorn kümmerte sich um seine Golfangelegenheiten. Als nichts geschah, warf er rasch einen Blick auf Sugarman, der sich zu dem Sandhindernis rüberlehnte. Thorn konzentrierte alles auf diesen Ball, stellte sich dessen Flugbahn vor, ein Zeichentrick-Loch in Irvs Stirn.

Irv brüllte irgendwas, fuchtelte mit der Pistole herum, schoß zu Jerome hoch, als er keine fünf Meter über dem Fairway entlangstrich und an dieser einen Stelle ablud, was vermutlich die Hälfte seiner normalen Ladung für die ganze Zwanzig-Meilen-Insel war.

Thorn konnte nichts mehr sehen, seine Augen brannten, aber er fand den Rhythmus wieder, zog den Driver zurück und schickte den Ball in die Tiefen dieses Smogs. Dann ließ er sich auf die Knie fallen, fächelte nach Luft, hörte jetzt das leise Puffen von Irvs Pistole und sah ein paar Zentimeter von seiner rechten Hand entfernt ein Stück Rasen im Fairway auftauchen. Er rollte sich schnell nach links. Absolut keine Sicht. Nicht einen halben Meter. Er rollte weiter, und dann war das richtige Pistolenfeuer zu hören.

Eins, zwei, drei. Regelmäßige Abstände. Sehr, sehr laut in diesem wogenden, blaugrauen Rauch. Vier, fünf. Und das Dröhnen kehrte zu einem zweiten Durchgang zurück. Jerome übertraf sich selbst. Das Crescendo lauter und lauter. Das Betonfairway bebte. Es hörte sich an, als hätte Jerome, ehe er abflog, extra noch Löcher in die Auspufftöpfe gebohrt. Thorn fühlte den heftigen Luftandrang, ehe das Flugzeug da war, das Brausen und Saugen des Windes, als es vorbeiflog. Und noch mehr Dieselöl, Malathion. Mann, die würden hier auf diesem Golfkurs mindestens einen Monat lang keine Moskitoprobleme mehr haben.

Eine Weile war nichts zu hören, während Thorn auf dem Bauch lag, in das kurze Gras atmete, Sand an die Lippen bekam, etwas schluckte. Aber kurz darauf vernahm er ein scharfes Klicken, das Fallen eines Spannstücks auf eine leere Revolvertrommel. Ein leichter Wind hob die Giftwolke, riß sie auseinander. Thorn kroch auf das Geräusch zu, er robbte auf Knien und Ellbogen und zerrte den Ben Hogan mit.

Rechts von sich hörte er jemanden husten, aber er schob sich immer weiter vorwärts, auf das Klicken zu. Ihm wurde ein bißchen flau von dem ganzen Gift, im Kopf drehte es sich. Er hütete sich davor, es mit einem normalen Gedanken zu versuchen und zu sehen, wie er sich in nichts auflöste oder wie er verrückt wurde. Er hielt seine Gedanken auf dieses Klicken gerichtet und schlängelte sich über den Rasen.

Dann war da plötzlich ein Schuh, die Sohle eines Schuhs in seinem Gesicht. Es war ein kleiner Fuß, Laufschuh mit Waffelsohle. Der zweite nicht weit davon, einen halben Meter weggespreizt.

Eine Brise wehte mehr von dem Gas weg, und Thorn blickte in den Schritt einer schwarze Pyjamahose. Der Kerl lag einfach da, ließ die Sache ruhig angehen, wartete darauf daß sich der Nebel lichtete. Sich plötzlich auf die Seite rollend brachte Thorn seine zweite Hand an den Gummigriff des Schlägers, holte so weit aus, wie seine ungünstige Lage es zuließ, und knallte den Ben Hogan mit einem dumpfen Schlag auf den glänzenden Zwickel.

»Zu spät«, hörte er Sugarman sagen.

Thorn, jetzt auf den Knien, holte zum nächsten Schlag aus.

Die letzten Schwaden zogen mit dem Ostwind davon. Er sah Sugarman, der Sarah den Colt aus der Hand wand. Beide standen über Irv, und Sarah starrte auf den reglosen Körper, hatte einen Krampf in ihrem Zeigefinger. Klick. Sugarman stemmte ihr die Finger auf, klick. Klick.

Die Sonne war fast untergegangen, als Sally Spencer endlich die Leichen fortgeschafft hatte und Danny Sterling Mordkommissar von Monroe County, mit dem Vortrag fertig war, den er Thorn, Sarah und Sugarman über ihre Verantwortungslosigkeit gehalten hatte, sowie über ihr Glück und die unglaubliche Menge Scheiße, die immer noch an ihren Schuhen klebte. Die drei standen auf dem Pier neben Thorns Boot.

Sugarman sagte: »Sie sind ein Wahnsinnsanblick, Anwältin, besonders in dem ganzen Moskitospray. Aber ich glaube, es wird noch einige Fragen geben wegen der letzten Schüsse. Einen extra erlauben sie einem normalerweise. Aber vier, das geht etwas weit.«

Sarah nickte, Meilen von diesem Pier, von diesem stickigen Sommerabend entfernt.

»Und du, Thorn?« fragte Sugarman, »wirst du mir jemals erzählen, wie du dieses Kondo gefunden hast?«

»Wahrscheinlich nicht«, antwortete er. »Nein.«

»Yeah, na, ich bin sicher, du wirst dir für den Sheriff schon was Komisches einfallen lassen.« Sugarman tippte an das glänzende Schild seiner Mütze, nickte Sarah zu. »Ich würde gern noch länger bleiben, aber ich muß rüber in die Leichenhalle«, sagte er. »Da gibt's 'ne Autopsie, die ich sehen will.«

30

»Wohin?« fragte Thorn, als sie wieder ins Boot gestiegen waren.

»Wohin denkst du?«

Er versuchte einen Moment, hinter ihre blauen Augen zu blicken. Aber sie hatte sie abgeschaltet. Ob aus Benommenheit oder gewollt, das war in diesem Augenblick völlig ohne Bedeutung.

Thorn steuerte das Boot zurück, die Küste entlang, glitt an Kates Pier, an Garden Cove vorbei in den Crawfish Creek und den Largo Sound. Am Mangrovenkanal vorüber, in dem sie an jenem Morgen der Marinepatrouille entgangen waren. Durch Adams Cut und hinüber zur Bucht und dann wieder die Küstenlinie rauf nach Norden durch den Backwater Sound. Sarah saß vorn, das Gesicht dem Wind zugekehrt, Thorn war hinter der Windschutzscheibe aufgestanden, ließ ihn sich ebenfalls voll ins Gesicht blasen, steuerte mit der Linken.

Er rief ihr zu: »War's das, was du meintest?« Sie nickte, ohne sich umzudrehen und ihn anzusehen.

Er verlangsamte das Tempo, als sie durch die schmale Durchfahrt in den Lake Surprise gelangten.

»Da raus«, sagte Sarah und zeigte auf eine Stelle, hundert Yards vom Highway entfernt. Sie schwenkte die Trommel wieder in den Colt zurück und ließ sie einrasten. Hielt ihn im Schoß.

Thorn fuhr zu der Stelle.

»Ankern?« fragte er, als sie den Punkt erreicht hatten.

Sie schüttelte den Kopf.

Thorn sah hinunter in das klare Wasser, sechs, vielleicht sieben Fuß tief. Das Seegras bog sich mit der hereinströmenden Flut. Als er wieder aufblickte, war sie nach vorn gegangen und saß auf den

Köderbecken, sah ihn an. Den Revolver in beiden Händen, noch immer im Schoß.

Thorn sagte: »Hast du heute nicht schon dein Soll erfüllt?«

Sarah starrte ihn an, die Adern in ihren Schläfen pochten heftig. »Ich liebe dich«, sagte sie.

»Aber trotzdem willst du mich töten«, antwortete Thorn mit einem vorsichtigen Blick zur Pistole. »Die typische Ehe von heute.«

»Schnodderig sein«, sagte sie, »ändert gar nichts.«

»Wofür hast du mir vorhin geholfen? Damit du diejenige sein kannst, die auf den Abzug drückt?«

»Ich würde dir gern vergeben«, sagte sie. »Wenn du mich ließest.«

Die Augen fest auf ihre gerichtet, sagte Thorn: »Wir könnten einander vergeben.« Er packte die Reling hinter dem Armaturenbrett, um Halt zu haben, wenn er sich auf sie stürzen mußte. »Du läßt mich einen Rosenkranz beten, ich dich drei Ave Marias, und wir sind mit der ganzen Chose quitt.«

Sie sah ihn unverwandt wie aus weiter Ferne an, todernst.

»Sehr schön«, sagte sie und hob den Revolver schwankend aus ihrem Schoß. »Ich möchte, daß du dich ausziehst, Thorn.«

Er sah sie argwöhnisch an, verwirrt, begann zu lächeln, fühlte das Lächeln weichen.

Sie hob den Colt, ließ ihn einen Moment lang darauf starren.

»Zieh dich aus, ganz.«

»Was? Du willst es hier draußen machen, jetzt?«

»Nicht das«, erwiderte sie. »Etwas anderes.«

»Sarah«, sagte er, versuchte sie wachzurütteln. »Sarah!«

»Tu, was ich dir sage.«

Ihr Gesicht schien unter strenger Kontrolle zu stehen, der Mund zusammengepreßt, die Augen fest. An ihrem rechten Arm traten allmählich die Venen hervor.

Langsam begann er diese steifen, bunten Sachen auszuziehen, wobei er einmal zum Highway hinüberblickte. Als er sich wieder zu ihr umdrehte, zitterte sie. Nicht gewöhnt ans Töten. Von Männern, wie er einer war. Kein Profi.

Sie sagte: »Du kommst hier raus, Thorn, einmal im Jahr, starrst es an, gehst alles in Gedanken durch, tust dir selber leid. Du hast mich hier rausgebracht, ich hätte sonstwer sein können. Um es jemandem zu erzählen, dieser Fremden, um es endlich von der Seele zu haben. Das ist nichts. Das heißt nichts. Es *ansehen.* Deine Geheimnisse Fremden erzählen. Deine Scham jemandem zeigen, den du nicht mal kennst. Das ist nichts.«

»Wessen Fehler war es, daß ich dich nicht gekannt habe?« Thorn schüttelte den Kopf,versuchte, die Sache zu entwirren. »Ich dachte, ich kenne dich, ich dachte, ich liebe dich. Ich war nie versucht, jemand anderem ein Geständnis zu machen.«

Von einem Verleihgeschäft am Südufer des Lake Surprise heulten zwei Jet-Skis herüber. Eine Schar Halbwüchsiger in bunten Klamotten verlachten die beiden Fahrer, die aufstiegen.

Thorn sah wieder Sarah an. »Sag mal, worauf wartest du? Was soll ich sagen? Ich bitte um Entschuldigung? Es tut mir leid? Ich wollte, es wäre nicht geschehen? Was möchtest du hören?« Er kam um die Mittelkonsole herum, gab ihr die klarste aller Chancen, zum Schuß zu kommen. »Als es passierte, war ich neunzehn Jahre alt, Herrgottnochmal.«

»Neunzehn ist alt genug. Du wußtest, was du tatest.«

»Wirklich?« sagte Thorn. »Überleg mal, wer du mit neunzehn warst.«

»Ich bin immer noch neunzehn«, sagte Sarah. »Hier drin.« Sie tippte mit dem Knauf des Colts auf ihre linke Brust. »Neunzehn. Zehn. Alles zusammen.«

Die beiden Teenager jagten einander über das ruhige Wasser, kreisten im Abstand von dreißig Yards um das Boot. Das Mädchen schrie, als der Junge neben ihr auftauchte, einen Schlenker nahe an sie ran machte und theatralisch nach ihr grapschte. Als das Mädchen Thorn nackt dastehen sah, drosselte es das Tempo.

»Komm, Sarah«, sagte Thorn. »Wir sind darüber hinaus. Es ist für uns alles anders geworden. Versprechen, die du als kleines Mädchen gemacht hast, gelten nicht mehr.«

»Hör zu, Thorn«, sagte sie, etwas Rauhes in ihrer Stimme, »einer muß das alles stoppen. Einer muß den Kreis durchbrechen.«

Die beiden Kids auf den Jet-Skis fuhren miteinander flüsternd langsam näher an das Boot heran.

»Ich will, daß du in das Wasser steigst«, sagte sie. »Und wenn ich dich erschießen und dann selbst reinwerfen muß, ich will dich in dem Wasser haben.«

Er fühlte sich nicht mehr wie losgelöst. In seinen Ohren hämmerten die Pistolenschüsse von vorhin. Er wollte ihr unbedingt sagen, was er jetzt sah. Daß sie miteinander verflochten waren. Durch dünne, unsichtbare Nabelschnüre verbunden. Jeder Nadelstich ließ den anderen zusammenzucken. Ihr leidendes Gesicht, die Panik in ihren Augen über das, was sie vielleicht tun würde, war ein Spiegelbild seines Gesichts. Wenn sie ausatmete, atmete er ein. Ineinander verschlungen. Etwas Mächtigeres als Liebe, was sie verband. Es war eine Ehe, gestiftet durch einen 65er Buick, durch lebenslangen Schmerz und Verlust und Zorn.

Die Sonne tauchte langsam in die Horizontlinie hinter ihr ein, und ihr Schatten fiel auf ihn. Er wollte ihr das alles sagen, ihr diese Wahrheit zeigen. Daß sie Hälften eines Ganzen waren, voneinander abhingen. Wenn er unterging, würde auch sie in die Tiefe gerissen werden.

Statt dessen sagte er, und seine Stimme überraschte ihn mit ihrer Ruhe: »Ich habe es getan. Ich habe deinen Vater getötet. Ich habe ihn getötet und seitdem keine Ruhe mehr gehabt.«

Sie nickte, senkte die Augen auf das Deck.

Mit einer Hand am Dollbord ließ Thorn sich über Bord gleiten. Das Wasser war warm wie in einer Badewanne. Er hielt sich am Boot fest, sein Atem ging schwer. Die Heckwellen der Jet-Skis liefen unter dem Boot durch. Sie winkte ihn mit dem Colt von der Bootsseite weg. Ihr Mund stand offen, ihre Augen waren trüb.

Er drehte sich um, ließ los, begann auf die Stelle zuzuschwimmen, an der es geschehen war. An der er es hatte geschehen lassen. Das Wasser dicker als Wasser, wärmer als Wasser.

Und er wußte, sie hatte recht: Er hatte es sich immer nur angesehen. Er war hier rausgefahren und hatte sich hingesetzt und geguckt und sich immer dieselben Dinge gesagt. Nur der Anschein von Reue. Für sich allein hatte er die Geschichte hundertmal durchgekaut, und wenn er auch tiefen Schmerz empfand, dieser Schmerz hatte ihn nicht verändert.

Thorn war zwanzig Yards vom Boot entfernt, als er sich zu ihr umwandte. Sie war aus ihren Kleidern geschlüpft, stand nackt da und hielt die Pistole an ihrer Seite. Die beiden Halbwüchsigen schlichen etwa dreißig Yards entfernt im Schneckentempo herum und gafften. Ihre Motoren brummten leise.

Thorn wartete, wassertretend. Er fühlte das Kitzeln des Seegrases an seinen Füßen. Das Strömen der Flut, das seinen Körper aufs Ufer zutrieb.

Sie hatte den Colt fest am Lauf gepackt und schleuderte ihn hinaus in den See. Er hatte sie noch nie werfen sehen. Sie hatte einen verdammt guten Arm.

Sie schob sich über den Rand des Bootes und glitt durch das Wasser auf ihn zu. Thorn entließ den Atem, den er angehalten hatte, und schwamm gegen die steigende Flut hin zu ihr.

KINKY FRIEDMAN
Lone Star

When Irish hearts are happy,
All the world seems bright and gay,
And when Irish eyes are smiling,
Sure they steal your heart away.

Für Tom Baker
1949–1982

1

Ich öffnete das Fenster und griff nach dem Puppenkopf oben auf dem Kühlschrank. Das war sein Stammplatz. Ursprünglich war es mal eine kleine Negerpuppe, die ich auf dem Flohmarkt in der Canal Street gekauft hatte. Inzwischen war es unverzichtbarer Teil meines Lebens. Ich hatte der Puppe den Kopf abgerissen, den Schlüssel zur Eingangstür des Gebäudes in den Mund gestopft und die ganze Apparatur mit einem farbenfrohen, selbstgemachten Fallschirm gekrönt. Die Fassade des Hauses 199B Vandam erschien der ganzen Welt lediglich wie ein verlassenes, graues, graffitibeschmiertes Lagerhaus, was es in der Tat auch gewesen war, ehe irgendwer so schlau war und auf die Idee kam, das ganze Gebäude in Lofts aufzuteilen, für Leute wie mich und wie Winnie Katz, die in ihrem Studio ein Stockwerk über mir eine lesbische Tanzschule betrieb. Ich lauschte, wie das rhythmische Stampfen von Winnies Mädels über meinem Kopf einsetzte, und da fiel mir ein, daß Downtown Judy unten auf dem Bürgersteig wartete. Ich schaute hinunter, und sie war immer noch da. Sie fror vielleicht ein wenig, war aber noch da. Ich warf den Puppenkopf hinunter und schloß das Fenster.

Es war Erntedankfest in New York, und mein einziger Grund zur Dankbarkeit war vermutlich, daß ich nicht in New Jersey wohnte. Mein geräumiges, winddurchpeitschtes Loft war kalt wie die Hölle. Vielleicht kälter. Das hing davon ab, welche Jahreszeit in der Hölle herrschte.

Die Katze hockte schon den längsten Teil des Nachmittags neben der Kaffeemaschine. Jetzt war es fast Mitternacht. Ich freute mich auf einen kleinen horizontalen Mambo mit Downtown Judy.

Es gab eine Downtown Judy und eine Uptown Judy, und keine wußte um die Existenz der anderen. So war es mir am liebsten.

Der Tag war ein typischer, grauer trüber Donnerstag, an dem verdammt wenig passierte, über das man sich aufregen mußte. Am frühen Nachmittag war ich in eine unschöne Auseinandersetzung in einem vegetarischen Restaurant in der Seventh Avenue verwickelt, wobei es um die Frage ging, ob der Qualm meiner Zigarre den Gästen beim Verzehr ihres Tofu schadete.

Das war der Höhepunkt des Tages gewesen.

Downtown Judy und ich waren noch nicht lange zu Bett, als die Telefone klingelten. Es durchdrang uns beide wie ein Opinel. Ich wandte mich in die ungefähre Richtung des Geräusches, griff durch die Dunkelheit und ertappte den Hörer mit meiner linken Hand.

»Leg los«, sagte ich.

»Yeah. He Mann, hier ist Cleve vom Lone Star.« Cleve war der Manager des Clubs und mein Freund. Er hatte als Road-Manager meiner Band angefangen.

»Was ist los, Kumpel?« fragte ich. »Ich stecke gerade mittendrin.«

»Ich hab' hier ein Problem«, sagte Cleve.

»Was ist es denn? Sind dir die Präser im Andenkenkiosk ausgegangen?«

»Es ist ein bißchen ernster als das«, sagte Cleve. »Es geht um Larry Barkin.« Larry Barkin war ein alter Bekannter von mir, eine ansehnliche Primadonna von einem Country-Star, den ich schon damals in Nashville kannte, als wir beide noch nicht mal Nullen waren. In den letzten paar Jahren hatte er einen Haufen Platten an einen Haufen einsame Hausfrauen verkauft. Er trat zur Zeit mit seinen beiden Brüdern, Randy und Jim, im Lone Star auf. Larry Barkin and the Barkin Brothers.

»Was ist los? Will er nicht noch mal auftreten?«

»Er wird nie mehr auftreten, Mann«, sagte Cleve. »Er ist tot.«

2

Ich stiefelte zur Hudson Street hinüber und erwischte prompt eine Taxe. Das war Glück, denn langsam begann ich mich wie die Füllung einer Schneekugel zu fühlen. Im Winter in New York in einem warmen Taxi zu sitzen war wie die Rückkehr in den Mutterleib, auch wenn der Leib mit achtzig die Fourteenth Street hinabsauste. Ich würde sagen, es war nicht gerade die Gelegenheit zur Meditation, aber mit etwas Anstrengung konnte man fast denken.

Das versuchte ich auch, es klappte aber nicht so ganz. Seit ich einmal ein hübsches junges Opfer den Krallen eines Räubers an einem Geldautomaten im Village entrissen hatte, war mein Leben als simpler Country-Sänger mit gebrochenem Herzen Geschichte. COUNTRY-SÄNGER ENTREISST GANGSTER SEIN OPFER lautete seinerzeit die Schlagzeile. Danach hatte ich mich mit einigen zufälligen Ausflügen auf das Gebiet der Verbrechensaufklärung im Village zum Helden aller Freunde und Verwandten aufgeschwungen. Mit Unterstützung meines Freundes McGovern, eines Reporters der ›Daily News‹, hatte ich eine gute Presse. Und alles in allem hatte ich mich zur Plage der Polizisten des Sechsten Reviers entwickelt. Man kann es nicht allen recht machen.

Es war halb drei morgens, als das Taxi an der Ecke Fifth Avenue und Thirteenth Street zum Stehen kam. Das Lone Star Café. Irgendwann einmal hatten alle, von den Rolling Stones bis zu den Blues Brothers, hier gejammt. Heute war was anderes los. Ich bezahlte die Tour und ging auf die Drehtür am Eingang des Ladens zu. Cleve stand da und sah selbst wie eine Leiche aus.

»Sind Fox und Cooperman schon da?« fragte ich. Das waren zwei Kriminalbeamte, die zum Sechsten Revier gehörten und die sich bei jeder möglichen Gelegenheit mit mir anzulegen versuchten. Sie konnten keine zu Amateurdetektiven gewendeten Country-Sänger leiden. Oder sonstwen.

Cleve schüttelte den Kopf und führte mich über die Hintertreppe des Lone Star an der Galerie vorbei in den zweiten Stock, wo sich die Künstler-Garderoben befanden.

»Bringen wir's schnell hinter uns, Kumpel«, meinte ich zu ihm, während er die Tür zum zweiten Stock aufschloß. »Wir sind hier zwar im Village, aber ich kann drauf verzichten, zwei Schnüfflern in die Quere zu kommen.«

Wir gingen den engen Flur im zweiten Stock entlang, dessen Wände mit Graffiti übersät waren – den Namen der Sänger und Bands, die in der Vergangenheit im Lone Star aufgetreten waren. Einige davon waren inzwischen berühmt, einige waren tot, und einige waren beides. Larry Barkin zum Beispiel.

Cleve schloß die Tür zu Barkins Garderobe auf. Ich kann Garderoben immer noch nicht ausstehen. Garderoben, Verstärker, Veranstalter, Fans, Groupies, Koks-Dealer, Bassisten aus L.A. – all das könnte den Stärksten zum Versicherungsvertreter machen. Ich hatte diese Garderobe schon gesehen, als jeder Quadratzentimeter des Bodens mit Bier getränkt und jede Tischplatte mit Kokain bepudert war. Eigentlich kein Vergnügen. Echt kein Vergnügen.

Im Augenblick war der Raum auch nicht gerade ein Born des Vergnügens, wenn man es mal so betrachtete.

Larry Barkin war ein guter alter Freund gewesen. Gute alte Freunde sind solche, die man nicht unbedingt mag, an denen man aber hängt, weil sie gute alte Freunde sind. Man kann sich einen Freund suchen, und man kann sich in der Nase popeln, aber man kann seine Freunde nicht am Sattel abwischen.

Ob ich nun Larry Barkin mochte oder nicht, stand im Moment nicht zur Debatte. Er hing auf einem Klappstuhl in der hinteren rechten Ecke des Raums.

Es traf sich gut, daß er seine Gibson-Gitarre nicht mehr brauchte, denn offensichtlich hatte jemand sie benutzt, um ihm den Schädel einzuschlagen. Die zerbrochene Gitarre lag neben dem Stuhl auf der Erde. Rostrotes Blut hatte in seinem strohblond toupierten Haar mittlerweile eine fortgeschrittene Phase der Erstarrung erreicht. Ein gelbes Cowboy-Hemd mit Silberstickereien schimmerte im Licht wie eine kleine Milchstraße. Die Gesichtsfarbe war ein wenig gebrochen – kalifornische Sonnenbräune auf der Kriechspur gegen Chartreuse.

Stiefel von Larry Mahan. Hatte selbst ein Paar, aber kein so schickes. »Woraus sind denn die?« fragte ich. »Brontosaurus-Vorhaut?« Cleve sagte nichts. Er starrte auf das kleine rosa Cowboy-Tuch um Barkins Hals. Wer auch immer es ihm gebunden hatte, hatte es ein bißchen übertrieben – gut sieben Stufen zu eng.

»Scheiße«, sagte Cleve.

»Das kannst du noch mal sagen«, sagte ich. »Mit der eigenen Gitarre erschlagen und dann mit dem eigenen Halstuch erdrosselt. Charmant.«

Cleve zappelte nervös herum. Das kommt vom Tod. Das ist fast so schlimm, wie auf die Bühne zu müssen.

»Wer zum Teufel kann so was nur getan haben?« fragte Cleve.

Meine Augen ruhten einen Augenblick auf Barkins friedlichem, geschwollenem Gesicht.

»Jemand, dem seine letzte Platte nicht gefallen hat«, sagte ich.

Ich rupfte meine alte Rotzfahne aus der Hosentasche und griff hinüber zur Brusttasche von Barkins gelbbefranstem Cowboy-Hemd. Etwas Grünes schaute aus der Tasche hervor, und es war sicher nicht Kermit der Frosch. Ich blickte nur kurz drauf und steckte es so zurück, wie ich es gefunden hatte, mir gerade so über die Oberkante des Tisches zublinzelnd. Es war ein Zwei-Dollar-Schein.

»Komisch«, sagte ich.

»Was kannst du damit anfangen?« fragte Cleve. Ich zuckte mit den Achseln.

»Mir zwei U-Bahn-Fahrscheine kaufen«, sagte ich.

3

Ich entlockte Cleve eine ziemlich komplette Liste der Leute, die an dem Abend in der Garderobe gewesen waren. Unter den fünf Personen, die er nannte, waren eine hübsche, blonde, englische Fotografin, ein undurchsichtiger, glatzköpfiger Anwalt, der Kokain verteilte, und drei, die zu meinen engen persönlichen Freunden zählten. Bei solchen Freunden, dachte ich, was braucht man da noch Mordverdächtige?

Und zudem, so wie ich sie einschätzte, konnten Randy und Jim ihren berühmten Bruder auch selbst zum Schweigen gebracht haben. Diese Country-Musik-Familien waren bekannt dafür, die Bibel bisweilen sehr eng auszulegen. Kain hatte da vor gewissen Jahren ein besonders schlechtes Beispiel gegeben, als er die Grenzen der Rivalität von Geschwistern überschritt und seinen Bruder verputzte. Wenn sich derartiges abgespielt haben sollte, dann versprach das ziemlich tiefe Wasser, die sich auch nicht so leicht teilen würden.

Diesen Gedanken hing ich gerade nach, als der breite, mürrische Körper von Detective Sergeant Mort Cooperman die Türöffnung hinter mir verdunkelte. Die schlangengleiche Gestalt von Detective Sergeant Buddy Fox lauerte einige Schritte hinter ihm wie ein angekränkelter Schatten. Coopermans kleine Augen durchstreiften den kleinen Raum. Sie orteten den Leichnam und Cleve und kamen ins Trudeln, als sie mich erkannten.

»O Gott«, sagte er, »schon wieder so ein verdammter Anfall von Déjà vu!«

»Ich kann kein Italienisch«, sagte ich.

Ich hatte noch nie viel Spaß an Unterhaltungen mit Polizisten. Ich erzählte ihnen das bißchen, das ich wußte, aber offensichtlich war ich die falsche Person am falschen Ort zur falschen Zeit, und sie heizten mir ein wie einem Kessel Jambalaja. Es war der unerfreuliche Abschluß eines unerfreulichen Abends.

Es war ein Viertel nach Wen-kümmert's-noch, als mich das Taxi an der Ecke Hudson Street und Vandam absetzte. Den Rest der Strecke bis Nr. 199B lief ich.

Ich nahm den Lastenaufzug mit der einen nackten Glühbirne bis zum dritten Stock, öffnete die Tür zu meinem Loft, fand eine Zigarre und das alte Stierhorn, das ich bisweilen als Trinkgefäß nutzte. Sodann fand ich eine handliche Flasche, gab einen Schuß daraus ins Stierhorn und entlud es in meinen Mund wie Ernest Hemingway seine Flinte. Ich weiß nicht, ob Old Ernest eine Katze oder ein Telefon besaß, aber ich tat's, und beide jammerten sich bei mir aus. Ich ging hinüber und nahm die Katze und den Hörer hoch. Die Katze haßte es, hochgenommen zu werden, aber dem Hörer schien es egal zu sein. Er sagte, »Hi. Wo warst du nur? Ich ruf seit Ewigkeiten an.«

Es war Uptown Judy. Ich schaute, einer späten Eingebung folgend, im Schlafzimmer nach und sah, daß Downtown Judy offensichtlich die Örtlichkeiten geräumt hatte. Es gab meinem Herzen keinen Knacks.

»Ich war drüben im Lone Star«, sagte ich.

»Das soll wohl ein Scherz sein«, kreischte sie mir ins Ohr. »Von da aus rufe ich doch an, Baby.«

Ich behielt das Stierhorn weiter in der Hand, setzte die Katze aber auf dem Tisch ab.

»Mr. Baby, darf ich doch wohl bitten«, sagte ich.

Wir einigten uns, daß Uptown Judy in meinem Loft willkommen wäre. Ich legte den Hörer auf, goß mir noch einen Schuß ein und zündete die Zigarre an. Man muß sie immer auf kleiner Flamme halten. Meine Gedanken weilten jedoch nicht bei den beiden Judys. Die waren beim Zwei-Dollar-Schein.

Selbst unter Berücksichtigung der Inflation hatte Larry Barkin mehr bekommen, als er wert war.

4

Als ich Freitag morgen erwachte, war Uptown Judy bereits uptown. Darin lag nichts Erderschütterndes. Manche Leute gehen tatsächlich einer Arbeit nach. Ich hüpfte in den Regenraum und nahm eine Dusche, stand dann in meinem lila Bademantel herum, schlürfte eine heiße Tasse Kaffee, rauchte die erste Zigarre des Tages und beobachtete die Müllwagen, wie sie in Zeitlupe durch den eisigen Nieselregen schlichen, der auf die Welt dort unten niederging. Die alten, rostigen Feuerleitern jenseits der Straße waren noch da. Sie waren nicht schöner als die Müllwagen, aber sie waren leiser. Vandam Street war einer der Haupt-Aufmarschplätze der Müllwagen dieser Stadt. Und trotzdem war die Straße ständig verdreckt. Vermutlich lag es daran, daß die Müllwagen hier abfuhren und nicht ankamen. Ich verfolgte den Gedanken bis zur Hälfte meiner zweiten Tasse Kaffee, aber ich war kein Stadtplaner, und ich war kein Philosoph, und es war mir sowieso egal. Glücklicherweise mußte ich keine Krawatte umbinden und keinen Anzug anlegen und kein Gläschen mit einer gehässigen, gedankenlosen Gattin leeren und dann hinausstreben in ein graues, geistfeindliches Büro. Alles, was mir zu tun blieb, war, mich anzukleiden und die Katze zu füttern. Kein schlechtes Leben.

Ich kleidete mich an und fütterte die Katze.

Ich nahm an meinem Tisch Platz und überlegte, was als nächstes zu tun sei. Es war erst zehn Uhr morgens. Ob das nun früh war oder spät, das war eine Frage der Perspektive, und auf die konnte ich verzichten. Ich legte die Füße auf den Tisch, rauchte meine Zigarre und zwinkerte der Katze zu, die mir nun Gesellschaft leistete und in etwa gleichweiter Entfernung zu den beiden roten Telefonen Platz genommen hatte, die ich auf meinem Tisch immer rechts und links von meinem Gehirn zu plazieren pflegte. Sie hingen beide am selben Anschluß, und wenn sie klingelten, so erhöhte das offenbar die Bedeutung meiner Anrufe.

Die Telefone schellten an jenem Freitagmorgen um 10:17. Ich weiß die präzise Zeit, denn es gehört zu meinen Angewohnheiten, alle ankommenden Telefonate auf meinem digitalen Computer-Wecker festzuhalten, der auf dem Tisch steht. Es war nichts Alarmierendes, außer für die Katze, die genau in der Feuerlinie saß und über den Mond, die Kuh und die Fiedel sprang sowie über mein Thermometer in Form der Freiheitsstatue, das 8° Innentemperatur für das Loft anzeigte. Der Vermieter war echt auf Draht. Klasse Kerl. Vermutlich in Florida.

Ich nahm den Hörer ab und beobachtete, wie sich die Katze neben der Kaffeemaschine zusammenkauerte. Sie war klüger als manche Leute, die ich kannte.

»Hey, Mann! Ich bin heute morgen die Post auf meinem Schreibtisch durchgegangen, und da ist was dabei, was du dir ansehen solltest.« Es war Cleve, und was es auch sein mochte, ich wollte es nicht sehen.

»Ich hab' gestern abend genug gesehen, Kumpel«, sagte ich.

»Komm hier rüber, Mann. Tu's für den guten alten Cleve.«

»Häng den guten alten Cleve an den grünen Apfelbaum.«

Ich steckte bereits bis zu den Rachenmandeln in dieser Sache, aber wenn es eine Möglichkeit gab, wieder rauszukommen, dann zum Teufel würde ich sie ergreifen. Die eine Möglichkeit war, mich vom Lone Star fernzuhalten. Eine Zeitlang dem Five-Alarm-Chili Adieu zu sagen. Die heutige Country-Musik hat nicht mehr den Reiz für mich wie ehedem. Kaum zu glauben, daß ich selbst mal dick drin war. Was mir jetzt so durch den Kopf ging, lag mehr auf der Linie, ein Broadway-Musical zu komponieren. Irgendwas mit Klasse, Würde, Intelligenz. Keine Steel-Gitarren.

»Enttäusch mich nicht, Mann«, sagte Cleve mit einem Wimmern in der Stimme wie ein Blue-Ball-Trucker, wenn er den Scheitel einer Steigung erreicht hat. »Komm doch nur das eine Mal noch rüber … Okay, wenn du nicht herkommen willst, dann bring ich dir jetzt das Scheißding rüber.«

Während ich auf Cleve wartete, strich ich in der Küche meines Lofts hin und her und wünschte mir, so ausgestorben zu sein wie der Säbelzahntiger. Die ganze Sache gefiel mir nicht. Gebt mir eine schöne, kleine, dreckige Affäre zum Ausschnüffeln. Aber Mordfälle gefährden die Gesundheit. Und es war ungünstig, frontal mit Fox und Cooperman zusammenzustoßen, während die Leiche nicht mal auf Zimmertemperatur abgekühlt war. Sehr ungünstig.

Ich ging zur Tür und ließ Cleve rein und hörte seinem Gebrabbel eine Weile zu. Dann nahm er einen großen Briefumschlag aus der Aktentasche und legte ihn vor mir auf den Tisch. Die Adresse lautete: Mr. Larry Barkin, c/o The Lone Star Café, 61 Fifth Avenue, New York, New York.

»Beachte das Datum«, sagte Cleve. »Er ist am letzten Montag abgeschickt worden. Er kam am Mittwoch bei uns im Büro an, einen Tag vor Larry Barkins Auftritt im Lone Star. Wir nahmen einfach an, es sei Fan-Post, und ich hab's mir erst heute morgen genauer angeschaut.«

Cleve schob mir den Umschlag herüber, und ich bemerkte, daß seine Hände leicht zitterten. »Was zum Teufel ist denn drin?« fragte ich. »Haß-Post? Finanzamt? Grüße von seiner längst verflossenen Ex-Gattin?«

»Viel besser«, sagte Cleve leise. »Warum machst du ihn nicht auf und schaust selber nach?«

Ich öffnete den Umschlag und zog ein buntbedrucktes Notenblatt heraus. Es war der alte Hank-Williams-Song ›Hey, Good Lookin'‹. Cleve schaute mir über die Schulter, und gemeinsam lasen wir den Text:

Hey, hey good lookin', what cha got cookin'
How's about cookin' somethin' up with me.
Hey, sweet baby, don't you think maybe
We could find us a brand new recipe
I got a hot rod Ford and a two-dollar bill
And I know a spot right over the hill …

Ein kalter Schauer wehte plötzlich durch das Loft, und ich war mir ziemlich sicher, daß dies nichts mit dem Winter in New York zu tun hatte.

5

Cleve war abgegangen. Ich gönnte mir einen kleinen Kraftschlummer und versuchte, nicht zu träumen. Es klappte ganz gut. Es gelang mir, mein Gehirn in die Leinwand eines Kleinstadt-Autokinos außerhalb der Saison zu verwandeln. New York existierte nicht. War nur einen Augenblick da, wie eine flüchtig bekannte Stadtstreicherin, die schnell am Fenster deines Taxis im Regen vorbeihuscht.

Das Telefon am Bett schien zu klingeln, also nahm ich es auf.

»Leg los«, sagte ich mit einer tiefen Schmirgelpapier-Stimme, neben der Kenny Rogers wie ein Kastrat geklungen hätte. Ich war ziemlich übler Laune. Es war ein Fall von Kraftschlummerus interruptus. Ich schaute raus, und es war schon verdammt dunkel. Dann begann eine recht rattige Stimme mich aus dem Hörer anzublaffen. Es war Ratso.

Ratso war ein Vertreter der Flohmarkt-Eleganz. New York, New York. Er war loyal, intelligent und geizig genug, um Dagobert Duck eifersüchtig zu machen. Er war Redakteur des ›National Lampoon‹. Ratso hatte mir bei meinen ersten paar Fällen beigestanden, und in einigen schwächeren Momenten war ich versucht, ihn für meinen amerikanischen Dr. Watson zu halten. Ich würde keinesfalls das Risiko eingehen, über Ratsos Gedankengänge Vermutungen anzustellen, aber ich mochte ihn und gab ihm deshalb immer etwas Leine. Entweder würde er sich damit aufhängen oder eine Leinen-Fabrik eröffnen.

»Hey, Mann, was läuft denn so?« sagte Ratso.

»Könnte schlimmer sein«, sagte ich. »Könnte Omo schnüffeln und Aqua Velva saufen.«

»Also dann, hast du schon die Zeitung heute gesehen? Hast gelesen, was Larry Barkin gestern abend im Lone Star passiert ist?«

»Dafür brauchte ich die Zeitung nicht zu lesen, Kumpel. Ich hab' die Action gestern abend live mitbekommen. Oder besser tot.« Ich berichtete Ratso von dem Hank-Williams-Song und dem Zwei-Dollar-Schein, den ich bei Barkin gefunden hatte.

»Scheiße«, sagte Ratso, »da bin ich wohl zu früh gekommen.«

»Yeah«, sagte ich, »das hat Uptown Judy gestern auch zu mir gesagt.«

»Ernsthaft, Mann. Ich kann einfach nicht glauben, daß jemand den Kerl umgelegt hat. Ich hab' den ganzen ersten Auftritt selbst angeschaut, und der Kerl war Klasse. So mitreißend. So lebendig.«

»Yeah, beim zweiten Auftritt war er dann etwas steifer. Hör mal zu, Ratso, sind dir irgendwelche merkwürdigen Gestalten aufgefallen, die gestern während der ersten Show im Lone Star rumhingen?«

»Du beliebst zu scherzen, Mann«, sagte Ratso. »Wir sind in New York.«

»Ich weiß, wo wir sind«, sagte ich. »Dennoch glaube ich, du kannst mir helfen. Vielleicht war da jemand, der nicht merkwürdig aussah.«

»Da kommen wir der Sache schon näher«, sagte Ratso.

»Also, wir treffen uns in einer Stunde im Monkey's Paw. Ist das okay?«

»In Ordnung«, sagte Ratso. »Ich hoffe nur, ich erkenne dich in der Menge wieder.«

»Bring dein Vogelbuch und deinen Feldstecher mit«, sagte ich und legte auf. Ich ging hinüber zum Fenster und schaute auf eine düstere und fast menschenleere Vandam Street hinunter. Selbst die Müllwagen waren verschwunden. Daheim in ihren kleinen Garagen-Apartments träumten sie von Kaffeesatz und alten Schreibmaschinen, die jemand im Schnee liegengelassen hatte.

Freitagabend war der Abend, an dem die meisten Leute meinten, Spaß haben zu müssen. Das Problem war nur, daß die meisten Leute nicht wußten, was Spaß war oder wie man ihn hat, und so endete es meist ziemlich häßlich.

Vielleicht hatten die Daddys den Juniors ihre T-Birds weggenommen, und die wußten es nur noch nicht.

Ich bekleidete mich mit Hut und Mantel, griff ein paar Zigarren für unterwegs und sagte der Katze Bescheid, daß sie in meiner Abwesenheit die Verantwortung trage. Dann verschloß ich die Tür zum Loft, stiefelte vier Treppen hinunter und schlenderte links die Vandam hinunter über die Hudson weiter zur Seventh Avenue. Es war kälter geworden, wenn das noch möglich war. Die Gegend sah aus wie eine aufgeschreckte Pinguin-Kolonie. Alle hatten es eilig bis auf die Penner. Zeitungen flatterten überall über die Bürgersteige wie alte Liebesbriefe an die Vergangenheit.

Ich rauchte eine Zigarre, während ich in Richtung Sheridan Square und Monkey's Paw marschierte, mit den Händen in den Taschen, um sie wenigstens lauwarm zu halten. Wenn das Monkey's Paw nur ein paar Ecken weiter weg gewesen wäre, hätte ich jemand gebraucht, ›to melt my cold, cold heart‹.

Es ging mir kurz durch den Sinn, wie Larry Barkins Hinterkopf gestern abend ausgesehen hatte. Irgendwie wie eine halbvergammelte Gemüsezüchtung. Ich überraschte mich beim Summen von ›Hey, Good Lookin'‹, während ich die Seventh Avenue kreuzte, aber das erschien mir unangebracht, und ich zwang mich selbst, es abzuschalten.

Das Monkey's Paw lag gleich hinter der Seventh Avenue in der Bedford Street, eine der wenigen Hetero-Bars in dieser Gegend. Es hatte schon immer den Anspruch, ein literarisches Lokal zu sein. Da war ich nicht so ganz sicher. Es war so kalt, daß mir heterosexuell schon reichte.

Ratso stand am Tresen. Er trug grüne Lederhosen und einen roten Pullover, auf dem kleine Eishockeyspieler hin und her flitzten.

»Hi, Sherlock«, sagte er.

6

Die Kellnerin wies uns einen Tisch etwa von der Größe eines Skateboards an. Dafür hatten wir dort einen hübschen Blick auf die Abfalleimer, die sich draußen auf der Bedford Street stapelten.

»Toller Tisch«, meinte Ratso zur Kellnerin.

»Yeah«, sagte ich, »sieht aus wie der Abendmahls-Tisch für Jesus und die sieben Zwerge.«

»Tut mir leid«, sagte die Kellnerin munter. Sie war in etwa das leidvollste Wesen, das ich je auf zehn Zehen gesehen hatte.

Das Monkey's Paw war am Wochenende immer von Touristen überlaufen. Unerschrockene Reisende aus fernen Ländern wie New Jersey. Junge Paare ganz aus der Upper East Side. Wie die meisten Einwohner des Village hegte ich eine instinktive Abneigung gegen diese Leute. Die eine Hälfte von ihnen glaubte, sie seien hier, um toll einen draufzumachen, und die andere hielt sich für

Sozialarbeiter auf Hilfsexpedition. Ich mochte keine Hälfte, aber es kostet nichts, nett zu sein.

»Kannst du mal ein bißchen mit dem Stuhl weiterrutschen, Kumpel?« fragte ich einen Kerl, der mit seinem Schnauzer einer Braut zubrabbelte, ›was für eine schreckliche Saison wir am Broadway erleben‹, und mir gleichzeitig den Weg versperrte.

»Aber sicher«, rümpfte er die Nase.

»Yep«, sagte Ratso mit lauter Stimme, als die Kellnerin uns an einem kleinen Tisch lächerlich nahe bei dem Kerl plazierte, »sieht aus, als ob das Theater wirklich tot ist.«

»Moduliere doch, bitte schön, deine Stimme«, sagte ich zu Ratso. »Der Kerl wird noch handgreiflich und peitscht uns mit seinem Krümelfänger zu Tode.«

Ratso bestellte Wodka mit Soda, und ich bestellte einen Prior Dark mit einem Schuß Old Grand-Dad als Begleitung. Langsam wurde der Tisch etwas voll, aber wenn man in New York lebt, dann geht man nicht aus, um Ellbogenfreiheit zu suchen. Man versucht lediglich, das Schnapsglas sicher zum Munde zu führen. Manchmal ist das schwerer, als es aussieht.

»Hey«, sagte ich, »das ist ja McGoverns Drink, was du bestellt hast.« McGovern war halb Ire und halb Indianer und arbeitete in der Innenpolitik der ›Daily News‹. Er hatte vor Jahren im Monkey's Paw Hausverbot erhalten, weil er einem Gast ans Bein gepinkelt hatte.

Ratso grinste. »Solang es nicht Elias Drink ist«, sagte er. Wer Elia war, war schwer zu erklären, außer daß ich bezweifelte, daß er bei der ›Daily News‹ arbeitete.

»Weißt du«, sagte Ratso, »man sagt, die Frau, die von McGovern angepinkelt wurde, sei nie wieder hergekommen.«

»McGovern auch nicht«, sagte ich.

»Und Elia auch nicht«, sagte Ratso.

»Darauf trink ich«, sagte ich, und wir bestellten noch eine Runde. Die Lage hatte sich mittlerweile etwas gelichtet. Die Quasi-Theater-Typen waren gegangen, und ich schob meinen Stuhl etwas zurück.

»Dies war übrigens Dylan Thomas' Drink. Er trank achtzehn doppelte Old Grand-Dads unten in der White Horse Tavern, ehe er durch eine Falltür nach unten ins Schlafzimmer rutschte.«

»Okay«, sagte Ratso, indem er das Thema beiseite schob, »wie kann ich dir helfen?«

»Du kannst mich nach dem siebzehnten stoppen«, sagte ich. Ich signalisierte der Kellnerin für einen neuen Drink. Ratso schonte sein Glas.

»Du warst also«, sagte ich, »in Larry Barkins Garderobe.« Ratso nickte. »Was hast du gesehen? Wen hast du gesehen?« Ich hatte durch Cleve eine recht gute Vorstellung, wie die Liste der Verdächtigen aussah, aber ich wollte es von Ratso noch einmal hören.

»Laß deine Erinnerung zurückschweifen«, ermunterte ich ihn.

»Sicher, Monsieur Poirot«, sagte er. »Da war eine Blondine. Eine Fotografin. Sie heißt Gunner.«

»Das ist ein komischer Name«, sagte ich.

»Kinky aber auch«, sagte Ratso.

»Weiter«, sagte ich.

»Dann war da ein glatzköpfiger Anwalt, der Kokain an alle verteilte –«

»Die Beschreibung trifft auf fast alle zu, die ich kenne.«

»Dann hör dir das an«, sagte Ratso. »Dein alter Kumpel Chet Flippo war da. Sehr intim mit Barkin. Und natürlich wird deine degenscharfe Erinnerungsgabe den Titel von Chets neuestem Buch anmerken ...«

Chet war ein alter Freund von mir aus Texas, der kürzlich ein Buch geschrieben hatte, das Nashville und Liebhaber von Country-Musik allgemein in mindestens drei bewaffnete Lager gespalten hatte. Die eine Gruppe liebte es. Die andere Gruppe haßte es. Die dritte Gruppe hielt es für ein bißchen ladida. Ich selbst hatte das Buch noch nicht gelesen, ich kannte aber den Titel: *Your Cheatin' Heart. Eine Biographie über Hank Williams.*

»Ein bißchen offensichtlich, meinst du nicht?«

»Ich berichte nur, wer da war, Sherlock. Du stopfst es in deine Pfeife und rauchst es.« Ich steckte eine Zigarre an.

»Dann war da auch dein Freund Mike Simmons. Er spielte auf Barkins Gitarre, glaub ich, und versuchte, ihm einen Song oder so was vorzuführen.«

»Das kauf ich unbesehen«, sagte ich. Simmons war einer der besten Country-Sänger, die ich je gehört hatte, aber er sprach gerne dem Alkohol zu. Er war verrückt, talentiert und frustriert. Wie alle andern in New York.

»Simmons war schon ziemlich angeschlagen«, sagte Ratso. »Ich befürchtete schon, daß er Barkins Gitarre zerbrechen würde.«

»Yeah«, sagte ich. Ich paffte gedankenvoll an der Zigarre. Ich kippte das Glas runter und bestellte ein neues. Ratso bestellte noch einen Wodka mit Soda.

»Okay«, sagte ich, als die Getränke kamen, »was haben wir also?«

»Wir haben«, sagte Ratso, »die blonde Fotografin, den glatzköpfigen Anwalt, der das Kokain verteilte, Chet Flippo und Mike Simmons.«

»Was ist mit Bill Dick?« fragte ich.

»Bill Dick gehört der Club«, sagte Ratso.

»Mein lieber Ratso«, sagte ich, »ich habe für ziemlich viele Clubbesitzer gearbeitet, und ich habe gelernt, daß man ihnen alles zutrauen kann.«

»Also dann«, sagte Ratso, »haben wir fünf Verdächtige. Das sieht ziemlich einfach aus.«

»Genau.« Ich leerte das Glas und signalisierte der Kellnerin, das Beil fallen zu lassen.

»Du hörst nach fünf Old Grand-Dads schon auf?« fragte Ratso. »Ich bin völlig desillusioniert.«

»Das will ich auch hoffen«, sagte ich, während ich die Rechnung zahlte und beobachtete, wie Ratso so tat, als würde er sein Geld suchen. »Was ist denn los, Kumpel, hast du Angelhaken in der Tasche?«

Wir traten ins Freie.

»Also, herzlichen Dank für den schönen Abend«, sagte Ratso. »Ich geh nach Hause, um meinen Affen auszupeitschen.«

»Schön«, sagte ich. »Wir bleiben in dieser Sache in Kontakt. Es könnte noch ziemlich häßlich werden.«

Während ich durch die Kälte nach Hause spazierte, ließ ich mir die ganze Angelegenheit durch den Kopf gehen. In eine Mord-Untersuchung zu geraten ist so ähnlich, wie an Drogen oder Alkohol zu geraten.

Wie mein alter Freund Slim damals in Texas immer sagte: »Manchmal mußt du was finden, was du magst, und dich damit umbringen.«

7

Früh am Sonntagmorgen sägte ich gerade an einem besonders friedlichen Dauerstamm, als die Telefone klingelten. Die Stimme kam über die Strippe wie eine Kettensäge, deren Zähne aus Brooklyn stammten.

»Wir können es nicht zulassen. Wir können es einfach nicht zulassen. Ja oder nein, Kinkster?«

»Ja, Bill«, sagte ich verschlafen. Es war Bill Dick, der Besitzer des Lone Star. Er hatte vielleicht einen schlappen Nachnamen, aber einen starken Satz Lungen. Möglicherweise lag es auch an der Uhrzeit.

Ich setzte mich im Bett auf und schaute erst auf die Katze und dann auf die Uhr. Die Katze gähnte. Die Uhr zeigte halb zehn an.

»Was können wir nicht zulassen, Bill?« fragte ich. Ich blinzelte zur Kaffeemaschine in der Küche hinüber wie zu einer lang verflossenen Geliebten.

»Wir können keinen Wahnsinnigen im Lone Star frei herumlaufen lassen«, sagte er.

»Wo warst du Donnerstag abend, Bill?« fragte ich ein wenig zu abrupt.

»Ich war segeln, um Gottes willen. Draußen auf dem verdammten Boot. Bin letzte Nacht zurückgekommen. Habe nie daran gedacht, daß so was passieren könnte. Ich segel gern. Raus aus der täglichen Schinderei. Ein Mann braucht ein gutes Boot. Ein Mann segelt gern. Kann nicht ständig arbeiten. Ja oder nein, Kinkster?«

»Ja, Bill«, sagte ich.

»Schau mal«, sagte er, »du hast geholfen, aus dem Lone Star das zu machen, was es heute ist, Kinkster. Du bist da oft aufgetreten und hast von diesen Auftritten profitiert. Die Bullen waren hier. Waren mehrmals hier. Aber die sind auf See verloren, ohne Segel. Willst du das Ruder übernehmen, Kinkster? Wirst du herausfinden, wer Larry Barkin umgebracht hat? Wirst du es für das Lone Star tun?«

»Nun, mein Gott, Bill«, sagte ich, »wenn du es so formulierst. Ich glaub, ich tu's für Gott und die Country-Musik.«

»Das ist der rechte Sinn«, sagte Bill Dick. »Wir gehen der Sache auf den Grund. Ja oder nein, Kinkster?«

»Ja, Bill«, sagte ich. Ich legte auf. Ich schüttete etwas Kaffee in die Maschine, mit etwas alter Eierschale für den Geschmack, und während ich aufs Sieden wartete, zündete ich eine Zigarre an.

»Heim ist der Segler«, sagte ich zur Katze. »Heim von der See.« Ich gab ihr etwas frischen Thunfisch zum Frühstück.

Ich schuldete meiner Meinung nach Gott nicht viel. Und ich glaubte, ich schuldete der Country-Musik auch nicht mein Tagwerk. Ich schuldete nicht mal dem Lone Star etwas, außer vielleicht einer alten Verzehrrechnung von Anno dazumal. Etwa alles, was ich schuldete, das schuldete ich McGovern, 50 Dollar, und da er zweifellos die 50 Dollar nur unnütz verplempern würde, tat ich ihm nur mehr einen Gefallen, wenn ich sie ihm nicht so bald zurückgab. Nicht daß mir die entsprechenden Valuten abgingen.

Ich war bei meiner zweiten Tasse Kaffee und kurz hinter der Mittellinie der Zigarre, die ich nach meinem Gespräch mit Bill Dick angezündet hatte. Normalerweise pflege ich die Zigarren nicht über die Mitte zu rauchen. Ich pflege sie eine Weile im Papierkorb zu horten und die übrige Portion eines späteren Tages anzuzünden. Wie bei einem guten Wein muß man eine halbgerauchte Zigarre etwas altern lassen. Muß sie atmen lassen. Viele Leute verstanden das nicht, aber ich verstand auch viele Leute nicht. Ich rauche bis zu zehn Zigarren am Tag und erwarte, ewig zu leben. Natürlich inhaliere ich nicht. Ich puste den Rauch nur auf Kleinkinder, Grünpflanzen, Vegetarier und alle, die zu dem Zeitpunkt gerade joggen, an dem ich ausatme.

Man muß daran arbeiten, ein guter Raucher zu sein. Speziell heute, wo einem die nichtrauchende Welt ständig Schwierigkeiten macht. Es reicht schließlich, dich zum Trinker zu machen. Ich goß mir einen Schuß Jameson Irish Whiskey und eine dritte Tasse Kaffee und setzte mich an den Tisch.

Ich dachte daran, was Charles Lamb, der berühmte britische Essayist, einmal gesagt hat, als jemand ihn fragte, wie er nur so viel Zigarre und Pfeife rauchen könne. Er sagte: »Ich placke mich dabei ab, wie sich viele Menschen mit Tugend abplacken.« Nicht schlecht, Chuck.

Ich rief Sergeant Cooperman im Sechsten Revier an, aber er war aus, die Öffentlichkeit zu schützen. Der Wachhabende sagte, er würde zurückrufen. Ich rief Mike Simmons an.

»Hey, Mike«, sagte ich, »wie wär's mit einem kleinen geistigen Getränk gegen die Hitze?«

»Die Hitze ist richtig«, sagte Simmons. »Diese Sergeant-Cooperman-Figur sitzt mir im Nacken wie ein Seidenschal.«

»So sollte man von New Yorks Stolz aber nicht reden, Simmons«, mahnte ich ihn.

»Wo?« fragte er.

»Was wo?«

»Das geistige Getränk gegen die Hitze.«

»City Limits. Zehn Uhr.«

»Bis dann«, sagte er.

Ich beschloß, mir einen kleinen Kraftschlummer zu gönnen, aber als ich erwachte, war es schon fast zehn Uhr. Wie das Glück so spielte, hatte ich nicht geträumt. Oder, wenn ich träumte, dann konnte ich mich nicht daran erinnern, was fast ebenso gut ist. Ich hüpfte in den Regenraum und stellte mich unter die Dusche. Sang ein kleines Hank-Williams-Potpourri. ›Cold, Cold Heart‹, ›Your Cheatin' Heart‹ – Hank hatte es offenbar mit den Herzen – und ›I'll Never Get Out of This World Alive‹. Der Refrain zum letzten Song lautete:

No matter how I struggle and strive
I'll never get out of this world alive.

Das schien mir eine gute Stelle aufzuhören. Ich trocknete mich mit einem Badetuch ab, das ich versehentlich aus dem Chelsea Hotel mitgenommen hatte. Es stand YMCA drauf.

Man sagt, Dylan Thomas sei während seines Aufenthalts im Chelsea gestorben. Viele Orte schmücken sich mit Homers Geburt, und viele Orte schmücken sich mit Dylan Thomas' Tod. Und was lehrt uns das? Nichts, dachte ich. Ich entschied mich gegens Rasieren. Wollte es mal mit dem Yessir-Alterfurz-Look versuchen. War ziemlich in, dieser Tage.

Ich breitete das Badetuch auf dem ›cold, cold‹ Heizkörper aus, damit es dort trocknete oder vermoderte, wie auch immer. John Lennon, Nina Simone, Abbie Hoffman und Sid Vicious hatten im Chelsea gewohnt, wie auch der Kerl, der den Song ›Tubby the Tuba‹ geschrieben hat. Welch eine Gästeschar.

Ich zog mich an, legte meine alte Jagdweste an, übergab alles der Katze und entschwand. Ich wanderte die Hudson hoch und schlich mich dann rüber zur Seventh Avenue. In der Grove Street saß eine junge Frau mit einem Holzstuhl auf dem Bürgersteig und spielte Cello. Der große Cello-Koffer lag offen vor ihr. Er sah aus wie der Sarg für ein großes Kind. Es lagen ein paar Quarters und Dimes und Nickels drin, und das war alles. Scheidemünze, wie man es auch betrachtete. Ich blieb in der Kälte stehen und hörte einen Moment zu. Sie klang ziemlich gut, aber was ich vom Cello verstand, das konnte man in einen Ukulele-Kasten tun und damit rasseln.

An der Ziegelwand über ihr entdeckte ich eine Bronze-Plakette. Sie zeigte die Büste von Thomas Paine, der an dieser Stelle im Jahre 1809 gestorben war, nachdem ihn Priester auf dem Totenbett gefoltert hatten. An den Rändern der Plakette standen, etwas verdreckt, aber noch lesbar, zwei von Paines Weisheiten: ›Die Welt ist meine Heimat‹ und ›Gutes tun ist meine Religion‹.

Ich gab dem Mädchen einen Fünf-Dollar-Schein. Ich dachte mir, wer bei so einem Wetter Cello spielen kann, der hat etwas verdient. Sie nickte mir dankend zu. Etwas weltmüde. Irgendwie süß.

Ich lenkte meine Schritte dem City Limits zu, einer etwas schrägen Country-Musik-Bar im Herzen des Village, um dort Simmons zu treffen. An der Seventh Avenue wandte ich mich nach dem Mädchen um, und sie spielte das Cello, als ob ich noch vor ihr stünde. Die bringt's nie bis zur Carnegie Hall, dachte ich.

Natürlich, warum sollte man zur Carnegie Hall wollen, wenn man zu Carnegie Delicatessen gehen kann?

8

City Limits ist der Laden, wo man hingeht, wenn man im Lone Star genug Spaß gehabt hat und es immer noch erst zwei Uhr morgens ist. Wenn es vier Uhr morgens ist und du allen Spaß im City Limits überstanden hast, dann verlädst du dein Gehirn in einen Rollstuhl und schlingerst hinüber ins Zodiac, eine Nachtbar, die allen Kreisen der Hölle ähnelt, wenn man sie plötzlich einem großen, dunklen, lauten, ziemlich langweiligen Pfannkuchen komprimieren würde. Nachdem du Spaß im Zodiac gehabt hast, trittst du hinaus ins blendende Tageslicht und den Verkehr auf der Canal Street um 09:00 an einem Werktagmorgen, und du weißt, was es heißt, tot sein zu wollen. Spaß ist Schwerarbeit in New York.

Ich nickte Glen zu, dem Türsteher am Eingang des City Limits. Glen war ein großer Kerl mit einem Pferdeschwanz, an dem niemand zog, außer eines Abends eine kleine alte Dame aus Idaho, die ihn für ihren Schal hielt.

»Ist Mr. Simmons da?« fragte ich ihn.

»Noch nicht lange«, sagte er unheilvoll. Er winkte mich rein, und ich steckte die zwei Dollar Eintritt in die Tasche zurück. Fünfzehn Jahre langsamer Tod auf Tour, um ohne Eintritt in einen solchen Bums zu kommen. Wir großen Berühmtheiten haben es geschafft.

Simmons stand an der Bar. Er trank Jack Daniel's on the rocks.

»Hey, Mann«, schrie er mich an, »jetzt, wo du in den Schwarzen bist, geb ich dir einen Drink aus.« Es schien, als hätte er schon ein paar genossen.

»Okay«, sagte ich. »Ich nehme ein Lone-Star-Bier für 3 Dollar 50 Cents.«

»Scheiße«, sagte er, »da gibt's doch was Besseres.«

»Nun gut«, sagte ich, »gib mir einen Chivas on the rocks mit einem Schuß New Yorker Leitungswasser. Dämpft die Schärfe.«

»Nö«, sagte Simmons, »das ist zu kompliziert.«

»Courvoisier«, sagte ich.

»Nö«, sagte Simmons mit lauter Stimme. »Das ist zu vornehm für dieses verdammte Bumslokal.« Ich blickte über meine Schulter und sah, daß der Barmann eine Art Motorradweste, einen Cowboy-Hut und einen finsteren Blick trug.

»Einen Moment noch, Kumpel«, sagte ich. Er wandte sich mit Ekel.

»Simmons«, sagte ich, »dies mag für dich ein ziemlich schlimmes Bumslokal sein, aber was diese Leute tatsächlich wollen, ist die Wiederauferstehung eines frühen Country & Western Honky-Tonk-Lokals. Außerdem«, sagte ich, »könntest du vielleicht deine Stimme etwas dämpfen, oder sie versuchen die Wiederauferstehung auf deinem Nasenbein.« Er lachte.

»Gib mir einen Jameson«, sagte ich.

»Nö«, sagte Simmons, »das ist viel zu ethnisch, Mann. Du willst doch keinen Jameson.« Ich hatte den Fehler begangen, Simmons eine Zigarre zu geben, und nun gestikulierte er damit herum und fuchtelte mit dem glühenden Ende gefahrlich nahe vor den Augen nahestehender Gäste herum. Ich wandte mich einen Moment um und beobachtete die Band auf der kleinen Bühne am anderen Ende des Raums. Ich erkannte einige der Musiker. Sie waren recht gut. Sie hatten Talent. Und Talent ist sich selbst genug. So sei es. Das war in etwa alles, was sie für drei brutale Auftritte vor abgeschlafften Fremden aus der Upper West Side bekamen und den Leuten, die darauf warteten, daß das Zodiac aufmachte. Aber die Band spielte, und die Leute tanzten.

Ich sah, daß der Drummer ein Kerl war, der bei mir ein paar Konzert-Tourneen mitgemacht hatte, in meiner dunklen Vorzeit. Er sah zu mir herüber, winkte mit einem Stock und zuckte mit den Schultern, als wolle er sagen, »Hilfe! Hol mich hier raus!« Er war ein talentierter Drummer. Aber die meisten Hauswirte kümmerten sich nicht um Talente, wenn die Miete fällig war. Ich brauchte einen Drink.

»Simmons«, sagte ich, »bestell mir einen Drink, oder ich bring dich um.«

»Barkeep«, rief Simmons, »zwei doppelte Black Jacks. Rocks. Zack, zack, laß marschieren!«

Langsam und verdrießlich brachte der Bartender zwei doppelte Jack Daniel's zu uns herüber. Simmons hatte Probleme, sein Glas zu halten, aber er erhob es nun ziemlich unsicher, um anzustoßen. Er stieß mit dem Boden seines Glases gegen den Rand des meinigen und sagte, »Niemals über dir.« Dann klickte er seinen Rand gegen meinen Boden. »Niemals unter dir«, sagte er. Dann legte er seinen Arm um meine Schulter und knallte sein Glas gefährlich gegen mein Glas und sagte: »Immer dir zur Seite.«

»Verhakel nur nicht unser Karma, Kumpel«, sagte ich.

Wir beide nahmen einen Schluck vom Jack.

Ich entwand meine Schulter Simmons' Arm und ging etwas näher zur Bühne. Der Gitarrist hatte die Saiten seiner Gitarre umgedreht und spielte linkshändig. Das war nicht selten. Ich hatte es schon mal gesehen. Aber es ließ mich an etwas denken, was an mir nagte, seit ich den verstorbenen Larry Barkin in seiner Garderobe im Lone Star besucht hatte. Ich holte mir eine Handvoll Erdnüsse aus einem Faß in der Mitte der Tanzfläche und ging zurück zu Simmons an der Bar.

»Mike«, sagte ich, »du bist doch nicht zufällig Linkshänder, oder?«

»Wen interessiert denn das?« fragte er feindselig.

»Wen zum Teufel wird das wohl interessieren?« fragte ich. »Wen siehst du hier neben dir stehen und Konversation machen?«

»Ich sehe Spade Cooley«, sagte er. Spade Cooley war ein Country-Sänger, der seine Frau zu Tode prügelte, im Gefängnis landete und elendiglich in den Hillbilly-Himmel einging.

Die Band machte jetzt Pause, und ich ging hinüber und unterhielt mich ein wenig mit ihnen. Als ich zur Bar zu Simmons hinüberschaute, ereignete sich dort gerade ein kleines Handgemenge. Simmons kämpfte mit einer eleganten Dame. Der große Barmann packte ihn am Hals, und Glen, der Türsteher, näherte sich eilig der Unruhe.

Sie würden Simmons in der Bar nichts antun, aber ich hatte erlebt, wie einige der Neandertaler des City Limits unruhige Gäste in einer Nebengasse unterhalb des Lokals bearbeitet hatten. Ich nahm mir vor, sie direkt vor der Tür abzufangen und Simmons ihren großen, unbarmherzigen Country-Musik-Händen zu entringen. Auch wenn er's nicht verdient hatte.

Ich stand draußen auf der Tenth Street in der Kälte und wartete. Die Tür des Lokals platzte auf, und Simmons kam auf den Bürgersteig gesegelt. Vor Wut zitternd, sammelte er sich zusammen und wollte in den Club zurück. Ich griff ihn beim Arm, aber es gelang ihm, die Tür aufzustoßen, und mit mir als Anhängsel taumelte er ein paar Schritte in den Laden zurück. Glen und sein Pferdeschwanz kamen auf uns zu, stoppten dann. Simmons brüllte durch den Krach und das Geklapper der Bar.

»Ihr würdet auch Hank Scheiß-Williams hier rausschmeißen!« sagte er.

9

Ich setzte Simmons in ein Taxi und gab dem Fahrer den Auftrag, ihn zum Marylou's in der Ninth Street zu bringen, wo die Atmosphäre angenehmer war. Er wollte nicht nach Hause gehen, und ich wußte, daß es kein Mittel gab, ihn dazu zu zwingen. Zu Hause ist in New York ein Wort ohne Bedeutung. Bisweilen war es nirgendwo. Offensichtlich bedeutete es für Simmons nur wenig. Außer der Tatsache, daß die Katze dort war, hieß es auch für mich verdammt wenig.

Ich hatte von Simmons nichts erfahren, außer daß ich mit ihm nicht noch einmal das City Limits besuchen sollte. Ich hatte nicht einmal erfahren, ob er Linkshänder war.

Ich ging zu einer Telefonzelle gegenüber von Village Cigars und rief Chet Flippo im Writers' Room des Waverly an. Es war ein ruhiger Ort, wohin er sich bisweilen zurückzog, um an seinen laufenden Projekten zu arbeiten und sich vor dem Lärm und den Ablenkungen zu verstecken, die New York ausmachen. Ich fragte mich nur, ob es noch etwas anderes gab, wovor er sich verbarg.

Ich hatte im Augenblick nur fünf Verdächtige, die meiner Bearbeitung harrten, obwohl sich das Feld erweitern oder verengen könnte, wenn ich nur mehr wüßte. Ratso und Cleve schieden vermutlich aus. Ratso gab einen relativ brauchbaren, modernen Watson ab, und ich konnte es mir nicht leisten, ihn zu verlieren. Und Cleve war derjenige, der mich überhaupt erst in die ganze Barkin-Affäre verwickelt hatte. Bill Dick war auf seinem verdammten Boot gewesen. Chet Flippo und Mike Simmons waren Freunde von mir, aber wenn ich darüber nachdachte, so absolvierte sie das in keinster Weise. Wenn es um Mord geht, dann muß man bei den Leuten ein wenig genauer hinschauen, als wenn man sie mit Bar-Mizwa-Einladungen bedenkt.

Dann gab es da noch den glatzköpfigen, Kokain verteilenden Anwalt und die schicke, albionische Belichterin. Die konnte man nicht übersehen. Aber in mir bildete sich langsam ein unangenehmes Gefühl gegenüber diesem Fall.

Ich kaufte mir ein paar nette Glimmstumpen bei Village Cigars und überquerte forsch ausschreitend den Sheridan Square. Bei diesem Wetter mußte man forsch ausschreiten. Wenn man es nicht tat, erfror man unter Umständen, und irgendein avantgardistischer Soho-Künstler würde dich in seiner Galerie als Eisskulptur präsentieren. Man mußte zu jeder Jahreszeit vorsichtig sein, den Sheridan Square zu überqueren. Sonst könnte dort irgendwer etwas ganz anderes präsentieren.

Das High Five lag eine Stufe unter dem Niveau der Straße und so mancher anderer Orte. Es war eine jazz-orientierte Bar, die für ›schmierig‹ ganz neue Maßstäbe setzte. Das High Five war bevölkert mit einer bunten Mischung verschiedenrassiger Paare, die der Gegend etwas Farbe verliehen. Die meisten schienen heterosexuell zu sein, aber man kann nicht alles haben. Eine gute Sache an dem Laden war, daß – wer zum Teufel man auch war – man niemals unpassend wirkte.

Flippo saß am Tresen, als ich eintrat. Er blickte mich mit farblosen Augen hinter einer metallgefaßten Brille an. Er sah nicht glücklich aus. »Setz dich«, sagte er.

Ich hatte Chet Flippo eine ganze Weile nicht getroffen. Wenn ich es so bedachte, hatte ich Chet Flippo noch nie getroffen. »Was willst du trinken?« fragte er. Er sah ziemlich harmlos aus, aber ich trieb mich lange genug in der Szene herum, um zu wissen, daß ziemlich harmlos immer gefährlich war. Seit 1982 traute ich nicht einmal mehr dem Osterhasen.

Ich bestellte ein Glas irischen Whiskey, dazu ein Bass Ale, damit es auf dem Mahagoni nicht so allein wäre. »War mal ein ganz netter Laden«, sagte ich. »Charlie Parker und Edith Piaf haben hier verkehrt.« Flippo beschaute den Dreck um sich mit ungläubigen Augen.

»Das erzählt man so«, sagte ich. Er nippte nervös an seinem Bier vom Faß. »Haben die Bullen mit dir geplaudert, Chester?« fragte ich.

»Korrekt«, sagte er und nickte einmal kurz mit dem Kopf.

»Was wollen sie wissen? War's wegen alter Falschpark-Tickets?«

»Ich hab' ihnen gesagt, daß ich nicht fahre«, sagte er.

»Ausnehmend klug«, sagte ich. Selbst A. J. Foyt nahm sich in der Stadt eine Droschke. »Okay, Chester«, sagte ich, »was hat sich Donnerstag abend in Barkins Garderobe abgespielt? Spuck's aus, Kumpel.« Ich kippte den Schnaps runter und blickte ihn scharf an.

»Barkin und ich kennen uns so lala schon eine geraume Zeit«, sagte Flippo. »Ich habe einige seiner Auftritte für diverse Blätter besprochen. Ich hab' seine verzuckerte Musik nie gemocht, und er hat meinen ätzenden journalistischen Stil nie gemocht, aber wir beide hegten gegenseitig einen neidisch-professionellen Respekt für die Arbeit des anderen.«

»Okay«, sagte ich, »erspar mir die ganzen Girlanden. Komm zum Kern der Sache.«

»Nun, ich war da eine ganze Weile und unterhielt mich mit Barkin. Vielleicht fünfzehn Minuten. Diese Fotografin, ich glaube, sie hieß Gunner Irgendwas oder so, sie war die ganze Zeit da und hat rumgeknipst. Der Barmann, Cleve und der Rausschmeißer, die schauten verschiedentlich kurz rein, während ich da war. Das war nach dem ersten Auftritt. Eine ganz gute Show, übrigens.«

»Fein, daß es dir gefallen hat. Fahre, so flehe ich, fort«, sagte ich gereizt, während ich einen neuen Drink bestellte.

»Dein Freund Ratso hatte es geschafft, sich da irgendwie reinzuschleichen. Ich glaube, Barkin wollte aus irgendeinem Grund, daß er aus der Garderobe verschwand.«

»Völlig verständlich«, sagte ich.

»Ratso war noch da, als ich zum erstenmal rausging, um von der Mantelablage ein Buch für Barkin zu holen.«

»Ein Buch?« fragte ich.

»Mein Buch über Hank Williams. Ich hab' Barkin ein Exemplar gegeben.«

»Komisch«, sagte ich.

»Eigentlich nicht«, sagte Flippo. »Ich verschenke das Buch sehr häufig an –«

»Das hab' ich nicht gemeint, Kumpel. Diesmal ging der Schuß vorbei. Ich fand es komisch, weil das Buch weg war, als ich dort ankam. Die Leiche war da, aber das Buch war weg.«

»Yeah, also, ich signierte eins und brachte es ihm nach oben. Sie waren Ratso mittlerweile losgeworden. Und das war's auch schon.«

»Dir ist kein glatzköpfiger Anwalt aufgefallen, der Kokain an alle verteilt hat?« fragte ich.

»Nein, hab' ich nicht gesehen«, sagte Flippo. »Ich hab' ein gutes Auge fürs Detail. Mir wäre so was aufgefallen.« Er lachte in sich hinein, aber das Lachen schaffte es nicht ganz bis zu seinen Augen. Sie blieben farblos, emotionslos hinter der metallgefaßten Brille, wie ein Nazi-Bösling in einer Spätvorstellung.

»Entschuldige«, sagte ich. »Ich muß mal für kleine Mädels.« Er zog eine Braue hoch, ließ es aber damit bewenden. Ich ging in das Hintere des Ladens in einen winzigen Durchgang, wo die Toiletten und das Telefon waren. Das Herrenklo im High Five, so wußte ich aus persönlicher Erfahrung, befand sich ständig in einem solchen Zustand extremen Durcheinanders, daß selbst von einer flüchtigen Benutzung abzuraten war. Es war weit jenseits von ›defekt‹. Man hätte da nicht mal seinen Schlips zurechtrücken mögen.

Im Damenklo war offensichtlich gerade ein Deal über die Bühne gegangen, denn als ich es betrat, kamen gerade drei coole, einzelne Herren heraus. Nickten mir nicht mal zu.

Ich hielt mich nicht allzu lange auf, aber es reichte, um festzustellen, daß jemand ins Waschbecken gestrullt hatte. Das war an sich nichts Neues. Manche Menschen taten es, seit Lenny Bruce als erster moderner Mensch in ein Waschbecken gepißt und dem Vorgang eine gewisse Bedeutung verliehen hatte. Zweifellos hatte jemand in einer primitiven, australopithecinen Kultur schon vor Bruce ins Waschbecken gepißt. Aber konnte man das als Waschbecken bezeichnen? Und konnte man das als Kultur bezeichnen?

Als ich wieder zu Chet Flippo an der Bar stieß, hatte er bereits die Rechnung bezahlt und entnahm einer Aktentasche auf dem Boden ein Exemplar seines Buches. Der Barmann nahm das Geld vom Tresen, und während er es zählte, sah ich zwischen einem Zehner und einem Einer einen Zwei-Dollar-Schein vorbeihuschen. Ich sagte nichts. Flippo signierte das Buch und reichte es mir. Er hatte mit der linken Hand unterschrieben. Als wir hinaustraten, sah ich auf den Umschlag. Dort stand: *Your Cheatin' Heart. Eine Biographie über Hank Williams.*

»Packender Titel«, sagte ich.

10

Sonntag ist der Tag des Herrn. Er kann ihn geschenkt haben. Sonntage sind einsam, den Familien vorbehalten und weitgehend unproduktiv, wenn es um die Aufklärung von Morden geht. Am Sonntag gehen die meisten Leute zur Kirche. Selbst Bill Dick, ein

Anhänger der Kirche der letzten Geschäftstage, ging vermutlich am Sonntag zur Kirche. Wenn er nicht auf seinem verdammten Boot herumschipperte. Anschließend pflegen die meisten Leute solche Tätigkeiten zu verrichten wie Joggen, ein Picknick im Park veranstalten oder ihre Autos langsam ausfahren.

Natürlich sieht man in New York nur wenige Picknicker. Die Parks in dieser Gegend sind für Picknicks nicht unbedingt einladend. Zudem war das Wetter so kalt wie Chet Flippos Augen.

Doch das Gute am Sonntag, das nahezu allen anderen Mist aufwog, war die vollkommene, überirdische Abwesenheit von Müllwagen. Man konnte in aller Ruhe mit den Zähnen knirschen. Man konnte sich seinem Kater voll hingeben. Man konnte dem löchrigen Gewebe der Träume nachhängen.

Sonntag ist ein vorzüglicher Tag für Reflexionen. Ich schaute in den Spiegel. Ich beschloß, mich nicht zu rasieren.

Ich machte mir Kaffee. Ich fütterte die Katze. Ich nahm ein Streichholz und zündete eine Partagas-Zigarre zu zwei Dollar und fünfundzwanzig Cent an. Hielt sie stets auf kleiner Flamme. Ich durchstreifte mein Loft in meinem lila Morgenmantel.

Ich schloß mit mir selbst eine kleine Wette ab. Wer würde zuerst anrufen: Uptown Judy oder Downtown Judy? Die besseren Chancen lagen wohl bei Downtown Judy. Sie war vermutlich ein wenig einsamer und ein wenig unglücklicher zu diesem Zeitpunkt ihres Lebens, aber wer weiß? Mein Gott, dachte ich, vielleicht sollte ich eine von beiden anrufen.

Die Zeit schien reif, ein kleines sherlockiges Experiment durchzuführen, das mir durch den Kopf ging, seit ich im City Limits den linkshändigen Gitarristen gesehen hatte. Ich holte meinen Gitarrenkoffer aus dem Schrank, wischte ein paar Spinnweben ab und öffnete ihn. Meine Gitarre war eine Ovation, eine mit der großen, gewölbten Rückseite, die dich beim Spielen immer dicker aussehen läßt, als du wirklich bist. Sie hatte ein breites Griffbrett, etwa genauso groß wie an Larry Barkins Gibson.

Das Experiment, das ich vorhatte, war nicht unbedingt wissenschaftlich, aber ich hoffte, es würde etwas Licht in das Dunkel bringen, das ich die Untersuchung zu nennen wagte. Ich lehnte die Gitarre gegen meinen Tisch und schritt zielgerichtet in die Küche. Dort nahm ich den kleinen schwarzen Puppenkopf von seinem

Stammplatz oben auf dem Kühlschrank in der Nähe des Küchenfensters. Ich legte ihn mitten auf den Küchentisch und ging zurück zum Schreibtisch, um die Gitarre zu holen.

Die einzige Möglichkeit, jemand mit einer Gitarre zu ermorden, war, ihn mit der Kante zu erschlagen oder ihn in der Mörser-und-Stößel-Technik mit dem breiten Ende des Schallkörpers zu zermalmen. Eine andere, weitverbreitete Methode war, das Opfer zu Tode zu langweilen, indem man sie spielte. Dies traf allerdings im vorliegenden Fall nicht zu. Ebensowenig, vom Zustand der Barkin-Gitarre zu schließen, die Mörser-und-Stößel-Technik. Der Mörder, den ich suchte, hatte die verbreitetste Art des Gitarren-Mordes angewandt – die Mickey-Mantle-Methode, bei der die Gitarre wie ein Baseballschläger geschwungen wird, um den Kopf des Opfers downtown zu befördern. Darauf wies, meiner Ansicht nach, alles deutlich hin. Darauf kamen sogar die Bullen.

Der Aufschlagpunkt an Barkins Gitarre lag an der Oberseite des Schallkörpers. Das hatte ich in der Garderobe gesehen. Einige Country-Sänger kleben Spickzettel auf diesen Teil ihres Instruments, mit Song-Titeln, Witzen und vielleicht dem Namen des Ortes, wo sie gerade auftraten, wenn sie schon lange auf Tour waren. Ich hab' niemals Spickzettel auf meine Gitarre geklebt. Ich benutzte immer die Innenseite meines Huts.

Ich unternahm von der linken Seite ein paar Probeschwünge nach dem Puppenkopf. Ich hielt die Gitarre mit beiden Händen um das Griffbrett. Ich hielt sie vorn am Hals, Vorderseite nach oben. So hatte es Barkins Angreifer vermutlich auch getan. Die Gitarre fühlte sich angenehm in meinen Händen an. Ich machte einen Schlag, einfach so, nach dem Puppenkopf und schwang von links nach rechts. Er flog quer durch das Zimmer. Die Katze sprang auf den Schreibtisch. Die Katze verabscheute Gewalt jeder Art.

»Keine Angst«, sagte ich. »Das ist nur ein Versuch.« Ich sammelte den Puppenkopf auf und legte ihn zurück auf den Tisch. Jetzt kam der entscheidende Augenblick des Experiments. Ich drehte die Gitarre mit der Vorderseite nach unten und machte ein paar Probeschwünge von rechts. Das Griffbrett fühlte sich unangenehm an, rutschte mir fast aus der Hand. Die Stahlsaiten schnitten mir in die Finger. Wegen der runden Rückseite des Halses war es fast unmöglich, die Gitarre gerade zu halten. Es wäre, so war ich überzeugt, äußerst schwierig, von rechts einen harten Schlag auszuführen, mit der Vorderseite der Gitarre nach unten. Mit anderen Worten, wenn ein Rechtshänder Barkin umgebracht hätte, hätte er die Gitarre mit der Vorderseite nach oben halten müssen. Aber dann wäre die Gitarre auf der Unterseite des Schallkörpers kaputtgegangen. Die Gitarre war im oberen Teil des Schallkörpers beschädigt. Deshalb, wenn mich meine Kombinationen nicht völlig in die Irre führten, mußte der Mörder Linkshänder sein.

Ich ging stante pede zum Telefon und wählte Mike Simmons' Nummer. Es war 03:17 nachmittags, doch ich weckte ihn mit dem vierten Klingeln aus einem tiefen Schlummer.

»Mike«, sagte ich mit etwas Nachdruck, »Wahrschau!«

»Hä?« sagte er.

»Mike«, sagte ich. »Hier ist Kinky. Bist du eigentlich Linkshänder?«

»Yeah«, sagte er, ein bißchen irritiert. »Wieso?«

»Kein Problem«, sagte ich. »Es ist nichts.«

»Warum, zum Teufel, weckst du mich dann und fragst mich, ob ich Linkshänder bin?« Das war eitle logische Frage, und ich war auf sie nicht ganz unvorbereitet. Dennoch mußte ich einen Schritt nachdenken. Ich paffte einen tiefen Zug aus der Zigarre, die ich rauchte.

»Wir bereiten einen Wettbewerb für Lefty-Frizzell-Imitatoren vor, Simmons«, sagte ich, »und ich wollte nur sichergehen, ob du dafür in Frage kommst.« Ich legte den Hörer auf.

Lefty Frizzell war ein bedeutender Country-Sänger, der vor geraumer Zeit gestorben war. Aber in der Klemme kam er immer noch zupaß.

Ich wählte die Nummer vom Lone Star Café. Ich hörte Musik und Lachen im Hintergrund. Das Geschäft hatte wegen des Mordes an Larry Barkin vielleicht etwas nachgelassen, aber das Lone Star schien aus der Situation das Beste zu machen. Es war vermutlich eine Wasserstoffbombe nötig, um dem Laden den Rest zu geben.

»Lone Star Café«, ertönte eine süße, fade Stimme.

»Yeah«, sagte ich, »ist Cleve da?«

»Wer ist am Apparat, bitte?« fragte sie.

»Sag ihm, Kinky ist dran«, sagte ich.

»Oh, Kinky«, überschlug sich die Stimme, »wann spielst du mal wieder im Lone Star?«

»So bald nicht«, sagte ich, »bei den Umständen.«

»Oh«, sagte sie. »Einen Augenblick, bitte.« Eine süßliche Country-Platte dudelte aus dem Hörer, während ich wartete. Klang wie ein Larry-Barkin-Song. Dann hob Cleve ab.

»Cleve«, sagte ich, »kannst du mir etwas helfen?«

»Dies ist zwar nicht der Telefon-Notdienst, aber ich will sehen, was sich machen läßt«, sagte er.

»So laß ich's mir gefallen«, sagte ich. »Wie heißt diese insulare Schickse, Darling, und würdest du mir ihre Telly-Nummer zuflöten?«

»Du willst die Nummer von ihrem Fernseher?« fragte Cleve.

»Nein, verdammt«, sagte ich. »Gib mir die Nummer von dem, was hierzulande Telefon heißt.« Er gab mir Gunners vollen Namen und ihre Telefonnummer.

»Macht sie's mit links?« fragte ich.

»Wie bitte?«

»Hast mich schon verstanden«, sagte ich. »Ist sie Linkshänderin?« Ich kam mit Cleve immer schnell auf den Punkt.

»Keine Ahnung«, sagte er.

»Ich find's raus«, sagte ich. Selbst wenn sie Rechtshänderin wäre, würde es sie nicht automatisch entlasten. Sie könnte einen Komplizen gehabt haben, der Barkin eine gedonnert hatte. Vielleicht hatte sie ihn nur mit seinem kleinen rosa Cowboy-Tüchlein erdrosselt. Aber das war unwahrscheinlich. Eigentlich war die ganze Sache unwahrscheinlich.

»Was ist mit dem glatzköpfigen Anwalt, der Kokain verteilt?«

»Was ist mit ihm?« fragte Cleve.

»Ist er Linkshänder?«

»Ich weiß nicht mal, wer er ist«, sagte Cleve. »Aber er bietet das Kokain-Röhrchen mit der rechten Hand an.«

»Kein Beweis«, murmelte ich. Ich dankte Cleve und legte den Hörer zur Ruhe. Entweder hatte ich einen ganzen Haufen zu tun, oder ich hatte absolut nichts zu tun. Ich wußte nicht genug über den Fall, um zu wissen, was zutraf.

Ich ging hinüber in die Küche und fand eine Flasche Jameson und mein altes Stierhorn und nahm beide mit zum Schreibtisch. Ich goß eine großzügige Portion ins Stierhorn. Ich machte die höfliche Geste eines Toastes zur Katze und hatte es fast geschafft, das Stierhorn an die Lippen zu setzen, als die Telefone klingelten.

Während ich das Stierhorn vorsichtig balancierte, griff ich zum Hörer zur Linken. »Sprechen Sie jetzt«, sagte ich knapp.

»Hi, Honey«, sagte die Stimme im Apparat. »Was läuft so? Was hast du heute gemacht? Ich hab' dich vermißt.«

Es war Downtown Judy. Ich kippte den Drink runter.

11

Die nächsten paar Tage versanken in das, was manche als geistlosen Nebel bezeichnen würden. Eigentlich traf das nicht hundertprozentig zu. Manches in der Öde war durchaus präzise definiert. Wie beispielsweise meine Verabredung am Dienstagnachmittag mit Bill Dick im Lone Star Café. Cleve beteiligte sich an der Konferenz. Wir hatten ein Tripel-Lone- Star-Bier-Lunch.

»Jesus«, sagte Bill Dick, »diese Macker sind dreihundertsiebenundneunzig Tage im Jahr auf Tour. An sich könnte man erwarten, daß sie sich einen anderen Ort aussuchen könnten, um ermordet zu werden. Zum Beispiel Nashville oder Austin oder sonstwo. Da unten gibt's doch auch Country-Musik, oder?«

»Yeah«, sagte ich. »Vermutlich sogar bessere.« Dick starrte mich an.

»Also, vielleicht nicht in Nashville«, sagte ich.

Der Barmann brachte uns drei Schalen Five-Alarm-Chili und eine neue Runde Bier.

Dick hob seine Flasche Lone-Star-Bier in die Höhe und blickte mir tief in die Augen. »Egal, wie erfolgreich ich auch bin«, sagte er, »egal, ob mir dieser Laden hier gehört oder nicht, ich trinke mein Bier aus der Flasche. So bin ich halt. Ja oder nein, Kinkster?«

»Ja, Bill«, sagte ich. Ich nahm einen Schluck aus meinem Glas.

»Ich bin immer echt. Ich scheiß dich nie an. Ja oder nein, Kinkster?«

»Ja, Bill«, sagte ich.

»Und ich mach mir Sorgen. Echt Sorgen. Wenn wir den Killer nicht erwischen, können wir die Zelte abbrechen ... den Vorhang fallen lassen ... unsere Pferde freisetzen ... die Segel streichen ...«

Er nahm einen Schluck aus der Flasche und bastelte noch die eine oder andere Metapher. Dann war er fertig. Ich blickte stumm und rührte in meinem Chili.

Wenn schon meine Verabredung im Lone Star kein rasender Erfolg geworden war, so hatte ich noch mehr Probleme, mit Prinzessin Di in Kontakt zu kommen. Vielleicht versteckte sich die britische Knipse in ihrer Dunkelkammer und versuchte, ihr Alibi zu entwickeln. Ich hatte ihr in den letzten drei Tagen fünf Nachrichten auf die Maschine gesprochen, und langsam ging mir der Charme aus. Das Katzenfutter ging mir ebenfalls aus. Es war nur noch eine Dose mit Kalbshäppchen in Soße übrig. Die Katze haßte Kalbshäppchen in Soße. Ich hatte sie in einer winterlichen Nacht gefunden, als sie noch ein kleines Kätzchen war, das sich in einer einsamen Straße in Chinatown verlaufen hatte. Wenn sie es auf die andere Seite der Canal Street nach Little Italy geschafft hätte, würde sie Kalbshäppchen in Soße vermutlich mögen.

Ich beschloß, noch einmal einen britischen Lockruf loszulassen, und wenn dem kein Erfolg beschieden war, würde ich vermutlich eine Expedition unternehmen müssen. Es war 06:07 an einem Mittwochabend, wie mir die Computer-Uhr anzeigte, als ich endlich Kontakt mit Gunner hatte.

»Hallo«, sagte sie reichlich munter. Hörte sich an, als sei sie gerade dabei, in Eile das Stativ aufzubauen. Als ob sie sich beeilen müßte, etwas zu erwischen, ehe es weg war. Daran war ich gewöhnt. Alle Fotografen hörten sich so an. Außer jenen, die für das Leichenschauhaus arbeiteten.

»Sechsmal bricht den Bann, oder?« sagte ich.

»Wer sind Sie?« fragte sie. Sie war nicht Professor Higgins, aber ihr Akzent klang für meine Ohren ganz gut.

»F. Stop Fitzgerald«, sagte ich. Dachte, ein etwas lockerer Ansatz würde passen.

»Wer zum Teufel sind Sie?« drängte sie. Ein Akzent, wie so manche andere Komponenten einer Frau, gewinnen an Attraktivität, wenn die Frau etwas wütend ist. Das sollte man jedoch niemals erwähnen, außer man will erreichen, daß die Frau wirklich wütend wird, was dann überhaupt nicht attraktiv ist.

»Schau mal«, sagte ich, »ich heiße Kinky. Ich habe deine Nummer von Cleve vom Lone Star. Ich helfe ein bißchen bei der Barkin-Affäre aus. Ich muß mit dir reden.«

»Die Polizei hat schon mit mir geredet.«

»Das weiß ich. Ich will dich trotzdem sprechen.«

»Sind Sie etwa Detektiv?« fragte sie.

»Ich bin nicht vom Yard«, sagte ich, »aber ich bin ein enger Freund von Mick Brennan.« Mick war ein berühmter Reporter, der, neben anderen Heldentaten, über den Falkland-Krieg vom argentinischen Festland aus berichtet und das überlebt hatte, um gern und häufig davon zu erzählen. Brennan war zudem ein Freund von Michael Caine, was immer das bedeuten mochte.

»Sie kennen Mick Brennan?« fragte sie. Sie war jetzt interessiert. Vermutlich sah sie eine Karriere-Chance.

»Klar kenn ich Mick«, sagte ich. »Hab' ihn vor ein paar Wochen getroffen. Im Tavern on the Green, glaub ich.« Eigentlich hatte ich Brennan im Herrenklo vom Monkey's Paw getroffen, aber es lag mir fern, die Illusionen einer jungen Frau zu zerstören. Eine Kneipe ist so gut wie die andere.

»Kinky«, sagte sie, »ein Mann ist ermordet worden. Dieser Mick Brennan ist mir genauso wie Sie verdammt egal. Wenn ich mit Ihnen rede, dann nur, weil ich eine moralische Verpflichtung verspüre, dabei zu helfen, einen bösen, kaltblütigen Mörder zu fangen, und nicht Ihretwegen oder Ihrer Bekannten wegen.«

»Hört sich doch klasse an«, sagte ich.

»Bringen wir es doch am besten gleich hinter uns«, sagte sie mit einem ziemlich britisch klingenden Seufzer. »Wissen Sie, wo ich wohne?«

Sie gab mir die Adresse.

Zehn Minuten später schlidderte ich die Third Avenue zur Thirty-eighth Street hinauf.

Weitere zehn Minuten später beglotzte mich der Portier in Gunners Gehäuse und telefonierte nach oben, um zu erfahren, ob ich der wäre, der ich behauptete zu sein. Oder zumindest, ob sie denjenigen, der ich behauptete zu sein, erwartete. Beides fand seine Bestätigung. Ich nahm den Aufzug zum dritten Stock.

Gunner kam an die Tür. Sie war ansehnlich, blond, britisch und, wie sich erwies, rechtshändig. Sie machte etwas Tee, während ich mich im Wohnzimmer umschaute. Eigentlich war es gar kein Wohnzimmer; es war ein Fotostudio mit zwei Teetassen darin.

Der Tee ließ sie etwas auftauen, aber sie erzählte mir nicht viel, was ich noch nicht wußte. Und das war nicht viel. Sie hatte bereits sämtliche Filme, die sie in der Lone-Star-Garderobe verknipst hatte, der Polizei übergeben. Sie hatte kurz Chet Flippo, Mike Simmons und Ratso kennengelernt sowie, natürlich, Larry Barkin und seine beiden Brüder, die beide offensichtlich eine kleinere Garderobe am anderen Ende des Flurs benutzten. Sie hatte die Aufnahmen von Barkin für ein europäisches Mode-Magazin gemacht, was entweder bewies, daß Country-Musik groß in Mode kam oder daß europäische Mode-Redakteure eine etwas lange Leitung hatten. Sie hatte den glatzköpfigen Anwalt gesehen, aber nicht gesprochen.

Ihre Katze hieß Dennis.

»Schau mal, Gunner«, sagte ich, »ich weiß, daß ich oder Mick Brennan dich überhaupt nicht interessieren, aber wie wär's, wenn du mal mit uns einen trinken gehst. Ich bin übrigens gerade auf dem Weg zu ihm.«

»Also, Kinky ...« sagte sie. Es war ein schüchternes, herzliches und wohlerzogenes Aufbruch-Signal, und mir gefiel vor allem der Unterton, den sie dem ›Kinky‹-Teil zu geben begann.

Wir liefen die Third Avenue hinauf zur Forty-fourth Street und die Forty-fourth halb hinunter bis zu Costello's Bar. Costello's war die Kneipe, in der nahezu jeder durstige Zeitungsschreiber New Yorks einen trinken würde, und durstig war praktisch jeder Zeitungsschreiber New Yorks.

Wir traten ein und gingen ans hintere Ende der Bar. Ich sah einige Köpfe sich uns zuwenden. Die Kameradin war nicht schlecht im visuellen Bereich. Mir war nicht klar, wie klug sie war, wie schlau sie sein konnte, oder wie sie war, wenn sie ihre Kamera ablegte, aber sie besaß die Charakterstärke, sich aus mir oder Mick Brennan nicht das geringste zu machen. Und sie schlug einige Wellen im Costello's.

Brennan saß am hintersten Ende des Tresens in Begleitung eines Heineken und meines alten Kumpels McGovern von der ›Daily

News‹. McGovern arbeitete an einem äußerst umfangreichen Wodka-Tonic. Keiner von beiden schaute auf, als wir uns näherten.

»Da naht Ärger«, sagte Brennan. Sie guckten beide ziemlich begeistert aus der Wäsche.

»Gunner«, sagte ich, »das ist mein Freund McGovern von der ›Daily News‹.«

»Und ich bin Jimmy Olsen vom ›Daily Planet‹«, sagte Brennan.

»Und dies ist meine junge Freundin Gunner, eine furchtlose Fotografin«, sagte ich. McGovern lachte ein lautes, fast obszönes Lachen. Gunner ignorierte es.

»Ich bewundere Ihre Arbeit, Mr. Brennan«, sagte Gunner, »und ich habe Ihren Namen ziemlich oft gelesen, Mr. McGovern.«

»Das ist mehr, als er von sich selbst behaupten kann«, sagte Brennan.

»Entzückend«, sagte McGovern.

Gunner und ich nahmen neben den beiden an der Bar Platz. Sie bestellte ein Glas Rotwein und ich einen Jameson und ein Glas Victoria Bitter. Gunner und Brennan vertieften sich in eine kleine fotografische Fachsimpelei, und ich hatte die Chance, McGovern um einen kleinen Gefallen zu bitten.

»Kannst du mir etwas aushelfen, McGovern?« fragte ich höflich.

»Nein«, sagte McGovern.

»Es ist wichtig«, sagte ich.

»Unmöglich«, sagte McGovern. Ich bestellte für uns vier noch eine Runde.

»Ich wüßte gerne, was ihr im Archiv über Chet Flippo habt. Er ist Musik-Journalist. Hat ein Buch über Hank Williams rausgebracht. Ich wüßte gern, was er sonst noch gemacht hat. Außerdem alles über Larry Barkin, den Country-Sänger, der sich letzte Woche hat umbringen lassen.«

»Ruf mich morgen nachmittag in der Lokalredaktion an.«

»Bist ein echter Kumpel, McGovern«, sagte ich.

»Ich hab' es geahnt«, sagte er.

»Wollen Sie ein paar Aufnahmen von dem Viech sehen?« fragte Gunner und griff in den Riesenbeutel, den sie mit sich herumtrug.

»Ich kenn genug Fotos von McGovern«, sagte Brennan.

»Ich mein das Viech oben auf dem Lone Star Café«, sagte Gunner.

»Der Leguan«, erläuterte McGovern für Brennan. Der Leguan war ein berühmtes, fünfzehn Meter langes Monstrum, das Bob Wade geschaffen hatte, ein Freund von mir und Künstler aus Dallas. Es sah so ekelhaft aus, daß die zimperliche Vereinigung der Ladenbesitzer in der Fifth Avenue bei der Stadt erreicht hatte, daß das Monstrum entfernt werden sollte. Aber zu dem Zeitpunkt war der Leguan schon so berühmt und fast zur Touristen-Attraktion geworden, daß die Stadt ihre Entscheidung revidierte und die Wiedererrichtung der Kreatur anordnete, zur äußersten Befriedigung Bill Wades und zum extremen Verdruß des Ladenbesitzer-Verbands. Heute starrt sein Riesenhaupt triumphierend über die Fifth Avenue.

Um den Leguan näher zu betrachten, braucht man lediglich so lange zu warten, bis der Sicherheits-Typ vom Club nach unten geht, um die Herrentoilette aufzusuchen. Dann geht man hoch in den dritten Stock und schlängelt sich wie ein Wurm in die Garderobe am Ende des Flurs. Fragen Sie Ratso, wie man das macht. Dann drückt man die unverschlossene Eisentür auf, die zum Dach führt, und schon befindet man sich auf gleicher Höhe mit den etwas ungepflegten Zehennägeln des Leguans und blickt direkt in seine riesigen Fifth-Avenue-hassenden Augen. Ein ausgezeichneter Platz, um einen Mint Julep zu genießen. Ich selbst hab' da schon einige Sachen genossen, unter anderem eine der Serviererinnen des Clubs.

Gunner nahm einen Kontaktbogen und eine Lupe heraus und legte sie auf den Tresen. Brennan und McGovern beugten sich vor, um ihn anzuschauen. Ich ließ mir etwas Zeit, denn ich hatte den Leguan schon jedesmal gesehen, wenn ich im Lone Star spielte, sowie in einigen meiner harmloseren Alpträume.

»Wann hast du die denn gemacht?« fragte ich Gunner.

»Letzten Donnerstag nacht«, sagte Gunner. »Auf dem Film sind nur der Leguan und ein paar Männer, die im Washington Square Park Schach spielen, deshalb hab' ich ihn erst heute morgen entwickelt. Die Polizei hat alles andere haben wollen, was ich an dem Abend fotografiert habe.«

Ich beugte mich mit lediglich lauem Interesse über den Kontaktbogen. Ich sah es zunächst gar nicht. Ich nahm die Lupe und betrachtete oberflächlich einige Aufnahmen. Etwa in der Mitte des Bogens brach ich ab. Fast hätte ich es übersehen.

Als ich mit der Lupe ein Bild zurückging, traf es mich fast wie ein Volltreffer von Joe Palooka. Die Tür zum Dach stand offen, und auf der hinteren Wand der Garderobe war etwas, was wie ein verschwommener Schatten aussah.

»Was hältst du davon, Mick?« fragte ich Brennan.

»Es ist das Bild eines Mannes, der das Schattenbild einer Ente macht, Kumpel«, sagte er. Ich hörte ein scharfes Einatmen, als Gunner den Schatten auf dem Foto betrachtete. Sie kam auch drauf.

»Nein, leider falsch, Kumpel«, sagte ich, als ich einen letzten Schluck Jameson runterstürzte. Ich war unsicher, ob es der Jameson war oder das, was ich gerade durch die Lupe gesehen hatte, was mich mit leiser und heiserer Stimme reden ließ, nahezu flüsternd. Vielleicht lag es an beidem.

»Das Bild zeigt, wie ein Mann einen anderen umbringt«, sagte ich.

12

»Ärgerlich nur, daß es ein rechtshändiger Schatten ist«, sagte ich zu Ratso. Wir saßen am Küchentisch in der 199B Vandam und warteten, daß der Kaffee kochte oder sonst was passierte. Was auch immer zuerst käme.

Der Kaffee kochte. Ich goß uns beiden eine Tasse ein.

»Wie ich sehe, bist du selbst Linkshänder«, sagte Ratso, während er die Küche auf der Suche nach Zucker und Milch durchstöberte.

»Du bist sehr scharfsichtig, mein lieber Ratso«, sagte ich.

»Natürlich bin ich Linkshänder. Sind nicht alle link?«

»Ich bin nicht link«, sagte Ratso.

»Nein, wie könntest du auch«, sagte ich.

Die Katze sprang auf den Küchentisch und begann auf Ratsos Kaffeetasse zuzugehen.

»Geh runter«, sagte Ratso zur Katze. Die Katze sagte gar nichts.

»Ratso«, sagte ich, »stell dir doch mal vor, du bist hier Gast, und die Katze und ich sind deine Gastgeber, und wir alle reiten auf Dr. Dolittles riesiger, rosa Meeresschnecke.«

»Schon gut«, sagte Ratso, »wir sitzen auf dieser verdammten, riesigen, rosa Meeresschnecke, und wir reisen zurück zur Donnerstagnacht und untersuchen den Mord an Larry Barkin. Was sehen wir also?«

»Wir sehen eine Überzahl von Linkshändern, den rechtshändigen Schatten eines Mörders und einen Zwei-Dollar-Schein.«

»Okay«, sagte Ratso, »du findest am Tatort einen Zwei-Dollar-Schein in Barkins Tasche. Der Hank-Williams-Song ›Hey, Good Lookin'‹ kommt per Post, adressiert an das Opfer und vor der Mordzeit abgestempelt. Korrekt?«

»Korrekt«, sagte ich. Ich stand auf und goß uns noch einen Kaffee ein. Die Katze sprang vom Küchentisch und auf den Schreibtisch und rollte sich unter der Lampe zusammen. »Sie ist in Miami Beach«, sagte ich.

»Wer?« fragte Ratso.

»Die Katze«, sagte ich.

»Und in diesem Song«, sagte Ratso, »wird ein Zwei-Dollar-Schein erwähnt. ›A hot rod Ford and a two-dollar bill.‹ Also ist derjenige, der Barkin den Zwei-Dollar-Schein gegeben oder anschließend in die Tasche gesteckt hat, der Mörder und Absender des Songs. Aber wozu gibt er uns dieses offensichtliche Vorzeichen oder diesen Schlüssel? Wozu diese Verbindung zu Hank Williams?«

»Dies sind tiefe Wasser, mein lieber Ratso, für die rosa Meeresschnecke. Hank Williams besitzt seit vielen Jahren eine nahezu magische Wirkung auf Millionen Menschen. Ich weiß, welche Macht er, selbst als Toter, auf Leute hat. Er ist nämlich einer meiner Hausheiligen.«

»Wirklich?« fragte Ratso.

»Klar«, sagte ich. »Genauso wie Jesus, Hitler und Bob Dylan deine Hausheiligen sind, hab' auch ich drei.«

»Tatsache?« sagte Ratso, »wer sind die beiden andern außer Hank Williams?«

»Anne Frank und Ernie Kovacs«, sagte ich.

»Klar«, sagte Ratso. »Aber was ist mit Sherlock?«

»Ich bin Sherlock«, sagte ich.

»Und wer, zum Teufel, bin ich?« fragte Ratso. »Dr. Watson oder Dr. Dolittle?«

»Freie Auswahl«, sagte ich. »Das sind die einzigen beiden Doktoren, die noch ins Haus kommen.«

Es war zwei Tassen Kaffee später, und Ratso erhob sich gerade, um seinen Mantel zu suchen, als die Telefone klingelten. »Wart mal einen Moment«, sagte ich, während ich zum Schreibtisch ging und den Hörer zur Linken abhob.

Es war Detective Sergeant Cooperman, und seine tiefe, knarrende Stimme kam aus dem Hörer auf mich zu wie eine Bowlingkugel. Offenbar hatte Gunner ihm den Kontaktbogen übergeben.

»Nun«, sagte ich in den Hörer, »vielleicht mordet er links, läßt sich aber rechts fotografieren.«

Ich werde nicht wiederholen, was Cooperman darauf sagte, aber seinem Gedankenflug lag die Frage zugrunde, warum ich alle Welt in New York fragte, ob sie Linkshänder wären, während Cooperman justament den fotografischen Beweis betrachtete, der eindeutig darauf hinwies, daß der Mörder Rechtshänder sei? Er sagte noch einige andere Dinge und hängte dann ein. Ratso war zum Kühlschrank hinübergegangen, hatte die Tür geöffnet und schaute nun hinein.

Ich hatte Ratso schon vom Schatten auf dem Kontaktbogen berichtet und elaborierte nun detailliert mein Gitarren-Experiment, das ich am letzten Sonntag im Loft veranstaltet hatte. »Du verstehst«, sagte ich, »daß ich immer noch glaube, daß der Mörder linke Haken schlägt. Irgendwo steckt ein Fehler.«

»Nun«, sagte Ratso, »ein rechtshändiger Schatten ist besser als gar kein Schatten.«

»Nicht, solange ein linkshändiger Irrer herumläuft und seinen nächsten Mord plant«, sagte ich.

»Oh«, sagte Ratso, »dann werden wir also wieder von Hank hören.«

»Da bin ich ganz sicher«, sagte ich. »Nichts ist gefährlicher als die Arroganz eines raffinierten Mörders. Und es ist mir nicht gelungen, das mindeste zu beweisen. Die Untersuchung verläuft sich mit rasender Geschwindigkeit.«

»Sei doch nicht so hart mit dir selbst«, sagte Ratso. »Du bist zu negativ.«

Ich zündete gedankenvoll eine Zigarre mit einem Streichholz an. »Das war es, Kumpel«, sagte ich sanft. »Du hast es gerade gesagt. Ich muß diesen verdammten Kontaktbogen wieder in die Finger kriegen. Die alten Männer, die im Washington Square Park Schach spielen.«

Ich ging schnell zum hinteren Ende des Lofts. »Komm mal her, Ratso«, sagte ich. »Schau dir mal das Bild an der Wand an.« Es war ein gerahmtes Foto eines älteren Mannes, der mit einem kleinen Jungen Schach spielt. »Das ist Samuel Reshevsky, der Weltmeister, der Houston, Texas, besuchte und eine Simultanpartie gegen fünfzig Leute spielte und alle schlug. Der Junge war der jüngste Gegner, gegen den Reshevsky an jenem Abend spielte. Ich glaube, er war damals erst sieben Jahre alt, deshalb druckte der ›Houston Chronicle‹ sein Foto auf der Titelseite. Reshevsky sagte später zum Vater des Jungen, daß es ihm leid täte, den Jungen geschlagen zu haben, aber er habe die Partie ernst nehmen müssen, denn gegen einen Siebenjährigen zu verlieren, wäre dem Ruf eines Großmeisters zu abträglich.«

Ratso betrachtete das Bild ein wenig. »Und woher weißt du das alles?« fragte er.

»Ich war der Junge«, sagte ich.

Ratso sah das Foto noch einmal an. Ich tat es ebenfalls. Das Gesicht strahlte eine Unschuld und eine scharfe, kindliche Intensität des Geistes aus, die ich nicht mehr entdecken konnte, wenn ich in den Spiegel schaute, und die, so hoffte ich, sich zumindest in meinem Herzen bewahrt hatte.

»Dieses Foto«, sagte ich, »verrät uns etwas Wichtiges über den Schatten, der Larry Barkin ermordet hat.«

»Laß mich raten«, sagte Ratso. »Der Mörder kommt aus Houston.«

Ich nahm ein paar geduldige Züge aus der Zigarre und schaute Ratso an. »Nicht ganz«, sagte ich.

13

Ich verbrachte den größten Teil des Donnerstags damit, den glatzköpfigen Anwalt ausfindig zu machen, aber ich konnte weder Haut noch Haare finden. Es war kaum zu glauben, daß niemand, mit dem ich sprach, mir seinen Namen verraten konnte. Daß sie alle vermutet hatten, er sei mit jemand anderem in die Garderobe gekommen. Man sollte annehmen, daß Leute mehr auf einen glatzköpfigen Anwalt achteten, der Kokain verteilt.

Am späten Nachmittag rief ich die Lokalredaktion der ›Daily News‹ an.

»Lokalredaktion«, meldete sich eine geschäftige, zerstreute Stimme.

»Ist McGovern da?« fragte ich.

»Ich kann ihn nicht sehen«, sagte die Stimme.

»Konnte McGovern nie sehen«, sagte ich. »Also, wenn er kommt, möchte er bitte Holmes anrufen.«

»Mach ich«, sagte die Stimme. Ich fütterte die Katze und beantwortete eine brutale, unerbittliche Serie sinnloser Telefonate voll Schall und Rauch, denen nichts zu entnehmen war, außer daß mein Telefon immer noch funktionierte und ein Kerl namens Joe aus Little Italy in der kommenden Woche eine Espresso-Cappuccino-Maschine in meinem Loft abliefern wollte als Zeichen der Dankbarkeit dafür, daß ich ihm im vergangenen Jahr in einer gewissen Situation geholfen hatte. Ich weise Dankbarkeitsgesten nie zurück. Speziell wenn sie aus Little Italy kommen. Die anderen Anrufe, in zufälliger Reihenfolge, kamen von Downtown Judy, die ankündigte, sie wollte rüberkommen. Ich sagte okay. Von Bill Dick im Lone Star, der wissen wollte, ob ich Fortschritte gemacht hätte. Ich sagte okay. Von Uptown Judy, die sagte, sie würde runterkommen. Ich sagte okay. Und von Ratso, der wissen wollte, was das Foto von mir und Samuel Wie-hieß-er-noch beim Schachspiel bedeuten sollte. Ich sagte »Reshevsky«.

Zwischen den Anrufen ging ich hinüber zum Küchenfenster und beobachtete, wie sich die trübe Dunkelheit über das trübe November-Grau von New York City schob. New York war jene Art Örtlichkeit, wo man sich vor allem verstecken konnte. Möglicherweise sogar vor sich selbst.

Um Viertel nach sieben rief ich noch mal die ›Daily News‹ an. McGovern war am Apparat.

»Lokalredaktion«, sagte er.

»Warum hast du mich nicht angerufen, süßeste Lippen?«

»Ich hab' keine Nachricht von dir bekommen«, sagte McGovern.

»Ich hab' eine Nachricht hinterlassen, du möchtest Holmes anrufen. Eine Art Pseudonym. Dachte, du würdest es verstehen.«

»Scheiße«, sagte er, »die Nachricht, die ich bekam, lautete, ich solle daheim anrufen. Ich wußte, daß das nicht stimmen könnte.« McGovern war ein überzeugter Junggeselle und lebte in einem kleinen Apartment in der Jane Street, solange ich ihn kannte. Er hatte keinen lebenden Familienangehörigen und nur sehr wenige tote.

»Du beliebst zu scherzen«, sagte ich.

»Hey, ich hab' was für dich«, sagte McGovern.

»Spuck's aus«, sagte ich. Es wurde langsam Zeit, daß jemand irgendwas für mich hatte. Nicht daß ich jemals erwartete, die Lösung des Problems sei einfach. Wenn der Killer jemand war, den ich nicht kannte, möglicherweise nicht einmal verdächtigte, wie zum Teufel sollte ich ihn dann finden? Wenn er jemand war, den ich kannte, dann mußte er ein ganz schön kranker Typ sein.

»Zunächst Flippo«, sagte McGovern. »Offensichtlich ist Flippo eine Art literarischer Leichenfledderer. Er schreibt nur über tote Leute.«

»Das ist doch gar nicht so seltsam, McGovern«, sagte ich. »Du hast mir doch selbst erzählt, daß du der Spitzenmann der ›Daily News‹ seist, wenn es darum geht, Nachrufe für noch Lebende zu schreiben. Das ist nicht nur Leichenfledderei, das ist Zynismus.«

»Yeah«, sagte McGovern, »aber es erfordert sehr viel Fantasie. Du solltest mal den Nachruf sehen, den ich gerade auf Bob Hope verfaßt habe. Willst du ihn hören?«

»Vielleicht ein andermal«, sagte ich. »Der hält sich ja.«

»Yeah, aber Bob auch?« fragte McGovern.

»Zurück zu Flippo«, sagte ich.

»Hier ist ein Ausschnitt aus einer Rezension zu Flippos Buch *Your Cheatin' Heart*: ›Was dieses Buch von anderen Büchern über Hank Williams unterscheidet, ist, daß hier Gedanken, Gefühle, Szenen und Geschehnisse beschrieben werden, die allein Hank Williams selbst kennen konnte.‹«

»Das ist bizarr genug, um mich zur Lektüre des Buches anzuregen«, sagte ich. »Natürlich hab' ich nie den Amelia-Earhart-Schnelllesekurs absolviert, oder wie das heißt, und bei meinem Hilfsschultempo werde ich es wohl erst durchhaben, wenn es zu spät ist.«

»Zu spät wofür?« fragte McGovern.

»Das sag ich lieber nicht.«

»Klar«, sagte McGovern. »Top secret. Verschlußsache. Ich versteh schon.« Ich hoffte nur, daß McGovern nicht einschnappen würde. Das würde den Informationsfluß nur behindern. Und bislang war der sowieso mehr ein Rinnsal. »Okay«, sagte er schließlich, »nun zu Barkin.«

Ich verspürte eine kleine Welle der Erleichterung, daß meine Hauptquelle für Hintergrund-Informationen nicht die Schleusen dichtmachte. McGovern war nicht gerade Deep Throat, aber er hatte bemerkenswerten Zugriff zu nahezu allen Facetten der amerikanischen Historie. Mit all seinen irischen Fingerspitzen. Die Welle der Erleichterung war nicht groß genug, um mir ein gutes Gefühl bezüglich der Entwicklung des Falles zu vermitteln. Sie trug mich gerade weit genug, daß ich mich zurücklehnen und eine frische Zigarre anzünden konnte. Mit einem Bic.

Bei einem Bic ist es äußerst schwierig, die Zigarre auf kleiner Flamme zu halten. Ich fragte mich, was Charles Lamb davon gehalten hätte, daß ich meine Zigarre mit einem Bic anzündete. Natürlich gab es seinerzeit keine Bics. Und neuerdings gibt es keinen Charles Lamb mehr.

»Larry Barkin und die Barkin Brothers«, sagte McGovern. »Sieben Goldene Schallplatten … zweimal Country-Sänger des Jahres … zwei Brüder, Jim und Randy … geboren im kleinen texanischen Dorf Medina … bei Gott, alle Country-Sänger sind in irgendeinem kleinen, texanischen Dorf geboren.«

»Hank nicht«, sagte ich.

»Nein?«

»Nein, Sir«, sagte ich. »Er wurde in einem kleinen Dorf in Alabama geboren.«

»Aha«, sagte McGovern.

»Du kannst den Teil überschlagen, wo Barkin seiner Mutter ein großes Haus bei Nashville kauft«, sagte ich.

»Woher weißt du, daß er seiner Mutter ein großes Haus bei Nashville gekauft hat?«

»Alle Country-Sänger kaufen ihren Müttern ein großes Haus bei Nashville.«

»Da kannst du mir diesen Scheiß doch gleich selbst vortragen«, sagte McGovern.

»Gibt's da sonst noch was?« fragte ich. »Irgendwelche Probleme? Mit dem Gesetz? Ehe? Irgendwas Undurchsichtiges oder Fragwürdiges bei diesem All-American Boy?«

»Yeah«, sagte McGovern. »Es gab da vor etwa fünf Jahren einen ziemlich unschönen Prozeß. Zwischen Barkin und einem seiner ehemaligen Manager. Inklusive einiger Country-Musik-Schlammschlachten.«

»Hatte der Kerl Barkin hintergangen?«

»Sexuell? Finanziell? Moralisch?« fragte McGovern.

»Finanziell, McGovern«, sagte ich. Sexuell bezweifelte ich. Und alle Manager hintergehen ihre Klienten moralisch.

»Sieht aus, als ob er Barkin finanziell abgegriffen hat. Barkin hat eine hohe Abfindung von dem Typ erhalten – der Typ war auch Anwalt. Natürlich sind nicht alle Anwälte Ganoven.«

»Natürlich nicht«, sagte ich kurz. »Wie hieß dieser Anwalt?«

»Murray Fishkin«, sagte McGovern.

»Kahl?«

»Wie bitte?«

»Ist der verdammte Anwalt kahl?«

»Einen Moment mal. Ich glaub, da war ein Foto dabei.« Die Verbindung verstummte für einige Augenblicke, während McGovern ein paar Seiten durchblätterte oder einen Mikrofilm einstellte, oder was er sonst tat. Dann kam er wieder an den Apparat. »Wie ein Geier«, sagte er.

»Danke, McGovern«, sagte ich, »du hast unbedingt was gut bei mir.«

»Yeah, also, wie wär's, wenn du mir was über diese ganze Sache erzählst? Ich meine, du untersuchst doch offensichtlich den Barkin-Mord. Wie war das? Barkin wurde vor genau einer Woche im Lone Star umgelegt. Okay, ich versteh, wieso du da involviert bist, aber was hat Hank Williams mit dem Scheiß zu tun? Er ist seit fünfundzwanzig Jahren tot.«

»Dreiunddreißig Jahren«, sagte ich. »Aber schau mal, ich kann dir jetzt nichts erzählen. Ich bin nicht mal sicher, ob mir selbst die Verbindung klar ist.«

»Komm schon, Mann«, sagte er. »Gib mir einen kleinen Hinweis. Ich spinn es mir dann schon selbst zusammen.«

McGovern und ich hatten uns auf der Gangway der Arche Noah kennengelernt. Aber bei einer Morduntersuchung mußte man sehr vorsichtig sein, was man alten Freunden erzählte. Vor allem, wenn diese alten Freunde Teil der Vierten Gewalt waren.

»Frag Bob Hope«, sagte ich.

14

Ich hielt es für keine so gute Idee, meine Füße auf Sergeant Coopermans Tisch zu legen. Wenn ich es recht betrachtete, so war es bereits sehr gewagt, das Polizeirevier zu betreten. Mir war klar, daß ich in diesem Fall nicht gerade Hand in Hand mit der Staatsgewalt arbeiten würde, aber ich dachte, ich könnte vielleicht noch einen Blick auf den Kontaktbogen werfen. Alles, was ich in dem Moment sehen konnte, waren Coopermans kleine, brennende Augen. Sie durchbohrten mich wie Pisse den Schnee.

»Fox!« rief Cooperman. Fox löste seine schlangenhafte Gestalt von einem nahen Aktenschrank, kam zum Schreibtisch, stemmte beide Hände auf die Platte und beugte sich, so weit er konnte, zu mir herüber. Ich verstand, warum man ihn den Flaum nannte. Wäre er noch näher gekommen, wäre er meinem Kinn entsprossen.

»Was soll ich nur mit diesem Kerl machen?« fragte Cooperman weich wispernd. So weich wie ein Daunenkissen, kurz bevor es dich erstickt. »Ich ruf ihn an und sag ihm, daß er auf dem falschen Dampfer ist, und er nimmt es als Einladung, hier zu einem Schwätzchen auf die Wache zu kommen.«

Cooperman ließ seinen massigen Körper in den Stuhl sinken. Er nahm einen gelben Bleistift auf und klopfte damit langsam auf die Platte. Fox richtete sich auf, kreuzte die Arme vor der Brust und starrte auf mich herab. Einige Bleistift-Takte lang verharrten wir drei in unseren jeweiligen Stellungen. Es erinnerte an einen B-Film. Unglücklicherweise war es keiner. Es war eine B-Welt.

»Ich würde«, sagte ich, »sehr gern einen Blick auf den fotografischen Beweis werfen, der zeigt, daß der Mörder Rechtshänder war.«

»Fox, zeig ihm den Kontaktbogen«, sagte Cooperman. »Schau's dir an und verschwinde«, sagte er zu mir. Er beendete das Klopfen, doch seine Augäpfel machten noch immer Überstunden in meine Richtung.

»In Ordnung«, sagte ich. Cooperman gingen gewisse Eigenschaften ab, die einen guten Gastgeber ausmachen.

Fox ging in ein anderes Zimmer. »Ich möchte dir noch etwas sagen, mein Freund«, sagte Cooperman. Er benutzte das Wort ›Freund‹ in derselben Weise wie ein Türke oder Araber oder Redneck, der zum Ausdruck bringen möchte, daß du nicht sein Freund bist. »Wenn da nicht dein Kumpel wäre, dieser Manager von dem Club da –«

»Cleve«, sagte ich.

»Cleve«, sagte er, »der dir ein Alibi gibt, dann wärst du selbst einer unserer Hauptverdächtigen.«

»Cleve rief mich an, nachdem Barkin hinüber war«, sagte ich.

»Geschenkt«, sagte Cooperman.

Fox kam in den Raum zurück. Er legte den Kontaktbogen auf den Schreibtisch und wies demonstrativ auf das Bild, das den Schatten zeigte. Ich folgte der Fingerbewegung.

»Rechtshänder, ohne den Schatten eines Zweifels«, sagte er. »Selbst du mußt das zugeben, Tex.« Fox hatte mich vor Zeiten gesehen, als ich einen Cowboyhut trug, und schaffte es, dieses Bild im Herzen zu bewahren.

Ich schaute nicht mehr auf den Schatten. Ich schaute unten auf den Bogen, auf die drei letzten Bilder des Films. Ein paar alte Männer spielten Schach im Washington Square Park.

»Nein«, sagte ich. »Ich hab' schon die ganze Zeit gewußt, daß etwas auf dem Kontaktbogen merkwürdig ist. Schaut euch das Schachbrett da an.« Ich hielt den Bogen hoch, so daß Fox und Cooperman ihn gleichzeitig sehen konnten.

»Das schwarze Feld ist jeweils rechter Hand vom Spieler«, sagte ich.

»Na und?« fragte Fox.

»Das *weiße* Feld muß rechter Hand vom Spieler sein.«

»Das spielen wir durch«, sagte Cooperman.

»Es ist jetzt keine Zeit für Spielchen, Sergeant«, sagte ich.

Cooperman sah mich an. Dann drehte er seinen Kopf ziemlich hektisch in Richtung auf das andere Zimmer, und Fox nahm den Kontaktbogen vom Tisch und entschwand damit.

»Was ist mit dem Hank-Williams-Song, der mit der Post kam?« fragte ich.

»Ihr Country-Sänger habt nur Country-Musik im Kopf. Wir gehen dem nach. Siehst du den Haufen hier?« Cooperman nickte, um mich auf einen Stapel Papiere auf seinem Schreibtisch hinzuweisen. Ich nickte, um darauf hinzuweisen, daß ich den Stapel Papiere sah. »Weißt du, was das ist?« fragte er.

»Quittungen für deine Steuererklärung?« fragte ich.

Cooperman lächelte ein süßes, geziertes, überhebliches, kleines Lächeln. Glücklicherweise geriet es ihm nicht in die Augen. »Das sind vierundzwanzig ungeklärte Mordfälle neben einer kalten Tasse Kaffee«, sagte er barsch. »Du kannst gehen.«

Ich ging.

15

Am späten Abend war ich Zeuge des aufregendsten und herzzerreißendsten Ereignisses der Woche, mit Ausnahme, natürlich, des Mordes an Larry Barkin. Es betraf die beiden Judys, und es fand direkt vor meinem Loft statt. Es war ein nervenzerrender Fast-Zusammenstoß. Uptown Judy fuhr gerade im Lastenaufzug abwärts, als gleichzeitig Downtown Judy die Treppen hochkam.

Im einen Augenblick sagte ich, »Gute Nacht, Judy. Paß auf dich auf«, und kaum zwanzig Sekunden später sagte ich, »Judy, wo hast du nur gesteckt?«

Am Freitagmorgen saß ich an meinem Schreibtisch. Die Judys waren herauf, herab und quer und krumm gekommen, oder wie das heißt. Aber keine war klüger als wie zuvor. Ich auch nicht. Larry Barkin war immer noch tot, und ich hegte den elenden Verdacht, was ich auch unternehmen würde, ich würde in eine Sackgasse geraten.

Ich trug meinen lila Morgenmantel, trank Kaffee und öffnete die Post mit meinem Smith & Wesson-Messer. Die Katze lag auf dem Tisch unter der Lampe. Die Katze und ich hielten einen kleinen Wettbewerb ab. Wir versuchten herauszufinden, wer die wenigsten Emotionen zeigen würde, wenn ich eine unbezahlte Rechnung öffnete.

Ich betrachtete eine Einladung zu einer Rollschuh-Party in einer Diskothek, als die Telefone klingelten. Es war 11:37 morgens. Ich hob den Hörer zur Linken ab.

»Wir haben wieder einen«, sagte die Stimme. Es war Cleve, der vom Lone Star anrief. Seine Stimme hatte einen merkwürdigen Unterton, und ich brauchte einen Moment, um herauszufinden, was es war. Es war, wie ein Zittern klingen würde, wenn man es hören könnte.

»Ganz ruhig, Kumpel«, sagte ich. »Was hast du wieder?«

»Einen Song, Mann«, sagte er. »Es war wieder ein Hank-Williams-Song in der Post.«

16

Es ging auf drei Uhr nachmittags zu, und ich stand am Küchenfenster des Lofts und wartete auf den Boten, der mir den Hank-Williams-Song vom Lone Star bringen sollte. Ich wußte nicht, welcher Song es war oder an wen er adressiert war. Cleve war zu aufgeregt, um auch nur ein paar Noten zu summen. Von Zeit zu Zeit nahm ich den Puppenkopf vom Kühlschrank und warf ihn erwartungsvoll von einer Hand in die andere, aber kein Bote ließ sich blicken.

Warum wartete ich hier? Es war ein blendender Tag, wie wir in New York zu sagen pflegen. Mist, ich könnte draußen in der Sonne sein und mit dem Abfall auf dem Bürgersteig Fußball spielen.

Ich begann die Länge des Lofts abzuschreiten und schaute in regelmäßigen Abständen hoffnungsvoll auf die Straße hinab. Manchmal hatte mir das Hinundherlaufen geholfen, meine Gedanken zu ordnen. Vor vielen Jahren hatte mich die Katze begleitet, wenn ich, mit der Zigarre in der Hand, hin und her strich. Die Katze hatte solche kätzchenhaften Spielchen aufgegeben. Ich strich weiter. Ich war ein Geschöpf mit beschränkten Gewohnheiten, und da enttäuschte mich die Katze, ich ließ es sie aber nicht spüren. Die Katze hatte zweifellos auch ihre Gründe, von mir enttäuscht zu sein. Irgendwie kamen wir miteinander aus.

Ich beendete meine Wanderung. Ich kam nicht von der Stelle, wörtlich und im übertragenen Sinn. Ich schaute die Katze an. Sie lag zusammengerollt im Schaukelstuhl. Das Loft kam für uns beide dem Begriff Heimat so nahe, wie es für uns nur möglich war. Es war natürlich keine Heimat, wie sollte es auch. Alle wußten doch, daß die Heimat in Kansas liegt. Und da sollte sie auch lieber bleiben.

Ich goß mir eine Tasse Kaffee ein und schlich durch das Loft wie ein batteriebetriebener Tiger und versuchte verzweifelt, mit Wissen zu leuchten, das ich nicht besaß. Was wußte ich eigentlich? Ich dachte einen Augenblick darüber nach. Einem Country-Sänger war vor acht Tagen auf eine ziemlich unschöne Weise die Stimme gebrochen worden. Vor dem Mord hatte ihm jemand den Hank-Williams-Song ›Hey Good Lookin'‹ zugesandt, der im Text den Hinweis auf einen Zwei-Dollar-Schein enthielt, und dieser Zwei-Dollar-Schein hatte nun wiederum seinen verruchten Weg in die sterbende Brusttasche des bestickten Anzugs des jungen Cowboys gefunden. Geradezu wie im Alten Westen. Aber Ost ist Ost und West ist West. Wer hatte überhaupt Interesse daran, einen honigkehligen, kuscheligen Traum aller Hausfrauen abzumurksen? Außer mir, natürlich. Ich wußte keine Antwort.

Und nun war, um zu zeigen, daß es nichts Persönliches gegen Larry Barkin war, ein weiterer Song angekommen. Die Bullen hatten ihn, laut Cleve, nach Fingerabdrücken abgestaubt. Erfolglos. Selbst Mörder sahen genug TV-Krimis, um von Fingerabdrücken gehört zu haben. Das Interesse der Bullen am neuen Song war offensichtlich nicht stark entwickelt. Cooperman hatte Cleve und Bill Dick darüber informiert, daß im Gebiet von New York etwa fünfzehn Millionen Spinner rumsäßen, die nichts Besseres zu tun hätten, als die Postkästen mit Briefen, Drohungen und Betteleien an bekannte Leute zu verstopfen.

Ich war mir nicht sicher, ob Fox und Cooperman überhaupt Hank Williams kannten. Ich wußte, daß Hank Fox und Cooperman nicht kannte. Er war seit dreiunddreißig Jahren tot.

Doch selbst diese kleine Tatsache war nicht hundertprozentig wahr. In einem viel umfassenderen Sinne war Hank Williams, wie Jesus und Joe Hill, in zufälliger Reihenfolge, niemals gestorben. Leute hörten immer noch Hanks Worten und Hanks Stimme zu, und ein Zauber umgab diesen Mann, der die sterblichen Grenzen von Geographie, Kultur und Zeit überwunden hatte.

Und dann gab es solche Leute wie Chet Flippo, die Hank am Leben erhielten. Ich überlegte einen Moment, ob Flippo Leute auch aus dem Leben befördern könnte. Ich konnte es einfach nicht glauben. Er hatte dem Barmann im High Five einen Zwei-Dollar-Schein gegeben. Er war ein Hank-Williams-Freak, aber das war Mike Simmons auch. Wenn Ratso ein bißchen mehr von Country-Musik verstehen würde, wäre er vermutlich auch ein Hank-Williams-Freak. Es gab praktisch Millionen davon. Und Hank-Williams-Freaks sind einfach nicht zu fassen.

Flippo war, in seiner distanzierten, bescheidenen Art, ein Freund von mir. Gab es irgendwo in seinem Artischockenherzen einen Kill-Schalter? Ich sah keinen. Allerdings, wenn einer da war, dann nicht so einer, den man unbedingt sehen konnte.

Simmons war heißblütiger, war frustrierter und eher eines gewalttätigen Mordes fähig. Und er war Linkshänder. Er liebte Hank Williams mehr als den lieben Gott. »Ihr würdet auch Hank Scheiß-Williams hier rausschmeißen!« hatte er den Philistern vom City Limits zugeschrien. Eine verräterische Zeile, dachte ich. Doch war die Zeile zu dürftig, selbst um sie von der spiegelblanken, gewölbten Oberfläche von Murray Fishkins Schädel zu schniffen.

Und was war mit Fishkin? Der mysteriöse Anwalt-Manager-Gauner, bei dem Reputation und Profil dünner waren als Heringspisse? Ich mußte an ihn rankommen. Wenn die Anwaltskanzleien am Montag morgen öffneten, würde ich ihn wie eine 42-Cent-Dose Katzenfutter öffnen. Wo ein letzter Wille ist, ist auch ein Anwalt.

Ich zweifelte selbst an Gunner, der verläßlichen, jungen Fotografin. Da war was mit ihr, was nicht ganz ins Bild paßte. Und aus irgendeinem Grund traute ich ihr noch weniger, als ich den meisten attraktiven Frauen traute, die mir über den Weg liefen. War es nur ein männlich-chauvinistisches Vorurteil? Wirklich? Vielleicht war es männliche Intuition. Nein, das konnte es nicht sein. Jeder wußte, daß so etwas nicht existiert. Okay. Wen hatte ich links liegen gelassen? Wen mußte ich links …

Ich hörte einen Ruf von unten und warf den Puppenkopf mit dem Fallschirm hinunter. Ich beobachtete, wie er elegant zum Trottoir hinuntersegelte. Es war wirklich wunderschön zu beobachten.

Augenblicke später hörte ich ein anhaltendes Klopfen an der

Loft-Tür. Es war entweder eine sehr beharrliche Person oder ein überdimensionierter Specht. Das war mir zu dem Zeitpunkt aber egal, solange er nur einen Hank-Williams-Song im Schnabel hatte. Ich öffnete die Tür.

»Kinky?« fragte der Bote. In seiner rechten Hand trug er einen großen Umschlag und in der linken eine Schachtel, die so aussah, als enthielte sie mehr Eiscreme als in meinen wildesten Träumen. Ich nickte. »Was ist in dem Karton?« fragte ich.

»Der Mann sagte Five-Alarm-Chili«, sagte er.

»Dieser Bill Dick denkt an alles«, sagte ich. »Und jetzt den Umschlag, bitte.« Er reichte mir den Umschlag, und ich nahm ihn zum Schreibtisch hinüber.

»Kommen Sie ruhig rein«, sagte ich. »Vielleicht will ich dies gleich zum Absender zurückschicken.« Der Bote trat ein und blieb an der Tür stehen.

»Gießen Sie sich etwas Kaffee ein, oder sonstwas«, sagte ich. Der Kerl tat gar nichts, aber manchmal ist es lästiger, wenn jemand nichts tut, als daß jemand was ganz Ekliges tut.

Ich betrachtete den Umschlag von außen. Die gleichen großen schwarzen Blockbuchstaben wie vorher. Aber diesmal war er adressiert an Bubba und Blane, c/o The Lone Star Café.

Bubba und Blane Borgelt waren zwei dicke, freundliche Brüder aus Texas, mit einer Serie eingängiger Country-Hits, so lang wie ihr Tournee-Bus. Ich hatte sogar schon ein paar Auftritte mit ihnen absolviert. In meiner sogenannten Frühzeit. ›Als Jesus unser Erlöser und Baumwolle unser Herr war‹, wie Billy Joe Shaver es formuliert hat. 199B Vandam war damals noch ein Lagerhaus. Ich hatte noch keine Katze. Ich hatte nicht einmal die Andeutung einer Espresso-Maschine.

Ich öffnete den Umschlag. Er enthielt die Noten zum Hank-Williams-Song ›Settin' the Woods on Fire‹. Wenn ich mich recht erinnerte, hatten Bubba und Blane ihren Auftritt im Lone Star am Montagabend.

»Was issn das?« fragte der Bote.

»Jemandes Schwanengesang«, sagte ich.

17

Am Samstagnachmittag saßen Ratso und ich in den Carnegie Delicatessen, Ecke Seventh Avenue und Fifty-fifth Street. Draußen schneite es. Die Carnegie Deli war eine herzerwärmende Lokalität, wenn es schneite. Wie eine Bar. Oder jede andere Kneipe im Village. Ehrlich gesagt, wenn es in New York schneite, dann wirkte jedes Viertel wie ein kleines Dorf. Der Schnee blendete die hohen Gebäude aus und schien die Menschen einander näherzubringen. Er breitete ein Laken des Friedens und der Stille über die Stadt. Fremde sprachen miteinander. Man fühlte sich fast wie in einer Kleinstadt. Glücklicherweise blieb er nie liegen.

Ich bearbeitete einen Matze-Knödel von der Größe des Kopfes von McGovern und freute mich, meine Bekanntschaft mit Bubba und Blane am Montagabend auffrischen zu können. Ich hatte allerdings nicht vor, zu anhänglich zu werden. Ratso aß einen Haufen Gewürzgurken aus einem der Fäßchen, die stets auf den Tischen standen. Leo hatte uns Stoffservietten gebracht, eine Vorzugsbehandlung, die nur Prominenten und besonderen Freunden vorbehalten war.

»Was hast du bestellt, Ratso?« fragte ich. Der Matze-Knödel war Spitzenklasse.

»Papst-Nase«, sagte er.

»Was, zum Teufel, ist eine Papst-Nase?« fragte ich.

»Puten-Arsch«, sagte er.

Ratso begrapschte mehrere Gewürzgurken im Fäßchen und wählte schließlich eine, die seinen kulinarischen Ansprüchen entsprach.

»Ratso, ich möchte deinen Appetit auf die Papst-Nase nicht verderben«, sagte ich, »aber ich bitte dich, dir etwas mit mir anzuschauen.« Ich nahm das Notenblatt aus der Manteltasche.

Wir sahen uns gemeinsam den Text von ›Settin' the Woods on Fire‹ an. Er lautete:

Comb your hair and paint and powder
You act proud and I'll act prouder
You sing loud and I'll sing louder
Tonight we're settin' the woods on fire

You're my gal and I'm your feller
Dress up in your frock of yeller
I'll look swell but you'll look sweller
Settin' the woods on fire

We'll take in all the honky-tonks, tonight
We're havin' fun
We'll show the folks a brand new dance
That never has been done

I don't care who thinks we're silly
You be daffy and I'll be dilly
We'll order up two bowls of chili
Settin' the woods on fire

I'll gas up my hot rod stoker
We'll get hotter than a poker
You'll be broke but I'll be broker
Tonight we're settin' the woods on fire.

»Der Song ist geradezu eine Truppenschau für ein kriminelles Gehirn«, sagte Ratso und schüttelte seinen Kopf ungläubig. Er angelte im Fäßchen nach einer weiteren Gewürzgurke.

»So schlimm nun auch wieder nicht«, sagte ich. »Ich glaube nämlich nicht, daß der Mörder mit diesen Songs tatsächlich seine Methode verrät. Wie er es tun wird, warum er es tut, das wissen wir nicht. Alles, was wir sicher wissen, ist, daß er es tun wird. Und es gibt einen Hinweis im Song, der ihn mit dem Verbrechen in Verbindung bringt. Er spielt mit uns. Er lädt uns ein. Wir haben eigentlich die Visitenkarte des Killers vor Augen. Die Tatsache, daß er Ol' Hank als Kommunikationsmittel mißbraucht, ist möglicherweise das Aufschlußreichste, was wir über die Person wissen, nach der wir suchen.«

»Schauen wir uns mal den Song an«, sagte Ratso. »Okay ... hier – ›We'll get hotter than a poker‹. Wie wär's mit dem heißen Feuerhaken?«

»Mein lieber Ratso«, sagte ich, »wir befinden uns nicht in einer englischen Jagdhütte, wir befinden uns in New York City.«

»Schon gut, Sherlock«, sagte er. »Hab' ich vergessen.« Er guckte wieder in den Text. »Und was ist hiermit. Zwei Schalen Chili. ›We'll order up two bowls of chili.‹«

»Dann iß kein Chili«, sagte ich.

»Teufel auch«, sagte Ratso, »am normalen Chili im Lone Star kann man schon sterben.«

»Hoffnungslos«, sagte ich. »Du bist einfach ein Stadt-Dussel, Ratso. Aber ich brauche dich am Montagabend drüben. Du bringst ein gewisses Maß Naivität in die Untersuchung, die mir schon gewisse Möglichkeiten andeutet.«

»Du bist eine Papst-Nase«, sagte er.

Als wir das Taxi bestiegen, das uns wieder downtown bringen sollte, forderte Ratso den Fahrer auf, sich zu beeilen, er sei zu spät dran. »Alle sind zu spät dran«, sagte der Fahrer, als er das Taxameter anstellte. »In dieser Stadt ist es für alle zu spät.«

Ich blickte aus dem Wagenfenster und beobachtete, wie die verschneiten Bürgersteige wie im Traum vorbeischwebten. Für mich war es noch nicht zu spät. Aber ich fing an, Angst zu haben. Und ich befürchtete, der Montagabend würde schneller kommen als eine Nymphomanin.

18

Cleve war der erste, den ich am Montagabend an der Tür zum Lone Star sah. Er rang die Hände wie ein salbungsvoller Bestattungsunternehmer. Ich wechselte ein paar Worte mit ihm und ging hinüber zum Parterre-Tresen und nahm auf dem einzig freien Barhocker Platz – gleich neben der Registrierkasse. Das Klavier des Geschäftsmannes.

Ich bestellte einen Jameson und schaute mich um nach merkwürdigen oder bekannten Gesichtern. Ich konnte keine entdecken. Alle am Parterre-Tresen sahen irgendwie bekannt aus. Als ob man sie irgendwie einordnen könnte, auch wenn man es eigentlich nicht wollte. Sie sahen aus wie Leute, die im Supermarkt gewohnheitsmäßig nur die Billigangebote einkaufen. Vielleicht hatte das ein wenig abgefärbt.

Ich drehte mich mit dem Barhocker um und wandte meine Aufmerksamkeit der Vorgruppe zu. Ich hatte diese Band im Laufe der Jahre tausendmal gesehen. Verschiedene Orte, verschiedene Gesichter, das gleiche alte Lied. Ihr augenblicklicher Favorit war ›Luckenbach, Texas‹. Vermutlich war es mal ›Bad, Bad Leroy Brown‹ gewesen oder ›Are You Going to San Francisco?‹, wenn sie dafür nur alt genug gewesen waren, und es hatte ganz den Anschein. Sie hatten sich immer verändert, wenn schon nicht mit den Zeiten, so doch ein bißchen hinterher. Sie hatten gelernt ›mit den Kugeln zu pfeifen‹, wie es mein Freund Doug Kenney auszudrücken pflegte, ehe er in Hawaii von seiner Sitzstange fiel. Doug fehlte mir. Ich bestellte mir beim Barmann noch einen Jameson, und als er ihn eingoß, fehlte mir Doug nicht mehr so.

Die Band brachte die zwanzigminütige Folter des musikalischen Vorspiels hinter sich, die man normalerweise Stimmen nennt. Sollte eigentlich nach einer Minute erledigt sein, aber diese Typen wollten jede Minute auf der Bühne genießen, die sie kriegen konnten. Wollten es wohl ganz auskosten, die Rhinestones ihrer Kluft einzeln im Rampenlicht glitzern zu lassen. Was soll's. Überall, wo es Kneipengeschmeiß gibt, da gibt es auch Salonlöwen. Das ist ein Naturgesetz.

Ich wandte mich wieder zur Bar und leerte meinen Drink. Warum war ich so hart zu diesen Typen? Sie versuchten nur, ihr Leben zu fristen. »Zum Teufel, nicht jeder kann ein Hank Williams sein«, sagte ich. »Nicht jeder kann auf der Hinterbank eines Cadillac auf dem Weg nach Canton, Ohio, sterben.«

»Was war das?« fragte der Barmann.

»Setz es auf die Rechnung«, sagte ich.

Die Band begann zu spielen, und ich begann die Stufen zur Galerie zu erklimmen. Von dort aus hatte man einen besseren Überblick über den ganzen Laden, und dort war es nicht so laut. Nichts auf diesem Planeten war annähernd so laut, wie am Parterre-Tresen des Lone Star Cafés zu sitzen und einer Country-Rock-Band zuzuhören.

Die obere Etage des Lone Star war normalerweise immer das Zentrum aller Aktivität, abgesehen natürlich von der Chef-Toilette. Ich hatte noch nicht die Hälfte der Stufen erklommen, als ich es schon bedauerte, nicht ein paar Drinks mehr genossen zu haben, ehe ich mich zur zweiten Danteschen Ebene aufmachte. Jemand schrie »Kinkstah! Kinkstah!« Wer diese Stimme einmal gehört hat, wird sie nie vergessen. Es war Ratso. Ich hatte eigentlich vorgehabt, wenig aufzufallen, mußte aber nun einsehen, daß das ziemlich schwerfallen würde.

Ratso belagerte mit ein paar Leuten einen Tisch in der hinteren Ecke der Galerie. Ich gab ihm einen kleinen Hitlergruß, wie ein italienischer Kellner, der ein Tablett jongliert, nur ohne das Tablett. Es war eine Geste, die ganz eindeutig andeutete, ›mach's halblang, Kumpel‹, als ich aber die obere Etage erreichte, hörte ich die schrecklich blökenden Töne ein weiteres Mal. »Kinkstah ... Kinkstah!« Ich beschloß, sie vorerst zu ignorieren. Ich mußte es, denn ich stieß oben an der Treppe mit Mike Simmons zusammen. Ich hatte versucht, mich nach links zu wenden, und er kam direkt aus der Damentoilette oben an der Treppe hervorgeschossen. Aus der Damentoilette drangen wütende Schreie, und Mike schien etwas außer Atem.

»Hier ist wohl nicht das Marylou's«, sagte er. »Da drüben haben sie eine viel progressivere Haltung.« Simmons war dafür bekannt, bisweilen in Damentoiletten einzudringen und den Damen verbotene Substanzen anzubieten, wenn sie ihre Blusen ausziehen würden. Es klappte etwa zur Hälfte. Die andere Hälfte konnte ganz schön ins Auge gehen.

»Mike, ich will in keinster Weise ein moralisches Urteil abgeben«, sagte ich. »Ich würde es nur bevorzugen, wenn du da nicht wie ein wilder Köter herausgesprungen kämst.«

»Ich werd dran denken«, sagte er. Es sah aus, als hätte er bereits die Drinks intus, die ich brauchte. Wir gingen zur oberen Bar, um uns mit weiteren zu versorgen. Ich sah nicht, wie Simmons irgend jemand außer sich selbst umbringen könnte. Und darum bemühte er sich schon geraume Zeit. Tun wir das nicht alle?

Ich hatte vor, mit Simmons einen Drink zu nehmen, dann den Bereich der oberen Bar und des Andenkenkiosks zu inspizieren, um mich dann Ratsos Tafelrunde zuzugesellen, die er am Geländer um sich geschart hatte. Von dort hatte man einen guten Überblick über den ganzen Laden.

Die Sicherheitsmaßnahmen sahen recht ordentlich aus. Patrick, der Rausschmeißer, drehte seine Runden wie eine etwas groß geratene, abstoßende Gastgeberin; Norman, der offensichtlich sehr gefährliche Androgyne mit süßer Stimme und schwarzem Gürtel, stand auf der obersten Stufe. Wenn Norman lächelte, war es offensichtlich, daß er ziemlich krank war. Sein Lächeln bedeutete dir, daß er liebend gern mit deinem Adamsapfel würfeln würde. Mal, der ehemalige Bulle, der nebenbei einen Mietwagen-Service betrieb, gesellte sich vorübergehend zu mir an die Bar und nahm einen kleinen Schluck aus meinem Glas.

»Einen schönen Tag auch«, sagte er.

Ich zündete eine Zigarre an. Simmons ging in die Herren-Toilette rechts neben der Bar, wenn man auf einem Barhocker von der Bar wegschaute, so wie ich. Ich paffte gedankenschwer an meiner Zigarre, während ich einen Cowboy aus New Jersey beobachtete. Er hatte schon einen langen Ritt zum Lone Star hinter sich. Vermutlich der Dealer für jemand hier. Ritt durch die Wüste auf einem Pferd ohne Beine.

Ich kippte den Jameson runter und ließ meinen Gedanken einen kleinen Auslauf in der Prärie. Visionen von Zwei-Dollar-Scheinen, zuschlagenden Linkshändern, Hank-Williams-Songs. Ich überlegte mir, wie Hank ausgesehen haben mußte, als er vor so vielen Jahren in der Grand Ol' Opry auftrat. Ein gequälter, dürrer Jesus, der so traurig wie eine Eisenbahn sang und so schön wie ein Whippoorwill. Man erzählt sich, er habe bisweilen tatsächlich geweint, wenn er auf jener Bühne sang. Über zwanzig Jahre später hatte ich selbst ein paarmal in der Grand Ol' Opry gespielt. Ich erinnerte mich, wie ich vor Tausenden von Zuschauern die Bühne im alten Ryman Auditorium betrat auf der Suche nach Hanks Tränen. Aber die waren, wie auch meine eigenen, längst getrocknet. Zumindest dachte ich das zu der Zeit.

Ich schaute gerade rechtzeitig auf, als mir ein Lichtblitz die Augen blendete. Ich hörte den Klang von britischem Gelächter. Zurückhaltend, fast verschluckt.

»Ich fürchte, das war sehr unprofessionell von mir«, sagte Gunner, während sie ihre Kamera neben mir auf den Tresen legte.

»Höchst lästig«, sagte ich. Es ist immer schwer, empört auszusehen, angesichts eines hübschen Angesichts.

»Du warst so ein Ebenbild der … Beschaulichkeit«, sagte sie. »Wo warst du, als ich gerade das Bild gemacht habe?«

»Ach, Nashville«, sagte ich. »Nashville und Vancouver.«

»Das ist eine weite Reise auf einem Barhocker«, sagte sie sanft.

Ich kippte das neue Glas Jameson runter, das der Barmann eingeschenkt hatte. »Ich komm ganz schön herum«, sagte ich.

Die Vorgruppe hämmerte immer noch ihren ersten Auftritt runter, als ich Gunner die Hintertreppe hinaufgeleitete. Sie führte zu den Garderoben im zweiten Stock. Aus eigener Erfahrung als Künstler zögerte ich immer, andere Künstler kurz vor der Show zu belästigen. Diesmal war ich entschlossen, eine Ausnahme von meiner Regel zu machen. Bubba und Blane könnten anschließend nicht mehr unter uns weilen.

»Die Sicherheitsleute waren richtig süß«, sagte Gunner. »Sie ließen mich ein Foto machen.«

»Ich hab' dich auch ein Foto machen lassen«, sagte ich.

»Du hättest mich ja gar nicht hindern können, selbst wenn du wolltest«, sagte sie spöttisch. Hinter dem Königsblau ihrer Augen erspähte ich mehr als Spott. Mehr als ein Lachen. Ich erblickte eine Herausforderung an die Menschheit.

»Wer würde das wollen?« fragte ich bewundernd. Sie nickte einmal kurz zustimmend.

Wir gingen den kurzen Flur im zweiten Stock hinunter, und ich klopfte an die Garderobentür. Ein breiter Nashville-Typ mit langen Koteletten und einer Billy-Graham-Frisur öffnete die Tür.

»Die sind in Ordnung«, rief ihm Cleve aus dem Hintergrund des Raumes zu.

»Gut zu wissen«, sagte ich zu Gunner. Wir traten ein, und der Kerl schloß hinter uns die Tür. Bill Dick stand neben Cleve und unterhielt sich mit Bubba und Blane. Patrick, der Rausschmeißer, hatte sich an die Wand geschmiegt wie eine rotbärtige Karyatide. Er nickte mir zu. Es war noch eine Anzahl Leute im Raum, damit beschäftigt, zu sehen und gesehen zu werden. Ich kannte sie nicht. Ein Tisch mit Drinks war neben der offenen Tür zum Dachgarten aufgebaut. Ich schaute aus der Tür und konnte die grünen Metallschuppen des Leguans im kalten Mondlicht glänzen sehen. Gunner verfolgte meinen Blick und zitterte leicht.

»Kalt?« fragte ich.

»Nein«, sagte sie. »Ich dachte nur ...«

»Nun, dann laß es lieber«, sagte ich. »Denken kann gefährlich sein. Zumindest denke ich, daß es das kann.« Die Stimmung im Raum war gedämpft. Vielleicht etwas gespannt. Das konnte auch Premieren-Fieber sein, dachte ich. Speziell für Country-Künstler war ein Auftritt in New York City und dem Lone Star Café eine große Sache. Für mich war das nur noch so aufregend wie Bullen, die sich auf Motorräder türmen. Wenn man nahe an den Pyramiden wohnt, gewöhnt man sich an sie.

Ich ging zum Tisch mit den Getränken hinüber und goß zwei Drinks ein. Wenn Gunner nichts trinken wollte, dann trank ich eben beide. Während ich mich den Borgelts zuwandte, ging Bill Dick auf Gunner zu. Club-Besitzer verkehren gerne eng mit den Stars, aber noch lieber verkehren sie engstens mit hübschen Mädchen. Einige Leute, die keinen Club besitzen, halten es ebenso.

Ich gab Blane und Bubba die Hand. Einige Leute aus ihrer Band stimmten in der Ecke ihre Instrumente und machten sich für den ersten Auftritt fertig. »Das war ein langer Zwischentraum«, sagte ich.

»Haben uns ja eine Ewigkeit nicht gesehen«, sagte Bubba.

»Eine Ewigkeit«, stimmte Blane zu.

»Halten wir den lieben Gott da raus, Jungs«, sagte ich. Blane lachte. Bubba richtete seinen ›Go Texas‹-Schlips an den beiden bestickten Streifen auf seiner Brust aus. Der Schlips war eine Attrappe. Raffiniert, nach dem, was Larry Barkin passiert war. Ich nahm eine Zigarre heraus und zündete sie an. Dann nahm ich zwei weitere Zigarren heraus und bot sie den Borgelts an. Beide lehnten sie ab. Das taten die meisten. Darum bot ich sie ja auch an.

»Seid ihr nervös, Jungs?« fragte ich.

»Wegen der Show?« fragte Bubba.

»Wegen der andern Sache«, sagte ich dunkel. »Warum, zum Teufel, habt ihr Jungs denn diesen Gig angenommen? Falls ich nicht zu persönlich werde.«

»Einfach aus Daffke«, lachte Bubba. »Man kann sich vor dem Leben nicht verstecken. Außerdem, ein Gig ist ein Gig.«

»Kann sich vor dem Leben nicht verstecken«, sagte Blane. »Ein Gig ist ein Gig.« Klang so, als habe er zu viele Jahre seines Lebens in der Echokammer verbracht.

»Das ist die rechte Einstellung«, sagte Bill Dick, während er herübereilte und seine Arme um die Jungs legte. »Wie wär's mit ein paar Aufnahmen, Gunner?«

Gunner knipste gehorsam drauflos. Auf Dicks Bitte schloß ich mich an und stellte mich neben Bubba. Dann schlüpfte Cleve neben Blane. Und schon bald war alle Welt mit auf den Fotos, außer Mother Maybelle Carter. Das ist Country-Musik. Eine große, glückliche Familie. Fast.

Als meine Augen wieder ihre Sehkraft zurückerlangten, sah ich zwei unscharfe Gestalten in der Tür der Garderobe lauern. Fox und Cooperman. Gunner hatte aufgehört, Fotos zu machen, aber Dick hatte immer noch seine Arme um Bubba und Blane.

»Heute abend muß einer mal ganz was Neues ausprobieren«, sagte er.

19

Gunner und ich setzten uns mit an Ratsos Tisch am Geländer. Ratsos Begleiterin an diesem Abend war Porno-Star Annie Sprinkle. Sie trug ihre Armbanduhr um die Fessel und ihr Herz auf der Zunge. Manchmal war das alles, was sie trug.

Wir hatten zwei brutale Auftritte der Vorgruppe überlebt und eine mild unterhaltsame Show von Bubba und Blane. Wir waren ein weiteres Mal in der Garderobe oben gewesen. Weitere Drinks. Weitere Fotos. Weiteres Händeschütteln, weitere Umarmungen, weitere Verbrüderungen mit den Stars. Niemand bestellte zwei Schalen Chili.

Nun waren wir zurück am Tisch auf der Galerie und warteten auf den letzten Auftritt von Bubba und Blane. Ein neuer Soundman verrichtete seine Arbeit. Er bereitete die Bühne für die Borgelts vor. Cleve kam an unserm Tisch vorbei. »Wo ist Round-Man, der Soundman?« fragte ich. Das war der feste Soundman des Clubs. Wog an die dreihundert Pfund.

»Hab' ihm heute frei gegeben«, sagte Cleve. »Der Kerl da ist noch ein bißchen grün, aber er schafft die richtige Abmischung noch bis kurz vor Schluß der Show.« Er lächelte.

»He«, sagte er, »dein Kumpel Flippo hat nach dir gefragt. Er ist im Andenkenkiosk und baut seine Bücher auf.«

»Ich schau mal, was er will«, sagte ich und machte mich auf.

»Ich paß inzwischen auf Gunner auf«, sagte Cleve.

Flippo signierte sein Buch für jemand im Andenkenkiosk. »Sei vorsichtig«, sagte ich zu der jungen Frau, deren Buch er signierte, »sein Autogramm kann hüpfen.«

»He«, sagte Flippo, »genau dich hab' ich gesucht. Wie weit bist du mit dem Buch?« Ich war etwa so weit wie im Fall Larry Barkin, aber ich mußte etwas sagen.

»Das gute daran«, sagte ich, »ist, daß es Gedanken, Ereignisse, Szenen, Gefühle enthält, die nur Hank Williams selbst kennen konnte.«

»Schön, daß es dir gefällt«, sagte Flippo.

»Yeah«, sagte ich. »Übrigens, neulich abend im High Five, als du mir das Buch gabst – woher hattest du den Zwei-Dollar-Schein?«

»Larry hat ihn mir gegeben«, sagte er. »Larry Barkin.«

»Fein«, sagte ich. Ich ging zurück zum Tisch. Cleve war gegangen, aber Simmons hatte seinen Platz eingenommen. Die Borgelts betraten die Bühne unter rauhem Beifall des Publikums. Ich nahm mir einen leeren Stuhl vom Nachbartisch und setzte mich. Eine Kellnerin kam, und wir bestellten eine neue Runde Drinks und lehnten uns zurück, um die Show zu verfolgen.

Bubba Borgelt stand am Mikrofon in der Bühnenmitte. Er spielte Lead-Gitarre und sang. Blane war am Mikrofon rechts. Er sang die zweite Stimme. Manchmal trafen sich beide am Mikrofon in der Mitte, und dann kam der Gesang richtig rüber. Der Soundman bekam langsam die Sache in den Griff. Die Band – ein Drummer, Bassist, Fiddler und Steel-Gitarrist – war ganz glatt, wie geschmiert, genau auf der üblichen Nashville-Linie.

»Das sind zwar nicht die Everly Brothers«, sagte Ratso, »aber nicht schlecht.«

»Im Studio machen sie eine gute Figur«, schrie ich über den nächsten Song. »Ihre Plattenaufnahmen sind sehr kommerziell. Aber keiner von beiden ist auf der Bühne gerade ein Mr. Charismo.«

»Sie sind kein Kinky, das ist sicher«, sagte Ratso.

»Wer ist das schon?« fragte ich.

»Gute Frage«, sagte Ratso.

»Ich muß meinen Leguan wässern«, sagte Simmons, stand auf und steuerte das Herren-Klo an.

Gunner machte ein paar Aufnahmen von der Band, indem sie die Kamera auf das Geländer legte und direkt runter auf die Bühne zielte. Wir hatten von unserem Platz einen guten Blick auf den ganzen Club. Ich starrte in die Menge im Parterre und glaubte das Glitzern einer Glatze zu sehen. Es war entweder Daddy Warbucks oder Fishkin, Barkins ehemaliger Manager. Ich rutschte aus dem Stuhl und wandte mich auf der Galerie der Treppe zu. Ich war in einem schnellen Rutsch unten. Die Band spielte eine Country-Rock-Nummer, und ich kam der Bühne nahe genug, um Blane Borgelt berühren zu können.

Ich stand auf der rechten Seite der Bühne und schaute aufmerksam ins Publikum.

»Hinsetzen«, schrie eine wütende Frau.

»Ganz ruhig, Lady«, sagte ich. Ich ging weiter nach hinten in den Club. Das einzige mir bekannte Gesicht gehörte Cooperman. Er nickte mir mürrisch zu.

»Hast du in dieser Gegend einen Glatzkopf gesehen, vor etwa einer Minute?« fragte ich.

»Nein«, sagte Cooperman. »Was ist passiert? Hat er dein Handtäschchen geklaut?«

»Also, Sergeant, wo wir hier so nett beisammen sind, möchte ich mal was wissen.«

»Das glaub ich gern«, sagte er diesseits eines Knurrens.

»Wenn heute was passiert –« wollte ich gerade sagen.

»Wird es nicht«, sagte er. Er sah mich nicht an.

»Wenn es doch passiert«, fuhr ich fort, »dann haben wir doch zwei Songs und zwei Morde, oder?« Ich nahm an, daß selbst Cooperman mir folgen konnte.

»Genieß doch einfach die Musik«, sagte er.

Ich ging zurück zum Tisch. Die Band spielte ihren letzten Song. Es war nach zwei Uhr morgens.

Als ich zurückkam, war Gunner nicht da. »Dein Vögelchen ist ausgeflogen«, sagte Ratso. »Sie sagte, sie würde dich später in der Woche anrufen.«

»Klasse«, sagte ich. Die Band verließ die Bühne, aber die eingeschworenen Fans sammelten sich auf der Tanzfläche unter uns und verlangten eine Zugabe. An meinem Platz stand ein doppelter Jameson und ein kaltes Glas Lone Star Bier. »Mit herzlichem Gruß von Bill Dick«, sagte Ratso. »Er kam, als du weg warst, am Tisch vorbei. Er war ziemlich erleichtert, daß die Borgelts die Nacht überstanden haben.«

»Er glaubt also, wir sind übern Berg, was?« Ich nahm einen kräftigen Schluck Jameson. Ich lächelte Annie an. Sie lächelte mich an.

»Sieht ganz so aus«, sagte Ratso. »Wenn da jemals ein Berg war.«

»Da war einer«, sagte ich. »Hoffen wir, daß wir nicht runterfallen.« Die Band kam auf die Bühne zurück für eine Zugabe. »He, Annie«, sagte ich, »ich wollte dich schon immer was fragen. Warum trägst du deine Armbanduhr um die Fessel?«

Sie sah mich an und lachte, ihre Augen eine Studie in Lüsternheit und Unschuld. »Eine komische Frage«, sagte sie.

Bubba Borgelt trat ans Mikrofon in der Mitte, und ein sanftes Licht fiel auf ihn. Er sagte, daß wir heute alle einen tollen Abend im Lone Star erlebt hätten. Er dankte allen in New York, daß sie so wunderbar gewesen seien.

»Der Mann hat Ahnung«, sagte Ratso. Ich hätte verdammt gerne gewußt, wie spät es war, wollte Annie aber wirklich nicht fragen.

Bubba hielt eine Hand locker über den Hals seiner Gitarre und griff mit der anderen zum Mikrofon, um es näher zu holen. Als nächstes sprang er auf der Bühne herum wie ein epileptischer Schamane aus Neuguinea. Er hielt immer noch die Gitarre und das Mikrofon, oder eher hielten die ihn. Etwa fünfzehn Sekunden lang erstarrten alle im Saal zu einem makabren Tableau. Alle außer Bubba.

Für einen Moment, der allen wie eine Ewigkeit erschien, kam ein krachendes, knallendes Geräusch auf einer hohen Dezibel-Lage aus den Lautsprechern. Es klang nicht wie Country-Rock. Eine Gestalt schoß vor der Bühne zum Steuerpult, wo der neue Soundman saß und auf die Bühne starrte wie eine hypnotisierte Puppe. Der ganze Raum war in Dunkelheit gehüllt außer den kleinen Glühpünktchen der Zigaretten. Die Lichtpünktchen bewegten sich nicht. Nichts bewegte sich. Es sah aus wie der Old Chisholm Trail in einer sternenklaren Nacht, so erinnere ich mich gedacht zu haben.

Als das Licht wieder anging, stand Cleve am Wandschalter, den er umgelegt hatte, um den Strom zu unterbrechen und das schreckliche Schauspiel zu beenden. Sein Gesicht war ganz weiß.

Ein Geruch erfüllte den Raum wie verbrannte Reifen, nur stärker und etwas süßlicher. Er blieb haften. Das Geräusch war etwas, was man ebenfalls nicht vergessen würde. Klang wie ein Schnellkoch, der Überstunden für eine riesige Portion Pommes frites machte. Aber es hatte allen den Appetit verdorben.

Und es hatte Bubba Borgelt umgebracht.

20

Irgendwann um halb neun am Dienstagmorgen klingelte das Telefon an meinem Bett. Ich hatte von jemand Nettes geträumt. Jemand aus lang vergangener Zeit. Ich war mit ihr in mehreren Filmen gewesen. Viel Aufregendes. Ein paar erinnerungswürdige Liebes-Szenen. So was, was man gern in den Videorecorder steckt, den man manchmal gern Gehirn nennt, und immer mal wieder spielt und wieder und wieder ...

Wo war sie jetzt wohl? Im Knochengarten und betrachtete irgendwelche Nationalblumen von unten. Wenn es in Canada überhaupt Nationalblumen gab. Wie Al Capone einmal sagte: »Ich weiß nicht mal, in welcher Straße Canada liegt.«

Nein, solche Filme wurden nicht mehr gemacht. Wie auch. Man konnte doch von Hollywood nicht mehr verlangen als vom Leben ...

Beim fünften Klingeln grapschte ich entschlossen nach dem Hörer. »Bitte sprechen«, sagte ich.

Die Stimme im Telefon brüllte, klang irgendwie nach einem Fußball-Chor. Es war Ratso. Der Sprechchor lautete: »Dim sum! Dim sum! Numma Wan! Numma Wan! Dim sum!« Ich hatte den Sprechchor schon mal gehört. Er bedeutete, daß Ratso früh aufgestanden war und sich gut fühlte und wollte, daß ich ihm beim Dim sum Gesellschaft leistete. Dim sum ist eine Art chinesisches Frühstück. Der Ort des vorgeschlagenen Frühstücks war offenbar das Number One Chinese Restaurant in der Canal Street in Chinatown. Das war mein Vormittagsbüro, wenn ich mich in Chinatown aufhielt. Nachmittags war mein Büro das Big Wong's in der Mott Street. Praktisch war mein Büro überall dort, wo es ein Telefon gab und eine einigermaßen hygienische Entsorgung.

Ich blickte auf die Uhr. Es war immer noch halb neun.

»Ihr teilnehmenden Beobachter am Leben habt alles voll im Griff, Ratso«, sagte ich. »Gestern abend siehst du, wie ein Kerl direkt vor dir gegrillt wird, heute morgen hast du Appetit auf gesottene Entenfüße.« Tatsächlich verspürte ich jetzt auch Hunger.

»Darüber will ich ja mit dir reden«, sagte Ratso. »Gestern abend. Wir besorgen uns die Morgenblätter, und du bringst diesen Song mit, ›Settin' the Trees on Fire‹.«

»›Settin' the Woods on Fire‹«, sagte ich.

»Yeah, genau den Song.«

»Ratso, das Notenblatt ist jetzt Beweisstück in einem Mordfall. Es wäre wohl kein allzu kluger Einfall, wenn ich es in ganz New York rumschleppe. Die Bullen wollen es jetzt vermutlich wiederhaben.«

»Was? Haben sie's noch nicht nach Fingerabdrücken untersucht?«

»Yeah, Starsky, haben sie«, sagte ich.

»Dann bring den Song mit«, sagte er. »Vielleicht finden wir den Hinweis.«

»Vielleicht findest du eine Perle in deinem Tofu«, sagte ich.

Die Idee einer Dim-sum-Leichenschau mit Ratso ist nichts, worauf man sich jeden Morgen freuen würde. Aber wenn es schon zur Dim-sum-Leichenschau mit Ratso kommen sollte, dann ist Number One erste Wahl.

Ich ging Vandam zur Sixth Avenue hinauf. Etwas Schnee war immer noch liegen geblieben, aber der sah nicht so aus wie im Märchenbuch. Er war schwarz und grau und umhüllte billige Weinflaschen, Hundescheiße und zerrissene Wettscheine. Würde einen ziemlich gescheckten Schneemann ergeben.

Ich kreuzte Sixth Avenue, wandte mich links und dann ein paar Blocks die Prince Street hinunter, wo Ratso wohnte. Vorbei an einem Kinderladen, einer italienischen Bäckerei und einem 24-Stunden-Gemüsestand der Moonies, falls man morgens um vier dringend auf gelbe Rübchen Appetit bekäme. Es war eine nette Nachbarschaft. Wenn man Nachbarschaften mochte.

Ich betrat Ratsos Wohnhaus und drückte seine Klingel.

»Wer ist da?« fragte er.

»Son of Sam«, sagte ich liebenswürdig.

»Ich komm runter, Son«, sagte er.

Als Ratso runterkam, trug er seine Waschbär-Mütze ohne Schwanz, und er hatte es sehr eilig. »Komm schon«, sagte er, »wir holen die Zeitungen bei Bennie's, dann nehmen wir ein Taxi nach Chinatown.«

Ratso ging so schnell, daß ich ihm die meiste Zeit ein gutes Stück hinterherlief. »Ratso«, sagte ich, »würdest du zum Teufel etwas langsamer gehen, bitte. Ich fühle mich schon wie eine kleine Graugans, hier hinter dir.«

»Das nennt man Prägung«, sagte Ratso. »Konsultier eine Psychologin.«

»*Du* solltest eine Psychologin konsultieren«, sagte ich.

Wir gingen zu Bennie's, wo Ratso alle drei Zeitungen kaufte: die ›Post‹, die ich immer lese und die Ratso haßt, ›The New York Times‹, die Ratso liebte und der ich nicht glaubte, und die ›Daily News‹, die wir beide lasen, um zu erfahren, ob die Russen den Alamo schon erobert hatten.

Bennie behandelte Ratso immer wie Frank Sinatra, wenn er kam. Ratso genoß es. Kaufte dort jeden Morgen drei Zeitungen. Vermutlich behandelte Bennie ihn deshalb wie Frank Sinatra.

Während wir in Richtung West Broadway marschierten, Ratso mit der ›Times‹ und der ›Daily News‹ und ich mit der ›Post‹, sagte ich: »Die behandeln uns da wirklich wie Frank Sinatra, Ratso.«

»Yeah«, sagte er.

»Weißt du was, Ratso«, sagte ich, »der olle Bennie ist vermutlich etwas unterbelichtet. Der glaubt womöglich, du *bist* Frank Sinatra.«

Ratso bedachte das einen Augenblick. »Ich sag dir was«, sagte er. »Verdirb ihm nicht den Spaß.«

21

»Welche Stadt?« fragte die Stimme von der Auskunft.

»Das sagen sie alle«, sagte ich.

»Welche *Stadt*, Sir?«

»Nashville. Randy Barkin.« Von dem Telefon, an dem ich stand, beobachtete ich, wie ein Baby-Tintenfisch von Ratsos Eßstäbchen in den Mund wechselte.

»Der Anschluß ist 589-2328«, sagte eine elektronische Stimme mit etwa der gleichen Lebhaftigkeit wie die Auskunfts-Person. Das war aber nicht die Schuld der Auskunft. Man stelle sich mal vor, du lebst dein Leben, und schließlich auf dem Totenbett fliegt dein Leben an dir vorbei, und alles, was du siehst, ist, wie du auf deinem Hintern sitzt und fragst: »Welche Stadt?«

Ich warf eine Münze in den Schlitz und wählte die Nummer in Nashville.

»Vielen Dank, daß Sie AT & T benutzen«, sagte die Vermittlung.

»Yeah«, sagte ich. »Dieser Anruf soll auf die Rechnung meines Büros. Dessen Nummer ist 688-4070.«

»Und Ihr Name bitte, Sir?«

»Ratso«, sagte ich.

»Bitte, wie buchstabiert man das, Sir?« Ich schaute hinüber und sah Ratso einen Hühnerfuß mit den Fingern essen. Die sind mit Eßstäbchen nur zu bewältigen, wenn man sein Geschäft versteht.

»R-A-T-S-O«, sagte ich.

»Danke, Mr. Ratso. Einen Moment, bitte.« Ich dachte mir, den Anruf könnte die ›National Lampoon‹ zahlen. Die konnte auch mal was für diesen Fall springen lassen.

Ich wartete. Eine Anzahl Chinesen in Geschäftsanzügen kam auf dem Weg zur Toilette an mir vorbei. Ein Kerl im weißen Overall passierte mich mit einem toten Schwein über der Schulter.

»Sprechen Sie«, sagte die Vermittlung.

»Randy! Kipp nicht aus den Puschen, alter Gaul. Hier ist Kinky.«

»Hey, Bruder, wie geht's denn?« sagte Randy mit schläfriger Stimme. Egal, wie sehr man es auch mit Overdubs und Remix behandelte, neben New York würde Nashville schläfrig klingen.

Dafür hatte Nashville andere Vorzüge. Pat Boone stammte aus Nashville.

»Hör mal, Randy«, sagte ich, »es kann wichtig sein. Kann auch gar nix bedeuten. Wieso hat dein Bruder immer Zwei-Dollar-Scheine bei sich gehabt?«

»Ach, das«, sagte Randy. »Er hat damit angefangen als Gag für Disc-Jockeys und Fans. Er gab denen immer Zwei-Dollar-Scheine als Talisman, nehme ich an, und damit sie sich an ihn erinnerten. Allerdings hat er das vor geraumer Zeit schon aufgegeben. Einmal, fällt mir da ein, gab er einem farbigen Straßenprediger einen Schein, und der farbige Straßenprediger sagte, ›Gott segne dich, mein Sohn‹ – er wußte nämlich überhaupt nicht, wer Larry war –, ›und möge das Christuskind dich in seiner kleinen Hand halten.‹ Und wir haben alle ›Amen‹ gesagt.«

»Yeah, hübsche Geschichte«, sagte ich. Der einzige Fehler bei den Südstaaten-Baptisten ist, daß man sie bei der Taufe nicht lang genug unter Wasser hält.

»Es war fast wie in der Kirche«, sagte Randy.

»Yeah«, sagte ich, »kann ich mir vorstellen.« Eine Frau eilte vorbei mit einem Tablett voll von Oktopus-Schnauzen oder so was. Ich konnte es nicht richtig erkennen.

»Von wo rufst du an?« fragte er. Ich betrachtete das Meer von chinesischen Gesichtern, die gelassen chinesische Zeitungen lasen und Hühnerfüße aßen, im Herzen des schwirrenden Irrsinns namens New York City.

»Von ganz weit weg«, sagte ich.

22

Man sollte annehmen, daß Bubba Borgelts Abgang nur schwer zu übertreffen wäre. Aber ich fürchtete, der Killer würde es auf den Versuch ankommen lassen. Mein Urteil beruhte auf der Gemeinheit beider Verbrechen und dem makabren Ursprung des ›Vorzeichens‹, den ich in ›Settin' the Woods on Fire‹ erkannt zu haben glaubte.

Ärgerlich nur, daß es einen Tag zu spät war und ich einen Zwei-

Dollar-Schein zu arm. Ich kannte das Vorzeichen, aber nicht den Mörder. Oder besser, ich kannte den Mörder, wußte nur nicht, wer es war.

Mit Hank Williams' Worten, ich mußte mir ein Puzzle zusammensuchen, ›a picture from life's other side‹. Es war schon schwer genug, auf dieser Seite des Lebens klarzukommen.

Ich wollte in dieser frühen Phase des Spiels möglichst keinen katastrophalen Fehlzug machen. Man könnte sagen, zwei Leichen in zwei Wochen sei nicht gerade früh im Spiel. Aber, wenn Sie das denken, glauben Sie mir, dann haben Sie schon irgendwo einen katastrophalen Fehlzug gemacht. Begeben Sie sich auf die andere Seite des Lebens, und suchen Sie in Ihrem Nähkästchen nach der Straßenkarte der kriminellen Energie. Wer morden konnte, also bewußt jene Grenzen des Humanen überschreiten, die das Leben zivilisierter Menschen bezeichnen, der würde jetzt vermutlich gerade den zweiten Wind bekommen. Und es sah so aus, als würde er Bill Dicks Haus umblasen.

Ich stand am Fenster. Ich lief hin und her. Ich setzte mich an den Schreibtisch. Schließlich hatte ich eine offene Aussprache mit der Katze. Was wissen wir eigentlich Genaues? Der Killer hat zwei Songs verschickt. Er hat beidemal den Empfänger ermordet. Beidemal Country-Sänger, die im Lone Star auftraten. Der Killer ist Linkshänder. Kennt sich gut genug mit Elektrizität aus, um einen Kurzschluß in der Gesangsanlage auszulösen. Kennt Hank Williams in- und auswendig. Jede Nuance jeder Zeile. Er hat einen krankhaften Sinn für Humor. Er ist sehr geschickt mit dem, was er tut. Alle Spuren, die er hinterlassen hat, hat er mit Absicht hinterlassen. Kein Gesicht. Kein Name. Kein offensichtliches Motiv. Und eine weitere Sache. Er hat ein ›cold, cold heart‹.

»Was hältst du davon?« fragte ich die Katze. Die Katze hielt offenbar nicht viel davon, denn sie gähnte und legte sich wieder schlafen.

»Das halte ich auch davon«, sagte ich. Keiner von uns beiden wußte zu dem Zeitpunkt, daß wir ihm ganz nahe waren. Und bald würde er, aufgerichtet auf zwei Beinen, sich mit der rasenden, unbeschreiblichen Bosheit einer gefangenen Ratte gegen uns wenden.

23

Freitag mag das Ende der Woche gewesen sein, aber es war der Beginn eines Alptraums. Nicht, daß die vorherigen zwei Wochen ein Honigschlecken waren. Aber es konnte noch schlimmer kommen.

Und das wurde es.

Ich war mitten in einem unruhigen Traum, als mich am Freitagmorgen ein anhaltendes Hupen auf der Straße aufweckte. Ich hatte geträumt, ein kleines Baby auf dem Bürgersteig vor den Village Cigars gefunden zu haben. Es war viel kleiner, als ein Baby sein sollte. Etwa zehn Zentimeter lang, mit einer Sonderbriefmarke als Windel.

Ich nahm das Baby auf und hielt es in meiner Hand, als eine Gruppe bekannter Gesichter sich um mich zu sammeln begann. Uptown Judy und Downtown Judy standen da beisammen wie wahnsinnige Doublemint-Zwillinge. Bill Dick war Admiral. Ratso trug seine üblichen Sonny-Bono-Second-Hand-Klamotten. Cleve versuchte, wie ein Assistent des Präsidenten, die Presse von mir und dem schrecklich kleinen Baby fernzuhalten. Flippo war SS-Offizier. Dann war da ein Kerl mit einem Haarschnitt wie Harpo Marx. Er bot Sergeant Cooperman und Sergeant Fox Kokain an, die nebeneinander spazierten und synchron mit ihren Gummiknüppeln wirbelten.

Gunner war die Rote Königin. Sie trug ein gigantisches Tablett, auf dem zwei winzige Schalen mit Chili standen, eine für mich und eine für das Baby. Mike Simmons stand etwas beiseite. Er trug einen riesigen weißen Hut über seinem schmalen Gesicht. Seine Schultern waren leicht gebeugt, wie über ein Mikrofon. Er trug einen glitzernden Cowboy-Anzug, der die Sonne wie mit einer Million kleiner Spiegel reflektierte. Einen Augenblick konnte ich ihn erkennen, dann wurde das Licht zu strahlend. Er sah aus wie das glänzende Abbild von Hank Williams.

McGovern war bekleidet mit einer David-Copperfield-Mütze und zerlumpten Klamotten. Er sah aus wie ein riesiger Zeitungsjunge, und tatsächlich hielt er eine Zeitung hoch und rief etwas, was ich nicht verstehen konnte. Dann erblickte ich die Schlagzeile. Sie lautete EXTRA! KINKY IM LONE STAR ERMORDET! Auf McGoverns Gesicht lag ein breites Grinsen.

Die Menge geriet außer Kontrolle. Sie kamen mir alle immer näher. Ich fürchtete um die Sicherheit des Kindes. Die Menge begann, gemeinsam im Chor einen immer lauteren, betäubenden Satz zu brüllen. Sie brüllten: »Wechsel die Windel! Wechsel die Windel! Wechsel die Windel!«

Schließlich drängelte sich Sergeant Cooperman durch die Menge zu meinem Standort. Ein- oder zweimal klatschte er mit dem Gummiknüppel in seine Handfläche. Das Geräusch schallte laut durch ganz New York City. Dann, mit einer erstaunlich freundlichen Stimme, sprach Cooperman mich an. »Was soll das hier alles heißen?« fragte er. »Was soll das hier heißen?«

Ich wußte nicht, was das verdammt heißen sollte. Alles, was ich wußte, war, daß jemand seine Hupe betätigte und es klang, als ob sein Auto mitten in meinem Schlafzimmer geparkt sei.

Ich stieg aus dem Bett, zog den lila Morgenmantel an und ging hinüber zum Küchenfenster, ungefähr der Richtung, aus der das Hupen kam.

Ich öffnete das Fenster. Das Hupen stammte von einem Auto, das jemand direkt vor 199B Vandam auf den Bürgersteig gefahren hatte. Der Wagen hatte ein grünes Kojak-Licht auf dem Dach.

»O Gott«, sagte ich. Die Katze sprang auf das Fensterbrett. »Was wollen die denn jetzt von mir?« fragte ich die Katze, während ich sie mit beiden Händen festhielt.

Ich setzte die Katze auf den Fußboden zurück und lehnte mich aus dem Fenster. Ein Lieferwagen setzte sich auf dem Bürgersteig hinter das Auto. Er war entweder dreckigweiß oder beige, ehe die Tauben ihn entdeckt hatten. Auf der Seite trug er eine Art Wappen und den Schriftzug des Wohnungsamts von New York City. Darunter stand ›Nur zum Dienstgebrauch‹. Vielleicht kamen sie, um die lesbische Tanzschule festzunehmen, dachte ich.

Zwei sehr ernste, sehr große Männer mit Schlips und Anzug entstiegen dem Lieferwagen. Meine normale alltägliche New Yorker Paranoia erwachte. Paranoia ist einfach ein Schutzmittel, das die Natur allen verliehen hat, die in der Stadt leben. Was waren das für Kerle? fragte ich mich. Kosaken? Gestapo? Parkuhr-Kontrolleure?

Die beiden Kerle schauten jetzt zu mir rauf. Sie lächelten oder winkten nicht. Was, zum Teufel, wollten die zu dieser frühen Tageszeit? Ich hatte keine Vorstellung. Ich glaubte kaum, daß ich irgendwelche unbezahlten Park-Tickets hatte. Ich glaubte kaum, daß ich überhaupt ein Auto hatte.

Ich hatte das Loft längerfristig von einer unfreundlichen Griechin untergemietet, die mich etwa so gern hatte wie Spinnen. Das einzige, was sie von mir verlangte, war, daß ich ihre Blumen gießen sollte. Das war das einzige, was ich stets vergaß. Bisweilen hielt ich meinen Zigarrenqualm für ein Mittel, die Spuren ihrer schlechten Vibrationen auszuräuchern. Doch sie und ich befanden uns in einer Art New Yorker Mieter-Totentanz. Bei dem Geld, das ich ihr zahlte, konnte sie mich nicht rausschmeißen, ohne sich selbst den Hals abzuschneiden. Vielleicht hatte der Hausbesitzer vom Untermiet-Verhältnis Wind bekommen und setzte mich und die Katze auf die Straße. Wen sollte ich anrufen? Ich konnte nicht die Bullen anrufen. Konnte nicht das Wohnungsamt anrufen ...

Schließlich entstieg eine vertraute Gestalt dem Auto. Sie blickte zu mir herauf und schrie: »Nun wirf doch endlich den Scheiß-Puppenkopf runter!«

Es war Rambam. Er war ein alter Freund von mir, der einige Jahre im Innern verbracht hatte. Nicht im Innern seines Apartments. Im Innern des staatlichen Niemandslands. Rambam war Privatdetektiv. Er wedelte immer mit einem Zulassungsausweis herum, aber niemand hatte jemals Gelegenheit, ihn näher zu betrachten. Er behauptete, er würde immer noch in allen Staaten gesucht, die mit einem I beginnen. Er kannte Leute, von denen selbst Ratso niemals geträumt hatte. Er verfügte über Verbindungen, auf die viele gar keinen Wert legen.

Ich warf den Puppenkopf hinunter.

Die beiden Kerle holten ein sargähnliches Gebilde, bedeckt mit einer Plane, hinten aus dem Lieferwagen. Kurze Zeit später standen alle drei und das große geheimnisvolle Objekt vor meiner Tür.

»Darf ich dir deine neue Espresso-Maschine vorstellen«, sagte Rambam. Die beiden Kerle brachten sie herein und begannen, sie in der Küche aufzubauen. Sie war groß, verchromt und glänzend wie die in einem italienischen Restaurant. Oben drauf hockte ein bronzener Adler.

»Mein Gott«, sagte ich, »das muß jemand an den Bettelstab gebracht haben.«

»Glaub ich nicht«, sagte Rambam mit kurzem Lachen. »Du erinnerst dich an das Mädchen, das du in der Bank gerettet hast?«

»Du meinst COUNTRY-SÄNGER ENTREISST GANGSTER SEIN OPFER?« fragte ich.

»Genau die«, sagte er. »Nun, ihr Schwiegervater ist Joe, die Hyäne.«

»Das ist aber schön«, sagte ich. Was sonst hätte ich sagen können?

»Er wollte, daß du dies bekommst. Das sind zwei Söhne von Joe, der Hyäne. Sie sprechen kaum Englisch. Sie sind frisch vom Schiff.«

»Vom Traumschiff?« fragte ich.

»Gott, ist das komisch«, sagte Rambam. Er sagte etwas auf italienisch zu den zwei Kerlen, sie stellten ein paar Knöpfe an der Maschine ein, nickten dann und gingen.

»Ich wußte gar nicht, daß du Italienisch kannst, Rambam«, sagte ich.

»Nur ein paar Brocken, hier und da«, sagte er.

»Was hast du denn eben zu den Söhnen von Joe, der Hyäne, gesagt?« fragte ich. Ich zündete die erste Morgen-Zigarre an und nahm zögernd ein paar Züge.

»›Bringt den Wagen zurück‹«, sagte er. Er lud die Maschine mit einem Beutel gemahlenen Kaffees mit der Aufschrift ›Italienische Spezial-Röstung‹. Er regulierte ein paar Hebel, staubte den Adler mit der Hand ab, und wir beiden lehnten uns zurück, um abzuwarten, was passieren würde.

Eine Zeitlang passierte gar nichts. Rambam, die Katze und ich beglotzten die Maschine. »Mach schon, Baby«, sagte Rambam, »gib mal Laut.«

»Vielleicht spricht sie Japanisch«, sagte ich.

»Diese Maschine?« fragte Rambam ungläubig. »Du beliebst zu scherzen.« Die Maschine begann, ein wenig zu zischen und zu summen. Dann fing sie zu gurgeln an. Dann war sie voll im Rennen. »Riech mal den Espresso«, sagte Rambam. »Die Maschine zahlt sich schon aus. Vertreibt den Zigarrengestank hier.«

Schwerer Zigarrengenuß und was ich gerne den sozialen Einsatz von Kokain nannte, hatten meinen Schnauber ziemlich ruiniert. Aber ich konnte den Espresso riechen. »Duftet gut«, sagte ich. »Das erste, was ich seit sieben Jahren riechen kann.«

Rambam und ich setzten uns mit zwei Tassen dampfenden Espressos an den Küchentisch. »So gut wie im Caffé Roma«, sagte er.

»Müssen ohne Zitronenschale auskommen«, sagte ich.

»Wir werden's schon überstehen«, sagte Rambam. Er griff in seine Manteltasche und entnahm ihr ein gefaltetes Exemplar der ›Daily News‹. Er reichte es mir rüber. »Sieht so aus, als ob dein Kumpel Bill Dick Probleme hat«, sagte er. »Keiner wird mehr in seinem Club spielen wollen.«

»Yeah«, sagte ich. Ich entfaltete die Zeitung und entdeckte auf der Titelseite als erstes McGoverns Signatur. Die Story trug die Schlagzeile:

HANK WILLIAMS-MORDE
ZWEI SONGS – ZWEI OPFER

Es war unvermeidlich, daß McGovern früher oder später auf die Tatsache stoßen mußte, daß jemand Hank-Williams-Songs als Mord-Einladungen verschickte. Ich fragte mich, mit wem er gesprochen hatte? Flippo? Cleve? Bill Dick? Es war eigentlich egal. Das Wichtige daran war, daß angesichts der Sensationslüsternheit und Konkurrenz der New Yorker Presse das öffentliche Interesse an dem Fall sowie der Druck, ihn zu lösen, ins Unermeßliche steigen würde. Das war eine schlechte Nachricht für die Bullen. Und es war eine schlechte Nachricht für mich. Denn den Fall zu lösen war nicht leicht. Um es ganz vorsichtig auszudrücken.

Es war das erstemal, daß ich an diesem Tag an Hank Williams dachte. Es war allerdings auch gerade erst elf.

»Was mach ich nun mit Joe, der Hyäne?« fragte ich Rambam. »Ein Dankesschreiben schicken, oder so?«

»Nein«, sagte Rambam, »du hast für ihn deine Leistung bereits erbracht, indem du in der Bank seine Schwiegertochter gerettet hast.«

Ich beobachtete, wie die Dezember-Sonne in das Loft schwappte, und spürte, wie sie die Kälte ein wenig vertrieb. Ich begann mich recht wohl zu fühlen. Vielleicht lag es am Espresso, oder vielleicht war es der wärmende Gedanke, daß ich ein Leben gerettet hatte und daß jemand dafür dankbar war.

»Du hast Glück«, sagte Rambam. »Die meisten, die was in der Bank machen, kriegen höchstens einen Grill.«

24

Es war eine halbe Stunde nach Gary-Cooper-Zeit, und ich war unterwegs, um Katzenfutter zu kaufen. Die Sonne war nirgendwo mehr zu entdecken. Vielleicht dachte sie, sie könnte sich früher verdrücken. Vor der Rush-hour abhauen. Ich war halbenwegs beim Krämerladen, als es zu regnen begann. Ich renne niemals, wenn es zu regnen beginnt. Ich schlendere im alten Tempo weiter und versuche zwischen den Tropfen durchzukommen. Man wird so oder so etwa gleich naß, aber es sieht albern aus, wenn man rennt. Wenn man weiter schlendert, sieht es verrückt aus. Es liegt mehr Würde im Verrückten, und es ist weniger anstrengend.

Als allgemeine Konzession an den Regen beschloß ich allerdings, in einen schicken kleinen Feinschmeckerladen zu treten. Etwa alles, was sie dort zu bieten hatten, waren Feinschmecker-Pistazien und Katzenfutter zu siebenundneunzig Cent pro Dose. Ich kaufte vier Dosen. Es gab keine Rabattmarken.

Auf meinem Heimweg durch den Regen sah ich einen Mann mit ausgestreckter Hand und einem Pappschild um den Hals. Es lautete BIN VETERAN. BITTE HELFEN SIE MIR. Ich gab ihm fünf Dollar. Er salutierte. Ich ging um die Ecke nach Hause.

Ich fütterte die Katze, zündete eine Zigarre an und trat ans Fenster. Ich beobachtete die Regentropfen, wie sie die rostigen Feuerleitern jenseits der Straße umwirbelten. Die Katze beendete ihre Mahlzeit und sprang aufs Fensterbrett. Gemeinsam betrachteten wir eine ganze Zeitlang den Regen.

Ich fühlte mich unbeschreiblich einsam. »Hey«, sagte ich zur Katze. »Hab' ich dir jemals über meine Zeit in Vietnam erzählt ...«

Die Katze betrachtete weiter den Regen.

Als es dämmerte, rief ich Gunner an.

»Hello«, sagte eine atemlose, britische Stimme.

»Unterbreche ich dich irgendwie?«

»Nein«, sagte Gunner, »ich war den ganzen Nachmittag in der Dunkelkammer.«

»Wachsen dort auch Pilze?« fragte ich.

»Nein«, sagte sie.

»Hatte ich auch nicht angenommen«, sagte ich. »Magst du mir morgen abend beim Dinner im Derby Gesellschaft leisten?«

»Ich schau mal im Kalender nach«, sagte sie. »Ach. Ich hab' um sechs eine Session. Aber ich könnte dich gegen neun treffen.«

»Fein«, sagte ich.

»Fein«, sagte sie. Das letzte Mal, als ich ein weibliches Wesen am Samstagabend zum Dinner ausführte, war ich ein junger Cowboy, und der Broadway war noch Prärie. Ich legte auf.

Ich hatte mehr als nur gesellschaftliches Interesse an Gunner. Es gab da ein paar Fäden, die ich von ihrem viktorianischen Tweed aufpicken wollte. Ich hatte die ganze Woche Fäden verfolgt und fühlte mich langsam wie Rapunzel ohne das Spinnrad. Wenn ich all die Fäden, die ich in diesem Fall gesammelt hatte, verweben könnte, dann hätte es ein so unschönes Gespinst ergeben, daß niemand mehr meinen Salon betreten würde.

Murray Fishkin, der Anwalt, war nie in seinem Büro, wenn ich anrief. Ich besaß weder die Mittel noch die Autorität, einen Kerl wie Fishkin einzupferchen, aber ich mußte möglichst schnell einen Weg finden, an ihn ranzukommen. Außerdem plante ich, Simmons und Flippo ein wenig aufs Fell zu rücken – vielleicht entdeckte ich ja ein paar verborgene Fäden oder einen nervösen Tick.

Ich goß mir einen Jameson ein und kippte ihn an meinem Schreibtisch runter. Verdächtige sind nur Verdächtige. Man kann sie einfach nur verdächtigen. Würde man mal richtig nachdenken, würde man vielleicht die Kunst entdecken, mit dem Kopf nicht immer gegen die Wand zu rennen. Ich kippte noch einen Jameson runter. Ich fischte im Papierkorb herum und fand eine recht ansehnliche, halbgerauchte Zigarre und befeuerte sie. Die summt dich an, wie es eine frische niemals ganz schafft.

Ich würde warten. Würde den Killer den nächsten Zug in diesem Schachspiel machen lassen. Allen Killern ging eine wichtige Eigenschaft ab. Ihnen fehlte, wie Holmes persönlich es ausdrückte, ›jene höchste Gabe eines Künstlers – das Wissen, wann man aufhören muß‹.

Hank würde bald wieder zuschlagen. Wenn er es tat, dann würde ich zuschlagen und ihn an den Leguan verfüttern. Ich schüttete noch einen Jameson runter. Ich würde einfach hier sitzen und warten, daß etwas passiert.

Warten ist langweilig. Die meisten Menschen verbringen ihr Leben mit Warten. Daß Züge vorbeifahren. Daß Prinzen erscheinen. Daß Agenten anrufen. Daß Schiffe einlaufen. Auf Telefonanrufe, die ihr Leben verändern. Ich war da nicht anders.

Ich wartete darauf, daß ein Mörder mordete.

25

Das Monkey's Paw, voll stickiger Wärme und hohlen Gelächters, griff nach den einsamen Bewohnern des eisigen Trottoirs und zog sie herein mit einer gierigen Affenpranke. Der kalte Regen, der am frühen Abend begonnen hatte, war jetzt einem Graupelschauer gewichen. Es war kein Abend, um die anheimelnden Auslagen der anheimelnden kleinen Läden im Village zu betrachten. Es war viel zu kalt für Heimeligkeit.

General Sheridan stand, natürlich, immer noch an seinem Platz und hielt die Stellung, während ihm die Graupelkörner wie feindliche Kugeln vom Mantel platzten. Er war in etwa der einzige Kerl, der auf dem Platz herumhing, ohne degeneriert zu sein. Er sah stolz, ernst und mißbilligend aus, selbst mit einem Eiszapfen an der Nase. Er war vielleicht mittelmäßig als General, machte sich aber ausgezeichnet als Denkmal.

Ich erreichte das Paw etwa eine Viertelstunde nach Cinderellas Zapfenstreich.

»Du kommst spät«, sagte Ratso. Er hockte in einer fernen Ecke an der Biegung des Tresens, nahe der Heizung.

»So'n Scheiß hast du zu Marilyn Monroe nie gesagt, wenn sie zu spät kam, Ratso«, sagte ich.

»Das waren auch noch andere Zeiten«, sagte Ratso. »Wir waren jung, rastlos, sorgenfrei, weiß, liberal ... dumm.«

»Das kannst du zweimal sagen«, sagte ich.

»Ich hab's vergessen«, sagte Ratso.

Wir bestellten eine Runde bei Tommy, dem Barmann. »Diese kann mal auf die ›Lampoon‹ gehen«, sagte ich.

»Wenn du so weitermachst, geht's auf deine häßliche Jagd-Weste da«, sagte Ratso.

»Mach's halblang«, sagte ich. »Meine nächste Gehirnoperation ist frühestens in zwei Stunden angesetzt.«

Tommy brachte die Drinks. Ich nahm einen herzhaften Schluck. Einfach um die Trägheit zu überwinden.

»Zunächst einmal, Ratso«, sagte ich, »möchte ich dir für deine Hilfe neulich abend danken.« Ich kippte den Rest hinunter.

»Wie das?« fragte Ratso.

»Erinnerst du dich, wir sprachen im Loft über linkshändige und rechtshändige Schatten? Ich war deprimiert, weil der Fall überhaupt nicht von der Stelle kam. Du sagtest: ›Sei nicht so negativ.‹«

»Yeah?«

»Nun, das ist jederzeit ein vorzüglicher Rat«, sagte ich, »besonders zutreffend zumal, wenn man von Kontaktabzügen spricht. Die sind vom Negativ, Ratso. Das Negativ ist seitenverkehrt.« Ich gab Tommy das Zeichen für eine neue Runde.

»In dem Foto von mir und Reshevsky, da ist das weiße Feld jeweils rechter Hand vom Spieler. Am nächsten Tag war ich im Polizei-Laden und hab' mir von Cooperman die Kontakte noch mal zeigen lassen. Die Typen spielten Schach im Washington Square Park. Du erinnerst dich? Das *schwarze* Feld war rechter Hand vom Spieler.«

Tommy brachte ein Bass Ale und einen Jameson für mich und einen Wodka-Grapefruit für Ratso. Ratso hing der Einbildung nach, durch diesen Drink würde er abnehmen. Ich hatte zwar so meine Zweifel, aber je mehr er davon trank, desto dünner sah meine Geldtasche aus.

»Ich versprech dir eines«, sagte ich. »Wenn der Mörder gefaßt wird, dann ist es ein Linker.«

»Mein Gott«, sagte Ratso, »und ich dachte, er sei aus Houston. Offenbar eine falsche Fährte.«

»Offenbar«, sagte ich.

Diverse Grapefruit-Plantagen später verriet ich Ratso das ›Vorzeichen‹, das ich in ›Settin' the Woods on Fire‹ entdeckt hatte. Die eindeutige Verbindung zwischen dem Song und Bubba Borgelts Tod.

»Das ist ein widerliches Vorzeichen«, sagte ich. »Du hast es im Song nicht entdeckt, weil du ein normales Gehirn hast.«

»Vielleicht ist normal nicht ganz der rechte Ausdruck«, sagte Ratso.

»Einfallsreich, kindlich, vertrauensvoll ...«

»Yeah«, sagte Ratso. Es war nur ein Wort, aber er fing an zu lallen.

»Was ich dir zu sagen habe, bringt uns der Entdeckung des Killers kein Stück näher, aber es vermittelt uns einen guten Einblick in seine Gehirnwindungen. Und das ist zumindest ein höchst widerlicher Anblick.«

»Nun spuck's schon aus«, sagte Ratso. »Vielleicht kann ich mich einfühlen.« Er lachte ein kurzes, nervöses Lachen. Ich zündete mir eine Zigarre an.

»Davon geh lieber nicht aus«, sagte ich. Ich paffte ein wenig an der Zigarre. Sie war nicht schlecht.

»Okay«, sagte ich. »Ich kannte mal diesen Gefängnismenschen, unten in Texas. Er hat mir erzählt, wie eine Hinrichtung auf dem elektrischen Stuhl vor sich geht. Er sagte, sie würden die Verurteilten immer viel fester anschnallen, als man für nötig hält. Wenn man es nicht täte, sagte er, ›würden sie aufstehn und rumtanzen‹.

Nun, das ist es, was Bubby Borgelt Montag nacht passiert ist. Außer, daß ihn niemand angeschnallt hat.«

»Wie meinst du das?« fragte Ratso.

»Ich meine, jemand wollte Bubba tanzen sehen. Jemand, der das Leben mit den Augen des Bösen betrachtet.

Dem Killer, so vermute ich, gefiel besonders dieser kleine Vers in dem Song:

We'll take in all the honky-tonks.
Tonight we're havin' fun.
We'll show the folks a brand new dance
That never has been done.

Der Mörder hat diese Zeilen in einer Art zum Leben erweckt, wie sie sich Hank Williams niemals erträumt hat. Er sah ganz perverse Möglichkeiten in dem alten Lied, die nur einem höchst kranken Cowboy in den Sinn kommen würden. Wir haben den ›brand new dance‹ Montag nacht auf der Bühne des Lone Star gesehen. Der Killer benutzte Borgelts Körper und seine Seele. Um es den Leuten zu zeigen. Um diesen knochenklappernden, herzbrechenden, hypnotischen, fürchterlich unkontrollierten Breakdance ein einziges Mal auf die Bühne zu bringen. Jemand hat es geplant, sich einen weggelacht, alles makellos ausgeführt und sich da den ganzen widerlichen Auftritt gemeinsam mit uns allen angeschaut. Eine fesselnde Vorstellung, meinst du nicht?«

Ratso saß einen Moment still da. Er schüttelte langsam den Kopf, als ob er eine Erinnerung abschütteln wollte, die man nicht abschütteln kann. Er versuchte ein kleines Lachen, aber es klappte nicht. Ratso sah mich an. Ich sah Ratso an.

»Schockierend, Sherlock«, sagte er.

26

Mein Küchentisch sah aus wie Lou Grants Tisch an einem schlechten Tag. Er war überhäuft mit den Zeitungen fast einer ganzen Woche, und die sollten mir nicht dazu dienen, die Zukunft der Oktopus-Schnauzen zu verfolgen. Ich benötigte alle nur erreichbaren Informationen über den ›Lone-Star-Killer‹ und die ›Hank-Williams-Morde‹, als wer und was er und sie inzwischen bekannt geworden waren.

Ich wandte mich träge meiner zweiten Tasse Espresso zu und zündete eine Zigarre an. Ich betrachtete die Titelseite der ›Daily News‹ vom Dienstag. Die Schlagzeile lautete ZWEITER SAITENAUFZIEHER IM LONE STAR GERISSEN. Ich lehnte mich in meinem Stuhl zurück und durchsuchte den Haufen, bis ich eine wahrlich erstaunliche Schlagzeile in der Spätausgabe der ›New York Post‹ vom Donnerstag gefunden hatte. Der Artikel war offensichtlich geschrieben worden, als nur ganz wenig neue Informationen in der Geschichte aufgetaucht waren. Die ›Post‹-Schlagzeile lautete ZWEITER STAR ERMORDET – VERBINDUNG ZUM BÜRGERMEISTER.

Ich schlürfte noch etwas Espresso und paffte an der Zigarre. Die ›Times‹ war ein bißchen spät in die Sache eingestiegen, doch am Mittwoch hatte sie erkannt, daß wirklich etwas Ungewöhnliches im Lone Star Café geschehen würde. Bis Freitag war sie mit beiden Füßen auf den fahrenden Zug gesprungen und versuchte nun, die

Lokomotive zu spielen. Die Schlagzeile zur Story in der ›New York Times‹ vom Freitag lautete MUSS COUNTRY-MUSIC ENDLICH VERBOTEN WERDEN?

Die Geschichten waren alle erstaunlich ähnlich. Es gab Interviews mit dem Lone-Star-Besitzer Bill Dick, aus denen ich die Größe seines Bootes erfuhr – vierzehn Meter – sowie diverse nautische Details, die ich gar nicht wissen wollte, und mit dem Manager des Lone Star, meinem alten Kumpel Cleve, der sich zum Experten für Kriminologie, elektrische Verkabelung, Volkserziehung und ganz allgemein in Psychologie entwickelt zu haben schien. Dabei hatte ich ihn immer für einen Tournee-Musiker gehalten, der einen festen Job angenommen hatte, als seine Band beschloß, sich aufzulösen.

Der andere Name, der in den Storys ständig auftauchte, war der von Chet Flippo. Er galt als ausgewiesener Experte für Hank Williams und war als solcher plötzlich überall gefragt. »Weshalb wählte der Killer eine so kuriose Methode, seine Morddrohungen zu verbreiten?« fragte der Reporter. »Wie ich schon in meinem Buch ausgeführt habe …«, antwortete Flippo. Und so weiter.

Fragen gingen auch an Fox und Cooperman, da sie offenbar die prominentesten Vertreter des NYPD in dem Fall waren. »Wir haben im Augenblick keine Verdächtigen.« »Wir verfolgen im Moment eine Reihe von Spuren.« »Wir arbeiten dran.« Die Sache sah nicht gerade vielversprechend aus.

Alle wollten wissen, was wirklich los war. Niemand wußte es tatsächlich, außer einer Person. Und die schwieg.

Die Telefone klingelten. Ich stand auf, schaffte es bis zum Schreibtisch und schnappte mir das linke beim zweiten Klingeln. Noch mehr Klingeln hätte mir das Gehirn verätzt. Es war 03:04 nachmittags. Es war Chet Flippo.

»Hi«, sagte er. »Ich rufe an, um dich zu einem literarischen Ereignis einzuladen. Morgen nachmittag zwischen drei und sechs im Lone Star. Es ist eine Party für das Buch.«

»Hört sich nach einem Haufen Spaß an«, sagte ich.

»Es ist interessant«, sagte Flippo. »Warst du schon mal bei so einer literarischen Sache?«

»Nö«, sagte ich.

»Dann mußt du aber wirklich kommen«, sagte er.

»Ich war in Mexiko mal bei einem Hahnenkampf«, sagte ich. Flippo lachte ein herzhaftes, literarisches Lachen.

»Dann bis morgen«, sagte er.

Ich legte auf und schaute auf das ungeöffnete Buch, das immer noch auf der Ecke des Schreibtischs lag, wo ich es hingelegt hatte. Vielleicht sollte ich das verdammte Ding doch lesen. Konnte ein Buch über einen Country-Sänger, der vor dreiunddreißig Jahren gestorben war, irgendwas über die Bedrohung eines gegenwärtigen Killers aussagen, der New York City unsicher machte? Unmöglich, dachte ich.

Höchst unwahrscheinlich, zumindest.

Halb zehn, Samstag abend. Ich saß am kleinen Bartresen im Derby in der Mac Dougal Street, bearbeitete meinen dritten Courvoisier und wartete auf Gunner. Ich mochte eigentlich noch nie Courvoisier, aber ich kannte mal eine Person, die ihn sehr mochte, und ich liebte sie sehr. Deshalb trank ich jetzt bisweilen Courvoisier und lächelte in mich hinein. Wenn jemand beobachtet hätte, wie ich da so alleine vor mich hin trank und in mich hinein lächelte, hätte man annehmen können, ich würde planen, meine Frau umzubringen. Aber das tat ich nicht. Ich hatte gar keine Frau.

»Hello«, sagte eine Stimme hinter mir. Ich drehte mich gerade noch rechtzeitig um, um ein blendendes Lächeln mitzubekommen.

»Hab' ich dich lange warten lassen?« fragte sie.

»Yeah«, sagte ich. Ich bemühte mich um eine Ökonomie der Worte. Frauen fliegen auf den starken, schweigenden Typ. Außer in den seltenen Fällen, wo sie den höchst geschwätzigen, unentschlossenen Typ bevorzugen. Ich hatte beides drauf. Manchmal, in extremen Situationen, würde ich schnell zwischen den beiden Rollen wechseln, falls nämlich die Frau einen Kerl mochte, der mit seiner Identität Probleme hatte. Ich mochte es aber nicht übermäßig. Es war mir auch scheißegal, was eine Frau dachte. Darin lag möglicherweise der Grund, weshalb mein Leben ein Schiffbruch war. Ich behandelte Frauen wie alle andern, und was man auch Anderslautendes erzählen mag, ist das die falsche Methode. Normalerweise.

»Das ist ein hübsches Plätzchen«, sagte Gunner.

»Yeah«, sagte ich.

»Yeah?« fragte sie. »Yeah. Ist das alles, was du so zu sagen hast? Yeah?«

»Yeah«, sagte ich.

Sie setzte sich neben mich an den Tresen. Sie legte ihre Hand auf meine Schulter.

»Ich glaube, du sagst ›Yeah‹, weil die Leute glauben sollen, du seist ein harter Kerl«, sagte sie sanft, aber bestimmt. Sie blickte mir direkt in die Augen. Sie nahm auch ihre Hand nicht von meiner Schulter. Das war mir völlig egal. Sie hätte sie überall hinlegen können, wo sie wollte. »Du bist doch eigentlich gar kein harter Kerl, oder?« fragte sie.

»Nicht wirklich«, sagte ich. Ich gab dem Courvoisier den Rest. »Ich sag nur ganz gerne immer ›Yeah‹. Es stammt aus einem Beatles-Song, den ich mal gehört habe. Hunger?«

»Ich sterbe vor Hunger«, sagte sie.

»Fein«, sagte ich. »Bestellen wir ein paar große, haarige Steaks.«

»Klingt verführerisch«, sagte sie.

Wir nahmen an einem der hinteren Tische Platz, bestellten Wein. Ich ließ Gunner den Wein auswählen. Laß stets die Frau den Wein auswählen. Läßt dich feinfühlig, unschuldig erscheinen. Vielleicht ein wenig verwundbar. Es ist außerdem meistens billiger, weil die Frau versucht, dich zu schützen, weil sie glaubt, du seist so verwundbar.

Gunner bestellte eine sehr teure Flasche französischen Wein. Ich verstand noch nicht mal genug von Fröschen, um das Etikett lesen zu können. Während der Kellner die Flasche entkorkte, sagte Gunner zu mir: »Hast du den schon mal probiert?«

»Nein«, sagte ich. »Ich bleib normalerweise bei Château de pisse Katz.« Sie sah so schön aus wie ein Bild, als sie ein kleines, leichtes, britisches Lachen ausstieß. Nur um die Zeit zu überbrücken, in der der Kerl den Korken aus der Flasche zog. Als ich sie anschaute, begann sie sogar schöner auszusehen als ein Bild. Schöner als alle Bilder, die sie jemals knipsen würde. Ein flüchtiger Gedanke streifte einen staubigen Tisch in meiner Gehirnkammer. Vielleicht weniger ein Gedanke als vielmehr ein Gefühl. Das Gefühl gefiel mir nicht. Es war eine Art irrationaler Verwirrung, dick garniert mit Mißtrauen.

Mißtrauen in die Vision, die mir auf der anderen Seite des Tisches gegenübersaß.

Was wußte ich eigentlich wirklich über diese Braut? Verdammt wenig auch. Sie sah zu schön aus, als daß man ihr trauen konnte. Zu gut, um wahr zu sein. Ich wußte nicht einmal ganz sicher, ob die Fotos, die sie uns bei Costello's gezeigt hatte, wirklich zu dem Zeitpunkt gemacht worden waren, wie sie behauptete. Oder ob sie sie vorher manipuliert hatte. Bestimmt nicht. Doch sie hatte offenbar ein unheimliches Talent, in der Nähe zu sein, wenn mysteriöse Morde geschahen. Na und? Ich hatte das gleiche kleine Talent doch auch. Hatte Gunner das Lone Stor verlassen, ehe jemand den Saft andrehte und Bubba tanzen ließ? Sie war den ganzen Abend dageblieben. Warum ging sie dann ausgerechnet vor dem letzten Song?

War ich einfach nur paranoid? Möglich. Doch wenn man nur lang genug paranoid ist, hat man früher oder später auch mal recht. Der Kellner kämpfte mit dem Korken, und ich kämpfte mit dem Verdacht, daß Gunner etwas verbarg. Daß sie etwas wußte, was ich wissen müßte. Aber ich wußte nicht, was ich wissen müßte, was sie wußte. Wenn das irgendwelchen Sinn ergab. Ich lächelte ihr über den Tisch zu. Sie lächelte zurück. Was soll's! Irgendwem muß man trauen.

»Ich hoffe, es ist ein gutes Jahr«, sagte Gunner.

»Bislang war es ziemlich beschissen«, sagte ich. »Ich weiß nicht so recht, aber für mich begann das Jahr ziemlich langsam. Nach einer Weile nahm es etwas an Drive zu, und das Leben wurde lediglich langweilig. Dann, als es gerade den Anschein hatte, als würde sich der Wurm des Schicksals in meine Richtung bewegen, taucht dieses Gebrüder-Paar im Lone Star auf und verwandelt mein ganzes gottverdammtes Leben in ein ekelhaftes, mörderisches Kuddelmuddel. Ich weiß nicht ... Vielleicht wird das nächste Jahr besser. Wer weiß?« Ich schenkte Gunner mein unbekümmertes, hoffnungsvolles Überlebenslächeln.

Sie lächelte zurück. Ein kurzes, recht gönnerhaftes Lächeln. »Ich sprach vom Wein«, sagte sie.

27

Im ganzen war der Abend ein Erfolg. Das glaubte ich, während ich im Lastenaufzug mit der einen nackten Glühbirne zu meinem Loft emporfuhr. Man kann aus einem Lastenaufzug nur wenig machen. Man kann dort beim besten Willen keinen Lampenschirm von Tiffany aufhängen. Das wäre geschmacklos.

Der Hank-Williams-Killer war ganz weit weg, dachte ich. Man muß etwas denken, wenn man in einem Lastenaufzug fährt, oder man ist nichts weiter als eine Last.

Im Loft angekommen, streichelte ich die Katze und befragte den Anrufbeantworter nach irgendwelchen Nachrichten. Niemand hatte mich lieb.

Ich legte meinen Sarong an, schaltete das Licht aus und begab mich zu Bett, dabei konzentrierte ich mich darauf, nicht von Miniatur-Babys zu träumen.

Das Telefon neben meinem Bett klingelte. Ich haute auf den Lichtschalter und schaute auf die Uhr. Es ging auf drei Uhr morgens zu. Ich gehöre zu den Kerlen, denen es nichts ausmacht, mitten in der Nacht geweckt zu werden. Hätte vermutlich Feuerwehrmann oder Landarzt werden sollen. Ich hatte keine Frau. Hatte keine Kinder. Hatte keine Arbeit, zu der ich früh morgens gehen mußte. Ging nicht zur Kirche. Hatte auch verdammt nichts dagegen, mitten in der Nacht angerufen zu werden.

Zumindest so lang, bis ich das Telefon aufnehmen und feststellen würde, daß ich selbst am andern Ende der Leitung war. Ich nahm das Telefon auf. Ich war nicht dran.

Es war Gunner.

»Jemand ist in mein Apartment eingebrochen«, sagte sie.

Mit ihrer Rotkäppchen-Stimme, kombiniert mit ihrem britischen Akzent, klang sie wie einer der drei kleinen Bären, die sagten ›Jemand hat in meinem Bettchen geschlafen‹. Unglücklicherweise war ich nicht der Übeltäter.

»Bist du okay?« fragte ich. »Hast du die Bullen angerufen?«

»Ja«, sagte sie erschöpft. »Die kamen und gingen. Ich bin ganz fertig, sag ich dir.«

»Fehlt was?« fragte ich.

»Was glaubst du, fehlt wohl?« schrie sie fast.
»Keine Ahnung«, sagte ich. »Irgendwas fehlt in jedem Leben.«
»Nun, in meinem fehlt ganz sicher was«, sagte sie. »Und ich hab' Angst.« Sie klang nah am Wasser.
»Erzähl mal«, sagte ich mit sanfterer Stimme.
»Es fehlen ... alle Abzüge, Kontakte und Negative von allem, was ich je im Lone Star Café geknipst habe.«

28

»Wo ist denn dein Kumpel Gunner?« fragte Cleve mit einem einigermaßen teuflischen Blick. Das Lone Star brummte vor Aktivität. Leute und Bücher und Bierflaschen waren überall, wohin man blickte, und an manchen Stellen, wohin man nicht blickte. Hank-Williams-Musik schmetterte aus den Lautsprechern, und Lone Star Five-Alarm-Chili kam so schnell aus der Küche, wie Fong, der chinesische Koch, ihn in die Schalen schwappen konnte. Ein wahrlich literarisches Ereignis.
»Wer ist Gunner?« fragte Downtown Judy gereizt, sobald Cleve sich verzogen hatte. Ich war nicht sicher, ob ich das selbst wußte. »Ach, Gunner hat als Fotograf mit mir ein bißchen zusammengearbeitet«, sagte ich. Das war traurig, aber wahr. »Niemals über dir, niemals unter dir, stets dir zur Seite« war etwa der Stand der Entwicklung.
»Ist Gunner ein Mann oder eine Frau?« fragte Downtown Judy. Sie zählte nicht zu denen, die vorsichtig auf den Busch klopfen, speziell, wenn sie glaubte, daß die Situation ihren Busch betraf.
»Wer ist ein Mann oder eine Frau?« fragte Ratso, der mit einer Flasche Lone Star Bier, einer Schale Chili und einem Buch angetrippelt kam.
»Gunner«, sagte Downtown Judy.
»Das ist eine Braut, die Kinky zur Zeit kultiviert. Das ist eine ganz schnuckelige Braut«, lachte Ratso. Downtown Judy blickte mich an.
»So schnuckelig ist sie nun auch wieder nicht«, sagte ich. Ich

versuchte, Ratso einen abfälligen Blick zuzuwerfen, aber der war mit seinem Chili beschäftigt.

»Hab' ich sie jemals kennengelernt?« fragte Judy.

»Nein«, sagte ich. »Ich hab' sie ja selbst kaum kennengelernt.«

Ratso blickte von seinem Chili auf und blinzelte mir verschwörerisch zu. Er mußte so stark lachen, daß er nicht essen konnte. »Chili's echt gut«, sagte er.

Downtown Judy wandte sich von ihm ab und starrte mir in die Augen. Sie sah aus wie ein niedliches, kleines Hündchen, das plötzlich zum Hund der Baskervilles aufwachsen könnte. Und wenn sie das täte, würde sie wohl kaum den Unterschied zwischen ›Platz!‹ und ›Faß!‹ kennen.

»Ich dachte, du magst das Chili hier gar nicht, Ratso«, sagte ich.

»Es ist das einzige, was heute auf der Karte steht«, sagte er. »Lone Star Bier und Chili. Voll im Trend.«

»Es ist in, okay«, sagte ich. »Ich muß Bill Dick finden. Bin gleich zurück.«

Ich navigierte durch die Menge auf der Treppe und erkämpfte mir einen Weg zur Bar im ersten Stock. Ich sah niemand, den ich kannte, außer dem Barmann. Die meisten Leute, die ich kannte, schliefen wohl immer noch die Samstag-Nacht aus.

Ich deutete auf einen Kerl neben mir, der eine Flasche Bier hielt. Der Barmann gab mir ein Bier.

Ich überblickte die enggepackten, kleinen Menschengruppen, die sich im ganzen Laden drängelten, und ging durch die Tür zur Hintertreppe. Es war kälter und ruhiger, und es gab dort keine literarischen Löwen. Ich setzte mich auf die Treppe und nippte am Bier. Ich sammelte meine Gedanken.

Ich hatte keine Schwiegermutter. Das war einer der Vorteile, nicht verheiratet zu sein. Und trotzdem saß mir schon den ganzen Morgen etwas im Nacken. Unnachgiebig. Wäre es nur eine Schwiegermutter gewesen, wäre das Problem nicht so groß. Dann hätte ich einfach Joe, die Hyäne, anrufen müssen, um ihr die Beine brechen zu lassen. Sie im Kofferraum eines billigen Mietwagens draußen beim JFK-Flughafen abstellen lassen.

Aber was mir im Nacken saß, war nicht die Schwiegermutter, die ich nicht hatte. Und es war sehr ernst und sehr wirklich. Es hatte mit Gunner zu tun.

Sieben Tage waren vergangen, seit Bubba Borgelt geschmort worden war. Der Killer schlug offenbar erbarmungslos zu und begab sich dann für eine Weile in Winterschlaf, ohne Spuren zu hinterlassen. Außer jenen, die wir nach seinem Willen verfolgen sollten. Warum?

»Hey, Mann«, sagte eine vertraute Stimme unter einem Cowboy-Hut. »Wie läuft die Mord-Untersuchung?« Es war Lee, der andere Manager des Ladens neben Cleve. Er sah aus wie ein schwarzer Tom Mix. Seine Frau, Leni, leitete den Toiletten-Trakt. Sie war ein Schnuckelchen.

»Die läuft ungefähr so gut wie deine Chance, zur Ober-Kapuze des Ku-Klux-Klan gewählt zu werden«, sagte ich. Ich leerte das Bier. Ich stellte die Flasche auf die Treppe.

»Laß die hier nicht stehen«, sagte Lee. »Sonst kommt irgendein Idiot vorbei, stolpert drüber und bricht sich das Genick.«

»Yeah«, sagte ich, »das könnte nach den beiden Morden das Geschäft ziemlich vermiesen.« Lee lächelte.

»Spinnst du, Mann?« fragte er. »Hast du überhaupt eine Vorstellung, wie es gestern abend geklingelt hat?« Ich wußte nicht mal, wie es an andern Abenden klingelte.

»Was hat geklingelt?« fragte ich.

»Die Registrierkasse klingelt«, sagte Lee ungeduldig. »Das Geschäft an der Bar. Gestern abend hatten wir das beste Geschäft in der gesamten Geschichte des Clubs. Warum, glaubst du, kaufen alle das Buch von diesem Typen? Alle wollen den Tatort selbst besichtigen. Alle warten darauf, daß der Hank-Williams-Killer wieder zuschlägt.«

Es war schon ein bißchen überraschend, was die Leute alles machten. Aber nur ein bißchen.

»So sieht's aus«, sagte Lee und stieg die Treppe hinauf. Ich meinte, es sei an der Zeit, nach Bill Dick zu schauen. Der war entweder in seinem Büro oder auf seinem Boot, und da ich mein Periskop zu Hause gelassen hatte, meinte ich, es erst mal mit seinem Büro zu versuchen.

Ich sah Ratso und Downtown Judy auf der anderen Seite der Galerie, winkte und stieg schnell die Treppe zum Parterre hinunter. Am Fuße der Treppe hatte sich eine große, höfliche Horde um die strahlende Gestalt Chet Flippos versammelt. Er redete, signierte Bücher und präsentierte eine fast gelungene Imitation von Freundlichkeit. Flippo sah mich nicht. Er blickte durch die ganze Szene hindurch. Es war irgendwas in seinen Augen, das ich bisher noch nicht gesehen hatte. Es gefiel mir noch weniger als das, was ich beim letzten Mal gesehen hatte.

Hanks einsame Stimme heulte aus den Lautsprechern, doch seine Worte verhallten ungehört im Lärm der hochintelligenten, glitzernden Versammlung. Der Song lautete:

Tonight down here in the valley
I'm lonesome and oh how I feel
As I sit here alone in my cabin
I can see your mansion on the hill.

Während ich mich die Treppe hinunterdrängte, die zu Bill Dicks Büro führte, hörte ich ein paar Satzfetzen aus der Menge, die Flippo umdrängte.

»Wunderbare Ökonomie der Worte«, sagte jemand.

»Die Figuren springen direkt von den Seiten«, sagte jemand anderes.

29

»Was für eine Stadt!« sagte Bill Dick, während er uns beiden das Etwas aus der Karaffe auf seinem Tisch in Gläser schüttete. »Was für eine Stadt!«

Ich nickte und nahm einen Schluck. »Nicht schlecht«, sagte ich.

»Da hast du aber verdammt recht, sie ist nicht schlecht. Mir ist egal, was man über sie sagt. New York hat sich um das Lone Star geschart.«

»Ich sprach von dem Drink«, sagte ich. »Der Drink ist nicht schlecht. Die Stadt ist beschissen.« Ich nahm noch einen Schluck.

»Glaub, was du willst«, sagte Bill Dick, »aber die Leute von New York stehen auf seiten des Lone Star.« Ich dachte an die Frau, der etwa siebenundachtzig Stiche versetzt wurden und die etwa eine Stunde lang um Hilfe schrie, ehe sie starb. Über hundert Leute hatten sie gehört. Niemand hatte die Bullen gerufen. Niemand hatte ihr geholfen. Kitty Irgendwie hieß sie, glaub ich, obwohl das inzwischen verdammt egal war. Die gleiche Sorte Leichenfledderer, die sie haben sterben lassen, drängelten sich jetzt im Lone Star Café.

Bill goß mir noch einen Drink ein. Ich sagte gar nichts. Bill schaute mich an. »Ja oder nein, Kinkster?« fragte er.

Mein Gehirn suchte immer noch nach Kittys Nachnamen, zog aber nur eine Niete. »Ja, Bill«, sagte ich.

»Das Leben geht weiter, Kinkster. Es gibt immer ein Geschäft, um das man sich kümmern muß. Es gibt immer einen Haufen Probleme, die gelöst werden müssen.«

»Kann ich mir vorstellen«, sagte ich. »Wenn es dir nichts ausmacht, wüßte ich gern, worin die Probleme bestehen. Außer den beiden ganz offensichtlichen. Zwei Leichen, die mal Stars waren.«

»Sie sind immer noch Stars, Kinkster«, sagte Bill Dick. »Das erzähl mal Gabby Hayes«, sagte ich. Bill rutschte ungemütlich auf seinem Stuhl hin und her.

»Das Publikum herzukriegen ist jetzt kein Problem«, sagte er. »Das Problem ist, jemand zu finden, der im verdammten Club auftritt.«

»Kann ich gar nicht verstehen«, sagte ich.

Er lächelte ein kleines, kurzes Lächeln. Wenn er es nur ein bißchen länger gehalten hätte, hätte man es ein Zucken nennen können. »Deshalb spielen vorübergehend die Haus-Bands. Cleve tritt mit der einen auf. Er hatte nämlich mal eine eigene Band. Mike Simmons ist für ein paar Abende gebucht. Wir kommen so im Augenblick über die Runden, aber ich weiß nicht, wie lang wir es hinziehen können, bis wieder ein bekannter Name auftritt. Ziemlich bald schon, würde ich sagen. Dieses Publikum kann ziemlich unbeständig sein.«

»Und das ist noch ein netter Ausdruck dafür«, sagte ich. »Was hast du sonst für Probleme?« Ich hatte das Problem zu glauben, daß irgendwer hier überhaupt noch auftreten würde. Aber natürlich, wenn man einen Gig braucht, braucht man einen Gig.

»Mit den andern Problemen kommen wir klar«, sagte er. »Diebstahl. Ein Karton Jack Daniel's verschwindet. Irgendwer nimmt ein Foto aus dem Büro des Managers mit. Die Barmänner beklauen dich vorn und hinten. Der alltägliche Scheiß, der dich verrückt macht.«

Ich stand auf, um zu gehen. Ich hatte meine eigenen Probleme. »Ich muß nach oben«, sagte ich. »Aber ehe ich gehe, hätte ich gern etwas von dir erklärt bekommen. Ich brauche keine Details. Bring's auf den Punkt. Kann irgendwer die elektrische Anlage manipuliert haben, um Bubba Borgelt zu braten?«

Wenn ich eine knappe Antwort erwartet hätte, wäre ich sehr enttäuscht worden. Ich war froh, daß ich keinen Zug erreichen mußte.

»Ich kenn mich mit der elektrischen Anlage einigermaßen aus«, sagte er. »Also, der Gitarren-Verstärker war nicht geerdet. Da bestand eine Spannung von hundertzwanzig Volt.« An diesem Punkt begann Dick, kleine Diagramme auf seinem Schreibtisch zu zeichnen. Ich stellte keine Fragen. Ich hatte keine Ahnung, wovon er eigentlich redete.

»Hey«, sagte ich. »Ich bin nicht der Wichita Lineman auf 'nem Hochspannungsmast. Mach's für einen Laien nicht so spannend.«

»Jeder wäre dazu in der Lage gewesen«, sagte er. »Borgelts Körper schloß den Stromkreis. Mit seinen durchgeschwitzten, salzgetränkten Klamotten war er gegen Ende seines zweiten Auftritts der perfekte menschliche Leiter.« Es blitzte etwas von Eifer in Dicks Augen auf. Sie erschienen schwach elektrisch und fast glücklich. Ich dankte ihm für die Hilfe und ging nach oben.

Es hatte sich einen Hauch geleert. Man konnte jetzt den Raum durchmessen, ohne daß man zur Seite treten mußte. Ich stieß zu Ratso an der unteren Bar. Simmons klebte an ihm wie eine Geschwulst, die ihm aus dem linken Ellbogen quoll. Wir wollten einen trinken.

»Doppelte für alle, Barmann«, sagte Simmons. »Rocks.«

»Wie hieß noch die Frau«, fragte ich, »die erstochen worden ist und die ewig schrie und die von hundert Leuten gehört wurde, die nichts unternahmen?«

»O yeah«, sagte Ratso, »ich erinner mich – Kitty ..., ah, Kitty –«

»Kitty wie?« fragte ich ungeduldig. Der Barmann brachte die Drinks.

»Kitty ...«, sagte Simmons. »Kitty ... ich weiß es ... es liegt mir auf der Zunge.«

Downtown Judy trat von hinten zu uns. Sie hatte eine Zigarette aus ihrem Täschchen genommen und wartete, daß ihr jemand Feuer gab.

»Kitty Genovese!« rief ich.

»Du bist gut bei Namen«, sagte Ratso.

»Wer ist Kitty Genovese?« fragte Downtown Judy.

Wir gravitierten, wenn das der richtige Ausdruck ist, zur oberen Bar. Es war fast fünf Uhr, aber es schien, als hätten wir mehrere Inkarnationen im Lone Star verlebt. Einsteins Theorie trifft zu. Zeit ist relativ, und Zeit, die man bei literarischen Ereignissen verbringt, ist relativ langweilig.

Wir hatten Simmons verloren, dafür aber Cleve und Flippo aufgepickt. Ich nahm mir vor, auf Jack Webb zu machen und Cleve ein paar Routinefragen zu stellen. Ich war nicht in der Verfassung für harte Fragen. Die harten überließ ich Downtown Judy.

»Also, Cleve«, sagte ich, »wie ist es um die Sicherheitsmaßnahmen hier unten im Büro des Managers bestellt? Was ist mit dem Bild, das verschwunden ist?«

»Offensichtlich hast du mit Bill gesprochen«, sagte Cleve. »Mein Gott, ich wünschte nur, er würde mich mit all dem Scheiß in Ruhe lassen. Natürlich gibt es hier unten keine Sicherheitsmaßnahmen. Was zum Teufel erwartet er?«

»Was ist mit dem Bild?« fragte ich.

»Yeah, das ist ganz komisch«, sagte er. »Das verdammte Ding tauchte eines Morgens aus dem Nirgends auf, keiner weiß, wo es herkam – und dann, gerade als Bill mich gebeten hatte, es rahmen zu lassen, verschwindet es wieder.« Vielleicht bildete ich mir ja was ein, aber es schien mir, als ob Flippo, der etwas entfernt von uns an der Bar gesessen hatte, sich zunehmend für unsere Konversation interessierte.

»Nun«, sagte ich, »was ist daran so wichtig? War es ein wertvolles Scheiß-Gemälde?« Ich dachte an Gauguins letzten Brief, in dem er feststellte, ›Ich bin von der Armut besiegt‹. Der Brief gehörte jetzt David Rockefeller. Warum nicht? Flippo hörte jetzt zweifellos zu.

»Nein«, sagte Cleve. »Es war kein Fall von Vincent Van Gockel.« Er lachte ein wenig. Ich nicht. »Es war kein verdammtes Ölgemälde oder so was. Es war nur ein altes Foto. Aber es war signiert. Das Bild war signiert, deshalb war es vermutlich wertvoll. Keine Ahnung.«

»Wer war auf dem Foto?« fragte ich. Flippo schaute weg. Ein bißchen zu uninteressiert, auf einmal.

»Mein Gott«, sagte Cleve. »Hat Dick's dir nicht gesagt?«

»Offensichtlich nicht, denn sonst würde ich wohl nicht fragen«, sagte ich.

»Es war ein Bild von Hank Williams«, sagte Cleve.

30

Montag morgen bearbeitete ich meine erste Tasse Espresso und betrachtete eine kleine Leichentabelle, die ich in einem Big-Chief-Block angelegt hatte. Es waren jetzt zweieinhalb Wochen vergangen, seit Larry Barkin zu Jesus eingegangen war. Es war exakt eine Woche seit Bubba Borgelts außerordentlich unschönem Abgesang. Während dieser Zeit war es Bill Dick gelungen, lediglich drei prominentere Acts für einen Auftritt im Club zu gewinnen: Jerry Jeff Walker, Asleep at the Wheel und die Burrito Brothers. Bei diesen drei Auftritten war nichts Ungewöhnliches geschehen. Das gab mir doch sehr zu denken. Warum hatte Hank sich Barkin und Borgelt ausgesucht und Walker, Asleep at the Wheel und die Burritos ungeschoren gelassen?

Laut Berichten von Cleve und Ratso strömte die Menge der Neugierigen immer noch wie morbide Motten zum Leichentüchlein, das über dem Laden schwebte. Und die Kassenklingel klingelte dazu.

Tatsächlich sah für Bill Dick Mord, so unschön und unamerikanisch der auch sein mochte, langsam wie eine finanzielle Wohltat aus.

Gedankenschwer machte ich mich an meine zweite Tasse Espresso. Ich zündete die erste Zigarre des Morgens an und lehnte mich im Schreibtischstuhl zurück. Eine Reihe Muster begann sich vor meinem inneren Auge herauszubilden. Ich war kein Raketenwissenschaftler, aber es gab Augenblicke, in denen es mir gelang, zwei und zwei zusammenzufügen und ein halbwegs sinnvolles Ergebnis zu erzielen.

Ich dachte an das Hank-Williams-Bild, das laut Cleve aus dem Lone Star verschwunden war. Dann erinnerte ich mich an ein

Bruchstück einer Unterhaltung, in der mir jemand gesagt hatte: »Laß mich ein Foto aufnehmen.« Mein Gedankengang verlief folgendermaßen: *Ganeff* ist das jiddische Wort für ›Dieb‹. *Ganeff* ist Jiddisch. Gunner ist britisch. Folglich ist Gunner ein *Ganeff.*

Ich rief Gunner an.

Es war kein ausgesprochen angenehmes Telefongespräch, aber es bestätigte, was ich vermutete. Gunner hatte das Foto im Lone Star genommen. Sie war, um Jesse Winchester zu zitieren, ›von einem Foto eingenommen‹, das sie auf einem Tisch im Büro des Managers gesehen hatte. Es war das Foto eines »großen, schlanken Mannes mit einem weißen Cowboyhut, der mit zwei kleinen Jungen neben einem Schild stand, das HOWIE'S #1 BBQ lautete. Ein kontrastreicher Abzug«, sagte sie. »Eine feingekörnte Struktur. Ein weiter Himmel. Ein Hauch der fünfziger Jahre.«

Wenn man das Argot einer modischen Modefotografin übersetzte, so hieß das, daß ihr das Foto gefiel.

»Und wo ist das Foto jetzt?« fragte ich.

»Das ist es ja«, sagte sie. »Ich hab' überall gesucht. Es ist wohl mit all dem andern mitgenommen worden, als in meiner Wohnung eingebrochen wurde. Ich hatte nicht mal Gelegenheit, es aus dem Umschlag zu nehmen, in den ich es gesteckt hatte.«

»Wahnsinn«, sagte ich. »Fällt dir irgendwas zu dem Foto ein? Das ist jetzt ganz wichtig, Gunner.« Es war sogar wichtiger, als ich zu dem Zeitpunkt wußte.

»Dies – dies hat doch nichts mit dem zu tun, was im Lone Star passiert ist, oder?« fragte sie mit einem sich verstärkenden Anflug von Angst.

»Nein, natürlich nicht«, sagte ich. Es hatte keinen Sinn, sie noch mehr aufzuregen. Es war schlimm genug, als *Ganeff* erkannt zu sein. »Erzähl mir von dem Foto«, sagte ich.

»Ich hab' dir schon alles über das Foto erzählt«, sagte sie. »HOWIE'S #1 BBQ. Der Mann mit dem weißen Hut, die kleinen Jungen in Cowboy-Anzügen. Hab' ich das schon erwähnt? Sie hatten niedliche, kleine, identische Cowboy-Anzüge an.«

»Nein«, sagte ich.

»Standen links und rechts von ihm am Straßenrand. Und da war etwas geschrieben, vielleicht eine Unterschrift und ein Datum, irgendwo unten.«

»Erinnerst du dich an die Unterschrift? Das Datum?«

»Ich erinnere mich nicht an die Unterschrift«, sagte sie, »aber das Datum war der 31. Dezember 1952. Das ist der Geburtstag meiner Mum, deshalb erinnere ich mich dran. Ich hab' das verdammte Ding nur ein paar Sekunden gesehen, als es auf dem Tisch lag.« Erstaunlich, an was sich die Leute in ihrem Leben erinnern. Selbst ich erinnerte mich an manche Dinge. Daran, wie Gunner aussah, als sie mir im Derby gegenübersaß.

»Weiter Himmel, kontrastreicher Abzug, Hauch der Fünfziger – sonst noch was?« fragte ich.

»Du machst dich jetzt über mich lustig«, lachte sie nervös.

»Weißt du, von wem das Foto war?« fragte ich.

»Nein«, sagte sie, »aber er hatte die traurigsten Augen, die ich jemals gesehen hab'. Ich kann seine Augen immer noch sehen. Wer war es?«

»Hank Williams«, sagte ich.

»Oh, mein Gott«, sagte sie. Ich konnte den Schreck in ihrer Stimme hören. Sie wußte nicht, wie Hank aussah, aber sie hatte sicherlich die Zeitungen gelesen. Sie hatte vom Hank-Williams-Killer gehört. Sie war in der Nähe zweier seiner ›Auftritte‹ gewesen. »Schit«, sagte sie mit einer kleinen, furchtsamen Stimme, »du machst wohl einen Witz.«

»Ich wünschte, es wäre so«, sagte ich.

Montag abend sah ich *Monday Night Football* wie jeder andere gute Amerikaner. Ich hatte einen Schwarzweiß-Fernseher, den mir ein alter Drogen-Dealer gegeben hatte. Man brauchte einen Schraubenzieher, um die Lautstärke zu regulieren, und man brauchte eine Zange, um den Kanal zu wechseln. Der Apparat hätte wahrscheinlich besser gewirkt, wenn man ihn zerkleinert und durch die Nase genossen hätte.

Irgendwann im dritten Viertel klingelte das Telefon. Es war Ratso.

»Halt die Leitung warm«, sagte ich. Ich legte den Hörer ab, holte den Schraubenzieher, drehte den Apparat ab, fand eine halbgerauchte Zigarre im Papierkorb, zündete sie an und nahm den Hörer wieder auf.

»Leg los«, sagte ich.

»Murray Fishkin«, sagte Ratso. »Hieß der so?«

»So *heißt* er«, sagte ich.

»*Hieß* er«, sagte Ratso. »Er hat sich gestern verabschiedet. Steht hier in der Zeitung.«

Ich paffte an meiner Zigarre. Also hatte sich der kahlköpfige Anwalt selbst umgebracht. Ich hatte den Mann niemals selbst getroffen, also bereitete mir sein letzter Prozeß auch keinen größeren Kummer.

»Was bedeutet das jetzt?« fragte Ratso.

»Das heißt, daß er jetzt noch seltener in seinem Büro ist«, sagte ich. »Das heißt, er ist kein Hauptverdächtiger mehr, es sei denn, die Morde hören plötzlich auf. Aber das glaub ich nicht.«

»Jesus«, sagte Ratso.

»Das heißt außerdem«, sagte ich, »daß der Killer ziemlich sicher ein enger persönlicher Freund von mir ist.«

»Du scherzt wohl«, sagte Ratso.

»Anwesende natürlich ausgenommen«, sagte ich.

31

Es war Donnerstag abend. Noch sechs Einkaufstage bis Weihnachten, und ich wußte immer noch nicht, was ich mir vom Leben wünschen sollte. Ich hatte auch für niemand sonst einen Wunschzettel aufgestellt. Man gibt, was man kriegt.

Ich war in fast täglichem Kontakt mit Ratso und Cleve wegen des Falls und irgendwelcher möglichen Entwicklungen im Lone Star. Es waren keine neuen Songs angekommen. Auch nicht viele Sänger.

Die Festtage sind für die meisten Berufsgruppen eine ruhige Zeit. Das gilt genauso für ehemalige Country-Sänger, die Amateur-Detektive geworden sind. Deshalb nahm ich, nachdem ich meine Socken-Schublade sortiert hatte, Flippos Buch über Hank Williams zur Hand. Ich hatte seit einiger Zeit schon lustlos drin rumgeblättert. Unglücklicherweise war ich nie viel weiter als bis zu Flippos Autogramm gekommen.

Ich lese nur ungern Biographien. Das reale Leben ist schon langweilig genug. Ich wollte nichts über tote Country-Sänger lesen. Das Rodeo hatte ich selbst erlebt.

Ich zog mich mehrere Tage in mein Loft zurück. Ich überlebte, indem ich Bill Dicks gefrorene Five-Alarm-Chilis aufwärmte, Espresso trank und Zigarren rauchte. Die Hollywood-Diät.

Überall, wohin ich blickte, sah ich Hanks traurige Augen.

Ich las.

Außerdem organisierte ich eine umfängliche, weitreichende Telefon-Aktion wie ein Mafia-Don im Gefängnis. Wenn ich nicht an der Strippe hing, las ich Flippos Buch. Wenn ich nicht in Flippos Buch las, hing ich an der Strippe. Ich begann das Vorleben einiger meiner ›Freunde‹ sacht zu überprüfen.

Der einzige andere Medien-Input, dem ich mich aussetzte, waren die Wiederholungen von *Quincy*. Ich begann Quincy als engen, persönlichen Freund anzusehen. Das war, interpersonell gesprochen, keine wirklich gesunde Situation.

Das Buch blieb bei mir wie ein Flaschengeist oder ein Albatros. Ich las weiter.

Hank Williams' Pferd hieß Hi-life. Hanks erste Frau hieß Audrey. Seine zweite Frau, Billie Jean, heiratete nach Hanks Tod den Country-Sänger Johnny Horton. Auch Horton starb tragisch in jungen Jahren.

Es war fast zwei Uhr morgens, als ich erfuhr, daß der Name, den Hank Williams benutzt hatte, wenn er sich in Hotels anmeldete, Herman P. Willis lautete.

Das war eine ziemlich obskure Information. Selbst ein gutinformierter Veteran wie ich hatte das nicht gewußt.

Ich las wie ein Dämon in der Nacht. Hanks kurzes und unruhiges Leben durchblitzte mein Bewußtsein wie der Meteor, der es war. Prozesse, Scheidung, Rhinestones, Schußwaffen, Drogen, Alkohol, Schmerzen, Einsamkeit, frühzeitiger Tod.

Schöner Zeitvertreib.

Laut Flippos Buch wurde Hank während einer Tournee einmal verhaftet, weil er auf ein Foto des Schlachtschiffs *Missouri* geschossen hatte, das in einem Restaurant an der Wand hing. Er sagte dem verhaftenden Polizisten: »Es hat zuerst gezogen.«

Dann gab es den Abend des 11. Juni 1949, an dem Hank Williams zum erstenmal die Grand Ol' Opry elektrisiert hatte und mehr Zugaben spielen mußte als jeder andere Künstler vor oder nach ihm. Dann gab es die Zeit, als er einen seiner Songs für zwei Flaschen Southern Comfort an Little Jimmy Dickens verkaufte und als er den Text zu ›Cold, Cold Heart‹ Paul Gilley abkaufte.

Dann gab es den lebenslangen Kampf zwischen Hanks Mutter, Lilly, und Hanks Frau, Audrey, um sein Geld und seine Seele, in etwa dieser Reihenfolge. Es war ein lebenslanger Kampf, der auch mit Hanks Tod nicht endete. Nur wenig endete mit Hanks Tod, außer, natürlich, Ol' Hank. Er und Hermann P. Willis wurden in Montgomery im selben Grab begraben. Hanks Musik und Ruhm lebten weiter und wuchsen, doch Herman P. Willis wurde vergessen. Oder fast vergessen.

Dann gab es die berühmte Show an einem kalten Wintertag im Januar 1953 in Canton, Ohio. Die Show, in der Hank niemals auftrat. Hanks von einem Chauffeur gefahrener Cadillac war wie ein Toten-Zug durch vier Südstaaten gerollt, durch zahllose Städte, durch die morphium-verhangene, verzweifelte, endlose Nacht, zu der sein Leben geworden war. Von Montgomery nach Chattanooga, wo Hank bei einem Diner angehalten und dem Kellner fünfzig Dollar Trinkgeld gegeben hatte, nach Knoxville, wo ihm ein mysteriöser Arzt zahlreiche mysteriöse Spritzen gegeben hatte. In Rutledge, Tennessee, stoppte ein Polizist den Cadillac wegen überhöhter Geschwindigkeit. Der Bulle schaute auf die Gestalt, die hinten zusammengesunken saß, und sagte: »Hey, der Kerl sieht aber tot aus.« Der Chauffeur erklärte, Hank hätte lediglich Beruhigungsmittel genommen.

Der Cadillac rollte durch Bristol, Cedarville, Chilhowie, Marion, Wytheville, Bluefield, wo Hank noch einmal anhielt, um einen Arzt aufzusuchen, und Princeton, West Virginia, wo er an einer Bar stoppte, Beckley, Willis Branch und Oak Hill, wo Charles Carr, der Chauffeur, endlich auf dem Hintersitz nachschaute und feststellte, daß Hank so kalt war wie ein einsamer Highway in kalter Winternacht.

»Streifen-Polizist Jamey fuhr den Cadillac zum Oak-Hill-Hospital«, schreibt Flippo in seinem Buch, »wo Hank Williams bei der Einlieferung tot war. Es war ein weiterer Mann im Wagen mit Hank und Charles Carr gewesen. Er sagte Jamey, sein Name sei Donald Surface und er sei der Ersatzfahrer, den Carr in Bluefield, West Virginia, abgeholt hätte. Dann verschwand Donald Surface.«

Nach dem größten Begräbnis, das die Südstaaten jemals erlebt hatten, stellten Hanks beide treusorgenden Frauen Country-Bands zusammen und gingen auf Tournee, beide unter dem Namen ›Mrs. Hank Williams‹. Ein ergreifender Tribut.

Als ich das Buch beendete, war es fast Morgen.

Ich rieb meine Augen und dachte über die Seiten nach, die ich gelesen hatte. Es war seit Jahren das erste Buch, das ich durchgelesen hatte und das keine Mordgeschichte war. Ich lächelte über den paradoxen Umstand, daß die Lektüre mir sehr wahrscheinlich half, einen wahren Mordfall zu lösen.

Ich konnte sehen, wie die Sonne die Lagerhäuser im Osten gerade ankratzte wie die Laterne am Scheitelpunkt einer Tordurchfahrt. Der Morgen war nicht das einzige, was mir dämmerte. Aber er war verdammt das Attraktivere.

Wie sich herausstellte, hatte ich die Lektüre von Flippos Buch gerade rechtzeitig beendet, um mein Leben zu retten.

32

Tompall and the Glaser Brothers spielten an diesem Sonntagabend im Lone Star Café. Tompall war für mich eine Art Country-Musik-Pate gewesen, als ich in Nashville war, und Chuck Glaser hatte 1973 meine erste LP, *Sold American,* produziert. Die andern beiden Brüder, Jim und Ned, hatte ich nur ein paarmal getroffen. Tompall and the Glaser Brothers galten vielen, darunter moi, als beste Gesangsgruppe, die jemals in Nashville gearbeitet hat.

Ich ging mit Rambam zu der Show. Ich sah mir die Show an, während Rambam den Club nach einem Versteck für die Nacht absuchte, wenn er geschlossen würde. Hank hatte den Glaser Brothers keinen Song geschickt. In der Tat hatte er seit Wochen nichts von sich hören lassen. Er war überfällig.

Aus diesem Grund war ich um zwei Uhr morgens, als ich den Glasers in ihrer Garderobe endgültig gute Nacht sagte, erfreut zu beobachten, wie Rambam heimlich in den Bauch des Leguans krabbelte.

Im Taxi nach Hause dachte ich über die Dinge nach. Ich hatte fast alle, die mit dem Fall in Verbindung standen, im Laufe dieses Abends gesehen. Ich ging sie im Kopf der Reihe nach durch. Ratso, Cleve, Bill Dick, Chet Flippo, Mike Simmons. Außerdem waren da Cooperman, Fox, McGovern, Mike Brennan und viele andere Journalisten und Fotografen, die ich vom Sehen kannte. Wenn die auf eine Story gehofft hatten, so hatten sie keine bekommen.

Die einzige Person, die ich erwartet und nicht zu Gesicht bekommen hatte, war Gunner.

Die Atmosphäre im Club war den ganzen Abend ziemlich gespannt. Es setzte eine fast spürbare Erleichterung ein, als die Show endete und alles in Ordnung war. Ich fühlte mich ebenfalls sehr erleichtert.

Als ich ins Loft zurückkam, goß ich mir ein paar Drinks in das Stierhorn und kippte sie runter. Ich hatte meine Stiefel ausgezogen, saß am Schreibtisch und unterhielt mich mit der Katze, als die Telefone klingelten. Ich nahm den Hörer zur Linken auf.

»Dr. Kinky am Abort«, sagte ich. Ich hatte irgendwie eine der Judys am Apparat erwartet.

Es war keine der Judys. Es war Sergeant Cooperman, und er fand es nicht witzig.

Und irgendwas war nicht in Ordnung.

»Um welches Problem könnte es sich handeln, Officer?« fragte ich.

»Heute nacht ist wieder mal ein Bauernlümmel allegemacht worden, Tex«, sagte Cooper auf eine träge, ungezwungene Art.

»Mein Gott«, sagte ich.

»Yeah«, sagte Cooperman, »das werden auch acht Millionen New Yorker morgen früh sagen, wenn sie aufwachen und die Zeitung lesen. Es ist ein Kerl namens Ned Glaser. Hat gestern abend im Lone Star gespielt. Er ist der Bruder von Tompall Glaser, der, glaub ich, einer deiner Freunde ist, deshalb dachte ich, es würde dich interessieren. Wir haben ihn vor ein paar Stunden draußen auf dem West Side Highway gefunden, wo der Ausbau endet, weil der Stadt die Finanzen ausgegangen sind. Du weißt, nur noch ein paar Pfeiler und Träger und Kacke. Er endet im Nichts. Wie dieser

Fall. Haben ihn hinter dem Steuer eines gestohlenen, beschissenen zweiundachtziger Buick Skylark gefunden, mit einem Schraubenzieher im Rücken. Kannst du folgen?«

»Leider«, sagte ich. Ich zündete eine Zigarre mit erstaunlich ruhiger Hand an. Ich war etwas überrascht. Nur ein wenig überrascht. »Habt ihr sonst was gefunden?« fragte ich.

»Yeah. Eine Flasche Wein und ein Kartenspiel. Beides ohne Fingerabdrücke. Keine Fingerabdrücke auf dem Schraubenzieher. Wenn dir was Tolles einfällt, ruf uns an.«

»Okay«, sagte ich.

»Adiós«, sagte Cooperman.

Zwei Stunden später kam der zweite Anruf. Ich war im Bett, aber noch nicht eingeschlafen. Ich zählte Schraubenzieher.

»Rambam hier«, sagte Rambam, »von den Village Irregulars. Ich bin in der Telefonzelle im Eingang von Sarge's Delicatessen und beobachte vierzig Nutten beim Dillgurkenessen.«

»Vielleicht ist das ein Berufsbildungskurs«, sagte ich.

Ich konnte eine Registrierkasse sehr nahe hören und eine Sirene im Hintergrund. Diese beiden Geräusche charakterisierten die geistige Hafenregion, soweit New York reichte. Und das war für jeden weit mehr als genug.

»Woher weißt du, daß es Nutten sind?« fragte ich.

»Weil sie wie Nutten aussehen«, sagte Rambam. »Wer sonst würde in Sarge's Delicatessen um fünf Uhr morgens Dillgurken essen?« Es gab eine Pause, und ich hörte, wie der Hörer ein paarmal gegen die Wand schlug, und hörte dann Rambams messerscharfe Stimme die New Yorker Nacht durchdringen.

»'tschuldigung, Miss, sind Sie ne Nutte?« fragte er. Ich hörte, wie ein Stuhl über den Boden kratzte und eine Frau irgendwas sagte, aber ich verpaßte ihre Antwort. Dann war Rambam zurück. »Ich erkenne eine Nutte auf den ersten Blick. Außerdem hab' ich, was du haben wolltest«, sagte er. »Es lautet ›Tompall and the Glaser Brothers‹. Große Blockbuchstaben.«

Ich hatte ihn gebeten, das Lone Star nach dem Schließen zu durchsuchen und sich umzusehen. Ich war besonders daran interessiert, ob er einen großen Umschlag mit Blockbuchstaben finden würde, den jemand in den Büros im Keller versteckt hätte. Offensichtlich hatte er's.

»Hast du ihn schon geöffnet?« fragte ich.

»Nein«, sagte er, »ich dachte, das Erlebnis sollten wir uns teilen.«

»Hat der Umschlag einen Poststempel?« fragte ich.

»Ich seh keinen. Nein. Soll ich ihn rüberbringen?«

»Ich weiß schon was drin ist«, sagte ich.

»Wenn das stimmt, dann bist du ein Scheiß-Houdini«, sagte Rambam. »Ich hab' ihn nicht mal geöffnet.«

»Es ist der Hank-Williams-Song ›Lost Highway‹«, sagte ich.

»Also gut«, sagte er, »wollen wir mal sehen. Und jetzt den Umschlag, bitte«. Es gab eine minimale Pause, dann kam er wieder an die Strippe. »Ein Scheiß-Houdini«, sagte er.

»Nichts Besonderes, wenn man erst mal die Fäden kennt«, sagte ich. Rambam begann den Inhalt des Kuverts zu lesen.

»Lost Highway, von Hank Williams«, intonierte er.

»Just a deck of cards and a jug of wine
and a woman's lies makes a life like mine.
Oh, the day we met I went astray
I started rollin' down that Lost Highway.«

»Hübsch vorgetragen«, sagte ich.

»Danke«, sagte Rambam. »Soll ich's für dich aufheben?«

»Yeah«, sagte ich. »Wir können es den Bullen nicht überreichen, wegen der Art, wie wir drangekommen sind. Ich benutzte das Wort ›wir‹ ganz allgemein. Aber es ist ein Beweisstück.«

»Beweisstück wofür?« fragte Rambam.

»Mit den Worten von Sergeant Cooperman, ›Heute nacht ist wieder mal ein Bauernlümmel allegemacht worden‹«, sagte ich. Ich paffte kalt auf dem herum, was von Zigarre Nummer sieben übrig war. Rambam sagte gar nichts.

»Etwas weniger Überschwang, bitte«, sagte ich. »Bevor wir dieses Gespräch beenden, Rambam, erzähl mir, wo genau du den Umschlag gefunden hast.«

»Kannst du das nicht erraten?« fragte Rambam.

»Das kriegt langsam einen ganz langen Bart«, sagte ich.

»Wart mal einen Moment«, sagte Rambam, »ich hol mir eine Gurke.« Ich hörte den Hörer wieder ein paarmal gegen die Wand schlagen. Dann kam Rambam wieder an die Strippe und präsentierte eine fast perfekte Imitation eines Kerls, der um fünf Uhr früh eine Gurke am Telefon ißt. Der Junge hatte Talent.

»Gibst du auf?« fragte er.

»Yeah«, sagte ich.

»Du willst wissen, wo ich ihn gefunden hab?«

»Yeah«, sagte ich überdrüssig.

»Unterste Schublade. Zur Rechten in –«

»Gottverdammich, Rambam«, sagte ich, »komm endlich in die Puschen.«

»– Bill Dicks Schreibtisch«, sagte er.

33

Montag nachmittag machte Bill Dick mir ein Angebot, das ich nicht verstand. Aus irgendeinem Grund wollte er, daß ich im Club auftreten sollte. Die Unterhaltung verlief, wie ich mich erinnere, etwa so:

»Wir möchten, daß du im Club auftrittst«, sagte Bill Dick. »Sag uns deinen Preis.«

»Mit Geld kann man vielleicht einen dicken Hund kaufen«, sagte ich mit einiger Würde, »aber nur mit Liebe erreicht man, daß er mit dem Schwanz wedelt.« Ich beobachtete, wie Zigarrenrauch sich zur Decke kräuselte. Warum, zum Teufel, wollten die mich haben? Ich war zu mittelalterlich zum Sterben.

»Wie wär es, wenn wir den verdammten Schwanz mit fünftausend Dollar zum Wackeln bringen?« fragte Bill Dick.

»Ich hab' viel zu tun«, sagte ich. Tatsächlich hatte ich ja genug freie Zeit, um mit meinen Nasenhaaren zu klöppeln, aber es ist in New York keine gute Idee, wenn man den Leuten zu verstehen gibt, man hätte nichts zu tun.

»Zu tun«, schnaubte Bill Dick.

»Yeah«, sagte ich. »Ich arbeite an einem Tampon-Jingle.«

»Wir müssen den Eindruck überwinden«, fuhr er fort, »dieser Ort sei verhext oder verflucht. Du kannst dir gar nicht vorstellen, was für einen Scheiß-Sturm die Medien daraus gemacht haben.

Boyd Matson war gestern abend hier unten, um einen Bericht für die *Tonight*-Show zu drehen. Und das war noch, bevor der Glaser-Boy auf der West Side ermordet wurde. In New York kann alles passieren. Ja oder nein, Kinkster?«

»Ja, Bill«, sagte ich.

»Hatte vermutlich nichts mit seinem Auftritt im Club zu tun, aber du weißt, was die Leute sich alles zusammendenken.«

»Yeah«, sagte ich, »die glauben, sie würden eine Verbindung erkennen.«

»Genau«, sagte Bill Dick. »Du bist perfekt der Mann, der New York City für Country-Musik retten kann.«

»Richtig, Bill«, sagte ich.

»Bubba Borgelts Tod lag an einer verrückten elektrischen Schaltung. Ich kenne die elektrische Anlage in- und auswendig, und wenn du mit einem Hochspannungs-System arbeitest und die Ausgänge ...«

Ich nahm den Hörer vom Ohr und blies einen friedvollen Strom Zigarrenrauch in die ungefähre Richtung von F. Scott Fitzgeralds Brief an seine kleine Tochter im Feriencamp. Er hing gerahmt an der Wand des Lofts, solang ich mich erinnern konnte. In dem Brief rät F. Scott Fitzgerald, sich um die folgenden Dinge keine Sorgen zu machen: die öffentliche Meinung, Puppen, Vergangenheit, Zukunft, Erwachsenwerden, daß dich jemand überholt, Triumph, Versagen – außer aus eigener Schuld –, Moskitos, Mücken, Insekten im allgemeinen, Eltern, Jungen, Enttäuschungen, Freude und Befriedigung. Die Dinge, um die man sich sorgen muß, so schrieb er, wären Mut, Sauberkeit, Leistung und Reitkunst.

Kein schlechter Rat, wenn man in der Klemme sitzt.

Ich nahm den Hörer wieder ans Ohr und hörte, wie Bill Dick die Worte ›Schaltungskomponente‹ sagte.

Ich sagte gar nichts.

»Was für Blumen hättest du gern?« fragte Bill Dick. »In deiner Garderobe«, lachte er.

»Sehr witzig«, sagte ich, »wenn auch etwas makaber. Wann soll der Auftritt sein?«

»Silvester-Abend«, sagte er. Dieses bestimmte Datum schien eine gewisse abstoßende Erinnerung zu wecken, aber das taten auch andere Dinge wie Musik, Filme und das Leben auf diesem Planeten.

Manchmal tun wir Dinge, die wir nicht verstehen. Wie sich verlieben. Wie U-Bahn-Fahren. Wie ein Sandwich im Carnegie Delicatessen essen, das größer ist als dein Kopf.

Schließlich war es für Gott und Country-Musik. Und so nahm ich einen recht fatalistischen Zug aus meiner Zigarre und nahm den Gig an.

»Ein Gig ist ein Gig«, sagte ich. Ich würde mich mit Bill Dick arrangieren. Ich glaubte, daß es nicht der rechte Zeitpunkt wäre, das Thema von Umschlägen mit großen Blockbuchstaben anzusprechen.

Es ging auf zwei Uhr nachmittags zu, und es schien etwas wärmer zu werden. Es war schwer, etwas über die Wetterlage zu wissen, wenn man gar nicht vom Telefon wegkam. Ich setzte meinen Cowboyhut auf und zog meine Jagdweste an mit den Reihen kleiner Taschen, in denen manche Amerikaner ihre Patronen aufhoben. Ich steckte ein paar Zigarren in die kleinen Taschen. Sei's drum. Man mußte auf alles vorbereitet sein. Ich ging nach draußen.

Zu Hause in Texas war Jagdsaison. Eine gute Zeit, um seiner Schwiegermutter einen Pelzmantel mit Geweih zu verschaffen.

Während ich nun durch die Stadt wanderte, konnte ich fast die verstreuten Schüsse aus den Hügeln von Texas hören. Was für ein großartiger Sport, die Jagd. Wesen zu töten, die schöner sind als man selbst. Vögel zu schießen, die höher fliegen als die Träume. Viele Büffel zu töten. Ab und zu reinigt man seine Flinte und bläst sich versehentlich den Kopf vom Hals. Gut.

34

Es war Heiligabend. Visionen von einsamen, frierenden Stadtstreicherinnen tanzten mir im Kopf herum. Ich hatte im vergangenen Jahr einige Zuckerplätzchen verbrannt. Dazu einige Synapsen.

Ich fühlte mich ein wenig hibbelig, aber recht gut ausgeruht. Zumindest so ausgeruht, wie ich mich immer fühlte. Ich versuchte immer noch, die fünf Jahre aufzuholen, die ich in Nashville vermittels Pillen, die farbenfrohe, fast lyrische Namen trugen, wachgeblieben war. Das ist Country-Musik. Frag Ol' Hank.

Ich warf eine Kassette in den Stereoapparat ein. Chinesische Kinder singen Weihnachtslieder. Wegen meiner langen Jahre auf Tour ertrug ich normalerweise den Klang einer singenden menschlichen Stimme nicht allzu sehr. Aber jedermann verdient von Zeit zu Zeit ein kleines auditives Phänomen. Und man nimmt, was man kriegt.

Es war zehnlich in den abendlichen Stunden, wie man in Hollywood zu sagen pflegt, und ich goß mir fast den vorletzten Tropfen von dem ein, was mein Alkohol-Kabinett hergab. Ich zündete eine Zigarre an und setzte mich in den Schaukelstuhl.

Ich saß so da und versuchte, nicht an das zu denken, in was ich mich da offensichtlich brachte, als die Telefone klingelten. Es war meine Schwester Marcie, die aus Berkeley anrief, wo sie Fisch studierte. Nicht allzu viele Leute studieren Fisch.

Ich bin sechzehn Jahre älter als Marcie. Alt genug, um ihr Bruder zu sein. Als Marcie etwa vier war, spielte ich ihr Streiche, wie es ältere Brüder tun. Erzählte ihr, Lassie sei gestorben. Solche Sachen.

Marcie zählte zu den wenigen Leuten, die jünger waren als ich und die ich dennoch bisweilen um Wissen und Ratschlag anging. Normalerweise hörte ich jüngeren Menschen gar nicht zu. Ich nahm an, wenn sie mein Alter erreichen würden, ohne sich an der Dusche aufgehängt zu haben, dann würde ich ihnen zuhören.

Marcie wußte schon ein wenig über den ›Ärger‹ im Lone Star. Sie sah die *Today*-Show. Der Hank-Williams-Killer. Die Lone-Star-Morde. Informierte sie über die gräßlichen Details, so gut ich konnte. Dann berichtete ich ihr von Bill Dicks Angebot.

Sie lachte. »Du hast es doch nicht angenommen, oder?« fragte sie.

»Also«, sagte ich. »Also, schau mal, ich hab' da so eine Idee …«

»Du hast doch nicht angenommen«, sagte sie ungläubig.

»Doch«, sagte ich fest. »Ich hab' den Gig angenommen.«

»Das war wohl nicht dein bester Zug, Kinkster«, sagte sie. Ich paffte geduldig an meiner Zigarre.

»Wenn ich es nicht tue, dann bedeutet es womöglich das Ende der Country-Musik, wie wir sie heute auf diesem Planeten kennen.« Ich wußte, damit konnte sie was anfangen. Sie war George-Jones-Fan. Hank Williams war wie ein Bruder für sie.

Marcie sagte kein Wort. Es gab eine Fern-Stille in der Leitung. Wenn man sich schon Stille anhören muß, dann ist das die beste. Ich stellte mir vor, wie ein grellfarbiger tropischer Fisch vorbeischwamm in einem Aquarium irgendwo an der linken Küste und meine Schwester ihn betrachtete.

»Marcie«, sagte ich, »ich weiß genug von ihm, um ziemlich sicher zu sein, daß er etwas unternehmen wird. Und wenn er es tut, glaub mir, dann werde ich bereit sein für ihn, und gut geschützt.« Es klang selbst für mich nicht allzu überzeugend.

»Wann ist die Show?« fragte sie.

»Silvester-Abend«, sagte ich.

»Weißt du, was das für ein Tag ist?« fragte sie mit einer Stimme, die plötzlich erstarrte.

»Yeah«, sagte ich. »Ich glaub, es ist ein Mittwoch.«

»Das mein ich nicht«, sagte sie, und es schlich sich eine Spur Hysterie ein. »Silvester ist der Tag, an dem Hank Williams starb.«

Vermutlich hatte ich es unbewußt die ganze Zeit gewußt. Ich hatte einfach nicht daran gedacht und wollte jetzt auch nicht daran denken. Ich nahm ein Bic-Feuerzeug, das seit achtundvierzig Stunden im Familienbesitz war, und zündete, relativ ruhig, eine neue Zigarre an.

»Yeah«, sagte ich, »das war's wohl.«

Es war etwa zwei Uhr morgens, als das Telefon zum letztenmal klingelte. Ich war mitten in einem verwickelten, schwach sexuellen Traum über meine Katze. Ich wußte weder, was die Freudschen Implikationen waren, noch machte ich irgendwelche Anstrengung, sie herauszufinden. Wie Frederick Exley sagte. »Wozu sind Träume gut, wenn sie wahr werden?«

Mir gefiel die Art nicht, wie die Telefone klingelten. Als ob sie einen eigenen Willen hätten. Sie durchschnitten die Stille des Raums viel lauter als nötig. Es klang wahnsinnig und amoralisch. Wie die Stimme einer mittelalterlichen Hexe.

Ich schaltete das Licht an, nahm den Hörer ab und hörte die traurige Stimme von Hank Williams. Es klang wie eine kratzige Schallplatte und war es vermutlich auch. Hanks Gesang kam entweder aus dem Hillbilly-Himmel oder aus New York City, und morgens um zwei war beides schlimm genug.

Der Song, so wußte ich, war Hanks letzter Hit zu Lebzeiten. Die Worte, die ich vernahm, lauteten:

And brother, if I stepped on a worn-out dime
I bet a nickel I could tell if it was heads or tails
I'm not gonna worry wrinkles in my brow
'Cause nothin's ever gonna be alright nohow
No matter how I struggle and strive
I'll never get out of this world alive.

Ich hörte zu, um zu erfahren, ob sonst noch was kam. Aber es kam nichts. Mußte auch nicht.

Ich nahm eine halbgerauchte Zigarre aus dem Aschenbecher und glühte sie an. Ich dachte an Hanks ursprüngliche, traurige Stimme, und je mehr ich an sie dachte, desto mehr schien sie um mich zu trauern. Genau, was ich brauchte.

Ich erhob mich ein wenig wacklig aus dem Stuhl und ging hinüber ans Fenster. Draußen vor dem Fenster meinte ich, dumpf den Schrei eines Waldkäuzchens zu hören. In der Ferne, über dem Verkehr, so war ich mir sicher, konnte ich einen einsamen Whippoorwill hören.

Einsamkeit, allerdings, war nicht mein Problem. Mein Problem war, so ergab sich, daß meine drei Minuten gekommen waren. Ich goß mir noch einen Drink ein und nahm ihn mit hinüber ans Fenster. Ich starrte mit einem gewissen Grauen durch die Düsternis auf die rostigen Feuerleitern jenseits der Straße. Ich kippte den Drink runter.

Es mag vielleicht ausgesehen haben, als ob ich lächelte, aber ich tat es nicht. Meine Lippen glitten nur von den Zähnen.

Alles, was mich erreicht hatte, war ein komischer Telefonanruf. Was, zum Teufel, sollte ich mir da Sorgen machen? Niemand hatte mir bisher einen Song in einem großen Umschlag mit großen Blockbuchstaben geschickt.

Aber es ist komisch, wenn man Songwriter ist. Manchmal fühlt man einen Song kommen.

35

Es war Freitag morgen, der Tag nach Weihnachten. Diverse hunderte Straßen-Weihnachtsmänner schliefen sich auf der Bowery aus. Die Katze und ich waren im Loft, die Espresso-Maschine gurgelte, die Müllwagen rumpelten, und alles war gut auf dieser Welt, außer daß jemand Pläne schmiedete, mich zu ermorden.

Da war der Anruf mit ›I'll Never Get Out of This World Alive‹ zwei Abende zuvor, und nun war da der große Umschlag, der gerade mit der Morgenpost gekommen war und ganz schmuck mitten auf meinem Schreibtisch lag.

Ich öffnete ihn nicht sofort. Dachte, ich sollte mir etwas zu tun übriglassen, wenn der Espresso fertig war. Manche lesen ›The New York Times‹, wenn sie morgens ihren Espresso schlürfen. Ich öffne Umschläge mit großen Blockbuchstaben und lese Hank-Williams-Songs. So unterscheiden sich die Geschmäcker.

Ich nahm den Umschlag, goß mir einen Espresso ein und setzte mich an den kleinen Tisch in der Küche. Die Katze leistete mir Gesellschaft, indem sie auf den Tisch sprang. Es war nur gut, daß Ratso nicht da war. Ihm gefiel offensichtlich nicht, daß Katzen auf dem Tisch saßen, wenn Menschen ihren Espresso schlürften und ihre Todesdrohungen lasen. Dachte wohl, das sei der Gesundheit abträglich.

Während ich behutsam den Umschlag öffnete, konnte ich hören, wie die lesbische Tanzgruppe direkt über mir ihren Unterricht begann. Komischerweise fand ich es recht beruhigend. Im Sinne, alles war wieder unnormal. Ich wünschte, es wäre so.

Der Song war ›Kaw-liga‹. Über den Holz-Indianer.

Wenn man nach Macken suchte, die für ein krankes Hirn attraktiv sein könnten, dann hatte ›Kaw-liga‹ eine Menge zu bieten.

Der Text lautete unter anderem:

Kaw-liga was a wooden Indian standing by the door
He fell in love with an Indian maiden over in the antique store
Kaw-liga just stood there and never let it show
So she could never answer ›yes‹ or ›no‹.

He always wore his Sunday feathers and held a tomahawk …

And then one day a wealthy customer bought the Indian maid
And took her, oh, so far away but ol' Kaw-liga stayed
Kaw-liga just stands there as lonely as can be
And wishes he was still an ol' pine tree.

Tatsächlich paßt die Geschichte von Kaw-liga ausgezeichnet in die heutige Welt. Die Oberflächlichkeit, die fehlende Kommunikation, die heute Leben und Lieben bestimmen. Wenn man für Kaw-liga kein Mitgefühl entwickeln kann, dann wird man niemals Mitgefühl entwickeln.

Ich goß mir eine neue Tasse Espresso ein und dachte an den armen alten Kaw-liga. Ich kannte eine ganze Reihe Leute wie ihn. Ich kannte eine ganze Reihe Indianerinnen. Eine Reihe reicher Kunden. Ich wußte nur nicht, welcher von meinen lieben, gefiederten Freunden mich umbringen wollte. Ich hatte etwa sechs Tage Zeit, dies herauszufinden. Es war schon etwas beängstigend.

Jemand wollte mir meinen Skalp rauben, ehe dieser aufstand und aus der Türe kroch.

In sechs Tagen schuf Gott Himmel und Erde und all die Wunder darin. Es gibt so manche unter uns, die meinen, ER hätte sich vielleicht ein bißchen mehr Zeit nehmen sollen.

Wie dem auch sei, mir blieben sechs Tage, um meine Truppen aufstellen zu können, den Schlachtplan auszuarbeiten, einige schwierige Erkundungen im Hinterland durchzuführen, eine Art Koordination mit Fox und Cooperman zu etablieren, die – sehr spärlichen und sehr verstreuten – Informationen zu überprüfen, die ich hatte, und die verborgene Architektur der Psyche herauszufinden, die verdrehten Fundamente des Bösen, das unter den verschwiegenen Begebnissen lauerte, den Verblendsteinen und dem Mörtel der menschlichen Fassade.

Außerdem galt es, das verschwundene Bild von Hank Williams wiederzufinden und aufzupassen, daß Downtown Judy und Uptown Judy am Silvester-Abend nicht aneinandergerieten.

Zudem war zu kombinieren, wer Linkshänder war und wer, sowohl als Kind wie als Erwachsener, zur richtigen Zeit am richtigen Ort gewesen war. Oder am falschen Ort zur falschen Zeit, je nachdem, welche moralischen Maßstäbe man dabei anlegen wollte.

Zu all dem kamen die üblichen Haushaltspflichten: Katzenfutter kaufen, Toilettenpapier, Zigarren und eine Flasche Jameson. Keine größeren kulinarischen Extravaganzen. Wenn ich irgendwelche Gäste haben würde, konnte ich ihnen Bill Dicks Five-Alarm-Chili anbieten, das mittlerweile aussah wie ein Klumpen Gletscher-Geröll in Schwarz und Silber, aber für die meisten New Yorker interessant sein könnte, die ja ständig nach etwas Außergewöhnlichem suchten.

Sechs Tage, um alles zu erledigen. Mein Gott, man konnte sechs Tage im Verkehr steckenbleiben. Man konnte bei einer Cocktailparty sechs Tage mit einem Buchhalter plaudern. Wenn man Leo nicht kannte, konnte man im Carnegie sechs Tage auf einen Tisch warten.

Sechs Tage, das Leben zu genießen, ehe man über eine neblige, schmale Holzbrücke schreitet und auf einen Totenschädel trifft, der sich von der anderen Seite nähert. Man konnte fast hoffen, daß es noch eine ganze Woche wäre.

Ich erledigte die Einkäufe, fütterte die Katze und füllte mein Stierhorn mit Jameson Irish Whiskey. Ich kippte ihn in einem Zug runter.

Ich versuchte, das Toilettenpapier auf den verdammten Halter zu praktizieren, als die Telefone klingelten. Es war 02:47 nachmittags. Ich konnte ihren Akzent schon vernehmen, ehe ich noch den Hörer aufnahm. Es war Gunner.

Sie hatte in der Presse einen Haufen über meinen Auftritt am Silvester-Abend im Lone Star gelesen und hielt es für ›außerordentlich mutig‹ von mir, im Club zu spielen. Ob es mir gelingen würde, diese Hank-William-Person zu fangen, wollte sie wissen.

Ich erklärte ihr, daß ich eben dies versuchen wollte, außer ich würde im letzten Augenblick das große Zittern bekommen und mich französisch empfehlen. Sie schien ein paar Sekunden darüber nachzudenken. Die Zeit reichte mir, um eine neue Zigarre auszupacken und sie in ein recht gemeines, guillotineartiges Gerät zu stecken, das mir mal Freunde vom Smokehouse in Kerrville, Texas, geschenkt hatten.

»Hast du schon mein Foto gefunden?« fragte sie. Interessantes besitzanzeigendes Pronomen, dachte ich. »Die Hank-Williams-Person und die zwei kleinen Jungen?«

»Noch nicht«, sagte ich.

»Humpf«, sagte sie.

»Wollen wir uns diese Woche mal sehen?« fragte ich.

»Ich hab' viel zu tun«, sagte sie. »Vielleicht nach der Show. Ich hab' dich nämlich noch nie in Aktion gesehen.«

»Musikalisch gesehen oder in sonstiger Funktion?« fragte ich. »Nun, vielleicht werde ich gar nicht auftreten. Es ist eine Art Tradition bei der Country-Musik, einfach nicht zu erscheinen. Erhöht die Spannung bei den Fans. George Jones macht es häufig. Die Hank-Williams-Person tat es ebenfalls.«

»Wenn du die Show am Mittwochabend schmeißt«, sagte sie mit langsamer und deutlicher Aussprache, »dann hast du keine Haare auf dem Arsch.«

Sie legte auf. Oder hängte ein, wie man es transatlantisch auszudrücken pflegt.

Möglicherweise war Gunner das Risiko nicht bewußt, das bei der Sache mitspielte. Oder es war ihr zum Teufel gerade bewußt. Vielleicht stieß die Architektur meiner Persönlichkeit sie so ab, daß es ihr scheißegal war. Mindestens zwei der Leute, die sie letztlich im Lone Star fotografiert hatte, betrachteten jetzt ihre jeweiligen Nationalblumen von unten. Ich hatte vergessen, sie zu fragen, warum sie die Show der Glaser Brothers nicht geknipst hatte.

Ich paffte ein wenig an der Zigarre und beobachtete die Katze, die zusammengerollt und friedlich auf einem Stuhl in der Nähe schlief. Ich beschloß, daß ich es wagen mußte. Ich mußte den Gig durchziehen.

Ich hatte mich nie für besonders macho gehalten, aber umgekehrt wollte ich auch nicht, daß irgendwer herumrannte und behauptete, ich hätte keine Haare auf dem Arsch.

36

Rambam hatte kürzlich mit einem Fall in Washington, der Kapitale unserer großen Nation, einigen Erfolg verzeichnen können. Er hatte den Sprößling einer prominenten Familie aufgespürt, der verschwunden war und den man schon von irgendwelchen verwirrten Gestalten der kolumbianischen Drogen-Szene gespießt und zerstückelt sah. Rambam fand den College-Knaben, der putzmunter in seinem Auto lebte und sich vor dem Mob versteckte. Nachdem er nun wiedergefunden war, hatte der Knabe wohl nur noch die Lebenserwartung einer Eintagsfliege, doch es war immerhin eine Feder an Rambams Hut.

Ich rief Rambam an und erklärte ihm, daß ich ein verschwundenes Foto von Hank Williams brauchte, und zwar möglichst rechtzeitig, um mir noch zu nützen.

»Okay«, sagte er, »wo soll ich suchen?«

»Da bin ich mir nicht ganz sicher«, sagte ich, »aber ich werde dich informieren.«

»Okay«, sagte er, »wann soll ich suchen?« Rambam stellte – wie alle Privatdetektive – schrecklich viele Fragen.

»Silvester-Abend«, sagte ich, »während ich meinen Auftritt im Lone Star habe.«

»Ich hab' schon eine Verabredung für den Silvester-Abend.«

»Nun«, sagte ich, »dann hast du die moralische Entscheidung zu treffen zwischen deinem ausschweifenden Privatleben und dem eigentlichen Leben oder Tod eines deiner engsten Freunde – mir.«

»Ich werde drüber nachdenken«, sagte er.

»So kenn ich den alten Knaben!« sagte ich.

Ich legte auf und rief Ratso an. Da er und Simmons ja offenbar so gut miteinander auskamen, bat ich ihn, das Vorleben des Kerls ein wenig auszuleuchten. Wir verabredeten uns für acht im Derby. Ich legte auf und gönnte mir einen kleinen Kraftschlummer.

Als ich erwachte, fühlte ich mich älter und kälter. Ich entfernte das Katzenklo aus der Dusche, um selbst dessen Platz einzunehmen. Kraftschlummer waren auch nicht mehr so wie früher.

Ich trat unter das Wasser und versuchte die grauen, morphischen Fäden abzuschütteln. Langsam fühlte ich mich wieder wohl. Nicht wohl genug, um ›I'll Never Get Out of This World Alive‹ zu singen, aber okay. Ich reflektierte die Worte des großen Hotel-Magnaten Conrad Hilton auf die Frage, was er in all den Jahren seines Lebens auf diesem Planeten gelernt hatte. Er hatte geantwortet: »Der Duschvorhang muß immer *in* der Wanne hängen.« Ich folgte seinem Rat.

Ehe ich zum Derby aufbrach, führte ich ein Kondolenz-Gespräch mit Tompall Glaser, den ich unter seiner höchst geheimen, unveröffentlichten Nummer in Nashville anrief. Diese Telefonnummer war in etwa das einzige über Tompall, was unveröffentlicht war. Er und seine überlebenden Brüder Chuck und Jim waren die Inhaber eines der größten Musikverlage in Nashville. Sie hatten auch eine Reihe meiner frühen Songs veröffentlicht. Wir sprachen immer noch miteinander.

»Tut mir leid, Hoss«, sagte ich, als Tompall das Telefon aufnahm, »wegen Ned.«

»Yeah«, sagte er mit leiser Stimme, auf die John Wayne hätte stolz sein können, »Chuck und Jim tut es irgendwie auch leid. Es tut ihnen leid, daß ich's nicht war.« Er lachte ein rohes Lachen, eher hohl als herzlich. »Der kleine Schweinehund wird mir fehlen.«

Trotz der legendären Fehden der Glaser-Brüder nahm ich mal an, daß das zutraf. Ich sagte nichts.

»Warum«, fragte Tompall, »glaubst du, hat er sich Ned ausgesucht?«

»Das werde ich rausfinden«, sagte ich. »Ich trete am Silvester-Abend im Lone Star auf.«

»Mein Gott«, sagte Tompall. »Da hast du dir ja was vorgenommen, Bruder.« Es folgte eine Pause.

»Hey«, sagte er, »Captain Midnite ist hier. Will mit dir klönen. Danke für den Anruf, Kinky.« Ich hörte, wie Tompall Midnite über meinen bevorstehenden Auftritt im Lone Star informierte.

»Wenn dir was passiert«, sagte Midnite, als er an den Apparat kam, »bekomm ich dann deinen Sattel?«

»Cowboys haben heutzutage keinen Sattel«, sagte ich. »Sie haben Telefonbeantworter, Videorecorder, Computer.«

»Schickst du mir deinen Katalog?« fragte er.

»Midnite«, sagte ich, »begreifst du nicht, daß ich nächste Woche eventuell abnippeln werde?«

»Yeah«, sagte er, »hab' ich dran gedacht. Ich denke wirklich oft an dich.« Ich hatte Midnite seit sieben Jahren nicht mehr gesehen, aber ich fühlte mich ihm dennoch eng verbunden. Das war vermutlich das Geheimnis, wie man unter Country-Sängern die Freundschaft erhält. Möglichst weit voneinander wegzubleiben.

»Paß auf deinen Arsch auf«, sagte er etwas sanfter. »Ich spiele nächste Woche Golf, und wenn dir was zustoßen sollte – du weißt ja, was man sagt.«

»Nein, ich weiß nicht, was man sagt«, sagte ich.

»Man kann mit gebrochenem Herzen nicht gut putten«, sagte Captain Midnite.

37

Ratso und ich hatten im Derby gerade zwei dicke Haarige verputzt und tranken nun Kaffee in Begleitung von Sambuca, die Andrew persönlich in angemessen gestielten Gläsern auftrug. Ich bewunderte Andrew, weil er niemals Ratsos stilvolle Erscheinung kommentierte. Ratso trug die Schuhe eines Toten, fuchsrote Hosen und eine Waschbär-Mütze mit Schwanz und dem kleinen Kopf des Raccoons an der Vorderseite. Die Augen waren zugenäht, und das verdammte Ding sah ziemlich abstoßend aus, auch wenn man kein Linker war.

»Wie geht's denn so, Kinky?« fragte Andrew in seinem höflichen Tonfall.

»Es geht so, Andrew«, sagte ich.

»Fein«, sagte Andrew. »Der Sambuca geht aufs Haus.«

»Jetzt geht's schon besser«, sagte ich. Ich nahm eine Kaffeebohne aus dem Glas und zerkaute sie. Wer noch nie eine Kaffeebohne aus einem Glas Sambuca gegessen hat, hat noch nicht gelebt.

»Ratso«, sagte ich, »ehe wir uns dem Protokoll unseres letzten Rotarier-Treffens zuwenden, möchte ich dich bitten, deine Kopfbedeckung zu entfernen. Nicht daß ihr eine gewisse Attraktivität abgeht, aber der kleine tote Kopf erinnert mich daran, wie ich möglicherweise Donnerstag morgen aussehe, wenn mein Plan danebengeht.«

»Kein Problem«, sagte Ratso und hängte die Mütze so an den Ständer hinter sich, daß es aussah, als würden die zugenähten Augenschlitze böse die Dame am Nebentisch anstarren. Die Frau starrte die kleine Mütze mit einem Ausdruck an, so leblos und widerlich wie der tote Raccoon. Dann blickte sie Ratso an.

»Ekelhaft«, sagte sie.

Ratso sah kurz die Frau an, dann die Mütze, schließlich wieder die Frau.

»Bitte nicht füttern«, sagte er. Ich nahm eine weitere Kaffeebohne aus meinem Sambuca und zerkaute sie gedankenschwer.

»Zur Sache, Ratso«, sagte ich. »Wir sind Amateure, aber wir sind smart. Wir haben grobe psychologische Profile einiger unserer Bekannten. Wir besitzen diese Kenntnis aus erster Hand, weil wir die Leute schon einige Zeit kennen. Aber kennt irgendwer wirklich irgendwen ganz genau?

Wir haben Hinweise, Details, Hintergrundinformationen. Mehr als genug. Wir müssen uns der Sache von einer anderen Seite nähern als die Bullen. Der Kerl, den wir suchen, ist äußerst schlau. Hat einen Doktor in Fiesiologie. Verstehst du?«

Ratso nickte würdevoll. Er starrte auf einen Nachtisch-Trolley in der Ecke.

»Mittwoch nacht«, fuhr ich fort, »muß ich einem dieser Kerle die Maske vom Gesicht reißen, ehe mir einer von diesen Kerlen die Totenmaske aufsetzt. Ich werde dich, Rambam, Boris und alle, die dir einfallen, brauchen.«

»Die Village Irregulars«, sagte Ratso. »Reicht das?« Ich zuckte mit den Schultern.

»Ich rede morgen mit Fox und Cooperman«, sagte ich.

»Wir werden bereit sein«, sagte Ratso. »Wir wissen nur noch nicht, wofür bereit.«

»Ich habe, fürchte ich, eine ganz brauchbare Idee«, sagte ich. Ich zog die Noten für ›Kaw-liga‹ und den Big-Chief-Block aus der Manteltasche. Ich erklärte Ratso alles, was ich wußte. Es dauerte nicht lange.

Als ich endete, machte sich Ratso einige Notizen auf Briefpapier des Chelsea-Hotels. »Du läßt kaum was aus«, sagte ich.

»Ich wollte nur ein paar Details festhalten«, sagte Ratso.

»Nein«, sagte ich, »ich meinte, Briefpapier aus dem Chelsea Hotel zu klauen.«

»Also wirklich«, sagte Ratso, »das ist doch High Camp.«

»Was hast du über Simmons rausgefunden?« fragte ich.

»Interessantes«, sagte er. »Ich hab' es von Simmons' Bruder Andy. Er ist ein paar Jahre jünger als Mike. Die beiden waren immer eng zusammen. Simmons ist offenbar ziemlich frustriert.

Er hat nicht geschafft, was er in der Country-Musik erreichen wollte.«

»Wer hat das schon?« fragte ich. Alle wollten Hank Williams sein, aber keiner wollte sterben.

»Egal«, sagte Ratso, »seine Vergangenheit in Texas ist ganz schön undurchsichtig. Er hat dort mal für ganze sechs Monate gelebt. War fast sein Leben lang Yankee und mag sich das nicht einmal selbst eingestehen.«

»Yeah«, sagte ich.

»Hatte es recht schwer«, sagte Ratso. »Nicht viele Chancen. Hat nie in der Opry gespielt. Vor etwa zehn Jahren spielte er eine Zeitlang im Wheeling Jamboree in Wheeling, West Virginia.« Er machte eine Pause, um seinen Kaffee zu schlürfen. »Das ist harte Arbeit.«

»Was ist harte Arbeit?« fragte ich.

»Wheeling, West Virginia«, sagte Ratso. Er lachte.

»Das ist wirklich verdammt witzig«, sagte ich. Ich dachte einen Moment nach. Ich kippte zerstreut den Sambuca runter und sagte: »Sehr seltsam, mein lieber Ratso.«

»Was meinst du?« fragte er.

»West Virginia«, sagte ich. »Das taucht ständig auf. Simmons hat da gelebt. Cleve. Flippo.« Ich gab dem Kellner ein Zeichen für mehr Kaffee und mehr Sambuca. Ratso bestellte einen Walnuß-Apfel-Pecan-Kuchen, die Spezialität des Hauses.

»Ich lese gerade ein sehr merkwürdiges Buch«, sagte Ratso, »von John Keel, einem Spitzen-Autor auf dem Gebiet der UFOs und Freund von mir. Das Buch heißt *The Mothman Prophecies* und handelt von diesen drei Meter großen geflügelten Kreaturen, die angeblich Tausende von Menschen im Himmel über West Virginia gesichtet haben.«

»Wenigstens ist es nicht über Hitler, Bob Dylan oder Jesus«, sagte ich.

Ratso machte sich über den Walnuß-Apfel-Pecan-Kuchen her, ohne meine Bemerkung zu beachten. Er verschlang ein gutes Stück und sagte dann mit noch nicht ganz leerem Mund: »West Virginia ist eine der wenigen Gegenden dieses Landes, um die die Indianer niemals gekämpft haben. Keel stellt die These auf, daß es verfluchtes Land sei, verwunschenes Land, vielleicht irgendein Begräbnisgebiet.«

»Von da kriegt man gerne mal eine Ansichtspostkarte«, sagte ich.

»Genau«, sagte Ratso. »Der Platz hat irgendwie ein schlechtes Karma.«

»Für Hank allemal«, sagte ich.

»Wieso das?« fragte Ratso.

»Hank starb dort«, sagte ich.

38

McGovern hatte gesagt, es sei sehr wichtig, daß wir uns zum Frühstück um zehn Uhr am Samstag morgen im LaLobotomy Coffee Shop in der Eighth Avenue träfen. Der Laden heißt eigentlich La-Bonbonnière, aber eine reizende Freundin von mir, The Lizard, hatte ihn LaLobotomy getauft, und der Name war hängengeblieben. Er paßte ziemlich gut zur Kundschaft, einschließlich meiner selbst, so wie ich mich an jenem Morgen fühlte.

Abgesehen von der Tatsache, daß es bereits halb elf war und daß McGovern nur eine Ecke weiter in der Jane Street wohnte, war McGovern nicht da. Große Überraschung.

Charles, der Besitzer, brachte mir eine Tasse Kaffee und ein großes Glas Tomatensaft, ohne daß ich es bestellt hatte. Charles war eine wahre Rarität, ein außerordentlich liebenswürdiger Franzose, aber das Essen war typisch amerikanische Fett-Küche. Das beste Frühstückslokal in New York. Außer Dim sum, natürlich.

Ich trank meinen Kaffee und las die ›New York Post‹, als ich plötzlich McGovern im Eingang dieses kleinen Ladens lauern sah. Er sah etwa viermal so groß aus wie Gott.

»Hey, Klasse«, sagte er, »dachte schon, ich hätte dich verpaßt.«

»Leider nicht«, sagte ich. »Hattest du eine wilde Nacht?«

»Wer?« fragte McGovern. »Ich?« Sein herzliches irisches Gelächter füllte den kleinen Raum schließlich so sehr, daß ein erschrockenes junges Schwulenpärchen und eine abgewrackte Pennerin zu unserm Tisch rüberschauten. McGovern studierte bereits die Speisekarte und bemerkte es nicht. Ich beantwortete ihren Blick mit stiller Würde. Sankt Kinky. Schutzengel und Verteidiger großer, übersprudelnder Iren in kleinen Cafés und im Village.

Charles brachte Kaffee für McGovern und nahm unsere Bestellungen entgegen. McGovern und ich tranken unseren Kaffee und beobachteten, wie die Welt draußen vor den Fenstern von LaLobotomy vorüberzog. Er hatte eine Ausgabe der ›Daily News‹ mitgebracht, und ich hatte natürlich die ›Post‹. Wenn die Konversation stockte, dann gab es ja immer noch die Realität. Oder wir konnten Zeitung lesen.

Ich machte mir keinen Kopf, daß ich die ›Post‹ mitgebracht hatte, obwohl ich natürlich wußte, daß McGovern für die ›Daily News‹ schrieb. Er konnte sich überlegen fühlen und sogar ein kleines bißchen überheblich, wenn er sein Frühstück mit einem ›Post‹-Leser einnahm. Ich unterstütze gerne meine Freunde.

»Deine Show im Lone Star«, sagte McGovern. »Ich soll einen Artikel darüber schreiben. Ich weiß, daß es dir schwerfällt, auf all diese Presseaufmerksamkeit zu verzichten, aber ich glaube, du solltest da aussteigen, solange du noch kannst. Ich hab' ein schlechtes Gefühl dabei. Ich sag nur, sag die Show ab.« McGovern sah ganz un-McGovernhaft ernst aus.

Ich nippte meinen Kaffee und beobachtete, wie ein Blinder, zwei identisch gekleidete Homosexuelle und eine Nonne die Eighth Avenue bei Rot überquerten. Ich hätte eine Bürger-Festnahme durchführen können, beschloß aber, es durchgehen zu lassen.

»Was zum Teufel ist so komisch?« fragte McGovern.

»Ich schau mir diese verdammten Leute an, draußen vorm Fenster«, sagte ich. »Die sehen aus wie gestrichene Zeilen aus einem alten Bob-Dylan-Song.«

»Bist du sicher, daß du nicht bloß deine Spiegelung siehst?« fragte McGovern. Er lachte wieder. Ein wenig zu laut, meiner Meinung nach, für die Größe des Restaurants.

»Könnte schon sein, McGovern«, sagte ich. »Ich bin ein aristokratischer Freak. Ich habe das Recht verdient, hier zu sein.«

»Fein«, sagte McGovern. »Also sagst du den Gig ab?«

»Natürlich nicht«, sagte ich. »Es ist höchst wichtig, daß ich diesen Gig spiele. Mit den Worten Thomas Paines: ›Es ist mir gleich, wer die Gesetze des Landes macht, solange ich die Lieder schreibe.‹« Ich trank meinen Kaffee aus und schaute McGovern an.

Er hob seinen Mantel vom Fußboden auf und wollte gehen. »Du schreibst vielleicht die Lieder«, sagte er und schüttelte traurig seinen dicken, stattlichen Kopf, »aber ich schreib die Nachrufe.«

39

Ich lief die zehn knochenverfrostenden Ecken bis zum Bullen-Stall. Die Welt draußen war nicht so warm und gemütlich wie Charles' kleines Café. Ich hoffte nur, daß der Himmel so war wie LaLobotomy. Ich schaute auf die Straße. Die überquellenden Mülltonnen. Die streunenden Hunde. Streunende Menschen. Alles war so kalt wie die Schalterhalle einer Bank am Südpol. Man wünschte sich fast, in West Virginia zu leben.

Plötzlich waren die grünen Kugeln des Sechsten Reviers vor mir. Der Anflug einer Art Schuldgefühl überfiel mich. Vielleicht wie bei einem Würstchenverkäufer ohne Gewerbeschein. Cooperman und Fox und ich hatten nicht gerade ein besonders fürsorgliches Verhältnis miteinander. Das einzige Beweisstück, das ich dem Gesetz nach zurückhielt, war der Song ›Lost Highway‹, den Rambam aus Bill Dicks Schreibtisch gestohlen hatte. Ich hatte ›Lost Highway‹ in der Manteltasche, aber der Umstand wäre schwer zu erklären, ohne Rambam hineinzuziehen, und ich brauchte Rambam noch. Ich folgte einer so komplizierten Berufsethik, daß es sehr häufig selbst mir nicht gelang, sie zu umgehen.

Ich sagte dem Kerl, der am Empfangstisch die Zeit verschnarchte, meinen Namen und nahm auf einem kleinen Plastikstuhl mit einer kleinen Schreiblehne Platz. Der Stuhl war fester an den Boden geschraubt als die Freiheitsstatue. Ein anderer Kerl saß auf einem ähnlichen Stuhl in der Ecke. Er hatte den Standard-Haarschnitt einer Irrenanstalt und rollte seine Augen ein wenig heftiger in die Höhlen zurück, als es Mode war. Eine seiner Hände war mit einer Handschelle an das Stuhlgestänge gekettet. Sah so aus, als würde er auch warten.

Meine Nummer wurde zuerst aufgerufen.

Ich betrat das Tal des Todes, um Cooperman und seiner Kaffeetasse gegenüberzustehen. Fox war nicht da. Ich fragte nicht nach ihm.

»Setz dich«, sagte Cooperman. Ich setzte mich.

»Was nehmen Sie in Ihren Kaffee, Senator?« fragte er.

»Alles«, sagte ich.

Er nahm seine Tasse, fand eine weitere auf einem Nebentisch und ging zum Kaffeeautomaten in der Ecke. »Hatte ich vermutet«, sagte er.

Ich dachte an eine Nacht vor mehreren Monaten, ehe all dies begann, als Ratso und ich die Seventh Avenue hinunterfuhren und Joe DiMaggio um halb zwei morgens das Carnegie Delicatessen betreten sahen.

»Mein Gott«, sagte Ratso, »da ist er.«

»Yeah«, sagte ich, »sieht aus, als sei er allein.«

»Nun«, sagte Ratso, »er hat Marilyn nicht dabei.«

Joe betrat das Carnegie, und Ratso und ich fuhren bei Grün um die Ecke. »Das hat doch keiner«, sagte ich.

»Weißt du«, sagte Ratso, »ich hab' gehört, die Kids umschwärmen ihn immer noch um Autogramme, aber sie sagen ›Mr. Kaffee! Mr. Kaffee!‹ Die wissen nicht mal, daß es der verdammte Joe DiMaggio ist.« Wir überquerten mehrere Kreuzungen brodelnder Einsamkeit ... Kentucky Fried Chicken ... eine oder zwei Nutten ... ein leerer Wolkenkratzer.

»Ich hoffe bei Gott, daß er Leinenservietten kriegt«, sagte ich.

Cooperman stellte den Kaffee vor mich hin und setzte sich schwerfällig in einen ramponierten Bürostuhl auf der anderen Seite seines Schreibtischs.

»Was hast du auf dem Herzen?« fragte er.

Cooperman war nicht übermäßig erfreut, von meinem bevorstehenden Silvester-Gig im Lone Star Café zu hören. Er war noch weniger erfreut zu erfahren, daß ich den Song ›Lost Highway‹, den ich zwischen uns auf den Tisch gelegt hatte, von Frank Serpico erhalten hatte.

»Mein Gott, ist das witzig«, sagte Cooperman mit einem sehr unschönen, kleinen, starren Lächeln in den Mundwinkeln.

»Yeah«, sagte ich. »Es fand sich im Schreibtisch von Bill Dick –

ohne Poststempel, der Umschlag ungeöffnet – in der Nacht, als Ned Glaser starb.«

»Sag an«, sagte Cooperman liebenswürdig. »Ich bin hocherfreut, diese Information zu erhalten.« Er nahm einen Schluck Kaffee. Er grinste ein breites Grinsen. Es war jene Art Lächeln, die erst in einer Million Jahren seine Augen erreicht hätte. Ich hatte nicht die Zeit zu warten.

»Ich hab' auch einen Song. Kam diese Woche mit der Post«, sagte ich. »Schon mal was von ›Kaw-liga‹ gehört?«

»Führer der Black Muslims?« fragte Cooperman.

Ich nahm einen Schluck Kaffee und zuckte ein wenig zusammen. »Nein«, sagte ich. »Kaw-liga war ein Indianer aus Holz, der an der Tür stand. Er verliebte sich in die Indianerin im Antiquitäten-Laden gegenüber.«

»Und?« sagte Cooperman.

»Und – kennt man doch«, sagte ich. »Junge trifft Mädchen, Junge verliert Mädchen, Country-Sänger verliert Leben. Die gute alte Geschichte.« Wir nahmen beide einen Schluck Kaffee.

»Okay«, sagte Cooperman, »rück schon raus. Was hast du sonst? Noch mehr beiseite geschaffte Beweisstücke? Irgendwelche schwachsinnigen Theorien? Überhaupt irgendwelche Ideen? Spuck's schon aus.« Cooperman lehnte sich in seinem Stuhl zurück. Er nahm eine Gauloise aus der Packung auf seinem Tisch und zündete sie mit einem Zippo an. Ich nahm eine Zigarre aus der Jagdweste und fand in meiner Manteltasche ein rosarotes Bic-Feuerzeug. Das war erst seit gut zwölf Stunden in der Familie. Ich unterzog die Zigarre den vorbereitenden Zeremonien und erzählte Cooperman, was ich wußte.

»Schau mal«, sagte er mit müder Stimme, »wir haben also drei Opfer, die alle irgendwie mit dem Lone Star Café zu tun haben. Sie arbeiten dort, sie spielen dort, das Entscheidende ist, sie sterben dort. Mit der Ausnahme von Glaser, der auf dem West Side Highway starb. Nun haben wir dieses Schnuckelchen, versteckt in Bill Dicks Schreibtisch.« Er wies mit der Hand auf den Song ›Lost Highway‹, und etwas Asche fiel von seiner Gauloise auf Hanks Noten wie eine dicke, graue Träne. Niemand wischte sie ab. Selbst die Franzosen hätten vermutlich Hank Williams gemocht, dachte ich. Wenn sie nur lange genug aufhörten, an Jerry Lewis zu denken.

»Und dann haben wir dich«, fuhr Cooperman fort. »Du spielst Silvester-Abend im verdammten Lone Star Café wie ein Polizei-Lockvogel, der seine Verstärkung zu Hilfe ruft. Das ist es doch?«

»Nun«, sagte ich.

»Nun, laß dir eines sagen, Freundchen. Die Verstärkung reicht vielleicht nicht aus.«

Ich paffte meine Zigarre und wollte gerade etwas sagen, aber Cooperman fuhr fort. »Und dann haben wir einen Täter rumlaufen, der all die Zeitungen liest und die Elf-Uhr-Nachrichten sieht und ganz scharf wird.«

Cooperman betrachtete mich ein bißchen länger, als angenehm war, dann fragte er: »Hast du mal eine Weihnachtsfeier in der Abteilung für geisteskranke Kriminelle mitgemacht?«

»Noch nicht«, sagte ich.

Cooperman steckte sich noch eine Frosch-Fluppe an und blinzelte mir durch den Qualm zu. »Du hast ein Rad ab, mein Lieber«, sagte er. »Du hast dich selbst in die Scheiße gesetzt. Wir werden Mittwoch abend da sein, aber ich beneide dich nicht, Tex.« Er lächelte.

Mit der Variante eines päpstlichen Segens gab er mir zu verstehen, daß die Audienz beendet sei. Ich wandte mich zur Tür. Ich hatte den Eindruck, daß alles gesagt war. Er hatte kaum etwas von dem, was ich ihm erzählt hatte, begriffen. Und wenn er mehr über den Fall wußte, so behielt er es für sich. Soviel zum Kapitel gegenseitige Fürsorge.

Als ich das Haus verließ, war der Mann, der an den Plastikstuhl gekettet gewesen war, verschwunden. Ich hätte gern gewußt, für *wen* er sich hielt. Vielleicht wußte er ja, wer er war, und das war der Grund, weshalb er an einen Plastikstuhl angekettet werden mußte. Vielleicht wäre die einzige Methode, uns alle zu retten, die ganze Welt an Plastikstühle zu ketten. Aber dafür gab es nicht genug Handschellen und nicht genug Plastikstühle. Und dann wäre niemand mehr übrig, um die Schlüssel wegzuwerfen. Aber sonst hörte sich die Idee ziemlich vernünftig an.

Es nieselte leicht, als ich hinüber zu 199B Vandam marschierte. Weihnachten war gekommen und gegangen wie eine Elfe aus der Hölle. Je näher Mittwoch abend kam, desto stärker fühlte ich mich wie ein Köderwurm. Ich hoffte nur, daß mir nicht das Wochenende versaut wurde.

Während ich so durch den Regen schlenderte, fiel mir etwas ein, was F. Scott Fitzgerald in *Zärtlich ist die Nacht* geschrieben hat. Es ging ungefähr in die Richtung, daß alle in Frankreich sich für Napoleon hielten und alle in Italien für Jesus Christus.

Nun, man konnte sich was Entsprechendes für Big Apple einfallen lassen. Irgendwer in New York hielt sich offensichtlich für Hank Williams.

40

Einen erschreckenden, klaren Augenblick lang wußte ich nicht, wer oder wo ich war. Es war in etwa so, als wüßte man, was im Kopf eines Conférenciers in einer Spielshow vorging. Keine angenehme Erfahrung.

Es war Samstag nacht. Sitting Bull schaute mich von der Oberseite des Big-Chief-Blocks an, der auf dem Fußboden lag. Ich hob ihn auf. Ich legte ihn auf den Tisch.

Der Big-Chief-Block konnte mir nicht allzuviel verraten. Genausowenig wie die stark verkürzten Biographien einiger jener Leute, über die ich mich kundig gemacht hatte, und eine flüchtige Abschrift der meist zusammenhanglosen Bemerkungen, die sie gemacht hatten. Meine Handschrift sah aus wie die Handschrift einer Maus.

»Wer von euch ist nicht das, was er zu sein scheint?« sagte ich zur Katze. Die Katze sagte gar nichts.

»Wer von euch ist in Wahrheit ein Feind, der sich als Freund ausgibt?« War das überhaupt möglich? Nun, Freunde, es hatte ganz den Anschein. Natürlich kann der Anschein täuschen. Aber ebenso Freunde.

Von Simmons hatte ich: ›... wuchs in Texas auf. Woher hab' ich sonst wohl meinen Texas-Akzent?‹ Simmons hatte keinen Texas-Akzent, aber er glaubte das. Die Leute in New York glaubten das auch, aber was hatten die auch für Ahnung? Wie er sang, klang nach Texas, aber wie er sprach, hätte keinen Cowboy hinterm Busch vorgelockt.

Fortsetzung Simmons: ›Als wir noch kleine Jungs waren, nahm

uns unser Vater mit in die Grand Ol' Opry, und ich vermute, davon ist ein bißchen hängengeblieben.‹

Bill Dick leugnete jegliche Kenntnis von dem Umschlag, den Rambam in seinem Schreibtisch gefunden hatte. Ich wollte die Sache noch nicht zu sehr forcieren. Vielleicht hatte er den Umschlag nur im Tisch versteckt und den Glaser Brothers nicht gezeigt, damit sie ihren Gig nicht absagten. Ein Feigling, kein Killer. Aber es eröffneten sich auch andere Möglichkeiten. Als ich ihn fragte, wo er aufgewachsen sei, sagte er: »Geboren und aufgewachsen in Brooklyn, New York.« Auf die Frage, ob er jemals in den Südstaaten gewesen sei, sagte er mit etwas Stolz: »War noch nie südlich der Mason-Dixon-Line.« Natürlich, dachte ich mir, Billy the Kid war ja auch in Brooklyn geboren und aufgewachsen.

Cleve war sehr unglücklich im Lone Star. Das war verständlich, dachte ich mir. Wir klönten und lachten ein bißchen über die paar Jahre, die wir auf Tour verbracht hatten, als er Roadmanager meiner Band war. Jene Jahre waren erbärmlich genug, aber jetzt erschienen sie uns wie die Gute Alte Zeit. Wir erinnerten uns an eine Country & Western-Bar-Mizwa, zu der wir gemeinsam vor einigen Jahren in New Jersey aufgespielt hatten. Es war ein Kokain-Albtraum – Swimmingpool hinter dem Haus, Heuhaufen, Kids in kleinen Cowboy-Anzügen, die überall mit Spielzeuggewehren rumrannten.

Ich dachte an die beiden kleinen Jungen, von denen mir Gunner erzählt hatte, auf dem Foto, das ich nie gesehen hatte. Es kam mir immer wichtiger vor.

Ich hatte mir auch Cleves Vergangenheit aus Spaß an der Freude aufgeschrieben. ›Wir sind in Kentucky aufgewachsen ... zogen nach Virginia, West Virginia, Tennessee, Texas – überall.‹ Cleve war ein Einzelkind, wie er behauptete. Er war einige Zeit lang auf Tour gewesen. Er hatte gedacht, die Arbeit im Lone Star würde ihm etwas Ruhe bringen. Pustekuchen.

Es stand nicht auf dem Big-Chief-Block, aber Cleve hatte ernste Bedenken ausgedrückt, weil ich am Silvester-Abend im Lone Star auftreten wollte. Er sagte, das sei so eine verrückte Idee von Bill Dick, und gab mir den Rat, noch einmal ernstlich zu überlegen, ob ich den Gig nicht absagen wollte.

»Ein Gig ist ein Gig«, sagte ich.

»Du bist ein verdammter Idiot«, sagte er.

Chet Flippo war in Ohio aufgewachsen. Hatte in Texas, Tennessee, West Virginia und wieder Texas gelebt, schließlich geheiratet und war nach New York gezogen. Hatte einen ein paar Jahre älteren Bruder und eine kleine Schwester. Hatte während der Niederschrift von *Your Cheatin' Heart. Eine Biographie über Hank Williams* gedacht, er sei einem Nervenzusammenbruch nahe. Offenbar hatte sich der Typ mit seinem Thema überidentifiziert – hielt sich für Hank und seine Frau für Audrey.

Flippo brachte eine sehr interessante Sache zur Sprache. Er erinnerte sich, wie er am Neujahrstag 1953, als er zehn Jahre alt war, eine lange Zeit in einer großen Halle in Canton, Ohio, auf einen Auftritt von Hank Williams gewartet hätte. Das war die Show, die Hank niemals spielte. Jemand machte eine Ansage, Hank sei gestorben. Die Band spielte ›I Saw the Light‹ hinter einem geschlossenen Vorhang, hinten auf der Bühne. Die Leute, die da waren, so meinte Flippo, würden das niemals vergessen. Die große Leere. Das Gefühl des Verlustes. Flippo war seither von Hank fasziniert.

Wenn man ein Country-Musik-Idol sein will, dann muß man genau im richtigen Moment sterben. Und Hanks Timing war nahezu perfekt. Für alle außer ihn selbst. Er war gerade neunundzwanzig Jahre alt. Auf der anderen Seite war höheres Alter normalerweise nicht sehr angenehm und beförderte nicht unbedingt den Ruhm. Ich dachte an Will Rogers, einen anderen Kerl mit gutem Timing, der mal gesagt hatte: »Hohes Alter hat mindestens so viele Männer ruiniert, wie es sie gemacht hat.« Bei meinem Lebensstil stellte sich das Problem natürlich überhaupt nicht.

Soweit der Big-Chief-Block. Ein bißchen Geographie, ein bißchen Frühgeschichte, ein bißchen Psychologie. Natürlich war ich kein Psychologe. Aber ich erkannte schon eine Person, deren Aufzug nicht bis ins Penthouse fahren würde. Und ich konnte ein Puzzle zusammensetzen. Und ein paar Puzzlechen paßten langsam ins Bild. Nur das Bild fehlte leider immer noch.

Ich dachte an Gunner. Ich hatte in der vorherigen Nacht versucht, sie anzurufen, aber ihr Beantworter war eingeschaltet. Wenn man dem zuhörte, bekam man Lust auf eine Liebesaffäre mit ihrem Akzent. Man konnte auf dem Gebiet der Psycho-Serien-Morde nicht vorsichtig genug sein. Selbst wenn Frauen, Ausländer oder Freunde betroffen waren. Satan diskriminierte niemand.

Ich suchte nach anderen Verdächtigen, jemand, den ich übersehen hatte, aber es paßte einfach nichts. Ich war sicher, daß einer von ihnen drinsteckte. Ein völliger Außenseiter hätte keine so große Metzelei anrichten können. Zu eingeweiht. Zu gründlich. Zu ... intelligent.

Ich hatte ein paar Probleme mit dem Einschlafen. Es schien, als ob Vorahnungen von Mortalität und Morpheus auf meinem Nasenrücken Fingerhakeln veranstalteten. Beide würden ihre Chance haben, dachte ich und machte mir keine größeren Sorgen.

Kurz bevor ich wieder einschlief, gingen mir zwei einsame Gedanken durch den Kopf. Wer würde die Katze füttern, wenn mir was zustieße? war der erste. Der zweite war, wenn ein lesbischer Tanzkurs auf der Decke rumstampfte, und es wäre niemand im Loft darunter, der es hören könnte, würde es dann Lärm machen?

41

Es ist fast so schwer, gutes mexikanisches Essen in New York zu bekommen wie in Mexiko. Man muß wissen, was man auf dieser Erde tut, oder das Leben läuft einem davon. Mein Kumpel Joel Siegel und ich dachten ein wenig drüber nach und entschieden uns schließlich für Barbecue.

Joel ging mit mir zu Smokey's in der Twenty-fourth Street Ecke Ninth Avenue. Es war nicht schlecht für New York. Aber es war nicht HOWIE's #1.

Anschließend schaute ich in Ratsos Apartment vorbei. Irgendwo in Ratsos Apartment konnte man alles Weltliche finden – einen nicht funktionierenden Heimtrainer, eine meterhohe Statue der Jungfrau Maria, den ausgestopften Kopf eines Eisbären und über zweihundert kaum benutzte Eishockey-Schläger.

Ich durchstöberte Ratsos umfangreiche Bibliothek – vorwiegend Bücher über Jesus, Bob Dylan und Hitler –, bis ich fand, wonach ich suchte. Einen alten Straßenatlas der Vereinigten Staaten von etwa 1953.

Es war noch früh, als ich nach 199B Vandam zurückkehrte, aber es war bereits fast dunkel. Es war jene einsame Zeit in New York oder sonstwo, kurz bevor Sonntag abend Sonntag abend wird. Ich sah mir Ratsos Straßenatlas an und rauchte eine Zwei-Dollar-fünfundsiebzig-Cent-Upmann-Zigarre. Die gleiche Sorte wie John Kennedy. Ich fragte mich, welche Sorte Adlai Stevenson geraucht hätte, wäre er zum Präsidenten gewählt worden. Nun gut ...

Es war 07 52 in New York; 04:52 in Kalifornien. Drei Stunden Unterschied in der Zeit sowie ein paar kulturelle Unterschiede, auf die ich nicht näher eingehen will. Als generelle Daumenregel könnte gelten: Wenn man New York als Neger sieht, der mit sich selbst spricht, und Kalifornien als Videorecorder, für den man nichts abzuspielen hat, dann läge man recht gut.

»Charlie«, sagte ich, »ich hab' ein kleines Problem.« Charles Ansell war ein alter Freund der Familie. Er war außerdem der führende Psychoanalytiker des San Fernando Valley und eine der herausragenden Autoritäten über Geschwister-Rivalität, Traumanalyse und Lenny Bruce. Mein Vater behauptete außerdem, er sei der erste Mensch, den er jemals gesehen hatte, der sich ein Feuerzeug unter den Arsch gehalten und einen Furz abgefackelt hatte.

»Du glaubst nur, daß du ein Problem hast«, sagte Charlie. »Nach all dem Scheiß, den ich mir heute hab' anhören müssen, kannst du gar kein Problem haben.« Ich weihte ihn in die Situation ein.

»Du hast ein Problem«, sagte er.

Während Charlie redete, kritzelte ich alles, was mir nur entfernt wichtig erschien, auf meinen Big-Chief-Block. Er erläuterte alles so klar, daß es auch ein einigermaßen aufgeweckter Laie wie ich verstehen konnte. Nicht allzu viele Zwanzig-Dollar-Wörter.

»Hilft dir das weiter?« fragte er, als er endete.

»Ich werd's dich am Donnerstag morgen wissen lassen«, sagte ich. Ich wollte auflegen, als mir etwas einfiel. »Ach, Charlie«, sagte ich, »vor einiger Zeit hatte ich einen Traum –«

»Du hältst dich wohl für Martin Luther King«, sagte er.

»Die Sache ist relativ ernst, Charlie«, sagte ich, »und der Preis ist korrekt, also wüßte ich gern deine Meinung.« Ich erzählte Charlie von dem Traum, in dem ich das Miniatur-Baby fand mit der Windel in Größe einer Sonderbriefmarke. Ich erzählte, wie sich alle meine Freunde um uns scharten und darauf bestanden, daß die Windel gewechselt werden solle, und wie niemand bereit war, sich zur lächerlichen Größe des Kindes zu äußern.

»Das bedeutet doch, daß ich glaube, einen zu kleinen Penis zu haben, oder?« fragte ich. Ich wußte, daß das in keinster Weise zutraf, aber es erschien mir die klassische Interpretation.

»Nein«, sagte Charlie, »das heißt es überhaupt nicht.« Ich ließ eine Qualmwolke der Erleichterung zur Decke aufsteigen, ungefähr in Richtung des lesbischen Tanzkurses.

»Nun, was zum Teufel bedeutet er denn *wirklich?*« fragte ich.

»Er bedeutet, daß deine Freunde Idioten sind«, sagte er.

42

Es war zu jener Stunde, in der sich die Kutsche des Prinzen in einen Zigeunerwagen verwandelt, der streng nach Ganja stinkt. Ich wanderte über die Seventh Avenue und stieg hinunter ins Monkey's Paw mit meinem Big-Chief-Block und Ratsos antikem Straßenatlas fest unter dem Arm und einer brennenden Zigarre fest unter meiner Oberlippe. Eine muffige Frau an der Bar machte eine hektische kleine Wedelgebärde in Richtung meiner Zigarre. Ich ignorierte sie.

Ratso hatte gesagt, er wolle mich dort treffen, aber ich konnte ihn noch nicht sehen. Möglicherweise machte er in seinem Apartment Inventur. Mick Brennan war da und schien einige Drinks Vorsprung zu haben.

»Wo ist Michael Caine?« fragte ich, während ich Bushmills Irish Whiskey anstelle von Jameson Irish Whiskey bestellte. Ich dachte, etwas Variation käme dem Thema zugute.

»Michael«, lachte Brennan, »ist drüben im Lone Star und unterhält sich mit deinem Freund Cleve. Versucht, ein Engagement zu bekommen. Ist auf all die Presse neidisch, die du kriegst.«

Ich kippte das Glas Bushmills runter. Er unterschied sich nicht erkennbar von Jameson. Aber wer konnte das schon nach einem Glas sagen? »Das ist ja wahrlich kosmisch«, sagte ich. »Michael

Caine ist der einzige, auf den ich neidisch bin. Das heißt, wenn ich nicht ich sein könnte, wäre ich gerne er.«

»Werd ich ihm bestellen, wenn ich ihn sehe«, sagte Brennan.

»Mick«, sagte ich, »ich habe noch eine fotografische Frage an dich. Diese geht einige Jahre zurück.« Ich legte Mick das Problem vor, und er bestätigte, was ich bereits vermutete. Es verriet mir nicht viel über die Identität des Killers, aber es war ein weiteres Teilchen im Puzzle des verschwundenen Hank-Williams-Bildes.

Mick entschwand. Ich gönnte mir noch ein Glas Bushmills. Ich beobachtete, wie das Wiesel, die lokale Versorgungsstelle für Pulver zum Verreisen, bei der Herrentoilette rein- und raushuschte. Ich blieb an der Bar und wartete auf Ratso. Satan, hebe dich hinweg von meinem Nasenloch.

Ich trank ein Bass Ale und betrachtete den Alabama/Tennessee/Virginia/West Virginia-Teil des Straßenatlas, als ich eine Erscheinung über meiner linken Schulter verspürte. Ratso und Boris. Boris war ein russischer Karate-Experte, der dich auf über hundert Arten zu Tode befördern konnte, ohne irgendwelche Spuren zu hinterlassen. Ratso griff herüber, nahm mir das Glas aus der Hand und trank einen guten Teil des Bass Ales.

»Nicht schlecht«, sagte er.

»Es ist nur ein bißchen Herpes«, sagte ich. »Keine Angst, ich werde es nächste Woche in der Nulltarif-Klinik untersuchen lassen.«

Boris, der nur selten Alkohol trank, sagte zum Barmann »Toma-ten-saft« mit einem gefährlich klingenden, fast tödlichen Akzent. Er lächelte ein Lächeln, das man lächelt, wenn man weiß, man kann einen Menschen auf über hundert Arten zu Tode befördern, ohne irgendwelche Spuren zu hinterlassen.

Ich blickte auf den Straßenatlas und sagte, »Montgomery, Chattanooga, Knoxville, Rutledge, Bristol, Cedarville, Chilhowie, Marion, Wytheville, Bluefield, Princeton, Beckley, Willis Branch, Oak Hill.«

»Gläichfalls«, sagte Boris.

»Eigentlich«, sagte ich, »kann man Montgomery und Chattanooga vergessen. Es geht nur um Knoxville, Rutledge, Bristol, Cedarville, Chilhowie, Marion, Wytheville, Bluefield, Princeton, Beckley, Willis Branch und Oak Hill.«

»Das ist bässer«, sagte Boris.

»Boris«, sagte ich, »ich erwarte von einer Person mit einer so reichen östlichen Vergangenheit wie du, daß sie versteht –«

»Mord?« lachte Boris. »Ich hab' viel, viel Mord gesehen.« Seine Augen lachten nicht. Sie waren grau und still wie der Schnee, der auf Leningrad fiel.

»Was ist denn nun mit all diesen Kuhdörfern?« fragte Ratso.

»Das sind keine Kuhdörfer, Ratso«, sagte ich. »Sie sind bloß nicht New York.« Ich trank, was er von meinem Bass Ale übriggelassen hatte.

»Das meinte ich doch«, sagte Ratso.

»Ich arbeite«, sagte ich, »an Hank Williams' letzter Fahrt.« Ich gab Tommy ein Zeichen für noch einen Bushmills und ein Bass Ale. »Nun, wenn wir das Datum auf dem verschwundenen Foto berücksichtigen, wie Gunner es erinnert – das sollte sie, denn es ist der Geburtstag ihrer Mutter –, können wir vermutlich auch Knoxville ausschließen.«

Ratso beugte sich über die Bar, um den Straßenatlas zu studieren. Er liebte Karten. Ich haßte Karten. Außer es steckten Nadeln drin, und sie hingen an einer Wand im Pentagon, und ich erläuterte mit einem Zeigestab den Führern unserer Regierung, wo, meiner Meinung nach, die Riesenameisen angreifen würden. Ich haßte Karten. Boris erhielt sich ein höfliches Interesse und trank seinen Tomatensaft.

»Damit bleiben elf Kuhdörfer, wie du es ausdrückst, Ratso, übrig, die Hank Williams in der letzten Nacht seines Lebens passierte: Rutledge, Bristol, Cedarville, Chilhowie, Marion, Wytheville, Bluefield –«

»Schon gut, schon gut«, sagte Ratso gereizt. »Laß es gut sein. Was ist nun der Sinn der Übung?«

»Der Punkt, Ratso«, sagte ich ein wenig unfreundlich, »ist genau oben auf deinem Kopf.« Ich kippte das Glas runter.

»Nun los, mach schon«, sagte Ratso ungeduldig. »Weshalb muß man all diese kleinen Orte nennen, durch die Hank gekommen ist?«

»Es gibt ein Foto von Hank, das jemand in einem dieser Orte aufgenommen hat. Das ist das Foto, das jetzt aus dem Lone Star Café verschwunden ist, und ich glaube, es spielt die zentrale Rolle in diesem Fall. Es ist das Foto von zwei kleinen Jungen und Hank vor HOWIE'S #1 BBQ, datiert 31. Dezember 1952. Es ist eine schwache Spur, aber wenn wir den Ort finden, können wir die Gerichtsakten überprüfen, soweit welche existieren, und verifizieren, welcher von unsern kleinen Freunden damals dort war.«

»Das kann dauern«, sagte Ratso. Unglücklicherweise hatte er recht. Und die Zeit wurde knapp.

Boris trank noch einen Tomatensaft, entschied, daß zwei genug wären, und ging, nachdem er versprochen hatte, am Mittwoch abend im Lone Star zu sein.

»Da ist noch eine Sache, Ratso«, sagte ich, während wir an der Bar saßen und der Straßenatlas einsam vor uns lag wie eine verlassene Frau. Ich blätterte im Big-Chief-Block bis zu den Notizen, die ich mir bei meinem Telefonat mit Charles Ansell gemacht hatte. »Der führende Psychoanalytiker des San Fernando Valley meint, es sei schwer, ›die Fantasien eines Psychopathen zu entziffern‹. Meint, sie ›verschmelzen oft – werden eine andere Person‹. Er meint, ›Psychopathen verändern sich nicht mit der Zeit, sie sind zeitlos, sie überwinden es nie. Es gibt ein auslösendes Trauma, von dem sie sich niemals erholen. Beispielsweise, einer sieht, wie seine Mutter sich aufhängt, und Jahre später hängt er seine Frau auf.‹«

»Das ist verständlich«, sagte Ratso. Tommy brachte uns eine neue Runde.

»Okay«, sagte ich, »Ansell meint, es bestünde hier wohl ein ›selbst auferlegter Schuldkomplex‹. Und damit enden unsere Kenntnisse. Aber im Fall des Killers hat das Trauma fast sicher seinen Ursprung in der Kindheit und hat ihn, in Ansells Worten, ›als Kind bewahrt‹.«

»Hört sich an wie du«, sagte Ratso.

»Außerdem«, sagte ich, »ist er davon besessen, daß niemand Hanks Erfolg in den Schatten stellt. Er ist Hanks Reinkarnation. Er fühlt sich bedroht, wenn er meint, Hank würde sich bedroht gefühlt haben. Grundmotive für Mord verstehen wir. Habgier, Eifersucht et cetera. Aber psychologische Motivationen sind sehr viel schwerer zu erschließen. Das ist Ansells Meinung. Ich meine, es läuft auf eine böse Überraschung mit einem ziemlich einfach gestrickten Beweggrund hinaus.«

»Du hättest Psychologe werden sollen«, sagte Ratso. »Du hast deine Berufung verfehlt.«

»Vielleicht war ich gerade beim Minigolf«, sagte ich.

Ich streute Zigarrenasche auf den Straßenatlas. Es ging schon verdammt auf drei Uhr morgens zu. Bei meinem letzten Ausflug auf das Herrenklo hatte ich zufällig mein Gesicht im Spiegel erblickt. Meine Augen begannen langsam wie ein Straßenatlas auszusehen. Ein alter, mit vielen Straßen und Highways, die es längst nicht mehr gab.

Ich trank noch, hatte das Denken aber eingestellt. Ratso plauderte mit der Frau, der mein Zigarrenqualm mißfallen hatte. Mick Brennan kam rüber, stellte einen kalten Humpen Heineken mitten auf meinen Straßenatlas und begab sich aufs Herrenklo.

»Dammtnochmal, Brennan«, sagte ich. Ich entfernte den Humpen von der Oberfläche der Karte. Jetzt war ein dunkler Kreis, wo er gestanden hatte. Er spannte sich von Chilhowie bis Oak Hill. Ich starrte einen Moment stumm auf den Kreis. Dann sagte ich: »Jesus Christus ... Ratso ... das ist es. Ich hab's.« 1ch lächelte ein leicht schiefes Grinsen in den Spiegel hinter der Bar.

»Was hast du?« fragte Ratso. »Außer Herpes, meine ich.«

Ich entfaltete den Straßenatlas und suchte den Big-Chief-Block zusammen. »Ich hab' die Antwort«, sagte ich. »Ich werde es gleich morgen früh überprüfen, und Mittwoch abend werde ich dann versuchen, diesem widerlichen, kleinen Aas eine Falle zu stellen.« Ich stand ein wenig wacklig auf und legte zwanzig Dollar auf den Tresen. Ich war breit wie eine Flunder.

»Da bin ich aber froh«, sagte Ratso wenig überzeugend, »aber Sherlock, mußt du erst so angeschlagen sein, um einen Fall zu lösen?«

Die Frau, der mein Zigarrenqualm mißfallen hatte, hatte sich wie Zigarrenqualm in Luft aufgelöst. Andere, mir bedeutend liebere Menschen waren in ähnlicher Weise aus meinem Leben verschwunden.

»Mein lieber Ratso«, sagte ich, »du weißt doch, was Oscar Wilde dazu gesagt hat?«

»Nein«, sagte Ratso, »was hat er gesagt?«

»›Wir alle liegen in der Gosse, doch einige von uns blicken in die Sterne.‹«

43

Ich ließ am frühen Montagmorgen einen kurzen Schauer von Telefonanrufen los. Ich rief das Büro des Standesamts im Gerichtsgebäude einer kleinen Kreisstadt in Virginia an. Ja, Virginia, es gibt in New York eine Person, die sich für Hank Williams hält und sich die Zeit mit Morden vertreibt. Ja, Virginia, es sind schon drei Leichen im Zusammenhang mit dem Lone Star Café angefallen, und nun werde ich selbst dort auftreten. Ja, Virginia, raffinierter Zug.

Ich bekam die Information, die ich aus Virginia haben wollte, und ich war ein wenig überrascht von dem, was ich erfuhr. Nur ein *wenig* überrascht.

Ich rief meinen Bruder Roger an, der in Maryland lebte, und lud ihn zur Show am Silvester-Abend ein. Es wurde abgemacht, daß er direkt vom Bahnhof Penn Station zum Lone Star kommen sollte, um mich dort zu treffen. Ich rief Cleve an, um ihn zu informieren, daß Roger kommen würde, damit er ihn auf die Gästeliste beim Einlaß setzte. Ich rief Rambam an und sagte ihm, wann und wo er nach dem verschwundenen Foto suchen sollte.

Dann bedachte ich, in was für eine Sache ich mich gerade stürzte, und geriet beinahe in verdammte Panik.

Ein großer Schluck Jameson beruhigte mich ein wenig. Wenn ich jetzt New York verlassen würde, müßte ich doch eines Tages zurückkehren und mein Gesicht zeigen, und das wäre dann schwierig. Wenn man erst einmal in New York City gelebt hat, dann kommt man so schnell nicht wieder fort. Die Stadt ruft dich immer wieder zurück, wie ein perverses Hawaii.

Ich würde bleiben, beschloß ich. Wollte nicht, daß mich irgendwer eine Zitterbacke nannte. Wollte nicht, daß irgendwer behauptete, ich hätte kein Haar auf dem Arsch. Wenn natürlich was schiefgehen würde, so wären das zwei ziemlich blöde Gründe zu sterben. Ich mußte das Risiko eingehen.

Aber angenommen, ich würde getötet oder schwer verletzt, wer würde sich dann um die Katze kümmern?

Ich rief Ratso an. Er wollte die Katze nicht. Selbst für ein paar Tage nicht. Er befürchtete, die Katze würde auf seine zehntausend Bücher über Jesus, Bob Dylan und Hitler pissen. Ich sagte ihm, früher oder später würden Katzen auf alles pissen. Später, sagte er. Was für ein Freund.

Ich begann McGovern anzurufen, überlegte es mir dann aber anders. Man konnte guten Gewissens keine Katze bei McGovern lassen. Das würde man nicht mal einem Hund antun.

Ich rief Mick Brennan an.

»Mick«, sagte ich, »würde es dir etwas ausmachen, die Katze ein paar Tage zu übernehmen?«

»Selbst für dein Leben nicht, Kumpel«, sagte er mit ruhiger, ernster Stimme.

»Herzlichen Dank«, sagte ich, »du eigensüchtiges, egoistisches Arschloch.« Alle meine Freunde zeigten jetzt deutlich, wie sie zu mir standen.

»Schau mal, Kumpel«, sagte Brennan, »wie heißt noch die lesbische Tante, die den Tanzkurs im Loft über dir veranstaltet?«

»Winnie Katz«, sagte ich gereizt. »Was interessiert dich das?«

»Nicht mich, Kumpel«, sagte er, »aber vielleicht hat sie nichts dagegen, sich um eine kleine Muschi zu kümmern.« Brennan lachte. Ich dachte darüber nach. Es sprach so manches dafür. Es war sicher angenehmer, als die Katze in einen Transportkorb zu packen und sie eine ganze Strecke weit uptown zu transportieren, während sie geraume Zeit auf der Hinterbank eines Taxi kämpfte und kratzte, wie ich es schon erlebt hatte.

Ich dankte Mick und legte auf und rief Winnie an. Sie kam etwas außer Atem an den Apparat. Aber das ging mich nichts an.

»Winnie?«

»Ja.«

»Hier ist Kinky von unten.«

»Ja?« Ich hoffte, ich hätte sie nicht beim Unterricht oder bei etwas anderem gestört.

»Ich muß eventuell ein paar Tage entschwinden. Ich wollte nur wissen, ob du dich vielleicht in meiner Abwesenheit um meine Katze kümmern würdest?«

Es herrschte ein paar Augenblicke Stille in der Leitung. Dann fragte sie: »Ist die Katze ein Weibchen?«

»Natürlich«, sagte ich.

»Ich hätte es nicht gerne, wenn ein Kater hier oben alles bespritzen würde. Oder die Stangen zerkratzen.«

»Ich versteh, was du meinst«, sagte ich mißbilligend.

Es trat wieder Stille ein. Diesmal etwas länger. Dann sagte sie, »Okay, ich nehm sie.« Interessante Wortwahl.

»Klasse«, sagte ich. »Heute ist Montag. Ich werde sie Mittwoch morgen vorbeibringen.« Ich dankte ihr noch einmal und legte auf.

Die Katze schlief auf dem Schreibtisch unter ihrer Wärmelampe. Ich streichelte ihr den Kopf und sagte: »Du wirst eine tolle Zeit haben. Du wirst in guten, sicheren, erfahrenen Händen sein. Jetzt mußt du nicht im Transportkörbchen auf der Hinterbank eines Taxis verreisen, wo deine Augen grün werden und wie Satan blitzen. Es ist das beste für alle. Glaub mir.«

Die Katze schlief wieder ein. Ich zündete eine Zigarre an und wählte Uptown Judy. Wir verabredeten, uns am gleichen Abend im Loft zu treffen. Ich legte auf.

44

Uptown Judys Platte von *Carmen* lag auf meinem Plattenspieler. Uptown Judy lag auf meinem Bett. Sie trug ein blaues Kleid, das bisweilen beiseite rutschte und pulverblaue Höschen sehen ließ. Mir gefielen Mädchen mit einem feinen Sinn für Farbkoordinierung.

Ich trug ein Sweatshirt aus West Point und meinen alten Sarong aus Borneo. Eine berauschende Mischung aus Härte und Sensibilität, sehr wichtig in der heutigen Welt.

Ich schaltete das Licht aus, ging zum Bett hinüber, zog Sweatshirt und Sarong aus. Im Dämmerlicht konnte ich die Katze, fast schmerzlich, sehen, die oben auf meinem Koffer schlief. Ich schlüpfte unter die Decke. Uptown Judy hatte, sozusagen, abgelegt und schälte sich nun aus dem Höschen und kickte es in die Dunkelheit.

Ich rutschte ein wenig näher an sie heran.

»Näher«, sagte sie.

»Ich kann nicht noch näher kommen, ohne dir die Mandeln zu entfernen«, sagte ich.

Wenn man nur fest genug in seiner Männlichkeit verwurzelt ist, macht es einem nicht viel aus, eine Frau über sich zu haben. Es ist sehr viel entspannender, es ist oft für beide Seiten viel angenehmer, und man hat einen besseren Überblick, was läuft. Aber man sollte es nicht zur Gewohnheit werden lassen, oder man könnte zum Schlappschwanz werden.

Später nahm ich eine Haarbürste und strich mir in der schwachen Reflexion des Spiegels an der Schlafzimmertür mehrmals durch das Moos. Mein Moos sah ziemlich gleich aus, ob man es bürstete oder nicht. Es war eigentlich nur ein privates Ritual, das Haar zu bürsten, ehe ich ins Bett ging. Das Leben ist voller Dinge, die weniger Sinn haben als das.

»Warum bürstest du dir die Haare, ehe du ins Bett gehst?« fragte Uptown Judy.

Das war eine schwere Frage, und ich war nicht sicher, ob ich eine Antwort wußte. Es war weniger eine Frage der Eitelkeit. Ich glaube, ich wollte nur sichergehen, daß ich wirklich da war. Mit einem leichten Schauer bedachte ich die Möglichkeit, daß ich nach Mittwoch abend nie wieder da sein würde. Nur eine einsame Bürste würde durch die Spinnweben eines einsamen Lofts streichen.

Ich blinzelte zum friedvollen Körper unter der Bettdecke hinüber. Es war eine Frau, die in einem Bett in Nordamerika lag. Warum sollte ich Uptown Judy mit meinen Problemen belasten? Ich streichelte der Katze den Kopf und stieg wieder ins Bett.

»Ich möchte auf dem Kopfkissen einen guten Eindruck hinterlassen«, sagte ich.

45

Ich nahm das Katzenklo und eine Wochenration Katzenfutter und packte alles in den Lastenaufzug. Dann holte ich auch die Katze, und mit all unserer Reiseausrüstung fuhren wir beide hinauf zu Winnie Katz.

Ah, Insel Lesbos. Wie fremd und süß du bist. Verboten und zart, dein Charme. Vergiß es, Seemann!

»Herein«, sagte eine Stimme. Ich trat ein, schloß die Tür und setzte die Katze ab. Winnie saß an ihrem Küchentisch, aß eine

Schale Beerenmüsli und trank Kräutertee. Ein kleines, einsames Mädchen in einem großen, einsamen Raum.

»Setz dich«, sagte sie. »Es kommt nur selten vor, daß sich einer deiner Sorte hierher verläuft.« Ich tat so, als verstünde ich es nicht, aber glaubte nicht, daß sie es mir abnahm.

»Beerenmüsli«, sagte sie ein bißchen abschätzig. »Vor langer Zeit war meine Haltung den Männern gegenüber ...« Sie machte eine Pause. Sie hatte ›Männer‹ viel abschätziger ausgesprochen als ›Beerenmüsli‹. Sie aß ein wenig Beerenmüsli.

»Vor langer Zeit war meine Haltung den Männern gegenüber ›vögel sie und fütter sie mit Beerenmüsli‹.« Sie musterte mich beiläufig und kühl von Kopf bis Fuß.

»Und wie ist heute deine Haltung?« fragte ich. Mir war nicht klar, ob ich es wirklich wissen wollte.

Sie schlürfte etwas Kräutertee und nahm sich Zeit. Dann schaute sie mich an, als sei ich eine Lampe, und sagte: »Fütter sie mit Beerenmüsli.«

Das war keine sehr gesunde Haltung, aber die Welt war auch nicht sehr gesund. Wie dem auch sei, es war zu spät, um für die Katze etwas anderes zu finden. Ich mußte es durchstehen. Ich stand auf und trat ans Fenster und schaute hinunter auf eine Limousine, die neben drei Müllwagen geparkt war. Take me home, country roads.

»Warst du schon jemals bei einer Schwester Sapphos, Kinky?« fragte sie.

»Nein«, sagte ich, »aber ich habe schon eine Anzahl Frauen ausgeführt, die deine Haltung Beerenmüsli gegenüber teilen.«

Winnie stand vom Tisch auf und kam zum Fenster herüber.

»Du bist ziemlich offen heraus, Kinky«, sagte sie.

»Darum nennt man mich auch Kinky«, sagte ich.

»Wie nennen Leute wie du Leute wie mich?« fragte sie. Sie hatte ein lauwarmes, lesbianisches Lächeln auf den Lippen, was ich als Sinn für Humor mißverstand. »Lesben?« fragte sie. »Kesse Väter?«

Ich lächelte mein intersexuell eisbrechendes Lächeln. »Was hältst du von Spaltschleckern?« fragte ich.

Sie lachte nicht. Sie nickte jedoch ein paarmal mit dem Kopf, als ob sie Männer verstehen würde. Vielleicht sind ja Lesben die einzigen, die es taten. Sie gefiel mir zunehmend. In der Morgensonne, die durch das Fenster hereinfiel, sah sie weich und kleinstadtattraktiv aus. Ich stellte fest, daß ich ein Mitgefühl für sie entwickelte. Vielleicht mehr. Ich wußte nicht, wie ich ihr auf Wiedersehen sagen sollte. Ich meinte, ein alt-brüderlicher Abschieds-Handschlag wäre vielleicht angebracht, also streckte ich die Hand aus. Winnie schaute sie nicht einmal an.

Sie verkreuzte die Arme vor der Brust. Das sapphische Lächeln war wieder auf ihren Lippen.

»Die Katze bleibt«, sagte sie. »Du gehst.«

46

Die graugrünen Reptilschuppen auf der Kreatur glimmerten obszön in den Lichtreflexen der Stadt. Das Ding schien eigenes Leben zu entwickeln.

»Bill Dick hat eine dicke Eidechse«, sagte Ratso. Es war zwischen den Auftritten. Wir standen auf dem Balkon des zweiten Stockwerks des Lone Star Cafés. Ich lebte noch.

»Ja, das hat er«, sagte ich. Unwillkürlich schüttelte mich ein Schauer. Ich hatte ein paar getrunken und versuchte, mich für den zweiten Auftritt in Gang zu kriegen, der erst in über einer Stunde anstand.

»Klasse Show«, sagte Larry Campbell. Campbell war unter Umständen der beste Allround-Musiker der Stadt. Er konnte jegliches Instrument spielen, das in der westlichen Kultur bekannt war, und einige andere mehr. Er war von Dicks Eidechse nicht übermäßig begeistert.

»Ihr Jungs wart in Form«, sagte ich.

»Anständig«, sagte Campbell, »anständig.« Er übernahm damit einen Ausdruck der Eishockeyspieler der New York Rangers, die oft vorbeikamen, um sich die Show anzuschauen. Für sie war alles auf der Welt entweder ›anständig‹ oder ›brutal‹. Keine schlechte Art und Weise, die Welt zu betrachten, meinte ich. Der heutige Abend würde, meiner Ansicht nach, eher in die brutale Abteilung fallen.

Campbell ging zurück in die Garderobe, um mit ein paar jungen weiblichen Fans zu plaudern. Im Lone Star gab es keine Weltklasse-Groupies. Ich wußte nicht mal, ob so was überhaupt existierte. Groupies sind Groupies. Alter, Geschlecht, Interessengebiet spielen keine Rolle. Bewunderung ist eine Sache, aber Verehrung kann dir die Hosen vor Langeweile abpellen lassen, manchmal sogar im wahrsten Sinne des Wortes.

Es war ungefähr Viertel nach elf. Noch früh. Es war Silvester-Abend, und New York war auch sonst eine späte Stadt. Die einzigen noch späteren waren vermutlich Vegas und das antike Rom. Also war ich nicht besorgt, daß ich Simmons, Flippo und Gunner noch nicht gesehen hatte. Sie waren möglicherweise die ganze Zeit schon da. Unten herrschte der Wahnsinn. Anderthalb Zoos. Wo zum Teufel war Rambam?

Ratso nahm einen Zug von meinem Molson und lächelte. »Nun«, sagte er, »wir sind schon halb daheim.«

»Wo zum Teufel ist Simmons?« fragte ich. »Dachte, er wollte heute abend ein paar Songs singen?«

»Keine Angst«, sagte Ratso, »er ist da. Hat mir gesagt, du sollst ihm nur Bescheid sagen. Er sagte, er würde singen, ›wenn's dem lieben Gott gefällig ist und das Flüßchen nicht über die Ufer tritt‹. Netter Spruch.«

»Du weißt doch sicher, wer das immer zu sagen pflegte?« fragte ich.

»Nein«, sagte Ratso, »wer war es?«

»Hank Williams benutzte den Spruch immer am Ende seiner Rundfunk-Shows.«

»Das ist schön«, sagte Ratso.

»Was ist daran so schön?« fragte ich.

»Ich hatte schon Angst«, sagte Ratso und nahm noch einen Schluck von meinem Molson, »daß es Oscar Wilde sein würde.«

Cleve hatte offenbar mit Ratso gesprochen. Es hatte schon ein kleines Problem mit den beiden Judys gegeben. Beider Namen waren auf der Gästeliste gewesen, und Uptown Judy, die als erste kam, hatte kein Problem reinzukommen. Aber als Downtown Judy erschien, hatte ihr der Kerl an der Tür, nicht gerade ein Raketenwissenschaftler, gesagt: »Ich glaub, du bist schon drin.«

Downtown Judy war ein wenig unruhig geworden. Der Kerl an

der Tür hatte Cleve holen lassen. Cleve hatte Ratso kommen lassen, und Ratso hatte dem Kerl gezeigt, daß sich zwei Judys auf der Liste befanden. Downtown Judy hatte sich sodann höchst erregt, und zu etwa dem Zeitpunkt hatte Ratso, wie er mir berichtete, seine Super-Idee. Er sagte zu ihr: »Kinky wollte nicht, daß du Probleme hast reinzukommen, deshalb hat er dich zweimal auf die Liste setzen lassen.«

Der Betrieb in der Künstlergarderobe war wahnsinniger als in einer Methadon-Klinik bei Dienstschluß, und der Überschuß ergoß sich auf den offenen Dachgarten. Der Leguan sah so aus, als wollte er nicht noch mehr Gesellschaft, und das tat ich auch. Außer Rambam. Wo zum Teufel war Rambam?

Ich versuchte mich zu beruhigen und Inventur zu machen. Cleve, Bill Dick und Simmons waren alle da, auch wenn ich nur Cleve gesehen hatte. Wo Flippo und Gunner waren, wußte keiner. Durch die Tür der Garderobe konnte ich sehen, wie sich Patrick, der Rausschmeißer, im Flur mit einer großen, untersetzten Gestalt unterhielt. Sergeant Cooperman. Meine Verstärkung war eingetroffen. Sehr beruhigend.

Ich dachte mir, wenn ich nur lange genug an einem Platz bliebe, dann könnten mich alle finden. Alle. Selbst Hank Williams und Kaw-liga, der Indianer aus Holz. Kein Sinn, runterzugehen, wo die Menge brodelte. Es ist sowieso niemals empfehlenswert, sich unters Volk zu begeben, wenn man auftritt. Trägt nur zu Entmystifizierung bei.

Ich wollte gerade in die Garderobe, um mir noch einen Molson zu holen. Ich war gerade durch die Tür getreten, als mich Bill Dick erwischte.

»Kinkster«, sagte Bill Dick, »ich möchte, daß du den Anwalt des Clubs kennenlernst.« Er stellte mich einem ziemlich glatt aussehenden Kerl mit Goldkettchen und italienischem Namen vor, den Thurmon Munson sich gleich beim ersten Mal gemerkt hätte.

Wir plauderten ein paar Minuten. Der Kerl war für einen Anwalt ziemlich witzig. »Möchte Ihnen meine Frau Mary vorstellen«, sagte er. »Sie ist Irin. Es geht aufwärts mit mir.«

Das einzige, wohin es mit mir aufwärtsging, waren die Wände. Ich wurde langsam richtig nervös. Ich schaute mich in der Garderobe um. Sal Lorello, mein schmucker ehemaliger Manager, kam aus

Chappaqua zur Show. Nick ›Chinga‹ Chavin, ehemaliger Country-Sänger, jetzt in der Werbung. Earl Shuman, Musikverleger und selbst Autor einiger großartiger Songs. Corky Laing, Rock-Drummer der Weltklasse. Fand ihn im Kongo, spielte auf der Bongo.

Ich nahm mir den Molson und ging wieder nach draußen auf den Dachgarten. Mußte mich gerade jetzt von den harten Sachen fernhalten. Mußte mich in Stimmung bringen. Durfte nicht zu früh den Höhepunkt erreichen. So hätte ich vor jeder Show denken können. Unglücklicherweise ging es heute nicht um Musik. Es ging um Mord.

McGovern und mein Bruder Roger standen an den Leguan gelehnt und unterhielten sich. McGovern hielt einen Wodka-Tonic in einer bedenklichen Balance auf dem dritten Zehennagel der linken Pfote des Ungetüms.

»Ich bin hier zur moralischen Unterstützung«, sagte Roger.

»Wird schon nichts passieren«, sagte Ratso ruhig. »Nichts wird passieren.«

McGovern sagte gar nichts. Er mußte gar nichts sagen. Sein Gesicht verriet, daß etwas passieren würde. Und McGovern war ein höchst akkurater Paranoiker. Nahezu ein Fachidiot, wenn es darum ging, Gefahr zu erspüren. Er sah verteufelt besorgt aus, und das machte mich verteufelt besorgt. Das machte es mir ein wenig schwer zu überlegen, mit welchem Song ich meinen zweiten Set beginnen wollte.

Es war kalt auf dem Dachgarten. Es war heiß in der Garderobe. Aber ich war noch am Leben.

Es gab immer einen positiven Aspekt.

47

Ich konnte nicht viel anderes tun, als wie alle anderen herumzustehen und den Leguan anzuschauen. Tolle Art, ein Jahr zu beenden.

Aber ich mußte allen Ärger vermeiden, wie man so sagt. »Ärgern Sie den Ärger nicht, ehe der Ärger nicht Sie ärgert, Mr. Hank«, wie der Pförtner des Sanatoriums zu Hank Williams gesagt hat. Erstaunlich, wieviel aus Flippos Buch haften bleibt.

Ich trat an die Kante des Dachgartens, von wo man die Fifth Avenue überblicken konnte. Autoscheinwerfer eilten die Avenue hinunter, um nicht zu spät zu kommen auf ihrem anrührenden Weg, das alte Jahr aus- und das neue einzuläuten. Sie taten es jedes Jahr. Aber es gab nichts Neues in New York, dachte ich. Ein paar neue Penner auf der Bowery. Vielleicht waren ihre Neujahrs-Vorsätze vom Vorjahr noch nicht eingetroffen. Und dennoch gibt man die Hoffnung nicht auf …

Ein Schatten schob sich neben mich.

Er kam mir sehr nahe, griff in die Falten eines Mantels und reichte mir eine Gideon-Bibel. Es war Rambam.

»Ich hab's«, sagte er. »Hab' den alten Blue-Jeans-und-Eiskübel-Trick angewandt.«

»Ach, der«, sagte ich, während mein Puls etwas herabging. »Was zum Teufel ist der alte Blue-Jeans-und-Eiskübel-Trick?«

»Nun, du sagtest, er sei neulich ins Gramercy Park Hotel gezogen. Wenn man also in ein Hotelzimmer rein will, besorgt man sich die Zimmernummer beim Portier. Details erspar ich mir. Also, du besorgst dir die Zimmernummer. Dann gehst du in das Stockwerk, wo das Zimmer liegt. Du ziehst dir Schuhe, Socken und Hemd aus und läßt sie im Treppenhaus. Dann besorgst du dir einen Kübel mit Eis und läufst in Blue Jeans, dem Eiskübel und einem verwirrten Gesichtsausdruck herum, bis du ein Hausmädchen oder einen Hotelangestellten findest, den du um Hilfe bittest, du hättest dich aus deinem Zimmer ausgeschlossen. Haut immer hin.«

Ich schaute Rambam an. Er grinste. »Klappt immer«, sagte er.

»Was hast du gefunden?« fragte ich.

»Ein verdammtes Hank-Williams-Museum«, sagte Rambam.

»Und das Foto?«

Rambam zog eine Zimmer-Speisekarte unter seinem Mantel hervor und klappte sie auf. Da war HOWIE'S #1 BBQ, die beiden Jungen und der gute alte Hank. Da war die Unterschrift und das Datum, 31. Dezember 1952.

»Was haste da?« fragte Ratso. Rambam wollte sofort die Speisekarte mit dem Foto zuklappen, aber ich hielt ihn auf.

»Macht nichts, wenn sie es sehen«, sagte ich. McGovern und Roger kamen ebenfalls herüber. Sie betrachteten das Foto.

»Das ist womöglich das letzte Autogramm, das er jemals gegeben hat«, sagte McGovern.

»Kann ne Menge wert sein«, sagte Ratso.

Der Mond stieg langsam über dem Chrysler Building empor und verlieh dem alten Schwarzweiß-Foto einen unheimlichen Schimmer.

Die Kinder auf dem Foto hatten jenes linkische, ertappte, reizende Aussehen, das man bei Kindern in den 50er Jahren häufig findet. Wie die Kinder im Publikum bei Groucho Marx oder *Beaver Cleaver und seine Freunde.*

»Wer sind die Jungen?« fragte McGovern mit einem Lachen.

»Weiß ich nicht«, sagte ich, »aber ich bin ziemlich sicher ...« Meine Stimme verhallte, als ich das Foto genauer betrachtete.

»Yeah?« fragte Ratso. »Worüber bist du dir ziemlich sicher?«

»Daß einer der kleinen Jungen heute abend versuchen wird, mich zu ermorden.«

48

»Noch fünf Minuten, Mr. Jolson«, sagte Cleve an der Garderobentür.

»Mein Gott«, sagte ich. Eine verdammt tolle Art, ein neues Jahr zu beginnen. Eine Stunde lang vor einem Irrenhaus voller Nachwuchs-Brontosaurier aufzutreten und gleichzeitig zu vermeiden, von einem verrückten Killer ermordet zu werden.

Ich zog meine Jesus-Jacke von Nudies of Hollywood an, die Bob Dylan mir geschenkt hatte. Sie hatte Stickereien von Palmen, Regenbogen, Bildern von Jesus und drei Kreuze auf dem Rücken. Die beiden äußeren Kreuze waren besetzt, aber das mittlere war leer. Entweder war der Herr auferstanden oder er war mal einen Donut holen gegangen. Die religiöse Symbolik störte mich nicht, nur daß die verdammte Jacke zu schwer war, um auf der Bühne getragen zu werden. Hatte genug Stickereien, um einen Leguan zu ersticken.

Ich hängte meine Gitarre um.

Ich ging den langen, engen Flur im zweiten Stock hinunter. Die

Band war bereits auf der Bühne, und ich konnte hören, wie Larry Campbell sie in ›Exodus‹ führte und geschickt in ›Spurs That Jingle Jangle Jingle‹ überleitete. Tolles Medley.

Auf der Treppe zum ersten Stockwerk stieß ich auf Boris und Patrick, die mich bis direkt zur Bühne begleiteten. Bodyguards zu haben verleiht nicht nur Sicherheit, sondern auch das Gefühl von Wichtigkeit. Wie dem Führer eines kleinen afrikanischen Landes.

Der Auftritt lief außerordentlich gut. Es waren nur fünfundvierzig Minuten meiner Lebenszeit – fünfzig, wenn man die Zugabe mitzählt –, und es bot anderen Unterhaltung und Freude. Ich war nicht Judy Garland, aber ich war nicht schlecht.

Ich spielte all die alten Lieblingssongs. ›They Ain't Makin' Jews Like Jesus Anymore‹, ›Get Your Biscuits in the Oven and Your Buns in the Bed‹, ›The Ballad of Charles Whitman‹, ›Sold American‹, ›Ride 'Em Jewboy‹, ›Waitress, Please Waitress, Come Sit on My Face‹, ›Ol' Shep‹, ›Ira Hayes‹ and ›Ol' Ben Lucas‹.

Es gab am Ende von ›They Ain't Makin' Jews Like Jesus Anymore‹ einen ziemlich ergreifenden Augenblick, als ich Lee Frazier, Amerikas Lieblingsneger, und John A. Walsh, Amerikas einflußreichsten Albino, auf die Bühne holte und wir drei gemeinsam sangen. Das war der sogenannte ›Brüder gemeinsam‹-Teil der Show.

Etwa zu diesem Zeitpunkt kam Chet Flippo an die Bühne. Boris und Patrick nahmen ihn direkt vor dem Mittel-Mikrophon in die Mangel, aber er hatte lediglich einen Zettel mit einem Song-Wunsch dabei. Boris reichte ihn mir herauf. Er lautete: »Spiel ›Proud to Be an Asshole from El Paso‹.«

Ich lehne einen sinnvollen Wunsch niemals ab. Ich spielte den Song. Flippo war sowieso aus dem Spiel. Das wußte ich, seit Rambam mit dem Foto aufgetaucht war.

Ich rief Mike Simmons auf die Bühne, und er sang ›Your Cheatin' Heart‹ und einige andere Melodien, die beim Publikum gut ankamen. Als Simmons von der Bühne ging, sagte er zu mir: »Muß dich gleich nach der Show sehen.«

»Fein«, sagte ich. Es hätte mir nichts ausgemacht, John Wayne Gacey nach der Show zu sehen. Nur vor der Show wollte ich nicht umgelegt werden. Hatte mich einstimmen müssen.

Ich spielte noch ein paar Songs, erklärte dem Publikum, es sei mir eine finanzielle Freude gewesen, und ermahnte sie, beim Fahren die Autos nicht zu vergessen. Ich beendete die Show mit ›Before All Hell Breaks Loose‹.

Siebenundzwanzig Minuten später tat sie das.

49

Gunner war in der Garderobe, als ich dort ankam. Sie saß auf der abgetakelten Couch, die Beine übereinandergeschlagen, und rauchte eine Zigarette.

»Toller Auftritt, Kinky«, sagte sie.

Ich lehnte die Gitarre gegen die Wand. »Wieder eine Show in der Arschtasche«, sagte ich.

Ich begann meine Jesus-Jacke abzulegen, aber entschied mich dagegen. Sie konnte mir eventuell etwas Schub geben, wohin ich auch immer als nächstes gehen würde. Der Rest der Band kam in die Garderobe, außerdem Simmons, Downtown Judy und ein paar andere. Es war eine lange Nacht, und sie war noch nicht vorüber.

Ich trat nach draußen auf den Dachgarten, um unter dem Kinn des Leguans eine einsame Zigarre zu rauchen. Boris stand jetzt an der Garderobentür und hielt ein wachsames Auge auf mich gerichtet. Komisch, wie man im Musik-Business entweder von Leuten umschwärmt oder mit einer Zigarre und einem Leguan völlig allein gelassen wird. Es schien kein Mittelfeld zu geben. Ich war einmal der Meinung, allein zu sein sei besser, als in einer Menge allein zu sein. Nun erkannte ich, daß der Unterschied nur verdammt gering war.

Vielleicht war Gott nur ein netter jüdischer Zahnarzt, und ›Time‹ und ›Life‹ und ›People‹ waren nur Sachen, die man flüchtig und kurz in seinem nett möblierten, antiseptischen Wartezimmer betrachtete, beschallt von ein bißchen Barry-Antelope-Musik.

Ich paffte meine Zigarre und suchte nach einem einzelnen, verirrten Stern irgendwo zwischen Trump Tower und World Trade Center. Ich entdeckte einen und wünschte mir was. Eines Tages wird vielleicht auch mal Jiminy Cricket aus der Schnitzerei treten.

Und wenn niemand ihn aus Versehen für eine Kakerlake hält und plattmacht, dann werde ich wohl groß im Geschäft sein.

Ich ging zurück in die inzwischen dichtgefüllte Garderobe, ging zu meinem Gitarrenkoffer und entnahm ihm die Speisekarte und den Straßenatlas. Ich ging mit Boris nach unten, um Cooperman und Fox zu suchen. Ehe ich die Garderobe verließ, bat mich Simmons, ihn in einer Stunde im Marylou's zu treffen. Ich sagte ihm zu.

Lee Frazier schloß mir die Hintertür zum Basement auf. Ich postierte Boris in der Cheftoilette und sagte ihm, daß er beim ersten Klang von Ärger angeflogen kommen sollte. Dann traf ich Cooperman und Fox auf der Hintertreppe des Clubs. Wir einigten uns darauf, daß sie das Basement unter scharfer Beobachtung halten und im Notfall eingreifen würden. Ich durchquerte das Basement zum Büro des Managers und klopfte an die Tür.

50

»Eine Minute, bitte«, antwortete eine bekannte Stimme. Dann öffnete sich die Tür. »Komm doch rein«, sagte Cleve. »Willst du dein Geld?«

»Das war eine Idee, die ich hatte.« Wir waren im kleinen Büro allein. Cleve ging zur Tür und legte den Riegel vor.

»Setz dich«, sagte er. »Ich zähle noch die Einnahmen. Du raubst mich richtig aus, heute. Du kriegst deine fünf, und wir sind beim Eintritt in die Prozente geraten. Eine wahre finanzielle Freude für dich, Kumpel.« Cleve lachte ein freundliches Lachen.

»Musik in meinen Ohren«, sagte ich. Cleve zählte das Geld, und ich zählte die Kugeln eines unsichtbaren Rosenkranzes der Angst und wurde verdammt nervös.

»Hast du Flippos Buch gelesen?« fragte ich.

»Yeah«, sagte Cleve. »Er hat da einigen ungenauen Scheiß drin, aber im ganzen ist es nicht schlecht. Wenn man sich für Hank Williams interessiert.« Er zählte weiter die Scheine. Ich paffte weiter meine Zigarre.

»Cleve«, sagte ich, »laß das doch mal für 'ne Minute liegen. Vergiß das Geld. Das einzige, was zählt, ist die Münze des Geistes. Schau dir doch mal diese Karte an.«

Cleve breitete den Straßenatlas auf dem Schreibtisch aus. »Was soll das?« fragte er. »Hast du vor zu verreisen?«

»Nicht ganz«, sagte ich. »Kommt dir was bekannt vor?« Ich zeigte auf die Gegend Virginia / West Virginia – Hanks letzte Fahrt.

»Yeah«, sagte Cleve mit einem kleinen Lächeln.

»Ich weiß«, sagte ich. »Chilhowie, um ganz genau zu sein.«

»Woher weißt du das?« fragte Cleve, während sich ein Hauch Unsicherheit in seine Stimme einschlich. Der Raum war heiß. Er wirkte inzwischen auch verdammt kleiner als vorhin, als ich ihn betreten hatte. Meine Augen gingen schnell, fast unbewußt, zum Riegel an der Tür, was auch bei Cleve nicht unbemerkt blieb.

»Dafür kannst du Mick Brennan danken«, sagte ich. »Er hat letzten Samstag abend im Monkey's Paw sein Bier auf meinen Straßenatlas gestellt. Und so wurde aus HOWIE'S #1 BBQ CHILHOWIE'S #1 BBQ.«

»Sehr raffiniert«, sagte Cleve. »Mach weiter.« Langsam wich die Farbe aus seinem Gesicht, und davon war schon von Anfang an nicht allzuviel drin gewesen. Ein Nerv zuckte unter seinem linken Auge.

»Der Zeitrahmen paßte auch«, sagte ich. »Du warst dort, als Hank auf dem Weg nach Canton, Ohio, durchkam. Als ich dich schon mal danach fragte, sagtest du, du wärst ein Einzelkind. Dann sagtest du, ›Wir sind in Kentucky aufgewachsen‹. Das fiel mir ein, und es klang komisch. Also rief ich das Gerichtsgebäude in der Kreisstadt an und fand die Unterlagen über deinen verstorbenen Bruder Joe. Starb zwei Tage nach Hank Williams. Hank war neunundzwanzig. Joe war zehn. Du warst zwölf. Stimmt's soweit?«

Das Zucken unter Cleves Auge verstärkte sich. »Das ist Urgeschichte«, sagte er halb flüsternd, halb krächzend. Er starrte auf Chilhowie auf der Karte, und sein Auge zuckte. Es wurde nicht besser. Das ganze linke Auge zuckte in Zwei-Sekunden-Intervallen. Sah aus, als übte ein Schauspieler vor dem Spiegel ein laszives Blinzeln.

»Das mag Urgeschichte sein«, sagte ich, »aber dies ist es nicht.«

Ich legte die Gramercy Park Etagen-Speisekarte mit dem Foto, das Rambam organisiert hatte, auf Cleves Tisch. »Dies ist vor etwa drei Stunden deinem Hotelzimmer entnommen worden«, sagte ich mit einer kalten, bedächtigen Stimme. »Möchtest du was vom Zimmer-Service?«

Er öffnete die Mappe mit all der Vorahnung eines abgerichteten Schimpansen. Er saß steif aufgerichtet, starrte durch das Foto hindurch. Sein Bruder, er selbst und Ol' Hank starrten zeitlos, mühelos zurück.

»Ein Bild von der andern Seite des Lebens«, sagte ich. Cleve zitterte. Ob aus Angst, Wut oder elf anderen Zutaten, konnte ich nicht entscheiden. Ich blieb auch nicht so lange, um es herauszufinden. Ich ging zur Tür und griff zum Riegel. Er gab nicht nach. Ich hörte, wie eine Schublade geöffnet wurde. »Boris!« rief ich. »Boris!«

Ich drehte mich um. Das Foto, der Straßenatlas, Hundert-Dollar-Scheine flogen wie in Zeitlupe durch die Luft wie bei einer Ein-Mann-Konfettiparade, und durch das Konfetti, wie ein Kadaver auf Hochtouren, kam Cleve direkt auf mich zu. In seiner linken Hand, ekelhaft, aber vorhersehbar, war ein Tomahawk.

51

Als ich das Bewußtsein wiedererlangte, lag ich in einem Krankenhausbett. Wie ein Taucher spürte ich, wie ich mehr und mehr an die Oberfläche kam. Zunächst hörte ich Stimmen, aber die Worte waren unverständlich. Eine Stimme hatte einen New Yorker, nagetierhaften Einschlag, der mir entfernt bekannt vorkam.

Das erste Bild, das ich erblickte, waren zwei verschwommene Gestalten, die vor einem Fenster standen. Als sie langsam schärfer wurden, sah ich, daß es Ratso und ein Arzt waren, die irgend etwas diskutierten. Der Arzt erklärte offensichtlich etwas, und Ratso nickte sehr düster mit dem Kopf. Sein ernsthaftes Betragen war nicht gerade beruhigend.

Die ersten Worte des Arztes zu Ratso, die ich wirklich verstand, lauteten: »Eine Tomahawk-Wunde im Unterleib kann, wenn man sie nicht sofort behandelt, eine sehr ernste Sache sein.« Ich verlor wieder das Bewußtsein.

Als ich zum zweiten Mal zu mir kam, saß Ratso auf dem Bett und aß ein Wurst-Sandwich, etwa von der Größe seines Kopfes, und ich hatte starke Schmerzen. »Gratuliere«, sagte Ratso, »du bist ein Held.«

Ich fühlte mich nicht wie ein Held. Ich fühlte mich auch nicht gut genug, einem Mann bei so unnatürlichen Sachen zuzuschauen, wie ein Wurst-Sandwich einen halben Meter neben meinem Kopf zu essen. Ich versuchte, heldisch auszuschauen.

»Sehr raffiniert, Sherlock«, sagte Ratso zwischen zwei Bissen, »diese Chilhowie-Sache. Wie bist du denn drauf gekommen, so weit in der Vergangenheit nach dem Motiv zu suchen?«

»Mein lieber Ratso«, sagte ich, »das Muster wurde schon recht früh deutlich. Betrachte mal Hanks Opfer. Was bemerkst du?«

»Okay«, sagte Ratso. »Wir haben Larry Barkin, Bubba Borgelt und Ned Glaser. Das waren alles Country-Sänger, und sie alle trafen die schlechte Entscheidung, im Lone Star Café aufzutreten.«

»Da ist noch etwas mehr, Ratso«, sagte ich. »Es ist so offensichtlich, daß man es fast übersieht. Deshalb hab' ich auch Roger zur Show eingeladen und sichergestellt, daß Cleve davon erfuhr. Zu dem Zeitpunkt wußte ich nämlich, daß Cleve Hank war. Und, wie Hank, wußte ich, daß er nicht einfach Country-Sänger umbrachte. Er tötete *Brüder.*«

Ratso starrte mich an. Er hörte auf, sein Sandwich zu essen.

»Ich erkannte das Muster zuerst«, sagte ich, »als Bubba Borgelt dran glauben mußte. Aber ich wurde mir noch sicherer, als Hank die Burrito Brothers verschonte. Cleve war ganz sicher einer der kleinen Jungen auf dem Chilhowie-Foto. Er war zur richtigen Zeit am richtigen Ort. Der reale Hank Williams starb irgendwann in jener Nacht zum gleichen Datum, an dem das Foto gemacht worden war.«

»Dann war die Unterschrift tatsächlich echt?« fragte Ratso.

»Natürlich nicht«, sagte ich. »Die hat Cleve gefälscht. Ein weiterer, kleiner Schritt auf seinem Weg, die Identität von Hank anzunehmen. 1952 gab es noch keine Methode, eine Fotografie so schnell zu entwickeln, daß der echte Hank sie hätte unterschreiben können.«

»Natürlich nicht«, sagte Ratso.

»Zwei Tage nach Hanks Tod starb Cleves kleiner Bruder Joe.

Das steht im Standesamts-Register. Ob Cleve sich selber die Schuld für den Tod seines Bruders gab oder ihn tatsächlich getötet hat, erfordert weitere Untersuchungen. Eines ist jedoch ganz sicher: Er war nicht seines Bruders Hüter.«

»Wahrlich erstaunlich, Sherlock«, sagte Ratso, »aber ich verstehe eine Sache noch nicht. Warum hat Hank die Burrito Brothers verschont?«

»Weil die Brothers in Wahrheit gar keine Brüder sind«, sagte ich. »Eine Grundkenntnis der Country-Musik zahlt sich immer aus.«

»Yeah«, sagte Ratso. Er starrte auf die Ruine seines Wurst-Sandwichs. »Es ist erstaunlich, wie weit ich es in diesem Leben ohne sie gebracht habe.«

»Betrachte es einmal so«, sagte ich. »Wenn wir es jemals mit einem Fall zu tun haben, in den Jesus, Bob Dylan oder Hitler verwickelt ist, sind wir quitt.«

Ratso lachte. »Man kann nie wissen«, sagte er.

52

Diverse Tage später fühlte ich mich schon viel besser, als Ratso mit ein paar Zeitungen, der Post und einem Haufen von Pete Myers Schweinepastetchen von Myers of Keswick kam.

»Ich kann gar nicht glauben, was für eine großartige Presse du hast«, sagte Ratso. »McGovern holt sich direkt einen runter. Wenn du den Ausdruck gestattest.«

»Wie geht's Cleve?« fragte ich.

»Nun«, sagte Ratso, »außer daß er sich jetzt hundertprozentig für Hank hält und daß sein Gesicht wie ein Flohzirkus herumhüpft, geht's ihm ganz gut.«

»Das ist gut zu hören«, sagte ich.

»Die Gehirnklempner unterziehen ihn einer Generaluntersuchung vom Hals aufwärts, doch selbst seine Stimme und sein Verhalten haben sich drastisch verändert. Er erzählt ihnen ständig, er müsse auf Tournee. Er müsse eine Show absolvieren, sagt er. Kein Zweifel, Kinkster, der hat eine Schraube locker.«

»Was ist in der Post?« fragte ich und verzog leicht das Gesicht, als ich mich auf die Ellbogen stützte. Ich konnte mich noch nicht richtig im Bett aufsetzen.

»Hier ist eine nette Nachricht von Flippo. Sein Buch geht in die zweite Auflage, hauptsächlich deinetwegen, sagt er.«

»Geschenkt«, sagte ich.

»Hier ist ein höchst ungewöhnliches Foto von dir, das Gunner geschickt hat.« Ratso reichte mir das Foto herüber. Es war eine Aufnahme von mir, wie ich ziemlich angehauen auf einem Barhocker sitze.

»Klasse Werbe-Foto«, sagte ich. »Hast du sonst noch was, was du der ganzen Klasse verraten magst?«

»Nun«, sagte Ratso, »dies ist etwas merkwürdig. Es ist ein großer Umschlag. Mit großen Blockbuchstaben.«

»Mach ihn auf«, sagte ich.

Ratso öffnete den Umschlag und reichte mir den Inhalt. Es waren die Noten zum Hank-Williams-Song ›I Can't Help It If I'm Still in Love with You‹.

Es hing eine Nachricht dran. Sie lautete: »Ich werde ewig an die Zeit denken, die wir gemeinsam verbracht haben. Laß es uns bald wiederholen. In Liebe, Judy.«

Ratso entriß es mir und schaute es an. »Das ist aber süß von ihr«, sagte er. »Du mußt sie unbedingt anrufen oder ihr schreiben.«

»Kann ich nicht«, sagte ich.

»Warum nicht?« fragte Ratso.

»Ich weiß nicht, ob es Uptown oder Downtown ist«, sagte ich.

Ich holte eine der Zigarren hervor, die Ratso für mich hereingeschmuggelt hatte, und zündete sie an.

»Schau mal, Ratso«, sagte ich, »ich fürchte mich fast, es zu sagen, aber da ist noch was.«

»Was ist es?« fragte Ratso.

»Hast du das Jesus-Jackett gerettet?«

»Keine Angst«, sagte er. »Das ist sicher in einem Schrank – in meinem Apartment.« Ich lehnte mich in die Kissen zurück und nahm einen trägen Zug aus der Zigarre.

»Du bist wie ein Bruder zu mir, Ratso«, sagte ich.

DANKSAGUNG

Der Autor möchte den folgenden Personen für ihre Hilfe und Ermutigung danken: Tom Friedman, Earl Buckelew, Dylan Ferrero, Dr. Jay Wise und Larry ›Ratso‹ Sloman; Esther ›Lobster‹ Newberg vom ICM; James Landis, Jane Meara und Lori Ames bei Beech Tree Books; sowie Steve Rambam als technischem Berater.

Für die Abdruckgenehmigung bedankt sich der Verlag in übersichtlicher Üppigkeit:

›WHEN IRISH EYES ARE SMILING‹ by E. Ball, G. Graffe, & C. Olcott. Copyright 1912 by M. Witmark and Sons, & Chappel & Co., Inc. All Rights Administered by Chappel & Co., Inc. (Intersong-USA Pub.) International Copyright Secured. All Rights Reserved. Used by permission. ›HEY GOOD LOOKIN‹ by Hank Williams. © 1951 Renewed 1979; Hiriam Music 50% USA only; Acuff-Rose/Opryland Music, Inc. 50% USA. 100% World Outside USA. 66 Music Square West, Nashville, Tennessee 37203. International Copyright Secured. Made in USA. All Rights Secured. ›I'LL NEVER GET OUT OF THIS WORLD ALIVE‹ by Fred Rose and Hank Williams. © 1952 Renewed 1980; Aberbach Music 50% USA only; Milene/Opryland Music, Inc. 50% USA, 100% World Outside USA. 66 Music Square West, Nashville, Tennessee 37203. International Copyright Secured. Made in USA. All Rights Secured. ›SETTIN' THE WOODS ON FIRE‹ by Fred Rose and Ed. G. Nelson. © 1952 Renewed 1980; Milene/Opryland Music, Inc. 66 Music Square West, Nashville, Tennessee 37203. International Copyright Secured. Made in USA. All Rights Secured. ›KAW-LIGA‹ by Fred Rose and Hank Williams. © 1952 Renewed 1980; Aberbach Music 50% USA only; Milene/Opryland Music, Inc. 50% USA. 100% World Outside USA. 66 Music Square West, Nashville, Tennessee 37203 International Copyright Secured. Made in USA. All Rights Secured. ›A MANSION ON THE HILL‹ by Fred Rose and Hank Williams. © 1948 Renewed 1975; Aberbach Music 50% USA only; Milene/Opryland Music, Inc. 50% USA. 100% World Outside USA. 66 Music Square West, Nashville, Tennessee 37203. International Copyright Secured. Made in USA. All Rights Secured. ›LOST HIGHWAY‹ by Leon Payne. © 1949 Renewed 1976; Acuff Rose/Opryland Music, Inc. 66 Music Square West, Nashville, Tennessee 37203. International Copyright Secured. Made in USA. All Rights secured.

HEYNE
BÜCHER

Dan Kavanagh

Ob Heroinschmuggel, Pornogeschäft oder Fußballsport – der Sicherheitsberater und Privatdetektiv Nick Duffy steht mitten im englischen Geschäftsleben. Eine der originellsten Krimifiguren der letzten Jahre.

Schieber City
05/5

Duffy
05/47

Abblocken
05/64

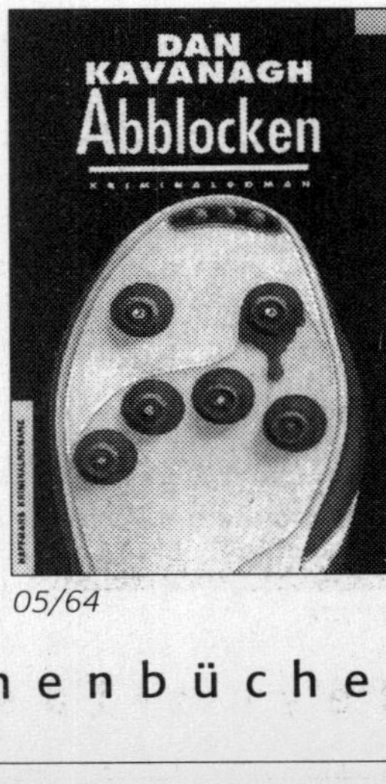

05/64

Heyne-Taschenbücher

HEYNE BÜCHER

George Baxt

»Die Kriminalromane von George Baxt lesen – ein intelligenteres Vergnügen gibt es momentan nicht.«

DIE WOCHE

05/146

Mordfall für Alfred Hitchcock
05/18

Mordfall für Dorothy Parker
05/42

Mordfall für Tallulah Bankhead
05/62

Mordfall Mae West
05/111

Mordfall für Greta Garbo
05/121

Mordfall Bette Davis
05/139

Mordfall für Humphrey Bogart
05/146

Heyne-Taschenbücher

HEYNE BÜCHER

Kinky Friedman

»Der zeitgemäße Zwitter aus Groucho Marx und Sam Spade.«

CHICAGO TRIBUNE

Lone Star
05/17

Greenwich Killing Time
05/44

Wenn die Katze weg ist
05/59

Frequent Flyer
05/92

Nie wieder Tequila
05/119

Elvis, Jesus & Coca-Cola
05/137

05/137

Heyne-Taschenbücher